Wolfgang Kaes, geboren 1958 in Mayen (Eifel), Studium der Politikwissenschaft, Kulturanthropologie und Pädagogik in Bonn, freiberuflich tätig als Polizei- und Gerichtsreporter für den «Kölner Stadt-Anzeiger», Reportagen für den «Stern», das «Deutsche Allgemeine Sonntagsblatt» und andere. Lokalchef in Bonn für die «Rhein-Zeitung», Textchef der «Mainzer Rhein-Zeitung», anschließend Wechsel zum «Bonner General-Anzeiger», Leiter der Redaktion Panorama/Medien/Justiz.

Der Autor zu seinem Buch: «Die im Buch geschilderten Straftaten haben sich tatsächlich so zugetragen und stammen aus meiner unmittelbaren journalistischen Recherche und den Informationen befreundeter Richter, Staatsanwälte und Kriminalisten. Für den Roman sind diese Straftaten allerdings im Interesse des Personenschutzes der Opfer sowie aus dramaturgischen Gründen verfremdet worden.»

Wolfgang Kaes

Todfreunde

Rowohlt Taschenbuch Verlag

meinem Vater

1. 11. 1930
19. 6. 2000

3. Auflage Juli 2004

Originalausgabe
Veröffentlicht im
Rowohlt Taschenbuch Verlag,
Reinbek bei Hamburg, Februar 2004

Umschlaggestaltung
any.way, Cathrin Günther
(Foto: zefa / Louis Moses)
Satz Proforma Book bei
Pinkuin Satz und Datentechnik, Berlin
Druck und Bindung
Clausen & Bosse, Leck
Printed in Germany
ISBN 3 499 23515 3

Jedes Kind,
das geboren wird,
ist eine neue Chance,
die Welt zu retten.

Andrew Vachss

Guatemala. 1976

Sie fuhren nach Norden, vorbei an den immer noch brennenden Skeletten aus Stahlbeton, die statt der ausgefallenen Straßenlaternen die Nacht erhellten. Er durfte vorne sitzen in diesem großen, weißen Auto, das Mercedes hieß, wie seine tote Mutter, an die ihn nichts weiter erinnerte als dieser Name.

Neben ihm, auf dem Fahrersitz, saß der Leibwächter und Chauffeur des Don und steuerte die Limousine durch die Straßenschluchten, wich den Trümmern aus und umkurvte die tiefen Risse im Asphalt, die aussahen wie geschürzte schwarze Lippen. Wild hupend überholte ein Feuerwehrwagen den Mercedes, das Blaulicht zuckte nervös durch die Nacht.

«Nun seht euch das an. Wie ein Haufen aufgescheuchter Ameisen.» Das war die Stimme des Don im Fond. «Später wird man sagen, das Erdbeben habe dem bedauernswerten Land den Rest gegeben. Dabei hätte diese unfähige Regierung aus lamettabehangenen Maulhelden das auch problemlos ohne Mithilfe der Natur zustande gebracht. Es hätte nur etwas länger gedauert.»

Der Don saß immer auf dem Rücksitz, wenn sie unterwegs waren. Er beugte sich vor und tätschelte ihm versonnen den Kopf. «Wir werden dieses grauenhafte Land verlassen, mein Junge», sagte er auf Spanisch. «Gleich sind wir da. Bist du bereit?»

Ricardo nickte stumm. Der Don hatte ihm Spanisch beibringen lassen. Als er vor vier Jahren in das Waisenhaus gebracht worden war, hatte er nur Quiché gesprochen, die

Sprache seiner Vorfahren. Der Don hatte ihm alles beigebracht.

Auch das Töten.

«Wie alt bist du jetzt, Ricardo?»

«Fünfzehn, Herr.» Mehr brachte er nicht heraus. Er hatte einen Riesenkloß im Hals.

«Fünfzehn, ist das denn zu glauben? Wie die Zeit vergeht.» Der Don schüttelte den Kopf. «Hast du das gehört, Juan? Fünfzehn Jahre.» Ricardo nahm aus den Augenwinkeln das unbewegte, pockennarbige Gesicht des Chauffeurs wahr.

Sie überholten die langen Schlangen der von einer Sekunde auf die nächste obdachlos gewordenen Menschen vor den mit Hilfsgütern beladenen Lastwagen der Militärs. Schwer bewaffnete Offiziere der Nationalpolizei tauchten im Scheinwerferlicht des Mercedes auf. Ricardo zuckte unwillkürlich zusammen. So hatten die ausgesehen, die ihn damals mit der gestohlenen Zwei-Liter-Dose erwischten, bis oben hin voll mit zähflüssigem Kunststoffkleber. Das Zeug war so gut gewesen, dass er gleich weggedämmert war, und er war noch ganz benommen, als sie ihn aus dem Pappkarton zerrten, der drei Jahre sein Zuhause gewesen war. Zwei Polizisten hatten ihn festgehalten, während der dritte mit einem Lächeln auf den Lippen den Inhalt der Dose über Ricardos Kopf entleerte. Dann hatten sie gelacht, sich ausgeschüttet vor Lachen, hatten ihn getreten, in die Hoden, in den Bauch, nur nicht ins Gesicht, sonst hätte der Klebstoff ihre Stiefel verschmutzt. Dann hörte Ricardo, wie sie in ihren Jeep stiegen und davonfuhren. Sehen konnte er nichts mehr. Der Kleber hatte seine Augenlider verschlossen.

Der Don hatte ihn gefunden. Im Krankenhaus mussten sie ihn dreimal operieren. Er hatte alle Haare und große Stücke seiner Kopf- und Gesichtshaut verloren. Der Don hatte dafür gesorgt, dass er gesund gemacht und anschließend ins «pueblo dignidad» gebracht wurde. Der Don sammelte Straßenkinder auf. Aber nur die hübschen und kräftigen. Wer Glück hatte, landete in dem Heim, das der Don vor vier Jahren gegründet hatte. Wer Pech hatte, wurde vorher von den Soldaten beim Betteln oder Stehlen oder auf dem Strich erwischt, mit dem Gewehrkolben erschlagen oder totgetreten. Oder wachte morgens einfach nicht mehr auf, weil er in der Nacht zu lange geschnüffelt hatte, so wie Pedro damals. Oder starb noch vor der Geschlechtsreife an Tripper. So wie Luisa.

Ricardo hatte Glück gehabt. Der Don hatte ihm ein neues Leben geschenkt. Der Don hatte ihm auch versprochen, dass seine schönen, glänzenden schwarzen Haare wieder nachwachsen würden. Der Don hatte Recht behalten. Ricardo wünschte sich nichts sehnlicher, als einmal so zu werden wie der Don. So groß und kräftig und schön und mächtig.

«Du weißt, was du zu tun hast?»

Ricardo nickte.

«Gut. Wenn du das hinter dich gebracht hast, bist du ein Mann. Jeder Junge muss etwas Besonderes tun, um ein Mann zu werden. Und dieses Besondere ist oft etwas, was man nicht gerne macht. Aber ein Mann muss seine Pflicht tun, verstehst du das, Ricardo?»

Ricardo verstand. Der Wagen bog von der asphaltierten Straße auf einen von Bäumen gesäumten, schmalen Pfad aus gestampfter Erde ab. Jetzt erst wurde Ricardo bewusst, was anders war, seit sich das Erdbeben vor nicht einmal 24 Stunden angekündigt hatte: Man hörte keine Vögel mehr singen.

Nach etwa fünf Minuten Fahrt rollte der Mercedes im Schritttempo auf den Hof des einstigen Gutes, das noch aus der Kolonialzeit stammte, und hielt vor dem von Ställen und

Scheunen umrahmten Haupthaus, neben der schweren, eisenbeschlagenen Holztür des lang gestreckten, zweistöckigen Gebäudes. Nur in dem Fenster rechts neben der Tür brannte noch Licht. Alle Fenster im Erdgeschoss und im Dachgeschoss waren vergittert.

Damit niemand abhaute aus dem «Dorf der Würde».

Der Chauffeur nickte ihm wortlos zu.

Ricardo öffnete die Beifahrertür und stieg aus. Die Nachtluft war feucht und kalt. Er ging um den Mercedes herum, öffnete den Kofferraum. Er schob die Abdeckung über der Vertiefung beiseite, die normalerweise das Reserverad aufnahm. Darin lag stattdessen ein Kanister, an dem eine Pumpe, ein Schlauch und eine Düse angebracht waren. Er schnallte sich den Kanister auf den Rücken. Dann nahm er die kleine, handliche Maschinenpistole mit dem kurzen Schalldämpfer aus der Vertiefung. Er schaltete auf Einzelfeuer. Als er den Deckel des Kofferraums schloss, sah er die ausgestreckte Hand des Don aus dem zur Hälfte geöffneten Seitenfenster ragen. Er sah die teure Uhr, die er immer so bewundert hatte. Den dicken, goldenen Siegelring. Und den Schlüsselbund, der an seinem Zeigefinger baumelte.

Der Ladino in dem weißen Kittel sah nur kurz auf und widmete sich wieder der Illustrierten auf dem Tresen der Pförtnerloge. «Ah, Ricardo, *que tal*? Sollst du wieder ein kleines, nettes Spielzeug abholen?» Ricardo hob die Waffe und schoss ihm mitten ins Gesicht.

Der Schalldämpfer sorgte dafür, dass nichts weiter zu hören war als ein kurzes, scharfes Zischen und der anschließende Aufprall des Körpers auf dem Steinboden. Dennoch hielt Ricardo einen Augenblick inne. Und lauschte.

Nichts.

Im Flur und im Treppenhaus brannte die Notbeleuchtung. Die Glühbirnen flackerten hektisch. Ricardo hörte das

Brummen des Benzingenerators im Geräteraum links neben dem Eingang. In der ganzen Stadt war das Stromnetz zusammengebrochen. Er schlich durch den Flur bis zu dem Zimmer am Kopfende des Ganges. Die Tür war verschlossen. Er öffnete sie mit dem Universalschlüssel. Aus dem dunklen Raum drang lautes Schnarchen. Er brauchte keine halbe Minute. Drei Wärter. Dreimal senkte er die Spitze des Schalldämpfers, dann war Stille. Er schaltete die Pumpe ein, und die Düse überzog die drei Betten mit einem feinen Nebel.

Weiter. Das Zimmer der beiden Köchinnen und der Putzfrau. Ebenso schnell, ebenso lautlos.

Die alte Holztreppe knarrte, sosehr er sich auch mühte, leise zu sein.

Acht Zimmer. Jedes Zimmer sechs Betten. Die Zimmer der Kinder waren alle unverschlossen. Eines nach dem anderen. Er öffnete die Türen, stäubte die Zimmer sorgfältig ein, dann sperrte er mit dem Schlüssel ab, drückte zur Kontrolle die Klinke. Das letzte Zimmer. Die Flüssigkeit roch scharf und unangenehm. Eines der Kinder hustete. Er lauschte in der Dunkelheit, sein Herz schlug wild.

«Ricardo?» Leise, zaghaft. «Bist du es?»

«Sei still», zischte er. «Schlaf weiter.»

«Warum stinkt das hier so?»

«Das ist von dem Erdbeben. Der Generator ist kaputt. Das Erdbeben hat ihn kaputt gemacht. Und jetzt tropft er.»

«Liest du mir noch was vor, Ricardo? Bitte.»

«Nein. Schlaf jetzt.»

«Gute Nacht, Ricardo.»

Er stieg die Treppe hinab, nebelte die Küche ein, den Vorratsraum, den Speisesaal, als er den Lichtschein aus dem Waschraum bemerkte. Die Tür stand offen.

«Ricardo? Was ist los, wieso stinkt das hier überall nach Benzin? Außerdem gibt es kein Wasser mehr, Scheiße.»

Isabel.

Sie hatte sich über die steinerne Waschrinne gebeugt, schielte von unten in die Öffnung des verzinkten Rohrs, hielt in der linken Hand einen Schraubenzieher, während sie mit der rechten Hand den quietschenden Wasserhahn bearbeitete. Das weiße, knielange Nachthemd spannte um ihre breiten Hüften und ihre Pobacken.

Zu ihren Füßen saß ihr Baby auf den kalten Steinfliesen und kaute zufrieden auf einem Stück Stoff herum.

Sie war sechzehn, ein Jahr älter als er.

«Verdammt nochmal, kannst du nicht das Wasser in Gang bringen?»

Er hängte sich die Maschinenpistole über die Schulter, trat ganz dicht hinter sie, schob ihr das Nachthemd sachte über die Hüften und drückte sich an ihre Rückseite.

Sie sagte nichts.

Er streichelte ihren Bauch. Er war weich und warm.

Sie drückte ihren großen, runden, warmen, weichen Hintern gegen seinen Unterleib. Seine Hände wanderten nach oben, ertasteten ihre schweren Brüste, schaukelten sie sanft.

«Was ist? Kriegst du überhaupt schon einen hoch?»

Er wusste nicht, von wem das Baby war. Er hatte sich immer gewünscht, es wäre von ihm. Heimlich. Davon hatte er manchmal geträumt, nachts. Allerdings hatte er sich nie getraut, sie anzufassen. Nicht mal im Traum.

Er drehte sie um, sodass sie ihm ins Gesicht sah. Sie grinste breit, sah ihm unverfroren in die Augen und hob den Saum ihres Nachthemds bis zum Kinn. «Na los. Zeig mal her, was du da in deiner Hose hast.»

Dieses Miststück.

So waren sie alle. Alles Miststücke.

Er schlug mit der Waffe zu. Er hörte, wie ihr Nasenbein

brach. Das Baby schrie. Das Blut lief ihr über Kinn und Hals und tränkte den Ausschnitt des weißen Nachthemds. Sie schnaubte, das Blut in ihren Nasenlöchern warf Blasen, und ihre Augen wurden ganz kalt, als sie ihm den Schraubenzieher quer durchs Gesicht zog. Es tat höllisch weh. Das Baby schrie wie am Spieß. Er stellte die Waffe auf Dauerfeuer, schoss ihr in den Unterleib, wieder und immer wieder. Dann durchsiebte er das Baby zu seinen Füßen.

Er hatte das Geschrei nicht mehr ertragen können.

Er hatte ihren Namen schon vergessen.

Es war nicht sein Baby.

Das Magazin war leer.

«Du Miststück.»

Er verließ den Waschraum, überquerte den Flur, öffnete den Geräteraum, stellte den Kanister neben den Benzingenerator, schraubte den Deckel ab, trat den Kanister mit der Fußspitze um. Das Benzin gluckste auf den Boden. Dann verschloss er die Haustür sorgfältig von außen. Der Mercedes stand jetzt mit laufendem Motor in entgegengesetzter Richtung, gut zehn Meter vom Haus entfernt. Juan, der Chauffeur, reichte ihm die Bierflasche und zündete mit seinem Feuerzeug den Lappen an, der aus dem Flaschenhals hing. «Mach es so, wie es dir der Don erklärt hat.»

Er machte es so. Bevor sie die asphaltierte Straße erreicht hatten, stand das «Dorf der Würde» in hellen Flammen. Juan schaltete das Radio ein. Der Nachrichtensprecher eines US-amerikanischen Senders zog eine erste Bilanz des Erdbebens. 20 000 Tote. Der Don ließ den Chauffeur halten und bedeutete Ricardo mit einer Kopfbewegung, mit ihm auszusteigen. Die Flammen schlugen bereits aus dem Dachstuhl.

Keine Vogelstimmen.

Nur das Schreien der brennenden Kinder.

Er spürte die Hand des Don auf seiner Schulter. «Siehst

du, Ricardo, das Leben ist ein ständiger Kampf. Das Starke muss das Schwache besiegen, sonst erdrückt das Schwache alles Leben. Es musste sein, Ricardo. Dieser neue Priester war einfach zu neugierig. Noch nicht ganz trocken hinter den Ohren, und schon stellt er dumme Fragen. Wir hätten ihn rechtzeitig liquidieren sollen. Aber da hatte er schon mit diesen amerikanischen Reportern gesprochen, die hier überall herumschwirren. Und wegen des Erdbebens werden noch mehr Journalisten kommen. Die sind wie die Schmeißfliegen. Wir dürfen nichts riskieren. Deshalb verschwinden wir von hier. Das Erdbeben kam wie gerufen. Wir können nichts zurücklassen, was uns verraten könnte. Es musste sein, Ricardo. Es musste sein, verstehst du? Wir hatten keine andere Wahl. Sie hätten uns alle in Gefahr gebracht, diese dummen Kinder, wenn der Pfaffe die Reporter hierher gebracht hätte. Ja, Ricardo, das Leben kann so grausam sein.»

Er tätschelte ihm den Kopf. Ricardo verstand kein Wort von dem, was sein musste. Er wusste nur, dass der Don immer das Richtige tat.

«Übrigens, das mit der kleinen Nutte war nicht sehr professionell. Du wirst noch viel lernen müssen. Aber ich verzeihe dir.»

Er legte seine Fingerspitzen unter sein Kinn, hob seinen Kopf, damit er sein Gesicht besser sehen konnte.

«Du meine Güte, was hat sie bloß mit deinem hübschen Gesicht angestellt? Das sieht aber böse aus. Wir haben jetzt leider keine Zeit mehr, einen Arzt aufzusuchen. Der Hubschrauber wartet schon auf uns. Aber ich habe Jod im Verbandkasten. Warte. Komm her. Da musst du jetzt die Zähne zusammenbeißen. Halb so schlimm, nicht wahr? Du bist jetzt ein Mann. Aber da wird wohl eine Narbe bleiben. Narben sind der Schmuck des Mannes. So, und jetzt fliegen wir nach Mexiko, und von dort geht's weiter nach Europa.

Wie ich es dir versprochen habe. Deutschland. Mein Heimatland. Freust du dich? Du wirst staunen. Ich habe Großes mit dir vor. Dein Leben wird sich verändern, mein kleiner Ricardo.»

Sie stiegen wieder in den Mercedes, und bevor der Wagen auf die Landstraße einbog, schaute Ricardo noch einmal zurück.

Auf sein kleines, kurzes Leben.

Deutschland. Heute

01 Kalte Augen. Wie die eines Toten. Komisch, die Augen haben sie nie richtig hingekriegt. Das wusste er noch aus seiner Schulzeit. Bildende Kunst. Mündliches Prüfungsfach im Abitur. Die Bildhauerei des Hellenismus. Weil's so schön einfach war. Dachte er. Das Prinzip der nassen Gewänder und solche Sachen. Ein großer Fehler. Die Vier hatte seine Durchschnittsnote nicht gerade verbessert.

Drei Komma zwo.

Für den Beruf des Polizisten hatte es gereicht.

Tote Augen.

Aber was für ein Körper, du meine Güte.

Der nackte Körper des jungen Mannes war von makelloser Schönheit. Jede Faser seiner austrainierten Muskeln unter der ebenmäßigen, unbehaarten Haut schien darauf zu lauern, den Speer einem unsichtbaren Ziel entgegenzuschleudern. Ein Ziel, das nur die kalten Augen aus Marmor kannten. So durchtrainiert hatte er nie ausgesehen, selbst nicht in seinen besten Jahren. Als er noch boxte. Josef Morian blickte unwillkürlich hinunter zu der Wölbung unter seinem Sakko und klappte den Bildband zu. Zu Weihnachten hatte er sich von seiner Familie ein Trimmrad schenken lassen. Das stand im Keller, und er hatte es seit Weihnachten dreimal benutzt.

Jetzt war Sommer. Und Josef Morian schwitzte.

«Griechenland – Wiege Europas», las er auf dem Schutzumschlag. 1999 erschienen. «Von Julius Weinert». Morian ließ den Blick nach rechts wandern, vorbei an den Bücherregalen, den Glasvitrinen, den chinesischen Vasen und den griechischen Amphoren und dem ganzen, vermutlich unverschämt kostspieligen Zeugs bis hin zu dem Perserteppich. Jedenfalls hielt er ihn für einen Perserteppich. Morian kannte sich nicht aus mit Antiquitäten. Aber mit Toten. Auf dem Teppich lag der Autor des Buches, bäuchlings, den schwammigen Körper in einen seidenen Hausmantel gehüllt. Zwischen seinen Schulterblättern steckte ein Brieföffner aus stabilem Messing. Der Brieföffner war einem Dolch nachempfunden, der Griff mit bunten Steinen besetzt. Vermutlich kostbar. Morian hatte keinen blassen Schimmer. Er nahm sich vor, danach zu fragen. Später.

Die Kollegen von der Spurensicherung waren am Zug. Einer der Beamten in den weißen Overalls streifte sich Latexhandschuhe über, sammelte die Überbleibsel eines zerbrochenen Cognacschwenkers vom Parkettboden auf und ließ sie in einen Zellophanbeutel gleiten. Er beschriftete ihn mit einem Fettstift und legte ihn behutsam zu den anderen Beuteln in einen Wäschekorb. Er kniete erneut nieder und löste die kleinen, dicken, kalten Finger des Toten, die in die Fransen des Teppichs verkrallt waren.

Morian drehte das Buch um und studierte den Klappentext auf der Rückseite. «Julius Weinert versteht es, für Geschichte zu begeistern. Der 1934 in Ostpreußen geborene Jurist und Politiker hat sich nach seiner Pensionierung erneut der großen Passion seiner Jugend, dem Studium der Antike, zugewandt ...»

«Verzeihung!»

Links neben Morian stand ein braun gebrannter Endfünfziger mit leicht angegrauten Schläfen. Kerzengerade. Teurer Wildlederblouson.

«Sie wollten mich sprechen ...» Leicht blasierter Tonfall.

Morian streckte ihm die Hand entgegen. «Kriminalhauptkommissar Josef Morian. Mordkommission. Sie sind der Hausarzt der Familie?»

«Ja. Dr. Wilfried Degener. Meine Praxis ist zwar in Bad Godesberg, aber ich wohne in der Nachbarschaft, gleich um die Ecke. Die Luft hier oben im Siebengebirge ist einfach gesünder als unten im Rheintal. Im Augenblick kann ich nichts mehr tun. Frau Weinert ...»

«Wie geht es ihr?»

«Tja ... den Umständen entsprechend. Ein ... Sie würden es vermutlich einen Nervenzusammenbruch nennen. Jetzt schläft sie. Die Spritze lässt den Organismus für eine Weile zur Ruhe kommen. Aber kein Arzt der Welt kann ihren Schmerz lindern.»

«Verstehe. Muss entsetzlich sein, nach Hause zu kommen und den geliebten Gatten tot vorzufinden.» Morian konnte jederzeit auf Knopfdruck Betroffenheit herstellen.

«Nein, nein. Herr Dr. Weinert war nicht ihr Ehemann. Er war ihr Bruder. Sie hat ihm den Haushalt geführt. Herr Dr. Weinert war ein Mensch, der seine ganze Schaffenskraft in den Dienst der Gesellschaft gestellt hat. Da blieb keine Zeit für eine eigene Familie.»

«Und wer hat unterm Dach gewohnt?» Die Basketball-Poster in der Mansarde passten nicht zu Weinerts Generation.

«Alexander, sein ... Sohn. Nachdem ...»

«Sie sagten doch, er hatte keine Familie.»

«Wenn Sie zuhören würden, statt eine Frage nach der anderen zu stellen, kämen wir rascher zum Ziel.» Dr. Degener wirkte gereizt. Offenbar behagte ihm das Thema nicht. «Nachdem Alexanders leiblicher Vater verstorben war, hat sich Herr Dr. Weinert in seiner Eigenschaft als Taufpate des Jungen angenommen und ihn adoptiert. Er hat sich aufgeopfert für ihn, wie ein leiblicher Vater. Eine eher undankbare Aufgabe, wie sich erweisen sollte.»

«So?»

Der Arzt sagte nichts. Offenbar beschlich ihn das Gefühl, schon zu viel gesagt zu haben. Morian ließ es im Augenblick dabei bewenden. «Wann haben Sie ihn denn zum letzten Mal gesehen?»

«Gesprochen habe ich ihn schon ewig nicht mehr. Aber gelegentlich mal aus der Ferne gesehen, wenn ich im Garten arbeitete. Das letzte Mal so vor zwei, drei Wochen, schätze ich.»

«Welches Verhältnis hatte Weinert zu dem Jungen?»

«Das habe ich doch schon gesagt. Er ...»

«t'schuldigung. Ich meinte, in jüngster Zeit.»

«Vielleicht sprechen Sie besser mit Frau Weinert darüber. Ich bin schließlich nur der Hausarzt.»

Nur der Hausarzt. Morian spürte genau, dass dem Mann noch etwas auf der Zunge lag. Und abwog, ob er es nicht besser runterschlucken sollte. Deshalb wartete Morian geduldig.

Schweigen. Vielleicht half ihm eine Frage auf die Sprünge.

«Herr Doktor, wann haben Sie denn Julius Weinert zum letzten Mal gesprochen?»

«Oh, gut, dass Sie fragen. Es wäre mir fast entfallen. Vor zwei Tagen. Fernmündlich. Ich weiß natürlich nicht, ob die Sache überhaupt von Belang ist, aber ...»

«Ja?»

«Herr Dr. Weinert rief mich in der Praxis an. Am Freitag; genau, am Freitag um die Mittagszeit. Er klang sehr besorgt. Richtig aufgebracht klang er. Er müsse mich dringend sprechen, wegen Alexander. Unter vier Augen. Er brauche meinen ärztlichen Rat. Und so verabredeten wir uns für Montag. Also morgen. 18 Uhr. Hier, in seinem Haus.»

«Und über was wollte er mit Ihnen sprechen?»

«Ich habe keine Ahnung. Er sagte nur, es sei dringlich.»

«Aber es war nicht so dringend, dass er darauf bestanden hätte, schon am Wochenende mit Ihnen zu sprechen?»

«Nein. Ich hätte dieser Bitte natürlich entsprochen, wenn auch ungern. Schließlich hat man auch sein Privatleben. Und mit Alexander gab es ja alle naselang Ärger. Aber Herr Weinert schlug selbst den Montag vor. Er sagte, er müsse bis dahin noch einige Dinge klären. Ich wäre Ihnen übrigens dankbar, wenn Sie diese Information diskret behandeln könnten. Ich habe einen Ruf zu wahren.»

«Natürlich. Wahrscheinlich ist es völlig ohne Belang», beruhigte ihn Morian. «Was glauben Sie: Wo ist der Junge jetzt?»

«Das weiß man nie so genau. Er treibt sich rum. Von regelmäßigem Schulbesuch hat er noch nie viel gehalten. Ohne Herrn Weinerts ständige Intervention, ohne seine großzügigen Spenden an die Schule, ohne seine guten Kontakte nach Düsseldorf wäre der Junge doch längst von der Schule geflogen. Weinert hat ihn über alles geliebt. Allein die Nachhilfestunden müssen ihn ein Vermögen gekostet haben, wenn Sie mir die Bemerkung gestatten.»

«Selbstverständlich. Woher hatte er das Vermögen?»

Das Mitteilungsbedürfnis des Hausarztes geriet erneut ins Stocken. Geld schien ein zu intimes Thema zu sein. Morian spürte, wie der Arzt angestrengt über eine geeignete Formulierung nachdachte, bevor er antwortete. «Herr Dr. Weinert war zeit seines Lebens sehr erfolgreich. Als Jurist. Als Politiker. Zuletzt als Berater und Justiziar verschiedener Unternehmen und gemeinnütziger Einrichtungen. Gottlob ist es in diesem Land noch kein Verbrechen, erfolgreich zu sein.»

«Wann hat Frau Weinert Sie eigentlich angerufen?»

Der Arzt sah auf seine Armbanduhr. «Ziemlich genau um 10.30 Uhr. Sie war völlig verstört, sagte etwas von einem furchtbaren Unglück, da habe ich mich unverzüglich auf den Weg gemacht.»

10.30 Uhr. Das war ziemlich genau die Zeit, als ihm seine Frau zärtlich ins Ohr flüsterte, es sei Zeit zum Aufstehen, sie habe einen Bärenhunger, die Kinder hätten sich schon wieder heimlich vor den Fernseher geschlichen, draußen scheine eine wunderbare Sonntagmorgen-Sommer-Sonne, und ob er noch wisse, dass er den Kindern eine Radtour versprochen habe, nein, nein, nein, es habe gar keinen Zweck, sich schlafend zu stellen, raus aus den Federn, alter Brummbär, Zeit zum Aufstehen, und dann hinderte sie ihn am Aufstehen, indem sie ihre warme, sanfte Hand über seinen Körper, unter die Bettdecke wandern ließ ...

«Und dann haben Sie die Polizei gerufen.»

«Ja. Nachdem ich festgestellt hatte, dass für Herrn Dr. Weinert jede Hilfe zu spät kam, wählte ich von hier aus die 110. Anschließend habe ich mich um Frau Weinert gekümmert.»

Jetzt war es kurz vor zwölf, und die Kinder würden Liz in den Ohren liegen, wann es denn endlich losgehe mit der Radtour. Morian hatte sonntägliche Radtouren noch nie leiden können. Aber noch weniger mochte er sonntägliche Morde.

«Wie lange, Herr Doktor, wird Frau Weinert wohl noch schlafen? Ich meine, wann wird sie ansprechbar sein?»

Der Doktor sah wieder auf seine Uhr. Tatsächlich, eine Rolex. Morian hätte jetzt zu gern gewusst, was der Doktor für ein Auto fuhr. Und ob da jemand auf dem Beifahrersitz saß, der ihm ein wenig übers Altwerden hinweghalf. Und beim Geldausgeben.

«Die Wirkung der Spritze lässt spätestens in einer Stunde nach.»

«Danke, Doktor. Sie haben uns sehr geholfen. Wenn wir noch Fragen haben, rufen wir Sie an.»

Morian stellte die «Wiege Europas» zurück an ihren Platz. In dem Arbeitszimmer waren einige tausend Bücher versammelt. Über das antike Griechenland, das Römische Reich, das alte Persien. Bücher über die deutsche Nachkriegsgeschichte, das Wirtschaftswunder, Bücher über die verlorenen Ostgebiete. Ostpreußen. Schlesien, verlorene Heimat. Morians Urgroßvater stammte aus Schlesien. Neugierig zog er das Buch aus dem Regal.

Etwas fiel zu Boden.

Morian hob es auf. Ein Foto. Etwas größer als eine Postkarte. Zwei Personen. Weinert, wesentlich jünger, aber nur unwesentlich schlanker, steht seitlich im Rücken einer an einem Schreibtisch frontal zur Kamera sitzenden Frau, legt eine Hand gönnerhaft auf ihre Schulter, während sie telefoniert. Eine attraktive Frau. Schlank. Ein schönes Gesicht. Seine Schwester? Nein, zu jung. Schreibmaschine. Altmodische Schreibtischlampe. Ein Büro. Seine Sekretärin? Vermutlich. Weinert lächelt in die Kamera. Das einstudierte, tausendfach erprobte Lächeln eines Politikers. Anzug, Weste, Fliege. Die Frau hingegen blickt ernst in die Kamera. Geistesabwesend? Desinteressiert? Als schaue sie durch den Fotografen hindurch. Anthrazitfarbenes Kostüm. Krawatte. Tatsächlich, sie trägt eine Krawatte, schmal, schwarz, glänzend. Pechschwarze Haare, schulterlang, streng zur Seite gescheitelt. Sie war schön und wirkte zugleich auf eine Weise, die Morian nicht zu beschreiben vermochte, unsichtbar. Eine Frau, an der man auf der Straße achtlos vorbeiging und erst zwei Blocks später begriff, dass man einer schönen Frau begegnet war. Das Foto musste mindestens zwanzig Jahre alt sein, der Kleidung und dem Mobiliar nach zu urteilen. Er drehte das Foto um. Nichts. Nicht mal ein Datum. Er nahm sich vor, Weinerts Schwester danach zu fragen. Später. Einen Moment spielte er mit dem Gedanken, das Foto einzustecken. Dann schob er es zurück an seinen Platz, zwischen Buchdeckel und Schutzumschlag.

Biografien. Adenauer. Erhard. Neben Kiesinger unterbrach ein Fenster die Regalwand, ein Sprossenfenster mit Rundbogen, und gab den Blick frei auf das Siebengebirge.

Morian hatte das Siebengebirge immer gemocht. Als kleiner Junge glaubte er, dass in einer der zahllosen Höhlen noch immer der schreckliche Drache hauste, obwohl das Ungeheuer, so stand es schließlich schwarz auf weiß in der Nibelungensage, definitiv von Siegfried getötet worden war. Als junger Streifenbeamter hatte er es dann weniger mit wilden Drachen als mit wild gewordenen Kegelclubs zu tun, aus Duisburg oder Herne, die jeden Sommertag aufs Neue sturzbetrunken am Fuß des Drachenfels aus den Lustdampfern der Köln-Düsseldorfer Personenschifffahrt quollen, in die Tanzsäle und Weinschwemmen Königswinters einfielen, sich mitunter zum Coitus interruptus im gepflasterten Hinterhof trafen und am späten Nachmittag dröhnend und schulterklopfend (Herren) oder kreischend und zu dritt untergehakt (Damen) zurück in den Schiffsbauch stolperten.

«Okay. Wir machen die Biege.»

Morian nickte, ohne hinzuschauen. «Danke. Bis später.»

Die Kollegen in den Overalls. Er wusste, was das «Eins, zwei ...» hinter ihm zu bedeuten hatte. Die Zinkwanne wurde aus dem Zimmer getragen. Je schwerer der Inhalt, desto bedeutungsvoller klang das «Eins, zwei ...» der Träger beim Anheben. Die vorletzte Reise des Julius Weinert. Gerichtsmedizinisches Institut der Universität Bonn. Morian blieb und sah aus dem Fenster. Er wartete auf Gertrud Weinert. In zwanzig Dienstjahren hatte er das Warten gelernt. Ein Großteil seines Jobs bestand aus Warten.

Oben auf dem Petersberg reflektierten die Fensterscheiben des vanillepuddingfarbenen Hotelbaus das grelle Sonnenlicht. Er war oft da oben gewesen, als junger Polizist. Objektschutz. Da oben waren sie ein und aus gegangen, die Wichtigen dieser Welt. Als Bonn noch wichtig und Bundeshauptstadt war. Breschnew. Die Queen. Der Schah. Bill Clinton. In der Schule hatte ihnen der Geschichtslehrer erzählt, dass auch der britische Premier Chamberlain auf dem Petersberg wohnte, um mit Hitler zu verhandeln, der am gegenüber liegenden Rheinufer im Bad Godesberger Hotel Dreesen logierte. Sie bereiteten das Münchner Abkommen vor, das den deutschen Überfall auf die Tschechen völkerrechtlich legalisierte. Das hatte ihr Geschichtslehrer allerdings ausgelassen. Und stattdessen die Klasse im Treppenhaus antreten lassen. Da stellte er sich unter die offene Treppe, krempelte die Hemdsärmel auf, sprang an die oberste Stufe und machte vor, wie man mit zweimal zwei Fingern zwanzig Klimmzüge schafft. Nachmachen! Das schaffte natürlich keiner. Verweichlichte Jugend. Der arme Erich, der Dickste in der Klasse, hing an der Treppenstufe wie ein nasser Sack, während ihm die Tränen über die Pausbacken liefen. Vor den Augen aller ließ er den Erich hängen, bis er runterfiel. Muttersöhnchen. Im Laufschritt zurück ins Klassenzimmer. Zackig. So viel zum Nationalsozialismus. Anschließend wurden tausend Jahre übersprungen, und der Geschichtslehrer machte weiter mit Adenauers historischem Schritt auf den Teppich. Da war der Petersberg Hauptquartier der Hohen Kommissare der West-Alliierten. Als Kind hatte Morian nie verstanden, was an dem Gruppenfoto auf dem Teppich so bedeutsam war. Das ist Politik, sagte geheimnisvoll sein Vater, der den toten Adenauer verehrte, und der nächste Sonntagsausflug führte in Adenauers Wohnhaus am Rhöndorfer Südhang des Drachenfels. Langweilig. Das menschenleere Haus eines toten Mannes, das nach Weihrauch und Bohnerwachs roch. Plötzlich wusste Morian, warum er sich erinnerte. Im Arbeitszimmer des toten Julius Weinert roch es genauso.

«Ich rate Ihnen: Finden Sie ihn!»

Die Stimme einer Frau. Morian trennte sich nur ungern von dem friedlichen Siebengebirgs-Panorama jenseits des Fensters. Ihm lag nicht daran, die passende Person zu der nach Rasiermesser klingenden Stimme kennen zu lernen.

«Sind Sie taub, Herr Kommissar? Ich sagte: Finden Sie die Ratte!»

02

Es war kurz nach neun, als Morian den Volvo auf dem gepflasterten Hof vor seinem Haus im Bonner Stadtteil Oberkassel parkte. Die Abendluft roch angenehm nach Sommer. Liz hatte das Außenlicht eingeschaltet, obwohl es noch hell genug war. Das machte sie immer. Um ihn zu begrüßen. Er schloss die alte Holztür unter dem Balken mit der Zahl 1464 auf. Wie sehr er dieses Haus liebte, rückte ihm jedes Mal ins Bewusstsein, wenn er abends durch diese Tür trat. Er hatte es vom ersten Moment an geliebt. Er hatte fast ein Jahr lang jede freie Minute damit verbracht, es bewohnbar zu machen.

1464. Da war Amerika noch nicht entdeckt.

Aber Morde hatte es schon gegeben.

In der Diele standen noch die gepackten Rucksäcke der Kinder. Aus der Klappe eines der Rucksäcke schaute das Ohr eines Teddybären hervor. Er konnte die Enttäuschung seiner Kinder körperlich fühlen. Und sein schlechtes Gewissen, das sich augenblicklich regte.

«Jo, bist du's?»

Seine Frau hatte sich auf dem Wohnzimmersofa zusammengerollt und ihr großes, weiches Lieblingskissen unter den Nacken geklemmt. Liz trug eines seiner alten Sweatshirts und an den Füßen dicke Wollsocken. Ihre Lesebrille hatte sie keck auf der Nasenspitze sitzen, während sie in einem Buch blätterte. Morian fand sie ungeheuer sexy mit dieser Brille, die sie seit einigen Wochen benutzen musste, und er fand ihre in Ehren ergrauten, ungefärbten, streichholzkurz geschnittenen Haare sexy, und ihre nackten, von der Gartenarbeit gebräunten Beine. Er fand so ziemlich alles an seiner Frau sexy; selbst diesen forschenden Blick über den Rand ihrer Brille hinweg. Allerdings nicht, was diesem Blick gewöhnlich folgte.

«Geht's dir gut, Jo?»

«Ja», log er und verließ vorsichtshalber das Wohnzimmer. «Sind die Kinder schon im Bett?»

«Sie wollten unbedingt auf dich warten, aber ... Es geht dir überhaupt nicht gut, stimmt's?»

«Doch, doch. Ich mach mir nur schnell einen Kaffee.» Er verschwand in Richtung Küche.

Liz wusste immer genau, wie es ihm ging. Sie hatte feinere Antennen als sämtliche Spionagesatelliten des Pentagon. Morian schaltete die Espressomaschine ein. Er hatte in seinem Job schon mehr Blut gesehen als sein Nachbar jemals auf der Kinoleinwand. Aber er würde sich nie daran gewöhnen, was Menschen einander antaten.

Früher hätte er drei Tage geschwiegen. Aber seit er mit Liz lebte, war's mit dem Schweigen vorbei. Es sei denn, er fand einen Grund, sich ihren Fragen zu entziehen. Und deshalb machte er sich jetzt in der Küche zu schaffen. Er brauchte dringend seinen Schlummertrunk: einen schönen doppelten Espresso mit viel heißer Milch und viel, viel Zucker und einem Schuss Kakao. Das sei dann aber kein Espresso mehr, hatte er sich sagen lassen. Von einer dieser frustrierten Patientinnen seiner Frau. Geld ohne Ende, die Kinder aus dem Haus, der Mann ständig auf Dienstreise, das traurige Gesicht geliftet. Frau Morian, ich fühle mich so leer. Hat das Leben einen Sinn? Vor allem, wenn die Welt voller Proleten ist, die nicht wissen, was ein Espresso ist. «Nein», hatte er geantwortet und dem missbilligenden Blick standgehalten. «Ist es nicht.» Sich das «Na und?» verkniffen. Und stattdessen gesagt: «Völlig richtig beobachtet: Das ist kein gewöhnlicher Espresso, das ist Morians Spezial-Espresso.»

Wenn er eins nicht ausstehen konnte, dann Leute, die wussten, wie was zu sein hatte. Es würde ihm immer ein Rätsel bleiben, wie sich seine Frau seelenruhig den ganzen Mist anhören konnte.

Andererseits ... andererseits hätten sie nie dieses nette Häuschen finanzieren können. Von ihrem Honorar als psychologische Gerichtsgutachterin und von seinem Gehalt jedenfalls nicht. Das Geld, das sie mit ihren Therapiesitzungen verdiente, war ein äußerst angenehmes Zubrot. Und Liz war gut in ihrem Job.

Er wusste, sie würde ihn nicht bedrängen. Er hatte gerade den Topf mit der Milch auf die Herdplatte gestellt, als das Telefon klingelte.

«Morian.»

«Maria Engels, ‹Rheinischer Anzeiger›. Tut mir Leid, dass ich Sie so spät noch zu Hause störe.»

«Mir auch. Dann lassen Sie's doch einfach. Woher haben Sie meine neue Nummer?» Er hatte sie erst vor ein paar Wochen ändern lassen. Wieder einmal. Sie stand in keinem Telefonverzeichnis.

«Es geht um Julius Weinert. Die offizielle Pressemitteilung ist ein bisschen dünn. Ich habe gehört, Sie verdächtigen seinen Pflegesohn?»

«Nein. Wir suchen seinen Pflegesohn. Das ist etwas anderes. Suchen und verdächtigen, das sind zwei Paar Schuhe.»

Natürlich verdächtigten sie ihn. Weinerts Schwester hatte ausgesagt, dass Hände und Gesicht des Jungen voller Blut waren, als er an ihr vorbei durch die Haustür gestürmt war. Sie war überraschend früh vom Kirchgang zurückgekehrt. Ihr sei während der Messe übel geworden. Das bestätigten der Pfarrer und mehrere Kirchgänger übereinstimmend. Den einen hatte Morian bei einer Kindtaufe gestört, die anderen beim Sonntagnachmittagkaffee auf der Gartenterrasse.

«Hatte er ein Motiv?»

«Kein Kommentar.»

Habgier, Eifersucht, Jähzorn, Neid, krankhafte Rachsucht, verletzte Eitelkeit, Verdeckung einer Straftat, Ersatzhandlung infolge sexueller Frustrationen, erheblich unterentwickelte Fähigkeit zur Empathie in Kombination mit rücksichtslosem, egoistischem Trachten nach materiellen oder emotionalen Vorteilen. Es gab eine Menge möglicher Motive, einen Menschen zu töten. Nach Morians Ansicht regelte die überwiegende Zahl dieser Motive aber auch das Alltagsleben der Menschen im Büro oder im Straßenverkehr. Und in den meisten Ehen.

«Und wieso stand die Tür zum Garten offen?»

Woher wusste sie das? Irgendwer im Präsidium musste gequatscht haben. Irgendwer fand sich immer, der sich ein bisschen wichtig machen wollte vor einer attraktiven Frau. Und die Engels war zweifellos eine attraktive Frau. Die Terrassentür im Arbeitszimmer hatte tatsächlich sperrangelweit offen gestanden. «Frau Engels Fernandez, wie lange machen Sie schon diesen Job?»

«Wie bitte?»

«Ich meine, Frau Engels Fernandez, wie lange arbeiten Sie jetzt schon als Polizeireporterin?»

«Engels genügt völlig. Seit elf Jahren. Aber was soll ...»

«Sehr gut. Meine Frau ist übrigens ein richtiger Fan von Ihnen, liest immer Ihre Artikel. Und weil Sie schon so lange im Geschäft sind, wissen Sie doch, dass ich mich um Kopf und Kragen und um meinen Job rede, wenn ich Ihnen all diese Fragen beantwortete. Ich möchte den Job aber unbedingt behalten, Frau Engels Fernandez, weil er meine Kinder ernährt. Also werden wir uns jetzt höflich voneinander verabschieden und uns einen schönen Feierabend wünschen. Morgen gibt es sicher eine Pressekonferenz.»

«Meine Güte, Sie machen es mir ganz schön schwer.»

Plötzlich wusste er, was ihn so bedrückte. Er würde einen zwanzigjährigen Gymnasiasten jagen, um ihn in den Bau zu stecken, und der Bau würde seine Ausbildung übernehmen, aus ihm binnen kürzester Zeit einen gefährlichen Mann machen, unfähig, jemals wieder im Frieden mit der Gesellschaft zu leben. Aber der zwanzigjährige Gymnasiast hatte einen Menschen umgebracht, und es war nun mal Morians Job, Mörder zu finden.

«Herr Morian? Ich kann mir denken, das wird nicht leicht für Sie.»

«Was meinen Sie?»

«Na, der ganze politische Druck. Es ist ja nicht irgendwer ermordet worden. Weinert war schließlich ...»

«Falsch. Für mich ist irgendwer getötet worden. Da gibt es keinen Unterschied. Schlafen Sie gut.»

Morian legte verärgert auf. Verärgert, weil sie Recht hatte. Morgen würde die Maschinerie in Gang kommen. Der Innenminister würde den Polizeipräsidenten anrufen und von seinem Gespräch mit dem besorgten Ministerpräsidenten berichten, der Polizeipräsident würde augenblicklich eine Krisenkonferenz einberufen, mit angestrengtem Blick den Ernst der Lage verdeutlichen und sagen: Meine Herren, das Opfer war schließlich nicht irgendwer.

Zum Kotzen.

So wie der nach verbranntem Eiweiß stinkende Qualm.

Die Milch. Angebrannt und übergekocht und über den Rand des Topfes auf die Herdplatte geschwappt. Liz erschien in der Küche, lächelte und schob ihn aus der Tür: «Leg dich aufs Sofa. Ich mach dir deinen Kaffee.»

03

«Alexander!»

Der Typ auf der anderen Straßenseite ruderte wild mit den Armen.

«Hey, Alex, warte doch mal!»

Das konnte er jetzt überhaupt nicht brauchen, mitten auf der Straße angequatscht zu werden. Alexander Weinert machte auf dem Absatz kehrt und hastete zurück zur U-Bahn-Station, nahm immer drei Stufen auf einmal, schlüpfte im letzten Moment durch die sich schließende Wagentür. Er hatte ihn mal auf irgendeiner Party kennen gelernt. Große Klappe, behauptete, jeden gewünschten Stoff binnen Stunden besorgen zu können. Große Fresse, ganz großes Fressbrett. Alexander hatte ihm etwas Gras zum Antesten abgekauft. Geld war nie ein Problem. Jetzt hatte er nichts weiter als zwei Groschen in der Hosentasche. Keine Zigaretten. Keinen Fahrschein. Keinen Personalausweis und keinen Führerschein. Und keine Jacke. Das lag alles in dem Haus, das er heute Morgen panisch verlassen hatte. Das Blut hatte er in einem Bach im Wald notdürftig aus dem Hemd gewaschen, dann sich und das Hemd auf einer Lichtung in der Sonne trocknen lassen. Anschließend hatte er sich zu Fuß auf den Weg nach Norden gemacht, die Straßen gemieden, am Dornheckensee das größere der beiden Fahrräder eines Liebespaars geklaut, das viel zu beschäftigt war, um etwas mitzukriegen. Immer am Rheinufer entlang, nach Köln. Die monotone Anstrengung und der angenehm warme Fahrtwind hatten ihn etwas beruhigt. Vorsichtshalber verbrachte er die Stunden bis zur Dämmerung im Deutzer Industriegebiet, drückte sich hinter den alten Lagerhallen rum, warf das Fahrrad ins Hafenbecken, bevor er die Rheinbrücke zu Fuß überquerte.

Sie hatte ihn gesehen. Im Hausflur. Keine Chance. Es war ihm nichts anderes übrig geblieben, als an ihr vorbei aus der Tür zu stürmen. Dabei hatte die Messe doch gerade erst begonnen. Sie war noch nie früher aus der Kirche weg, die heuchlerische Kuh.

Beim nächsten Halt stieg er aus, zwang sich zur Langsamkeit. Ebertplatz. Hier gab es Nutten, Dealer, Stricher. Gut so. Und eine WG voller Autofreaks, die draußen in Braunsfeld Kisten zum Verschieben herrichteten. Er hatte mal mit ihnen zu tun gehabt.

Er war müde. Sehr müde.

04

Die beiden Frachtschiffe unter ihm lieferten sich seit einer Viertelstunde ein unerbittliches Kopf-an-Kopf-Rennen gegen den Strom. Max Maifeld genoss den Blick über das breite, graublaue, in der Morgensonne glitzernde Band, die Dächer der alten Fabriken, deren aufwendige Architektur einst die Ablösung der feudalen durch die industrielle Macht demonstrieren sollte und doch stets den Kürzeren zog angesichts des alles überragenden gotischen Doms. Nichts, nichts, nichts auf der Welt, keine zehn Pferde, keine noch so betörende Frau, kein noch so lukrativer Job würden ihn jemals von hier weglocken können. Hier wollte er in Ruhe alt werden. Ab und zu etwas Geld machen, gerade so viel, wie er zum Leben brauchte, Freunde zum Abendessen einladen, gemeinsam den Weinkeller plündern, über Gott und die Welt reden, ab und an etwas Herzflimmern, ein Kribbeln im Bauch, Hitze und Gier für eine Nacht, zerknüllte Bettwäsche am nächsten Morgen. Frühstück, eine letzte Umarmung und ein Lächeln zum Abschied. Mehr nicht.

Max Maifeld hatte genug gesehen von der Welt. Der alltägliche Blick von der Dachterrasse auf die ihn umgebende kleine Welt der Stadt Köln genügte ihm inzwischen vollauf. Das war das Letzte, was er nachts vor dem Zubettgehen, und das Erste, was er morgens nach dem Aufstehen tat. Er betrachtete seine Welt von oben.

Hier war er aufgewachsen, abgesehen von einigen glücklichen Jahren seiner Kindheit bei der Großmutter in der Eifel. Er hatte viel gesehen von der Welt; alles, was er glaubte sehen zu müssen. Jetzt musste er nichts mehr sehen. Und niemandem mehr etwas beweisen.

«Morgen, Papa.»

«Morgen, Süße. Keine Schule heute?»

«Papa!» Vera Maifeld legte einen knappen Zentner höchster Missbilligung in das kleine, vielseitig nutzbare Wort. «Falls es dir entgangen sein sollte: Ich stehe mitten im Abitur. Da gibt's keinen regelmäßigen Unterricht mehr.» Sie ließ sich in einen der beiden Korbsessel am Frühstückstisch fallen.

Max löste sich von der Brüstung und nahm ihr gegenüber Platz. Seine Tochter versuchte vergebens, die viel zu langen Ärmel des Bademantels vor Butter, Marmelade und Kaffee zu schützen. Es dauerte eine Weile, bis er begriff, warum die Ärmel viel zu lang waren. Der Bademantel hatte mal ihm gehört. Er hatte ihn immer gern getragen. Bis zu dem Tag, als Vera sich ihn mal auslieh.

«Papa, meine Freundin ...» Sie biss herzhaft in ihr mit Marmelade bestrichenes Brötchen. «... Helena hat ein Problem.»

«Wer hat ein Problem?» Max hatte stets Mühe, Vorträgen

seiner Tochter zu folgen, wenn sie unterdessen in ihr Brötchen biss.

«Hmh. Helena ...»

«Wer ist Helena?»

«Papaaa!» Höchste Stufe der Missbilligung. Dann setzte sie ein breites Grinsen auf und sagte: «Helena. Meine Geliebte. Wir sind lesbisch, wollen nächste Woche heiraten, die Schule schmeißen und dann möglichst schnell ein Kind adoptieren.»

Max fiel der Kaffeelöffel aus der Hand, und Veras Gesichtsausdruck verdüsterte sich wieder: «Was muss ich tun, damit du mir zuhörst und dir endlich mal die Namen meiner Freunde merkst? Helena! Aus meiner Spanisch-AG! Sie war doch schon mal hier!»

Max durchforstete sein Gedächtnis nach den gut zwei Dutzend Gesichtern männlichen und weiblichen Geschlechts, die ihm aus dem Freundeskreis seiner nicht gerade kontaktscheuen Tochter diffus in Erinnerung geblieben waren. Nach dreißig Sekunden gab er auf.

«Und was ist mit Helena?»

«Ihr Bruder ist verschwunden.»

«Seit wann?»

«Seit gestern.»

«Aha. Wie alt ist denn Helenas Bruder?»

«Neunzehn oder zwanzig oder so.»

«Aha. Vielleicht hat ihn seine Schwester zu sehr geärgert.»

«Sie wohnen nicht zusammen.»

«Sollen wir das noch eine Weile weiterspielen, oder sagst du mir jetzt, wie das Problem heißt?»

Wortlos schob Vera die Montagausgabe des «Express» über den Tisch. Die Ausgabe von gestern. Die obere Hälfte der Titelseite des Boulevardblattes bestand aus einer fetten

Schlagzeile, einem großen Farbfoto, einem kleineren Schwarzweißfoto mit Trauerrand und dem Hinweis auf einen dazugehörigen Text im Inneren des Blattes. Das Farbfoto zeigte einen ernsten Jungen in einem viel zu weiten Basketball-Trikot der L.A. Lakers. Das Foto musste schon älter sein. Denn der Junge auf dem Foto war allenfalls fünfzehn.

Das kleinere Foto zeigte einen dicken, älteren Herrn mit Halbglatze, Fliege und Strickweste vor einer hübschen Jugendstil-Villa im Grünen. Max hielt den Atem an. Er kannte den Mann. Er hatte sich gewünscht, ihm nie wieder zu begegnen. Nicht mal auf einem Foto. Er würde ihm auch nie wieder begegnen, verriet ihm die Schlagzeile.

VOM EIGENEN SOHN ERSTOCHEN
DEUTSCHLAND TRAUERT UM JULIUS WEINERT

Weinert. Max schob die Zeitung beiseite, zündete sich eine Zigarette an und schloss für einen Moment die Augen.

Vera wusste, dass ihr Vater nachdachte, wenn er die Augen schloss. Das Nachdenken ihres Vaters dauerte grundsätzlich länger, als es ihre Geduld erlaubte. «Papa, wer war Julius Weinert?»

«Eine große Nummer, als Bonn noch Bundeshauptstadt war. Kanzler-Berater. Abgeordneter. Später Lobbyist.»

Und ein Schwein.

Weit unten, weit weg kreischte das Martinshorn eines Streifenwagens. Max kannte die nächste Frage seiner Tochter. Weil er seine Tochter kannte. Jedenfalls besser, als sie glaubte. Glaubte Max. Allerdings kannte er noch nicht seine Antwort auf ihre Frage. Und eigentlich war der Tag viel zu schön, um sich mit ihr zu streiten.

«Papa, wirst du ihn suchen?»

«Wen?»

«Helenas Bruder. Bitte.»

«Weshalb in Gottes Namen sollte ich das tun? Dafür gibt es in unserem Land die Polizei.»

«Aber die Polizei glaubt, dass er der Mörder ist.»

«Und wer glaubt das nicht?»

«Helena. Sie sagt, ihr Bruder ist kein Mörder.»

«Das sagen gewöhnlich alle Verwandten von Mördern.»

«Du bist doch Experte, wenn's ums Wiederfinden von verschwundenen Dingen geht.»

«Genau. Ich suche Dinge, nicht Menschen. Gemälde, Autos, Schmuck. Gegenstände haben den Vorteil, dass es ihnen völlig egal ist, wo sie sich aufhalten. Man spürt sie auf und trägt sie zurück. Dafür werde ich bezahlt, und davon bezahlen wir das Frühstück und führen ein sorgloses Leben. Hast du Helena etwa irgendwas versprochen?»

«Natürlich nicht!»

Natürlich nicht. Aus dem Mund seiner Tochter konnte das zwei Bedeutungen haben. Erstens: Natürlich nicht. Zweitens: Selbstverständlich längst.

Der Kaffee war kalt. Die Zigarettenschachtel leer. Die Sonne hinter dem mittäglichen Kölner Grauschleier verschwunden. Der Streifenwagen offenbar am Ziel. Und Max Maifeld wusste, er hatte verloren, als er die dicken, stillen Tränen sah. Er hatte es noch nie ertragen, sie weinen zu sehen. Vielleicht, weil sie so selten geweint hatte als Kind. Bis zu dem Tag, als er weggegangen war.

«Vera, ich ...»

Max reichte ihr eine Serviette, damit sie ihre Tränen trocknen konnte. Er wartete, bis sie sich beruhigt hatte. «Okay. Ich spreche mit ihr. Aber ich verspreche gar nichts. Besorg mir bitte alle Tageszeitungen von heute, die du auftreiben kannst. Und zwei Päckchen Zigaretten. Wie stand sie eigentlich zu ihrem Vater?»

«Wer? Helena? Zu Weinert? Weinert ist nicht ihr Vater.»

Veras Antwort-Technik trug nicht unbedingt zur Klärung des Sachverhalts bei. Also sparte er sich weitere Fragen. «Außerdem ist kein Kaffee mehr im Haus. Illy. Zur Not auch Segafredo. Und sag du deiner Freundin, sie soll zum Abendessen kommen. Dann sehen wir weiter.»

Vera fiel ihm um den Hals. «Kann ich den Maserati nehmen?»

Max grinste. Wie kann man nur so eine Spießer-Schaukel fahren, hatte sie geschimpft. Und diese Farbe. Ein Phallus-Symbol in Blau metallic. Bist du in der Midlife-Crisis, oder was ist los? Würde mich nicht wundern, wenn du demnächst einen rosa Porsche anschaffst.

«Die Schlüssel liegen auf meinem Schreibtisch.»

«Danke.» Sie verschwand durch die Terrassentür.

Rosa Porsche!

Unglaublich!

Theo, sein Bruder, hatte den Maserati aus einem zerknautschten Unfallwagen zusammengeschraubt. Ein Quattroporte Evolutione. Ein Haufen Schrott. Aber die Maschine war gerade mal 30 000 Kilometer gelaufen und war wie das Getriebe unversehrt. Als Theo damit fertig war, sah er aus wie frisch aus dem Laden.

Rosa Porsche! Also wirklich!

Der Maserati hatte vier Türen, eine Rückbank und einen Kofferraum. Ein ganz normales Auto also. Eine richtige Familienkutsche. Selbst der Name des Herstellers war nirgendwo zu finden, bis auf den winzigen Dreizack im Kühlergrill.

Sechs-Gang-Getriebe. Acht-Zylinder-Motor. 335 PS. Zurückhaltende Eleganz und feine Linien, wie das nur die italienischen Designer hinkriegen. Ein Wolf im Schafspelz.

Rosa Porsche!

Aber was verstehen Frauen schon von Autos?

05 Sie hatte den strahlend weißen Gebäudekomplex erspäht, bevor die Köln-Bonner Stadtbahn mit einem sanften Ruck zum Stillstand kam. Die Leuchtreklame hatte die Farbe tiefblauer Tinte, ebenso die Flaggen entlang des Zauns. Der «Rheinische Anzeiger» war wie viele deutsche Zeitungen vor Jahrzehnten aus der Innenstadt in eines dieser gesichtslosen Gewerbegebiete am Stadtrand gezogen.

«Guten Morgen. Mein Name ist Helena Walterscheid. Ich bin mit Frau Engels Fernandez verabredet.»

Der Pförtner hinter der Scheibe aus Panzerglas beäugte sie misstrauisch. Als er den Telefonhörer wieder aufgelegt hatte, hörte sie seine Stimme über Lautsprecher: «Zweiter Stock. Frau Engels erwartet Sie.» Augenblicklich summte der elektrische Türöffner.

Jemand öffnete die Aufzugtür im zweiten Stock. Eine nicht besonders große Frau mit dicken, krausen, pechschwarzen Haaren und ungewöhnlich dunklem Teint. Helena schätzte sie auf Ende dreißig, Anfang vierzig. Das streng geschnittene, geschäftsmäßige Kostüm kontrastierte zu ihrer Haarpracht und ihrer fraulichen Figur.

«Helena Walterscheid? Ich bin Maria Engels.»

Die Frau schenkte ihr ein warmes Lächeln, dann ging sie mit schnellen, energischen Schritten voran. Helena hatte Mühe, das Tempo zu halten. Die Frau hatte schöne, kräftige Waden. Sie durchquerten ein Großraumbüro mit zwei Dutzend um diese Uhrzeit noch verwaisten Computerarbeitsplätzen, bis sie einen mit Glaswänden abgetrennten Raum erreichten. Maria deutete auf den Konferenztisch: «Nehmen Sie Platz. Kaffee?»

«Nein danke. Ich wollte Sie eigentlich privat anrufen. Aber Sie stehen nicht im Telefonbuch ...»

«Nein.»

«Wieso nicht?»

Maria war einen Moment sprachlos. Ihr Gegenüber war sehr selbstbewusst für ihr Alter. «Wissen Sie, wenn man seit elf Jahren täglich über Verbrechen schreibt, wächst kontinuierlich die Zahl der Leute, denen nicht passt, was man schreibt. In meinem Metier sind das aber nicht die Leute, die brav einen Leserbrief verfassen oder großkotzig den Verleger einschalten, sondern Leute von der Sorte, die einen vorzugsweise mitten in der Nacht mit anonymen Morddrohungen oder Obszönitäten aus dem Schlaf klingeln.»

«Aha. Sind Sie verheiratet?»

Maria verschluckte sich an ihrem Kaffee. Dann lachte sie. «Sie meinen, wegen des Doppelnamens? Nein. Da ist auch kein Bindestrich dazwischen. Der zweite Familienname ist der Mädchenname meiner Mutter.»

«Dann sind Sie also Spanierin? Dachte ich mir schon, wegen Ihres dunklen Hauttons und ...»

«Nein. Ich bin Deutsche. Meine Mutter ist in den fünfziger Jahren aus Spanien eingewandert und hat hier einen Deutschen geheiratet.»

«Leben Ihre Eltern noch?»

«Sie erfreuen sich bester Gesundheit. Aber Sie sind doch nicht gekommen, um meine Lebensgeschichte zu hören, oder?»

Schweigen. Maria betrachtete mit wachsendem Interesse die junge Frau, die gestern mit resoluter Telefonstimme um einen Termin gebeten hatte. Sie habe ihr ein interessantes Angebot zu machen, hatte sie gesagt. Die Stimme am Telefon passte so gar nicht zu dem zarten Geschöpf, das ihr jetzt gegenübersaß. Jeans, Turnschuhe, dunkelblaues Sweatshirt, eine voluminöse Umhängetasche.

«Wie alt sind Sie?»

«Achtzehn. Ich habe Ihren Artikel gelesen. Gestern auch.»

«Über den Mord? Über Julius Weinert?»

«Ja. Ich habe auch die Artikel in den anderen Zeitungen gelesen. Ihre Artikel sind sehr gut geschrieben. Und fair.»

«Fair ... wem gegenüber?»

«Meinem Bruder gegenüber. Alexander. Nur Sie haben geschrieben, dass ja noch gar nicht bewiesen ist, dass er es war. Es kann doch genauso gut jemand anderes gewesen sein, nicht wahr?»

«Alexander Weinert ist Ihr Bruder?»

Maria klappte ihr Notizbuch auf. Ein antrainierter Reflex: Das Mitschreiben schaffte emotionale Distanz; in ihrem Beruf überlebenswichtig. Für das Überleben ihrer Seele. Um nicht zu ertrinken beim täglichen Blick in die Abgründe, die sich hinter den Polizeiberichten und Gerichtsakten auftaten. Bevor Maria ihre Frage loswerden konnte, beantwortete sie das Mädchen: «Ja. Wir haben verschiedene Familiennamen. Das ist eine komplizierte Geschichte. Unsere Familie gibt es nämlich nicht mehr. Aber das hat nichts damit zu tun, weshalb ich hier bin. Bitte helfen Sie mir!»

«Wie soll ich Ihnen denn helfen?»

«Mein Bruder hat niemanden umgebracht. Ich kenne ihn. Er könnte niemanden umbringen.»

«Die Polizei ist anderer Meinung.»

«Deshalb bin ich ja zu Ihnen gekommen.» Helena geriet ins Stocken, als schiene sie sorgfältig über den nächsten Satz nachzudenken. Dann sagte sie leise: «Ich vertraue Ihnen. Sie haben schon einmal über meine Familie geschrieben. Vor zehn Jahren. Meine Großmutter hat Ihre Artikel von damals alle ausgeschnitten und aufbewahrt. Und sie sagte immer, Sie seien ein guter Mensch.»

Maria durchwühlte ihr Gedächtnis wie einen zu eilig gepackten Koffer. Aber sie fand nichts. «Wer ist denn Ihre Großmutter?»

Helena Walterscheid schwieg. Starrte auf die grau lasierte Beschichtung des Konferenztisches, als wäre dort die Antwort auf die Frage zu finden. Dann hob sie den Kopf, sah ihr klar und offen in die Augen, als sie weitersprach.

«Was damals passiert ist, spielt keine Rolle. Wollen Sie ein Exklusiv-Interview mit dem vermeintlichen Mörder des berühmten Julius Weinert, bevor er sich der Polizei stellt?»

Maria antwortete nicht. Stattdessen griff sie zu der Schachtel, die jemand auf dem Konferenztisch vergessen hatte, und zündete sich eine Zigarette an. Am Abend zuvor hatte sie zum ungefähr hundertsten Mal beschlossen, am nächsten Morgen mit dem Rauchen aufzuhören. Ihr Gehirn arbeitete auf Hochtouren. Ihr Über-Ich klopfte an, wedelte mit dem Strafvereitelungs-Paragraphen. Die junge Frau ließ sie nicht aus den Augen, während sie eine Visitenkarte aus der Umhängetasche zog und über den Tisch schob.

«Das ist der Mann, der meinen Bruder suchen wird und hoffentlich vor der Polizei findet. Max Maifeld. So eine Art Privatdetektiv. Ich treffe ihn heute Abend. Bitte sprechen Sie anschließend mit ihm. Sie bekommen das Interview, wenn mein Bruder so die Gelegenheit erhält, die Öffentlichkeit von seiner Unschuld zu überzeugen. Danach wird er sich stellen, dafür sorge ich. Mein Ehrenwort.»

«Helena, ich kann Ihnen nichts versprechen ...»

«Ich weiß. Danke.»

Sie stand auf und ging, ohne noch ein Wort zu sagen.

Maria blieb sitzen. Und dachte nach. Der Name Walterscheid sagte ihr nichts. Und das Gesicht sagte ihr nichts. Sie hätte geschworen, sich an jeden großen Prozess am Bonner Landgericht erinnern zu können.

Vor zehn Jahren.

Sie wählte die Nummer des Redaktionsarchivs.

«Engels. Guten Morgen, Professor ... Danke, mir geht es

gut. Professor, haben wir etwas über eine Helena Walterscheid? Natürlich habe ich einen Augenblick Zeit ... Nein, nein, ich bleibe in der Leitung ... Nichts? Ersetzen Sie bitte mal Walterscheid durch Weinert. Ja, Helena Weinert. Auch nichts? Dann bitte Walterscheid solo ... Nichts? Hm ... Nein, nicht nötig. Danke Ihnen.»

Nichts. Sie haben schon einmal über meine Familie geschrieben. Vor zehn Jahren. Was, verdammt noch mal, war vor zehn Jahren passiert?

06

Vielleicht wäre er besser Hellseher statt Bulle geworden. Morian dachte an gestern. Der Anruf der Sekretärin, atemlos: Der Präsident erwartet Sie. Unverzüglich. Der angestrengte Blick. Die in Falten gelegte Stirn, geistige Höchstleistung und mannhafte Willensstärke symbolisierend. Der Ernst der Lage. Er, und nicht nur er, und da befinde er sich mit Düsseldorf im Einklang, erwarte besonderes Engagement und zugleich Sensibilität bei den Ermittlungen; äußerste Zurückhaltung gegenüber der Presse, absolute Nachrichtensperre, um es ganz deutlich zu sagen, und eine stets unverzügliche Unterrichtung des Präsidenten über neue Beweismomente. Schließlich ist das Opfer nicht irgendwer, Morian.

Der Innenminister und der Ministerpräsident waren, ganz wie Morian prophezeit hatte, sehr besorgt, ebenso das Bundeskanzleramt in Berlin, das unverzüglich das Bundeskriminalamt in Wiesbaden und den Generalbundesanwalt in Karlsruhe unterrichtet hatte. Besorgt seien außerdem verschiedene Persönlichkeiten des öffentlichen Lebens, wie der Polizeipräsident atemlos versicherte.

Wer diese Persönlichkeiten des öffentlichen Lebens waren und worüber diese Herrschaften eigentlich besorgt waren, hatte Morian nicht erfahren. Aber er hatte auch nicht danach gefragt.

Die bisherigen Ergebnisse aus dem Labor waren nicht gerade überwältigend. Fest stand bisher lediglich die Tatwaffe: Weinerts messerscharfer Brieföffner aus Messing, der nach Aussage seiner Schwester stets griffbereit in einer lederbezogenen Schale auf seinem Schreibtisch gelegen hatte. Der Brieföffner hatte das Aussehen eines Dolches; vielleicht erhöhte das den Akt des Brieföffnens zu einer machtvollen Demonstration männlicher Entschlossenheit.

Da Weinert von hinten erstochen worden war, musste sich der Täter in der Gewissheit genähert haben, dass das Opfer dessen Anwesenheit nicht bemerken oder aber sich darüber nicht weiter wundern würde. Das sprach für einen extrem kurzen oder aber relativ langen gemeinsamen Aufenthalt von Opfer und Täter am Tatort.

Schränke und Kommoden im Arbeitszimmer waren unversehrt; nach erstem Augenschein und nach Aussage der Schwester fehlte auch im restlichen Haus nichts. Dennoch war Habgier als Motiv nicht auszuschließen: Der Täter könnte durch die unvorhergesehene Rückkehr der Schwester gestört worden sein. Wenn der Täter sich im Haus auskannte, war die fehlende, bei Raubmorden sonst übliche Unordnung zu erklären. Ein Beziehungstäter also.

Seltsam war der Umstand, dass die Scherben des zerborstenen Cognacschwenkers blutig waren.

Warum aber fand sich nach einem solch massiven Angriff so wenig Blut auf dem Teppich oder auf dem Schreibtisch?

Kopfschmerzen bereitete Morian zudem die offene Terrassentür des Arbeitszimmers. Sowohl Gertrud Weinert als auch der Hausarzt hatten versichert, sie schon geöffnet vorgefunden zu haben. Morian hätte sich mit der Erklärung zufrieden geben können, dass Weinert sie geöffnet hatte, um frische Luft einzulassen. Allerdings, so hatte die Spurensicherung ergeben, führten durch die säuberlich geharkten Blumenbeete zwei frische Fußspuren zum Rasen, und jenseits des Rasens waren an der an einen Waldweg angrenzenden Gartenmauer aus Bruchstein Abriebspuren von Schuhsohlen und Krümel des Blumenbeetes festgestellt worden. Das könnte bedeuten: Jemand hatte die Terrassentür zur überstürzten Flucht benutzt, als Gertrud Weinert überraschend nach Hause kam. Wie aber passte das mit der Aussage der Schwester überein, der blutbesudelte Alexander Weinert sei an ihr vorbei durch die Haustür gestürmt?

Gab es mehr als einen Täter? Hatte Alexander Weinert einen Helfershelfer? Nach den Fußspuren zu urteilen, mindestens zwei. Warum sind sie nicht alle gemeinsam durch den Garten geflüchtet? Weil ihm keine schlüssigen Antworten auf seine Fragen einfielen, war Morian ganz dankbar, als das Telefon klingelte.

«Friedrich hier.»

Pathologe am Gerichtsmedizinischen Institut der Universität Bonn. Nachtmensch, gestraft mit dem Gesicht einer Fledermaus. Ein unausstehlicher Kerl, der nie guten Tag sagte; vermutlich, weil er dies für pure Zeitverschwendung hielt. Ein Meister seines Fachs.

«Herr Dr. Friedrich, ich grüße Sie. Wie geht ...»

«Kurzer Zwischenbericht. Ohne Gewähr.»

«Verstehe.»

«Sie verstehen gar nichts. Sie haben nicht die geringste Ahnung, was hier los ist. Meinen Sie, ich könnte mich den lieben langen Tag ausschließlich mit Ihrem verfaulten Volksvertreter beschäftigen?»

«Selbstverständlich nicht, Herr Dr. Friedrich. Ich hatte doch nur ...»

«Unterbrechen Sie mich nicht. Wie Sie erstaunlicherweise schon ganz richtig gemutmaßt hatten, fanden wir Druckspuren am Nacken und am Hals. Da die Rückenlehne des Bürosessels im Weg gewesen wäre, musste der Oberkörper zunächst nach vorne bugsiert werden. So weit lagen Sie richtig. Jetzt könnten Sie denken, der Täter hat mit der linken Hand den Nacken des Opfers umfasst, auf diese Weise dessen Kopf und Oberkörper ruckartig nach vorne bewegt, um dann mit dem Brieföffner in der rechten Faust zuzustoßen. Halt so, wie jeder Depp das machen würde, nicht wahr?»

«Ja ... So war es aber nicht?»

«Ja und nein.»

«Ja und nein?»

«Im Prinzip ja. Der Täter hat jedoch nicht unmittelbar seine Hände benutzt, um die gewünschte Wirkung zu erzielen.»

«Sondern?»

«Sondern eine Drahtschlinge.»

Morian zog ein Blatt Papier aus der Schublade seines Schreibtisches und fingerte nach dem Kugelschreiber in der Innentasche seines Jacketts, das über der Rückenlehne seines Stuhls hing.

«Vermutlich so eine mit Holzgriffen an den beiden Enden. Wie man sie zum Erdrosseln benutzt. Sie kennen die Dinger?»

Er kannte die Dinger. Der rostfreie Draht aus einer extrem biegsamen Legierung war etwa 40 Zentimeter lang. Die Enden waren im Winkel von 90 Grad an je einem zylinderförmigen Griff befestigt, gewöhnlich aus Holz, manchmal aus Kunststoff.

«... blitzschnell um den Hals gelegt, die Griffe um 180 Grad gedreht, und schon macht das Opfer, was Sie wollen. Teuflisch. Er hat die Drahtschlinge nicht zum Erdrosseln benutzt, sondern um das Opfer besser im Griff zu haben. Dann stieß er zu. Mit viel Kraft, der Brieföffner saß sehr tief, und zwar ... Sind Sie noch da?»

«Selbstverständlich, Herr Dr. Friedrich. Ich wollte Sie nur nicht ...»

«Dann hören Sie gefälligst zu. Wo war ich stehen geblieben?

«Sie wollten gerade ...»

«Wie gesagt, ein kraftvoller Stoß. Das heißt nicht, dass es Arnold Schwarzenegger gewesen sein muss; aber ich würde mal behaupten, es war keiner dieser Tattergreise, wie sie hier haufenweise ...»

«Sonst noch was, Herr Doktor?»

Schweigen. Friedrich räusperte sich und raschelte mit Papier. Morian vertrieb sich die Zeit, indem er den Hörer zwischen Schulter und Ohr klemmte und eine Büroklammer verbog. Als er mit seinem Werk zufrieden war, stellte er die Skulptur vor sich auf den Schreibtisch und betrachtete sie eingehend. So ging das Spiel seit Jahren. Wehe, er würde die Regeln ändern.

Nach endlos langen Sekunden kam zögernd die Antwort.

Ein einziges Wort.

«Ja.»

Schweigen, Rascheln, Räuspern. Die nächste Büroklammer. Die neue Skulptur fiel dauernd um.

«Wir sind da auf etwas Seltsames gestoßen.»

«Aha». Morian sah auf die Uhr.

«Der Brieföffner ist haarscharf am Herz vorbei. Weinert ist also nicht an dem Dolchstoß gestorben. Er wäre es natürlich, hätte man ihn eine Weile mit seinem Elend alleine gelassen. Dann wäre er natürlich verblutet. So lange wollte der Täter aber offenbar nicht warten, sondern schnitt ihm mit einem extrem scharfen Werkzeug, vermutlich einer Rasierklinge, fachmännisch die Kehle durch, während er ihn mit der Drahtschlinge in Position hielt. Weinert ist also nicht ursächlich an den mit dem Dolch herbeigeführten inneren Verletzungen gestorben, sondern man hat ihn ausbluten lassen wie ein Schwein. Und jetzt kommt's: Das Blut, das aus der Wunde am Hals schoss, wurde in dem Cognacschwenker, dessen Scherben Sie auf dem Teppich gesehen haben, sorgsam aufgefangen. Das ist eine Theorie, wohlgemerkt. Aber sonst hätte es auf dem Schreibtisch und drum herum aussehen müssen wie Sau. Hat es aber nicht. Und außerdem wurde in dem Schwenker definitiv Weinerts Blut und keineswegs Cognac geschwenkt. Zumindest nicht seit dem letzten Spülgang.»

Die Stimme des Gerichtsmediziners klang triumphierend. Morian gönnte ihm den Triumph.

«Großartig!»

«Man tut, was man kann.»

«Sie sind ein Genie.»

«Ich bin Naturwissenschaftler. Das genügt. Man muss nicht gleich ein Genie sein, um Polizeibeamten etwas vorauszuhaben.»

«Aber warum hat jemand das Blut aufgefangen?»

«Bin ich der Bulle oder Sie? Das ist jetzt Ihr Job.»

«Natürlich. Was glauben Sie? Einzeltäter oder mehrere Täter?»

«Sie meinen die Fußspuren im Garten? Also, aus medizinischer Sicht war's einer, der die Tötung ausgeführt hat. Was ja nicht ausschließt, dass sich der Täter Gesellschaft mitgebracht hat, die sich am Sonntag die Langeweile vertrieb und ein bisschen applaudierte.»

«Hat etwas von einem Ritualmord. Einer Hinrichtung.»

«Sprechen Sie mit mir? Ich bin Pathologe. Ich halte mich an die Fakten. Fragen Sie einen dieser Seelenklempner. Oder, noch besser, fragen Sie drei Seelenklempner. Dann kriegen Sie drei Antworten und können sich eine aussuchen.»

«Danke für den Tipp. Das war's, Doc?»

«Wie bitte? Reicht das noch nicht? Was wollen Sie denn noch wissen? Vielleicht seine Cholesterinwerte?»

«Warum eigentlich nicht?»

«Immer langsam mit den jungen Pferden. Wir haben ja erst drei der vier klassischen Untersuchungsschritte hinter uns. Untersuchung der Haut, Freilegen des Unterhaut-Fettgewebes, um etwaige Prellungen und innere Blutungen festzustellen, und schließlich Öffnen der drei Körperhöhlen, die da sind Kopf, Brust und Bauch. Sie können ja mal vorbeikommen und zusehen. Dann kriegen Sie mal ein vernünftiges Bild von unserer Arbeit. Oder wird Ihnen schlecht?»

«Danke für die Einladung, Doc. Also noch einmal: Wie stand es denn um seine Gesundheit?»

«Wie gesagt, der vierte Schritt steht noch aus. Analyse der Blut- und Gewebeproben. Deshalb nur unter Vorbehalt: Weinerts Körper war außen hui, innen pfui. Alles Fassade.»

«Und was heißt das?» Langsam ging ihm das Spiel auf die Nerven.

«Na, abgesehen davon, dass er tot ist, sieht er aus wie das blühende Leben. Nur drinnen, da wird es schaurig. Gelenk- und Wirbelsäulenschäden durch das extreme Übergewicht, Fettleber auf dem besten Weg zur Zirrhose, die Lungen und Bronchien völlig verklebt, die Schilddrüse eine einzige Ruine, Magengeschwüre, Polypen im Darm. Potenzielle Krebsherde, so weit das Auge reicht. Als ob er sich selbst von innen zerfressen hätte.»

Morian genügte schon die vage Vorstellung, um die Erinnerung an die erste Obduktion seines Lebens wachzurufen. Während seiner Ausbildung. Verpflichtende Teilnahme. Morgens um acht. Er hatte den Wecker überhört, beinahe verschlafen und dummerweise aufs Frühstück verzichtet, um nicht zu spät zu kommen. Er kam gerade noch rechtzeitig, um den Y-Schnitt und das Aufsägen der Schädeldecke mitzuerleben.

«Danke, Doc. Wir hören voneinander.»

«Moment! Noch eine Kleinigkeit. Sie kriegen's ja noch schriftlich. Beziehungsweise diesmal ja zuerst Ihr Herr Präsident auf besonderen Wunsch. Weinert ist Chefsache, wie?»

Morian ignorierte die spitze Bemerkung, zog ein neues Blatt aus der Schublade und begann, Dreiecke zu malen.

«Seltsame Sache. Nun ja, wie sagt man? Er war kein Mann mehr.»

«Kein ... was?»

«Sind wir etwas begriffsstutzig heute? Sie haben ihm da unten was weggeschnitten. Die Eier. Und wenn ich mich nicht gewaltig irre, muss er da noch ein Kind gewesen sein.»

07

Dr. Julius Weinert. Bis Vera gestern die Zeitung über den Frühstückstisch geschoben hatte, hatte Max Maifeld den Namen über Jahre hinweg völlig aus seinem Gedächtnis gestrichen. Und vieles andere, was sich mit dem Namen verknüpfte. Aus der Zeit, als Max Maifeld ein anderes Leben lebte. Und noch davon überzeugt war, ein hartnäckiger Journalist könne die Welt retten. Im Alleingang.

Dieses miese, korrupte Schwein.

Weinert war einer jener Politiker gewesen, die es tatsächlich geschafft hatten, mit weißer Weste aus dem politischen Geschäft auszusteigen und sich als Pensionär bei Volkshochschulabenden und ersten Spatenstichen feiern zu lassen.

Es gab eine Menge Menschen, die ein Motiv hatten, ihn zu töten.

Mindestens 1835 Menschen.

Ein einziges Mal hatte Max ihn beinahe am Haken. Er war sich sicher, dass Weinert 1993 als Mitglied eines parlamentarischen Untersuchungsausschusses Beweismaterial unterschlagen hatte. Am Ende konnte ihm nichts nachgewiesen werden. Zeugen kippten um, aus Maifelds Büro verschwanden Dokumente und Fotos. Die Staatsanwaltschaft stellte die Ermittlungen ein.

Zehn Jahre zuvor, in der ersten Hälfte der achtziger Jahre, wurden in Deutschland 1835 Bluter-Kranke wider besseres Wissen mit HIV-verseuchten Medikamenten infiziert und damit dem sicheren Tod geweiht. Das Bundesgesundheitsministerium in Bonn und das Bundesgesundheitsamt in Berlin rührten keinen Finger.

Max erinnerte sich gut daran. Besser, als ihm lieb war. An die müden Gesichter, aus denen jede Hoffnung wich, als er ihnen gestand, dass er verspielt hatte. Kein einziges As mehr im Ärmel hatte.

Keine Tränen, keine Wut. Nur diese Müdigkeit.

Und den Tod vor Augen.

Hatte einer noch die Kraft gefunden, Weinert zu töten?

Angefangen hatte alles wie in einem schlechten Film. Reporterglück erinnert immer an schlechte Filme. Eine Bar in Tucson, Arizona. An der Straße hinaus zum Flughafen, gleich hinter einer Brücke, die über ein ausgetrocknetes Flussbett führt. Ein Schrottplatz für Flugzeuge, Flutlichtmasten, gegenüber ein Parkplatz, viermal so groß wie die ganze Bar. Eine aufgeregt blinkende Neonreklame über dem Eingang schrie den Namen der Bar in die stockdunkle Nacht. *Red Baron.* So ein schmuddeliges Ding mit abwaschbaren Sitzen aus rotem Kunstleder und Tischplatten aus Resopal und Kellnerinnen in schlecht sitzenden Operetten-Uniformen.

Er war verabredet. Mit einem soeben gefeuerten Manager

der US-Tochter eines deutschen Pharmakonzerns. Max wusste nicht, warum sie den Mann rausgeschmissen hatten. Es interessierte ihn auch nicht. Frustrierte Exmitarbeiter sind die besten Informanten. Maifeld wollte nur wissen, wie es funktioniert: der illegale Transport des Blutes über die Wohlstandsgrenze, das Geschäft mit den armen Schweinen in Mexiko und Guatemala, die vom Blutspenden leben, bis sie ihre ausgemergelten, unterernährten Körper ruiniert haben.

Max hatte sich gerade ein Bier bestellt, als er in der Tür stand. Der Mann hatte einen Umzugskarton geschultert, und den ließ er auf die Tischplatte krachen. Der Karton war bis zum Rand mit Papier gefüllt. «Vergessen Sie Mexiko», sagte der Mann. «Lesen Sie das Zeug hier. Dann wissen Sie Bescheid. Und dann fliegen Sie zurück nach Deutschland. Nicht hier, sondern in Deutschland passiert die ganz große Sauerei. Kümmern Sie sich um die Plasma-Pools. Und was man aus dem Plasma herstellt.» Er lachte auf. «Teure Arznei aus dem Blut von Junkies. Gesammelt in Gefängnissen und Elendsvierteln. Ihr lasst eure braven Staatsbürger für eine Tasse Kaffee und einen warmen Händedruck spenden, und die denken, sie tun ein gutes Werk. Wissen Sie eigentlich, dass große Mengen dieses in Deutschland kostenlos gespendeten Blutes für viel Geld in die USA verkauft werden? Und umgekehrt verseuchtes Blut benutzt wird, um Medikamente für den deutschen Markt herzustellen? Ein Milliardengeschäft. Ein einziger Bluter-Patient bringt Millionen pro Jahr ein. Und die Krankenkassen zahlen diese irrsinnige Hochdosierungstherapie. Ein wesentlich besseres Geschäft als Drogen und Waffen, glauben Sie mir. Und absolut legal. Hepatitis-Analyse? Fehlanzeige. Aids? Was ist das? Folgen Sie dem Weg des Plasmas. Der Weg führt Sie direkt nach Deutschland. Zurück ins Rheinland. Da kommen Sie doch her, oder? Viel Glück. Das werden Sie brauchen.»

Er zeigte keine Anzeichen von Nervosität. Er flüsterte auch nicht, sondern redete so laut, dass selbst das Liebespaar am anderen Ende des schlecht beleuchteten Raumes problemlos jedes Wort hätte stenographieren können, ebenso die übermüdeten Kellnerinnen in ihren lächerlichen Uniformen oder das Tanga-Mädchen auf der Theke, das sich mit einem Gesichtsausdruck um die Alustange knotete, als hätte es Turnen schon in der Schule gehasst. Sie alle hätten problemlos jedes Wort verstehen können. Wenn es sie interessiert hätte. Der Mann hatte den Ort des Treffens gut gewählt. Hier interessierte sich niemand für den anderen. Der Mann schien sich damit auszukennen, noch aus der Zeit in der Welt, aus der er kam. Er sagte, er werde diese Welt nun verlassen und sich eine andere suchen, weil er noch eine Weile am Leben bleiben wolle. Dann stand er auf und verschwand durch die Tür in die Nacht.

Max zahlte, schleppte den Karton über den verlassenen Parkplatz zu seinem Mietwagen und fuhr zurück ins Hotel. Er ließ sich eine Kanne Kaffee und ein paar Donuts aufs Zimmer bringen und las. Drei Tage lang. Dann flog er zurück nach Bonn. Recherchierte. Ignorierte Schmeicheleien und Drohungen. Tauchte schließlich unter. Er hatte Angst, und er glaubte, Grund dazu zu haben. Es ging um zu viel Geld. Er schrieb und schrieb und schrieb. So oft, bis es niemand mehr drucken wollte. Nicht schon wieder diese unappetitliche Geschichte. Ist doch abgefrühstückt. Haben Sie nicht mal was Neues?

Das Institut für Hämophilie der Bonner Universitätskliniken auf dem Venusberg war damals das größte Bluter-Zentrum der Welt. Der nachweislich erste Aids-Tote der Bundesrepublik starb im Dezember 1982 auf dem Venusberg. In einem Krankenbett der Neurologie. Er war vom benachbarten Bluter-Zentrum überwiesen worden. Ein Handelsvertreter aus dem Sauerland. Bluter von Geburt an, wie alle Bluter. Eine Erbkrankheit, die Frauen, die grundsätzlich nicht daran erkranken, an ihre Söhne weitergeben, eine Krankheit also, die immer mindestens eine Generation überspringt. Das Blut gerinnt bei Verletzungen nicht, die Blutung wird also nicht gestoppt. Die Krankheit der Könige. Doch die Patienten waren keine Könige. Sondern abhängig von Göttern in Weiß. Von der Geburt bis zum Tod. Die Bluter pilgerten scharenweise nach Bonn, weil ihnen dort die aus fremdem Blutplasma gewonnenen Gerinnungsfaktoren nicht erst von Ärzten bei Bedarf gespritzt, sondern den Patienten die Großpackungen prophylaktisch und in extrem hohen Dosierungen als so genannte Bluter-Heimbehandlung verordnet und mit nach Hause gegeben wurden. Das ermöglichte ein unbeschwertes Leben.

Und den sicheren Tod.

Das Krankheitsbild des Mannes aus dem Sauerland wies sämtliche Symptome der damals nur Medizinern bekannten neuen Seuche auf, vor der die US-Gesundheitsbehörden unmittelbar zuvor per Rundschreiben an Kliniken in aller Welt gewarnt hatten. Und vor der an Wahrscheinlichkeit grenzenden Möglichkeit, dass das Virus auch über Blut übertragen werde.

Ein junger Assistenzarzt der Neurologie machte besorgt Meldung an das Bundesgesundheitsamt in Berlin. Eigenmächtig, ohne seine Vorgesetzten zu informieren. Er hatte das Rundschreiben aus den USA gelesen. Und bei dem inzwischen verstorbenen Patienten genau die Immunschwäche-Symptome der neuen Krankheit beobachtet, der die amerikanischen Behörden schon einen Namen gegeben hatten.

Aids.

Als das Bundesgesundheitsamt telefonisch nachhakte, druckste er herum und gab schließlich zu verstehen, dass er leider nichts mehr dazu sagen dürfe, das habe ihm sein Chefarzt dringend ans Herz gelegt, wolle er seiner Karriere nicht schaden. Die Beamten beließen es dabei und vergaßen den toten Handelsvertreter – allerdings erst, nachdem sie den höchst interessanten Bonner Fall in der angesehenen internationalen Fachzeitschrift «Lancet» publiziert hatten. Ein bisschen Glanz sollte schon auf die Bundesbehörde abfallen.

Als Max den Fall aufgriff, versuchten interessierte Kreise nach Kräften, die Familie des Toten im Sauerland zu diffamieren, indem sie über eine mögliche Drogenabhängigkeit und angeblich ausschweifende Sexualpraktiken des biederen Familienvaters laut und öffentlich spekulierten. Im Dorf. Beim Friseur. Beim Metzger. Und bundesweit in den Medien.

Warum?, hatten sie ihn immer wieder gefragt. Warum gibt es keine Gerechtigkeit für uns? Nächtelang, immer dieselbe Frage. Sie telefonierten immer nachts. Vielleicht riefen sie nachts an, weil die Scham dann nicht so erstickend war. Max hatte sie nie danach gefragt.

Es gab auch nichts mehr zu fragen.

Er sollte einfach nur zuhören. Weil ihnen sonst niemand mehr zuhörte. Manchmal schwiegen sie auch miteinander, am Telefon, nächtelang, hörten nur den Atem des anderen.

Irgendwann gab es nichts mehr zu sagen.

Hätte man den Fall des toten Handelsvertreters untersucht, wäre einigen ein Milliardengeschäft durch die Lappen gegangen.

1835 mit HI-Viren infizierte Bluter und deren Angehörige hatten ein starkes Motiv, Weinert zu liquidieren.

In Bonn und anderswo wurden noch jahrelang Patienten mit dem HI-Virus verseucht. Dabei gab es längst ein sicheres Präparat. Von einem der kleineren Pharmaunternehmen in Deutschland. Nur warf das nicht die enormen Gewinnspannen für die Ärzte ab, weil es in der Herstellung wesentlich teurer war und das Unternehmen nicht die gewaltigen Rabatte einräumen konnte wie die großen Konzerne. Für die Gerinnungspräparate hatte der Gesetzgeber aus unerfindlichen Gründen das Apothekengesetz ausgeschaltet. Das bedeutete, dass Ärzte und Institute selbst auf dem Weltmarkt einkaufen und an ihre Patienten und deren Krankenkassen mit entsprechendem Gewinn weiterverkaufen durften. Eine äußerst lukrative Konstruktion. Das Institut auf dem Venusberg war der weltweit größte Einzelkunde der Pharmaindustrie. In guten Jahren gingen Bluter-Medikamente im Wert von 160 Millionen Mark nach Bonn.

Eines der Opfer, mit dem Max später nächtelang gesprochen hatte, war der junge Bonner Medizinstudent Wolfgang Koerner. Als Koerner in den Semesterferien eine Radtour mit Freunden plante, ging er ins Bluter-Zentrum, um sich ein kleines Depot für die Reise zu besorgen. Er erzählte den Ärzten, dass er in einer medizinischen Fachzeitschrift von dem neuen, angeblich sicheren Präparat gelesen habe. Das sei alles Unsinn, meinten die, und außerdem, zuerst müssten die Altbestände im Lager des Instituts aufgebraucht werden. Damit gab sich der junge Mann zufrieden, fuhr in Urlaub und spritzte sich nach einem harmlosen Sturz vom Rad einige Millionen der Aids-Viren in die Blutbahn. «Ich kann diesen Menschen nicht mehr ins Gesicht sehen», sagte er Max später. «Sie waren seit meiner Kindheit meine Vorbilder. Wegen ihnen wollte ich Arzt werden.»

Zwei Monate später war er tot.

Ein einziges Mal hatte Max Maifeld mit Weinert von Angesicht zu Angesicht gesprochen. Auf der Herrentoilette des Oberlandesgerichts in Köln waren sie sich zufällig begegnet, während einer Sitzungspause. Ohne Zeugen. «Geben Sie endlich auf, Maifeld. Sie kriegen mich nie.» Weinert trocknete sich die Hände sorgfältig an einem Papierhandtuch, ließ es achtlos zu Boden fallen, klopfte ihm im Vorbeigehen jovial auf die Schulter und verließ den Raum, ohne die Tür zu schließen. Max hätte ihn am liebsten gepackt und ihm das Nasenbein gebrochen. Ohne Zeugen.

Das geschriebene Wort erwies sich als stumpfes Schwert: Nichts, aber auch gar nichts kann die so genannte vierte Gewalt im Staate ausrichten, wenn sich die drei ersten Gewalten mit den restlichen Stützen der Gesellschaft einig sind.

Die Täter kamen ungeschoren davon. Ohne Ausnahme. Ärzte, Pharmakonzerne, Beamte, Politiker wie Weinert. Eine Verurteilung wegen Mordes erfordert nach deutschem Recht zwingend den Einzelbeweis. Aber wann wurde wer von wem mit welchem Medikament aus welchem Plasma-Pool versorgt? In den Lagern der Kliniken war es mitunter zugegangen wie im Getränkediscount. Und bis die Staatsanwaltschaften aus den Pantoffeln kamen, waren alle anderen möglichen Straftaten von der fahrlässigen Tötung über die Körperverletzung bis zur Urkundenfälschung längst verjährt.

Max hatte sich oft gefragt, warum sich nie einer der Todgeweihten eines Tages gerächt hatte. Bis er begriff, dass sich Bluter-Kranke nicht als Täter eignen. Sie sind geborene Opfer, lebenslang zu Demut erzogen. Als der Skandal nicht mehr unter der Decke zu halten war, ließen sie sich in einem außergerichtlichen Vergleich mit lächerlichen Pauschalbeträgen abspeisen, die weit unter den Entschädigungen für die Contergan-Opfer dreißig Jahre zuvor lagen.

Sie hatten nie Genugtuung für das erlittene Unrecht erfahren. War Weinerts Tod eine Genugtuung? Max lehnte sich zurück und schloss die Augen. War es möglich, dass so viele Jahre danach eines der Opfer Rache geübt hatte? Aber warum ausgerechnet Weinert? Weil der zurückgezogen lebende Privatier einfacher abzugreifen war als andere aus dieser Verbrecherbande?

War der Mörder überhaupt ein Mann?

War es ein einzelner Täter?

Und warum sollte es nicht doch dieser rotznäsige, arrogante Bengel gewesen sein? Warum eigentlich nicht? War es ein Indiz für seine Unschuld, dass seine Schwester ihn liebte?

Und wer wollte ihn jetzt sprechen, auf der stillen Leitung, deren Nummer kaum jemand kannte?

Max griff nach dem Hörer.

«Hallo?»

«Hallo Max. Lange nichts von dir gehört.»

Liz.

«Hallo mein Schatz. Höre ich da einen Vorwurf?»

«Nein, wo denkst du hin; du hörst eine Feststellung. Ich weiß doch, wie du bist, du alter Mistkerl.»

Ja, das wusste sie.

«Schön, deine Stimme zu hören, Liz.»

Auch das wusste sie.

«Falls es dir vielleicht entfallen sein sollte, ich habe Geburtstag übernächste Woche, und ich ...»

«Ist mir nicht entfallen.»

Gar nichts war ihm entfallen. Er erinnerte sich an jede Minute ihrer kurzen gemeinsamen Zeit. Vor so vielen Jahren, dass er manchmal glaubte, es müsse in einem früheren Leben gewesen sein. Oder nur ein Traum, ein zwei Monate langer, süßer Traum.

Sie lachte. «Schön. Kommst du? Ich möchte ein bisschen feiern.»

«Klar. Wie geht's Jo?»

«Nicht so gut. Diese Mordsache. Vielleicht würde es ihm helfen, wenn ihr mal drüber redet. Er vermisst dich.»

Und ich vermisse dich. Aber das sage ich dir nicht. Warum verlässt man eigentlich eine Frau, die man liebt?

Warum verlässt man Kinder, die man liebt?

«Mach ich, Liz. Wie geht's euren Kindern? Die hab ich ja ewig nicht mehr gesehen.»

«Du wirst dich wundern. Die wachsen und wachsen und futtern mir die Haare vom Kopf. Wie ihr schwergewichtiger Vater. Wir freuen uns alle, dich zu sehen.»

«Ich freu mich auch. Danke für die Einladung. Bis dann.»

Max Maifeld schloss erneut die Augen. Wenn du wissen willst, warum ein Mensch so handelt, wie er handelt, dann schau dir seine Geschichte an. Das hatte ihm sein Volontärsvater Ludwig Schemmerl gepredigt, bis es ihm zu den Ohren rauskam. Und noch etwas hatte er ihm gepredigt: Nähere dich dem Objekt deiner Neugierde nie auf direktem Weg, sondern vom äußersten Punkt einer Umlaufbahn, die sich spiralförmig auf den Kern zubewegt. Je weiter entfernt die zu Befragenden stehen, desto weniger sind sie emotional verwickelt, desto glaubwürdiger sind ihre Auskünfte. Ludwig Schemmerl war vor zwanzig Jahren Maifelds Lokalchef in einer kleinen Provinzredaktion in der Eifel gewesen. Er schrieb über Schützenfeste und Rosenmontagszüge ebenso engagiert wie über korrupte Amtsleiter und unfähige Kommunalpolitiker. Ludwig Schemmerl war einer der besten Journalisten, die Max je kennen gelernt hatte.

Sein Mentor in seinen jungen Jahren als angehender Journalist.

Und sein Ersatzvater.

Der Aschenbecher quoll über. Er rauchte zu viel. Sagte jedenfalls sein Zahnarzt. Einen anderen Arzt suchte Maifeld erst gar nicht auf. Er hatte in den vergangenen sechs Stunden einige Datenbanken besucht, mit ein paar alten, zuverlässigen Informanten telefoniert, ferner mit einem Dutzend ihm bisher völlig fremden Menschen, die ihm aber ebenso bereitwillig Auskunft gaben. Dabei war die außerordentlich reizende Telefonstimme seiner Tochter hilfreich, die ihn als wichtigen Herrn aus dem Düsseldorfer Innenministerium angekündigt hatte, sowie ein kleines Computerprogramm, das den Angerufenen auf deren Display die passende Telefonnummer vorgaukelte. Nur drei Angerufene, unter ihnen Alexanders Klassenlehrer, waren so misstrauisch, die angezeigte Nummer zurückzurufen – um wieder an Veras perfekte Sekretärinnen-Imitation zu geraten. Max lobte die Rückrufer ausdrücklich für ihre Sensibilität im Hinblick auf den Datenschutz, während er sich mit dem Notebook auf dem Schoß im Liegestuhl räkelte.

Sechs Stunden konzentrierte Arbeit via Internet, Fax und Telefon ergaben ein erstes, wenn auch noch vages Bild.

Alexander Weinert war hochintelligent, aber ein miserabler Schüler. Zweimal sitzen geblieben und wegen einer anderen Sache vor einem Jahr beinahe von der Schule geflogen, einem dieser altehrwürdigen Bonner Gymnasien. Er hatte seinem Sportlehrer Prügel angedroht, angeblich ging's um eine Mitschülerin. Bei den Mädchen war er umschwärmt, bei den meisten Jungen seiner Klasse verhasst, und beides aus demselben Grund: Alexander war ein Einzelgänger, und er pflegte dieses Image. Ein schulpsychologischer Test bescheinigte zudem eine ausgeprägte Neigung zum Jähzorn.

Seine soziale Anerkennung holte er sich in der Drogen- und Kleinkriminellen-Szene; er war aber in den Polizeiakten bisher weder als drogensüchtig noch als straffällig aufgetaucht. Vermutlich entsprach dieser Umgang weniger seiner Neigung als vielmehr dem Verlangen, seinen Adoptivvater zu provozieren.

Der kinderlose und unverheiratete Dr. Julius Weinert hatte Alexander vor zehn Jahren adoptiert. Der Klassenlehrer meinte, Weinert und seine Schwester seien mit dieser Aufgabe von Anfang an überfordert gewesen. Während Gertrud

Weinert zu Härte neigte, war der eher weiche Julius Weinert bemüht, dem Jungen jeden materiellen Wunsch zu erfüllen. Geld genug hatte er. Armer Morian. Die Lichtgestalt der ehemaligen Bonner Polit-Bühne war ermordet worden. Und der Staat war wild entschlossen, im Sinne der Räson «hart durchzugreifen, koste es, was es wolle», hatte ein Informant aus dem BKA versichert. Morian sollte offenbar die Speerspitze spielen. Armer Jo. Max wusste, er würde früher oder später mit seinem alten Freund kooperieren müssen.

Das Problem war nur, dass Josef Morian ein so schrecklich rechtschaffener Mensch war.

Zum ersten Mal waren sie sich vor vielen Jahren in Köln über den Weg gelaufen. Zwei blutige Anfänger. Max in der vierten Woche als Polizeireporter, Morian im ersten Jahr bei der Kölner Kripo. Drogenfahndung. Max hatte sich damals in den Kopf gesetzt, im Alleingang zwei Heroindealer auf einem Schulhof zu überführen. Mit Kamera und Notizblock. Dann ging alles ganz schnell und gründlich schief. Die Dealer zogen ihre Messer. Plötzlich stand Morian da. Ohne Morian wäre Max längst tot. An Dummheit gestorben.

Nach den ersten Ermittlungen der Polizei, soweit Max sie auf die Schnelle verifizieren konnte, war Weinerts Tod kein Raubmord. Vieles sprach für Alexander als Täter, und nur zwei winzige Punkte dagegen. Einmal die Spuren im Garten.

Punkt zwei: Helena, Alexanders Schwester.

Die junge Frau hatte Max gestern Abend mächtig beeindruckt. Wo nahm diese kleine, zierliche Person so viel Kraft her? «Mein Bruder tut so etwas nicht», hatte sie gesagt. «Er könnte niemals einen Menschen umbringen.» Max konnte jetzt verstehen, warum seine Tochter sich bei ihm so vehement für sie verwendet hatte. Und er überhörte am Abend geflissentlich, dass Vera schon längst vor seinem Okay seine Visitenkarte an Helena weitergegeben hatte.

Unbehagen bereitete ihm allerdings die Tatsache, dass diese Visitenkarte jetzt in der Schreibtischschublade einer Bonner Journalistin auf weitere Verwendung wartete.

«Helena, ich werde versuchen, deinen Bruder zu finden, bevor die Polizei ihn findet. Aber das läuft nach meinen Regeln. Wenn du die Regeln verletzt, breche ich die Suche ab. Regel Nummer eins: Du sprichst ab sofort mit niemandem mehr über deinen Bruder.»

«Aber ich habe ihr versprochen ...»

«Mit niemandem. Haben wir uns verstanden? Diese Journalistin wird sich bei mir melden. Dann rede ich mit ihr.»

«... sie ist sehr nett!»

«Das glaube ich dir. Aber ich kenne sie nicht. Also: Wenn ich deinen Bruder gefunden habe, setzen wir uns hier an diesen Tisch. Dann hat er eine halbe Stunde Zeit, mich von seiner Unschuld zu überzeugen.»

«Und dann?»

«Wenn er das schafft, bringe ich ihn aus der Schusslinie. Mit neuen Papieren kann man auch in anderen Ländern dieser Welt ein nettes Leben führen. Sofern er gewillt ist, mal etwas Verantwortung für sein Leben zu übernehmen. Wenn ich ihn aber für schuldig halte, bringe ich ihn zur Polizei.»

«Ich kann bezahlen, keine Sorge. Ich habe Geld gespart ...»

«Ich tue das meiner Tochter zuliebe. Und ich lasse mich nicht von den Freunden meiner Tochter bezahlen. Du kannst mir helfen, indem du mir erzählst, was vor zehn Jahren passiert ist ...»

«Das kann ich nicht!»

«Ich werde es ohnehin rauskriegen.»

«Bitte nicht!»

Bitte nicht! Max hatte diesem 18-jährigen Kind, dass sich so perfekt die Erwachsenenrolle antrainiert hatte, dabei in die Augen gesehen, und er hatte Angst gesehen, nichts als Angst. Sie lebte seit zehn Jahren bei ihrer Großmutter, Ilse Walterscheid, Kioskbetreiberin im Kölner Severinsviertel. Max kannte ihre Großmutter. Nicht besonders gut. Er war Kunde bei ihr. Zigaretten, Zeitungen.

Die Geschwister Walterscheid/Weinert. Ihr Leben begann vor zehn Jahren, mit zweierlei Nachnamen, zweierlei Adressen. Das gemeinsame erste Leben von Hänsel und Gretel existierte in keinem einzigen Computer in diesem ordnungssüchtigen Land. Jemand hatte sich viel Mühe gegeben, alle Spuren zu verwischen. Dieser Jemand musste über eine Menge Geld und Einfluss verfügen.

Max hätte zu gerne gewusst, wer dieser Jemand war.

«Papa, ich bin verabredet. Brauchst du mich noch?»

Vera hatte sich umgezogen. Stadtfein. Manchmal konnte er nicht begreifen, dass diese hübsche junge Frau einmal das Baby gewesen war, das er nächtelang auf dem Arm geschaukelt hatte.

«Viel Spaß. Kenne ich ihn?»

«Nein. Außerdem würdest du den Namen doch sowieso sofort wieder vergessen.»

Max beobachtete sie, wie sie ihre Utensilien in eine Handtasche stopfte, die bei der Marine glatt als Seesack durchgegangen wäre. Als sie bemerkte, dass er sie beobachtete, lächelte sie verlegen und warf ihm eine Kusshand zu.

Max lächelte zurück. «Mit der Sekretärinnen-Nummer kannst du dich getrost an der Schauspielschule bewerben.»

«Ich werde dich als Referenz angeben. Tschüs.»

Sie verschwand durch die Terrassentür. Zwei Sekunden später steckte sie ihren Kopf noch einmal heraus.

«Was ich noch sagen wollte: Danke.»

Max dachte noch eine Weile nach. Zum Beispiel darüber, dass seine Tochter nach dem Abi Schauspielerin werden wollte; nachdem sie den Wunsch, Psychotherapeutin zu werden, vor zwei Wochen verworfen hatte wie drei Monate zuvor das Berufsziel Journalistin. Und sechs Monate zuvor das Berufsziel Schauspielerin. Vera scheute Entscheidungen wie der Teufel das Weihwasser.

Fast alle Scheidungskinder hassten Entscheidungen.

Er legte das Notebook beiseite. Unten auf der Rheinbrücke staute sich der Verkehr. Es war nur so ein Gefühl. Aber er konnte sich gewöhnlich auf sein Gefühl verlassen. Irgendwo da unten hielt er sich versteckt. Er konnte es riechen. «Wenn du wissen willst, warum ein Mensch so handelt und nicht anders, dann schau dir seine Geschichte an.» Alexander war nicht mehr im Siebengebirge. Köln war groß genug, um unterzutauchen, zudem kannte er hier eine Menge Leute. Und für weitere Reisen fehlte ihm das Geld. Vorerst. Sie mussten ihn finden, bevor sich das änderte. Vielleicht sollte er Morian anrufen, sagte sein Gewissen. Vielleicht war es dafür noch zu früh, sagte sein Verstand. Sein Gefühl sagte noch gar nichts, als das Telefon klingelte.

«Ja?»

«Hurl hier. Ich weiß, wo er ist.»

08 «Neeeiiin!» Mit einem Ruck saß Alexander aufrecht im Bett. Das Laken war feucht und kalt von seinem Schweiß. Er tastete neben sich, zu der Stelle, wo in der Nacht das fremde Mädchen zu ihm unter die Decke gekrochen war.

Sie war weg.

Er hatte geträumt; aber er konnte sich nur an das Blut erinnern, das viele Blut, das Alexander übers Gesicht rann wie jetzt der Schweiß. Diese Augen, weit aufgerissen. Er hatte ihn zeitlebens gehasst, aber diese Augen hatten in ihm einen Augenblick lang Mitleid geweckt. Statt Hass. Mitleid. Das Blut war überall. Diese Augen waren überall. Und die Angst war überall.

Alexander tastete das Laken ab. Nur Schweiß. Kein Blut. Und keine Pisse, wie so oft. Er atmete erleichtert auf, sprang aus dem Bett und öffnete die Tür zu dem schmalen, endlos langen Flur. Stille. Sie waren alle längst zur Arbeit, zum Schrottplatz draußen in Braunsfeld. Auf dem Weg zur Küche fiel sein Blick durch die geöffnete Tür des Badezimmers in den Spiegel über dem verdreckten Waschbecken. Was er sah, erschreckte ihn. Unter den hellblond gefärbten Stoppelhaaren war das Gesicht eines alten Mannes zu sehen. Dunkle Ringe unter den Augen, eingefallene Wangen, graue Haut.

Der Kaffee in der Warmhaltekanne auf der Spüle war nur noch lauwarm. Egal. Als Alexander sich an den Küchentisch setzte, fiel sein Blick auf die Uhr über der Tür. Fünf Uhr nachmittags. Kein Zweifel, der Sekundenzeiger bewegte sich. Er musste mindestens zwölf Stunden geschlafen haben. Sie hatten versprochen, um fünf zurück zu sein und einen Reisepass mitzubringen.

Der Empfang war nicht besonders freundlich gewesen. Vier Stunden hatte er im Hinterhof auf dem Müllcontainer gehockt und auf sie gewartet. Sie waren im Kino gewesen, anschließend in der Kneipe, und als sie um die Ecke bogen und ihn da hocken sahen, hielt sich ihre Freude in Grenzen. Er kannte sie nicht besonders gut, wusste auch nicht von allen den Namen, zum Beispiel nicht von dem Mädchen mit der Latzhose, aus dessen Bett er gerade gestiegen war. Drei Mädchen und vier Typen, sie klauten Autos auf Bestellung. Alexander hatte ihnen schon eine Menge guter Tipps gegeben, gegen Provision. Das Siebengebirge wimmelte nur so von arglosen Leuten mit großen Garagen und teuren, unverschlossenen Autos.

Sie machten ihm Vorwürfe, dass er ihnen noch die Bullen auf den Hals hetze. Sie hatten sein Foto in der Zeitung gesehen. Erst als er ihnen das Päckchen Koks auf den Küchentisch legte, das er vor zwei Wochen in einem Schließfach des Hauptbahnhofs deponiert hatte, sagten sie, er könne eine Nacht bleiben. Koks war wie Bargeld. Er blieb auch den Tag und die zweite Nacht. Weil er nicht wusste, wohin, und weil das Mädchen mit der Latzhose nett zu ihm war. Sie hatte ihm eine Jacke geschenkt, die mal jemand vergessen hatte. Gott sei Dank hatte er den Schlüssel zum Schließfach immer um den Hals hängen.

Am zweiten Abend waren auch die anderen netter. Sie spielten Doppelkopf und tranken Bier, so bis drei Uhr morgens. Sie nahm ihn wortlos mit in ihr Zimmer. Sie zündete Kerzen an, stellte sie rund um das Bett auf. Die Kerzen dufteten nach Vanille. Er stand immer noch mit dem Rücken zur Zimmertür, rührte sich nicht vom Fleck. Sie kam auf ihn zu, blieb zwei Schritte von ihm entfernt stehen und sah ihm in die Augen, während sie die Verschlüsse der drei Nummern zu großen, von Lack und Öl versauten Latzhose öffnete, die wie ein Sack zu Boden fiel. Sie trug nichts darunter. Sie sah so zart und zerbrechlich aus ohne die riesige Arbeitshose. Als er ihren warmen Körper neben sich unter der Bettdecke spürte, ihren samtenen Atem, hatte er keine Angst mehr. Die Augen schließen. Nichts tun müssen. Für einen kurzen Moment alles vergessen. Er sagte ihr, dass er nicht mit ihr schlafen wolle. Die Worte sprangen einfach so aus seinem Mund. Dass er noch nie ... dass er zu viel Angst habe. Davor.

«Okay», sagte sie. Nichts weiter. Und lächelte.

Der Kaffee war bitter. Er stellte die Tasse ab. Auf die Zeitung. Die Zeitung! Er schob die Tasse beiseite, zu hastig. Die trübe Brühe schwappte über den Tisch. «Express». Sein Foto, so groß wie ein Poster.

JAGT WEINERTS MÖRDER!

Bericht Seite 3. Er blätterte um. Seine Hände begannen zu zittern. Wo hatte er seine Zigaretten? In seiner neuen Jacke. Die musste noch im Flur hängen, an der Flügeltür des alten Kleiderschranks aus poliertem Kirschholz, dessen Vorderfront völlig verkratzt war, weil der Flur so eng war und weil die gegenüber liegende Wohnungstür beim Öffnen immer gegen den Schrank schlug.

JAGT WEINERTS MÖRDER!

Er zitterte. Die Kälte. Im Flur streifte er sich die Jacke über, fingerte in den Taschen nach seinen Zigaretten, als sich ein Schlüssel ins Schloss schob. Er atmete erleichtert auf, griff nach der Türklinke, warf aber instinktiv einen Blick durch den Spion. Alexander blickte in das von der Weitwinkel-Linse des Türspions grotesk verzerrte Gesicht eines Mannes, dessen Augen von einer Sonnenbrille verdeckt waren. Der Mann trug einen schwarzen Anzug und ein schwarzes Hemd. Die langen schwarzen Haare waren zu einem Pferdeschwanz gebunden. Vom linken Mundwinkel bis zum Ohr zog sich durch das schöne, bronzefarbene Gesicht eine hässliche, schlecht verheilte Narbe.

Diese Narbe.

Alexander erstarrte. Die Angst kam zurück. Er kannte den Mann, dessen ganze Aufmerksamkeit dem Türschloss galt, das er offenbar so lautlos wie möglich zu öffnen versuchte. Der Schlüssel hakte im Schloss. Er kannte den Mann. Woher kannte er den Mann?

JAGT WEINERTS MÖRDER!

Er würde nur noch Sekunden brauchen, um die Tür zu öffnen. Alexander löste sich aus seiner Erstarrung. Die Angst machte Wut Platz. Sie hatten ihn verraten. Diese Schweine. Er blickte sich um.

Der Kleiderschrank.

Alexander packte den Schrank mit aller Kraft, bis er nach vorne kippte. Als der Schrank gegen die Wohnungstür donnerte, rannte Alexander schon auf die kleine Hoftür am Ende des Flurs zu.

09 Die Hintertür! Diese kleine Ratte! Achtlos ließ er den Schlüssel im Schloss stecken und sprang mit einem einzigen Satz die vier Stufen bis zur Haustür hinab. Noch in der Sekunde des Knalls aus dem Inneren der Wohnung wusste er, dass er zu leichtsinnig gewesen war. Die kleine Ratte hatte ihn bemerkt. Er hätte die Hintertür zuvor sichern müssen. Er war wütend auf die kleine Ratte, und er war wütend auf sich selbst. Er hasste es, Fehler zu machen. Nach links! Um ein Haar hätte er eine Passantin mitsamt ihrem Kinderwagen umgerannt. Nur kein Aufsehen. Er war leichtsinnig geworden, weil alles so reibungslos funktioniert hatte. Keine 24 Stunden hatte er gebraucht, um die kleine Ratte ausfindig zu machen. Nach links durch die Toreinfahrt. Sie hatten ihm die Wohnungsschlüssel schneller ausgehändigt als erwartet. Es war gar nicht viel Druck nötig, nur ein gebrochener Zeigefinger. Schon reichte ihm eine dieser Witzfiguren bereitwil-

lig die Schlüssel. Aber die Kleine in der Latzhose schrie wie am Spieß. Er konnte das Geschrei nicht ertragen, deshalb musste er ihr noch mal wehtun. Da wurde sie ohnmächtig.

Er lief in die dunkle Durchfahrt, die sich zu einem Hinterhof öffnete. Am Ende verschwand der Blondschopf gerade hinter einer Mauer. Gute Kondition. Aber nicht gut genug, um es mit ihm aufzunehmen. 50 Meter in sechs Sekunden. Mit einem Satz auf den Müllcontainer, mit dem nächsten Satz über die Mauer. Vorsicht, Pflastersteine. Abfedern. Ein weiterer Hinterhof. Drei Ausgänge, links, geradeaus, rechts. Drei Möglichkeiten. Clever. Zu riskant, ihn zu Fuß zu verfolgen. Zurück zum Auto.

Der schwarze BMW stand gegenüber der Hausdurchfahrt. Er hatte lange gewartet, bis ein legaler Parkplatz frei wurde, der zudem strategisch günstig lag. Parkscheibe, zwei Stunden Limit. Er hätte allenfalls fünf Minuten gebraucht. Jetzt lief ihm die Zeit davon. Einmal um den Block, er konnte ihm unmöglich entwischen. Überholen, links, rechts. Erste Straße. Nichts. Zweite Straße. Nichts. Dritte Straße. Nichts. Verdammt. Ruhig Blut, ganz ruhig. Natürlich: Jetzt weiß ich, was du vorhast, du kleine Ratte. Während ich den Block absuche, machst du kehrt zum Ausgangspunkt und springst in die nächste Straßenbahn, an der Haltestelle gleich vor dem Haus. Er wendete mitten auf der Fahrbahn, wildes Gehupe. Knapp zwei Minuten später war er wieder an der Hausdurchfahrt. Der Parkplatz war besetzt. Ein blauer Maserati. Er parkte den BMW verbotswidrig in der Ladezone eines Getränkehändlers. Ein kleines Risiko, aber er würde nicht lange brauchen. Er glitt in das Dunkel der Toreinfahrt, drückte sich in eine Nische, wurde eins mit der schwarzen Wand. Er gab sich Zeit bis hundert. Eins, zwei, drei ...

Bei sechsunddreißig tauchten die blonden Haare im Zeitlupentempo hinter der Mauerkante auf. Der Junge ging auf

Nummer sicher, ließ den Blick über den Hof schweifen, bis zu dem Haus, aus dem er vor wenigen Minuten gehetzt war. In diesem Augenblick wurde die Hintertür von innen geöffnet. Durch die schmale Türöffnung schob sich ein Mann. Der Kopf des Jungen verschwand wieder hinter der Mauer. Der Mann war mindestens zwei Meter groß. Er musste sich bücken, richtete sich erst nach den ersten Schritten wieder zur vollen Größe auf und blinzelte in die Sonne. Ein Schwarzer. Kahl rasierter Schädel. Undefinierbares Alter. Sandfarbener Anzug mit Stehkragen. Dann trat eine zweite Gestalt aus der Tür. Ein Weißer, Anfang vierzig vielleicht, knapp einsneunzig groß. Jeans, Polohemd, Jackett aus dunkelblauem Leinen. Der Weiße lief los und nahm den Weg wie zuvor der Junge über den Müllcontainer und die Mauer, kehrte aber Minuten später zurück und schüttelte den Kopf.

Die suchten die kleine Ratte. Warum? Bullen? Niemals. Während der Weiße über die Mauer geturnt war, hatte der Schwarze die ganze Zeit unverwandt in Richtung Toreinfahrt gestarrt. Unmöglich, er konnte ihn nicht entdeckt haben, er stand gegen die Sonne. Der Weiße folgte dem starren Blick des Schwarzen. Wie auf ein geheimes Kommando marschierten sie los, genau auf ihn zu.

Kämpfen oder Rückzug.

Er konnte den Gegner nicht einschätzen. Und er wollte kein Aufsehen, sondern in Ruhe seinen Job erledigen. Er löste sich aus seinem Versteck, lief über die Straße, sprang in den Wagen, drehte den Zündschlüssel um, gab Gas. Plötzlich tauchte der Schwarze wie aus dem Nichts mitten auf der Fahrbahn auf, als sei er aus dem Asphalt gewachsen, starrte das auf ihn zu rasende Auto an, nein, er starrte nicht das Auto, sondern ihn an, rührte sich keinen Millimeter. Er drückte das Gaspedal durch bis zum Anschlag. Die Reifen quietschten, der BMW machte einen Satz. Im letzten Augenblick wich der

Schwarze aus, wie eine große, geschmeidige Katze, und ließ seine Riesenfaust auf das Dach des vorbeirasenden Wagens donnern.

Sein Puls hatte sich Minuten später wieder reguliert. Aber erst als er sicher war, dass ihm niemand folgte, stoppte er auf dem Parkplatz eines Baumarktes und griff nach dem Telefon in der Mittelkonsole.

«Ja?»

«Es hat nicht funktioniert, Herr.»

«Was soll das heißen?»

«Er ist mir entwischt. Wir sind nicht die Einzigen, die ihn suchen.»

«Polizei?»

«Nein, Herr, keine Polizei. Zivilbullen fahren nicht Maserati. Die sahen auch nicht aus wie Bullen.»

«Wie viele?»

«Zwei. Aber ... es war zu viel los auf der Straße, und ...»

«Schweig. Ich muss nachdenken.»

Schweigen. Dann:

«Kennzeichen?»

«Ja, hab ich. Werde ich überprüfen.»

«Bist du erkannt worden?»

«Keine Sorge.» Er lehnte sich im Sitz zurück und beobachtete ein Ehepaar, dass sich verzweifelt abmühte, einen Rasenmäher in einem Opel Astra zu verstauen. Die Heckklappe ging nicht zu. Er rutschte noch tiefer, klappte die Sonnenblende nach unten. Ihn kannte niemand in Deutschland. Keine Polizeiakte, nicht einmal eine Geburtsurkunde in irgendeinem beschissenen Einwohnermeldeamt. Ihn gab es nicht.

«Haben die ihn etwa?»

«Nein. Er ist auf und davon.»

«Halte mich auf dem Laufenden. Ich will wissen, wer uns

da in die Quere kommt. Aber keine riskanten Nummern, verstanden? Mich interessiert nur der Junge.»

«Wir werden ihn finden, Herr!»

«Nein, nicht wir. Du wirst ihn finden. Vermassel es kein zweites Mal. Ich erwarte, dass meine Aufträge ausgeführt werden.»

«Ja, Herr. Ich sagte doch, ich werde ihn ...»

Die Leitung war unterbrochen.

10

«Ist der Stuhl noch frei?»

Liz Morian schenkte dem Mann ein knappes, zustimmendes Lächeln, bevor sie sich wieder in die Speisekarte vertiefte. Doch der Mann blieb einfach stehen, statt den Stuhl zu nehmen und damit an einen der anderen Tische zu verschwinden.

«Ich meinte, darf ich Ihnen vielleicht etwas Gesellschaft leisten?»

Liz hob erneut den Blick von der Speisekarte. Sie lächelte nicht mehr. Sie musterte den Mann unverhohlen von oben bis unten. Er war durchschnittlich groß, aber kräftig. Sehr kräftig. Wie ein Ringer oder ein Boxer. Nein, eher wie einer, der mal geboxt hat, aber immer noch genauso viele Kohlehydrate in sich hineinschaufelte und nun mit seinen fünfzehn überzähligen Kilos haderte. Aber auf eine seltsame Weise fand sie die fünfzehn überzähligen Kilos an ihm ausgesprochen attraktiv, genauso wie den millimeterkurzen Bürstenhaarschnitt, den breiten Nacken, die schiefe, platt gedrückte Nase, die ungelenken Bewegungen, die kleinen, gutmütig funkelnden Augen ...

«Sind Sie häufiger hier?»

Das war wohl die blödeste aller Fragen, um mit einer

Frau ins Gespräch zu kommen. Aber der Mann schien nicht an einer Antwort interessiert zu sein, sondern setzte sich unaufgefordert und vertiefte sich in die Speisekarte, die er mit seinen großen Schaufelhänden hielt wie ein Kapitän das Steuerrad seines Schiffes.

«Und Sie? Sind Sie zum ersten Mal hier?» Liz ertrug die plötzliche Stille am Tisch inmitten der lärmenden Trattoria nicht mehr.

«Ja. Ich war noch nie hier. Ich hatte in der Nähe zu tun. Und jetzt habe ich Hunger. Einen Bärenhunger.» Der Bär verschanzte sich wieder hinter seiner Karte. Na, dann wäre ja alles gesagt, dachte Liz. Links von ihr knutschte ein nicht mehr ganz junges Paar ungeniert, als hätten sie dazu nur in italienischen Restaurants Gelegenheit, rechts am Tisch stießen sie auf einen Mittfünfziger an, der versicherte, dies sei der schönste Tag seines Lebens.

«Prego!»

Warum haben alle Kellner dieser Welt die schlechte Angewohnheit, sich den Gästen so lautlos zu nähern wie Winnetou auf dem Kriegspfad? Liz bestellte ein Glas Weißwein und Spaghetti Carbonara. Die einfachsten Gerichte gestatten stets das sicherste Urteil über die Qualität einer Küche, fand sie.

«Sind die gut? Die nehme ich auch, Herr Ober. Und ein Kölsch. Haben Sie Tiramisu?»

«Sí. Aber nur noch drei Portionen.»

«Dann reservieren Sie mir bitte eine. Ich liebe nämlich Tiramisu.» Er klappte die Karte zu und strahlte übers ganze Gesicht. «Sie sind eine wunderschöne Frau. Wenn Sie nur nicht immer so sorgenvoll gucken würden. Möchten Sie mich näher kennen lernen?»

Was war das nur für ein Mann, der ihr da gegenübersaß und sie mit dem unschuldigen Blick eines dreijährigen Kindes anstrahlte? Sie wusste es immer noch nicht. Sie wusste nur, dass er Josef Morian hieß, dass sie ihn Jo nannte und immer noch so bedingungslos liebte wie vor acht Jahren.

Vor acht Jahren hatten sie sich kennen gelernt. Genau so. Er löffelte genießerisch sein Tiramisu, trank dazu einen doppelten Espresso mit viel Zucker, während sie, um das immer stärker werdende Kribbeln in ihrem Bauch abzutöten, einen Grappa nach dem anderen hinabstürzte. Zwecklos. Nachdem er bezahlt hatte, standen sie wortlos auf, verließen wortlos die Trattoria, steuerten wortlos das nächstbeste Hotel an und fielen in dem fremden, durchgelegenen Bett wortlos übereinander her. Anschließend hatten sie die ganze Nacht geredet und beschlossen, für immer zusammenzubleiben.

So etwas war ihr zuvor noch nie passiert. Und seitdem passierte es einmal im Jahr, seit acht Jahren, zum heiligen Gedenken an dieses erste Mal. Der Babysitter war seit Wochen gebucht, das Kribbeln im Bauch seit Tagen kaum noch auszuhalten. Sie schliefen schon seit zwei Wochen nicht mehr miteinander, aus Sehnsucht nach der Nacht der Nächte. Dann trafen sie sich wie zufällig in jenem Restaurant, das inzwischen dreimal den Besitzer und leider auch den Koch gewechselt hatte, begegneten sich wie zwei Fremde, siezten sich wie damals, um anschließend in dem schäbigen Hotel übereinander herzufallen.

Es war ein Spiel.

Ihr Spiel.

Das Fenster stand offen, nur der zugezogene Vorhang trennte sie von der Welt da draußen, drei Stockwerke tiefer. Die Abendluft streichelte ihre Körper. Sie lagen nackt und nass vom Schweiß und immer noch schwer atmend auf dem großen, durchgelegenen, nicht mehr ganz so fremden Bett und hielten sich an den Händen. Seit einer halben Stunde. Liz hätte nie gedacht, dass es ihr einmal so viel Spaß machen würde, mit einem Menschen zu schweigen. Aber mit Jo war das anders. Mit Jo war vieles anders. Das Schweigen. Und das Reden.

«Du denkst an deinen Fall, stimmt's?»

Genug geschwiegen.

«Ja.»

«Du hast das Gefühl, auf der Stelle zu treten.»

«Ja.»

«Was könnte dir denn ein besseres Gefühl geben?»

«Rauszukriegen, warum der Täter ein Täter wurde und warum das Opfer ein Opfer wurde.»

Liz lächelte, dann drehte sie sich zu ihm und vergrub ihr Gesicht in seiner Achselhöhle. «Und was hindert dich daran?»

Meine zutiefst unmoralische Abneigung gegen das Opfer und meine grundsätzliche Abneigung, Zwanzigjährige hinter Gitter zu bringen, dachte Morian und sagte stattdessen:

«Ich weiß es nicht.»

«Willst du es wissen?» Liz streichelte sanft seinen Bauch. Morian ahnte, dass es sowieso kein Entkommen gab. «Soll ich dir erzählen, was ich weiß?» Liz lächelte, küsste seine behaarte Brust, ließ sich entspannt in die Kissen fallen und schloss die Augen.

«Okay. Weinert war eine richtige Drecksau. Ein Opportunist, immer auf den eigenen Vorteil bedacht. Er war damals in den Bluter-Skandal verwickelt, aber man konnte ihm nichts beweisen. Selbst Max nicht. Erinnerst du dich? Max ist damals schier verrückt geworden. Und jetzt? Jetzt ist Dr. Julius Weinert ein Heiliger. Weil er tot ist. Und alle Welt fordert Vergeltung. Sühne für die feige Tat. Ich habe drei unaufgeklärte Morde aus den letzten fünfzehn Jahren in der Schublade liegen, aber wichtig ist nur Weinert ...»

«Die sind alle vor deiner Zeit bei der Mordkommission

passiert. Du hast jeden Mord in deiner Amtszeit aufgeklärt. Und du warst auch davor bei der Sitte der Beste.»

«Das meine ich nicht. Wir haben im Präsidium Dutzende von unaufgeklärten Vergewaltigungen, und Wohnungseinbrüche sind längst nur noch ein Fall für die Statistik. Wir haben zu wenig Personal für immer mehr Verbrechen. Wir haben nicht einmal mehr die Zeit, den Angehörigen von Selbstmördern und Mordopfern bei der Überbringung der Todesnachricht noch ein paar Minuten beizustehen. Aber ein toter Expolitiker und Lobbyist, der bringt den ganzen Polizeiapparat auf Hochtouren.»

«So ist das eben mit Prominenten. Was weißt du noch über ihn?»

Morian schloss die Augen. Liz würde sich immer die Zeit nehmen, trauernde Angehörige zu trösten, wenn dies ihr Job wäre. Weil sie im Gegensatz zu ihm keine Furcht vor dem Tod hatte. Aber jetzt war ihre Neugierde erwacht, und sie duldete keine Abschweifungen.

«Wie gesagt. Eine steile Karriere in der Politik ...»

«Nein, ich meine, wie ist er aufgewachsen? Und wie ist er an den Jungen geraten?» Sie lag auf der Lauer wie eine Heckenschützin.

«Habe ich das noch nicht erzählt?» Die Unschuld war gespielt. Morian wusste ganz genau, dass er Gesprächen zu diesem Fall bisher systematisch aus dem Weg gegangen war. «Na gut. Wo fangen wir an? Julius Weinert. Einziger Sohn eines Gutsbesitzers aus Ostpreußen. Die Mutter stirbt kurz nach der Geburt im Wochenbett. In weiser Voraussicht, als alle anderen noch an den Endsieg glauben, verscherbelt Gotthilf Weinert seinen Besitz und bringt das liquide Vermögen in Form von Goldbarren rechtzeitig vor der anrückenden Roten Armee in Sicherheit. Mitsamt seinen beiden Kindern und dem halben Hofstaat, bestehend aus einem Knecht und zwei

Mägden. Kaum im Westen angekommen, stirbt er rasch eines natürlichen, wenn auch nicht ganz gesellschaftskonformen Todes. Syphilis.»

«Sieh einer an. Der lustige Witwer. Auf welchem ostpreußischen Heuboden hat er sich die denn eingefangen?» Sie wälzte sich zur Seite und bohrte ihr Kinn in seine Brust. Hellwache Augen. Jo wusste, sie mochte solche Geschichten. Unmöglich, diese Frau. Sie war schamlos in ihrer Neugierde. Manchmal kaufte sie sich am Kiosk diese Illustrierten, die man sonst nur beim Frisör oder beim Arzt sieht. Das skandalöse Privatleben der Schönen und Reichen. Sie sezierte Familiengeschichten mit ähnlicher Hingabe wie Dr. Friedrich, die Fledermaus, seine Leichen in der Gerichtsmedizin.

«Und die Kinder?»

«Welche Kinder?»

«Na, die Kinder des lustigen Witwers.»

«Julius? Das Erbe wurde bis zur Volljährigkeit des Knaben von einem Bonner Vertriebenenverband verwaltet, der als kleine Entschädigung für den Aufwand dieser materiellen Vormundschaft seine wichtige politische Arbeit aus den Zinserträgen finanzieren durfte. Das hatte der lustige Witwer alles testamentarisch geregelt, ebenso die Wahl des Internats für seinen Sohn. Die zwei Jahre ältere Gertrud kam bei einem ebenso mittel- wie kinderlosen Lehrer-Ehepaar unter, dem Weinert senior offenbar nur zu diesem Zweck zur Flucht in den Westen verholfen hatte. Auch sie waren testamentarisch mit einer Aufwandsentschädigung bedacht worden.»

«Was war das für ein Internat?»

Morian schielte zu seiner Frau hinunter, von der er aber nur noch den entzückenden Hinterkopf in der tiefen Schlucht zwischen seinem Brustkorb und seinem rechten Oberarm ausmachen konnte. Er spürte ihren warmen Atem in seiner Achselhöhle. Oh Gott, Liz fragte sich gerade erst warm. Ihr Interesse an den Lebensgeschichten fremder Leute war geradezu wollüstig.

«Irgendwo mitten in der Eifel. Eine alte Burg. Soll bis zum Kriegsende eine Herberge für Wandergruppen der Hitlerjugend gewesen sein oder so etwas. Wurde dann von einem Mönchsorden in ein Internat mit altsprachlichem Gymnasium umgewandelt. Ich nehme an, um unter den Zöglingen das eine oder andere Opfer für den Priesternachwuchs zu orten. Solche Einrichtungen hat es ja damals häufiger gegeben. Das Ding ist längst geschlossen.»

«Weiter.»

Morian streckte seine Glieder und gähnte ungeniert. Er genoss es, seine Frau ein wenig zappeln zu lassen. «Was weiter?»

«Was weiter? Na zum Beispiel: Was ist seine Schwester eigentlich für ein Mensch?»

«Was soll ich sagen? Sie geht immer brav in die Kirche. Täglich in die Andacht. Und sonntags ins Hochamt. Ein seltsames Paar. So wie ein Pfarrer und seine Haushälterin. Sie hat Alexander gehasst. Allerdings gewinnt man schnell den Eindruck, als habe sie außer ihrem Bruder nicht viele Menschen geliebt. Ich werde noch einmal mit ihr sprechen müssen. Ich will auch noch einmal in Ruhe die Bude auf den Kopf stellen. Allein. Sie hat ein ärztliches Attest. Aber Ende der Woche stehe ich bei ihr auf der Matte, ob es ihr oder ihrem Arzt passt oder nicht.» Morian dachte schon mit Widerwillen daran.

«Wie ist Weinert überhaupt an Alexander geraten?»

Das war der heikle Punkt in Morians bisherigen Recherchen. Es war kalt geworden. Mit der freien Hand zog er das Bettlaken über ihre beiden Körper.

«Also, Julius Weinert wurde quasi mit dem Abitur ein wohlhabender Mann, dank des Erbes, das zur Auszahlung kam. Kein gigantisches Vermögen, aber ein schönes Startkapital für das Wirtschaftswunder. Weinert ging in die Politik, startete durch in der neuen Hauptstadt Bonn. Er war schon als junger Mann ein kleiner, fetter Kerl mit Halbglatze. Ich habe in seinem Arbeitszimmer ein altes Foto gesehen. Aber es soll ja bekanntlich Frauen geben, die finden, dass Geld Männer schön macht. Macht macht sexy.»

Morian hatte den Tritt unter der Bettdecke erwartet, nur nicht so heftig. «Weiter», befahl sie. Sie duldete keine Abschweifungen.

«Jedenfalls ist er ledig geblieben, trotz seines Geldes und seines gesellschaftlichen Ansehens. Vielleicht weil ... na ja, weil er schon als Kind kastriert worden ist.»

«Er ist was?»

«Sagt jedenfalls Friedrich, die Fledermaus. Als Kind oder als Jugendlicher. Jedenfalls bevor er erwachsen war. Und wenn Friedrich das sagt, wird es stimmen. Sie haben ihm die Hoden abgeschnitten.»

«Wer? Weshalb?» Sie kniete sich ins Bett, setzte sich auf ihre Fersen und verschränkte die Arme vor ihren kleinen Brüsten.

«Keine Ahnung. Wir müssen natürlich die Möglichkeit in Betracht ziehen, dass es mit dem Fall überhaupt nichts zu tun hat. Wo waren wir stehen geblieben? Julius Weinert kaufte sich also eines Tages ein schönes Anwesen im Siebengebirge, oberhalb des Rheins, in der Nähe des zur Stadt Königswinter gehörenden idyllischen Bergdörfchens Ittenbach, für sich und seine reizende Schwester, die ihm den Haushalt führte. Tja, und eines Tages war der Junge da.»

«Wie, eines Tages?»

«Ja, plötzlich war er da. Vor zehn Jahren. Weinert hat ihn adoptiert.»

«Und wo kam der Junge her?»

Morian ließ seine Gedanken kreisen, eine qualvolle Weile, bevor er antwortete. «Ich weiß es nicht. Offenbar weiß es niemand. Ich habe alle möglichen Datenbanken angezapft. Vergebens. Ich werde noch verrückt. Und der Präsident rät mir täglich aufs Neue, ich solle die Finger davon lassen und mich auf die Suche nach dem Jungen konzentrieren. Eine Bitte aus allerhöchsten politischen Kreisen, versichert er gebetsmühlenartig. Datenschutz, Schutz der Persönlichkeitsrechte. Auch der Respekt vor dem Toten gebiete dies. Ich kann's nicht mehr hören. Diese aufgeblasene Null.»

«Und wenn du mal mit Max darüber sprichst? Vielleicht hat er über Weinert was in seinen alten Unterlagen, was dir weiterhelfen könnte.»

Jo Morian sagte nichts. Und Liz Morian wusste nur zu gut, wie schwer sich ihr Mann tat, sich helfen zu lassen. Wie alle Männer. Sie dachte nach. Ihre Gedanken kreisten um den einen Punkt, um eine Person. Alexander Weinert. Vor zehn Jahren war Alexander zehn Jahre alt. Sie spürte, dass es tief in ihrem Gedächtnis eine Tür gab, die sich nicht öffnen ließ. Sie musste in Ruhe nachdenken.

Aber nicht jetzt. Jetzt war die Nacht der Nächte. Und die war noch lange nicht zu Ende. Sie zog das Laken weg und schubste es mit dem Fuß über die Bettkante. «Wo waren wir stehen geblieben?»

11 Das kurze Autobahnstück von Bonn nach Köln war überraschend leer. Mittagszeit. Ein heißer Tag. Diese Visitenkarte. Keine Postanschrift. Nur eine E-Mail-Adresse und eine Telefonnummer. Als sie die Nummer gewählt hatte, war sie mit einem Altenheim im Kölner Stadtteil Nippes verbunden. Alten- und Pflegeheim der Barmherzigen Mutter, Schwester Ingrid am Apparat, was kann ich für Sie tun? Zuerst dachte sie, sie hätte sich verwählt, aber als sie Herrn Max Maifeld verlangte, stellte die Nonne durch, als sei es das Normalste von der Welt, über sie Privatdetektive zu erreichen.

Maria kurbelte das Schiebedach wieder zu, als sie die Stahlgerippe der Ölraffinerien von Wesseling passierte. Es stank erbärmlich in dieser Affenhitze. Nach verfaulten Eiern. Sie hasste Gestank, und sie hasste Hitze. Beides erinnerte sie an das erste Kapitel ihres Lebens, das sie so gerne vergessen hätte.

Als könnte man seine Kindheit jemals vergessen.

Schornsteine, Rohre, Kessel, Gerüste, Stahlgerippe. Menschenleer. Deutschlands größtes zusammenhängendes Industrierevier, ging es ihr durch den Kopf. Ihre erste Reportage als Volontärin.

Am Verteiler Köln-Süd bog sie nach rechts ab, durch den Grüngürtel in Richtung Rhein. Mein Gott, war das lange her. Volontärin Maria Engels Fernandez, Lokalredaktion Bonn. Vor 13 Jahren hatte sie ihren ersten Arbeitstag beim «Rheinischen Anzeiger». Meine Güte, war sie damals noch jung. Unerfahren. Hochmoralisch. Vor allem aber jung. Nicht schön. Sie hatte sich noch nie als schön empfunden, auch wenn andere das anders sahen. Zu klein. Zu dick. Und jetzt zu alt. Sie hatte Angst vor dem Altwerden. In wenigen Monaten würde sie 40 sein. Sie versuchte, an etwas anderes zu denken. Zum Beispiel an ...

Meine Güte. 40 Jahre!

Am Rheinufer folgte sie der abknickenden Vorfahrt nach links. Achten Sie auf die kleine Brücke hinter dem dritten Lagerhaus, hatte die Stimme am Telefon gesagt. Die Stimme war ihr auf Anhieb unsympathisch gewesen. Nein, nicht die Stimme. Der Tonfall. Kurz angebunden. Arrogant. 13 Uhr. Dann die Wegbeschreibung, so schnell, dass sie kaum mitschreiben konnte, und das wollte was heißen. Rücksichtslos. Was fahren Sie für ein Auto?, hatte die Stimme gefragt. Wieso?, hatte sie gefragt. Was fahren Sie für ein Auto?, hatte er wiederholt, ohne ihr einen Grund für die Frage zu nennen. Einen gelben Beetle, hatte sie geantwortet. Fahren Sie ganz langsam über die Brücke. Schritt-Tempo, geradeaus über den Platz auf das nächstgelegene Tor zu. Dort parken Sie. Es ist übrigens besser für Sie, wenn Sie sich exakt an die Anweisungen halten.

Exakt.

Anweisungen.

Als ob sie einen Hochsicherheitstrakt besuchte.

Während ihr Auto über die alte, schmale Drehbrücke rumpelte, griff sie in ihre Handtasche auf dem Beifahrersitz. Die Pfefferspraydose war an ihrem Platz. Viertel vor eins. Sie parkte neben einer dunkelblauen Limousine und stieg aus. Altes Kopfsteinpflaster. Auch das noch. Sie sah hinab zu den Sandaletten mit den Pfennigabsätzen, die sie so gern zu ihrem cremefarbenen Lieblingskostüm trug, das sie sich vor zwei Jahren auf den Ramblas von Barcelona gekauft hatte. Viel zu teuer. Sie hatte nicht widerstehen können. Seit einiger Zeit beschlichen sie allerdings hin und wieder Zweifel, ob der Rock nicht entschieden zu kurz sei für ihr Alter. Unter der wärmenden, schmeichelnden Sonne des Mittelmeers beurteilte man das mitunter anders. Falsch natürlich.

Das Speicherhaus im Kölner Süden musste um die Jahrhundertwende gebaut worden sein. Es stand auf einer künstlichen, schmalen Insel, deren Form an das Deck eines Schiffes erinnerte. An den Ausläufern links und rechts Wiese, der Rest gepflastert. Quer über die Insel verlief das verrostete Gleis einer Schmalspurbahn bis zur Drehbrücke. Drei ausgediente Kräne. Der Rheinarm unter der Drehbrücke hatte wohl einmal als Verladehafen gedient. Rechts neben dem Tor standen zwei polierte Stahlsäulen, zwischen denen drei Werbetafeln aus Plexiglas mit rot unterlegter Schrift montiert waren.

ABRISS. Entrümpelungen. Wohnungsauflösungen. Firma im Besitz der Belegschaft. Zweites Tor rechts.

ABSTURZ. Software. Hardware. Individuelle Problemlösungen. Erdgeschoss links.

HURL'S KARATE-DOJO. Laufend Kurse für Anfänger und Fortgeschrittene. Selbstbehauptungskurse für Frauen und Kinder. Anmeldung/Büro erster Stock.

Auch das noch. Ein Paradies für Selbstverwirklicher.

Maria hörte Stimmen aus dem Inneren der Halle. Männerstimmen. Jubel. Dann ein Kampfschrei. Lachen. Fröhlich, ausgelassen wie kleine Jungs. Sie griff nach dem großen, schweren Tor, das mit einer überraschenden Leichtigkeit aufschwang, als seien die Scharniere erst gestern geölt worden. Sie setzte die Sonnenbrille ab. Einen Augenblick lang stockte ihr der Atem angesichts der riesigen Halle, die sich nach oben bis zu der gläsernen, von schmiedeeisernen Trägern und Stützen gehaltenen Jugendstil-Dachkonstruktion öffnete. Ihr genau gegenüber führten schmiedeeiserne Treppen zu Galerien, von denen wieder Flure und Türen abzweigten. Drei Stockwerke. Das Panorama erinnerte an ein altes Gefängnis.

Wieder das Geschrei. Die kleinen Jungs waren große Jungs. Im Zentrum der Halle befand sich ein Basketball-Spielfeld mit einem rostroten Gummibelag, der sich von dem grauen Betonboden ringsum abhob. Zwischen den Körben jagten zehn erwachsene Männer in kurzen Hosen dem Ball hinterher. Nein, neun erwachsene Männer. Denn einer der Spieler war kaum älter als 14 Jahre.

Unweit des Spielfeldes, in Höhe der Mittellinie, stand ein altes Sofa. Maria steuerte darauf los. Sie hatte das Sofa fast erreicht, als der Ball ins Aus rollte, genau auf sie zu. Sie hob ihn auf. Als sie wieder aufsah, stand einer der Spieler vor ihr. Groß, knapp unter einsneunzig. Um die vierzig. Zu muskulös für ihren Geschmack. Völlig durchgeschwitzt. Schöne Beine. Misstrauischer Blick. Er streckte die Hand aus. Nach dem Ball oder zur Begrüßung?

«Max Maifeld. Sie sind zu früh dran. Sie müssen sich noch zehn Minuten gedulden.» Nahm den Ball und ließ sie stehen.

Sie setzte sich, schlug unsicher die Beine übereinander. Muss ich mir das hier antun? Sie hasste Sport. Sie hasste Schweiß und dieses Männlichkeitsgehabe.

Schweiß. Ihr Vater war stets im Unterhemd zum Frühstück erschienen. Ungewaschen, umgeben von den Ausdünstungen des vorangegangenen Arbeitstages, der drei Flaschen Bier vor dem Fernseher und der filterlosen Zigaretten, den Ausdünstungen der Nacht, des lieblosen Gerangels im elterlichen Doppelbett.

Der Halbwüchsige war zweifellos der beste Spieler. Schnell, wendig, treffsicher. Der Ball schien mit ihm verwachsen. Außer ihm beanspruchten zwei weitere Akteure ihre Aufmerksamkeit. Ein Riese mit kahl rasiertem Schädel und einem weit ausgeschnittenen, ärmellosen Trikot, auf dem «Who the fuck is Michael Jordan?» zu lesen war. Glänzende, schwarze Haut. Er bewegte sich elegant wie ein Ballett-Tänzer. Der dritte war Maifeld. Schweißgebadet. Der Älteste auf dem Spielfeld. Und im Vergleich zu den anderen eher mittelmäßig. Aber er kämpfte um jeden Ball, mit Kraft und Verbissenheit. Der geht dahin, wo es wehtut, hätte ihr Vater gesagt. Das war sein größtes Kompliment, wenn er Fußball im Fernsehen kommentierte, was er ohne Unterlass tat. Das Gucken wie das Kommentieren. Ja, augenscheinlich ging Max Maifeld gern dahin, wo es wehtat. Maria befürchtete das Schlimmste.

Sie sah auf die Uhr. Punkt eins. In diesem Moment ging ein markerschütterndes Dröhnen durch die Halle. Wie eine

Schiffshupe. Nein, eher wie das Schichtwechsel-Signal in der Fabrik, in der ihre Eltern gearbeitet hatten. Ölverschmierte Overalls, strähnige Haare, schmutzige Fingernägel, ernste Gesichter. Ihr erster Eindruck von der Arbeitswelt. Die Welt ihrer Eltern.

Die Männer umarmten sich und tätschelten sich gegenseitig den Po. Rituale der Naturvölker. Besonders innig fiel die Umarmung zwischen Maifeld und dem Halbwüchsigen aus. «Wie sieht's aus? Trinkst du noch einen Kaffee mit uns?»

«Nö, ein anderes Mal. Bin im Stress.»

«Hausaufgaben?»

«Mach ich heute Abend. Ist nicht viel. Jetzt hab ich 'ne wichtige Verabredung im Freibad.»

«Wie heißt sie denn?»

«Du fragst zu viel, Alter.»

«Grüß deine Mutter von mir.»

«Mach ich besser nicht, oder? Tschüs, Papa.»

Papa? Hatte sie richtig gehört? In ihrer Phantasie waren Privatdetektive mit Familienleben bisher nicht vorgekommen.

Die Männer verschwanden in sämtliche Himmelsrichtungen. Bis auf Max Maifeld. Er blieb wie angewurzelt stehen, legte die Stirn in Falten, als erinnerte er sich an einen lästigen Termin, musterte sie kritisch, nickte und sagte: «Kommen Sie!» Er drehte sich auf dem Absatz um und steuerte auf die nächste Treppe zu. Gitterroste als Stufen. Auch das noch. Keine Chance, bei den Pfennigabsätzen. Maifeld nahm immer zwei Stufen auf einmal. Maria zögerte. Sie musste wohl die Schuhe ausziehen. Doch der Gedanke, ihre nackten Füße wie ein Fakir dem scharfkantigen Metall auszusetzen, ließ sie zögern. Da drehte er sich auf der vorletzten Stufe um, als könne er Gedanken lesen, kam zurück, ihr entgegen.

«Wir sollten vielleicht einen anderen Weg nehmen. Oder ich könnte Sie tragen.» Er grinste.

Wage es nicht, mich anzufassen.

Rumpelnd und quietschend setzte sich der Lastenaufzug in Bewegung. Mit Wildfremden auf engstem Raum schweigend Zeit zu verbringen, hatte sie noch nie ertragen können. Deshalb sagte sie: «Weshalb wollten Sie wissen, wie mein Auto aussieht?»

«Weil ich es überprüfen lassen wollte, wenn Sie auf den Hof fahren. Ich weiß gerne, wer mein Haus betritt. Das ist sicherer.»

«Na dann überprüfen Sie mal schön.»

«Schon passiert.»

Maria runzelte die Stirn.

Max Maifeld betrachtete die Schalttafel des Lastenaufzugs, als wolle er die Ziffern auswendig lernen. «Ein Nummernschild ist wie ein offenes Buch. BN-ME 97. Nicht ganz legal aus den USA importiert. Sie haben offenbar Freunde, die so etwas regeln können. Oder hatten einen Freund. TÜV überfällig. ASU ebenso. Es macht Ihnen offenbar Mühe, Ihr Privatleben zu organisieren. Zugelassen auf Maria Engels Fernandez, wohnhaft in Bonn, Argelanderstraße 37, zur Miete. Südstadt ist schick, nicht wahr? Sie pflegen also Ihr Image. Der Kleinkredit fürs Auto ist fast abbezahlt. Alle Achtung, und das bei den Südstadt-Mietpreisen. Dann müssen Sie wohl übertariflich bezahlt werden. Aha, der Verleger und die Chefredaktion schätzen Ihre Arbeit. Drei Punkte in Flensburg, nicht der Rede wert. Bei Gelegenheit sollten Sie mal Ihren Presseausweis verlängern lassen. Der ist seit einem halben Jahr abgelaufen. Dann brauchen Sie ihn wohl nicht allzu oft, vermutlich weil Sie in Bonner Polizei- und Justizkreisen ohnehin bekannt sind wie ein bunter Hund.»

Maria schwieg. Im obersten Stock legte Maifeld einen

Hebel um und stieß die Flügeltüren auf. Maria blickte durch eine Säulenhalle, die Büro, Küche und Wohnzimmer beherbergte, über eine riesige Terrasse am Ende des Raumes bis zum jenseitigen Rheinufer. Er führte sie zu einem etwa vier Meter langen Küchentisch aus rissigem Holz und bedeutete ihr, auf einem der zwölf Stühle Platz zu nehmen.

«Kaffee?»

«Lieber Tee.»

«Wird sich sicher irgendwo im Haus auftreiben lassen. Einen Augenblick.» Sagte er und verschwand, bevor sie den Satz formulieren konnte, er solle sich keine Umstände machen und ihr ein Glas Wasser anbieten.

Sie sah sich interessiert um. Schreibtisch. Computer, zwei Monitore, Drucker, Scanner. Mehrere externe Laufwerke. Ein Notebook. Hoch über dem Schreibtisch sieben kleine Monitore, in die Wand eingelassen. Draußen musste es vor Überwachungskameras nur so wimmeln. Grob verputzte Wände, getüncht in einem sommerlichen Gelborange, das Holz der Türen und Fensterrahmen in einem matten Grün. Großformatige, gerahmte Schwarzweißfotos an den Wänden; Menschen, immer wieder Menschen. Bordeauxrote Sofas, dicke, weiche Kissen. Eine offene Küche, ein Sammelsurium aus Schränken und Geräten, mittendrin ein amerikanischer Kühlschrank von den Ausmaßen einer Telefonzelle. Ein typischer Männerhaushalt, aber eine Wohnung zum Wohlfühlen. Ein warmes Nest. Oder ein Adlerhorst? Um sich nach der Jagd die Wunden zu lecken? Jedenfalls hätte sie ihm so viel Geschmack nicht zugetraut.

Sie hing ihren Gedanken nach, als rechts von ihr eine Tür geöffnet wurde. Aha, der Tee. Aus der Tür trat eine sehr junge, sehr schöne Frau, die sich mit einem Frotteehandtuch die nassen Haare rubbelte. Die Frau bemerkte sie nicht, so sehr konzentrierte sie sich auf ihr Tun. Sie schlenderte zur Terrasse, blieb in der offenen Tür stehen, streckte sich. Maria konnte ihr Gesicht nicht sehen. Aber den Rest ihres Körpers. Denn die Frau war nackt.

Maria sah im Gegenlicht die Silhouette ihrer kräftigen Schultern, ihrer schmalen Taille, ihres wohlgeformten Pos und ihrer langen, schlanken Beine. Sie lehnte sich gegen die Türfüllung und kratzte sich mit dem rechten Fuß die linke Wade. Nach einer Weile drehte sie sich um, trat den gleichen Weg zurück an, blieb dann abrupt stehen, ohne das Trocknen der Haare einzustellen.

«Oh. Ich wusste gar nicht, dass Max Besuch hat.»

«Er besorgt Tee.» Maria räusperte sich verlegen. Ihr war die Situation peinlich.

Offenbar peinlicher als der nackten Frau.

«Tee?» Sie wiederholte das Wort, als hörte sie es zum ersten Mal. Dann lächelte sie, kam ungeniert auf Maria zu und streckte ihr die Hand entgegen. «Ich bin unhöflich. Vera. Und du bist?»

«Maria.» Sagte Maria und ließ die Hand der Frau schnell wieder los. Die Nähe zu einem nackten Menschen bereitete ihr Unbehagen. Ihr fiel ein, wie sie sich vor Jahren von einer Freundin hatte überreden lassen, sie in die Sauna zu begleiten. Einmal und nie wieder. Denn plötzlich stand der Vorsitzende der Schwurgerichtskammer vor ihr. Man plauderte übers Wetter. Grauenhaft.

Außerdem bereiteten ihr schöne Frauen stets Unbehagen. Nackt oder angezogen. Nein, das war kein Neid. Es war nur ... Die Frau namens Vera blinzelte ihr verschwörerisch zu. «Maria, ich zieh mir schnell was an. Hab sowieso noch was vor, dann stör ich euch nicht. Bis bald mal.» Und schlenderte aus dem Raum.

Wo bin ich hier gelandet? Was denkt diese schamlose Person von mir? Dass ich eine weitere Gespielin für ihren Pascha sei? Maria griff nach ihrer Handtasche, um zu gehen, als sie seine Stimme hinter sich hörte: «Grüner Tee, steht auf der Packung. Mögen Sie den?»

12 Eine einzige Pleite. Sie hatte lediglich in Erfahrung gebracht, dass die Frau, die nackt durch die Wohnung spaziert war, nicht seine Geliebte, sondern seine Tochter war. Hatte er jedenfalls behauptet. Und der 14-jährige Basketball-Virtuose sein Sohn Paul. Sie hatte versucht, freundlich zu bleiben; man könne doch voneinander profitieren; den Zeitungsapparat in den Dienst der guten Sache stellen; Alexander das Forum bieten, öffentlich Stellung zu beziehen; seine Unschuld zu beweisen oder aber seine Tat zu erklären.

Er hatte sie abgefertigt wie ein dummes Huhn. Höflich, kühl, kompromisslos. «Frau Engels Fernandez, das Geschäft, das Sie mir anbieten, ist ein verdammt schlechtes Geschäft. Weil nur Sie daran verdienen, ohne andererseits etwas bieten zu können. Was der Junge jetzt am wenigsten braucht, ist Medienrummel. Wollen Sie ihm tatsächlich helfen? Dann lassen Sie ihn in Ruhe.»

Sie war wütend. So durfte niemand mit ihr umspringen, und schon gar nicht ein Mann. Nicht mit ihr, nicht mit ...

«Da hätten wir was, Verehrteste.»

Ottmar Heinrich zoomte den Text der gefilmten Zeitungsseite auf Monitor-Größe. Von Maria Engels. Darüber stand in dicken, fetten Lettern: «ICH HABE ES DOCH NUR FÜR SIE GETAN.» Und in der Unterzeile stand: Tochter musste zusehen, wie der Vater ihren Vergewaltiger erdrosselte.

«Tut mir leid, Professor. Das Mädchen in dem Text heißt zwar Helena, war aber ein Einzelkind.» Ottmar Heinrich war promovierter Historiker und gelernter Archivar, aber natürlich kein Professor. Dennoch nannten ihn alle im Haus heimlich so. Weil er unglaublich belesen war. Und gelegentlich etwas zerstreut. Aber nur Maria durfte ihn auch so ansprechen. Professor. Und er nannte sie stets «Verehrteste». Der Mann war ein wandelndes Lexikon. Aber selbst das fotografische Gedächtnis des Professors half ihr nicht weiter. Maria rieb sich die Nasenwurzel. Ihr ganzes berufliches Leben zog als Mikrofilm an ihr vorbei. Und ihr berufliches Leben schien ausschließlich aus Tragödien zu bestehen. «Das ist sie nicht, Professor. Ich erinnere mich an den Prozess. Das Mädchen beging sechs Monate später Selbstmord.»

Seit zwei Stunden durchforsteten sie die auf Mikrofilm archivierten Zeitungsbände. Auf der Suche nach einem Kind namens Helena Walterscheid. Sie haben schon einmal über meine Familie geschrieben. Vor zehn Jahren. Meine Großmutter hat Ihre Artikel alle aufbewahrt. Und sie hat gesagt, Sie seien ein guter Mensch.

Jetzt war sie vor allem ein müder Mensch. Wo zauberte der Professor mit seinen 62 Jahren diese Energie her? Sie beobachtete Ottmar Heinrich, wie er aufgeregt zwischen dem Mikrofilm-Monitor mit der altmodischen Handkurbel und seinem Archivcomputer hin und her sprang, auf die Tasten einhämmerte wie ein Klaviervirtuose.

«Verehrteste, das ist die letzte der 74 Dateien, die infrage kommen. Dann bin ich mit meinem Latein am Ende. Schon wieder Pech, scheint mir. Der Nachname passt nicht.»

Dass der Nachname nichts brachte, war ihr schon länger klar. Seit sie mit den ersten Recherchen begonnen hatte. Helena lebte bei ihrer Großmutter Ilse Walterscheid, die einen Kiosk in der Kölner Südstadt betrieb. Die klassische Kölner Mischung aus Stehcafé und Tante-Emma-Laden. Umschlagplatz für Nachrichten, Anlaufstelle der einsamen Herzen. Zeitungen und Zigaretten, Persil und warme Brötchen, Kaffee und Kondome, Bahnfahrkarten und Lottoscheine. Seit genau zehn Jahren war die Enkelin dort gemeldet.

Die wenigen Kölner Prozesse, über die Maria berichtet hatte, konnte sie an einer Hand aufzählen. Nein, Helena musste irgendeine Verbindung zu Bonn haben ...

«Fehlanzeige. Nachname Adam. Wissen Sie eigentlich, dass ich seit einer halben Stunde Feierabend habe?»

Natürlich wusste sie das. Und gleich würde er fragen, ob sie vielleicht Lust hätte, mit ihm noch einen Happen essen zu gehen. Er verehrte sie, auf eine altmodische Art. Er war einsam. Vor zwei Jahren war seine Frau gestorben, die große Liebe seines Lebens.

«Ich fragte, kann ich das Gerät ausschalten?»

Vor den Monitor schien jemand eine Scheibe aus Milchglas geschoben zu haben. Maria hatte Mühe, sich zu konzentrieren. Sie kniff die Augen zusammen, suchte nach dem Datum, entzifferte den Text Buchstabe für Buchstabe. Ihr erstes Jahr als Gerichtsreporterin. Dr. Kurt Adam. Sylvia Adam. Alexander Adam. Helena Adam. Die Erinnerungen überrollten sie wie eine Meereswoge. In 32 langen Prozesstagen hatte sie Helenas Familie kennen gelernt.

Der Fall Adam.

«Was meinen Sie? Sollten wir nicht noch gemeinsam einen Happen zu uns nehmen, Verehrteste?»

13

«Ich glaube nicht, dass ich Ihnen noch etwas zu sagen habe.»

Josef Morian ignorierte den herablassenden Tonfall. «Gnädige Frau, es tut mir Leid, Sie noch einmal belästigen zu müssen. Aber es lässt sich nicht vermeiden. Darf ich eintreten?» Seltsame Frage, dachte er, wenn man die richterliche Genehmigung in der Tasche hat. Aber das wusste Gertrud Weinert nicht. Sie machte eine Handbewegung, die man mit viel Phantasie als Aufforderung verstehen konnte.

Der Erkennungsdienst hatte das Arbeitszimmer längst freigegeben. Nichts erinnerte daran, dass hier vor ein paar Tagen ein Mensch abgeschlachtet worden war. Morian ging zu der Bücherwand, nahm das Foto von Weinert und der fremden jungen Frau aus dem Bildband über Schlesien und schlenderte zurück ins Wohnzimmer, während Gertrud Weinert ein Tablett mit Kaffee und Plätzchen aus der Küche zu dem kreisrunden Tisch im Erker trug. Durch die Butzenscheiben sah Morian den weitläufigen Vorgarten, den makellosen Rasen, die Obstbäume links und rechts des Weges, der von der Garage hinunter zur Straße nach Ittenbach führte. Sie bedeutete ihm, Platz zu nehmen, und sie machte den Eindruck, als dulde sie keine Widerrede.

«Ich habe nicht viel Zeit. Ich muss zum Pfarrhaus. Morgen ist die Beerdigung, wie Sie vielleicht wissen.»

Die Frau mit den grauen, in einem strengen Knoten versteckten Haaren und dem wadenlangen Faltenrock erinnerte Morian an seine Lehrerin aus der Grundschulzeit. Hände auf den Tisch!

«Frau Weinert, wie ich bereits am Telefon sagte, ich kann mir vorstellen, was für ein Schmerz es gewesen sein muss, Ihren ...»

«Sparen Sie sich Ihr verlogenes Getue. Deshalb sind Sie wohl kaum hergekommen.»

Eigentlich konnte sich Morian nicht vorstellen, dass diese Frau zu irgendeiner Gefühlsregung fähig war. Weder zu Schmerz noch zu Liebe. Allenfalls zu Hass. Bedächtig rührte er in seinem Kaffee herum. So konnte er ihrem misstrauischen Blick ausweichen.

«Haben Sie das aus dem Arbeitszimmer?» Sie deutete auf das Foto, das Morian neben seiner Kaffeetasse abgelegt hatte.

«Das? Ach das. Ja. Es ist aus einem Buch gefallen. Eines der Bücher über Schlesien. Wissen Sie, mein Urgroßvater ist nämlich ...»

«Was wollen Sie mit dem Foto?»

«Ich wollte Sie fragen, wer wohl die Frau da neben Ihrem Bruder ist.»

Sie betrachtete nachdenklich das für sie auf dem Kopf stehende Bild am anderen Ende des Tisches, ohne es anzurühren. Morian beobachtete sie scharf. Was für ein verlogenes Spiel. Wenn sie die Person auf dem Bild wirklich nicht kannte, hätte sie das Foto längst rumgedreht und in die Hand genommen.

Das tat sie eine Sekunde später. Ihre Miene erhellte sich. «Das ist doch ... natürlich. Erika Bräutigam. Sie war mal seine Sekretärin. Als Julius noch im Bundestag saß. Das Bild ist in seinem Büro aufgenommen worden, sehen Sie? Er hatte von seinem Fenster einen schönen Blick auf den Rhein. Meine Güte, das muss ja eine Ewigkeit her sein. Ich habe sie nicht gleich erkannt, wegen der Frisur. Sie wechselte nämlich ständig ihre Frisur und ihre Haarfarbe.»

«Wissen Sie, was aus ihr geworden ist?»

«Aus Erika?» Ihr kurzes, heftiges Lachen war weniger Ausdruck von Heiterkeit als von Empörung. «Wie soll ich wissen ...»

«Na immerhin hat sie Ihrem Bruder doch mal sehr nahe gestanden. Beruflich, meine ich.»

Sie überhörte die letzte Bemerkung geflissentlich.

«Wie gesagt, das ist eine Ewigkeit her. Sie war drei, vier Jahre bei ihm. Ich weiß es nicht mehr so genau. Ist ja auch eine Ewigkeit her. Dann hat sie gekündigt. Damals bewohnte sie ein kleines Apartment in Neu-Tannenbusch, wie so viele, die neu in der Bundeshauptstadt waren und Arbeit suchten. Sie stammt aus Ostpreußen, so wie wir. Deutschstämmig natürlich. Julius hat ihr sehr geholfen beim Start ins neue Leben hier in Bonn. Da war sie noch ein ganz junges Ding. Ich erinnere mich noch, dass er die Kündigung sehr bedauert hat. Ich war ganz froh, weil ich sie nie für besonders ehrlich und loyal gehalten habe. Wie es sich für eine gute Sekretärin gehört. Eine Frau spürt das. Aber Julius war unglaublich anhänglich und sentimental. Vielleicht hat ihn genau diese Eigenschaft das Leben gekostet. Sein weiches Herz. Wenn er diesen undankbaren Bengel nur früher zum Teufel gejagt, in ein Heim gesteckt hätte, dann ...» Sie unterbrach sich mitten im Satz, sah auf ihre Hände auf dem Tisch.

Morian nutzte die Pause. «Frau Weinert, wir haben neue Erkenntnisse über den Tod Ihres Bruders. Er wurde nicht nur mit einem Brieföffner niedergestochen. Ihm wurde mit einem sehr scharfen Werkzeug, vermutlich einer Rasierklinge, die Kehle durchgeschnitten. Ihr Bruder ist langsam und qualvoll verblutet. Das Blut, das aus seinem Hals quoll, wurde in einem Cognacschwenker aufgefangen. All das macht den Eindruck einer rituellen Hinrichtung.»

Dann sah er ihr in die Augen. Und sagte: «Frau Weinert, ich kann mir kaum vorstellen, dass dies ein Zwanzigjähriger getan haben soll, der unter diesem Dach aufgewachsen ist.»

«Ich schon.» Punkt. Ende.

«Was hat Alexander denn so böse gemacht?»

«Sein genetisches Material.»

«Von wem stammt sein genetisches Material?»

«Sehen Sie in Ihren Polizeicomputern nach.»

«Da steht nichts.»

Morian hätte nicht gedacht, dass diese Frau überhaupt imstande war zu lächeln. Doch jetzt tat sie es.

«Noch Fragen, Herr Kommissar?»

«Sie haben den Jungen gehasst, nicht wahr?»

«Ja. Ich habe ihn so sehr gehasst, wie mein Bruder, dieser Narr, ihn geliebt hat. Was hat er meinem Bruder Sorgen bereitet. Sogar noch zwei Tage vor seinem Tod. Ein Brief vom Kreiswehrersatzamt. Julius hat ihn natürlich geöffnet. Weil Alexander ja nie da war, und Julius befürchtete, es sei etwas, was keinen Aufschub duldete.»

Ihre Stimme zitterte. Sie musste einen Moment pausieren, bevor sie weitersprach. Morian ließ ihr alle Zeit der Welt.

«Wir saßen hier an diesem Tisch, beim Frühstück. Julius liebte es, lange und ausgiebig zu frühstücken, seit er aus dem aktiven Berufsleben ausgeschieden war. In Ruhe die Zeitung lesen, eine Zigarre rauchen, die Post durchsehen ... Julius war ein Genießer. Hier saß er an jenem Freitag und öffnete diesen Brief, mit seinem ... er las, er wurde ganz blass, dann sprang er auf, er war sehr erregt, er eilte in sein Arbeitszimmer und schloss die Tür.»

«Was stand in dem Brief?»

«Ich weiß es nicht. Er hat mit mir nicht darüber gesprochen. Und ich habe auch nicht danach gefragt. Julius mochte das nicht. Es gab Regeln in diesem Haus, Regeln des Zusammenlebens. Jedenfalls war er den Freitag und auch den Samstag ganz durcheinander, telefonierte ständig, aber mit mir sprach er kein Wort darüber. Dass der Brief vom Kreiswehrersatzamt kam, weiß ich nur, weil ich mir immer die Kuverts anschaue, wenn ich die Post aus dem Briefkasten hole.»

«Wo ist dieser Brief?»

Gertrud Weinert zuckte mit den Schultern. «Ich weiß es nicht.»

«War Ihr Bruder das geborene Opfer?»

Sie runzelte verständnislos die Stirn. «Wie meinen Sie das?»

«Nun ja, es ist mir unangenehm, das anzusprechen, aber ... wie ist das damals passiert mit Ihrem Bruder? Der Gerichtsmediziner meint, er müsse noch ein Kind gewesen sein.»

Morian gab sich alle Mühe, teilnahmslos zu wirken. Aus den Augenwinkeln bemerkte er das kurze Zucken um ihre Mundwinkel.

«Was hat das mit dem Mord zu tun, Herr Kommissar?»

Ihre Stimme war eiskalt.

«Das weiß ich noch nicht. Vielleicht gar nichts. Aber wir müssen nun mal jeder Spur nachgehen.»

«Dann kommen Sie wieder, wenn Sie es wissen. Aber Sie können sich die Mühe sparen: Nichts hat es mit dem Mord zu tun. Junger Mann, mein Bruder hat sich zeit seines Lebens aufgeopfert für dieses Land, und ich hege inzwischen große Zweifel, ob dieses Land das verdient hat. Dr. Julius Weinert hat alles in seiner Macht Stehende getan, seinen Teil dazu beizutragen, Deutschland nach dem Krieg wieder einen angemessenen Platz in der Welt zu verschaffen. Und als der Eiserne Vorhang endlich fiel, dieses Mal der Schande, da hat er, statt sich nach einem langen, erfüllten Arbeitsleben im Sessel zurückzulehnen, damit begonnen, Hilfstransporte nach Osteuropa zu organisieren, Waisenhäuser in Rumänien zu betreuen ...»

«Frau Weinert, es tut mir Leid, dass ich ...»

«Er hatte gerade damit begonnen, seine Lebenserinnerungen niederzuschreiben. Die Verlage standen schon Schlange. Verstehen Sie? Mein Bruder war eine Leitfigur in diesem Land. Einen Bestseller haben sich die Buchverlage ausgerechnet.»

«Aha. Das ist ja interessant. Wie viele Manuskriptseiten gab es denn schon? Könnte ich die mal ...»

Mit einer Handbewegung unterbrach sie ihn mitten im

Satz, sah auf die Uhr und stand auf. Die Audienz war beendet. «Ich bringe Sie zur Tür. Höchste Zeit. Der Pfarrer erwartet mich.»

«Falsch, Frau Weinert. Ich bringe Sie zur Tür.» Morian schob den Durchsuchungsbefehl über den Tisch.

Gertrud Weinert erstarrte für einen Moment. Dann zischte sie: «Wie können Sie es wagen, mich in diesen Tagen der Trauer wie einen Verbrecher zu behandeln?»

Morian richtete sich auf. «Nichts liegt mir ferner. Reine Routine. Ich verfahre immer so. Die erste Überprüfung des Tatorts geschieht nach dem polizeilichen Lehrbuch. Die zweite Inaugenscheinnahme wird ausschließlich von meiner Intuition geleitet. Deshalb bin ich auch alleine hier. Ich habe großen Erfolg mit dieser Methode. Sie wollen doch auch, dass der Täter möglichst rasch gefasst wird. Ich habe natürlich nichts dagegen, wenn Sie mir bei meiner Arbeit Gesellschaft leisten möchten. Nur, der Herr Pfarrer ...»

Gertrud Weinert sah ihn mit schmalen Augen an. Erst als Morian begann, im Geiste die Sekunden zu zählen, gewann sie ihre Fassade zurück. «Selbstverständlich. Sie machen nur Ihre Arbeit.» Sie deutete auf das Foto. «Aber stellen Sie gefälligst alles zurück an seinen Platz. Und schließen Sie die Tür ordentlich hinter sich, wenn Sie gehen.»

Sie ging. Morian beobachtete sie durchs Küchenfenster, bis sie um die Straßenecke verschwand. Dann machte er sich an die Arbeit.

Küche, Arbeitszimmer, Wohnzimmer, Esszimmer, Diele, Gästetoilette. Nichts, was er nicht schon kannte. In allen Zimmern waren die Rollläden zur Hälfte herabgelassen.

Der Keller. Waschküche, Heizungsraum, Vorratskeller, Weinkeller. Morian besah sich die verstaubten Etiketten. Nicht schlecht. Von Wein hatte Weinert etwas verstanden.

Erster Stock. Zwei Schlafzimmer. Ordentlich. Kalt und

steril. Jedes Zimmer mit eigenem Bad, nur von den jeweiligen Schlafzimmern aus zu betreten. Zwei Gästezimmer mit schmalen Betten unter beigefarbenen, gesteppten Tagesdecken, kleine Handwaschbecken in Nischen hinter geblümten Vorhängen.

Dachgeschoss. Links ein Duschbad mit Waschbecken und Toilette. Daneben die Tür zu Alexanders Zimmer. Von der beige-braun gemusterten Tapete war nicht mehr viel zu sehen, so viele Poster mit NBA-Stars klebten an den Wänden. Ein schmales Bett, so schmal wie die Betten in den Gästezimmern. Ein Monstrum von Kleiderschrank. Ein Schreibtisch. Viel mehr hätte in das winzige Zimmer auch nicht hineingepasst. Der Inhalt der Schreibtisch-Schubladen war reif für den Müll. Ausgetrocknete Filzschreiber ohne Kappe, abgelaufene Busfahrkarten. Nichts, was nicht schon vom Erkennungsdienst hin und her gedreht worden wäre. Kein Brief, keine Bücher, keine zerfledderten «Bravo»-Hefte unter der Matratze, nichts, was Aufschluss über die Persönlichkeit des Bewohners gegeben hätte. Auch der Inhalt des Kleiderschranks brachte Morian nicht weiter. So liefen sie zu Tausenden auf den Straßen rum. Übergroße Sweatshirts, T-Shirts und Boxershorts fein säuberlich gestapelt, die Strümpfe nach Farben sortiert. Links hingen ein paar Jacken und Mäntel in Reih und Glied. Morian setzte sich auf die Bettkante. Was bist du für ein Mensch, Alexander Weinert? Komm schon, erzähl es mir.

Die rechte Tür auf dem Treppenabsatz führte zu einem schmalen Raum, der nicht zum Wohnen, sondern ausschließlich zum Lagern von Akten genutzt wurde. Kein Fenster, nur ein paar Lüftungsschlitze in der Giebelwand. Morian betätigte den Lichtschalter, doch es blieb dunkel. Die nackte Glühbirne in der Fassung hatte wohl ihren Geist aufgegeben. Es roch nach Staub und altem Papier. Seine Nase kitzelte, und seine Kehle wurde ganz trocken.

Morian stieg wieder hinab, füllte in der Küche ein Glas mit Leitungswasser, das er in einem Zug leerte. Als er das Glas auf der Spüle abstellte, fiel sein Blick durch die offene Küchentür in die Diele. Und auf die einzige Tür, die er noch nicht geöffnet hatte, weder beim ersten Durchgang noch vorhin.

Eine winzige Garderobe. Staubsauger. Stromkasten. Eine Kittelschürze. Ein leichter Regenmantel, der Weinert gehört haben musste. Alle Taschen waren leer. Eine verblichene Armeejacke. Kyrillische Schriftzeichen im Innenfutter. Die Dinger hatten die Angehörigen der Roten Armee auf den Berliner Flohmärkten verkauft, nachdem die Mauer gefallen war. Musste den Alten ganz schön auf die Palme gebracht haben. Wahrscheinlich hatte Alexander Weinert sie genau aus diesem Grund gekauft und getragen.

Morian leerte die Taschen der Armeejacke auf dem Esszimmertisch. Ein halb volles Päckchen Gauloises, ein türkisfarbenes Wegwerf-Feuerzeug, ein gültiger Schülerausweis des Verkehrsverbundes Rhein-Sieg, ein Personalausweis, ausgestellt von der Stadt Königswinter auf den Namen Alexander Weinert, eine zerknautschte Geldbörse. Morian zählte sieben Euro und achtzig Cent. Ein Schlüssel im Münzfach. Morian probierte ihn an der Haustür. Er passte.

Er hängte die Jacke zurück in den Garderobenschrank, goss sich im Wohnzimmer Kaffee nach, steckte sich eines der Plätzchen in den Mund, ging, während er kaute, hinüber ins Arbeitszimmer und machte es sich in dem Ohrensessel vor dem offenen Kamin bequem. Trockenes Fichtenholz war auf dem Steinfußboden gestapelt. Das musste schön sein im Winter, wenn draußen Schnee lag.

Nur der Perserteppich fehlte. Den hatte immer noch Friedrich, die Fledermaus.

So wird es gewesen sein: Alexander Weinert taucht mal

wieder auf, um den Alten anzuschnorren. Er ist pleite, und er weiß, dass er ihn schon irgendwie rumkriegt, jedenfalls solange Gertrud Weinert nicht da ist. Und so wartet er, bis sie das Haus verlässt. Er weiß, wohin sie geht, und er weiß, wie lange der Kirchgang gewöhnlich dauert. Er schließt auf, hängt seine Jacke ordentlich in den Garderobenschrank. Diese deutsche Sekundärtugend scheinen sie ihm jedenfalls erfolgreich antrainiert zu haben. Er betritt das Arbeitszimmer.

Und dann?

Jeder weitere Gedanke wäre reine Spekulation.

Er konzentrierte sich erneut auf das Haus.

Seltsam. Oberhalb des Erdgeschosses gab es nicht den geringsten Hinweis auf ein Privatleben. Morian durchwanderte im Geiste noch einmal alle Stockwerke, sämtliche Zimmer, der Reihe nach, vergegenwärtigte sich Wände, Böden, Decken, Türen, Fenster. Dann ordnete er das Gesehene zu einem Grundriss.

Irgendetwas stimmte nicht.

Er nahm einen Schluck aus der Tasse, schloss die Augen, setzte die Grundrisse der Etagen aufeinander. Besah sich im Geiste die Außenfront des Backsteingebäudes. Kaufmannsvilla der Gründerzeit. Die Straßenseite. Die Gartenseite. Die Garage. Der Anbau für den Rasenmäher und die Gartengeräte. Das Dach mit den drei Kaminen ...

Die Kamine. Er setzte sich ruckartig auf, saß kerzengerade auf der Kante des Sessels, stellte die Kaffeetasse auf den Fußboden. Drei Kamine ragten aus dem Schieferdach. Er lief die Treppe nach oben, schraubte im ersten Stock die Glühbirne aus der Flurbeleuchtung, lief weiter, warf, nur um sich zu vergewissern, einen Blick in Alexanders Zimmer, machte kehrt, stieß die Tür zum Aktenlager auf.

Als er die Glühbirnen wechseln wollte, stellte er fest, dass die defekte gar nicht defekt war.

Jemand hatte sie in der Fassung gelockert.

Das grelle Licht blendete ihn einen Augenblick.

Akten. Nichts als Akten. Aber die interessierten ihn jetzt nicht. Vielleicht später. Jetzt interessierten ihn die drei Kamine, die aus dem altmodischen Walmdach ragten. Einer befand sich an der Giebelwand des Aktenraums. Der zweite an der Giebelwand in Alexanders Zimmer. Der dritte war verschwunden. Im ersten Stock war er noch sichtbar, je zur Hälfte in den beiden aneinander grenzenden Badezimmern. Außerdem stimmten hier oben die Proportionen nicht. Der Aktenraum, das Duschbad und Alexanders Zimmer konnten nur die Hälfte der Dachbodenfläche ausmachen. Und die Giebelwände waren jeweils nur zur Hälfte sichtbar.

Morian brauchte eine knappe Viertelstunde, um die kreisrunde, handtellergroße Metallplatte mit der sechskantigen Vertiefung in der Mitte zu finden. Sie war von einer blinden Verteilerdose verdeckt, die sich zur Seite klappen ließ. Er tastete die obersten Regalbretter ab. Nichts. Irgendwo musste sie sein, irgendwo in diesem Raum. Er öffnete den Sicherungskasten für den Strom. Da lag sie. Er steckte die Handkurbel in die Vertiefung in der Metallplatte und drehte. Fast geräuschlos glitt das schwere Regal auf unsichtbaren Schienen ein Stück zur Seite. Und gab den Blick frei auf eine Tür.

Sie war verschlossen. Keine große Sache. Morian nahm den Dietrich von seinem Schlüsselbund. Zwei Minuten später sprang das Schloss auf. Morian zog seine Dienstpistole aus dem Halfter, tastete mit der linken Hand vorsichtig durch den dunklen Türspalt. Da war er, der Kamin. Zwischen Kaminzug und Türrahmen fand er den Schalter. Diesmal funktionierte das Licht. Und wie.

Eine Million Sterne leuchteten auf.

Ein künstliches Firmament aus unzähligen winzigen, in die dunkelblau gestrichene Dachschräge eingelassenen Glühbirnen. Die Längswand mit dunkelblauem Samt bespannt. An der vorderen Kopfseite stand ein gewaltiges Bett, die dicken Kissen und die Matratze waren mit dunkelblauer Satinwäsche bezogen. An der Kopfseite des Bettes war eine Schnur an einem Haken verknotet. Als Morian sie löste, schnappten die Rollos an den drei Dachfenstern über dem Bett auf. Die Sonne ließ den Satin leuchten. Wenn man nachts auf dem Bett lag, konnte man wohl sehr schön den Sternenhimmel beobachten. Eine Badewanne an der gegenüber liegenden Kopfseite. Für zwei Personen. Herzförmig. Nackte, pausbäckige Barockengel mit dicken Hintern aus Gips auf dem Sims. Ein goldener Delphin als Wasserhahn. An den beiden Kopfseiten wie auch über der Badewanne mannshohe Spiegel in barocken Goldrahmen.

Auf halbem Weg zwischen Bett und Badewanne eine schmale, weiß lackierte Tür. Kein Schloss, nur ein einfacher Riegel aus Messing. Dahinter erneut Dunkelheit, bis auf einen Lichtspalt, knapp einen Meter entfernt. Es roch nach Mottenkugeln. Der Boden knarrte. Er stieß sich den Kopf. Etwas streifte sein Gesicht, kitzelte seine Nase. Morian ertastete den leeren Ärmel eines Mantels. Morian zog seine Dienstwaffe aus dem Halfter und stieß seinen rechten Fuß mit aller Kraft in Richtung Lichtspalt.

Die Tür des Kleiderschranks sprang mühelos auf, und Morian blickte in Alexanders Zimmer. Die Tür war Bestandteil der Rückwand des Kleiderschranks. Morian setzte sich auf Alexanders Bett, stützte den Kopf auf die Handflächen und die Ellbogen auf die Knie.

Nicht schon wieder.

Bitte nicht.

Dann zog er das Handy aus der Innentasche seiner Jacke und wählte die Nummer des Polizeipräsidiums. Seine Hände zitterten.

«Morian hier. Ich bin in Weinerts Haus. Schick mir bitte ein paar Jungs vom Erkennungsdienst, außerdem einen VW-Transporter und jede Menge Kartons. Wir haben viel einzupacken.»

Dann kletterte er zurück durch den Schrank und knipste den Sternenhimmel aus. Die Sonne stach durch die Dachfenster. Morian blinzelte hinauf in den blauen Himmel über dem Siebengebirge. Er drehte sich nicht um, als er sie auf der Treppe hörte, schweren Schrittes, auch nicht, als er sie keine zwei Meter hinter sich wusste, nach Luft ringend, und erst recht nicht, als er schließlich, nach einer Ewigkeit, ihre messerscharfe Stimme im Kreuz spürte:

«Ich warne Sie nur ein einziges Mal. Wenn Sie den Namen meines toten Bruders in den Schmutz ziehen, werden Sie Ihres Lebens nicht mehr froh. Das schwöre ich. So wahr mir Gott helfe.»

14 Beerdigungen haben etwas Unwirkliches. Fand Max. Er hatte viel Zeit, darüber nachzudenken, sehr viel Zeit, während er sich die Beine in den Bauch stand und seinem alten schwarzen Anzug etwas frische Luft gönnte. Also dachte er nach.

Über rheinische Beerdigungen. Der Tod im Rheinland wird inszeniert wie ein Theaterstück. Die Angehörigen übernehmen die Rolle der Statisten, Regie führt der Sittenkodex der rheinischen Gesellschaft. Da hat die Beerdigung ihre ungeschriebenen Statuten wie das Schützenfest oder der Karneval. Vielleicht soll der Tod auf diese Weise an Schrecken verlieren. Max hingegen war überzeugt, dass auf diese Weise das Leben an Schrecken gewann.

Der Herrgott gibt, der Herrgott nimmt, und das Leben

geht weiter, spätestens im Hinterzimmer der nächsten Gaststätte, wo Berge von Mettbrötchen mit dicken Zwiebelringen auf die Trauergäste warten, Kellnerinnen in Gesundheitsschuhen Bienenstich und Schwarzwälder Kirsch anbieten und hektoliterweise Kaffee, der sich aus praktischen Warmhaltekannen in dicke, weiße Porzellantassen ergießt.

Nach der zweiten Tasse Kaffee wartet das erste Kölsch an der Theke, so jung kommt man nicht mehr zusammen, der Schlips wird gelockert, das Jackett über die Stuhllehne gehängt, haben uns ja ewig nicht mehr gesehen, Mensch Max, ich weiß noch, wie du so klein warst, sooo klein, und du bist schon damals mit dem Kopf durch die Wand. Dein Bruder Theo, der war anders. Ganz anders. Schon von klein auf. «Irjendswie anders, ne?» Eher wie der Alte, Gott hab ihn selig. Ja, der Theo ist dem Jupp nachgeschlagen. Wie laufen die Geschäfte? War 'ne schöne Beerdigung. Hätte ihm gefallen, deinem Alten, ehrlich.

An die Beerdigung seiner Mutter konnte er sich nicht erinnern. Er war drei und sein Bruder noch ein Baby. Sein Vater hatte nie wieder darüber gesprochen. Es gab kein einziges Foto von ihr. Sein Vater hatte sie alle verbrannt, erzählte ihm später einer der Altgesellen. Warum denn? Achselzucken. Schweigen. Niemand durfte sie im Beisein des Vaters auch nur erwähnen. Die Maifeld-Söhne hatten keine Mutter, nicht einmal in der Erinnerung.

Als sein Vater gestorben war, vor sechs Jahren, nach einem Herzinfarkt, hatte sich die komplette Zunft zur Beerdigung des großen Jupp Maifeld versammelt. Alles, was in der Kölner Nebenwelt von Adel war. Ferrari-Hein hatte eine schöne Rede gehalten, abgesehen von der dauernden Husterei wegen seines Asthmas, und alle hatten geweint. Ein paar Wochen später war Ferrari-Hein tot, und wieder hielt jemand eine schöne Rede. Eigentlich war es die gleiche Rede: Jung, maach et joot, du warst der Beste.

Max hatte keine Ahnung, für wen sein Vater der Beste war. Es spielte auch keine Rolle. Er war sein Vater.

Im Augenblick redete der Vorsitzende der Landsmannschaft jenes ehemals großdeutschen Landstriches, aus dem Weinerts Vater stammte. Lodenmantel trotz der schwülen Affenhitze, ein Schmiss auf der rechten Wange. Max sparte sich das Zuhören. Die vierte Rede. Jede Rede war eingeläutet worden von einer feierlichen Darbietung des Männergesangvereins Siebengebirge, dessen Ehrenvorsitzender Dr. Julius Weinert gewesen war. Zuvor hatte die Historische Schützenbruderschaft zu Ehren ihres verstorbenen Ehrenvorsitzenden Salut geschossen. Ein Ministerialdirigent war aus Berlin angereist und hatte im Namen der Bundesregierung gesprochen, anschließend ein übergewichtiger Bundestagsabgeordneter aus dem Schwäbischen, der bekannte, in jungen Jahren als Mitarbeiter dem damaligen Abgeordneten Weinert dienlich gewesen zu sein und viel, sehr viel von dem Verstorbenen gelernt zu haben, vor allem das Dienen. Auch der Bürgermeister hatte es sich nicht nehmen lassen, Worte des Trostes an die Trauernden zu richten. Herr Dr. Weinert habe im Testament die Bitte geäußert, nach dem Ableben auf dem Rhöndorfer Waldfriedhof beigesetzt zu werden, in Nachbarschaft seines großen Vorbildes Konrad Adenauer. Es sei den Bürgerinnen und Bürgern eine Ehre und eine Verpflichtung zugleich gewesen, dem Wunsch des Verblichenen zu entsprechen, hatte der Bürgermeister versichert.

Der Vorsitzende der Landsmannschaft endete und trat zackig ab. Der Männergesangverein lauerte auf das geflüsterte drei ... vier. Max ließ den Blick über die düstere Waldlichtung schweifen, zu der selbst im Hochsommer kaum ein Lichtstrahl drang.

Gertrud Weinerts Miene war wie versteinert. Max beäugte verstohlen das Foto, das er aus der Zeitung ausgeschnitten hatte. Kein Zweifel, sie war es. Untergehakt bei einem Mann in einem perfekt geschnittenen dunklen Anzug. Schlohweißes Haar. Blaue Augen. Kräftiges Kinn. Der Körper wirkte drahtig, asketisch. Ein attraktiver Mann. Ende fünfzig, vielleicht auch Anfang sechzig. Schwer zu schätzen. Der Typ Mann, der ab vierzig stets jünger aussieht, als er tatsächlich ist. Ein Verwandter? Weinert sah er jedenfalls überhaupt nicht ähnlich. Aber niemand der Trauergäste sah Weinert ähnlich. Nicht einmal seine Schwester.

Max entdeckte Morian. Er trug seinen abgewetzten Mantel, wie immer. Max brauchte etwa zehn Minuten, quetschte sich am Ende durch eine Horde Reporter, die wie ein Zug Lemminge in die entgegengesetzte Richtung strebte. Dann war er ihm so nah, dass er jedes Haar an Morians Hinterkopf hätte zählen können, und beugte sich über dessen massige linke Schulter.

«Hallo Max. Schön, dich zu sehen.» Sagte Morian, ohne sich umzudrehen. Er hatte nicht die Absicht, die Zeremonie auch nur eine Sekunde aus den Augen zu lassen.

«Jo, wir müssen reden.»

«Kein Problem. Liz wollte dich ohnehin übernächste Woche zum Abendessen einladen. Sie will diesmal aus ihrem Geburtstag keine große Sache machen. Nur eine Hand voll netter Leute. Wobei mir völlig rätselhaft ist, wieso sie in diesem Zusammenhang an dich ...»

«Jo, wir sind an derselben Sache dran.»

«Was heißt das?»

Max wartete mit der Antwort, dachte erst einen Moment nach, dann sagte er:

«Ich suche den Jungen. In spätestens 24 Stunden habe ich ihn.»

«Für wen arbeitest du?»

Max grinste unwillkürlich. Er wusste, dass Morian niemals eine Antwort auf diese Frage erwarten würde. Dann spürte Max, dass Morian aus einem weiteren Grund keine Antwort erwartete: Er war abgelenkt. Zwei Männer steuerten auf Morian zu. Der eine war der Bonner Polizeipräsident, der andere der gut aussehende Mann, der sich während der Beerdigung um Gertrud Weinert gekümmert hatte. Max trat einen halben Schritt zurück und versenkte seinen Blick in den nächstbesten Grabstein.

«Morian! Schön, Sie zu sehen. Ich möchte Sie mit Herrn Herbach bekannt machen.» Morian schüttelte erst dem Polizeipräsidenten, dann dem fremden Mann die Hand.

«Hauptkommissar Morian ist der Leiter unserer Mordkommission», flötete der Präsident. «Ein tüchtiger und gewissenhafter Beamter.»

Der Fremde lächelte höflich. Morian lächelte verkniffen. Der Polizeipräsident lachte zu laut. Max wurde eins mit dem Grabstein.

«Morian, Sie müssen wissen, Herr Herbach hat heute seinen ältesten und besten Freund beerdigt. Wir können nachempfinden, was dieser Verlust bedeutet. Es ist nur zu verständlich, dass Herr Herbach größtes Interesse hegt, dass der Täter so schnell als möglich dingfest gemacht und seiner gerechten Strafe zugeführt wird.»

«Da haben wir ja ein gemeinsames Interesse, Herr Herbach», sagte Morian. Das Lächeln im Gesicht des Mannes erstarb augenblicklich und machte purer Kälte Platz. Der Präsident indes lachte schon wieder zu laut. «Herr Herbach hat übrigens eine Belohnung in Höhe von 100 000 Euro ausgelobt, für Hinweise, die zur Ergreifung des Täters führen. Ich habe bereits mit der Staatsanwaltschaft gesprochen. Wir werden das Angebot dankend annehmen. Morgen geht eine Mitteilung an die Medien raus.»

Einhunderttausend Euro. Morian malte sich im Geiste die Welle der Denunziationen aus, die Flut falscher Spuren, die unnütze Mehrarbeit. Dann sagte er: «Ein großzügiges Angebot. Sicher war es nicht leicht, eine solche Summe so schnell aufzutreiben ...»

Der Präsident fiel ihm ins Wort. «Da machen Sie sich mal keine Sorgen. Herr Herbach ist nicht gerade unvermögend. Im Gegenteil. HHH Köln, Hartmut Herbach Holding. Nie gehört, Morian? Ja, lesen Sie denn keine Zeitung? Sie müssen mal den Wirtschaftsteil der ‹FAZ› lesen und nicht immer nur den Sportteil im ‹Express›.»

Auf den Präsidenten war Verlass. Er lachte schallend über seinen Scherz auf Morians Kosten, und Morian grinste befriedigt, als Herbach dem Polizeichef einen missbilligenden Blick zuwarf. Als er feststellte, dass die Missbilligung sich keineswegs dämpfend auf die Laune des Polizeipräsidenten auswirkte, sah er auf seine Armbanduhr. Max warf ebenfalls einen Blick auf die goldene Uhr an Herbachs Handgelenk. Cartier. Dazu passte der altmodische, dicke Siegelring aus Gold. Der Präsident plapperte munter weiter: «Herr Herbach investiert in die Zukunft. Haben Sie denn nichts gelesen über das Gentechnik-Labor, für dessen Ansiedlung die Stadt Köln nach langem Ringen den Zuschlag bekommen hat? Das stand doch auch in den Lokalblättern. Herr Herbach hat uns für die Ermittlungen sogar die Unterstützung seiner Sicherheitsabteilung angeboten. Das mussten wir natürlich ablehnen. Stellen Sie sich die Schlagzeilen vor: Die Polizei ist unfähig, den Fall alleine zu lösen. Was ich Herrn Herbach aber zugesichert habe, Morian, ist, ihn selbstverständlich über den Stand der Ermittlungen auf dem Laufenden zu halten.»

Auch das noch. «Selbstverständlich. Kann ich vielleicht sonst noch was für Sie tun, Herr Herbach?»

«Ja, das können Sie, Herr Kommissar.» Herbachs Augen waren schmale Schlitze. «Wie ich bereits Ihrem Vorgesetzten verdeutlichte, habe ich einflussreiche Freunde in der Politik und in der Justiz. Dort stößt derzeit auf wenig Verständnis, dass Sie offenbar mehr Gefallen daran finden, im Intimleben des Opfers herumzustochern, statt endlich den Täter zu finden. Hier ist ein infamer Mord geschehen. Sie verkehren die Verhältnisse, junger Mann. Sie stellen die Ordnung auf den Kopf. Daran krankt unsere Gesellschaft ohnehin schon über Gebühr. Denken Sie mal darüber nach. Guten Tag.»

Herbach machte auf dem Absatz kehrt und schritt mit ausgebreiteten Armen auf die am Grab wartende Gertrud Weinert zu. Und der Polizeipräsident fiel über Morian her. Und Max fand es an der Zeit, sich um die Autos und deren Kennzeichen am Eingang des Friedhofs zu kümmern. Er liebte nun mal offene Bücher.

15

Ich werde alt, dachte Maria. Verdammt, warum bin ich da nicht früher drauf gekommen? Sie versuchte, Ordnung in die Berge von Papier auf ihrem Esstisch zu bringen, die der Archivcomputer ausgespuckt hatte. Tut mir Leid, Professor. Schon wieder kein Abendessen. Das hier ist wichtiger. Gestern hatte sie in der Redaktion an den Papieren gesessen, aber erst sehr spät damit anfangen können, weil noch so viel zu tun war für die aktuelle Ausgabe. Sie hatte unkonzentriert gelesen, bis ihr vor Müdigkeit die Augen zufielen und der Nachtpförtner auf seiner Runde sie weckte. Es gibt nichts Deprimierenderes als eine Redaktion nach Druckbeginn. Deshalb hatte sie heute alles in einen Karton gepackt und war frühzeitig nach Hause gefahren. Sie würde Stunden brauchen. Sie brauchte jetzt ihr Nest. Sie hatte ein Bad genommen, sich anschließend einen Tee aufgebrüht und Musik aufgelegt. Sting. «Ten Summoner's Tales».

Zehn Jahre war das her. Ihr erster großer Mordprozess als Polizeireporterin. Oberstaatsanwalt Dr. Peter Arentz, nein, damals noch ohne Ober, vertrat die Anklage.

Damals, während des Prozesses, hatte sie ihn kennen gelernt. Er war gebildet. Höflich. Er hatte Manieren, half ihr in den Mantel, rückte ihr im Restaurant den Stuhl zurecht, öffnete ihr den Wagenschlag und gab ihr das gute Gefühl, er wisse stets ganz genau, wo es lang geht im Leben. Er war älter als sie. Das gab ihr Sicherheit. Und nichts war ihr wichtiger als Sicherheit. Sie hatte mit gleichaltrigen Männern nie etwas anfangen können.

Sie hatte dann zwei Jahre gebraucht, um herauszufinden, ob er sie überhaupt mochte. Und vier weitere Jahre, um ihn davon zu überzeugen, dass Zweisamkeit mehr bedeuten könnte als Kinobesuche, Wochenend-Trips nach London und angeregte juristische Streitgespräche in der Gerichtskantine.

Peter.

Manchmal vermisste sie ihn.

Manchmal verfluchte sie ihn.

Hatte sie ihn geliebt?

Wir gehen auseinander wie zwei vernünftige Menschen, schworen sie einander. Zum richtigen Zeitpunkt. Noch ein paar Monate diese bedrückende Mischung aus Planbarkeit und guten Umgangsformen, und sie wäre nicht mehr besonders vernünftig gewesen.

Nur ... manchmal fühlte sie sich so verdammt einsam ohne ihn. So einsam, dass sie heulen konnte.

Zum Beispiel jetzt.

Sie hatte sich an das Geschwisterpaar nicht mehr erinnert, weil die Schwurgerichtskammer des Bonner Landgerichts entschieden hatte, die Kinder unter Ausschluss der Öffentlichkeit zu befragen. Maria hatte die damals achtjährige Helena und den damals zehnjährigen Alexander nie zu Gesicht bekommen.

Umso besser erinnerte sie sich an die Mutter.

Sylvia Adam. Attraktiv. Intelligent. Kühl und unnahbar. Stets kontrolliert, selbst in dem Augenblick, als der Vorsitzende Richter Urteil und Strafmaß verkündete: lebenslange Haft wegen Mordes an ihrem Ehemann. Dr. Kurt Adam, promovierter Biochemiker und bis zu seiner Pensionierung Referatsleiter im Bundesministerium für Gesundheit. Vorzeitig pensioniert. Wegen seiner Alkoholprobleme, munkelte man. Während der 32 Prozesstage wurde viel und gern gemunkelt. Zum Beispiel über den Altersunterschied. Das Opfer war zur Tatzeit 50 Jahre, seine Frau 30. Kein Liebhaber, jedenfalls war den Ermittlern keiner über den Weg gelaufen.

Sie hatte ihren auf der Wohnzimmercouch liegenden, betrunkenen, wehrlosen Mann in den Kopf geschossen. Somit war eines der im Gesetz definierten Mordmerkmale erfüllt: Heimtücke. Und somit kam das Gericht gar nicht umhin, «lebenslänglich» zu verhängen, zumal die Angeklagte zu keinem Zeitpunkt der Verhandlung auch nur den Versuch unternahm, sich als bemitleidenswertes Opfer der Gesellschaft oder ihres Mannes zu beschreiben. Sehr zum Ärger ihres Anwalts, dem sie bei jedem seiner zaghaften Versuche augenblicklich und entschieden über den Mund fuhr.

Die Ungleichbehandlung von Männern und Frauen gilt selbst beim Töten, ging es Maria durch den Kopf: Beim Gattenmord im umgekehrten Fall wird regelmäßig auf Totschlag entschieden. Männer schlagen Frauen tot, auf der Stelle, wenn ihnen danach ist. Das nennt man «im Affekt», und womöglich wird ihnen auch noch zuerkannt, dass sie «augenblicklich zum Zorne gereizt» worden waren, wie es das Strafgesetzbuch formuliert, etwa durch ein dahingeworfenes «du Schlappschwanz» während eines Streits. Denn der vorangegangene verbale Angriff auf die männliche Ehre wirkt sich ebenfalls strafmildernd für den Täter aus. Etwas für einen cleveren Anwalt, und praktischerweise gibt es in der Regel nur einen einzigen Zeugen der weiblichen Verbalattacke: den Angeklagten selbst. Der Mann war betrunken, als er zuschlug? Noch besser.

Wenn Frauen hingegen ihre Ehemänner töten wollen, bleibt ihnen aufgrund der biologisch bedingten Kräfteverhältnisse nur die Heimtücke. Frauen haben nur eine Chance auf Erfolg, wenn das Opfer arg- und wehrlos ist. Von hinten erschlagen. Im Schlaf erdrosselt. Klammheimlich vergiftet. Ist das Mordmerkmal Heimtücke erfüllt, spielt es auch keine Rolle mehr, wenn keines der anderen Mordmerkmale zutrifft, beispielsweise Habgier, Verdeckung oder Ermöglichung einer anderen Straftat oder so genannte niedere Beweggründe wie etwa die Befriedigung des Geschlechtstriebes. Denn ein einziges Mordmerkmal genügt. Die Heimtücke. Das Urteil heißt zwangsläufig «Mord»; die Strafe «lebenslänglich».

Das Urteil wurde erst zwei Jahre nach der Tat gesprochen. Denn lange Zeit war der Mord unentdeckt geblieben. Sylvia Adam hatte die Leiche noch in der Tatnacht im weitläufigen Garten ihres Hauses in Rhöndorf vergraben, frische Blumen gesät und ihren Mann am nächsten Morgen als vermisst gemeldet. Nach einem Streit habe ihr stark alkoholisierter Ehemann am Abend wutentbrannt das Haus verlassen. Erfolgreich mimte sie auf der Wache die hysterische Ehefrau, sodass die Beamten insgeheim von Minute zu Minute mehr Verständnis für den getürmten Ehemann aufbrachten und keine größeren Anstalten unternahmen, Dr. Kurt Adam zu finden.

Sie war eine außergewöhnlich intelligente Frau.

Gefunden wurde er anderthalb Jahre später, an einem sonnigen Oktobertag, von einem wohlerzogenen, aufmerksamen Jagdhund. Sylvia Adam hatte sich entschlossen, ihr Traumhaus, wie sie es im Prozess nannte, eine Jugendstil-Villa mit einem parkähnlichen Grundstück, zu verkaufen. Die einst erfolgreiche Anlageberaterin und Chefin einer eigenen florierenden Firma mit sechs Angestellten musste sich seit anderthalb Jahren, seit dem Verschwinden ihres Ehemanns, alleine um den Haushalt und die beiden Kinder kümmern, die zunehmend Probleme in der Schule machten. Das Haus, der Garten, die Kinder, die Schule: Um all das hatte sich vier Jahre lang ihr Mann gekümmert, seit seiner Frühpensionierung, wenn auch mehr schlecht als recht, aber ihr immerhin den Rücken freigehalten. Die Firma, die Sylvia Adam gegründet hatte, um das finanzielle Loch zu stopfen, das durch die Frühpensionierung ihres Mannes entstanden war, ging nun den Bach runter. Denn deren wichtigstes Kapital war ihre Chefin gewesen, ihre Allgegenwart, ihre schier unerschöpfliche Energie, ihr Ideenreichtum, ihr Charisma, das die vorwiegend männlichen Kunden angezogen hatte wie Motten das Licht.

Sie musste das Haus verkaufen. Sie gab ein Inserat im «Rheinischen Anzeiger» auf, und das Telefon stand nicht mehr still. Denn als Bonn noch Bundeshauptstadt war, war das nahe Siebengebirge als Wohngegend bei den Besserverdienenden, den Bonner Ministerialbeamten, Lobbyisten, Diplomaten und Journalisten aus aller Welt ungemein begehrt.

Ein britisches Diplomatenpaar brachte zum Besichtigungstermin seinen Hund mit, der sich, nachdem er sich mit einem kurzen Blick der Zustimmung seines Herrchens versichert hatte, von den Kindern streicheln und knuddeln ließ. Doch als man sich zur Besichtigung des Gartens anschickte, raste der Hund plötzlich wie von der Tarantel gestochen los, stürzte sich in ein etwa zwei mal ein Meter großes Blumenbeet am Ende des Parks und fing an zu buddeln. Sein Herrchen pfiff ihn verärgert zurück, nahm den Jagdhund an die kurze Leine und versicherte der Eigentümerin, dass man ungeachtet der Kaufabsicht selbstverständlich für den Schaden aufkomme, was die Hauseigentümerin aber entschieden ablehnte.

Später, nachdem man sich verabschiedet hatte, wich bei dem erfahrenen Jäger die Verärgerung, und Verwirrung machte sich breit. Denn sein Hund hatte sich eine halbe Stunde nach dem Vorfall immer noch nicht beruhigt. Bei einem der unablässigen Bonner Sektempfänge jener Zeit erwähnte er den Vorfall beiläufig im Gespräch mit einem Beamten der Außenstelle Bonn des Bundeskriminalamtes in Meckenheim. Der jagte den Namen Sylvia Adam am nächsten Morgen aus purer Neugierde durch den Computer und stieß auf die Vermisstenanzeige.

Ein Kriminalbeamter der Bonner Polizei namens Wolke antwortete auf das Zeitungsinserat und gab sich als Kaufinteressent aus. Beim Besichtigungstermin wartete er, bis Sylvia Adam wieder einmal zu dem ständig klingelnden Telefon lief, ging hinaus in den Garten, kickte Alexander einen herumliegenden Ball zu, der jedoch keine Miene verzog, als ihm der Ball vor die Füße kullerte. Dann schenkte der Mann der kleinen Helena eine halb volle Tüte Gummibärchen, die er in seinen Taschen fand, half ihr auf die Schaukel, folgte ihrem Betteln und schubste sie noch kräftiger an. Nach einer Weile fragte er die damals Siebenjährige, wie ihr denn die Schule so gefalle, was sie denn zum Geburtstag bekommen habe und wo denn ihr Vater eigentlich sei. Woraufhin sich der neunjährige Alexander augenblicklich entfernte. Wolke war selbst Vater zweier Kinder und zudem ein erfahrener Kriminalbeamter. Doch als ihm die kleine Helena antwortete, hätte er sich vor Verblüffung beinahe von der anfliegenden Schaukel erschlagen lassen.

«Papa? Papa ist tot. Mama hat ihn totgemacht.»

Am nächsten Morgen, kurz nach acht, kaum dass er die Kinder hatte in Richtung Schule laufen sehen, klingelte Wolke erneut an der Tür des Adamschen Hauses. Mit einem Hausdurchsuchungsbefehl in der Tasche, sechs Mitarbeitern des Erkennungsdienstes und vier Arbeitern des städtischen Bauhofs, Schaufeln und Spitzhacken geschultert. Sie hatte den Männern schon etwas Arbeit abgenommen: Sie hatte am Vorabend, nachdem sie die Kinder zu Bett gebracht hatte, tatsächlich schon damit begonnen, die Leiche auszugraben, mit der Absicht, sie im Keller zu lagern und Stück für Stück und Abend für Abend im offenen Kamin ihres Wohnzimmers zu verbrennen.

Das Telefon klingelte. Peter? Maria ließ es klingeln. Sie hatte keine Lust auf Herrn Oberstaatsanwalt Mister Großartig Dr. Peter Arentz, auf seine sonore Stimme, die sie einmal so geliebt hatte, auf seine vernünftige, sachliche, überlegene Art, ihr klarzumachen, was sie doch für ein kleines, dummes, süßes, beschützenswertes Ding sei. Nach dem dritten Mal schaltete sich der Anrufbeantworter ein.

«Hola, Maria. Como estás, mi chica?»

Das war nicht Peter.

Maria sah auf die Uhr. Kurz vor Mitternacht. Irgendjemand hatte Mama erzählt, dass das Telefonieren Punkt 23.50 Uhr besonders preiswert sei. Da Mama von jedermann jederzeit dankbar Ratschläge annahm in diesem fremden

Land, das ihr auch nach 40 Jahren noch fremd war, befolgte sie selbst diesen völlig schwachsinnigen Rat.

«Oiga? Está Maria Engels Fernandez? Soy yo! Ti madre!»

Maria rieb sich die nassen Augen. Ihre Mutter hatte Angst vor automatischen Anrufbeantwortern. Sie hatte Angst vor automatisch schließenden U-Bahn-Türen, vor Fahrkartenautomaten, selbst vor den Pfandflaschenautomaten im Supermarkt. Und sie schämte sich ihrer mangelhaften Deutschkenntnisse.

Anna Fernandez Amado hatte nie eine Chance gehabt. Der große Caudillo befand es nicht für nötig, jedem seiner Landeskinder das Lesen und Schreiben beibringen zu lassen, und schon gar nicht den Töchtern andalusischer Landarbeiter, die im Bürgerkrieg auf der falschen Seite gestanden hatten. Wer las, kam nur auf dumme Gedanken. So war Anna Fernandez Amado Arbeiterin geworden. Zuerst, mit 14, Landarbeiterin bei einem Gutsherrn in Carmona, der sie im Jahr darauf schwängerte. Dann, nach der Abtreibung, in einer Textilfabrik in Barcelona, weit weg von zu Hause. Nach der nächsten Abtreibung, mit 17, ging sie nach Deutschland. Mit 21 lernte sie bei Ford in Köln am Fließband ihren späteren Mann kennen: Josef Engels aus Köln-Zündorf, fleißig, spießig, autoritär, cholerisch. Vier Kinder hat sie zur Welt gebracht und mit Anstand großgezogen, diese ungebildete, warmherzige, großzügige Frau.

Maria sprang auf und rannte zum Telefon.

«Mama?»

Nichts. Sie hatte schon aufgelegt.

Maria nahm sich vor, sie morgen zurückzurufen. Sie wusste, warum sie angerufen hatte. Morgen würde Mama sie anflehen, doch endlich wieder mit Papa zu sprechen. Dabei hatte nicht sie, sondern ihr Vater das Reden eingestellt. Weil sie ihn höflich, aber bestimmt darauf hingewiesen hatte, dass er kein Recht habe, sich in ihr Leben einzumischen. Ihr Vater war der festen Überzeugung, eine Frau dürfe niemals eine solche Partie ausschlagen. Oberstaatsanwalt. Doktortitel. Pensionsanspruch. Dicke Hochzeit. Dicke Zigarren. Dicker Bauch. Kleine, dicke Babys. Das hätte ihm gefallen. Damit wäre er an seinem Stammtisch der König gewesen, wenigstens einmal. Seine eigene Tochter hatte ihm den Spaß gründlich verdorben.

Sie ging in die Küche, schnitt zwei Tomaten und ein Stück Mozzarella-Käse in Scheiben, träufelte Olivenöl und Balsamico-Essig darüber, legte eine Gabel und eine Scheibe Brot auf den Rand des Tellers, füllte ein Glas Chardonnay aus der angebrochenen Flasche im Kühlschrank, balancierte Teller und Glas zurück ins Wohnzimmer zu dem Papierberg auf dem Esstisch.

Die Sensation war perfekt, als die kleine Helena unter Ausschluss der Öffentlichkeit dem Gericht erzählte, was in jener Nacht passiert war: Die Mama hat sie und Alexander auf ihre Zimmer geschickt. Dann hat sie einen Knall gehört, vielleicht auch zwei. Dann ist alles ein Durcheinander gewesen; die Mama ist zu ihr gekommen, hat erzählt, der Papa sei noch mal weg und habe dabei die Haustür zu laut zugeknallt. Dann ist die Mama rüber zu Alexander, aber sie, Helena, hat ganz genau gewußt, das war nicht der Knall von der Haustür. Was sie gehört hatte, war viel lauter als die Haustür. Und da ist sie, während die Mama im Zimmer ihres Bruders war, im Schlafanzug die Treppe runter, barfuß, leise, ins Wohnzimmer, und da war Blut auf dem Fußboden, und der Sisalteppich fehlte, und die Blutspur führte zur Terrasse, und weiter zur Hintertür der Garage, sie hat Angst gehabt, Riesenangst, aber sie wollte wissen, was da ist, und ist immer weiter, hat das Licht in der Garage angeknipst, und da lag der Teppich, und darauf lag der Papa. Tot. Das wusste sie genau. Dass er tot war. Das hatte sie schon mal im Fernsehen gesehen. Und dann ist sie ganz schnell wieder ins Haus gelaufen, auf ihr Zimmer, in ihr Bett, hat die Decke über den Kopf gezogen und gezittert, immer weiter gezittert, bis ihr irgendwann die Augen zufielen.

Zwei Jahre lang hatte das Mädchen geschwiegen. Mit dem Bild des toten, blutüberströmten Vaters in ihrer Seele. Zwei Jahre lang hatte ihre Seele in einem Käfig gelebt.

Ihr Bruder sagte bis zum Ende des Prozesses kein Wort, weder der Polizei noch dem vom Gericht bestellten Psychiater, einem Professor der Bonner Universitätskliniken. Dessen Gutachten hatte bei Maria den Eindruck hinterlassen, dass der Mann aus dem Jungen nicht so recht schlau geworden und mit seinem Latein am Ende war, dies aber auf keinen Fall zugeben wollte.

Der Mord und schließlich das Urteil hatten aus Helena und Alexander Vollwaisen gemacht. Maria hatte sich nie darum gekümmert, was aus ihnen geworden war. Im Mittelpunkt des Medieninteresses stand das Ehedrama; erfolgreiche Jungunternehmerin und gescheiterter Ministerialbeamter; und die Spekulationen über das Motiv, die aber Spekulationen blieben. Denn weder war die Angeklagte bereit noch waren die Ermittler in der Lage gewesen, das Motiv zu erhellen.

Alexander wurde bei Weinert untergebracht, seinem Taufpaten. Weinerts Haus lag zwar keine fünfzehn Autominuten von Alexanders früherem Zuhause entfernt, aber Weinert schickte ihn auf eine andere Schule. Vielleicht eine vernünftige Idee. Auch für Helena begann ein neues Leben; bei ihrer Großmutter in Köln. Die Familiennamen der beiden Kinder wurden wohl geändert, um ihnen den Start ins neue Leben zu erleichtern.

Das Telefon klingelte erneut. Maria sprang auf und hob ab, bevor sich der Anrufbeantworter einschalten konnte.

«Mama?»

«Oh, tut mir Leid, Maria. Entschuldigen Sie die späte Störung, aber Sie hatten mal gesagt, ich dürfe Sie Tag und Nacht anrufen, wenn ich mal etwas für Sie hätte. Oje, das ist ja schon richtig spät, ich hatte gar nicht auf die Uhr gesehen.»

Liz Morian. Eine Telefonstimme wie aus dem Lehrbuch für Radiomoderatoren. Maria hatte die Psychologin als Gutachterin in unzähligen Verfahren erlebt. Eines Tages hatten sie damit begonnen, anschließend in der Gerichtskantine gemeinsam zu essen oder eines der nahe gelegenen Cafés aufzusuchen. Sie mochten sich, sie schätzten sich, aber sie waren über das förmliche Sie in Kombination mit dem Vornamen nie hinausgekommen. Dummerweise war Liz Morian mit dem falschen Mann verheiratet, fand Maria.

«Nein, nein, Sie stören überhaupt nicht, Liz. Das Angebot war ehrlich gemeint.»

«Es macht mir nichts aus, morgen noch einmal anzurufen, wenn Sie jetzt einen Anruf Ihrer Mutter erwarten ...»

Was hat diese Frau nur an sich, dass man ihr am liebsten und auf der Stelle sein Herz ausschütten möchte?

«Nein, nein, kein Problem. Was kann ich für Sie tun, Liz?»

«Also, es geht um diesen Fall, der Sie vermutlich ebenso beschäftigt wie meinen Mann. Sie hatten wohl mit ihm darüber gesprochen ...»

«Ja, wir hatten kurz miteinander telefoniert.» Maria erinnerte sich nur ungern an das Gespräch, das so unergiebig verlaufen war wie alle Telefonate mit Kriminalhauptkommissar Josef Morian.

«Maria, mir geht dieser Junge nicht aus dem Kopf. Alexander. Sein Leben beginnt offenbar erst vor zehn Jahren.

Und eben fiel mir wieder ein, dass Sie vor zehn Jahren mal über einen Prozess geschrieben haben, in dem ein Junge namens Alexander eine Rolle spielte. Vom Alter könnte das ebenfalls passen ...»

Konnte die Frau hellsehen? Maria schwieg.

«Ich nehme an, Sie vertrauen mir nicht, Maria. Klar. Kann ich gut verstehen. Warum sollten Sie auch?»

«Wissen Sie, ich bin Journalistin, und ...»

«Und mein Mann ist Bulle. Ich weiß: Er ist manchmal ein furchtbar sturer Kerl. Aber sehen Sie es doch mal von der praktischen Seite: Sie brauchen eine Geschichte und kommen nicht so recht weiter, was die aktuellen Ereignisse betrifft. Mein Mann kommt nicht mit der Vergangenheit des Jungen weiter, weil er nach Kräften blockiert wird. Mein Gefühl sagt mir, da steckt viel mehr dahinter, als im Augenblick sichtbar ist. Mein Mann befürchtet, dass er von dem Fall abgezogen wird. Dann wird er Öffentlichkeit brauchen. Was halten Sie davon, wenn ich Sie und ihn zusammenbringe?»

«Liz, ehrlich gesagt, das mit Ihrem Mann und mir hat noch nie besonders gut funktioniert.»

«Lassen Sie das meine Sorge sein. Sie werden in den nächsten Tagen in Ihrem Briefkasten eine Einladung zum Abendessen vorfinden. Da werden sich übernächste Woche ein paar nette Leute treffen, um auf meinen Geburtstag anzustoßen. Max Maifeld zum Beispiel.»

16 Hartmut Herbach. Gertrud Weinerts Stütze. Bester und ältester Freund ihres toten Bruders. Ein zweifellos beeindruckender Mann. Max Maifeld hatte nicht lange gebraucht, um den Wagen unter den Autos, die zu beiden Seiten die schmale Auffahrt zum Rhöndorfer Waldfriedhof zuparkten,

ausfindig zu machen. Ein alter Mercedes 600, weiß, mit Vorhängen und Chauffeur. K-HH 2002. Der Chauffeur war nicht besonders gesprächig gewesen. Das könnte man in seinem Arbeitszeugnis unter der Rubrik Loyalität lobend erwähnen, hätte Max nicht den Eindruck gewonnen, als ob der blonde Hüne in dem schwarzen Anzug ohnehin nicht darauf trainiert war, mehr als zwei zusammenhängende Hauptsätze zu formulieren.

Da war Maifelds Informant schon mitteilsamer gewesen. Aber der schuldete ihm auch was.

Der Halter des Fahrzeugs mit dem Kennzeichen K-HH 2002 besaß die deutsche Staatsangehörigkeit, war 64 Jahre alt, Unternehmer und während der RAF-Zeit als besonders gefährdete Person eingestuft. Erster Wohnsitz Köln, etwa ein halbes Dutzend weiterer Wohnsitze in Deutschland, in der Schweiz, in Marbella und in Lateinamerika. Max Maifeld entzifferte die handschriftliche Randbemerkung des Informanten: «Adressenliste derzeit noch nicht verfügbar, kann aber auf Wunsch binnen zwei Wochen nachgeliefert werden. Allerdings gegen Aufpreis.» Elender Halsabschneider. Im Moment genügte ihm allerdings, was vor ihm auf dem Tisch lag.

Geschäftsführender Gesellschafter und Mehrheitseigner der HHH Hartmut Herbach Holding, Sitz und Gerichtsstand Köln. «Namensliste der Tochterunternehmen samt Betätigungsfeldern kann ebenfalls auf Wunsch und gegen Aufpreis nachgeliefert werden.» Angeblich beteiligte sich die Holding finanziell an allem, was schnell und sicher Gewinne versprach. Anlagenbau in den Sechzigern, Pharmazie in den Siebzigern, elektronische Datenverarbeitung und Kommunikationstechnik in den Achtzigern und Neunzigern, neuerdings wohl auch Gentechnik. In Köln plante er gerade eine nagelneue Forschungsabteilung.

Aus der Liste seiner Beteiligungen und Tochterunternehmen in der Dritten Welt, so meinte der Informant, werde ersichtlich, warum sich Herbach jahrelang dem massiven Protest linker Organisationen und Bürgerinitiativen ausgesetzt sah, abgesehen davon, dass er sich grundsätzlich als Zielscheibe für die Statthalter der Political Correctness eignete: Er war ultrakonservativ und ultrareich. Seit dem Fall des Eisernen Vorhangs war der Mann allerdings weitgehend aus dem Blickfeld des öffentlichen Interesses gerutscht. Erstens, weil etwa mit diesem historischen Ereignis auch die große Ära der Bürgerinitiativen endete, zweitens, weil mit dem Niedergang des Kommunismus in Europa nun der Kapitalismus erstmals die lästige politische Bürde abschütteln konnte, die nicht nur ökonomisch, sondern auch moralisch bessere Weltanschauung darstellen zu müssen. Drittens, weil Herbach neue Märkte witterte und ganze Regimenter seiner beachtlichen Streitmacht in Richtung Osteuropa dirigierte, wo Marktwirtschaft nicht in der schlaffen sozialen Variante des Westens, sondern pur und außer Sichtweite der westlichen Öffentlichkeit anzutreffen war.

Die Beziehung zu Weinert konnte Maifeld allerdings bisher nur oberflächlich erhellen. Der Jurist war nach seiner aktiven Zeit als Politiker immer wieder als Berater und als Vermittler für Herbachs Firmen tätig gewesen. Anzunehmen war auch, dass Weinert während seiner Zeit im Bundestag die Finger im Spiel hatte, wenn es um die Vergabe subventionierter Entwicklungsprojekte in Lateinamerika ging, für die Herbach auffällig oft den Zuschlag erhielt. Sie kannten sich aber wohl schon wesentlich länger: Weinert und der zwei Jahre jüngere Herbach hatten sieben Jahre gleichzeitig in einem Internat irgendwo in der Eifel verbracht.

Maifelds Informant hatte ganze Arbeit geleistet.

Hartmut Herbach war das einzige Kind eines in den letzten Kriegstagen noch rechtzeitig vor den Alliierten nach Argentinien geflohenen SS-Offiziers, zumindest das einzige Kind, zu dem er sich je offiziell bekannt hatte. Mutter unbekannt. Maifelds Informant hegte den Verdacht, dass Hartmut Herbach im «Lebensborn» gezeugt worden war, jener berüchtigten NS-Zuchtanstalt für reinrassige Arier. Maifelds Informant legte allerdings Wert auf die Feststellung, dass dies eine Hypothese mit hoher Wahrscheinlichkeit, aber noch keine belegbare Tatsache sei. Dies lasse sich aber überprüfen, versicherte der Informant, und so wie Maifeld ihn kannte, war das bisher nur aus einem einzigen Grund nicht geschehen: Die Information hatte sich bislang nicht zu Geld machen lassen.

Nachdem sich Hitlers große Sorge zu Beginn seiner politischen Karriere, die Deutschen seien ein «Volk ohne Raum», nach den ersten Kriegsjahren insofern zerstreute, als die von der Wehrmacht einkassierten Landstriche Europas bald auf dem besten Wege waren, ein Raum ohne Völker zu sein, galt es, sozusagen in industrieller Fertigung erstklassiges Menschenmaterial zu produzieren. Hitlers Vertrauter Martin Bormann soll den passenden Lösungsvorschlag unterbreitet haben. Historiker haben den «Lebensborn» später als staatlich sanktioniertes Bordell mit angeschlossenem Waisenhaus beschrieben. Die Damen waren drall, blond und blauäugig, die Kunden trugen Totenkopf-Abzeichen an ihren Schirmmützen, die sie an der Garderobe in Aufbewahrung gaben. Alles, so der Informant, und keineswegs nur seine blauen Augen sprächen dafür, dass Hartmut Herbach tatsächlich im «Lebensborn» gezeugt worden war.

Das Telefon läutete Max Maifeld zurück in die Gegenwart.

Die Hausleitung. Hurl.

«Was Neues?»

«Nicht viel. Erzähl ich dir später.»

«Max, verrennst du dich gerade in was?»

«Wie meinst du das?» Max wusste ganz genau, wie Hurl das meinte. Hurl sagte es ihm trotzdem.

«Vera erzählte eben stolz, du machst den Job umsonst. Für dieses Mädchen. Ihre Freundin. Ist ja ganz was Neues. Und wovon zahlen wir die Miete? Seit wann sind wir ein Wohlfahrtsinstitut?»

Hurl war ein herzensguter Mensch. Wenn er jetzt den knallharten Geschäftsmann hervorkehrte, dann nur, weil er sich sorgte, Max könne damit anfangen, Privates und Geschäftliches zu vermischen. Das konnte in ihrem Gewerbe tödlich enden.

«Alles in Ordnung, Hurl. Morgen schreibt die Polizei einhunderttausend Euro Belohnung aus. Ist doch schon mal was, oder? Wir haben uns schon für wesentlich kleinere Summen aus dem Fenster gehängt. Das Geld für den Rembrandt ist übrigens unterwegs. Wir kommen also über die Runden.»

Max fühlte sich nicht wohl in seiner Haut. Sie waren Partner. Aber nicht Hurl, sondern er hatte seiner Tochter etwas versprochen. Der Rembrandt war schnell verdientes Geld gewesen. Ein paar talentierte niederländische Kunststudenten hatten das Bild in der Restaurationswerkstatt des Rijksmuseum gegen eine Kopie ausgetauscht. Die Kopie wanderte zurück in die Ausstellungsräume, und erst nach drei Monaten flog der Schwindel auf. Der Museumsleitung war es schrecklich peinlich, von einem Stammgast, einer pensionierten Lehrerin, auf die Fälschung hingewiesen worden zu sein, und so beauftragte man Max Maifeld, diskret das Original aufzutreiben. Keine Polizei, kein Medienwirbel. Die Kunststudenten waren talentierte Maler, aber sie hatten keinen blassen Schimmer, wie man einen Rembrandt auf den Markt wirft. Und so war es kein Kunststück für Max, auf den fingierten

Hinweis im Internet zu antworten und sich als interessierter Käufer auszugeben. Je höher die angebotene Summe, desto leichtgläubiger das Opfer: das Geheimnis jeden Betrugs. Beim vereinbarten Treffen genügten Hurls breite Schultern und sein grimmiger Blick. Eine Stunde später hing der Rembrandt wieder an seinem Platz im Museum. Und die meisterliche Kopie seitdem über Hurls Bett.

Die Suche nach Alexander Weinert war etwas völlig anderes. Max konnte nicht im Geringsten absehen, was auf sie zukam.

An Arbeit.

Und an Risiko.

«Max, brauchst du mich im Augenblick?»

«Nein. Sollen wir heute Abend was zusammen essen, bei mir? Und mal über alles reden?»

«Keine schlechte Idee. Was kochst du denn?»

«Weiß ich noch nicht, Hurl. Lass dich überraschen.»

«Gut, dass ich nichts mehr hasse als Überraschungen.»

Herbach senior kam in Argentinien als Berater der dortigen Militärs und später als Südamerika-Lobbyist US-amerikanischer und westeuropäischer Rüstungsfirmen erneut zu Ansehen und Wohlstand. Das ließ ihn wieder ruhig schlafen. Die Ruhe und das Alter weckten aber offenbar Vatergefühle in ihm, und er beauftragte eine deutsche Privatdetektei mit der Suche nach seinem Sohn. Die fanden Hartmut schließlich in einem Kinderheim des Roten Kreuzes.

Herbach senior holte ihn jedoch nicht zu sich nach Argentinien, sondern wollte seinem Sohn das Glück zuteil werden lassen, im Lande Goethes, Schillers und Hitlers heranzuwachsen. So landete Hartmut Herbach in dem Internat in der Eifel, das er erst mit dem Abitur in der Tasche wieder verließ. Anschließend studierte er in Bonn, Köln und Harvard Physik und Wirtschaftswissenschaften, brachte allerdings nie einen Abschluss zustande, sondern machte sich mit Ende zwanzig selbständig und dank Papas Startkapital eine steile Karriere.

Nur ein einziges Mal sah er seinen Vater von Angesicht zu Angesicht: bei dessen Beerdigung in Buenos Aires, Ende der fünfziger Jahre, als die junge argentinische Geliebte seines Vaters darauf bestand, dass der Sarg noch einmal geöffnet wurde, um sich vor aller Augen und tränenreich über den Leichnam zu werfen.

Max zoomte ihr Gesicht auf Monitorgröße. Sie muss bildhübsch gewesen sein. Jedenfalls legten die alten Schwarzweißfotografien aus den Archiven der argentinischen Zeitungen den Schluss nahe. Bei der Beerdigung trug sie ein schlichtes, hochgeschlossenes schwarzes Kleid und einen Schleier. Nur wenige Tage später erschienen weitere Fotos von ihr in den Zeitungen: sie in den Armen von Herbach junior auf wilden Partys der Jeunesse dorée in Buenos Aires. Schöne Beine. Freche Augen. So wie sie sich auf den Fotos an den jungen Mann mit den kalten blauen Augen ranschmiss, machte sie sich offenbar Hoffnungen, der Sohn würde die Geliebte des toten Vaters übernehmen. So wie den restlichen Besitz.

Doch Hartmut Herbach dachte gar nicht daran, sie mit nach Deutschland zu nehmen. So kam, was kommen musste: der Zivilprozess um das Erbe. Die Anwälte der jungen Frau, so schrieben die Zeitungen in Buenos Aires, behaupteten vor Gericht, sie sei mit dem Verstorbenen verlobt gewesen und der Verstorbene habe sein Eheversprechen durch ein Geschenk untermauert: einen goldenen Siegelring. Die Gegenseite hingegen konnte glaubhaft versichern, dass der Ring keineswegs für die Frau gemacht worden und ihr nachweislich viel zu groß sei. Vielmehr habe ihn der Alte stets getragen; eine alte militärische Auszeichnung, die er als ehemaliger SS-Offizier freiwillig niemals weggegeben hätte. Das Luder müsse ihn wohl dem Toten aus dem Sarg gestohlen haben.

Herbach junior gewann den Prozess. Er verkaufte die Villa im nobelsten Viertel der Hauptstadt und den herrschaftlichen Landsitz, die Gemälde und die Möbel, transferierte den Erlös zusammen mit dem geerbten Barvermögen nach Deutschland und nahm die nächste Maschine nach Frankfurt. Er ließ der Geliebten seines Vaters nichts.

Auch nicht den Siegelring.

Auf der stillen Leitung blinkte es. Maifeld sicherte und schloss die Datei im Computer, bevor er den Hörer abhob. Vermutlich hatte Hurl noch was auf dem Herzen. Die Nummer kannten nicht viele.

«Ja?»

«Ciao Max, altes Haus, wie steht's denn?»

Gino. Dritte Klasse der Kölner Zuhälter-Szene. Herr über den Gerontologen-Strich. Enkel eines strebsamen italienischen Einwanderers. Schnappmesser, altersschwacher Lamborghini Miura, Spielschulden, mehr Gel als Locken auf dem Kopf. Die Karikatur dessen, was er darzustellen sich tagein, tagaus bemühte.

«Was willst du?»

«Nichts, nichts Besonderes, Max, nur ein bisschen plaudern, kann dir sagen, die Zeiten werden immer härter ...»

«Spuck's aus, Gino.»

«Ich habe gehört, du suchst jemanden. Den Bengel aus der Zeitung. Mannomann, kann man sich ganz schön die Finger verbrennen. Du bist nämlich nicht der Einzige, der ihn sucht.»

«Ach was, Gino. Wann erzählst du mal was Neues?»

«Zwei Profis sind unterwegs. Der eine heißt Max. Der andere hat keinen Namen. Ist noch nicht lange da, keiner weiß, was er macht, aber die Szene ist auf der Hut. Ich würde keinen einzigen Cent drauf verwetten, wer der Schnellere ist, ui, ui, ui. Einer von euch beiden wird wohl dabei auf der Strecke bleiben, sagt man.»

«Mach's gut, Gino.»

«He, nicht so schnell, Mann. Also, wenn das stimmt, was ich heute in der Zeitung gelesen habe, dass tausend grüne Scheine als Belohnung warten, dann wird's noch schwerer, wenn plötzlich ein Haufen Amateure mitmischt. Du hast keine Zeit zu verlieren, was, Max?»

Max sagte nichts.

«Also, Hurl war ja heute wohl zum zweiten Mal ganz nah dran an dem Früchtchen. Hat ein bisschen Pech gehabt, hört man. Hurl ist ein guter Mann, aber Köln ist groß, und vielleicht kommt der Kleine ja jetzt auf die Idee, schleunigst aus der Stadt zu verschwinden. Würde mich jedenfalls nicht wundern.»

«Ich gebe dir noch zehn Sekunden.»

«Okay, okay, okay. Ich will einfach nur ein bisschen was mitverdienen, verstehst du? Ich weiß nämlich, wo das Kerlchen steckt. Aber ich geh natürlich auf Nummer sicher. Wer zahlt, ist im Boot. Vorauskasse. Du hast natürlich den Vortritt. Weil wir uns schon so lange kennen. Also pass gut auf, Max: Da ist gerade eine E-Mail an dich unterwegs, mit einem Planquadrat und ein paar Koordinaten. Verschlüsselt, versteht sich. Da staunst du, was? Meine neue Maus, die Süße, die ist nämlich eine echte Computerexpertin, viel zu schade für den Strich, wenn du verstehst, was ich meine. Die ist ein richtiger Goldschatz. Echt gebildet. Und ein Goldesel, mit dem, was die in der Birne hat. Also, hör gut zu: Von den hunderttausend Euro, die du für den Jungen kassieren wirst, überweist du mir jetzt mal schnell über deinen Computer schlappe zwanzigtausend als Vorkasse, und schwupp, ist das Planquadrat unverschlüsselt, und du kannst dir den Jungen greifen. Na, Max, wie findest du das? Komm her, meine süße Maus. Was du für verrückte Einfälle hast ...»

Im Hintergrund hörte er ein albernes Kichern. Wie konnte eine halbwegs intelligente Frau, und das musste sie offenbar sein bei ihren Computerkenntnissen, auf einen Typen wie Gino reinfallen? Max legte kommentarlos auf. Rief die verschlüsselte E-Mail auf. Jagte das Suchprogramm los, das ihm die Freaks aus der ersten Etage mal gebastelt hatten. 90 Sekunden später hatte er die Adresse und die Telefonnummer der süßen Computermaus.

Und ihre Stimme am Rohr. «Hallo?»

Gar nicht unsympathisch, die Stimme.

«Ich sag es dir nur einmal. Wenn du nicht willst, dass in zehn Minuten die Polizei bei dir auftaucht und dich und alle deine schönen Festplatten mitnimmt, dann gibst du mir erstens dieses Arschloch Gino sofort an die Strippe und ihm zweitens den Laufpass.»

Schweigen. Aufgeregtes Flüstern.

«Ja, hier Gino.» Drei Nummern kleiner.

«Hör zu. In dreißig Sekunden sind die Koordinaten auf meinem Schirm. Unverschlüsselt. Stadtgebiet Köln?»

«Ja, genau.»

«Wie genau?»

«Zwischen Braunsfeld und Ehrenfeld.»

«Gut. In dreißig Minuten treffen wir uns dort. Du und ich. Allein. Dann machen wir ein Geschäft: Du zeigst mir die Ware, ich gebe dir das Geld, und die ärgerliche Nummer von eben ist vergessen. Und spar dir das Nachdenken, Gino. War noch nie deine Stärke.»

Max legte auf. Zwei kurze Klicks auf der Tastatur. Der Computer würde die übermittelten Koordinaten automatisch an den GPS-Monitor im Maserati weiterleiten.

Er öffnete den Stahltresor neben seinem Schreibtisch,

nahm den Revolver heraus, überprüfte die Trommel, klemmte das Holster und ein auf Vibration geschaltetes Handy hinten an den Hosengürtel, zog ein Jackett über, steckte eine zweite Trommel in die Seitentasche des Jacketts, stellte den linken Fuß auf einen Stuhl, schob das Hosenbein hoch, band das kleine Messerhalfter mit dem Klettverschluss um den Knöchel. Dann schloss er den Tresor wieder. Da lagen allenfalls viertausend, fünftausend Euro drin. Aber er hegte ohnehin nicht die Absicht, Gino auch nur einen einzigen Cent auszuhändigen, bevor er den Jungen nicht an einem sicheren Ort hatte.

Auf dem Weg zum Hof steckte er den Kopf durch die Tür zum Dojo. So nannte Hurl seine Schule für fernöstliche Kampfkunst. Max hatte längst wieder vergessen, woher der Name Dojo stammte. Aber angeblich nannten sich dort, wo Hurl den zweiten Bildungsweg beschritten hatte, alle Bildungseinrichtungen so.

Warmes, gedämpftes Licht. Asiatische Schriftzeichen in sattem Rot an den mattgelben Wänden. Auf der Matte mitten im Raum belauerten sich zwei Chinesen, ein alter und ein junger, bewegungslos wie zwei zum Sprung bereite Panther. Sie trugen rote, wadenlange Mäntel aus Seide und darunter mit feinen Schnüren umwickelte, weiße Fußlappen. Im Dojo musste man die Schuhe ausziehen, doch dazu hatte Max jetzt keine Zeit, und deshalb musste er die Stimme erheben und die beiden aus ihrer Andacht reißen.

«'tschuldigung. Wo ist Hurl?»

Der Jüngere reagierte nicht. Offenbar stand es ihm nicht zu, sich zu äußern. Der Ältere drehte sich in Zeitlupentempo um und lächelte. «Er ist vor ungefähr zehn Minuten weg. Ich kenne sein Ziel nicht. Er hat es mir nicht gesagt. Ich habe nicht gefragt. Es tut mir Leid, Ihnen nicht behilflich sein zu können.» Der Mann verbeugte sich.

Hurl kannte schon komische Leute.

Max stieg in seinen Wagen und startete den Motor.

Okay. Früher war es auch ohne Hurl gegangen.

Früher.

Früher war er nicht schon so schnell außer Puste. Früher.

Früher hing er auch noch nicht so am Leben.

17 In der Großstadt gibt es keine vollkommene Ruhe. An keinem Ort, zu keiner Zeit. Selbst nicht in den Parks, auch wenn man zunächst nichts als Vogelgezwitscher und Kinderlachen vernimmt. Auch nicht in der Nacht. Eine Million Menschen produzieren selbst in der Stille der Nacht einen Lärmteppich, unmerklich wie aufsteigender Nebel.

Es war Tag.

Hurl kauerte im Lotossitz mitten auf einer Wiese am Rheinufer. Er saß regungslos da, hatte die Augen geschlossen, entspannte sich. Ein streunender Collie näherte sich, schnupperte kurz, stellte verwirrt den Kopf schief, dann preschte er in langen Sätzen davon.

Hurl konzentrierte sich auf die Geräusche, analysierte sie, separierte sie. Das Sirren der Straßenbahn auf der Rheinbrücke, von Ost nach West, etwa zwei Kilometer entfernt. Das Stampfen eines Frachtschiffes rheinaufwärts, schwer beladen, Tiefgang. Verdrängung, Schallwellen des Dieselmotors, vom Wasser gespiegelt. Jetzt musste das Schiff unter der Brücke sein. Das Echo. Hohl und tief.

Klock-klock, klock-klock, klock-klock. Die Dehnungsfugen zwischen den Betonplatten der Brücke. Autos, sinkende Drehzahlen vor der Radarfalle. Ein Hupen, ärgerlich, rechthaberisch.

Ein Flugzeug. Achttausend Fuß, etwa. Steigflug.

Fracht. Passagiermaschinen sind leiser.

Ein Moped, am gegenüber liegenden Ufer, von Nord nach Süd, 125 Kubikzentimeter im Geschwindigkeitsrausch, kaum gedämpft, nur gezackt von der ausgedünnten Zeile alter Platanen.

Nachdem Hurl alle Geräusche eingehend betrachtet hatte, schob er sie beiseite und ließ seine Gedanken fliegen.

Der Mann war gefährlich. Sehr gefährlich. Hurl hatte seine Augen gesehen. Sie zeigten weder Liebe noch Hass. Nur Kälte.

Aber der Mann war nicht unfehlbar. Niemand war unfehlbar. Der Mann hatte offenbar einen Fehler gemacht, nur deshalb konnte der Junge aus dem Haus der Wohngemeinschaft fliehen. Der Junge hätte keine Chance gehabt. Neigte der Mann zur Selbstüberschätzung? Vielleicht war das seine entscheidende Schwäche. Hurl wusste, dass er nur eine Chance hatte: die Schwäche seines Gegners entdecken. Und sie nutzen, bevor der Gegner Hurls Schwächen entdeckte.

Beim zweiten Mal waren sie beide zu spät gekommen. Der Junge war bei den Strichern unter der Domplatte untergekrochen. Jemand hatte ihn gewarnt; kein Wunder, das Kommunikationssystem der Stricher rund um den Hauptbahnhof funktionierte ausgezeichnet. Die Stadt wurde langsam zu eng für ihn. Die Sache mit dem Lösegeld hatte sich rumgesprochen. In der Stadt gab es eine Menge Typen, die für einen Bruchteil der Summe ihre Großmutter abstechen würden, ohne auch nur einmal die Bierflasche abzusetzen.

Der Mann war ein Profi. Da der Junge schon ausgeflogen war, hatte der Mann keinen Nutzen darin gesehen, seine Zeit damit zu verschwenden, sich mit Hurl anzulegen, vor dem Dom und einem Dutzend mit Fotokameras bewaffneter japanischer Touristen.

Hurl war das ganz recht so.

Der Moment würde ohnehin kommen.

Beim ersten Mal hatte der Mann offenbar darauf spekuliert, dass der Junge, nachdem er zunächst aus der Wohnung geflüchtet war, dorthin zurückkommen würde. Der Junge war tatsächlich zurückgekehrt. Warum? Er musste die Wohnung überraschend und fluchtartig verlassen. Hatte er etwas vergessen? Wenn ja, musste es für den Jungen von großer Bedeutung sein. Es musste allerdings ein Gegenstand sein, der leicht verstaubar war. Denn sonst wäre er ihm bei der Flucht aus dem Weinertschen Haus hinderlich gewesen, und vor allem hätte sich Gertrud Weinert daran erinnert. Der Jäger hatte der Autoschieber-WG keinen zweiten Höflichkeitsbesuch abgestattet. Das wusste Hurl. Er stand in Verbindung.

Also hatte der Jäger intuitiv gespürt, dass der Junge umkehren würde. Erfahrene Jäger haben solche Antennen, das wusste er. Hurl kannte sich aus mit dem Jagen.

Fest stand: Wenn es diesen Gegenstand tatsächlich gab, musste er immer noch in der Wohnung sein. Unentdeckt. Nach dem Gespräch mit den Jungs und Mädels der Autoschieber-WG hätten die es nie und nimmer gewagt, ihn oder Max nicht auf der Stelle anzurufen, hätten sie etwas Interessantes gefunden. Er musste so unbedeutend wirken, dass er in dem Durcheinander der Wohnung nicht weiter auffiel.

Es war nichts weiter als eine Möglichkeit.

Er würde nachschauen müssen.

Am besten jetzt gleich.

18 Das Büro im obersten Stock des Polizeipräsidiums war etwa doppelt so groß wie Morians Wohnzimmer. Es beherbergte eine Sitzgruppe aus schwarzem Leder, einen Couch-

tisch aus getöntem Glas, zwei wandfüllende Einbau-Schrankwände links und rechts von Morian, die bequem sämtliche Exponate der Asservatenkammer im Keller des Präsidiums hätten aufnehmen können. Morian hatte sich schon immer gefragt, was ein einzelner Mensch wohl alles aufhob, um diese monströsen Schrankwände zu füllen. Die dritte Wand in seinem Rücken war rund um die Tür tapeziert mit Gemälden rheinischer Künstler. Der Polizeipräsident war der Ansicht, es sei dem Image der Bonner Polizei zuträglich, wenn er gelegentlich einen jungen Künstler ermunterte, im Foyer des Präsidiums auszustellen. Vorrangig aber war er der Überzeugung, dass es seinem eigenen Image zuträglich sei, wenn die Presse bei der Vernissage ein Foto machte, wie er mit dem Künstler plauderte und zugleich mit dem Finger auf ein Bild deutete, aber nicht hinschaute, sondern in die Kamera, damit alle Leser sein Lächeln und seine makellosen Zähne sehen konnten.

Die vierte Wand war eine Glasscheibe, die einen großartigen Blick über den Rhein gewährte. Das Panoramafenster wurde flankiert von einer abstrakten Skulptur aus rostigem Eisen und einer Schaufensterpuppe, die in der Uniform eines Londoner Bobbys steckte. Dazwischen, vermutlich mit Zollstock und Winkelmesser auf den Millimeter zentriert, stand ein Schreibtisch, an dem man bequem ein Tischtennis-Doppel hätte austragen können.

Vor dem Schreibtisch saß Josef Morian und vertrieb sich die Zeit. Hinter dem Schreibtisch saß der Polizeipräsident und studierte seit zwanzig Minuten Morians Zwischenbericht.

Vielleicht sollte ich einfach aufstehen und mal eine der Schranktüren öffnen, überlegte Morian. Er durchdachte gerade das Für und Wider dieser Idee, als sich der Polizeipräsident aus seiner Erstarrung löste, bedächtig den Kopf schüttelte, seine Brille von der Nasenspitze unmittelbar vor die Augen schob und Morian fixierte.

«Starker Tobak, mein Freund.»

Morian fragte sich, was es wohl bedeute, den Polizeipräsidenten zum Freund zu haben. Zwei Minuten später, Morian hatte noch keine schlüssige Antwort auf die Frage gefunden, sagte der Präsident:

«Starker Tobak, mein Freund.»

Das hatten wir schon, dachte Morian. Der Polizeipräsident schob seine Brille wieder in Lesestellung, schüttelte bedächtig das Haupt und vertiefte sich erneut in den Bericht, als könne er gar nicht glauben, was da schwarz auf weiß stand.

Der starke Tobak lautete in Kurzform etwa so: Die Auswertung der sichergestellten Akten vom Dachboden des Weinertschen Hauses ließen den Schluss zu, dass der ehrenwerte Dr. Julius Weinert sich im Laufe seiner Karriere als Politiker nicht nur um sein Land, sondern auch um den materiellen Vorteil eines erlauchten Kreises ohnehin nicht gerade am Hungertuch nagender Mitbürger verdient gemacht hatte. Vor zwanzig Jahren hätten die Kollegen vom KK Organisiertes Verbrechen die Akten mit Kusshand genommen, abgesehen davon, dass es dieses Kommissariat damals noch gar nicht gab. Heute war das alles verjährt, abgesehen davon, dass Weinert nicht mehr zur Rechenschaft zu ziehen war.

Der Mann, der dreimal vom deutschen Volk gewählt worden war, um die Interessen des deutschen Volkes zu vertreten, hatte zielstrebig die Interessen einiger weniger vertreten, dabei regelmäßig das Recht gebeugt, Intrigen inszeniert, Parteifreunde zu Fall gebracht, sich des Rufmordes, der Verleumdung, des Betrugs und der Bestechung schuldig gemacht. Immer wenn es galt, in der Regierung oder im Bundestag den Weg freizumachen oder aber Gesetze zu verhindern, war Weinert für seine Kundschaft zur Stelle.

Unter anderem für die internationale Blut-Mafia. Die Beweise stapelten sich in Morians Aktenschrank. Max hatte also damals Recht gehabt. Dabei war Weinert offenbar so sehr von der wahren Rechtmäßigkeit seines Handelns oder aber von der Unantastbarkeit seiner Person überzeugt, dass er sämtliche Dankesschreiben und Abrechnungen über Vergütungen seiner Dienstleistungen sorgsam abgeheftet und auf dem Dachboden aufbewahrt hatte. Das scheint allen Berufspolitikern eigen zu sein, dachte Morian: Sie schaffen sich irgendwann ihr eigenes Rechtssystem.

Außerdem ließen das versteckte Sternenzimmer und die angrenzende Geheimtür zu Alexanders Zimmer nur einen Schluss zu: Julius Weinert, der aufopferungsvolle Patenonkel, hatte den Jungen über Jahre sexuell missbraucht.

Aus diesen beiden gewonnenen Erkenntnissen zog Morian in seinem Zwischenbericht den Schluss, dass zwar nach wie vor vieles für Alexander Weinert als Täter spreche, dass es aber fatal und allen kriminalistischen Grundregeln zuwider wäre, nur eine einzige Spur zu verfolgen und so andere Spuren unnötig erkalten zu lassen. Allein aus den Akten ergaben sich Unzählige, die allen Grund hatten, Weinert eine Klinge ins Kreuz zu stoßen.

«Starker Tobak, Morian.» Sagte der Präsident zum dritten Mal und klappte den Aktendeckel zu. «Sie wissen natürlich, dass sämtliche Vergehen, die Sie da aufzählen, längst verjährt sind.»

«Bis auf den sexuellen Missbrauch. Erstens ist das kein Vergehen, sondern ein Verbrechen, und zweitens läuft bei sexuellem Missbrauch die Verjährungsfrist erst an, wenn das Opfer ...»

«Ich bin Jurist, Morian. Ich kenne das Strafgesetzbuch. Die Belehrung können Sie sich also sparen.»

Das war das Problem. Der Polizeipräsident war kein Polizist, sondern Jurist, und er wünschte sich nichts sehnlicher, als möglichst schnell wieder in eine ordentliche Verwaltungsbehörde zurückversetzt zu werden, am liebsten in eines der Ministerien in Düsseldorf, selbstverständlich nach einem gehörigen Sprung nach oben auf der Karriereleiter.

«Ich hatte nicht die Absicht, einen Toten auf die Anklagebank zu schleifen. Aber die dubiose Vorgeschichte des Mordopfers ...»

«Hat uns nicht zu interessieren!»

«Da bin ich völlig anderer Meinung.» Morian bemühte sich, Ruhe zu bewahren. «Die Persönlichkeitsstruktur des Opfers lässt immer Rückschlüsse auf ...»

«Morian, Ihre Aufgabe ist es, Weinerts Pflegesohn zu finden. Anschließend sehen wir weiter.»

«Die Aufgabe ist nicht lösbar. Ich kann ihn nicht mit drei Beamten in ganz Deutschland suchen.»

«Sie sollen ihn im Siebengebirge suchen, nicht in ganz Deutschland. Dafür haben wir ihn doch bundesweit zur Fahndung ausgeschrieben. Jede Polizeidienststelle zwischen Flensburg und Basel ...»

«Hat ein Fahndungsplakat ans schwarze Brett genagelt. Das ist alles. Alexander Weinert hält sich längst nicht mehr im Siebengebirge auf.»

«So?» Der Polizeipräsident setzte ein Gesicht auf, als versuche er gerade vergebens, auf die geduldige Tour mit einem Kind zu reden. Oder mit einem Irren.

«Ja. Wir haben Zeugen, die ihn in Köln gesehen haben. Oder besser gesagt am Tag der Tat einen jungen Mann, auf den die Beschreibung passt. Der junge Mann hat ein Fahrrad ins Deutzer Hafenbecken geworfen und ist zu Fuß über die Brücke gelaufen. Wir haben Taucher nach unten geschickt. Das Fahrrad, das sie nach oben brachten, wurde eine Stunde nach der Tat an einem See im Siebengebirge gestohlen. Kein

Zweifel. Er ist in Köln abgetaucht. Da kennt er sich aus. Stricher, Fixer, Kleinkriminelle.»

«Ja, das ist ja ausgezeichnet. Da werde ich gleich mal mit meinem werten Kollegen in Köln telefonieren. Der wird sich wundern. Dann haben die den Ärger am Hals.» Plötzlich erhellten sich seine Gesichtszüge, als sei ihm soeben etwas Wichtiges eingefallen, das beinahe in Vergessenheit geraten wäre. Gut gespielt, dachte Morian. Wenn ich dich nicht so lange kennen würde ...

«Was ich Sie noch fragen wollte, Morian ... was machen eigentlich Ihre alten Fälle? Die unbekannte Leiche im U-Bahn-Schacht?»

«Wir sind dran.»

«Aha, Sie sind also dran.» Der Präsident betrachtete ihn mit sorgenvoller, anteilnehmender Miene. «Morian, Morian. Sind Sie überfordert? Ich meine, das ist nichts Ehrenrühriges; nicht jeder Mensch ist für Führungsaufgaben gemacht.»

«Ich verstehe nicht.» Morians Hirn arbeitete auf Hochtouren.

«Schon gut. Da können wir mal in aller Ruhe drüber reden, von Mann zu Mann. Sie müssen doch einen Berg von Überstunden vor sich herschieben. Entspannen Sie mal, fahren Sie mit Ihrer Familie in Urlaub. Danach sehen Sie die Welt mit anderen Augen.»

Morian sagte nichts. Er wusste, das war nur die Ouvertüre.

Er war gespannt auf das Finale.

Der Polizeipräsident betrachtete die Zimmerdecke. Dann stieß er einen tiefen Seufzer aus, rückte sich zurecht, ganz so, als müsse er vor laufenden Fernsehkameras sprechen:

«Im Augenblick habe ich das Problem, dass ich mächtig unter Druck stehe. Ich habe mich entschieden, dem Druck nachzugeben und den Fall an die Abteilung Staatsschutz des

BKA abzugeben. Sollen die in Wiesbaden damit glücklich werden. Zusammen mit den Kollegen in Köln, als Zuarbeiter. Die haben sowieso mehr Personal. Die in Wiesbaden sind schon ganz scharf drauf. Und Sie können sich nach Ihrem Urlaub endlich wieder auf Ihre ungelösten Altfälle konzentrieren. Na, was meinen Sie?»

Der Polizeipräsident strahlte ihn an wie der Weihnachtsmann. Morian sagte ihm nicht, was er meinte.

«Herrgott, Morian. Kapieren Sie endlich. Niemand in diesem Land hat ein Interesse daran, dieses politische Denkmal vom Sockel zu stoßen. Das wäre doch ...» Er kratzte sich mit seinem Füllfederhalter gedankenverloren am Kinn, während er nach dem geeigneten Begriff suchte. «Das wäre doch pietätlos. All die unappetitlichen Sachen, die Sie in Ihrem Bericht erwähnen. Wie konnten Sie das nur zu Papier bringen? Und die Pädophilie ist nicht bewiesen, wenn ich das richtig sehe. Der Junge ist doch inzwischen volljährig. Also: Wem wäre damit geholfen, wenn das jetzt öffentlich würde? Das wäre doch ... das wäre doch Leichenfledderei.»

Morian war lange genug bei der Sitte gewesen, um zu wissen, wem die Offenlegung eines sexuellen Missbrauchs half. Er hatte sich damals zur Mordkommission versetzen lassen, weil er die Augen der Opfer nicht mehr ertragen konnte. Kriminalhauptkommissar Josef Morian, einst erfolgreicher Amateurboxer im Halbschwergewicht, ein Baum von Mann. Er war damals am Ende gewesen. Fix und fertig.

Er stand auf und ging wortlos hinaus.

Er brauchte dringend frische Luft.

19 Das Viertel zwischen Militärring, Gaswerk, Güterbahnhof und dem Friedhof Melaten hatte schon bessere Zeiten gesehen. Zu Beginn des 20. Jahrhunderts demonstrierten die gewaltigen Backsteinbauten die Allmacht der Industrie, so wie die Kathedralen im Mittelalter die Allmacht der katholischen Kirche. Keine Macht der Welt ist von Dauer. In der zweiten Hälfte des Jahrhunderts starb die Schwerindustrie. Eine Fabrik nach der anderen machte dicht.

Alle Räder stehen still, wenn dein starker Arm es will. Max erinnerte sich an die Plakatkleber aus seiner Kindheit, an die Umzüge durchs Viertel am 1. Mai. Samstags gehört Papi mir. Bald standen alle Räder für immer still, und die Papis aus den Kölner Industrierevieren hatten die ganze Woche Zeit für ihre Kinder. Zeit, um ihren Frauen auf die Nerven zu gehen, Zeit, um im Arbeitsamt Schlange zu stehen, Tag für Tag, Zeit für die Kneipe um die Ecke, Abend für Abend, bis das Geld ausging, und viel Zeit, um langsam vor die Hunde zu gehen.

Irgendwo im Weltraum befanden sich drei Satelliten, die einen dunkelblauen Maserati Quattroporte Evoluzione nach den Vorgaben eines drittklassigen Zuhälters durch die Straßen des verlassenen Industriereviers manövrierten. Ölstraße. Kohlenstraße. Geisterstraßen. Zielpunkt 10,5 Meter. Max stoppte den Wagen am Straßenrand, gleich hinter einem schäbigen, schlammfarbenen Siebziger-Jahre-Camaro. Also stimmte das Gerücht, die Albaner hätten Ginos geliebten Lamborghini angezündet. Ganz schöner Abstieg. Außer Ginos trauriger Neuerwerbung war weit und breit kein anderes Auto zu sehen.

Auch Gino war weit und breit nicht zu sehen.

Das Auto war unverschlossen. Eindeutig Ginos Karre: Der Aschenbecher quoll über, der Fußraum war übersät mit

Bonbon-Papierchen, im Handschuhfach lag eine angebrochene Schachtel Pariser. Und auf dem Beifahrersitz aus zerschlissenem Leder, dessen Farbe mal Beige gewesen war, lag ein aufgeschlagener Stadtplan von Köln. Der Zielpunkt im Niemandsland zwischen Ehrenfeld und Braunsfeld war mit einem roten Filzstift markiert.

Das schmiedeeiserne Tor, durch das die Arbeiter einst Tag für Tag in drei Schichten geströmt waren, stand einen Spalt offen. Die schwere Kette war geknackt. Eine frische Bruchstelle; sie hatte noch keinen Rost angesetzt, im Gegensatz zu dem Draht, mit dem das orangefarbene Schild an den Längsstreben des Tores befestigt war.

BETRETEN VERBOTEN! EINSTURZGEFAHR
ELTERN HAFTEN FÜR IHRE KINDER
ORDNUNGSAMT DER STADT KÖLN

Max überquerte den gepflasterten Vorplatz des Fabrikgeländes. Schienen liefen durch knöchelhohes Gras, das seinen Weg durch die Fugen des Pflasters gefunden hatte. Einer der Schienenstränge verschwand im Dunkel einer Toreinfahrt im Hauptgebäude.

Das Tor stand weit offen.

Max löste den Druckknopf an seinem Holster. Dann ging er hinein.

Er brauchte eine Weile, bis er sich an die Dunkelheit gewöhnt hatte. Die Scheiben der neugotischen Fenster waren blind vom Staub und vom Ruß. Nur durch das Haupttor fiel Licht ins Innere der ehemaligen Maschinenhalle und durch einige zerbrochene Fensterscheiben: dicke Bündel Licht, die weiße, gezackte Flecken malten, auf dem Betonboden, auf den Laufgittern, den Treppen, Rohren, Förderbändern, Kompressoren, Pleuelstangen.

Fünf Minuten später fand er Gino. Sein Lockenkopf steckte in einer Stanzmaschine. Der Körper hing seltsam verdreht herab. Jemand hatte ihm zuvor Arme und Beine gebrochen. Max tastete die Kleidung des toten Zuhälters ab. Keine Brieftasche, keine Schlüssel. Nichts, was ihn hätte identifizieren können. Außer natürlich seinen ...

Max packte den leblosen Jackenärmel und ließ den schwachen Lichtpunkt seines Leuchtkugelschreibers auf die Hand fallen. Sie war nur noch eine formlose, blutige Masse. Jemand hatte Ginos Hände unter die Presse gelegt, bevor er sich Ginos Kopf vornahm. Natürlich würde die Polizei auch ohne Fingerabdrücke die Identität des Toten feststellen. Aber es würde etwas länger dauern. Jemand hatte all diese Vorkehrungen getroffen, nur um etwas Zeit zu gewinnen.

Dazu passte allerdings nicht, dass Ginos Auto noch vor dem Tor stand und nicht in der nächsten Schrottpresse.

Es sei denn, der Killer hatte seine Arbeit noch nicht beenden können.

Weil er soeben gestört worden war.

Max tastete unwillkürlich nach seiner Waffe. In derselben Sekunde hörte er das unverkennbare Blubbern des Camaro. Max rannte los, auf das blendend weiße Rechteck des offenen Tores zu, stolperte über einen T-Träger, schlug der Länge nach hin, ignorierte den höllischen Schmerz im Schienbein, stemmte sich auf, rannte weiter, merkte viel zu spät, dass das Motorgeräusch sich nicht entfernte, sondern lauter wurde. Er verharrte einen Moment, und als er endlich begriff, donnerte der Camaro durch das Tor, der Motor heulte auf, tausendfach verstärkt durch das Echo der nackten Hallenwände.

Der Wagen schleuderte in einer perfekten 90-Grad-Kehre um die Ecke, dann raste das grelle Augenpaar der Scheinwerfer auf ihn zu. Max Maifeld rannte um sein Leben. Er liebte sein Leben, und er bereute in diesem Moment jede einzelne Zigarette, die er in seinem Leben geraucht hatte. Das Schienbein tat höllisch weh. Er schlug Haken, doch der Camaro folgte mit kreischenden Reifen jeder seiner Bewegungen. Er suchte den Weg zurück zum Tor, doch das brüllende Raubtier war schneller und schnitt ihm den Weg ab.

Das Herz schlug Max bis zum Hals. Noch zwei Minuten, dann würde er kollabieren. Der Unbekannte hätte ihn längst erwischen können. Doch bei jedem Stolpern ging er für einen Moment vom Gaspedal, um ihn anschließend weiter durch die Gänge zu hetzen. Nein, er spielte mit ihm, wie die Katze mit der Maus, wollte ihn noch ein bisschen quälen, bevor er zum tödlichen Schlag ausholte.

So hatte er keine Chance.

Er musste etwas unternehmen.

Max bog auf den Mittelgang der Halle ein, zog im Laufen den Revolver aus dem Holster, spannte den Hahn, unterlegte seine linke Schusshand mit der rechten Hand, täuschte ein Stolpern vor, bis die Drehzahl des Motors erwartungsgemäß abfiel, dann wirbelte er herum, ging in die Hocke, brachte die ausgestreckten Arme in die Waagerechte, während der fast zum Stillstand gekommene Camaro plötzlich Vollgas gab und mit einem Satz auf ihn zuschnellte, atmete langsam aus, bis zum tiefsten Punkt, verengte seinen Blick, stellte das Atmen ein, stellte das Denken ein, zog durch, gleichmäßig, langsam, um sich überraschen zu lassen von der Explosion in der Patronenhülse, die der Schlag auf das Zündhütchen auslösen würde.

Ihm blieben allenfalls drei Sekunden.

Die erste Kugel durchschlug die Windschutzscheibe. Das Verbundglas zersplitterte zu einem Spinnennetz. Er schickte in schneller Folge fünf Kugeln hinterher, immer eine Daumenbreite über dem linken Scheinwerfer, hechtete im letzten Moment zur Seite, als der Wagen an ihm vorbeiraste und nach fünf Metern ungebremst gegen die Wand aus Backstein krachte.

Metall knirschte, Glas splitterte, eine Radkappe rollte davon, stieß gegen eine Säule, änderte ihre Richtung, geriet ins Trudeln, drehte sich scheppernd im Kreis, eine Ewigkeit, dann blieb sie liegen.

Stille.

Max warf mit einem Schlenker des Handgelenks die leeren Patronenhülsen aus, setzte die Reservetrommel ein, stand auf, immer noch nach Luft ringend, humpelte zu dem Wrack, in der linken Hand den Revolver, in der rechten die winzige, lächerliche Taschenlampe. Das Knie schmerzte fürchterlich. Nichts rührte sich in dem Wagen.

Mit einem Ruck riss er die Fahrertür auf.

Niemand saß in dem Auto.

Zwei Einschusslöcher in der Kopfstütze, zwei in der Rückenlehne.

Dann sah er den schweren Backstein.

Auf dem Gaspedal.

Als er im selben Augenblick den Luftzug hinter sich spürte, war es zu spät. Mit voller Wucht ging das Aluminiumrohr auf sein Handgelenk nieder. Der Revolver rutschte über den Betonboden ins Dunkel. Das Aluminiumrohr landete kurz und hart auf seiner rechten Niere. Max ging in die Knie, zog im Fallen das Messer aus dem Halfter am Fußknöchel, griff nach dem fremden Hosenbein, stach mit letzter Kraft zu, versenkte die kurze Klinge bis zum Anschlag in der fremden Wade. Das Rohr donnerte auf sein Knie, dann auf seine Rippen nieder, und ihm schwanden augenblicklich die Sinne.

20 Hurl hatte nicht lange suchen müssen. Es lag unter dem Bett des Mädchens mit der ölverschmierten Latzhose und der geschienten Hand. Vermutlich hatte sie es versehentlich oder aber Alexander es bewusst mit dem Fuß unters Bett bugsiert, zusammen mit einem Haufen schmutziger Wäsche. Bis vor wenigen Minuten hatte das Mädchen nicht mal von seiner Existenz gewusst.

Es war ein Tagebuch.

Auf einer jener billigen mechanischen Reiseschreibmaschinen getippt, wie man sie nach dem Krieg bis Mitte der siebziger Jahre benutzte. Die Buchstaben hüpften über die Zeilen wie eine Schar Hühner, und manche Typen hatten Löcher in das Papier gestanzt. Ohne Zwischenschlag, beidseitig beschrieben. Eine einfache Klebebindung, wie Studenten sie für Examensarbeiten verwenden. Das Papier war alt und grau und faserig. Das Buch hatte kein DIN-Format, sondern eine längst nicht mehr handelsübliche Größe zwischen A5 und A4.

Hurl saß am Küchentisch, das Mädchen mit der geschienten Hand goss ihm Kaffee ein, dann setzte sie sich ihm gegenüber, sah ihn mit großen, traurigen Augen an und blies eine rotblonde Haarsträhne aus ihrem Gesicht. Die viel zu langen Träger der viel zu weiten Latzhose hatte sie mit Sicherheitsnadeln verkürzt. Winzige Tattoos zierten ihre schmalen, nackten Schultern. Hurl konnte nicht erkennen, was sie darstellten. Stattdessen besah er sich den Kaffeelöffel genauer. Jemand musste ihn mit verbundenen Augen gespült haben. Das Mädchen folgte seinem Blick, nahm ihm den Löffel aus der Hand, hielt ihn kurz unter den Wasserhahn und wischte ihn am Hosenbein trocken. «Wenn Sie ihn sehen, grüßen Sie ihn bitte von mir.»

«Mach ich. Wie ist das mit deinem Finger passiert?»

Das Mädchen sagte nichts.

«War das der Mann? Damit ihr den Hausschlüssel rausrückt?»

Schweigen. Erneuter Versuch, die Haarsträhne mittels Luftdruck aus dem Gesicht zu verbannen. Vergeblich.

«Hast du Angst?»

Das Mädchen sagte wieder nichts.

«Brauchst keine Angst zu haben. Der kommt nicht wieder. Wo gibt's denn diese Hosen?»

«Im Baumarkt. Sind viel billiger als die Klamotten in den Kaufhäusern. Außerdem ist das schön luftig, im Sommer.»

Hurl glaubte ihr aufs Wort.

Sie guckte skeptisch.

«Die Hose gefällt dir nicht, stimmt's?»

«Doch, doch. Ich finde sie ... interessant.»

Das Mädchen grinste, beugte sich über den Küchentisch und drückte ihm einen Kuss auf die Stirn. Hurl konnte gar nicht umhin, festzustellen, dass sie außer der Latzhose nichts anhatte.

Junge, Junge, wo waren diese Mädchen, als ich zwanzig war? Hurl nahm rasch einen Schluck aus der klebrigen Kaffeetasse und vertiefte sich wieder in das Buch. Dumme Frage. Sie waren da, wo sie immer waren. In den Bibliotheken der Colleges, als Cheerleader beim Basketball, in der Warteschlange vor der Kasse des Drugstore oder hinter der Theke des nächsten Coffee-Shop. Nur – ich war nicht da, dachte Hurl. Ich war mit lauter netten Jungs in einem geheimen Ausbildungslager der U.S. Marines irgendwo in den Bergen von Costa Rica. Und danach in irgendwelchen geheimen Lagern in irgendwelchen verfluchten Wäldern und Sümpfen rund um den Globus, wo es nichts gab außer Schlangen und Hitze und Dauerregen und Menschen, die etwas dagegen hatten, dass die US-Jungs dort waren. Eine Spezialeinheit, von der nicht mal der amerikanische Kongress etwas wusste. Als der

Jahre später davon erfuhr, weil bei einem der Himmelfahrtskommandos zur Rettung des Vaterlandes und der restlichen freien Welt so ziemlich alles schief gegangen war, was nur schief gehen konnte, da war Hurl schon desertiert.

Aber noch am Leben.

Dank Max.

Die Buchstaben verschwammen vor seinen Augen. Hurl sah wieder auf, in die neugierigen Augen jenseits des Tisches, grinste und zog ein altmodisches Etui aus seiner Lederjacke. «So, jetzt kommt's: Hurl mit Brille. Steht mir verdammt gut, oder? Lässt mich so intelligent aussehen. Wenn ich Alexander finde, ruf ich dich an, Mädchen. Falls er dich überhaupt verdient hat. Wie heißt du überhaupt?»

21 Hannes Fußwinkel wäre in einem Historienfilm über die alten Wikinger nicht weiter aufgefallen. Sein wallendes, schulterlanges, rotblondes Haar, die Tätowierungen auf den sommersprossigen, dicken Oberarmen, der gewaltige Schnurrbart und nicht zuletzt die Furcht einflößende Statur hätten ihn zur ersten Wahl bei der Besetzung eines unerschrockenen Normannenkönigs gemacht. Oder zur ersten Wahl bei der Besetzung des unerschrockenen, aber taubstummen besten Freundes des unerschrockenen Normannenkönigs. Denn Hannes Fußwinkel, der seinen Fuß noch nie über die Kölner Stadtgrenze gesetzt hatte, dies aber auch für völlig überflüssig hielt, sprach nur eine einzige Sprache: unverfälschtes Kölsch. Aber welcher Normannenkönig spricht schon Kölsch?

Gelegentlich sah er sich gezwungen, sich in Hochdeutsch verständlich zu machen. Das ging in der Regel drei Sätze lang gut. Der vierte Satz endete meist mit einem Fiasko.

Nicht dass es Hannes Fußwinkel an Intelligenz mangelte. Er war auf seine Weise sogar gebildet. Er hatte mit bewundernswerter Energie das Optimum aus den mageren Grundlagen seiner verkorksten Kindheit herausgeholt.

Der Vater, Dreher bei Klöckner-Humboldt-Deutz, war früh an Lungenkrebs gestorben. Die Mutter brachte die vier Kinder als Putzfrau durch. Hannes landete als Stotterer auf der Sonderschule. Hilfsschule hieß das damals. Dann ging er als Hilfsarbeiter zu Felten & Guillaume. In der Fabrik in Köln-Mülheim gab es einen Vorarbeiter, der begriff, dass Hannes nicht nur in der Lage war, den Namen der Firma richtig zu schreiben, sondern noch einiges mehr auf der Scheibe hatte. Solange er nicht sprechen musste. Er schenkte ihm ein Buch, mit dessen Hilfe sich Hannes mühsam das Stottern abtrainierte, was kein Lehrer auf seiner Schule auch nur versucht hatte. Dann besorgte der Vorarbeiter eine Ausnahmegenehmigung, damit Hannes trotz mangelnden Schulabschlusses Feinmechaniker lernen durfte. Natürlich bei «Felten un' Jilliomm», wie nicht nur Hannes, sondern alle Kölner die Firma nannten.

Kurz vor der Abschlussprüfung machte Felten & Guillaume, einer der größten Arbeitgeber der Stadt, dicht. Ins Industrierevier zog eine neue Generation von Arbeitnehmern: Kameraleute, Aufnahmeleiter, Produktionsassistenten, Trailer-Designer, Gag-Schreiber. Aus den Fabrikhallen wurden Studios. Da war kein Platz für Leute wie Hannes. Der ließ den Lehrabschluss sausen, machte sich stattdessen selbständig, mietete «für'n Appel un'n Ei», wie er betonte, eine Industriebrache in der Kohlenstraße und schraubte Unfallautos zusammen. Als sich das ganz gut anließ, spezialisierte er sich auf Phantasieautos, Unikate für die Kölner Halbwelt, mit viel Plüsch und Chrom und Leder und elektronischem Schnickschnack. Und wer in der Kölner Halbwelt gefragt ist,

ist es bald auch in der Kölner Künstlerszene, und dann, früher oder später und fast zwangsläufig in dieser verrückten Stadt, auch in der Kölner Gesellschaft. Die Grenzen waren am Rhein schon immer fließend.

Eines Tages kaufte sich Hannes ein 20-bändiges Lexikon, das er Abend für Abend durchackerte, von A bis Z, und anschließend einen Bildband: Kunst des 20. Jahrhunderts. Dann malte er seine Halle bunt an, kaufte sich einen schneeweißen Anzug und ein schwarzes Rüschenhemd mit Stehkragen und eröffnete das *Sunset*. Dort gab's Kleinkunst und Kir Royal, bald auch Warteschlangen und einen Schwarzmarkt für Eintrittskarten. Das *Sunset* war binnen Monaten der neue Treffpunkt der Kölner Schickeria.

Hannes, der einstige Stotterer und Hilfsschüler, war nun mittendrin. Bis ihm die Stadt die Konzession für den Ausschank auf dem Schrottplatz entzog. Hannes machte sich einen schönen Sommer im Stadtgarten, dachte eine Weile nach, und dann begann er, alte Zirkuswagen für Roncalli zu restaurieren. Er durfte sogar eine Nebenrolle in einem WDR-«Tatort» spielen, einen Zuhälter, der aber schon nach fünf Minuten ums Leben kam. Das war zwar nicht ganz so erfüllend wie die Traumrolle vom taubstummen besten Freund des unerschrockenen Wikingerkönigs, aber sie untermauerte seine neue Rolle als schillernde Persönlichkeit dieser Stadt, als Local Hero, und das wiederum bescherte ihm ein materiell weitgehend sorgloses Leben als cleverer Wanderer zwischen den Welten.

Und Frauen aus beiden Welten. Die Damen aus den Saunaclubs waren hingerissen, wenn er sie ins Museum Ludwig und anschließend zum Kännchen Kaffee ausführte, und die Kunststudentinnen aus gutem Hause erlagen scharenweise seiner ungehobelten, unverstellten, ach so animalischen Männlichkeit, wenn er sie zu Schießübungen mit seinem dicken Revolver auf den Schrottplatz lud.

Den Revolver hatte er vorsorglich in den Hosenbund geschoben, als er vor seinem Zirkuswagen auf und ab ging und Ausschau hielt. Eine halbe Stunde, hatte Max gesagt. Hannes sah auf die Uhr. Dann sollte er die Polizei anrufen, falls sich Hurl bis dahin nicht gemeldet hätte. Hannes war mächtig nervös. Er hatte deutlich das Scheppern gehört aus der verlassenen Maschinenhalle jenseits des von Brennnesseln überwucherten Grundstücks, und er kannte das Geräusch gut. Da hatte jemand ein Auto zu Schrott gefahren, aber wie. In diesem Augenblick klingelte es im Zirkuswagen. Hannes war drin und hatte abgehoben, bevor es zum zweiten Mal klingeln konnte.

«Hurl hier. Was gibt's?»

«Altes Haus, wo beste? Max hät dech jesöck.»

Schweigen. Hurl musste im Geiste übersetzen. Und Hannes wurde noch nervöser. Er hatte so seine Probleme mit Leuten, die nicht wie er und alle Rheinländer ununterbrochen quasselten. «Hörrel? Beste noch dran?» Er steckte sich mit der linken Hand eine Zigarette an.

«Auf meinem Display steht: Ruf Hannes an.»

«Ja, Hörrel, du sollst herkommen. Schnell. Max es in Schwierischkeiten. Hörrel? Beste noch dran?»

Hurl nahm den Weg über den Schrottplatz, den Hannes ihm wortreich beschrieben hatte. Eine Abkürzung über die Hinterhöfe, die den Vorteil hatte, nicht mit dem Wagen vor dem Haupttor erscheinen zu müssen. Hannes hatte sich anerboten mitzukommen, aber Hurl hatte dankend abgelehnt. Hannes war ein prima Kerl, bärenstark und zuverlässig. Aber ein Amateur. Dann hatte Hannes ihn gefragt, was er brauche. Hurl hatte sich die Fabrik beschreiben lassen und ihm dann gesagt, was er brauchte.

Nachdem er sich über die zweite Mauer und den dritten Maschendrahtzaun geschwungen hatte, stand er vor der

Rückwand der Maschinenhalle. Hannes' Beschreibung war ausgezeichnet: Hurl brauchte keine zwei Minuten, um das Gitter über dem Kohleschacht zu finden. Er hebelte es mit Hannes' Brecheisen auf, fädelte das eine Ende eines Nylonseils durch das Scharnier des Gitters und befestigte die Schlaufe am anderen Ende an dem Karabinerhaken an seinem Gürtel. Dann seilte er sich in den stockdunklen Schacht hinab, Meter für Meter, ohne die Metallröhre zu berühren. Dann war das Seil zu Ende. Hurl schaltete die Taschenlampe ein und gleich wieder aus. Noch drei Meter. Harter, unebener Untergrund. Hurl spreizte Arme und Beine, klinkte sich aus, rutschte und rutschte, nutzte die Bremswirkung durch die Reibung, zog schließlich die Knie an, um den Aufprall abzufedern.

Ein Gewölbekeller, der einmal die Kohle bereithielt, die einst die Maschinen unter Dampf gesetzt hatte, bis alles auf Strom umgestellt worden war. Eine Tür am gegenüber liegenden Ende.

Hinter der Tür lag ein schmaler Gang, vielleicht zwanzig Meter lang. Links und rechts jeweils drei Türen. Stahl. Am Ende eine Treppe nach oben. Hurl zog den schweren, langläufigen Revolver aus dem Schulterhalfter. Erste Tür links: leer. Erste Tür rechts: leer. Zweite Tür rechts: Regale, leer. Zweite Tür links: Ratten, drei, vier. Dritte Tür links: acht Pissoirs in Reihe, vier Kloschüsseln ohne Brille und Deckel, vier Handwaschbecken. Dritte Tür rechts: der Duschraum. Im Hintergrund acht Brausen in Reihe, im Vordergrund ein riesiges Waschbecken aus beschichtetem Beton, etwa ein Meter breit und sechs Meter lang, mit Wasserhähnen auf beiden Seiten.

Mit dem Oberkörper über dem Becken lag bäuchlings ...

Hurl ließ die Magnum sinken. Er wusste, wer der Junge mit den strohblond gefärbten Stoppelhaaren war. Der Junge hob den Kopf, hätte ihn angesehen, wenn er gekonnt hätte. Aber die Augen waren ebenso wie der Mund mit Packband zugeklebt. «Das tut jetzt weh, mein Junge», flüsterte Hurl. Dann riss er ihm mit einem Ruck das Klebeband von den Augen. Tränen schossen aus den Augen, liefen die Wangen hinab. Hurl legte ihm die Hand auf den Kopf, um ihn zu beruhigen. Der Junge zitterte am ganzen Leib.

Hurl flüsterte ihm ins Ohr. «Ist ja gut. Alles wird wieder gut. Ich bring dich hier raus. Mein Name ist Hurl. Das Klebeband auf deinem Mund kann ich dir nicht abnehmen. Ich kenne dich nicht gut genug, und wenn du überraschend schreist, sind wir beide tot.»

Der Junge nickte. Um ihm die Handfesseln hinter seinem Rücken zu lösen, beugte sich Hurl über den Körper. Er stockte. Jemand hatte dem Jungen die Jeans geöffnet und mitsamt den Boxershorts bis auf die Kniekehlen runtergezogen. Hurl ging um den Waschtisch herum. Die blasse Haut schimmerte feucht in dem fahlen Licht, das durch die blinden Kellerfenster in den gefliesten Duschraum fiel. Hurl sah die roten, blutunterlaufenen Striemen. Aber er wusste besser, warum der Junge Tränen in den Augen hatte. Nicht vor Schmerz.

Sondern vor Scham.

Hurl fand einen alten Putzlappen und beugte sich wieder zu dem Jungen hinab. «Hier. Schaffst du es alleine, dir das abzuwischen und die Hose anzuziehen?» Der Junge nickte. Hurl wartete an der Tür auf ihn. «Du bleibst dicht hinter mir», flüsterte er, zog die Magnum und verließ den Raum, ohne sich noch einmal umzusehen.

22

Schwarz. Nein, grau. Alles war grau. Grau mit weißen Punkten. Überall weiße Punkte. Sie drehten sich im Kreis, kleine Punkte.

Brummen.

Das Brummen.

Das Brummen war ihm vertraut. So hatten die Motoren der Schrottpressen auf den Autofriedhöfen seines Vaters geklungen. Aggressiv. Zerstörerisch. Endgültig. Dort wurden Autos, mit denen selbst sein Vater nichts mehr anzufangen wusste, zu Blechpaketen gepresst. Oder Autos, die niemand mehr wiederfinden sollte.

Das Brummen wurde lauter. Immer lauter. Das Brummen ging mitten durch seinen Kopf. Er spürte seinen Kopf. Das tat weh. Sein Kopf knirschte. Das tat so weh.

Ein Knall.

Das Brummen hörte auf. Der Schmerz ließ nach. Er spürte seinen Kopf. Aber den restlichen Körper nicht.

Jetzt erinnerte er sich.

Er kannte die Maschine, aus der das Brummen gekommen war.

Das war die Stanzmaschine, die Gino getötet hatte.

Wieder ein Knall. Echo. Das war Hurls Magnum. Pfeifende Querschläger. Dann hörte er Hurls Stimme.

«Hey, *hombre*, spielst du Schach? Klassische Pattsituation. Du hast den Mann, den ich will, und ich habe den Jungen, den du willst. Du hast den Daumen am Schalter, ich habe den Zeigefinger am Abzug und deine Eier im Visier. Also, was schlägst du vor, Indianer?»

Nichts.

Dann hörte Max Schritte, die sich zögernd näherten, schließlich die Schritte zweier Menschen, die sich hastig entfernten.

Er schaffte es, ein Auge zu öffnen. Durch einen dunkelroten Schleier sah er Hurl auf sich zukommen, sah, wie er sich an der Maschine zu schaffen machte, das Stanzeisen mit einem Brummen nach oben schwebte. Hurl fing seinen Körper auf, legte ihn behutsam auf den Boden, stopfte seine Lederjacke unter seinen Kopf, zog das weiße T-Shirt aus, das er unter der Jacke getragen hatte, wischte ihm damit das Blut aus Gesicht und Augen. «Ich würde in den nächsten Tagen nicht in den Spiegel sehen. Du hast ihn ganz schön am Bein erwischt. Er blutet wie ein Schwein. Nichts Ernstes leider, aber verdammt unangenehm, in der Wade. Es könnte allerdings deiner Gesundheit nicht schaden, wenn du das nächste Mal deinen Revolver benutzt – oder noch besser dein bisschen Verstand.»

«Du hättest ihm ... niemals den ... Jungen überlassen dürfen, Hurl.»

«Halt endlich die Klappe, du verdammter Dummkopf.»

Max konnte nicht anders, er musste sich übergeben. Hurl hielt seinen Kopf, damit er nicht an seinem Erbrochenen erstickte. Es gibt nicht viele Menschen, die man an seiner Seite wissen möchte, wenn man sich übergeben muss, dachte Max.

«Danke. Es geht wieder.»

«Wir haben Zeit, Max.»

«Keine Sorge. Es geht wirklich ... glaube ich ... wenn du mir vielleicht auf die Beine hilfst.»

«Okay», sagte Hurl. «Leg deinen Arm über meine Schulter. Halt dich fest an mir. So, dann werden wir jetzt mal loshumpeln und Alexander Weinert guten Tag sagen.»

23

Hannes verschanzte sich hinter dem Maserati und beobachtete das Tor. Hurl hatte ihm zwar eingeschärft, er solle unter keinen Umständen den Schrottplatz verlassen, und Hurl duldete in solchen Situationen keine Widerrede. Aber vielleicht brauchten er und Max seine Hilfe. Er nahm den Revolver aus der Jackentasche und prüfte die Trommel. Eigentlich gab es da nichts mehr zu prüfen, so oft, wie er das schon getan hatte in der letzten Viertelstunde. Hannes hatte noch nie in seinem Leben auf etwas anderes als auf Blechdosen geschossen. Und das auch nur, um die Mädels zu beeindrucken.

Auf dem Bürgersteig hatten sich zwei Spaziergänger in die Wolle gekriegt, redeten heftig gestikulierend aufeinander ein. Hannes verstand kein Wort. Was nicht weiter verwunderlich war, denn die beiden sahen aus wie Chinesen, und so redeten sie wohl auch chinesisch. Der Ältere war klein und spindeldürr und wirkte so alt und zerbrechlich wie der chinesische Koch von der Ponderosa Ranch aus der Western-Serie «Bonanza», die er als Kind immer dann sehen durfte, wenn er bei den Nachbarsjungen lange genug gebettelt hatte. Seine Mutter hatte sich keinen Fernseher leisten können.

Der Jüngere mochte um die dreißig sein, war nur einen Kopf größer und wirkte nicht die Spur kräftiger. Er schien der Hitzkopf zu sein, redete sich in Rage, während der Alte beschwichtigend auf ihn einzuwirken versuchte. Beide trugen seltsame graue Leinenanzüge mit Stehkragen und hauchdünne Slipper wie Ballett-Tänzerinnen, nur in Schwarz. Jetzt blieben sie genau vor dem Haupttor stehen, stritten aber weiter wie die Kesselflicker. Hannes fragte sich, ob es in China wohl Kesselflicker gibt, und war schon versucht, hinter seinem Versteck hervorzukommen und die beiden zu vertreiben, um wieder freies Schussfeld zu haben, als er die zwei Gestalten bemerkte, die über den Vorplatz der Maschinenhalle in Richtung Straße eilten. Der eine trug einen schwarzen Anzug und hatte die langen schwarzen Haare hinten zu einem Zopf zusammengebunden. Er sah aus wie einer dieser stolzen Apachen aus den Indianerfilmen seiner Kindheit. Er zerrte den anderen am Arm hinter sich her. Junger Kerl. Hatte den Mund mit einem Streifen Packband zugeklebt, darüber waren angstvoll geweitete und gerötete Augen zu sehen. Der Mann im schwarzen Anzug warf nur einen kurzen, abschätzenden

Blick auf die beiden Chinesen, während die weiter wild gestikulierten, als ob die Welt um sie herum nicht existierte.

Dann ging alles sehr schnell. Die Paare waren auf einer Höhe, da flog plötzlich die linke Hand des Alten, als sei sie von einem Katapult abgeschossen wurden, gegen den Hals des Mannes im schwarzen Anzug. Der taumelte, schnappte nach Luft, hielt aber den Arm des Jungen weiter fest, bis ein Tritt des jüngeren Chinesen in die Rippen des Mannes ihn von dem Jungen trennte. Der jüngere Chinese schnappte sich den Jungen und zerrte ihn zurück aufs Fabrikgelände, während sich der Alte dem Mann im schwarzen Anzug in den Weg stellte. Aus dessen Hosenbein sickerte Blut, sickerte über den auf Hochglanz polierten Schuh, tropfte auf den Asphalt.

Die beiden sahen sich lange in die Augen. Der Alte sah das Eis in den Pupillen des Gegners. Der sah Jahrtausende der Vervollkommnung fernöstlicher Kampfkunst im Lächeln des Alten. Da verneigte sich der Alte, ohne sein Gegenüber auch nur eine Sekunde aus den Augen zu lassen. Der andere verzog keine Miene, ging drei Schritte rückwärts, drehte ab, überquerte die Straße, stieß das morsche Holztor einer verlassenen Hofeinfahrt auf, stieg in einen dahinter verborgenen schwarzen BMW und jagte mit wütend aufheulendem Motor davon.

Hannes starrte dem Auto nach, bis es hinter der Biegung verschwunden war. Als er sich wieder umdrehte, war der Alte verschwunden, mitsamt dem anderen Chinesen und dem Jungen. Wie vom Erdboden verschluckt. Hannes ließ sich zu Boden gleiten, lehnte den Rücken gegen den Maserati und steckte sich ein Zigarillo an.

Kein Revolver, kein Messer, keine Drohgebärden, keine Beleidigungen, keine Schimpfkanonaden. Nur ein Lächeln und eine Verbeugung. Nennt man so etwas einen Kampf Mann gegen Mann? In was für einer Welt leben wir eigentlich? Hannes stand auf und schlenderte paffend und kopfschüttelnd, die Hände tief in den Hosentaschen vergraben, zurück zu seinem Domizil.

Als er um die Ecke bog, sah er, dass er Besuch hatte. Sie hatten sich auf den Gartenstühlen unter dem Sonnenzelt vor dem Zirkuswagen niedergelassen: ein finster dreinschauender Hurl, ein schrecklich zugerichteter Max, ein verstört wirkender Halbwüchsiger und zwei höflich lächelnde Chinesen.

24

Max Maifeld verbrachte vier Tage im Krankenhaus. Dann hielt er es nicht mehr aus, stand auf, packte und bestellte ein Taxi. Die Ärzte schüttelten missbilligend den Kopf. Und seine Tochter schüttelte missbilligend den Kopf, als er mit einem Grinsen und auf Krücken aus dem Lastenaufzug humpelte. Schwere Gehirnerschütterung, drei gebrochene Rippen, schwere Prellungen, Blutergüsse im Knie, genähte Platzwunde über dem Auge, nicht zufriedenstellende Leberwerte. Und der Herr fuhr Taxi. «Bist du verrückt geworden? Ich hätte dich doch abholen können!»

«Du hättest mich nie und nimmer aus dem Krankenhaus geholt.»

«Stimmt!»

Jo hatte ihn im Krankenhaus besucht, das war gut so. Liz hatte ihn besucht und ihm einen dicken Kuss gegeben, das war wunderbar. Hurl hatte die vier Tage genutzt und ihr Zuhause in eine elektronische Festung verwandelt. Außerdem sicherten die Leute aus seinem Dojo rund um die Uhr die Zufahrt über die Brücke und die Wohnung im obersten Stock, wo er Alexander in Pauls Zimmer einquartiert hatte. Helena war ebenfalls eingezogen und schlief bei Vera im Zimmer. Ihrer

Großmutter hatte sie erzählt, dass sie sich gemeinsam mit ihrer Freundin besser aufs Abitur vorbereiten könne. Sie kümmerte sich rührend um ihren Bruder, der die meiste Zeit auf dem Bett lag und an die Decke starrte. Vergeblich versuchte sie mit ihm über den Mord an Weinert zu sprechen. Max wusste, dass dies auch schlechterdings unmöglich war. Schweigen war Alexanders einziger Schutz. Solange er keinen anderen Schutz akzeptierte, würde er sein Schweigen nicht aufgeben. Sie brauchten einen Spezialisten.

Er kannte eine Spezialistin.

Hurl rührte nachdenklich in seinem Milchkaffee und sah Max zu, der sich einen bequemen Sessel an den Küchentisch schob und die Krücke an die Tischkante lehnte. «Der Mann ist gefährlich. Sehr gefährlich.»

«Ich weiß», sagte Max.

«Nein.» Hurl schüttelte den Kopf. «Weißt du nicht. Du hast verdammtes Glück gehabt. Gino hat vor seinem Tod die Hölle gesehen. Und der Mann hat garantiert alles aus Gino herausbekommen, was er wissen wollte. Über dich. Vielleicht auch über die Computerfrau. Ich habe sie vorsichtshalber woanders einquartiert. Sie kannte Gino erst zwei Wochen. Arbeitet bei der Telekom, in der Bonner Konzernzentrale. Intelligent. Hübsch. Mannomann. Kannst du dir vorstellen, was so eine Frau an einem Typen wie Gino findet?»

«Ich konnte mir bis heute nicht vorstellen, dass du jemals in deinem Leben fünf Minuten an einem Stück reden würdest. Was weiß ich, was sie an ihm gefunden hat. Vielleicht konnte er Kunststücke.»

Hurl dachte nach. Aber nicht über Ginos Kunststücke.

Max wußte genau, was Hurl dachte: «Wenn er nicht alles von Gino erfahren hätte, was Gino zu sagen in der Lage war, wäre Gino nicht schon tot gewesen, als ich kam. Sonst hätte er Gino zwischengelagert, so wie Alexander. Er hat dem Jungen den Mund verklebt, ihm anschließend die Hosen runtergezogen und ihn mit seinem eigenen Gürtel ausgepeitscht. Doch nicht nur, weil es ihm gerade Spaß machte, einen Menschen zu quälen?»

Hurl kratzte sich am Hinterkopf. «Ich vermute, um ihn für den späteren Transport, wohin auch immer, zur Räson zu bringen, ihn willenlos zu machen. Offenbar gehörte es nicht zu seinem Plan, den Jungen an Ort und Stelle zu töten. Er wollte ihn lebend. Aber der Transport über öffentliche Straßen war der mit Sicherheit schwierigste und riskanteste Teil des Plans.»

«Der Typ hat seinen Job gründlich gelernt. Er weiß genau, was er mit welcher Folter erzielt. Wo kommt er her?»

«Ich vermute, aus Lateinamerika», sagte Hurl. «So was lernt man nur beim Geheimdienst oder beim Militär, und da nur in ausgesuchten Einheiten. Ich tippe auf Fremdenlegion. Nicht französische, sondern spanische. Grundausbildung auf Fuerteventura, Fachausbildung in Nordafrika, so in etwa. Der Kerl ist Lateinamerikaner, und die spanische Fremdenlegion war seine illegale Eintrittskarte für Europa. Deshalb hast du auch nichts über seine Identität herausbekommen, und deshalb kennt ihn auch niemand in der Szene. Der Mann hat keine Identität. Ein namenloser Indianer.»

«Wir haben keinen blassen Schimmer, um was es eigentlich geht. Warum Weinert sterben musste und warum jemand die Jagd auf Alexander nicht der Polizei überlässt. Der Junge weiß etwas, was die Polizei nicht wissen soll.»

Sie schwiegen eine Weile, hingen ihren Gedanken nach. Dann sagte Max: «Wir haben nur eine Chance.»

«Ja», sagte Hurl. «Wir müssen alle Kräfte bündeln.»

«So ist es.» Max versuchte vergeblich, sich unter dem

Verband zu kratzen. Hurl sah ihm dabei zu, und die Beobachtung brachte den nächsten Satz leichter über die Lippen:

«Auch wenn du das gar nicht gerne hören wirst: Mit deiner Krücke wirst du den Indianer nicht zu Fall bringen.» Hurl stand auf und stellte die Kaffeebecher geräuschvoll in der Spüle ab. «Schluss jetzt mit der Einzelkämpfer-Tour. Wir brauchen Hilfe. Wir müssen dringend unser Wissen zusammenlegen. Das meint Liz übrigens auch. Und deshalb hat sie ihre Geburtstagsfeier von Bonn nach Woudsend verlegt.»

«Nach wo?»

«Wirst schon sehen. Liz ist ein kluges Mädchen.» Hurl sah auf die Uhr. «Höchste Zeit. Sobald es dunkel wird, fahren wir los. Vera ist schon dabei, deinen Koffer zu packen.»

«Meinen Koffer?»

«Ja. Dauert sonst viel zu lange, mit deinen Krücken. Sei froh, dass wir dich überhaupt mitnehmen.» Hurl grinste. «Duftwässerchen und Kondome deiner Wahl darfst du selber einpacken.»

25 Liz hatte alles organisiert. Sie hatte Jo überredet, seinen kompletten Urlaub zu nehmen und seine Überstunden abzufeiern, und sie hatte dabei nicht übermäßig viel Überredungskunst aufwenden müssen. Sie hatte ihre eigenen Termine abgesagt, ihre Patienten vertröstet und sich eine Vertreterin für die Notfälle besorgt, ihren achtjährigen Sohn Tim in der Schule beurlaubt und ihre sechsjährige Tochter Laura im Kindergarten entschuldigt. Sie hatte ein abgelegenes Haus im niederländischen Friesland besorgt, nordöstlich vom Ijsselmeer, etwa zwei Kilometer von einem Dorf namens Woudsend entfernt und von dort nur über einen einzigen, schmalen Weg erreichbar. Kein Computer in irgendeinem Reisebüro

konnte sie verraten. Das Ferienhaus gehörte Freunden. Guten Freunden.

Woudsend verfügte über einige segensreiche Einrichtungen: einen Supermarkt von der Größe eines Tante-Emma-Ladens, einen Metzger, einen Fischhändler, zwei Bäcker, einen Segelmacher und zwei Windmühlen. Woudsend war von der etwa zwölf Kilometer entfernten Kleinstadt Sneek nur über eine einzige Straße und am Ende über eine Hebebrücke über den Kanal mitten im Ort erreichbar. In Sichtweite der Hebebrücke, die sich etwa jede halbe Stunde für die Segelboote, Motoryachten und Frachtkähne öffnete, gab es ein hübsches Straßencafé, das sich in den Sommermonaten über mangelnden Umsatz nicht zu beklagen brauchte, weil die durch die Hebebrücke und ihr überraschendes Auf und Ab verursachten abenteuerlichen Manöver der mehr oder auch weniger erfahrenen Segler bei den Gästen des Straßencafés nie Langeweile aufkommen ließ.

Wohl auch aus diesem Grund fand sich in diesen Tagen regelmäßig eine kleine Gruppe japanischer Touristen in dem Straßencafé ein, unschwer als solche zu erkennen an ihrer Höflichkeit und natürlich an ihrer Ausrüstung: Fotokameras und Camcorder. Ohne diese Attribute allerdings hätte man sie unter Umständen mit Chinesen verwechseln können, zumal sie die Abende regelmäßig im China-Restaurant an der Straße nach Sneek verbrachten, wo man ihnen drei Doppelzimmer im ersten Stock vermietet hatte.

Touristen aus Fernost lieben Windmühlen. Deshalb kletterten sie einmal täglich die steilen Stiegen der historischen Mühlen hinauf und kontrollierten mit einem schnellen Blick die winzigen, gut versteckten Kameras, die sie dort installiert hatten. Auf den beiden Monitoren im Ferienhaus waren die Straßen, die nach Woudsend und zu dem Haus führten, gestochen scharf zu erkennen.

Das Ferienhaus war ein umgerüsteter ehemaliger friesischer Bauernhof, mit einem großen Wohnzimmer samt offenem Kamin und Blick aufs Heeger Meer, einer großen Wohnküche mit Blick auf den Badesteg und der zum Haus gehörenden, am Steg dümpelnden Armada, bestehend aus einer Segeljolle, einem antiken, aber immer noch seetüchtigen Motorkutter namens «Anneke», zwei Kanus, einem zerschrammten Surfbrett ohne Segel und einem unförmigen rostroten Gummiboot. Im ersten Stock und im ausgebauten Dachboden waren die Schlafzimmer, deren Zuteilung Liz schon vor der Ankunft der Feriengäste vorgenommen hatte: ein Doppelzimmer für sie und ihren Mann, eins für ihre Kinder, eins für Hurl und Max, eins für Vera und Helena, ein Einzelzimmer für Alexander und ein Einzelzimmer für Maria Engels Fernandez. Die hatte in ihrem Briefkasten neben der bereits angekündigten Einladung zum Geburtstag eine doch überraschende Wegbeschreibung vorgefunden.

Sie reisten in vier Autos, auf vier verschiedenen Routen, zu vier verschiedenen Uhrzeiten.

Liz und Jo waren die Ersten. Sie trafen am Nachmittag ein, machten die nötigsten Besorgungen, was nicht nur den Einzelhandel von Woudsend, sondern auch Liz' Kombi auf eine arge Belastungsprobe stellte, und stopften anschließend alles in den großen Vorratsraum und in den Kühlschrank. Dann tobten und planschten sie mit den Kindern im Meer, bis die sich vor Müdigkeit kaum noch über Wasser halten konnten. Jo brachte sie nach dem Abendessen ins Bett, während Liz sich um Vera und Helena kümmerte, die soeben eingetroffen waren. Kurz nach elf rollte Marias Beetle auf den Hof. Liz trank ein Glas Wein mit ihr. Fünf Minuten vor Mitternacht nahm sie ihren Mann bei der Hand und drückte Maria einen Kuss auf die Wange.

«Wie? Sie haben in fünf Minuten Geburtstag und wollen

schon schlafen gehen? Und was mache ich mit meinem Geschenk?»

«Heben Sie es bis morgen auf. Und ab morgen duzen wir uns. Aber die Geburtstagsnacht werde ich mit meinem Mann alleine verbringen. Gute Nacht. Und träumen Sie was Schönes.»

Max, Hurl und Alexander trafen um zwei Uhr morgens ein. Das Haus schlief bereits. Max fuhr den Maserati in die leer stehende Scheune neben dem Wohnhaus, zu den anderen Autos. Sie würden einen unauffälligen Wagen mit niederländischem Kennzeichen mieten. Alexander ging sofort auf sein Zimmer. Max und Hurl griffen sich ein Heinecken aus dem Kühlschrank und setzten sich an den Kanal, der Woudsend mit dem Heeger Meer verbindet.

Da war sie, die Stille, die Hurl gesucht und nicht gefunden hatte. Fast so absolut wie die Stille war die Dunkelheit. Nichts war da außer dem Sternenmeer über ihnen und dem Mond, der sich im Wasser spiegelte.

«Das ist verdammt ruhig hier», sagte Max und nahm einen Schluck.

«Ja. Liz ist ein Engel.»

«Ja, das ist sie.»

«So eine Frau kann man sich nur wünschen.»

Max sah Hurl an. Was nicht so einfach war. Hurls Hautfarbe passte ausgezeichnet zu der Nacht. «Was ist los mit dir? Will der einsame Krieger auf seine alten Tage womöglich noch sesshaft werden? Eine Familie gründen?»

«Bullshit.» Das Wasser gluckste an der Uferböschung. Irgendwo quakten zwei Enten um die Wette.

«Wie hat er sie eigentlich gekriegt?»

«Ganz einfach.» Max grinste. «Er hat sie in der Kneipe angequatscht und eine Stunde später ins Hotel abgeschleppt.»

«Glaub ich nicht.»

«Wenn ich's dir sage.»

«Glaub ich nicht.»

Max musste ein Lachen unterdrücken. Offenbar hatte er Hurls Bild von der heiligen Liz arg ins Wanken gebracht.

«Wenn ich's dir sage.»

«Ich dachte immer, Frauen mögen das nicht.»

«Vielleicht ist das so: Frauen mögen das nicht, wenn sie das Gefühl haben, die Tour ist die einzige, die der Typ drauf hat.» Max hatte keinen blassen Schimmer, ob das so stimmte. Aber er war müde, und er spürte, dass sein Körper überhaupt noch nicht in Ordnung war. Außerdem hatte er jetzt die komplette Flasche Bier intus, und er war noch nie ein großer Alkoholtrinker gewesen.

«Gute Nacht, mein Bruder. Ich geh schlafen.»

«Gute Nacht, Max. Ich bleibe noch. Es macht den Kopf frei.»

Max richtete sich mit einem unfreiwilligen Ächzen auf und wollte gerade loshumpeln, als er Hurls Stimme noch einmal vernahm.

«Du hättest niemals alleine da reingehen dürfen, ohne Rückendeckung.»

«Ich weiß. Das war ein saudummer Fehler.»

«Die Rückendeckung hätte ruck, zuck den BMW entdeckt.»

«Ich weiß. Es tut mir Leid.»

Max hatte die vier Tage im Krankenhaus an nichts anderes gedacht.

«Mach das nicht nochmal, hörst du?»

«Ich habe meiner Tochter etwas versprochen. Wir müssen uns beeilen. Auch schon deshalb, weil wir einen wegen Mordes Gesuchten spazieren fahren, und das bringt Jo in eine unmögliche Situation.»

«Ich bin dabei, Max. Und außerdem: Vergiss das mit dem

Geld. Was ich da gesagt habe. In ein paar Wochen bist du wieder fit. Ganz der Alte. Verlass dich drauf, meine Chinesen verstehen was davon.»

«Danke, Hurl.» Max wandte sich in Richtung Haus.

«Ach ... Max?»

«Ja, Hurl?»

«Was macht diese Reporterin hier?»

«Sie hat Informationen, die uns weiterhelfen könnten. Sagt Liz.»

«Mhm. Ist sie in Ordnung?»

«Keine Ahnung. Aber das werden wir rauskriegen.»

«Max?»

«Ja?»

«Ich denke, sie muss wohl in Ordnung sein. Sonst ... sonst hätte Liz sie wohl nicht eingeladen ...»

Max humpelte auf sein Zimmer. Auf seinem Bett fand er ein Blatt Papier. Auch auf Hurls Kopfkissen lag ein solches Blatt. Von Liz. Eine Hausordnung. «Wir sind hier, um uns Gutes anzutun, um die Seele baumeln zu lassen. Jeder kann tun und lassen, was er will, ganz gleich, was ein anderer darüber denkt. Denn es geht ihn nichts an.»

Max überflog die weiteren Punkte. Einkaufen, Kochen, Spülen: Alles war geregelt. Jeden Tag war ein anderes Team dran. Und die Teams hatte Liz schon zusammengestellt. Team Nummer eins: Hurl, Vera und Helena. Du lieber Himmel. Das würde seiner Tochter mächtig Gelegenheit geben, vor Helena mit Hurl anzugeben. Armer Hurl. Team Nummer zwei: Liz und Alexander. Team Nummer drei: Jo und seine beiden Kinder. Team Nummer vier: Er und diese Reporterin. Auch das noch. Letzter Punkt: «Damit wir unser gemeinsames Ziel erreichen, schlage ich vor, dass wir morgen früh, nach dem Absingen der bei solch traurigen Anlässen unumgänglichen Hymnen und dem Überreichen möglichst großer Geschenke, uns auf einen kleinen Aktionsplan für die Woche einigen. Schlaft gut.»

Max ließ sich auf das Bett sinken.

Team Nummer vier.

«Ja, Liz. Schlaf gut. Morgen haben wir ein ernstes Wörtchen miteinander zu reden.»

Sekunden später war er eingeschlafen.

26

Blut, Blut, Blut. Alles war voller Blut. Es klatschte in sein Gesicht, wie die Gischt bei Sturm, mitten ins Gesicht, er rieb sich die Augen.

Das Glas.

Das Klirren.

Das Kreischen.

Das Kreischen der Möwen ließ Alexander hochschrecken. Er sah auf die Uhr. Halb zehn. Die Sonne schien ihm durch das kleine Dachfenster ins Gesicht. Das Bett war nass.

Blut.

Nein, kein Blut. Es war sein Angstschweiß.

Und sein Urin.

Er hatte wieder ins Bett gepinkelt. Er sprang auf und riss das Laken von der Matratze. Er ekelte sich vor sich selbst. Im Haus gab es sicher eine Waschmaschine, er musste es hinkriegen, dass niemand was merkte. Im Schrank fand er frisches Bettzeug.

Er hatte wieder geträumt. Er versuchte, sich zu konzentrieren Aber da war nur Blut. Nichts sonst. Er wusste, er war zu Weinert gegangen, um das Buch zu holen. Und Geld. Weinert gab ihm immer Geld, wenn er pleite war. Ohne etwas zu sagen. Gütig lächelnd und die Augen voller Angst. Er hatte gewartet, bis Gertrud Weinert zur Kirche gegangen war, wie immer um diese Zeit. Er wollte sich ihr Gezeter ersparen. Dann hatte er mit seinem Schlüssel die Haustür geöffnet.

Mehr wusste er nicht.

Er war erst wieder zu sich gekommen, als er sich im Bach wusch, sein Gesicht, seine Hände und das Hemd.

Helenas Freundin hatte ihm ein neues Hemd gegeben, in diesem riesigen Haus am Rhein. Vera hieß sie. Und dieser Riese, den sie Hurl nannten, hatte das alte Hemd an sich genommen.

Er versteckte das nasse, stinkende Bettzeug im Schrank und öffnete das Fenster. Frische Luft. Er konnte die Möwen sehen. Er konnte sich an das Kreischen erinnern, an die eleganten Flugbewegungen. Als er noch klein war und Helena ein Baby. Urlaub. Nordsee, Strand, Wellen. Mama, Papa. Alles war gut, damals.

Im Dachgeschoss gab es ein weiteres Zimmer, in dem wohnten Veras Vater und dieser Hurl. Und ein kleines Bad, zwischen den beiden Zimmern. Er huschte hinaus, über den schmalen Flur, hinüber zu der Tür des Badezimmers, drückte die Klinke nach unten. Frei. Er schloss sich im Bad ein, kontrollierte die Klinke vorsichtshalber. Das tat er immer im Bad. Er duschte, zog sich an, ging die Treppe hinunter. Da waren Veras Vater und der Mann der Frau, die in Köln so nett mit ihm gesprochen hatte, und machten Frühstück. Sie stellten Sektgläser dazu und einen Strauß Blumen. Sie waren so angestrengt bei der Sache, dass sie ihn erst gar nicht bemerkten, und als sie ihn wahrnahmen, lächelten sie freundlich und sagten:

«Na, ausgeschlafen?»

Er nickte.

«Gleich gibt's Frühstück.»

«Hab keinen Hunger.»

Er ging hinaus. Eine Ente sprang vom Bug des Kutters ins

Wasser, räumte freiwillig den Platz für ihn. Das Boot begann zu schaukeln, als er über die Reling kletterte. Er ließ sich auf dem Vordeck neben dem Anker nieder, lehnte sich mit dem Rücken an das Fenster der Kombüse, legte den Kopf in den Nacken, genoss das sanfte Schaukeln. Er hatte immer von Schiffen geträumt. Von Schiffen und von fremden, unentdeckten Küsten. Weit weg.

«Hättest du Lust, damit mal rauszufahren?» Es war Veras Vater, der mit seinen Krücken über den Steg gehumpelt kam.

«Weiß nicht.» Drinnen sangen seine Schwester und Vera «Happy Birthday». Sehr laut und ziemlich falsch.

Er hasste Sentimentalitäten.

«Ich bin Max. Soll ich dir einen Kaffee rausbringen?»

Er schüttelte den Kopf, ohne sich auch nur einmal umzudrehen.

Die Ente näherte sich auf dem Wasser, respektvoll.

Der Mann namens Max humpelte davon.

Alexander schossen Tränen in die Augen. Warum, verdammt, konnte er nicht nett sein zu Leuten, die ihm nichts getan hatten?

27

Die Tage plätscherten dahin wie das in der Sonne silbergrau glitzernde Brackwasser des Kanals. Zwischen Sonnenaufgang und Sonnenuntergang schien die Zeit schwerelos zu sein. Nichts unterschied die Stunden dazwischen von denen am Vortag oder am darauf folgenden Tag. So hätte es immer bleiben können.

So konnte es nicht immer bleiben.

Jo genoss die Abenteuerfahrten mit seinen Kindern in dem roten Gummiboot, dass gefährlich schaukelte, wenn er es bestieg. Das lag aber, wie er nicht müde wurde zu versichern, in erster Linie an dem überquellenden Picknickkorb, den er stets unter dem Arm trug, wenn er in das Boot kletterte und ohne den er nie und nimmer eine Abenteuerfahrt unternommen hätte. Sein Sohn hatte Zweifel, ob ein Picknickkorb tatsächlich zur Standardausrüstung eines Piratenschiffes gehörte, wie sein Vater behauptete, doch Jo malte den Kindern in den schillerndsten Farben die Möglichkeit eines Schiffbruchs und den daraus zwangsläufig resultierenden längeren Aufenthalt auf einer einsamen Insel aus und taufte Korb und Lachsbrötchen kurzerhand in Proviantkiste und Schiffszwieback um. Nur für die zwei Flaschen Grolsch mit dem praktischen Schnappverschluss fiel ihm kein passendes Synonym ein. Tim und Laura hatten aus einem Besenstiel und einem Bettlaken Mast und Segel gebaut. An der Spitze flatterte ein mit weißem Bootslack bemaltes schwarzes T-Shirt. Die Piratenflagge. Das Gummiboot war fast kreisrund, die Paddel winzig, die Brise frisch und die Manövrierfähigkeit auf dem Heeger Meer gleich null. So gerieten die Ausflüge des Trios «hin und wieder», wie Jo es formulierte, zu echten Abenteuerfahrten. Korrekt wäre: fast immer. Eigentlich täglich. In schöner Regelmäßigkeit brachen Max und Maria am Spätnachmittag mit dem Kutter auf. Nach zwei Tagen wussten sie, wo sie zu suchen hatten.

Mitten auf dem See gab es tatsächlich eine Insel, auch wenn sie um diese Jahreszeit alles andere als einsam war. An den Stegen lagen die Segelboote in Dreierreihen, und die Insel war mit übermütigen niederländischen Jugendlichen bevölkert, weiblichen und männlichen Geschlechts, die entweder im Dutzend auf der großen Wiese zwischen ihren Zelten Volleyball spielten oder aber zu zweit zwischen den Büschen am Ufer lagerten, sich gegenseitig den Nacken kraulten und sich tief in die Augen sahen. Zu mehr konnte es um diese Uhrzeit in der Regel nicht kommen, weil in Hör- und Sichtweite, mitten im Schilf, gewöhnlich ein schwergewichtiger Kapitän und zwei spindeldürre Matrosen in einem bedrohlich schaukelnden Gummiboot standen und mit wilder Gestik einen Kutter auf sich aufmerksam machten. Der nahm sie in Schlepp, und während der Dieselmotor zurück in Richtung Kanal stampfte und die unförmige Gummiblase an der langen Leine über die kurzen Wellen hüpfte, winkten die drei sonnenverbrannten Gestalten fröhlich den Liebespaaren am Ufer zu.

Diese Deutschen.

Maria war vom ersten Tag an seine Begleiterin, seit jenem kurzen «Ich komme mit», als er zur ersten Rettungsexpedition aufbrach. Sie war mit einem eleganten Satz über die Reling gesprungen, während er den Diesel startete. Wenigstens hatte sie ihre Stöckelschuhe in Bonn gelassen, stellte er beruhigt fest. T-Shirt, Jeans, Turnschuhe. Die Augen schmale Schlitze, die Haare zerzaust, wenn sie sich mit sichtlichem Vergnügen in den Fahrtwind stellte.

Max beobachtete sie aus den Augenwinkeln.

Sie sprachen nie viel miteinander. Manchmal berührten sich ihre Hände versehentlich, für den Bruchteil einer Sekunde, wenn sie beide nach derselben Leine oder einem Fender griffen. Jedes Mal zuckten ihre Fingerspitzen wie zwei sich abstoßende Pole. Dann grinste sie, deutete mit einer Kopfbewegung in Richtung Krücke, was so viel heißen sollte wie: Lass mich das mal besser machen.

Liz unternahm lange Spaziergänge mit Alexander.

Jo klappte die beiden Campingstühle am Ufer des Kanals auf, Max ließ sich umständlich auf einem der tiefen Stühle nieder, was mit den Krücken nicht ganz einfach war. Er ließ den Verschluss der eiskalten Grolsch-Flasche aufschnappen, nahm einen tiefen Schluck. Das Bier schmeckte wunderbar. Morian bot ihm von dem Genever an, den er im Dorf besorgt hatte, aber Max lehnte dankend ab. Jenseits der Weiden stand ein riesiger, kreisrunder Feuerball am Horizont. Wie Scherenschnitte muteten die vom Heeger Meer kommenden Segelschiffe im glutroten Gegenlicht an, die auf dem Weg zurück in den Hafen von Woudsend das Haus passierten. Die im Tageslicht rostbraunen Segel der gigantischen friesischen Platboote schlackerten nun bei jeder Wende an den baumdicken Masten wie pechschwarze Flügel überdimensionaler Fledermäuse.

Sie streckten die Beine von sich, beobachteten fasziniert die Manöver der ehemaligen Frachtsegler, der Königinnen der Friesenmeere, auf dem engen, kurvenreichen Kanalabschnitt, winkten träge zurück, wenn ihnen die Menschen auf den Schiffen zuwinkten.

Das Leben kann so schön sein.

Wenn man sich nicht entschlossen hat, einen Mord aufzuklären.

«Du hast verdammtes Glück gehabt, Max.»

«Ja. Lass uns anfangen, Jo.»

«Wir fangen damit an, was wir wissen», sagte Morian. «Dr. Julius Weinert ist ermordet worden. Alexander Weinert ist der Tat dringend verdächtig, weil er blutverschmiert vom Tatort geflohen ist. Er hat zudem ein starkes Motiv: Julius Weinert hat ihn vermutlich jahrelang sexuell missbraucht. Die Polizeiführung und auch die Medien schließen einen anderen Täter kategorisch aus. Das geradezu hysterische öffentliche Interesse an dem Fall lässt die Politiker in Düsseldorf und Berlin verrückt spielen. Ein Geschäftspartner und alter Freund Weinerts, Hartmut Herbach, stellt eine hohe Belohnung aus für Hinweise, die zur Ergreifung Alexanders führen.»

«Und was spricht dagegen, dass Alexander der Täter ist?»

Das war ihr klassisches Frage-und-Antwort-Spiel. Die Spielregeln waren denkbar einfach: Der eine stellt Fragen, der andere antwortet. Hin und wieder wechseln die Rollen. Jeder Gedanke muss ausgesprochen und zu Ende gedacht werden. Es gibt kein Gut oder Böse im Spiel; nur Richtig oder Falsch, Wahrscheinlich oder Unwahrscheinlich. Sie hatten es schon lange nicht mehr gespielt. Aber das war nicht wichtig. Wichtig war nur, dass sie es nie verlernen würden. Dafür hatten sie es zu lange trainiert.

«Was dafür spricht, dass Alexander Weinert nicht der Täter ist? Nichts. Allerdings gibt es ein paar seltsame Umstände, die dafür sprechen, dass der Fall nicht so einfach liegt, wie mein Präsident mit seinen rudimentären kriminalistischen Kenntnissen das gerne hätte.»

«Und die wären?»

«Das ist einmal das Rätsel der geöffneten Terrassentür und die Fußspuren im Garten. Alles spricht dafür, dass jemand diese Tür als Fluchtweg benutzt hat. Das bedeutet: Alexander hat den Mord nicht alleine begangen, wenn er ihn begangen hat. Außerdem ...»

«Außerdem?»

«Außerdem irritiert mich der geheimnisvolle Unbekannte, der Gino und beinahe auch dich abgeschlachtet hat. Er ist hinter Alexander her. Warum? Und warum will er ihn lebend?»

«Hurl geht davon aus, dass er ein professioneller Auftragskiller ist. Der keine eigenen Interessen verfolgt, sondern seinen Job macht. Warum will der Auftraggeber Alexander lebend? Und warum überlässt er die Jagd nicht einfach der Polizei?»

Morian nippte an seinem Genever, bevor er antwortete. Er war ein langsamer Denker, dafür aber ein brillanter Analytiker. «Vier Möglichkeiten. Erstens: Er will ihn, um sich an ihm für Weinerts Tod zu rächen. Seine Rache wäre nicht befriedigt, wenn ein cleverer Anwalt und glückliche Umstände womöglich dafür sorgten, dass die deutsche Justiz Alexander Weinert für ein paar läppische Jahre in eine Jugendvollzugsanstalt steckt. Wenn der Unbekannte mit dem Pferdeschwanz Ausländer ist, dann stammt vielleicht auch sein Auftraggeber aus einem Land, das Strafjustiz anders begreift als wir. Auge um Auge, Zahn um Zahn.»

«Möglich. Weinert hat sich zeitlebens in allen möglichen Ländern getummelt. Vielleicht gibt es ja außer seiner Schwester irgendwo auf der Welt tatsächlich noch jemanden, der ihn mochte.»

«Nicht nur irgendwo auf der Welt. Auch gleich um die Ecke. Herbach zum Beispiel.»

«Möglich. Nehmen wir an, Herbach ist tief getroffen vom Tod seines Weggefährten. Er hat kein Zutrauen in die Arbeit der Polizei. Er will Sühne. Und weil er gewohnt ist, mit Geld alles zu bekommen, eröffnet er selbst die Hatz. Vielleicht auch nur, um den Täter anschließend der Polizei zu übergeben. Er setzt seine Privatarmee in Marsch und heuert den Pferdeschwanz an.»

«Die andere Variante: Er lässt ihn suchen, um selbst Richter zu spielen. Er will Rache üben und das nicht dem verweichlichten Staat überlassen. Aber wie nahe stand ihm Weinert tatsächlich? Und, mein Gott, welches Risiko geht er ein? Verurteilung wegen Beihilfe zum Mord oder sogar wegen Auftragsmordes, wenn das rauskäme. Er ist Unternehmer. Er versteht was von Kosten-Nutzen-Rechnungen. Er hat ein schönes, sorgenfreies Leben, das er aufs Spiel setzen würde. Vielleicht hat er die Belohnung nur ausgesetzt, weil er glaubt, dass seine gesellschaftliche Stellung dies von ihm verlangt. Vielleicht auch nur, weil er scharf auf positive Schlagzeilen ist. Die er ja auch prompt bekommen hat. Hast du am Tag nach der Beerdigung die Boulevardpresse gelesen?»

«Ja. Unglaublich. Hartmut Herbach. Der Mann, der mit einem beispiellosen Akt der Zivilcourage dafür sorgt, dass die Bürger wieder ruhig schlafen können. Kann man einhunderttausend Euro Belohnung eigentlich von der Steuer absetzen?»

«Möglichkeit Nummer zwei: Alexander muss verschwinden, weil er zu viel weiß. Zum Beispiel über Julius Weinert. Seine Intrigen, seine Ränkespiele, seine Bestechungsnummern. Wenn das alles jetzt ans Tageslicht käme, könnte es andere mit in den Abgrund ziehen. Für dieses Motiv kämen leider Unzählige infrage.»

«Ein Zwanzigjähriger soll das alles wissen? Ein Halbwüchsiger, der sich für Musik und Drogen interessiert, soll über Weinerts dunkle Geschäfte Bescheid wissen? Heimlich auf dem Dachboden die alten Akten studiert haben?»

«Du hast Recht. Kein besonders spannender Lesestoff für einen Zwanzigjährigen. Die Akten beweisen übrigens, wie tief Weinert in dem Bluter-Geschäft gehangen hat. Dafür hat deine Phantasie nicht ausgereicht, Max. Das ist der Vorteil von Kriminellen: Sie sind uns gedanklich immer einen Schritt voraus. Sie agieren, wir reagieren. Möglichkeit Nummer drei. Einer deiner Bluter hat ihn umgebracht. Ein bärenstarkes Motiv.»

«Glaube ich nicht.» Mehr sagte Max nicht. Weil er es nicht glauben wollte. Und ihm kein einziges Gegenargument einfiel.

«Aber dann ergäbe alles einen Sinn. Jemand aus dem Kreis der damaligen Opfer bringt Weinert um. Die damaligen Täter sind in höchstem Maße alarmiert. Es kommt ihnen gerade recht, dass die Ermittlungsbehörden Alexander als Mörder vermuten. Die alte Seilschaft wird aktiv, beauftragt einen professionellen Killer, um Alexander auf Nimmerwiedersehen verschwinden zu lassen, bevor ihn die Polizei findet. Wenn nämlich Alexander geschnappt würde, könnte sich seine Unschuld erweisen. Und die für eine ganze Reihe von Leuten unangenehme Geschichte von damals wieder aufgerollt werden. Leute, die sich die Finger schmutzig gemacht und mächtig verdient haben. Dann hätte plötzlich sogar die Boulevardpresse Interesse an dem Thema. Und diese schmierigen Magazine bei den privaten TV-Sendern. Die Lichtgestalt der Bonner Republik war nicht nur ein widerlicher Pädophiler, sondern auch noch mitschuldig am Tod so vieler armer, bedauernswerter Menschen; aber nun hat ihn eines der Opfer gerichtet, seiner gerechten Strafe zugeführt, wozu der Staat ja nicht in der Lage war. Klingt gut, oder? Ich sehe schon die Schlagzeilen. Wenn aber Alexander nie wieder auftaucht, dann schließen die Penner bei der Staatsanwaltschaft irgendwann die Akte. Der Fall ist erledigt. Sie haben ja einen Täter, wenn auch keine Verurteilung. Das genügt und spart viel Arbeit. Na?»

Max sagte nichts. Nur das dumpfe Tuckern des Dieselmotors und die Positionslichter am Mast verrieten den Spätheimkehrer, der durch das schwarze Brackwasser pflügte und wenig später hinter der nächsten Biegung verschwand.

Morian zuckte mit den Schultern und seufzte. «Okay. Bleibt noch Möglichkeit Nummer vier. Der Täter ist ein Irrer. Ein Mensch, der sich Julius Weinert nur deshalb als Opfer auserkoren hat, weil es fette Schlagzeilen verspricht. Die Rechnung ist aufgegangen. Weinert ist ihm eigentlich völlig egal. Nur der prominente Name zählt. Und die Schlagzeilen, an denen er sich aufgeilt. An die aktiven Prominenten kommt er nicht ran, weil er Amateur ist. Jeder Rapmusiker hat heutzutage einen Bodyguard. Weinert ist das perfekte Opfer für einen geisteskranken Täter: risikolos und effektiv. Wir

Idioten suchen nach einem Motiv, warum der Täter ausgerechnet Weinert getötet hat, und in Wahrheit gibt es dafür gar kein Motiv. Glaub mir, die Welt ist voller potenzieller Serienmörder. Bei den meisten wurde nur glücklicherweise der Schalter im Hirn noch nicht umgelegt.»

Der Feuerball war längst abgetaucht. Der tiefblaue Himmel über dem Horizont hatte rosa Schlieren.

Jemand lachte im Haus, hell und herzhaft. Seine Tochter.

«Du, Jo?»

«Ja?»

«Hast du mal so einen kleinen Genever für mich?»

«Klar doch. Auch zwei. An die Bluter-Geschichte willst du nicht so gern ran, habe ich Recht, Max?»

«Stimmt. Vermutlich genauso wenig und aus ähnlichen Gründen, wie du nicht an die Pädophilen-Geschichte ran willst.»

Vera und Helena schleiften Hurl durch sämtliche Klamottenläden Sneeks. Das waren nicht allzu viele. Aber weit mehr, als Hurl verkraftete. «Und wie steht mir das hier, Hurl? Komm, sag schon. Aber ganz ehrlich sein.» – «Super, ganz prima», sagte er dann. – «Und das hier?» – «Hm, auch super. Wie angegossen.» – «Ist das nicht zu gewagt?» – «Auf gar keinen Fall.» – «Ich weiß nicht. Sieht vielleicht doch etwas nuttig aus.» – «Auf jeden Fall. Ich warte draußen auf euch, wenn ihr nichts dagegen habt. Gleich da vorne in dem Straßencafé an der Gracht. Und lasst euch ruhig Zeit.»

Jeden Mittag erschien der alte Chinese, schob Max mit sanfter Gewalt zu dem großen Holztisch im Garten, auf den er sich bäuchlings zu legen hatte, mit nichts bekleidet als einem Handtuch über dem Po, massierte ihn eine halbe Stunde lang mit einer Tinktur, deren Farbe und Konsistenz Max an altes

Getriebeöl erinnerte, und trug anschließend eine spinatgrüne Salbe auf, die er in einem Einmachglas aufbewahrte. Manchmal erschien Maria auf der Terrasse, lehnte sich an den Türpfosten, nippte versonnen an ihrem Tee. Max beobachtete sie aus den Augenwinkeln. Konnte sie ihren verdammten Tee nicht woanders trinken?

Max nutzte die Zwangspause regelmäßig, um mit seinem Sohn zu telefonieren. Er war mit seiner Basketballmannschaft auf einer zweiwöchigen Tour durch Europa, und mittags, so hatte er seinem Vater vor der Abreise bedeutet, sei einfach die günstigste Zeit, um ihn per Handy zu erreichen. Offenbar hatte er abends Besseres zu tun, als mit dem Alten zu telefonieren.

Nach Beendigung der Prozedur bedeutete der Chinese seinem Patienten stets mit strenger Miene, sich die nächsten beiden Stunden unter keinen Umständen zu rühren. Max nutzte die Gelegenheit und las in dem Buch, dass Hurl gefunden hatte. Er tat dies, indem er Kopf und Arme über den Tischrand hängen ließ und das Buch auf einem Gartenstuhl platzierte.

Das Papier war grau und an den Rändern vergilbt. Die hinteren Seiten waren jedoch jüngeren Datums: Das Papier war strahlend weiß. Die alten, grauen Seiten waren gelocht, die Ränder der Löcher faserig. Vier Löcher pro Seite. Offenbar waren diese Seiten ursprünglich in einem Ringbuch aufbewahrt worden, bevor die jüngeren Seiten hinzukamen und das Ganze gebunden wurde.

Ein Tagebuch. Nein, kein Tagebuch im herkömmlichen Sinne, es gab keine täglichen Notizen in chronologischer Reihenfolge. Es waren nachträglich niedergeschriebene Lebenserinnerungen.

Der hastige Versuch eines zerstörten Menschen, sein Leben zu beschreiben. Für wen auch immer.

Er las es ein zweites Mal und dann ein drittes Mal.

Dann stellte er fest, dass einige Seiten fehlten. Sie waren nachträglich herausgetrennt worden, mit einer Rasierklinge oder einem Skalpell. Die Seiten waren nicht nummeriert. Aber der Kontext sprach dafür. Nur wer über den lückenhaften Kontext stolperte, konnte Verdacht schöpfen und die schwachen Spuren der Klinge erkennen.

28 Eltern können so ekelhaft sein. Er war immerhin acht Jahre alt. Und sie behandelten ihn immer noch wie ein kleines Kind. Dabei wusste er doch selbst am besten, was gut für ihn war. Wieso konnte er nicht selbst entscheiden, wann es Zeit war, aus dem Wasser zu kommen? Deine Lippen sind schon ganz blau, hatte seine Mutter gesagt. Du zitterst ja wie Espenlaub. So ein Quatsch. Tim hatte die Hände tief in den Hosentaschen vergraben und stapfte durch das hohe Gras, immer am Kanal entlang. Er war wütend. Jetzt aber raus aus dem Wasser, hatte sein Vater gerufen. Morgen ist auch noch ein Tag. Morgen. Morgen war weit weg. Erwachsene wissen überhaupt nicht, wie weit weg der nächste Tag sein kann. Gleich gibt's Abendessen, hatte sein Vater gesagt. Und zieh dir was Warmes an.

Tim warf einen flüchtigen Blick zurück. Das Haus war schon außer Sichtweite. Gut so. Das mit dem Abendessen konnten die sich jetzt abschminken. Sollten die doch mal sehen, was passiert, wenn man Kinder ständig bevormundet.

Er stapfte an dem Bauernhof vorbei, wo die großen holländischen Jungs immer Fußball spielten. Er hätte zu gerne mal mitgespielt. Aber die mochten sich wahrscheinlich nicht mit Kleineren abgeben. Außerdem verstand er ihre Sprache nicht.

Außerdem waren die Jungs nicht da. Niemand war noch draußen um diese Zeit. Er marschierte unverdrossen weiter. Jetzt gab es bis zum Heeger Meer nur noch Weiden und Schilf.

Der Trotz in seinem Blick wich allmählich Verunsicherung. Alles war so still. Außerdem hatte er sich das Ausreißen ganz anders vorgestellt. Abenteuerlicher. In seinen Büchern begegneten Ausreißer ständig irgendwelchen interessanten Wesen. Aber hier gab es nur Vögel. Die ihn erschreckten, wenn sie plötzlich aus dem Schilf aufflatterten. Keine Menschenseele. Als wäre man mutterseelenallein auf der Welt. Was hätte Harry Potter an seiner Stelle getan? Wäre er umgekehrt? Niemals! Und geheult hätte der auch nicht.

«Hallo. Kannst du mir helfen?»

Eine Frauenstimme. Ein Segelboot. So ein altmodisches, dickes, bauchiges Kajütboot, wunderschön, ganz aus Holz, mit kleinen, runden Bullaugen. Die Frau warf ihm die Leine zu. Tim zog das Boot durch die Lücke im Schilf bis ans Ufer. Er wusste, wie man ein Boot festmacht. Max hatte es ihm gezeigt. Tim band die Leine an einen der alten Weidezäune. Sie lächelte. «Danke. Du machst das aber sehr gut.» Sie sah nett aus mit ihrem lustigen blonden Wuschelkopf. Ganz viele Locken hatte sie auf dem Kopf. Sie war vielleicht so alt wie Mama, vielleicht auch älter. Sie trug ein schwarzes T-Shirt ohne Ärmel, ganz kurze rote Shorts und weiße Segelschuhe. Sie hatte ganz schön viele Muckis, fand Tim. So viele Muskeln hatte er bei einer Frau noch nie gesehen. Höchstens mal im Fernsehen, bei diesen 100-Meter-Läuferinnen bei der Olympiade. Oder so.

Sie sprang nicht ans Ufer, sondern blieb an Bord stehen; sie stand einfach nur da und lächelte ihn an. «Ein schönes Plätzchen, findest du nicht? So kuschelig, mitten im Schilf.»

«Das ist ein sehr schönes Boot.»

«Oh ja. Willst du es dir mal ansehen?»

Tim zögerte nur einen Augenblick. Dann kletterte er über die Reling. Die Frau machte keine Anstalten, ihm zu helfen. Das fand er gut.

«Sieh dich nur in aller Ruhe um. Du kannst dir auch die Kajüte ansehen. Die ist zwar klein, aber richtig gemütlich. Was machst du denn für ein trauriges Gesicht? Hm? Ärger?»

«Ja. Aber ich will nicht drüber reden.» Er legte seine Hand auf das polierte Holz des Kajütenaufbaus. Es fühlte sich schön an. Ganz glatt und warm. Noch aufgeladen von der Sonne.

«Was hältst du davon, wenn wir eine Runde übers Heeger Meer segeln? Du darfst auch am Ruder stehen. Na?»

Seine Augen leuchteten. Doch bevor Tim sagen konnte, was er davon hielt, kam die Antwort vom Ufer. «Leider nicht. Vielleicht ein anderes Mal. Das Abendessen ist fertig.»

Hurl. Noch so ein Spaßverderber.

«Komm mit, Tim.»

Mit seinen Eltern konnte man sich wenigstens streiten.

Mit Hurl komischerweise nicht.

Tim kletterte zurück ans Ufer und trottete mit hängendem Kopf neben Hurl her wie ein gescholtener Welpe. Hurl beobachtete ihn aus den Augenwinkeln und konnte sich ein Grinsen nicht verkneifen. Und fragte dann mit ernstem Gesicht: «Bist sauer auf deine Eltern, was?»

«Ja», antwortete der Kleine. Und fügte nach einem Moment des Schweigens trotzig hinzu: «Aber ich möchte nicht drüber reden.»

«Einverstanden», sagte Hurl. «Aber hau nicht wieder einfach so ab. Sonst werde ich zur Abwechslung mal sauer.»

Vor der Biegung des Kanals drehte sich Tim noch einmal um, blinzelte in Richtung des Segelbootes, schirmte mit seiner kleinen Hand die Augen vor dem grellen Gegenlicht der tief stehenden Sonne ab und winkte den vage erkennbaren Umrissen zu.

Die Frau winkte zurück. Aber sie lächelte nicht mehr. Als Tim und Hurl hinter der Biegung verschwunden waren, riss sie sich wutentbrannt die Perücke vom Kopf.

So gleichförmig wie die Tage verliefen auch die Abende. Nach dem Essen brachte Jo die Kinder ins Bett. Vera und Helena schnappten sich den zuerst widerstrebenden Alexander und radelten mit ihm nach Woudsend. Ihr Ziel: die von niederländischen, englischen, deutschen und schwedischen Jugendlichen frequentierten dreieinhalb Straßencafés rund um den Yachthafen. Vera verabschiedete sich stets mit den gleichen Worten: «So, wir tun mal wieder was für die Völkerfreundschaft.»

Sobald sie verschwunden waren, telefonierte Hurl, damit die europäische Clique der Jugendlichen am Yachthafen durch einen jungen Asiaten an Internationalität gewann. Dann versammelten sie sich um den Küchentisch, um zu arbeiten.

Liz war so weit, ein erstes Profil liefern zu können. In der Nacht zuvor hatte sie sich lange mit Jo besprochen.

«Es gibt noch zu viele offene Fragen. Deshalb muss ich mit Einschätzungen vorsichtig sein, um Spekulationen zu vermeiden. Punkt eins: Alexander kann sich an nichts erinnern, was den Mord an Weinert betrifft, sehen wir einmal von seinen Albträumen ab, die aber kein Bild ergeben. Er ist, wie wir das nennen, traumatisiert. Das heißt: Sein Gehirn hat zum Zwecke der Selbsterhaltung all das Schreckliche, Unbegreifliche in einen Tresor gesperrt und den Schlüssel weggeworfen. Es kann sehr lange dauern, bis Alexander sich erinnert. Und es wird zu prüfen sein, ob es aus therapeutischer Sicht überhaupt ratsam ist, dass er sich schnell erinnert. Dem steht unser kriminalistisches Interesse entgegen. Ein Dilemma, aus dem es nur einen Ausweg gibt: Wir gehen einen Umweg und schauen uns das Umfeld an. Da haben wir Julius Weinert. So wie Jo das geheime Zimmer beschrieben hat, müssen wir davon ausgehen, dass Weinert den Jungen jahrelang sexuell missbraucht hat.»

«Das erklärt das Trauma», sagte Maria.

«Nein», entgegnete Liz bestimmt. «Das Trauma wurde erst durch den Mord hervorgerufen. Eins steht für mich fest: Alexander war dabei, als Julius Weinert ermordet wurde; ob nun als Täter oder als Zeuge. Der Mord hat das Trauma ausgelöst. Auch wenn ich mir mittlerweile sicher bin, dass es da noch einen unentdeckten Anker zu Alexanders Kindheit gibt: Der Missbrauch befindet sich nicht im Tresor. Alexander ist sich des Missbrauchs bewusst, auch wenn er mit niemandem darüber spricht. Aus allem, was Max zusammengetragen hat, zum Beispiel die Aussagen seiner Lehrer, ergibt sich für mich folgendes Bild: Alexander hat im Lauf der Jahre seinen speziellen Weg gefunden, damit umzugehen. Er hat Scham in Wut verwandelt, Selbstzerstörung in Aggression. Er hat sich ungenießbar im wahren Sinne des Wortes gemacht. Ob das nun ein richtiger Weg oder ein falscher Weg war, steht uns nicht an zu entscheiden. Es war ein Weg, der ihm das Überleben ermöglichte.»

«Er hat es sogar geschafft, den Spieß umzudrehen und Weinert zum Opfer zu machen», ergänzte Jo. «Weinerts Schwester hat ihn dafür gehasst, dass er ihren Bruder in den letzten Jahren behandelt hat wie einen Fußabtreter und ausgenommen hat wie eine fette Weihnachtsgans.»

Liz nickte zustimmend. «Glücklicherweise ist Alexander an einen Typus des Pädophilen geraten, der das zulässt.»

«Was heißt das?», wollte Hurl wissen.

«Wir unterscheiden verschiedene Typen ...»

Morian blätterte in seinen Unterlagen. Wir. Als wäre er noch bei der Sitte. Max spürte, dass es Morian alles andere als leicht fiel, darüber zu reden. Berge von Papier. Daten, Fakten, Dokumente. Das war gewöhnlich sein Weg, mit Dingen umzugehen, die sein Vorstellungsvermögen überstiegen.

Morian räusperte sich. «Also ... Auch wenn allen Päderasten ein extrem gestörtes Verhältnis zu gleichaltrigen Sexualpartnern und die Unfähigkeit zu konsensuellem Sexualverhalten zu Eigen ist, das in der Regel aus extremen Störungen ihrer psychosexuellen Entwicklung während der Kindheit herrührt, unterscheidet die Kriminalpsychologie drei Grundtypen des Päderasten. Selbstverständlich gibt es Mischformen, Grenzgänger; aber die Typisierung ist dennoch hilfreich. Da gibt es einmal den soziopathischen Täter, die brutalste, gottlob seltenste Erscheinung. Nicht jeder Soziopath ist pädophil. Pädophile Soziopathen findet man auffallend oft bei der Herstellung von Kinderpornographie. Sie empfinden Befriedigung, ihre Opfer vor laufender Kamera zu demütigen, zu foltern, sogar zu töten. Es geht nicht um Sex, es geht um Macht. Besser kann ich es nicht erklären. Es ist so, als müsste man ein Wesen von einem anderen Stern, aus einer fremden Galaxie beschreiben ...»

Morian blätterte wieder in seinen Unterlagen, bevor er fortfuhr.

«Typ Nummer zwei: der regressive Täter. Die häufigste Form. Er wird erst zum Täter, wenn seine kaputte Psyche auf einen auslösenden Faktor trifft. Sein Selbstbewusstsein ist extrem schwach entwickelt. Er ist voller Ängste, sieht sich von Mächtigeren umgeben und erlebt sich permanent als Versager. Er ist nicht belastbar, konfliktscheu und suchtgefährdet, seine Angst vor gesellschaftlicher Ächtung lässt ihn aber vornehmlich zur gesellschaftlich sanktionierten Droge Alkohol greifen. Er hat Probleme, mit Männern in Kontakt zu treten, weil er sich stets unterlegen fühlt, er ist hierarchiegläubig, er hat keine Freunde oder nur oberflächliche Stammtisch-Kontakte und ist in der Regel heterosexuell. Er ist in der Lage, sexuelle Beziehungen zu Gleichaltrigen zu pflegen, auch wenn die sich häufig weder für ihn noch für seine Partnerin sonderlich befriedigend gestalten. Er sehnt sich geradezu nach der Sicherheit der Institution Ehe, weil er stärkere, attraktivere Nebenbuhler fürchtet. Als Familienvater lebt er mitunter als Despot den Frust aus, den er als Berufstätiger ohne Murren einsteckt. Der auslösende Faktor, der ihn zum pädophilen Täter macht, kann dauerhafter beruflicher Stress sein, scheinbar nicht lösbare Konflikte in der Ehe oder die sexuelle Verweigerung des Partners. Die Opfer sind in der Regel weiblich, ihm seelisch, geistig und körperlich unterlegen und stammen aus dem engeren Lebensumfeld des Täters: Töchter, Freundinnen der Töchter, Nachbarskinder, Schutzbefohlene. Diese Täter verfügen im Gegensatz zu den Soziopathen über ein Unrechtsbewusstsein und nach der Tat bisweilen über ein quälend schlechtes Gewissen; aber die Zahl der Wiederholungen senkt kontinuierlich ihre Hemmschwelle. Für die Opfer beginnt ein Horror, der ihr komplettes weiteres Leben prägen wird. Wie soll man damit weiterleben, dass einem ausgerechnet der eigene Vater, ein Mensch also, der einen von Natur aus beschützen soll, so etwas angetan hat? Dass die eigene Mutter es nicht gemerkt hat, es nicht wahrhaben will oder gar ihre Frustration am Opfer statt am Täter auslässt? Wie soll ein Mensch, dem dies als Kind widerfahren ist, jemals wieder Vertrauen zu Menschen fassen? Die Opfer dieses Tätertyps sind gelegentlich Jungen, hauptsächlich aber Mädchen.»

«Zu welcher Gruppe gehörte Weinert?»

«Zur dritten Gruppe. Neben dem soziopathischen und dem regressiven gibt es noch den fixierten Täter. Er ist durchaus in der Lage, gesellschaftliches Ansehen zu erwerben und beruflich erfolgreich zu sein. Das egoistische Ausleben seiner pädophilen Neigung reicht bis in die eigene Adoleszenz zurück. Er ist in der Regel unverheiratet und pflegt grundsätzlich keinen Sexualkontakt zu Gleichaltrigen. Er ist homophil und fühlt sich zu jungen Knaben hingezogen. Nur zu ihnen kann er eine tiefe emotionale Beziehung herstellen. Seinen Beruf oder seine Freizeitaktivitäten wählt er häufig gezielt aus, um dieser Opfergruppe nahe zu sein: Pädagoge, Heimleiter, Jugendwart, Pfadfinder, Vereinstrainer. Im Gegensatz zum regressiven Täter lässt er sich nicht von Zufällen leiten, sondern steuert lieber selbst. Er hat ein schwach ausgebildetes oder gar kein Unrechtsbewusstsein. Er bastelt sich seinen ideologischen Überbau, beispielsweise aus der Tradition der Freikörperkultur oder aus der Knabenliebe der Antike. Ich hätte darauf kommen können, als ich zum ersten Mal vor Weinerts Bücherregal stand. Außerdem empfinden diese Täter ihr Tun nicht als Unrecht, weil sie in der Regel keine körperliche Gewalt anwenden. Das haben sie nicht nötig. Ihre Intelligenz erlaubt es ihnen, subtiler vorzugehen. Sie suchen sich Opfer aus, die aufgrund entsprechender Defizite im Elternhaus nach Zuwendung, Aufmerksamkeit und Wärme gieren.»

Morian nahm einen tiefen Schluck aus seiner Bierflasche. Niemand sagte ein Wort, bis er weitersprach.

«Sie überschütten ihre Opfer auch mit materiellen Zuwendungen, machen attraktive Geschenke. Sie erschwindeln Vertrauen und bringen Sexualität bewusst erst später ins Spiel. Und sie nutzen schamlos aus, dass Jungen in einem gewissen Alter an allem Fremden und Verbotenen und Sexuellen interessiert sind und, ob sie wollen oder nicht, sehr schnell körperlich reagieren, sprich eine Erektion bekommen. Die Folgen dieser subtilen Vorgehensweise sind fatal:

Die Opfer fühlen sich schuldig, haben Probleme, den Täter als Täter zu sehen, und ihr Schuldgefühl verhindert, dass sie sich jemand anders anvertrauen. Sie glauben, dem Teufelskreis nur entfliehen zu können, indem sie sich mit dem Täter arrangieren ...»

«... du meinst, so wie bei Geiselnahmen», warf Max ein. «Das Stockholm-Syndrom.»

«Ja, genau», sagte Jo. «Wir stellen immer wieder fest, dass Geiseln unbewusst irgendwann an den Punkt gelangen: Wenn ich mir meinen Feind zum Freund mache, wird alles wieder gut. Da draußen ist die böse Welt, die uns nicht in Frieden lässt. Wir hier drinnen, Geisel und Geiselnehmer, wollen doch nichts weiter als heil aus der Sache rauskommen. Die wahre Sachlage wird völlig auf den Kopf gestellt. Irgendwann aber, als Alexander älter und kräftiger wurde, konnte er sich selbst befreien, konnte nein sagen, seine Wut projizieren. Weil aber für die Gruppe des fixierten Täters die scheinbare Freiwilligkeit des Opfers und die scheinbare Gewaltlosigkeit des Täters zum unabdingbaren Muster gehören, blieb Julius Weinert gar nichts anderes übrig, als ihn wohl oder übel in Ruhe zu lassen. Wahrscheinlich war Alexander aber auch durch das Alter, durch Stimmbruch und Körperbehaarung für Weinert sexuell nicht mehr attraktiv. Was aber das Erlebte für Alexanders weiteres Leben bedeutet, darüber kann man nur spekulieren.»

Max beobachtete seinen alten Freund. Er hatte Jo selten so aufgewühlt erlebt. Jo ließ den Verschluss einer neuen Bierflasche aufschnappen. Max nutzte die Pause, um etwas loszuwerden, was ihn schon seit Tagen beschäftigte. «Sag mal, Jo, du hattest doch erzählt, dass Weinert laut gerichtsmedizinischem Gutachten schon als Kind oder Jugendlicher kastriert worden ist ...»

«Und du vermutest, die fehlenden Hoden hätten ihn zu

einem geschlechtslosen Wesen gemacht? Unsinn. Das wichtigste Sexualorgan des Menschen ist das Gehirn. Wir wissen nicht, was damals in Weinerts Kindheit passiert ist. Aber es hat jedenfalls nicht seine Phantasien abgeschnitten. Wir haben immer wieder erlebt, dass kastrierte oder hormonbehandelte Sexualmörder, denen irgendwelche dämlichen Gutachter leichtfertig Unbedenklichkeitsbescheinigungen ausgestellt haben, nach der Entlassung oder beim Freigang aus dem Knast sofort das nächstbeste Kind missbraucht und getötet haben. Denkt nur an den Mörder der kleinen Anna Bachmeier. Den die Mutter des Mädchens später im Gerichtssaal erschossen hat.»

Morian brach unvermittelt ab und nickte seiner Frau zu.

Liz übernahm.

«Weinert ist tot. Der Missbraucher lebt nicht mehr. Er existiert plötzlich nur noch in der Erinnerung des Opfers. Die Kollegin, mit der ich gesprochen habe und die sich nach unserer Rückkehr um Alexander kümmern wird, ist sich nicht schlüssig, ob dies für den Heilungsprozess vorteilhaft ist. Es ist schwer, seine Wut an einem Toten auszulassen. Das Wichtigste und zugleich Schwierigste aber wird sein, ihm klarzumachen: Du bist nicht schuld.»

«Klar ist er nicht schuld.»

«Ja, das wissen wir. Aber die Opfer wissen es nicht.»

Liz zögerte. Sah Max lange und eindringlich an.

Max nickte ihr aufmunternd zu. «Sag's einfach.»

«Max: Der Mann, der Alexander jagt, ist äußerst gefährlich.»

Hurl kratzte sich am Hinterkopf. «Oh ja, das wissen wir, Liz. Wo ist eigentlich deine Krücke, Max?»

Max sagte nichts. Er hatte die Krücke auf dem Boot vergessen. Und er hoffte, sie nicht mehr zu brauchen. Sein Körper würde wieder genesen, das spürte er. Seine Seele würde länger brauchen. Jede Nacht träumte er davon, wie sein Kopf in der Presse knirschte.

Liz fixierte Hurl über den Rand ihres Weinglases hinweg. «Nein, er ist noch viel gefährlicher, als ihr glaubt. Nach allem, was ihr geschildert habt, haben wir es mit dem klassischen Exemplar eines lupenreinen Soziopathen zu tun. Ein Mensch, der keinerlei Empathie empfindet. Er kennt kein Mitleid, er kennt weder Liebe noch Hass. Er liebt nur sich selbst, und er empfindet nur den Schmerz, der ihm selbst zugefügt wird. Seine Umwelt ist ihm völlig egal. Andere Menschen lösen nicht die Spur von Emotion in ihm aus. Das macht ihn unberechenbar, seelisch unverwundbar – und damit gefährlicher als jedes Raubtier.» Liz klappte den Schnellhefter zu und unterdrückte ein Gähnen. «Tut mir Leid. Ich kann nicht mehr, ich muss ins Bett. Möchte jemand noch etwas loswerden?»

«Ja», sagte Morian. «Im Yachthafen sitzt gerade ein junger Mann, der in Deutschland wegen Mordes gesucht wird. Und hier sitzt ein deutscher Kriminalbeamter, der das weiß. Entweder wir beweisen in kürzester Zeit seine Unschuld, oder ich verliere meinen Job. Und im Augenblick deutet nichts auf seine Unschuld hin.»

Vor dem Küchenfenster kündigte eine Ente ihren Landeanflug mit lautem Geschnatter an. Zwei Fledermäuse jagten in wildem Zickzack über das mondglitzernde Wasser.

Hurl stand auf, warf sich die Jacke über und stapfte hinaus in die Dunkelheit. Am Ufer stand er eine Weile still, atmete die saubere, kühle Luft und blickte auf das Wasser. Er hatte bei der Planung einen Fehler gemacht. Sie hatten die Landwege unter Kontrolle. Aber nicht die Wasserwege. Er setzte sich in Marsch und folgte dem Kanal in nordwestlicher Richtung.

Er wollte nur sichergehen.

Aber die Schilfbucht war verlassen.

An den Schuhen in der Diele erkannte Hurl, dass Vera, Helena und Alexander inzwischen zurückgekehrt waren. Er verriegelte sorgfältig die Haustür, stellte wie jeden Abend eine leere Bierflasche auf die Klinke, streifte ebenfalls die Schuhe von seinen Füßen und schlich auf Socken ins Wohnzimmer. Dort brannte nur noch ein einziges Licht. Die Leselampe neben der Couch. Auf der Couch saß Liz, die Arme um ihre Beine geschlungen, das Kinn auf ihren Knien.

«Nanu, alle schon im Bett?»

Liz rang sich ein Lächeln ab. «Ja. Wo warst du?»

«Wolltest du nicht auch ins Bett?»

«Wo warst du?»

«Willst du was zu trinken?»

Liz schüttelte den Kopf. Hurl goss sich ein Gläschen von dem sündhaft teuren spanischen Brandy ein, den Jo aus Bonn mitgebracht hatte. Er schmeckte nach Weintrauben und nach Sherry aus Jerez und nach alten Holzfässern und nach Sonne.

Liz wiederholte ihre Frage. «Wo warst du?»

«Spazieren. Ich dachte, du bist müde?»

Sie gab auf. Aus Männern etwas rauszukriegen, wenn sie nicht wollen, war schon ein hartes Stück Arbeit. Bei Hurl war es ein sinnloses Unterfangen.

«War ich auch. Aber jetzt ...»

«Jetzt denkst du darüber nach, was dein Mann eben gesagt hat. Ganz schön schwierige Sache für Jo. Du hast einen tollen Mann.»

«Ich weiß.» Jetzt war ihr Lächeln ehrlich.

Hurl ließ sich neben ihr auf die Couch fallen. «Wenn der Knabe nicht bald den Mund aufmacht, sind wir alle geliefert. Warum hast du ihn an eine Kollegin weitergegeben? Warum machst du die Therapie nicht selbst? Mir gefällt das nicht, dass immer mehr Leute davon wissen.»

Liz sah die Besorgnis in seinen Augen. Sie lehnte ihren Kopf an seine Schulter. «Du einsamer Wolf. Hast du eigentlich außer zu dir selbst noch zu irgendwem auf der Welt Vertrauen?»

«Ja. Zu Max. Zu Jo ... und zu dir.»

«Gut. Sehr gut. Ich weiß dein Vertrauen zu schätzen. Ich kenne diese Kollegin seit vielen, vielen Jahren. Sie ist spezialisiert auf solche Fälle. Ich nicht. Mein Wissen auf diesem Gebiet stammt aus schlauen Büchern und von Jo, aus seiner Zeit bei der Sitte. Außerdem darf ich Alexander gar nicht therapieren. Weil ich verwickelt bin. Das wäre ein Interessenskonflikt. Ich dürfte euch nicht mehr helfen, ich dürfte kein einziges Wort mehr mit euch sprechen. Ich wäre ausschließlich meinem Patienten verpflichtet. Verstehst du das?»

Hurl sagte nichts dazu, sondern legte seinen Arm um ihre Schulter. Das sagte eigentlich alles.

«Ich weiß, wie dir zumute ist, Hurl.» Liz kuschelte sich an den gewaltigen Brustkorb. «Jo kann seinen Job verlieren und ich meine Zulassung als Gerichtsgutachterin. Max hat um ein Haar sein Leben verloren und vielleicht für immer seine wunderbar unbekümmerte Stärke, wenn er das Grauen in dieser Fabrikhalle weiterhin verdrängt statt verarbeitet. Und du hast Angst davor, in die USA abgeschoben zu werden und dort im Gefängnis zu landen, wenn die deutschen Behörden durch das hier auf dich aufmerksam werden.»

«Nein Liz. Ich würde nicht in einem amerikanischen Gefängnis landen. Ich würde gleich nach der Ankunft auf amerikanischem Boden in einen Van mit verspiegelten Scheiben verladen und spurlos verschwinden. Offiziell würde es heißen, ich sei getürmt. Weißt du, das war alles Bullshit, was damals an die Öffentlichkeit drang. Was dem Kongress und den Medien präsentiert wurde. Ich weiß alles über diese Sonderkommandos. Und die CIA weiß das auch. Und das Angenehme für die Burschen ist: Ich bin der einzige Zeuge. Die anderen sind alle draufgegangen. Gefallen für Gott und Vaterland. Und wenn ich nicht vorher desertiert wäre ...»

Liz legte ihre Finger auf seine Lippen. «Wir passen gut aufeinander auf, Hurl. Wir passen jetzt alle gut aufeinander auf. Und wenn wir alle gut aufeinander aufpassen, wird uns nichts geschehen.»

Am nächsten Morgen saßen alle bis auf Alexander, Vera und Helena beim Frühstück, als Morians Handy klingelte. Laura und Tim zankten sich gerade lautstark um das letzte Milchbrötchen.

Morian verschwand mit dem Handy im Wohnzimmer, kehrte aber schon nach zwei Minuten zurück. Er setzte sich und sah ratlos von einem zum anderen, bevor er sprach.

«Tja. Ihr werdet wohl ohne mich packen müssen. Ich fahre besser gleich los. Max, kann ich deinen Wagen nehmen?»

«Klar. Was ist passiert?»

«Komische Sache. Der Anruf kam aus dem Präsidium. Ich weiß selbst noch nicht mehr als das, was ich euch jetzt sage: Sie haben Weinerts Mörder. Und sie haben ein Geständnis.»

29

«Was wisst ihr über ihn?»

«Noch nicht viel. Sein Name ist Rainer Bär. Er ist heute Morgen kurz nach sechs bei der Autobahnpolizei Mendig aufgetaucht. Das ist gut fünfzig Kilometer südlich von hier, an der A 61 in Richtung Koblenz. Er hat den Wachhabenden gesagt, er wolle reinen Tisch machen, sie sollen ihn festnehmen, er habe Julius Weinert ermordet. Junge, Junge. Kannst du dir die Gesichter der Kollegen vorstellen?»

Morian studierte stattdessen das Gesicht des jungen Mannes jenseits der Einwegscheibe im Keller des Bonner Polizeipräsidiums. Dunkles Haar, ordentlich geschnitten und gekämmt und gescheitelt. Schmales Gesicht, seltsam eingefallene Wangen, blasse Gesichtsfarbe. Ein gestreiftes Hemd, wie sie mal vor zehn, fünfzehn Jahren modern waren; unauffällige Krawatte, Breitcordhose. Über der Stuhllehne hing ein dunkelblaues Sakko aus grober Schurwolle.

«Was hatte er in seinen Taschen?»

Breitscheid setzte sich umständlich die Brille auf, die er immer an einer Kordel um den Hals trug, damit er sie nicht ständig verlegte, und entfaltete einen Bogen Papier.

«Ein Schlüsselbund, bestehend aus einem Hausschlüssel, einem Garagenschlüssel und einem Autoschlüssel, für einen VW Polo, Baujahr 1984, auf ihn zugelassen, der steht noch auf dem Parkplatz der Autobahnpolizei. Ferner eine Geldbörse, Inhalt vierzig Euro in Scheinen, vier Euro und sechzig Cent in Münzen; ein Lottozettel, Dauerschein, drei Kästchen ausgefüllt, Laufzeit fünf Wochen, Spielzeit noch drei Wochen.»

Morian verzog das Gesicht. Aber Breitscheid ließ sich nicht beirren. Er ließ sich nie von irgendetwas beirren. «Ferner eine EC-Karte. Von der Kreissparkasse Ahrweiler. Ferner eine Brieftasche, Leder, schwarz. Darin ein Personalausweis, noch zwei Jahre gültig, ausgestellt von der Verbandsgemeinde Brohltal; ein Führerschein, vom Landratsamt in Ahrweiler ausgestellt, Klassen eins und drei. Ferner ein Mitgliedsausweis der Deutschen Gesellschaft für Hämophilie ...»

«Was?» Morian war plötzlich elektrisiert. Breitscheid machte eine beschwichtigende Handbewegung. «Kein Grund, sich zu schämen, Jo. Ich hab auch nicht gewusst, was das heißt. Diese Fremdwörter. Aber ich habe im Lexikon nachgeschaut. Der Mann ist Bluter. Die Krankheit der Könige, sagte man früher. Das ist ...»

Morian hatte sich wieder im Griff und sagte gelangweilt: «Ach so. Habt ihr die Personalien überprüft?»

«Natürlich. 28 Jahre. Lebt mit seinem Vater, einem Landbriefträger und Nebenerwerbslandwirt, in einem Kaff namens Wehr; das liegt unmittelbar an der A 61, nur eine Ausfahrt vor der Autobahnpolizei Mendig. Hat vor drei Monaten sein Studium an der Uni Bonn abgeschlossen. Ist bis dahin jeden Tag gependelt. Volkswirtschaft. Vor vier Wochen ist sein Zwillingsbruder gestorben. Frank Bär. Seine Mutter ist schon lange tot. Wir haben nichts über ihn. Keine Vorstrafen. Nicht mal Punkte in Flensburg.»

Morian hatte keine Sekunde den Blick von dem Mann jenseits der Spiegelscheibe abgewendet, während Breitscheid die dürftigen Daten referierte. Erwin Breitscheid war ein netter Kollege. Noch zwei Jahre bis zur Pensionierung. Ein netter Kollege, ein durchschnittlicher Polizist und ein miserabler Kriminalist.

Der Mann im Verhörzimmer saß kerzengerade auf seinem Stuhl. Die Unterarme ruhten auf dem Tisch, die Hände waren gefaltet. Seit einer Viertelstunde hatte er nichts anderes getan als die gegenüber liegende graue Wand aus Sichtbeton angestarrt.

«Was hat er zu dem Mord gesagt?»

«Nichts.»

«Nichts?» Jetzt wandte Morian doch den Blick von der Scheibe ab und starrte Breitscheid ungläubig an. Der alte Polizeibeamte zuckte verlegen mit den Schultern. «Das ist es doch gerade. Weshalb ich dich angerufen habe. Der Präsident hat getobt. Aber ihm ist auch nichts Besseres eingefallen. Und da hat er schließlich gesagt, ich soll dafür sorgen, dass du schleunigst hier aufkreuzt. Ich habe ihm gesagt, du wärst doch in Urlaub, und da hat er wieder getobt und gesagt, das wisse er selbst, aber das sei ihm egal und ich soll dich schleunigst herschaffen. Das war nämlich so: Der Kerl hier hat gesagt, er redet nur mit dem Mann, dessen Name in der Zeitung gestanden hat. Kriminalhauptkommissar Josef Morian. Das bist du.»

«Fingerabdrücke?»

«Na klar. Passen aber mit keinem einzigen der in Weinerts Haus sichergestellten Abdrücke überein.»

«Was nichts heißt. Schuhe?»

«Wie ... Schuhe?» Breitscheid guckte verständnislos. Morian blieb ganz ruhig. «Unser bisher wichtigster Anhaltspunkt in diesem Fall sind die Spuren in Weinerts Garten.»

«Ach so. Nä, also der Präsident meinte, zuerst soll ich dich so schnell wie möglich ranschaffen, damit du mit ihm redest und damit wir endlich ein schriftliches Geständnis haben. Er ist nämlich ganz heiß darauf, endlich einen Täter präsentieren zu können. Er hatte sogar schon eine Presseerklärung vorbereitet. Aber dann ...»

«Was aber dann?»

«Also, du warst schon unterwegs, da kam er auf die Idee, doch vielleicht mal das BKA anzurufen, weil die ja jetzt offiziell für den Fall zuständig sind. Da siegte wohl die eine über die andere seiner beiden Triebfedern: die ständige Angst, einen Fehler zu machen, klar nach Punkten über die Befriedigung seiner Eitelkeit.»

«Komm mal zur Sache, Erwin. Was haben die vom BKA gesagt?»

«Die haben gesagt, sie fahren gleich los, und so lange soll niemand mit dem Mann reden.»

«Aha. Wie viel Zeit habe ich also noch?»

Breitscheid sah auf die Uhr. «Sag mal, bist du eigentlich von Holland hierhin geflogen? Also, ich schätze mal, die brauchen jetzt noch eine halbe Stunde bis hier. Auf der Autobahnbrücke bei Bad Neuenahr ist nämlich ein Riesenstau, sagten die Kollegen eben im Funk. Da hat sich ein Sattelschlepper quergestellt. Und die Schleichwege durchs Ahrtal kennen diese Besserwisser aus Wiesbaden wohl kaum.»

«Leider verfügen die Autos dieser Besserwisser im Gegensatz zu unseren Dienstfahrzeugen über GPS. Okay, dann werde ich wohl jetzt mal reingehen, Erwin.»

Breitscheid sah alles andere als begeistert aus. «Jo, da gibt's noch ein kleines Problem. Der Präsident hat gesagt, also nachdem er mit dem BKA telefoniert hatte, ich soll dich hier abfangen und auf keinen Fall zu dem Verdächtigen lassen.»

«Dann geh doch so lange ein bisschen spazieren, Erwin. Oder vielleicht aufs Klo. Und nimm dir was zu lesen mit. Oder willst du dich mit mir prügeln?»

Morian ließ ihn stehen, drückte den Knopf, der die Jalousie vor die Einwegscheibe gleiten ließ, öffnete die Tür, schloss sie hinter sich und setzte sich auf den freien Stuhl.

Der Mann sah ihn an, verzog aber keine Miene. Er sah müde aus. Müde und alt. Ein 28-jähriger alter Mann.

«Guten Tag. Ich bin der Mann, den Sie zu sprechen wünschen. Kriminalhauptkommissar Josef Morian. Darf ich das Band einschalten?»

«Ja, sicher», sagte der Mann höflich, aber ohne jede erkennbare emotionale Regung. «Ich habe Julius Weinert ...»

«Moment, Moment, nicht so schnell, junger Mann», stoppte ihn Morian und fingerte unbeholfen an den Knöpfen des altmodischen Bandgerätes herum. «So, noch mal. Und schön der Reihe nach. Fangen Sie am besten ganz von vorne an.»

«Ich bin Bluter. Genau wie mein Bruder. Wissen Sie, was das ist, Herr Kommissar?»

«Ja, ich weiß, was das ist. Ich bin mit Max Maifeld befreundet. Wissen Sie, wer das ist, Herr Bär?»

Der junge Mann zögerte. «Gut», sagte er nach einer Weile. «Dann wissen Sie ja, was man uns angetan hat. Mein Bruder Frank ist vor vier Wochen gestorben. An Aids. Haben Sie schon mal einen Aids-Kranken sterben sehen, Herr Kommissar?»

«Nein», antwortete Morian wahrheitsgemäß.

Die Augen des jungen Mannes schwammen plötzlich in Flüssigkeit, während sein Gesicht absolut regungslos blieb. «Wir haben ihn bis zum Schluss gepflegt, mein Vater und ich. Er ist in unseren Armen gestorben. Wir wollten Frank nicht weggeben. Wir haben ihm sogar das Morphium selbst gespritzt.»

«Es tut mir Leid ...»

«Ja, Ihnen tut's vielleicht Leid. Anderen nicht. Die sind nie zur Rechenschaft gezogen worden. Im Untersuchungsausschuss damals, da ging es unter anderem um ein ganz bestimmtes Papier, um die Patientenakte meines Bruders, wo vermerkt war, wann die Bluter angeblich über die Aids-Gefahr unterrichtet worden waren. Und da war ein Termin genannt, Datum und Uhrzeit und Unterschrift des behandelnden Arztes im Bluter-Zentrum. Nur: Genau an diesem Tag lag Frank hundert Kilometer entfernt in einem anderen Krankenhaus und wurde an den Stirnhöhlen operiert, und genau zu der vermerkten Uhrzeit lag er in der Narkose.» Die letzten Worte hatte er geschrien. «Verstehen Sie? Wir sind nie über die Gefahr informiert worden. Sonst hätten wir die Hochdosierungstherapie doch nicht mehr mitgemacht. Die Patientenblätter wurden nachträglich hergestellt, als das Thema öffentlich wurde. Jahre später wurden einfach irgendwelche Tage und Uhrzeiten eingetragen. Nur: Im Falle meines Bruders war beweisbar, dass die Blätter manipuliert waren. Verstehen Sie? Wenigstens Betrug und Urkundenfälschung hätte man ihnen vorwerfen können. Das war rechtlich zwar auch schon verjährt, aber wenigstens hätte man sie öffentlich an den Pranger stellen können. Im Untersuchungsausschuss des Bundestages nämlich. Aber dann war das Dokument plötzlich verschwunden. Einfach weg. Als hätte es nie existiert. Mein Vater hatte sich dummerweise keine Kopie davon gemacht. Er ist ein einfacher, vertrauensseliger Mann. Und wir, seine beiden Söhne, wir waren noch zu jung. Wissen Sie, wer damals im Untersuchungsausschuss des Bundestages saß? Als Obmann seiner Partei? Obwohl dieser scheinbar unabhängige Volksvertreter von den Herstellern für seine Dienste bezahlt worden war?»

Seine Stimme klang plötzlich ganz matt, sein Körper sackte von der Anstrengung in sich zusammen.

Morian beugte sich über den Tisch. «Sie glauben, Weinert hat das Papier verschwinden lassen.»

«Ja, natürlich», hauchte er schwach.

«Und deshalb haben Sie ihn umgebracht.»

«Ja.»

«Wie lange haben Sie noch zu leben?»

«Ein, zwei Jahre vielleicht, sagen die Ärzte.»

«Sie sind zu Weinert gefahren, haben gewartet, bis seine Schwester das Haus verließ, dann haben Sie mit einem Stein das kleine Fenster in der Haustür eingeschlagen, um die Tür von innen öffnen zu können, sind in die Küche, wo er beim Frühstück saß, und haben ihm das Brotmesser in die Brust gestoßen.»

Rainer Bärs Augen flackerten aufgeregt. «Nein, nein, das war in seinem Arbeitszimmer. Ich habe den Brieföffner genommen. Sie wollen mich doch nur ...»

«Ja, natürlich, so war's. Sie haben den Brieföffner genommen und ihm in die Brust gestoßen. Und dann haben Sie das Arbeitszimmer verwüstet, damit alles wie ein Raubüberfall aussah, die offene Terrassentür geschlossen und das Gebäude anschließend wieder durch die Haustür verlassen.»

«Ja, ja, genau so war es.» Alle Dämme brachen. Rainer Bär warf seinen Oberkörper auf den Holztisch, versteckte sein Gesicht in der Armbeuge und schluchzte hemmungslos.

Morian beugte sich vor und legte seine große, schwere, behaarte Hand auf die schmalen, blassen Finger des jungen Mannes. «Es tut mir Leid. Es tut mir so Leid.» Er drückte die Hand ein letztes Mal, dann stoppte er das Aufzeichnungsgerät, nahm das Band heraus, ließ es in seiner Jackentasche verschwinden und zog eine halb volle Packung Tempotücher heraus. «Es gibt keine Glasscheibe in Weinerts Haustür. Das Arbeitszimmer wurde auch nicht verwüstet. Außerdem ist Weinert von hinten erstochen worden. Weinert sollte nicht einfach so sterben dürfen, ohne dass die Welt erfährt, was er für ein Schwein war, nicht wahr? Aber stellen Sie sich Ihren Vater vor, wie er morgens die Zeitung aufschlägt und liest, sein Sohn sei ein Mörder. Und wie er damit leben muss, dass es das ganze Dorf gelesen hat. Er ist wahrscheinlich mächtig stolz auf Sie, dass Sie Ihr Examen bestanden haben. Volkswirtschaft ist ganz schön schwer, oder?» Morian legte die Tempos vor ihn auf den Tisch.

«Hier. Nehmen Sie die. Ich verspreche Ihnen, Sie werden bald in der Zeitung lesen, was Weinert für ein Schwein war. Mein Ehrenwort. Ich lasse Sie jetzt von einem Kollegen nach Hause fahren.»

Draußen wartete Breitscheid.

«Und?»

«Was, und? Er war's nicht.»

«Er war es nicht?»

«Nein. Tu mir den Gefallen und fahr ihn nach Hause.»

«Bist du verrückt, Jo? Der Präsident ...»

«Ach, der Präsident. Was regst du dich so auf? Du wirst doch in spätestens zwei Jahren pensioniert. Keine Sorge, Erwin: Um den Präsidenten kümmere ich mich selbst. Sei ganz beruhigt. Und bevor du losfährst, funkst du noch schnell die Jungs aus Wiesbaden an. Falscher Alarm. Sie können wieder abdrehen.»

Hurl spürte gleich, dass Morian nicht reden konnte. Weiß der Himmel, wo er ihn über Handy erwischt hatte.

«Du kannst nicht reden, nehme ich an. Dann hör einfach nur zu, Jo. Wir haben das Autokennzeichen des schwarzen BMW. Der Indianer ist mit dem Wagen in Ehrenfeld gesehen worden. Purer Zufall.»

«Ganz meine Meinung. Unser Präsident sieht das übrigens ganz genauso, darf ich Ihnen versichern. Aber wir werden das vorsichtshalber umgehend überprüfen lassen.»

«Nicht nötig, Jo. Das hat Max' kleiner Bruder schon besorgt. Seine Leute haben den Wagen auch entdeckt. Theo hat einfach alle BMW-Händler angerufen und ihnen eine wilde Geschichte erzählt. Dreimal darfst du raten, auf wen der BMW zugelassen ist ...»

Hartmut Herbach. Morian stellte das Handy aus.

«Was Wichtiges?» Der Präsident konnte seine Neugier nicht zügeln.

Morian lächelte. «Nur die Kollegen vom BKA. Dickes Lob für das Bonner Präsidium. Dass wir so umsichtig waren und Rainer Bär haben laufen lassen, bevor die Presse Wind davon bekommen konnte.»

30 *«Mein Name ist Kurt Adam. Das ist die Geschichte meiner Kindheit. Ich schreibe sie auf, weil ich mit dieser Geschichte nicht länger alleine sein kann. Ich hoffe und bete inständig zu Gott, dass mich der Akt des Schreibens befreien wird. Ich bete zu Gott, auch*

wenn ich zeitweilig geglaubt habe, dass es einen Gott nicht geben kann. Nicht für mich. Wie konnte ein Gott solches Unrecht zulassen?

Ich weiß nicht, ob ich jemals den Mut finden werde, diese Niederschrift einem anderen Menschen zu zeigen; ob ich jemals einen Menschen finden werde, dem ich vertrauen kann.

Sobald ich zurückdenke an meine Kindheit, sind mir die Erinnerungen so nah und so schmerzhaft. Deshalb schreibe ich alles in der Gegenwartsform nieder. Die Vergangenheitsform hätte den Charakter des Abgeschlossenen. Aber meine Vergangenheit wird immer Gegenwart bleiben.

So lange ich lebe.

Heute ist mein Geburtstag. Ich bin jetzt 21 Jahre alt und großjährig. Ich darf also über mein Leben fortan selbst bestimmen. Ich schreibe dieses Buch auf der Schreibmaschine, die mir meine Eltern heute Morgen zum Geburtstag geschenkt haben. Es ist eine gute Maschine, denke ich. Sie ist schwarz und schwer. Sie wirkt solide und Vertrauen erweckend. Das gleichmäßige Klappern der Tasten beruhigt mich. Das Tippen bereitet mir noch Mühe. Mir fehlt die Übung. Ich werde üben. Es ist schon Mitternacht. Ich höre die Turmuhr des Münsters. Wir wohnen gleich am Marktplatz. Aus dem Fenster kann ich das Dach des barocken Rathauses sehen. Es ist wieder hergerichtet, als sei nichts gewesen, kein Krieg, keine Bomben. Ich war lange weg. Über dem Rathaus sehe ich die Sterne, die mich am Leben erhalten haben. Die Sterne konnte mir niemand nehmen. Ihre Schönheit hat mich getröstet, wenn ich am liebsten sterben wollte.

Meine Eltern wissen nicht, was mir widerfahren ist. Sie würden mir nicht glauben. Niemand würde mir glauben.»

Das Laufen tat ihm gut. Den eigenen Herzschlag fühlen. Die wiederkehrende Kraft. Und den Puls der Stadt. Max liebte diese sentimentale, verlogene Stadt, die sich so gern als vornehme, elegante, kulturbeflissene Dame von Welt gab und ihn dann umso mehr an eine alte, aufgetakelte, viel zu grell geschminkte Straßendirne erinnerte. Auf dem Ubierweg überholte er drei Kunststudentinnen auf dem Weg zum Seminar. Leicht zu erkennen an den Mappen aus schwarzer Pappe, die sie unterm Arm trugen. Der ausgebeulte Trainingsanzug aus grauer Baumwolle war schon nicht mehr en vogue gewesen, als er ihn gekauft hatte. Vermutlich hatte er ihn deshalb gekauft. Aber er verbarg wunderbar die mit Klettband gehaltenen Bleigewichte um seine Handgelenke und um seinen rechten Fußknöchel. Und das vierte Gewicht am linken Knöchel. «Kein Schritt mehr ohne Revolver», hatte Hurl angeordnet, in einem Ton, der keinen Widerspruch duldete. «Sonst kann künftig auf deinen Arsch aufpassen, wer will.»

Leichtes Lauftraining, für den Anfang. Die Entfernung entsprach ungefähr der Strecke entlang des Rheins, die Hurl ihm erlaubt hatte.

Nur führte sie in eine völlig andere Richtung.

Max achtete auf seine Atmung, auf ein schonendes Tempo, auf einen weichen, runden Schritt. Er würde lange vor Schichtwechsel zurück sein. Hurl war mit den Mädchen auf dem Weg zur Uni-Bibliothek. Liz war bei Alexander, wie fast jeden Morgen, um ihn an die Therapeutin zu gewöhnen, und die Chinesen passten auf sie auf.

Noch war die Insel nicht entdeckt worden. Aber das konnte nicht mehr lange dauern.

Er musste endlich klar sehen. Deshalb hatte er seinen Bruder um Hilfe gebeten. Theo kannte jeden in der Grauzone dieser extrem geschwätzigen Stadt. Der Indianer musste früher oder später auffallen. Theo hatte über seine Kontakte keine zwei Tage gebraucht, um den BMW aufzutreiben und den Halter zu ermitteln. Der Wagen war auf Hartmut Herbach zugelassen. Beziehungsweise auf seine Holding. Eines aus der Armada seiner Firmenfahrzeuge. Keiner der für höhere Angestellte reservierten Wagen, sondern einer fürs Fußvolk, zur allgemeinen Verfügung. Ständig wechselnde Fahrer. Und Jo hatte inzwischen festgestellt, dass der BMW bei der Polizei als gestohlen gemeldet worden war. Einen Tag vor Weinerts Tod.

Warum war Herbach hinter Alexander her?

Das Knie war noch nicht in Ordnung.

Frank und Rainer Bär. Er konnte sich nur noch schwach an die Zwillinge erinnern. Kinder waren sie damals. Unbeschwerte, fröhliche Jungs. Umso deutlicher erinnerte er sich an den Vater. Ein aufrechter Mann, der jeden Sonntag zur Kirche ging, im Kirchenchor des Ortes aktiv war, nach Feierabend sein Feld bestellte und der von einem Tag auf den anderen die Welt nicht mehr verstand.

Er hatte seit Tagen nichts von Maria gehört. Sie war wieder in Bonn. Vielleicht sollte er sie mal anrufen.

Bonn. Früher hatte er Jo immer mit Bonn aufgezogen. Morian liebte sein Bonn über alles. Im Gegensatz zu der abgehalfterten, aufgetakelten Dirne Köln hatte ihn Bonn immer an eine nette Gouvernante mit Haarknoten erinnert. So eine, die beim Vorlesen noch vor den Kindern einschlief. Ordentlich, ein bisschen langweilig, aber nicht unsympathisch. Dann fielen ihm die Zeilen aus einem seiner Lieblingsbücher wieder ein. Heinrich Böll, der große Sohn Kölns, der bei einem Bonner Buchhändler in die Lehre gegangen war, bevor er Soldat an der Ostfront und schließlich Schriftsteller und Pazifist wurde, hatte der kleinen Schwester Kölns in «Ansichten eines Clowns» ein Denkmal gesetzt. Max erinnerte sich immer gern an das, was der Clown über Bonn zu sagen hatte:

«Es ist mir unverständlich gewesen, warum jedermann,

der für intelligent gehalten werden möchte, sich bemüht, diesen Pflichthass auf Bonn auszudrücken. Bonn hat immer gewisse Reize gehabt, schläfrige Reize, so wie es Frauen gibt, von denen ich mir vorstellen kann, dass ihre Schläfrigkeit Reize hat. Sie lächeln alle so verquält ironisch über Bonn. Ich verstehe dieses Getue nicht. Wenn eine Frau, deren Reiz ihre Schläfrigkeit ist, anfinge, plötzlich wie eine Wilde Cancan zu tanzen, so könnte man nur annehmen, sie sei gedopt. Falsche Erwartungen, falsche Scham. Bonn war wirklich nicht so übel mit seinen engen Gassen, seinen Buchhandlungen, seinen kleinen Bäckereien, wo man im Hinterzimmer Kaffee trinken konnte.»

Und seinen Frauen.

Maria ging ihm nicht mehr aus dem Kopf.

Bis vor zwei Minuten hatte er geglaubt, nicht zu wissen, was er von dieser Frau halten sollte.

Als er nun vor der roten Fußgängerampel wartete, hüpfend, federnd, um nicht kalt zu werden, wurde ihm plötzlich klar, dass er in Wahrheit nicht wusste, was er von seinen Gefühlen halten sollte.

Erst als die Ampel auf Grün schaltete, bemerkte er die Joggerin auf der gegenüber liegenden Seite des Zebrastreifens, die ihn ungeniert beobachtete. Die Kopfhörer eines Walkman über der rotblonden Löwenmähne. Gute Figur. Falsch. Eine phantastische Figur. Muskulös. Nein, er hatte sich nicht verguckt. Sie fixierte ihn wie eine Bildhauerin ihr Aktmodell. Sie liefen aufeinander zu. Max machte eine seltsame Beobachtung: Die Frau wurde immer älter, von Zehntelsekunde zu Zehntelsekunde, je näher sie sich kamen. Nicht unattraktiver, keineswegs, nur immer älter. Sie behielt ihn im Auge, bis sich ihre Wege kreuzten. Er konnte das Weiße in ihren Augen sehen, so nahe liefen sie aneinander vorbei. Er schüttelte beim Weiterlaufen unwillkürlich den Kopf. Seltsame Begegnung. Er drehte sich nicht um. Er war zurzeit nicht auf Eroberungen aus.

Der Kiosk lag im warmen Schoß der Straßendirne, mitten im Severinsviertel, hinter dem Chlodwigplatz, nicht weit von der ehemaligen Stollwerck-Fabrik entfernt. Damals, während des Studiums, als er sich bei den Besetzern der leer stehenden Fabrik tummelte, nachdem er Bakunin und Erich Mühsam gelesen hatte, war es zur letzten Auseinandersetzung mit seinem Vater gekommen. Danach beschloss Jupp Maifeld, der Autokönig von Köln, nie wieder in seinem Leben auch nur ein einziges Wort mit seinem ältesten Sohn zu wechseln. Seinen Entschluss tat er sogar öffentlich kund.

Mit einer halbseitigen Anzeige im «Express».

Jupp Maifeld hielt sein Versprechen. Jupp Maifeld hatte seine Versprechen immer gehalten.

Unangenehm laut und schrill war die Klingel, die von der gläsernen Eingangstür beim Öffnen ausgelöst wurde. Die großgewachsene alte Dame mit dem schlohweißen Haar hinter der Theke lächelte ihm kurz über den Kopf der Kundin hinweg zu, die gerade ihr halbes Leben auf dem Tresen ausbreitete.

Max hatte Zeit.

Er hatte soeben die dritte Zeitschrift aus dem Regal in Angriff genommen, als die Tür hinter der Kundin ins Schloss fiel.

Die alte Frau seufzte. «Tach, Herr Maifeld. Was will man machen? Man kann sich seine Kundschaft nicht aussuchen. Wie immer? ‹Express›, ‹Süddeutsche›, zwei Päckchen West light?»

«Später. Ich muss mit Ihnen reden.»

«Ist etwas mit Helena?»

«Nein, alles in Ordnung. Helena geht es gut.»

Ilse Walterscheid verließ ihren Platz hinter der Ladentheke und stieg die drei Stufen zu ihrer Wohnküche hinauf. Während sie den schweren, ledergefassten Vorhang auseinander teilte, sagte sie: «Ich mach uns mal einen starken Kaffee.»

Die weiße Porzellankanne war unter einem plüschigen, gesteppten Wärmer versteckt. Max fühlte sich unwillkürlich an seine Kindheit erinnert, an die Ferien bei Oma Alwine in der Eifel. Oma Alwine lebte in einem Dorf am Nürburgring. Die alte Nordschleife umgab das Dorf wie ein Festungswall. Den Kaffeewärmer stibitzten sie immer aus der Küche, wenn sie mit den Kindern aus dem Dorf Winnetou und Old Shatterhand spielten. Er diente der Ein-Mann-Yankee-Kavallerie als Kopfbedeckung. Am Wochenende liefen er und sein kleiner Bruder Theo immer zur Rennstrecke. Sie liebten das ohrenbetäubende Jaulen beim Zurückschalten und den Geruch von verbranntem Benzin und geschmortem Gummi. Sie kannten jedes Schlupfloch in dem Maschendrahtzaun, sie wussten, wie man sich ins Fahrerlager schlich, um sich die Autos anzugucken und die Rennfahrer und natürlich diese wunderschönen Frauen in den verrückten Hippie-Klamotten. Sie wussten, wo sie sich bäuchlings im hohen Gras verstecken und die Rennwagen an sich vorbeirasen lassen konnten, so nah, dass sie versucht waren, die Hand nach ihren Idolen auszustrecken. Sie hatten Jim Clark und Jochen Rindt gesehen, bevor sie tödlich verunglückten. Sie hatten Jackie Stewart gesehen, den Schotten mit der langen Matte und den Koteletten und der blonden Frau mit den unglaublich langen Beinen, die in diesen ultrakurzen Hot Pants mündeten, und Graham Hill, der aussah wie ein berühmter Hollywoodstar, und den netten Jacky Ickx, der ihnen mal Kaugummis geschenkt hatte, und natürlich Rolf Stommelen, der immer ihren Vater besuchte. Theo behauptete, die Fahrer würden ihm, wenn er bäuchlings im

Gras lag, im Vorbeirasen zulächeln. Sosehr Max es versuchte, es hatte keinen Zweck, seinem jüngeren Bruder das auszureden. Es hatte noch nie Zweck gehabt, Theo irgendetwas auszureden.

«Zucker, Milch?»

«Ja, beides, wenn Sie beides haben.»

Max beobachtete die große Frau, die ihre schneeweißen Haare mit einer Würde trug wie eine Königin ihre Krone. So müsste man alt werden. Mit Würde. Sie hatte die aufrechte Haltung und den leichten, federnden Gang eines jungen Mädchens. Sie musste einige Jahre über die siebzig sein. Natürlich, Max erinnerte sich, vor drei Jahren hatte sie ihre Stammkundschaft zum siebzigsten Geburtstag eingeladen. Da wurde mit einem Gläschen Sekt angestoßen, und sie hatte Max stolz ihr Zuhause gezeigt: die Wohnküche mit der Eckbank und dem emaillierten Gasherd, dahinter das Treppenhaus, im ersten Stock eine türkische Großfamilie, unterm Dach eine Punk-WG. Drei Türen an der rechten Wand des kalten Treppenhauses im Erdgeschoss: Ihr Schlafzimmer, das Zimmer ihrer Enkelin und ein winziges Klo gleich neben der Haustür, die auf einen Garagenhof führte. Stolz hatte sie Max durch die schmale Tür unter der Treppe gelotst, die steile Stiege hinab, in den ehemaligen Kohlenkeller, in den sie sich ein Badezimmer hatte einbauen lassen. «Sehen Sie, Dusche und Badewanne, und alles deckenhoch gefliest.»

Deckenhoch gefliest. Es gab eine Zeit, da bildeten diese Worte die umfassendste Beschreibung von Luxus.

«Wie geht es ihr?»

«Helena geht es gut», antwortete Max. «Sie lernt zusammen mit meiner Tochter, von morgens bis abends. So viel habe ich damals nicht für mein Abi getan. Die beiden wissen, dass es jetzt ums Ganze geht.» Mein Gott, was redest du da für ein Zeug.

«Es geht immer ums Ganze, ein Leben lang.»

Max sah der Frau, die sich gerade einen Spritzer Milch im Kaffee gönnte, aufmerksam zu. Sie muss eine Schönheit gewesen sein. Falsch. Sie war immer noch eine Schönheit. Max kannte sie, seit er vor sechs Jahren die Insel gekauft hatte. Sie waren sich gleich sympathisch gewesen.

Die Geschäftsfrau und ihr Stammkunde.

Max wartete, bis sie wieder Blickkontakt aufnahm.

«Was ist eigentlich damals passiert?»

«Das wissen Sie doch sicher längst, oder, Herr Maifeld?»

«Ich weiß das, was Frau Engels Fernandez erinnerlich war.»

«Eine kluge und sensible Frau.»

«Ja. Aber sie weiß natürlich nur das, was während des Prozesses zur Sprache kam. Und das war nicht allzu viel, weil Ihre Tochter kein Interesse an einem langen Verfahren hatte. Um Alexander zu helfen, müsste ich mehr wissen. Helfen Sie mir?»

Sie schwieg. Ihre Lippen bildeten einen bleichstiftdünnen Strich. Und im Laden ging die Klingel.

«Hallo? Frau Walterscheid?»

Sie konnte vermutlich stundenlang einen Blick erwidern, ohne auch nur einmal zu blinzeln.

«Hallo? Ist niemand da?» Eine Kinderstimme.

Max konnte das auch. Stundenlang, wenn's sein musste.

«Komm lass uns abhauen!» Eine andere Kinderstimme. Ungehalten.

Die Klingel ging wieder.

Stille.

«Warum sollte ich Ihnen vertrauen?»

«Weil ich derzeit der Einzige bin, der Ihren Enkel Alexander beschützen kann.»

«Warum tun Sie das, Herr Maifeld?»

«Weil ich es meiner Tochter versprochen habe.»

«Hat Alexander das überhaupt verdient?»

«Wäre er fähig, einen Mord zu begehen, Frau Walterscheid?»

«Helena hat es verdient», entgegnete sie trotzig.

Max wiederholte seine Frage. «Frau Walterscheid, wäre Alexander tatsächlich imstande, einen Mord zu begehen?»

Wieder die Klingel. Ilse Walterscheid stand auf und verschwand hinter dem Vorhang. Lakritz. Nein doch lieber Weingummi. Nein doch lieber Lakritz. Halt, ihr habt euer Wechselgeld vergessen.

Persil.

Zwei Flaschen Kölsch. Zum Wohle.

Nein, die neue «Bravo» kommt erst morgen.

Ja, morgen, ganz bestimmt. Wenn ich es euch doch sage. Ja, ich lege eine zurück, ganz bestimmt. Versprochen.

Max sah auf die Uhr.

Paul müsste eigentlich zurück sein.

Er nahm sein Handy und wählte die Nummer seiner Exfrau.

«Ja?»

«Hallo Ilona. Hier Max. Ist Paul schon zurück?»

«Natürlich ist er schon zurück!»

Vorwurf in der Stimme.

«Seit wann denn?»

«Seit dieser Nacht. Um halb fünf diese Nacht kriege ich einen Anruf von seinem Trainer. Ob ich meinen Sohn mal eben am Treffpunkt vor dem Messegelände abholen könnte. Mal eben. Um halb fünf! Der Bus sei leider schneller gewesen als geplant. Er rufe gerade reihum bei den Eltern an. Um halb fünf! Deine Nummer hat er wohl nicht?»

Neuer Vorwurf.

«Doch, hat er. Er wird sich wohl eine ausgesucht haben.

Hauptsache, Paul ist wieder heil zurück. Hat er schon was erzählt? Wie es war? Oder schläft er noch?»

«Ob er noch schläft? Ich habe keine Ahnung. Der junge Herr macht ja grundsätzlich, was er will.»

Ganz schwerer Vorwurf.

«Um diese Uhrzeit wird er wohl wach sein, denke ich. Kann ich ihn denn mal sprechen?»

Ein kurzer Seufzer am anderen Ende der Leitung. Dann: «Paaauuul!»

Sie schrie durchs Treppenhaus. So kommunizierte sie gewöhnlich in ihrem Heim. Sie schrie durchs Treppenhaus.

«Paaauuul!»

Nichts. Keine Antwort.

«Tja, er ist wohl nicht da.»

«Hm. Hast du eine Ahnung, wo er stecken könnte?»

«Wie soll ich das denn wissen? Er ist schließlich alt genug. Und außerdem hat er heute noch schulfrei.»

«Ich werde es mal auf seinem Handy versuchen.»

«Das kannst du dir sparen. Sein Handy liegt hier, in der Diele. Hat er natürlich vergessen, der Herr. Hat ja auch so viel Wichtiges im Kopf. Seinen Kopf würde er auch noch vergessen, wenn ich ihn nicht ständig an alles erinnern würde.»

«Richte ihm doch bitte aus, dass ich angerufen habe.»

«Wenn ich ihn sehe, ja. Sonst musst du es eben nochmal versuchen. Ich kann nicht ständig für alle mitdenken.»

«Bitte, Ilona. Es ist wichtig. Es wäre nämlich besser, er würde eine Weile zu mir ziehen. Es wäre sicherer.»

«Das wird er ja wohl selbst entscheiden dürfen. Läuft da gerade wieder eines deiner paranoiden Verschwörungsszenarios? Um was geht es diesmal? Will die CIA ein Attentat auf den amerikanischen Präsidenten verüben?»

«Ilona, es ist ernst. Können wir nicht ein einziges Mal vernünftig miteinander reden?»

«Vernünftig? Ich will nicht, dass mein Sohn mit der Vorstellung aufwächst, die ganze Welt sei ein Horrorkabinett. Und nachdem du mir schon meine Tochter abspenstig gemacht hast, nachdem ich jahrelang sehen konnte, wie ich alleine zurechtkomme, lasse ich mir jetzt nicht auch noch meinen Sohn wegnehmen.»

Die Leitung war tot. Sie hatte aufgelegt.

Der Vorhang wurde beiseite geschoben. Ilse Walterscheid setzte sich. Vermutlich hatte sie diskret draußen gewartet.

«Ich erzähle Ihnen eine Geschichte, Herr Maifeld. Weil ich Ihnen ein ganz klein wenig vertraue. Es war einmal ein Mädchen, das wuchs in einer Zeit heran, da hatte alles seine Ordnung. Und da sie groß und kräftig und blond und blauäugig und nordisch und, wie manche behaupteten, auch ausgesprochen hübsch war, war es an der Ordnung, dass sie Mitglied beim BDM wurde. Bund deutscher Mädel. Da machte sie Leibesübungen und trug enge, schwarze Shorts, in denen ihr knackiger Po steckte, und ein unschuldig weißes, enges Trikot, unter dem sich ihre kugelrunden Brüste abmalten. Ja, es machte ihr großen Spaß, die Männer zu reizen. Sie war ein kokettes Ding. Und sie fühlte sich sehr frei in dieser unfreien Zeit.»

Alles Lächeln war aus ihrem Gesicht verschwunden, als sie nach einer Pause weitersprach.

«Am Rosenmontag des Jahres 1943, da war sie sechzehn, tauchte der Nachbarsjunge auf, in einer schmucken Leutnants-Uniform. Er hatte eine Woche Heimaturlaub. Sie tanzten miteinander, und dann trieben sie es miteinander, im Keller einer Gastwirtschaft, zwischen den Fässern, eilig und heftig und gierig wie die Tiere. Bald stellte der Arzt fest, dass sie schwanger war, und deshalb bekam der Leutnant noch einmal Heimaturlaub, drei Tage, um sie zu heiraten. Kaum war er wieder an der Ostfront, hatte sie eine Fehlgeburt. Ich glaube, es lag daran, dass sie gar kein Kind haben wollte, und eigentlich wollte sie auch diesen Mann nicht mehr haben, weil sie der Sex mit ihm schon beim zweiten Mal langweilte. Noch einen Kaffee, Herr Maifeld?»

Sie schenkte ihm nach, ohne die Antwort abzuwarten. Max zündete sich eine Zigarette an und stützte das Kinn auf.

«Wo waren wir stehen geblieben? Also, der Krieg ist aus, hier im Rheinland schon zwei Monate früher als zum Beispiel in Berlin. Anfang März sieht das Mädchen den ersten schwarzen GI. Er ist nett, er bringt ihr ein bisschen Englisch bei, er schiebt sie behutsam in die nächste Hofeinfahrt, er packt ihr Kaffee und Schokolade in ihren kleinen Rucksack, dann spielt er ein bisschen mit ihrem goldenen Haar, und sie macht ihm die Freude und spielt ein bisschen mit seinem riesigen, schwarzen Ding. Der Beginn einer wundervollen Geschäftsbeziehung. Eines Tages ziehen die Amis ab, und die Briten kommen. Das Mädchen hat längst einen schwungvollen Schwarzmarkthandel aufgebaut, und als die Währungsreform kommt, startet sie so richtig durch. Gute Geschäfte bereiten ihr ein geradezu wollüstiges Vergnügen. Ihren rechtmäßigen Ehemann hat sie längst vergessen, wähnt ihn in einem der namenlosen Massengräber im fernen Russland. Aber dann, 1955, zehn Jahre nach Kriegsende, steht er plötzlich vor ihr. Als einer der letzten zehntausend ist er zurückgekehrt, von Adenauer heimgeholt. Das Grauen in den russischen Lagern hat ein seelisches Wrack aus ihm gemacht. Sie gibt ihm zu essen, und sie gibt ihm ein Bett auf dem Dachboden. Mehr gibt sie ihm nicht. Denn sie hat nur noch Mitleid, andere Gefühle hat sie nicht. Eines Nachts aber steht er vor ihrem Bett. Er wartet, bis sie aufwacht. Er sagt kein Wort. Er zieht seinen Gürtel aus, es ist noch das Koppel seiner Uniform, mit dem

Hakenkreuz auf dem Koppelschloss. Als sie ihn anschreit, er solle gefälligst verschwinden, holt er aus, das Koppelschloss zerschlägt ihr das Nasenbein. Er fesselt sie mit dem Gürtel ans Bettgestell, reißt ihr das Nachthemd in Fetzen, das Nachthemd, das er ihr zur Hochzeit geschenkt hatte, presst ihre Beine auseinander und vergewaltigt sie. Dann steht er auf, steigt hinauf auf den Dachboden und erhängt sich.»

Jemand klopfte an die Glastür, ein zweites Mal, schon zögernd. Wieder Stille. Ilse Walterscheid hatte also abgesperrt, nachdem der letzte Kunde gegangen war.

«Leider hatte ich diesmal keine Fehlgeburt. Eine Abtreibung kam nicht infrage. Nicht etwa aus moralischen Gründen. Ich konnte einfach niemanden mehr an meinen Körper lassen. Bis heute nicht. Auch die Hebamme nicht. Die musste brav im Nebenzimmer warten, bis das Kind da war. Sogar die Nabelschnur habe ich selber durchtrennt. Dann durfte sie reinkommen und sich um das Kind kümmern. Ein Mädchen. Ich habe es Sylvia getauft. Ich habe es mit Anstand großgezogen, so gut ich konnte. Und ich habe ihr klargemacht, zu was Männer fähig sind.»

Sie sah ihn nun nicht mehr an, während sie redete, sondern starrte in ihre Kaffeetasse.

«Es gab etwas Geld vom Staat. Schließlich war er Offizier gewesen. Davon und mit Hilfe eines kleinen Bankkredits habe ich den Kiosk gekauft, mitsamt dem Haus. Klo auf dem Flur, kein Bad, Kohleöfen, das war finanziell machbar. Auch wegen der Mieteinnahmen. Der Kiosk und die Miete für die oberen Wohnungen haben uns ernährt. Das war ideal: Ich konnte meiner Arbeit nachgehen und mich trotzdem um das Kind kümmern. Da, wo Sie jetzt sitzen, hat sie immer gesessen und ihre Schularbeiten gemacht.»

«Und dann hat sie geheiratet ...»

«Ja, diesen haltlosen Schwächling. Ihr hätte die Welt offen gestanden, mein Gott. Sie hatte ein glänzendes Abiturzeugnis. Ich hatte genug Geld für ihr Studium beiseite gelegt. Und ich hatte ihr beigebracht, dass man als Frau auch alleine seinen Mann stehen kann. Sie hatte nie was mit Männern, sie hatte nichts übrig für Sex. Sie war im zweiten Semester, Jura, als sie beim Englisch-Kursus in der Volkshochschule diesen Langweiler trifft. Zwanzig Jahre älter als sie. Er hatte ihr nichts zu bieten. Können Sie sich das vorstellen?»

Max konnte sich eine Menge vorstellen. Zum Beispiel, dass sich ein junges Mädchen von der Dynamik dieser Mutter, von ihrer Lebenstüchtigkeit und von der Allgegenwart ihrer tragischen Geschichte erschlagen fühlen konnte. Und dass sie nie einen Vater haben durfte. Weil alle Männer Schweine sind. Aber er sagte nichts.

«Glücklicherweise war er nicht auf Sex aus. Vielleicht war das der Punkt, der sie einte. Ich weiß von meiner Tochter, dass sie genau zweimal miteinander geschlafen haben. Das reichte, um die beiden Kinder zu zeugen, die Sylvia unbedingt haben wollte. Ja, die Walterscheid-Frauen sind sehr fruchtbar. Ein Stich genügt ...»

Sie lächelte gequält. Dann wurde sie wieder ernst. «Vorsichtshalber habe ich meiner Tochter zur Hochzeit die Pistole geschenkt. Mit acht Schuss Munition im Magazin. Die hatte ich noch vom Schwarzmarkt, die lag immer in der untersten Schublade meiner Wäschetruhe, unter den Tischdecken, in einer Zigarrenkiste, eingewickelt in ein Öltuch. Ich hatte sie nie benutzt. Ich hätte sie aber mit Sicherheit benutzt, wenn er mir nicht zuvorgekommen wäre und sich aufgehängt hätte. Als sie das Geschenk auspackte, habe ich ganz laut gesagt, so laut, dass Kurt und alle Hochzeitsgäste im Saal es hörten, Sylvia, habe ich gesagt, damit dir niemand antun kann, was mir angetan worden ist. Könnte ich eine Zigarette von Ihnen haben, Herr Maifeld?»

Max hielt ihr das Päckchen entgegen. Ihre Hände zitterten.

«Sie können sich sicher schon denken, dass Kurt Adam mit dieser Waffe erschossen worden ist ...»

«Ja. Was hat Ihre Tochter zur Mörderin gemacht?»

Die Zigarette fiel auf den Tisch. Bevor sie ihre zitternden Hände wieder unter Kontrolle hatte und die Zigarette aufhob, hatte die Glut ein hässliches kleines Loch in das Wachstuch geschmort. «Wissen Sie, heute wird alles auf die Erziehung geschoben. So ein Quatsch. Sie hat das Blut ihres Vaters. Sein verdammtes Erbgut. Das kommt eben durch, irgendwann. Ich hatte das Unglück kommen sehen. Obwohl zunächst alles so friedlich wirkte. Das nette Häuschen in Rhöndorf. Die Kinder. Das eheliche Arrangement. Mein Gott, sie hatte ihr Studium aufgegeben, um Kinder großzuziehen. Aber dann passierte diese Sache mit dem Bluter-Skandal, wissen Sie, diese armen Leute, die alle mit Aids angesteckt wurden. Kurt hat sich da reinziehen lassen, dieser Schwächling.»

«Ihr Schwiegersohn? Von wem?»

«Von diesem Weinert.»

«Julius Weinert?»

«Ja. Sie kannten sich wohl noch aus der Schulzeit. Weinert hing ganz tief drin. Er hatte richtig viel Geld damit verdient, mit dem Tod dieser Menschen. Das weiß ich von Sylvia. Weinert hat seinen Hals aus der Schlinge gezogen, indem er Kurt dazu kriegte, Dokumente verschwinden zu lassen. Das flog dann aber auf, und das Ministerium legte Kurt nahe, sich vorzeitig pensionieren zu lassen, Schwamm drüber, kein juristisches Nachspiel. Ich weiß bis heute nicht, warum Weinert so viel Macht über Kurt besaß.»

«Und was passierte dann?»

«Kurt wurde Hausmann, und Sylvia, die nebenher per Fernstudium eine Ausbildung als Steuerberaterin absolviert hatte, machte sich selbständig. Sie war bald sehr erfolgreich. Was habe ich mich gefreut für sie. Anfangs hatte sie ein kleines Arbeitszimmer in ihrem Haus in Rhöndorf, im Souterrain, dann machte sie ein richtig schickes Büro in der Bonner Innenstadt auf, mit Angestellten. Die nannten sie Chefin. Meine Sylvia. Hatte es doch noch geschafft. Zur Eröffnung hatte sie mir eine Einladung geschickt, genauso wie all den wichtigen Leuten, Politikern, Unternehmern. Ich bin natürlich hin, habe mir extra ein neues Kleid gekauft. Ich war so stolz auf sie, so stolz. Wissen Sie, meine Sylvia war damals sogar bundesweit tätig, als Finanzberaterin.»

«Und ihr Mann?»

«Der? Der fing das Saufen an. Er konnte wohl nicht ertragen, dass Sylvia glücklich war. Den Haushalt hatte er auch nicht im Griff, und den Jungen schickte er immer häufiger zu dessen Patenonkel. Bei Weinert ging's ihm jedenfalls besser als bei seinem jämmerlichen Vater, der sich vormittags betrank und nachmittags, wenn die Kinder aus der Schule kamen, auf der Wohnzimmercouch seinen Rausch ausschlief. Nein, Weinert liebte Alexander abgöttisch. Dort bekam er alles, was er brauchte. Deshalb hatte das Familiengericht ja auch den Jungen zu Weinert in Obhut gegeben, damals, als die Kinder plötzlich ohne Eltern dastanden und Helena zu mir kam.»

Max konnte Ilse Walterscheid nicht in die Augen sehen. Eines Tages würde er ihr alles sagen. Jetzt fehlte ihm der Mut.

«Hatten die Kinder weiterhin Kontakt zu ihrer Mutter?»

Ilse Walterscheid nahm einen tiefen Zug. Das Rauchen passte nicht zu ihr, dachte Max.

«Nein. Die Kinder haben ihre Mutter niemals wiedergesehen. In zehn Jahren kein einziges Mal. Sie will die Kinder nicht sehen. Mit Engelszungen habe ich auf sie eingeredet, all die Jahre. Ich besuche sie einmal im Monat in Ossendorf. Sie ist Gefangenensprecherin. Und Chefredakteurin der Gefängniszeitung. Hat schon wieder Karriere gemacht, mein Mädchen. Aber die Kinder will sie nicht sehen.»

«Warum nicht?»

Max spürte, wie sie sich die Sätze sorgfältig zurechtlegte.

«Herr Maifeld, meine Tochter mochte noch nie Kompromisse. Sie will nicht, dass ihre Kinder eine Mörderin lieben. Deshalb tut sie alles, damit ihre Kinder sie hassen. Oder wenigstens vergessen.»

31

Auf den harten Holzbänken entlang der Flurwände saßen die zu groß geratenen, schlaksigen Jungs mit Pickeln und nervösem Blick im Gesicht und wussten nicht, was sie erwartete. Morian wusste es auch nicht. Er war nicht beim Bund gewesen. Er hatte sich nach dem Abi gleich bei der Polizei gemeldet. Die suchten damals händeringend Leute mit etwas Grips im Kopf. Weil es in Morians Generation politisch nicht korrekt war, zu den Bullenschweinen zu gehen, fehlte der Polizei damals hinten und vorne der Nachwuchs für die Kommissar-Laufbahn. In den ersten Jahren hatte er sich nicht getraut, neuen Bekanntschaften von seinem Beruf zu erzählen. Bis er begriff, dass Frauen die Wahl zwischen politisch korrektem Birkenstock-Träger und starkem Beschützer überraschend leicht fiel. Da ließ er eine Weile den ganz coolen Typen raushängen. Bis er es leid war, Rollen zu spielen. Aber das hatte gedauert.

Für den Buchstaben W war die letzte Tür links zuständig. Zusammen mit V und X, Y, Z. Morian versuchte, sich Nachnamen auszudenken, die mit X oder Y begannen, gab es aber schnell auf und entzifferte stattdessen den mit einem Ausrufezeichen versehenen Hinweis.

«EINTRITT NUR NACH VORHERIGER AUFFORDERUNG!»

Also klopfte er an.

Nichts. Keine Aufforderung.

Morian sah auf die Uhr. Mittagspause konnte noch nicht sein, und Frühstückspause musste längst vorbei sein.

Also klopfte er ein zweites Mal.

Wieder nichts.

Also betätigte er die Türklinke.

Drinnen saß ein kleiner, sehr kleiner Mann und hatte den Kopf über den Schreibtisch gebeugt. Morian kam nicht umhin, festzustellen, dass der Mann unter Haarausfall litt. Der Mann sah sich durch das Öffnen der Tür nicht im Geringsten veranlasst, den Kopf zu heben. Morian hatte selbst aus drei Meter Entfernung keine Schwierigkeiten, die Lektüre auszumachen, der das uneingeschränkte Interesse des Mannes galt. Die Buchstaben waren groß genug. Auch die Titten waren groß genug. Die Seite eins der «Bild»-Zeitung.

«Entschuldigung», murmelte Morian durch den Türspalt.

«Warten Sie draußen, bis Sie aufgerufen werden», entgegnete der kleine Mann und nahm einen Schluck aus seiner Kaffeetasse, ohne den Kopf zu heben. Er sagte es nicht etwa zornig, sondern vielmehr ohne eine erkennbare Spur von Gemütsregung.

Morian hatte keine Lust zu warten. Weder draußen noch sonst wo. Und deshalb sagte er, während er sich auf den Besucherstuhl vor dem Schreibtisch fallen ließ: «Einen Scheiß werde ich tun.»

Der Mann war tatsächlich in der Lage, den Kopf zu heben. Blitzschnell sogar. Aber Morian war schneller. Bevor der Mann sein Gegenüber in Augenschein nehmen konnte, hatte Morian seinen Dienstausweis dazwischengeschoben. «Kriminalhauptkommissar Josef Morian. Ich brauche ein paar Auskünfte.»

«Das ist keine Auskunftei, sondern das Kreiswehrersatzamt», sagte der Mann. Morian war sprachlos. Was musste man aufbieten, um einen Verwaltungsbeamten aus der Fassung zu bringen?

«Genau deshalb bin ich hier. Sie hatten vor nicht allzu langer Zeit einen Gymnasiasten im wehrfähigen Alter namens Alexander Weinert zur Musterung. Anschließend erhielt er vom Kreiswehrersatzamt einen Brief. Ich will wissen, was in dem Brief stand.»

«Wissen Sie, was das heißt, jetzt die Akte rauszusuchen? Haben Sie nicht gesehen, dass draußen auf dem Flur der Teufel los ist?» Das war also das Geheimnis, wie man einen deutschen Verwaltungsbeamten aus der Fassung bringt. Die Aussicht auf Arbeit!

Morian erhob sich, öffnete die Tür und brüllte durch den Flur: «Alle mal herhören! Wessen Nachname mit V, W, X, Y oder Z beginnt, bitte mal aufzeigen.»

Die Schwadron Pickelgesichter im Flur sah ihn verdutzt an. Manche guckten auch verängstigt. Aber kein einziger Arm hob sich.

«Weitermachen mit Stillsitzen», brüllte Morian, schloss die Tür und griff sich die «Bild»-Zeitung. «Oje: Benzin wird teurer. Und jetzt geben Sie Gas. Sonst mach ich Ihnen richtig Ärger.»

32 *«Ich wuchs heran wie jedes andere Kind dieser Zeit. Bombennächte im Bunker. Kälte. Hunger. Ein Trümmergrundstück als Abenteuerspielplatz. Mein Vater hatte Glück. Er war in der Eifel in amerikanische Gefangenschaft geraten. Die Amerikaner wussten*

in den ersten Tagen gar nicht, wohin mit den ganzen Gefangenen. Und beim Abtransport hatten sie ihn einfach vergessen. Als er von der Latrine kam, waren die Amis weg. Mein Vater vergrub seine Uniform, verdingte sich gegen Kost und Logis bei einem Bauern und stand zwölf Tage nach Kriegsende vor unserer Tür. Er hat die Geschichte oft erzählt. Es war seine größte Heldentat.

Dann starb mein Großvater, und wir zogen um, denn sein Haus mitten in der Innenstadt war völlig unversehrt. Ein großes Haus. Irgendwie schafften es meine Eltern, dass alle Mieter nach und nach auszogen, auch die Wäscherei im Erdgeschoss. Dann eröffneten sie ein Hotel-Restaurant. Das Restaurant im Erdgeschoss, darüber die acht Hotelzimmer, und wir wohnten unterm Dach. Meine Eltern hatten die Zeichen der Zeit erkannt. Der Parlamentarische Rat tagte in Bonn, um das Grundgesetz aus der Taufe zu heben. Ein Jahr später würde Bonn Bundeshauptstadt sein. All die Politiker, Beamten, Journalisten, Diplomaten und Lobbyisten. Da sollte der Rubel rollen. Sie hatten das Wirtschaftswunder förmlich gerochen, meine Eltern.

Heiligabend 1948. Ich werde den Abend nie vergessen. Als ich mein Geschenk auspacke, strahlen mich meine Eltern an, als sei ich das Christkind persönlich. «Für Kurt», steht auf dem Papier. Echtes Geschenkpapier, mit Blumen drauf, nicht das Zeitungspapier wie sonst immer. Ich packe das Geschenk aus. Ein Koffer. Nicht neu, aber gut erhalten. Was soll ein zehnjähriges Kind mit einem Koffer? «Du darfst aufs Internat», sagt meine Mutter, während sie das geblümte Papier glatt streicht, um es später aufzubügeln. «Abitur machen, wenn du schön fleißig bist.» Ich weiß nicht, was ein Internat ist. Da zeigen sie mir ein Foto in einem Prospekt. Es ist unscharf, aber man kann in der Ferne eine Burg erkennen, umgeben von Wäldern. «Eine echte Burg», sagen sie. «Du wirst auf einer Burg wohnen.» Sie strahlen vor Glück, und ich strahle zurück, um sie nicht zu enttäuschen. Aber ich habe immer noch nicht begriffen. «Das sind die Blutsbrüder», sagt meine Mutter. «Das ist ein Orden.» Blutsbrüder. Ich habe Karl May gelesen. Ich weiß, was Blutsbrüder sind. Aber was ist ein Orden? «Mönche, Kurt. Da leben Mönche zusammen. Wie die Benediktiner auf dem Siegburger Michaelsberg. Oder die in Maria Laach. Erinnerst du dich an unsere Radtour? Das Kloster an dem großen See? Wir haben Apfelkuchen gegessen in dem schönen Restaurant.»

Ich kann mich an die darauf folgenden Tage nicht mehr erinnern. Erst wieder an den 2. Januar. Mein Vater begleitet mich zum Bahnhof. Das war nicht weit, aber der Koffer war sehr schwer. Mein Vater sagt, es sei an der Zeit, dass ich Verantwortung übernähme, und lässt mich meinen Koffer selber tragen. «Die Blutsbrüder werden einen Mann aus dir machen», sagt er und klopft mir auf die Schulter.

Er setzt mich in ein Abteil, bittet die anderen Reisenden, ein Auge auf mich zu haben, erklärt dem Schaffner, wo ich aussteigen müsse, und gibt mir einen wohlmeinenden Klaps in den Nacken. Dann steigt er aus. Als sich der Zug mit einem gewaltigen Ruck und lautem Pfeifen in Bewegung setzt, winkt er mir vom Bahnsteig aus zu.

Sie rauschte auf ihren Tisch zu, mit ihrem breiten Grinsen, den in die Stirn wippenden grauen Locken, den blitzenden Augen darunter, mit langen, raumgreifenden Schritten, die ihre schwarzen Gewänder wehen ließen. «Schau her, die Liz», bollerte sie durch den Saal, eine kräftige, warme Stimme mit unverkennbar bayerischem Akzent, den sie auch nach fünfundzwanzig Jahren im Rheinland liebevoll pflegte wie einst ihre vier Babys oder ihre Hunde, Katzen und Hühner. «Ich werd verrückt. Gibt's dich auch noch?»

«Jetzt tu nicht so, als ob wir uns jahrelang nicht ...» Liz konnte nicht weitersprechen. Der Rest ihres Satzes ging unter in einer Umarmung, die an die Technik eines routinierten Preisringers auf dem Jahrmarkt erinnerte, abgesehen davon, dass Ringer ihre Opfer nicht gleichzeitig zerquetschen und abküssen. Liz schnappte nach Luft, bevor sie den nächsten Satz herauspresste: «Darf ich ... dir ... meine Freundin ... vorstellen? Das ist Maria.»

Die Frau ließ von Liz ab, blies sich eine Locke aus der Stirn, stemmte die Hände in die Hüften, grinste breit und fragte: «Aha. Maria. Und wie weiter?»

«Maria Engels Fernandez», sagte Maria und streckte ihre Hand aus.

«Macht nix. Nachnamen vergess i' eh wieder sofort», sagte die Frau mit einer wegwerfenden Handbewegung, ignorierte Marias ausgestreckte Hand, stürzte sich stattdessen auf die ihr fremde Frau und wiederholte die Begrüßungsprozedur, die sie zuvor Liz hatte zuteil werden lassen. Ihre Küsse waren feucht und warm. Sie roch gut. «Hat's denn g'schmeckt?», fragte sie, nachdem sie Maria aus ihrer Umarmung entlassen hatte.

«Ausgezeichnet, wie immer.»

«Und warum habt ihr net auf'gessen? Seid's jetzt magersüchtig g'worden oder was?» Woraufhin sie über ihre eigene Bemerkung in schallendes Gelächter ausbrach.

«Es war einfach zu viel.»

«Schatzerl, was zu vuil ist oder net, b'stimm immer noch i.» Sie sammelte das schmutzige Geschirr ein, und mit jedem Meter, den sie sich in Richtung Küche entfernte, verdoppelte sie ihre Lautstärke, sodass erneut sämtliche Gäste in den Genuss dieses Gespräches kamen. «Du, ich komm nachher nochmal zu euch.» Sie zwinkerte verschwörerisch. «Es gibt Neuigkeiten. Da foallst um.»

Maria sah Liz entgeistert an. «Wer war ...?»

«Das war Wilhelmine Mischka. Die gute Seele des

Drachenhofs. Eine alte Freundin. Und ein wundervoller Mensch.»

«Sie ist ... älter als du.»

Liz grinste. «Kann man so sagen. Ist dein Thema, nicht wahr? Ja, sie ist jede Menge Jahre älter als ich. Genau 19 Jahre. Und der freieste Mensch, der mir je begegnet ist. Eine bajuwarische Anarchistin.»

«Und was hat sie ins Rheinland geführt?»

«Ihr erster Ehemann. Ein Engländer. Wissenschaftler. Als er einen Ruf an die Bonner Uni erhielt, ging sie mit ihm. Das ging schief. Nicht mit der Uni, sondern mit der Ehe. Auch der zweite Ehemann war nicht der Richtige. Sie hatte schon immer etwas Pech mit den Männern. Die einzigen Erinnerungsstücke an ihre beiden Ehen sind vier Kinder, aus denen sie vier wunderbare Menschen gemacht hat. Max ist übrigens Pate ihres jüngsten Kindes.»

Max. Der Name versetzte Maria ein seltsames Gefühl in der Magengegend. Sie sah aus dem Fenster. Draußen entließ die Rheinfähre die viereckigen, motorisierten Käfige. Menschen starrten missmutig durch Windschutzscheiben. Die Welt da draußen hatte mit der Welt hier drinnen nichts zu tun. Sie war jetzt lieber in dieser Welt, in dem warmen Licht, das die Kerzen auf den Holztischen spendeten und das der gewaltige Barockspiegel vervielfachte.

«Du findest ihn interessant?»

«Wie bitte?» Maria hatte sehr wohl verstanden. Sie wollte einfach nur etwas Zeit gewinnen.

«Max.»

«Was ist mit Max?»

«Du findest ihn interessant. Was möchtest du denn über ihn wissen?»

«Alles.» Maria erschrak über die Bestimmtheit in ihrem Tonfall.

«Alles?» Liz nippte an ihrem Glas. «Er ist ein absolut zuverlässiger Freund, der sich monatelang nicht meldet, einfach abtaucht, dieser Mistkerl, aber sofort und bedingungslos zur Stelle ist, wenn man ihn braucht. Wer aber ständig Liebesbeweise von ihm erwartet, wird fürchterlich enttäuscht werden. Er ist ein Mensch mit vielen verborgenen Verletzungen, der lange gebraucht hat, um sein Leben in den Griff zu kriegen. Er ist ein Mann, der sofort abtaucht, wenn eine Frau versucht, ihn sich zurechtzubiegen, und du weißt, dass Frauen nichts lieber tun als das. Er kann ganz viel Wärme geben, als besäße er sie im Überfluss, aber er verschenkt keine Rosen. Und er ist ein wunderbarer, phantasievoller Liebhaber.»

«Wie bitte?»

Liz lächelte. «Du wirst es nicht glauben, aber es gab tatsächlich ein Leben vor Jo Morian. Max war damals Polizeireporter, ein verdammt guter übrigens. Leider hat er seinen Job nicht weniger geliebt als die Frauen. Ich habe ihn genauso kennen gelernt, wie wir beide uns kennen gelernt haben: in der Gerichtskantine. Er war verheiratet. Ich weiß bis heute nicht, warum, aber ich hatte keine Skrupel. Wir hatten eine kurze, aber heftige Affäre, vielleicht zwei Monate lang, Tage und Nächte voller Leidenschaft ... bevor er von einem Tag auf den anderen nach Lateinamerika verschwand.»

Maria hätte liebend gerne Stift und Notizblock aus ihrer Handtasche hervorgekramt. Auch so eine Berufskrankheit. Stattdessen kramte sie Zigaretten und Feuerzeug hervor.

«Was war passiert?»

«Er hatte die falsche Frau geheiratet. Das kann passieren. Und sie den falschen Mann. Und viel zu früh. Weil sie schwanger war. Da war er noch Volontär. Und sie mitten im Examen. Er hat sie regelrecht zu der Heirat überredet. Das war sein Ausdruck von Pflichtgefühl. Eine schlechte Basis für eine Ehe. Er war völlig vernarrt in seine kleine Tochter, trug das winzige Bündel nächtelang durch die Wohnung, wenn das Baby von Bauchschmerzen gequält wurde. Aber zwischendurch tauchte er immer wieder ab, kramte hinter einer Geschichte her, getrieben von seinem Gerechtigkeitswahn. Als wäre Gerechtigkeit jemals von Bedeutung gewesen in dieser Welt. Sie hasste seinen Job. Ihre Auffassungen vom Leben waren fundamental verschieden. Es konnte einfach nicht funktionieren. Das Problem war nur, dass ihr Unterbewusstsein ihm vom Tag der Geburt an ständig diese einschneidende Veränderung ihres Lebens vorwarf. Ich könnte jetzt sagen, sie war ein selten dummes, unreifes, egozentrisches Exemplar unseres Geschlechts. Trotz ihres akademischen Titels. Aber das tue ich natürlich nicht, weil ich befangen bin. Du hast ihren Namen sicher schon mal gelesen. Ilona Koch.»

«Ach Gott. Die schreibt doch diese Ratgeber-Bücher.»

«Genau. Wie werden Frauen glücklich und all dieses Zeug. Kindererziehung, Partnerschaft, wie's gerade kommt. Sie weiß auf alles eine Antwort. Garantiert.»

Die stets besonnene, ausgleichende Liz. Maria hatte sie noch nie so zynisch erlebt. Einige Gäste hoben den Kopf.

«Er war also noch verheiratet, als du was mit ihm hattest?»

«Ja. Bist du schockiert?»

Maria sagte nichts. Sie zündete sich die Zigarette an, die sie seit Minuten in der Hand hielt.

«Damals saß er in einem tiefen Loch. Seine Gefühlslage schwankte ständig zwischen Euphorie und Depression. Aber er nahm keine Hilfe an, auch nicht von mir. Und dann verschwand er über Nacht, ohne auch nur einer Menschenseele eine Nachricht zu hinterlassen. Bald konnte man seine Reportagen in den großen Magazinen lesen. Zuerst aus Lateinamerika, schließlich von allen Krisenherden dieser Welt. Zwei

Jahre hockte er in Sarajevo. Er wurde angeschossen, zusammengeschlagen, aus einem fahrenden Lastwagen geworfen. Manchmal denke ich, seine zentrale, vielleicht einzige Triebfeder damals war ... so etwas wie Todessehnsucht. An irgendeinem Frontabschnitt dieser Welt lernte er Hurl kennen, als der ihm eines Tages ungefragt das Leben rettete. Dabei war Hurl damals nicht Lebensretter von Beruf, sondern staatlich legitimierter Killer. Max half ihm zu desertieren, besorgte ihm über einen Konsul, der ihm etwas schuldete, falsche Papiere für Deutschland.»

«Und wann ist Max nach Deutschland zurück?»

Liz wartete mit der Antwort, bis die Gäste vom Nebentisch, die sich zum Aufbruch anschickten, ihren Tisch passiert hatten. Aus den Boxen über der Theke schwappte ein Stück des Gil Evans Orchestra zu ihr herüber. Sie kannte das Stück, aber sie konnte sich nicht an den Namen erinnern. Miles Davis streichelte seine Trompete, der Sound umgab sie wie ein wohlig wärmender Mantel.

«Als sein Vater starb. Das war vor sechs Jahren. Herzinfarkt. Jupp Maifeld, der Autokönig von Köln. Mit besten Beziehungen zur Kölner Unterwelt. Auch so ein personifiziertes Wirtschaftswunder, wie Weinert, nur in der offenen Spielklasse. Import von exotischen Luxusautos, die nicht nur Geld kosten, sondern auch nach Geld aussehen. Eben das, was jeder ordentliche Zuhälter zwischen Düsseldorf und Frankfurt für sein Ego braucht. Gebrauchtwagen, Autoverleih, Schrottplätze, Taxi- und Busunternehmen.»

«Lebt Max' Mutter noch?»

«Nein. Sie ist gleich nach der Geburt ihres zweiten Sohnes gestorben. Max und sein jüngerer Bruder Theo sind vom Kölner Selfmade-König persönlich erzogen worden. Bevor sie lesen und schreiben konnten, wussten sie, wie man den Kilometerzähler eines Ferrari manipuliert.»

«Was ist aus seinem Bruder geworden?»

«Theo ist früh in die Fußstapfen seines Vaters getreten. Hat die Schule in der zehnten Klasse verlassen, eine Lehre und die Meisterschule absolviert und nach dem Tod seines Vaters das Geschäft übernommen. Max hat von den Millionen seines toten Vaters so viel genommen, wie er errechnet hatte, dass er es ihm schuldete. Er hat jede einzelne Arbeitsstunde aufgelistet, die er als Kind nach der Schule in der Firma statt mit Freunden verbringen musste.»

«Was hat er mit dem Geld angestellt?»

«Zum Beispiel die Insel gekauft und die alte Lagerhalle restauriert.»

«Er ist also erst in seine Heimatstadt zurück und hat sich ein Nest gebaut, als sein Vater tot war ...»

«So kann man das sehen. Als Elfjähriger hatte er mal bei der Wagenwäsche mit seiner Gürtelschnalle versehentlich einen Kratzer im Lamborghini eines Kunden hinterlassen. Daraufhin hat sein Vater eine Mauer auf dem Firmengelände mit dem Bagger einreißen und den kleinen Kerl zur Strafe Stein auf Stein wieder aufbauen lassen. Mit zwei Dingen ist Max nicht fertig: mit seinem Vater und mit dem schlechten Gewissen, seine Kinder im Stich gelassen zu haben. Das mit seinem Vater kann er nicht mehr klären. Und für seine Kinder tut er alles, seit er vor sechs Jahren nach Köln zurückgekehrt ist. Aber das schlechte Gewissen wird er nicht los.»

Maria wechselte das Thema. «Von was lebt er eigentlich?»

Liz lächelte. «Tja ... er macht zusammen mit Hurl Geschäfte.»

«Was für Geschäfte?»

«Dienstleistungen. Etwas außerhalb der Legalität.»

«Kannst du bitte konkreter werden?»

Liz grinste. «So sehr bist du an ihm interessiert? Dann fragst du ihn vielleicht besser selbst.»

«Ich bin keineswegs an ihm interessiert, sondern finde ihn zum Kotzen. Warum hast du mich eigentlich herbestellt?»

Liz wurde ernst. «Bist du entschlossen, weiter mitzumachen?»

«Bist du verrückt? Ich steige doch nicht auf der Zielgeraden aus!»

«Maria, ich bezweifle, dass wir uns schon auf der Zielgeraden befinden. Aber um dorthin zu kommen, brauchen wir Wilhelmine. Sie wird gleich an unseren Tisch kommen und freudestrahlend mitteilen, dass sie einen Großauftrag an Land gezogen hat und dringend noch eine Aushilfskellnerin benötigt.»

«Liz, ich verstehe überhaupt nichts mehr.»

«Ganz einfach: Sie hat den Zuschlag für das Catering bei einer eleganten Party der besseren Kreise in Köln bekommen. Dafür hat sie aber im Augenblick leider zu wenig Personal.»

Hinter der Theke stand Wilhelmine Mischka, füllte Weizenbier in Gläser, strahlte wie ein kleines Mädchen an Heiligabend vor dem Weihnachtsbaum und winkte ihnen zu.

Liz winkte kurz zurück und wurde wieder ernst.

«Maria, Max hat das Startzeichen gegeben. Wir ziehen jetzt die Schlinge enger. Der Gastgeber der Party heißt Hartmut Herbach ...»

Noch während es Maria dämmerte, ganz langsam, ganz allmählich, sprach Liz es aus:

«Und die Aushilfskellnerin bist du.»

33 Kriminalhauptkommissar Josef Morian war nur schwer aus der Ruhe zu bringen. In den vergangenen drei, vier Jahren seiner Dienstzeit bei der Kripo hatte er sich bewusst eine innere Haltung antrainiert, von der er hoffte, dass sie ihn vor dem frühen Herzinfarkt, dem Schicksal vieler seiner Kollegen, bewahren würde. Das funktionierte in der Regel ganz gut, von Ausnahmen abgesehen.

Heute war so ein Ausnahmetag.

Das «Hier können Sie jetzt nicht rein» der Arzthelferin erstickte im zweiten Drittel des Satzes, als Morian sie kurzerhand zur Seite schob und mit Schwung die Tür zum Beratungszimmer aufstieß. Er vernahm noch, wie hinter ihm im Wartezimmer einer der Patienten begeistert Beifall spendete. Sie machten allesamt den Eindruck, als warteten sie schon seit Stunden auf eine Audienz.

Dann vernahm er den spitzen Schrei der Frau, der Dr. Wilfried Degener gerade mit dem Stethoskop die Bronchien abhörte. Verärgert drehte sich der Arzt um, begriff aber schnell, dass Morian nicht gewillt war, das Behandlungszimmer wieder zu verlassen, und redete beruhigend auf die Patientin ein: «Frau Mertens, würde es Ihnen etwas ausmachen, noch einmal einen kurzen Moment im Wartezimmer Platz zu nehmen?» Frau Mertens knöpfte sich hastig die Bluse zu, schleuderte Morian im Vorbeigehen ein paar giftige Blicke ins Gesicht, murmelte «Das ist ja unerhört, Wilfried» und rauschte nach draußen. Aha. Man duzte sich. Als Morian die Tür schloss, registrierte er noch, wie die Arzthelferin Frau Mertens ähnlich giftige Blicke zuwarf wie zuvor Frau Mertens ihm. Aha. Herr Doktor hatte was übrig für flache Hierarchien.

Dr. Degener nahm hinter seinem weißen Schleiflack-Schreibtisch Platz. Er sah gut aus in seinem weißen Kittel mit dem Stehbündchen. Das strahlende Weiß kontrastierte angenehm zu seiner urlaubsfrischen Gesichtsfarbe. Degener war schlechter Laune. «Ich werde mich über Sie beschweren, Herr Kommissar. Darauf können Sie Gift nehmen.»

«Und ich kriege Sie bei den Eiern, Herr Doktor», entgegnete Morian seelenruhig. «Darauf können Sie sich getrost vor den nächsten Linienbus werfen. Sie haben mich angelogen, Sie Mistkerl.»

«Was habe ich?» Degener verschränkte die Arme vor der Brust und lehnte sich in seinem Chefsessel zurück. Die Verteidigungshaltung des Schuldbewussten. Die geheimen Signale der Körpersprache. Psychologie für fortgeschrittene Kriminalisten. Okay, wagen wir doch mal den ganz großen Bluff.

«Hören Sie auf, Degener. Ich komme gerade von Frau Weinert. Sie stand daneben, als ihr Bruder zwei Tage vor seinem Tod mit Ihnen telefonierte.» Morian knallte das Formblatt des Kreiswehrersatzamtes auf die Tischplatte. «Alexander Weinert ist HIV-positiv. Das hat der Militärarzt bei der Musterung festgestellt. Beziehungsweise anschließend bei der Auswertung der Blutprobe. Weinert hat den Brief an Alexander geöffnet. Da stand drin, er solle sich umgehend mit dem Musterungsarzt in Verbindung setzen. Ohne Nennung von Gründen. Weinert hat Lunte gerochen und beim Kreiswehrersatzamt angerufen. Und die sind am Telefon damit rausgerückt. Und deshalb hat Weinert Sie angerufen. Sie haben mich angelogen!»

Degener kippte. Aber noch nicht restlos. «Ich kann mir nicht vorstellen, dass Frau Weinert Ihnen das ...»

Morian schob ihm seelenruhig das Telefon vor die Nase. «Na los. Sie kennen doch ihre Nummer.»

«Weinert wollte nur ... meinen ärztlichen Rat. Ob er sich ... vielleicht angesteckt haben könnte.» Volltreffer. Du bist geliefert, Doktorchen. Nun rede dich mal schön um Kopf und Kragen.

«Und da haben Sie ihn natürlich gleich beruhigt und gesagt, keine Sorge, Weinert, dafür muss ich Sie gar nicht aufsuchen, denn das kriegt man ja nur beim Sex, nicht wahr?»

Degener presste die Lippen aufeinander.

Morian war das ganz recht so. Denn so konnte er ihn in aller Ruhe sturmreif schießen. «Sie haben von dem jahrelangen Missbrauch gewusst. Mehr noch: Sie haben ihn gedeckt. Alexander war doch Ihr Patient, als er noch ein kleiner Junge war. Wie heißt es noch gleich im hippokratischen Eid, den Sie geleistet haben? Was steht da? Sie haben alles in Ihrer Macht Stehende zu tun, um Schaden von den Ihnen anvertrauten Menschen abzuwenden?»

«Hören Sie auf, Herr Kommissar. So einfach ist das nicht. Natürlich habe ich mitunter diese Möglichkeit in Betracht gezogen. Man ist ja sensibilisiert heutzutage. Man hört und liest ja so viel. Aber doch nicht Doktor Weinert. Sie haben ihn leider nicht gekannt. Er war so gut zu dem Jungen. Außerdem: Sie wissen inzwischen sicher auch, dass Herr Doktor Weinert ... also dass er ...»

«Ja, ja, ja, er hatte keine Eier mehr. Na und? Sind Sie wirklich so naiv? Wie haben Sie Ihr Staatsexamen geschafft?»

«Könnten Sie bitte etwas leiser sprechen?» Der Arzt warf einen nervösen Blick zu der Tür, die zum Wartezimmer führte.

«Das hängt ganz von Ihnen ab, Degener. Von Ihrer Bereitschaft zur Kooperation. Na, was steht denn so in Alexanders Patientenkartei außer Husten und Schnupfen und Masern? Hatte er immer mal wieder allergischen Ausschlag um die Mundpartie? Haben Sie bei rektalen Temperaturmessungen festgestellt, dass ...»

«Sprechen Sie bitte leiser», zischte der Arzt. «Ja, Sie haben Recht. Die Symptome sprachen wohl eher dafür, im Nachhinein besehen. Im Nachhinein ist man immer schlauer.»

«Kommen wir nochmal auf den Anruf zurück. Was war nun Ihr Job? Was wollte Weinert von Ihnen?»

«Er bat mich, mit dem Laborarzt, der Alexanders Blut getestet hatte, Kontakt aufzunehmen und mehr in Erfahrung zu bringen.»

«Das haben Sie sicher augenblicklich erledigt.»

«Natürlich. Telefonisch.»

«Und?»

«Der Kollege schätzt, dass Alexander das Virus seit etwa acht Jahren in sich trägt, dass aber sein Immunsystem außergewöhnlich intakt sei. Die Krankheit ist bei ihm noch nicht ausgebrochen.»

«Weiter. Was wollte Weinert noch?»

«Dass ich bei ihm, also bei Herrn Doktor Weinert, an dem folgenden Montag einen Aids-Test vornehmen sollte.»

«Dazu kam es ja dann nicht mehr. Das hat unsere Gerichtsmedizin inzwischen für Sie erledigt. Negativ. Weinert hatte keine HI-Viren im Blut. Also stellt sich für mich die entscheidende Frage, Herr Doktor. Ich bin mir anhand der Aussagen seiner Mitschüler und anderer Zeugen ziemlich sicher, dass Alexander Weinert noch nie mit einem Mädchen geschlafen hat. Er hat panische Angst davor. Julius Weinert war negativ. Wer also hatte ihn dann angesteckt?»

«Wie soll ich das wissen, Herr Kommissar?»

«Bleiben Sie kooperativ! Was wollte Weinert an jenem Montag, am Tag nach seiner Ermordung, mit Ihnen besprechen?»

«Gestatten Sie?» Degener zog die unterste Schreibtischschublade auf und brachte nacheinander einen Aschenbecher, Zigaretten, Feuerzeug, eine Flasche Brandy und zwei Gläser zum Vorschein. Dann stand er kurz auf, öffnete das Fenster und schaltete den Deckenventilator ein.

«Ich brauche das jetzt. Meine Güte. Mögen Sie auch?»

«Ja. Beides.» Morian war für einen Brandy immer zu haben. Er warf einen Blick auf das Etikett. Carlos Primero. Das ging in Ordnung. Aber geraucht hatte er schon ewig nicht mehr. Und er wusste auch nicht, warum er es jetzt tat.

«Herr Weinert hatte mich um einen medizinischen Rat gebeten. Ich sollte mich doch mal übers Wochenende schlau machen, ob man den Virusüberträger anhand von Bluttests oder genetischen Tests dingfest machen könne. Das ist natürlich schlechterdings unmöglich. Nach acht Jahren. Aber ich wollte ihn nicht schon am Telefon enttäuschen und versprach ihm, Erkundigungen bei Spezialisten einzuziehen. Weinert war furchtbar aufgebracht am Telefon. Er meinte, er hege einen Verdacht, wer Alexander ... Und er wolle diesen Menschen ans Messer liefern. Ja, so hatte er sich ausgedrückt: ans Messer liefern.»

«Hat er gesagt, wen er damit meinte?»

«Nein, natürlich nicht.»

«Haben Sie einen Verdacht?»

«Ich habe nicht die leiseste Ahnung.»

Morian glaubte ihm. «Ist Ihnen während des Telefonates noch was aufgefallen, was uns weiterhelfen könnte? Denken Sie nach!»

«Vielleicht ... Nun ja, Weinert war wütend. Er sprach von Alexander als seinem Eigentum. Die haben mir mein Eigentum weggenommen, schimpfte er. Und er sprach von einer Abmachung, die nicht eingehalten worden sei. Ich habe kein Wort davon verstanden. Ach ja: Und dass jetzt endgültig Schluss sei mit den Demütigungen, die er seit seiner Kindheit erduldet habe.»

Morian kippte den Rest runter, drückte die halb gerauchte Zigarette aus und stemmte sich aus dem ledernen Freischwinger. «Ach so, bevor ich es vergesse: Ich brauche mal Alexanders Kartei.»

«Oh. Das ist natürlich ... sehr heikel.»

«Überhaupt nicht», sagte Morian. Wieder etwas lauter. Degener dachte noch etwa fünf Sekunden darüber nach, dann öffnete er den Stahlschrank, blätterte sich durch die Hängeregistratur und reichte die Mappe über den Schreibtisch. Seine Hände zitterten.

Morian hatte die Hand schon an der Türklinke. Jetzt spätestens musste der Satz doch kommen.

«Ich bin übrigens sehr froh, Herr Kommissar, dass wir uns auf diesem Wege einigen konnten.»

Na also.

«Herr Degener: Sie werden sich noch wundern.»

Dann schloss er die Tür hinter sich und wünschte der Arzthelferin und Frau Mertens einen schönen Tag.

Morian verließ die Praxis im Bad Godesberger Villenviertel in Richtung Süden. Erst als er die pittoresken Jugendstil-Häuser hinter sich gelassen hatte, war am Straßenrand so etwas Profanes wie ein Kiosk anzutreffen. Er stoppte auf dem kleinen Parkplatz, ließ die Seitenscheibe runter und atmete erst einmal tief durch.

Alexander Weinert hatte Aids.

Er wusste es noch nicht. Liz würde es ihm heute beibringen. Wie konnte ein Mensch nur so viel aushalten? Der leibliche Vater ermordet, von der leiblichen Mutter. Vom Adoptivvater als stets verfügbarer Lustsklave gehalten. Von der Schwester des Adoptivvaters gehasst. Wegen Mordes von der Polizei gesucht. Und offenbar hatte ihn außer Weinert noch jemand missbraucht. Vor etwa acht Jahren. Und ihn mit der tödlichen Seuche infiziert.

Er kaufte sich eine Schachtel filterloser Zigaretten. Gauloises. Die Marke, die er früher immer geraucht hatte. Der Kiosk hatte eine Espresso-Maschine. Und Stehtische vor der

Tür. Die Sonne schien. Er brauchte eine Pause. Zum Nachdenken.

Er musste dringend zu ihr. Um aus der Notlüge, die er bei Degener gebraucht hatte, nachträglich die Wahrheit zu machen. Sonst konnte er mächtig Ärger kriegen. Und er musste sie überrumpeln, bevor sie auf die Idee kam, nach einem Anwalt zu schreien.

Laura. Tim. Er dachte an seine Kinder. Sein Herz krampfte. Am liebsten würde er sie in einen Glaskasten einschließen, damit ihnen nichts passierte. Gott sei Dank war da Liz vor.

Er hatte zu viel gesehen bei der Sitte. Und zu wenig erreicht. Am Schluss wäre er ohne die therapeutische Unterstützung des Polizeipsychologen nicht mehr klargekommen. Seine Familie hatte leiden müssen, weil er nur noch an seine Arbeit dachte, Tag und Nacht unterwegs war; verdeckte Ermittlungen, Observationen; für nichts und wieder nichts. Um ein paar Gefühlskrüppel am Ende der Päderasten-Kette hochzunehmen, die noch bei Mama wohnten und sich nachts das Zeug aus dem Internet auf ihre Festplatte runterluden.

Menschliche Zeitbomben. Tick, tick, tick. Noch nie in seinem Leben hatte er in solche Abgründe geschaut.

Morian war viel zu sehr mit sich selbst beschäftigt, um den schwarzen BMW zu bemerken, der etwa hundert Meter entfernt auf der gegenüber liegenden Straßenseite parkte.

Er ließ den Wagen wegen der zahlreichen Radarfallen mit Tempo 50 durch den Godesberger Straßentunnel rollen. Glücklicherweise hielt sich auch der altersschwache Volvo vor ihm streng an die Geschwindigkeitsbeschränkung. Der Bußgeldbescheid an den Halter wäre ihm schnuppe gewesen. Aber er hatte kein Interesse daran, fotografiert zu werden. Er ließ konstant drei Autos zwischen sich und dem Volvo. Jeden weiteren Fahrer, der überholte und sich anschickte, sich vor ihn zu klemmen, bremste er stur aus. Manche hupten. Aber sie hupten kein zweites Mal, nachdem er Blickkontakt zu ihnen aufgenommen hatte.

Der Volvo konnte ihm nicht entwischen. Er hatte ohnehin eine ungefähre Ahnung, wohin der Fahrer wollte. Außerdem wusste er, dass der Don kein Risiko eingehen wollte. Der Don wollte lediglich im Bilde sein, was die im Schilde führten. Die wissen nichts, Ricardo, sagte er immer wieder, mit seinem überlegenen Lächeln. Gar nichts. Und wenn sie uns wider Erwarten versehentlich doch zu nahe kommen sollten, dann müssen sie eben sterben.

Für seinen Geschmack war der Punkt längst erreicht. Vielleicht wurde der Don mit zunehmendem Alter nachlässig. Aber ihm stand es nicht an, den Don zu kritisieren. Sein Leben lang war er gut damit gefahren, einfach das zu tun, was der Don verlangte. Das war schon in Guatemala so gewesen. Als der Don ihn aus seinem Pappkarton befreit, ihm ein neues Leben geschenkt hatte.

Aber es gab ein Problem. Er wusste alles über diesen Bullen und seine Familie, und er wusste inzwischen alles über diese Journalistin. Aber der Drahtzieher war jemand anderes. Der mit dem Nigger im Schlepptau. Und dessen Nest hatte er bisher nicht aufspüren können.

Aber das war nur eine Frage der Zeit.

Der Volvo verließ die Bundesstraße 9 in Richtung Deichmanns Aue. Das Areal rund um das barocke Jagdschlösschen, an das die Amis nach dem Krieg ihre hässlichen sechsstöckigen Betonklötze gebaut hatten, war wie ausgestorben, seit die US-Botschaft nach Berlin umgezogen war. Jogger. Rentner. Er hielt Abstand.

Man sollte diesen Arzt schleunigst verschwinden lassen. Er würde es dem Don vorschlagen. Obwohl er die Antwort schon ahnte. Ruhig Blut, Ricardo, würde er sagen, es gibt keinen Grund, die Dinge zu überstürzen. Alles hat seine Zeit.

Die Fähre. Der Volvo nahm die Fähre. Verdammter Mist. Die Fähre war winzig. Und der Typ war ein Bulle. Das konnte er nicht riskieren. Der Bulle hatte ein Handy. Ricardo hatte keine Lust auf ein uniformiertes Empfangskomitee am gegenüber liegenden Ufer. Aber jetzt war ihm sowieso klar, wohin der Volvo fuhr.

Er wählte die Nummer des Don. Und er würde diesmal nicht nur nicken. Er würde dem Don konkrete Vorschläge unterbreiten. Wer zum Beispiel zu liquidieren sei. Höchste Zeit. Denn er war ein Jäger. Und er hatte keine Lust, zum Gejagten zu werden.

Morian stieg aus und schob die quietschende Fahrertür des Volvo mit der Hüfte zu. Vielleicht sollte man sie mal ölen. Die zehn Minuten auf der Fähre waren wie ein kleiner Urlaub. Morian stellte sich an die Reling, genoss den Fahrtwind und das Glitzern des Stroms – und hätte beinahe vergessen, dass sich die heile Welt schon vor Wochen verabschiedet hatte. Er schlenderte die Reling entlang, inspizierte mit gelangweiltem Blick die Autos, jedes Kennzeichen und jeden Insassen, bevor er sich wieder ans Steuer setzte. Er verließ die Fähre und nahm die Straße hinauf ins Siebengebirge. Eine Viertelstunde später klingelte er an der Holztür.

«Was wollen Sie?» Sie schien nicht begeistert zu sein.

«Frau Weinert, wir sollten uns unterhalten.»

«Ich wüsste nicht, was wir noch ...»

Morian fiel ihr barsch ins Wort. «Ich komme gerade von Dr. Degener. Ich brauche allenfalls zwei Stunden für den Haftbefehl. Beihilfe zum Mord. Dann unterhalten wir uns eben im Präsidium.»

«Kommen Sie rein.»

Diesmal gab es keinen Kaffee.

«Was wollen Sie?»

«Die Wahrheit.»

Sie lachte hysterisch. Morian wartete nicht, bis sie fertig war.

«Halten Sie den Mund. Und öffnen Sie ihn nur, um meine Fragen zu beantworten. An jenem Morgen, als Ihr Bruder den Brief vom Kreiswehrersatzamt öffnete und sofort dort anrief – was hat Ihren Bruder so auf die Palme gebracht?»

«Wie würden Sie denn reagieren, Herr Kommissar, wenn Sie erfahren würden, Ihr Sohn habe Aids?»

«Erstens hat Alexander nicht Aids, sondern Antikörper des Virus, das diese Krankheit auslösen kann. Zweitens hinkt der Vergleich, weil ich ein anderes Verhältnis zu meinem Sohn habe. Mein Sohn hasst mich nicht, und ich missbrauche ihn nicht, Frau Weinert. Also beantworten Sie bitte meine Frage.»

«Er ... er war wütend.»

«Auf wen?»

Sie starrte stumm auf ihre Hände. Morian hatte zwar Mittel, ihr hysterisches Lachen abzustellen, nicht aber ihr Schweigen.

Die Zeit schien stillzustehen, auch wenn das Ticken der Standuhr im Arbeitszimmer deutlich zu hören war.

«Das hat Ihnen Angst gemacht, nicht wahr?»

Sie zögerte eine Weile, dann nickte sie, ohne ihn anzusehen.

«Sie hatten große Angst, Ihr Bruder könnte etwas Unüberlegtes tun, das ihm schaden würde, ist es so?»

Sie nickte erneut.

«Und da mussten Sie natürlich handeln, nicht wahr? Ihren Bruder wieder mal vor einer großen Dummheit bewahren, wie schon so oft zuvor. Und jetzt werden Sie das verdammte Gefühl nicht los, mitverantwortlich an seinem Tod zu sein. Sie hatten es nur gut gemeint. Aber Ihre Intervention hat ihn das Leben gekostet, habe ich Recht, Frau Weinert? Habe ich Recht?»

Sie nickte. Dann brach sie in Tränen aus.

34 Der Flughafen hatte den Regierungsumzug wie kaum ein anderes Unternehmen im Rheinland kompensiert. Das hatte er zweifellos auch der Tüchtigkeit seiner Manager und Mitarbeiter zu verdanken, vorrangig aber einer wohlgesonnenen Landesregierung in Düsseldorf, die es dem Adenauer-Airport mit Hilfe einer ausgesprochen liberalen Nachtflugregelung ermöglichte, zum zweitgrößten Frachtflughafen der Republik zu expandieren. Mit den Flugbewegungen wuchs auch der Flughafen: um das größte Parkhaus Europas, um das futuristisch anmutende Terminal 2, um einen unterirdischen ICE-Bahnhof. Das Zentrum aber bildete das alte, hufeisenförmige Terminal 1, an dessen stählernen Fingern entlang der Außenkrümmung die Maschinen andockten, während die Innenkrümmung ein Labyrinth von sich unter- und überkreuzenden Straßen beherbergte. Mittendrin in dem Gewirr gab es einen kleinen, exquisiten Parkplatz für erlauchte Kunden, die sich die sündhaft teuren Gebühren für diese bequeme Abstellmöglichkeit leisten konnten. Der Parkplatz hatte einen weiteren Vorteil: Er bot einen optimalen Überblick über sämtliche Ausgänge, die soeben gelandete Passagiere von Inlandflügen benutzten. Aber wer legte darauf schon Wert?

Hurl und Max Maifeld legten darauf Wert.

Durch die seitliche Einwegscheibe des Lieferwagens beobachteten sie den schwarzen BMW mit den getönten Scheiben, der soeben die geschwungene Auffahrt nahm; Hurl durch ein Fernglas, Max durch das Teleobjektiv einer Digitalkamera. Der BMW verlangsamte sein Tempo, bis er den richtigen Ausgang gefunden hatte, beschleunigte, um gleich wieder abzubremsen, als der Fahrer irritiert feststellte, dass im Umkreis von 500 Metern keine einzige Kurzparker-Bucht frei war. Offenbar hatte der Fahrer so etwas noch nicht erlebt, nicht um diese Uhrzeit, nicht in Köln/Bonn.

Hurl und Max hatten so etwas auch noch nie erlebt. Es hatte sie eine Menge Zeit, Arbeit und Parkgroschen gekostet, so etwas zu erleben. 15.38 Uhr. Max tippte die Kurzwahlnummer ins Handy. Sein Sohn hob ab, bevor der erste Rufton verklungen war.

«Paul, er steht vor B1. Hast du die Daten auf deinem Schirm?»

«Klar. Kann nur die Lufthansa-Maschine aus Berlin-Tegel sein. Keine Verspätung. Steht also seit acht Minuten am Gate.»

«Kommst du an die Passagierliste ran?»

«Kinderspiel. Dauert allerdings ein paar Minuten.»

«Danke. Bis später.» Max unterbrach die Verbindung.

Kinderspiel, hatte sein Sohn gesagt. Wenn es das nur wäre. «Berlin», sagte er zu Hurl.

«Soso», murmelte Hurl geistesabwesend und starrte weiter durch sein Fernglas. Sekunden später stieß er Max mit dem Ellbogen an. «Sieh dir das an. Besser geht's nicht.»

Der Motor heulte auf, als der BMW sich die hohe Bordsteinkante hinaufquälte und gleich neben der Drehtür des Ausgangs und unter einem nicht zu übersehenden Halteverbotsschild stoppte. Aus dem Wagen stieg ein Mann, der einen schwarzen Anzug und eine Sonnenbrille trug. Etwa Mitte dreißig, vielleicht auch älter; schwer zu schätzen. Dunkle Haut. Die schwarzen Haare streng zurückgekämmt und im

Nacken zu einem Pferdeschwanz gebunden. Der Mann, der Max beinahe getötet hätte, war ein schöner Mann – abgesehen von der Narbe, die sich vom Mundwinkel bis zum Ohr zog. Eine schlecht verheilte Narbe; ganz so, als hätte sich vor langer Zeit statt eines Arztes ein Stümper um die Wunde gekümmert.

Hätte sich der Mann genauer umgeschaut, wäre ihm unter Umständen aufgefallen, dass die Plastikhalterungen der Nummernschilder sämtlicher Autos im Umkreis von 500 Metern den gleichen dezenten Schriftzug trugen: «Autohaus Theo Maifeld». Doch der Mann, der seinen BMW absperrte und durch die Drehtür hetzte, hatte seine Gedanken woanders. Ein dummer Fehler.

«Er hat sich verspätet», sagte Max. «Wir haben nicht viel Zeit.»

Das war der mit Abstand kürzeste Rock, den sie je in ihrem Leben aus der Nähe gesehen hatte.

Maria betrachtete sich im Spiegel ihres Kleiderschranks in einer Mischung aus Ungläubigkeit und Abscheu. Das himmelblaue Schürzchen aus gestärkter Spitze war nur wenige Millimeter kürzer als der dunkelblaue Rock. Sie hatte unwillkürlich die Bluse weiter zuknöpfen wollen. Aber da oben gab es keine Knöpfe.

«Ich bin doch kein Lustobjekt für Voyeure.» Sagte sie. Ganz laut. In ihren Spiegel. Der Spiegel sagte nichts dazu.

Doch, doch, genau das sollte sie heute Abend sein. Sie sah auf den Radiowecker neben ihrem Bett. Kurz nach halb vier. In wenigen Stunden würde sie in der Tat das Lustobjekt für eine Schar altersschwacher Voyeure sein.

Genau wie die anderen zwölf Männer und Frauen, denen Wilhelmine Mischka heute Morgen den letzten Schliff verpasst hatte. Für Maria Engels Fernandez waren die drei Stunden allerdings zugleich der erste Schliff gewesen. Ein Crash-Kurs im Fach Kellnern. Die sechs Männer trugen figurbetonte blaue Einteiler, die ihre jugendlich- knackigen Körper betonten. Unverschämt jung waren sie. Genau wie ihre weiblichen Kollegen. Maria war die mit Abstand Älteste. Sie sah wieder in den Spiegel. «Die Beine sind viel zu fett.» Die Beine. Sie hätte auch sagen können: «Meine Beine.» Aber dann wären es ja ihre Beine. Sie hätte auch was Nettes zu ihren Beinen sagen können. Aber sie hatte noch nie was Nettes zu ihrem Körper gesagt. Der Spiegel übrigens auch nicht. Aber den hatte sie noch nie gefragt.

Sie ging ins Bad und drehte den Wasserhahn über der Wanne auf.

Der Mann mit dem Pferdeschwanz und der Narbe kam als Erster aus der Drehtür. Er trug einen Koffer. Unmittelbar hinter ihm trat ein zweiter Mann ins Freie. Anfang fünfzig vielleicht, entspannte, heitere Miene, rosige Wangen, ein rotblonder Haarkranz um den kahlen Schädel, grauer Zweireiher der besseren Sorte, aber ohne den Hauch einer Chance, die Übergewichtigkeit des Mannes zu kaschieren. In der rechten Hand trug er lediglich einen schmalen Aktenkoffer. Das große Gepäck trug der Mann mit der Narbe. Dem Rotblonden gefiel das sehr. Jetzt nickte sein Kofferträger kurz in Richtung des BMW. Und blieb Sekunden später wie angewurzelt stehen.

Er stellte den Koffer ab, ging in die Hocke und betastete den zerstochenen rechten Vorderreifen. Der Rosige richtete das Wort an ihn, erhielt aber keine Antwort.

«Auf geht's», sagte Max in das Funkgerät.

Der erste Wagen löste sich im Schritttempo vom Taxistand. Aus der entgegengesetzten Richtung tauchte aus dem Nichts ein uniformierter Polizist auf, schlenderte mit hinter dem Rücken verschränkten Armen auf den BMW zu, schien ihn aber noch nicht bemerkt zu haben. Der Taxifahrer sprang aus dem Wagen und öffnete den Kofferraum. Der Polizist war noch etwa fünfzig Meter entfernt und besah sich durch die verspiegelten Gläser seiner Sonnenbrille gelangweilt die geparkten Autos. Der Mann im schwarzen Anzug beobachtete ihn über die Motorhaube hinweg. Seine Augen wanderten nach oben, zu dem Halteverbotsschild. Er hatte kein Interesse, wegen eines lächerlichen Parkverstoßes nach seinen Papieren gefragt zu werden. Er packte mit der rechten Hand den Koffer, mit der linken den Arm des Rosigen und zerrte beide zu dem wartenden Taxi. Jetzt hatte der Polizist den falsch geparkten BMW entdeckt und steuerte darauf zu. Das Taxi blinkte, wechselte die Spur, jagte davon.

Das Taxi hatte die Auffahrt kaum verlassen, als sich ein knallgelber Abschleppwagen näherte. «Theo Maifeld» stand in blauen Lettern auf den Türen. Der Polizist lockerte die Krawatte, öffnete den obersten Knopf seines Hemdkragens sowie sämtliche Knöpfe der viel zu engen Uniformjacke und tupfte sich die Schweißtropfen von der Stirn. Als er die Uniform das letzte Mal getragen hatte, war er zwanzig Jahre jünger und fünfzehn Kilo leichter.

35 «So, dat wär erledischt», sagte der Taxifahrer, schaltete das Handy ab, zog eine zerknitterte Visitenkarte aus seiner Brusttasche und reichte sie dem Mann auf dem Beifahrersitz. «Jute Werkstatt, kann ich nur empfehlen. Dat mit der Polente ham die auch schon erledischt. Kleiner Dienstwesch, sozusagen. Dat Verwarnungsgeld schreiben die einfach auf die Rechnung dabei.»

Der Mann auf dem Beifahrersitz warf einen kurzen Blick

auf die Visitenkarte und ließ sie in der Innentasche seines Jacketts verschwinden. Er hatte noch kein Wort gesprochen, und er würde auch den Rest der Fahrt schweigen. Der zweite Fahrgast saß breitbeinig in der Mitte der Rückbank, hatte die Arme über die Rückenlehne gelegt und strahlte, als gehöre ihm nicht nur das Taxi, sondern die ganze Welt. «Wieder ein Tag voller Überraschungen. Herrlich. Ich liebe Überraschungen.»

Der Mann auf dem Beifahrersitz runzelte die Stirn. Er machte nicht den Eindruck, als hätte er etwas übrig für Überraschungen.

«Jau», sagte der Taxifahrer und setzte den Blinker. «Am Verteiler ist jetzt die Hölle los. Wenn Sie nix dajejen haben ...»

«Guter Mann», dröhnte der Rosige auf dem Rücksitz jovial. «Machen Sie mal. Ich habe vollstes Vertrauen in die Kölner Droschkenzunft. Sagen Sie mal, wo ist denn hier die KölnArena?»

«Wie, wollen Sie nisch' nach Marienthal?»

«Doch, doch. Ich frage nur interessehalber. Morgen Abend muss ich da hin. Basketball. Bonn gegen Berlin. Sagen Sie mal, sieht man denn oben aus diesen VIP-Lounges überhaupt noch was?»

«Oha, da kann ich nischt mit dienen. War noch nie inner Fipp-Longsch. Aber wird wohl. Die ham so nen jroßen Würfel anner Hallendecke, mit Fideo, Zeitlupe und so. Ich persönlich geh schon mal zum Eishockey. Kölner Haie.»

Das Taxi verließ die Autobahn und nahm den parallelen Weg durch das Gewerbegebiet Rodenkirchen. «Links hier, wenn Sie mal schauen möchten, da hat übrigens der Endemol sein Büro», versuchte sich der Taxifahrer als Fremdenführer. «Big Brother und so.»

«Ja, die Medienstadt Köln», dozierte der Rosige auf dem Rücksitz, während der Mann auf dem Beifahrersitz unverdrossen aus dem Seitenfenster starrte. «48 000 Arbeitsplätze. Unglaublich.» Der Taxifahrer dachte angestrengt nach, wie er das Gespräch in Gang halten könnte. Medien waren nicht sein Spezialgebiet. «Jau», sagte er schließlich. «WDR, RTL, VIVA, da hab ich viele Kunden her. Harald Schmidt. Stefan Raab. Sein Vater hab ich jut gekannt. Bekannte Metzgerei in Köln-Sülz. Janz wunderbare Wurstwaren.»

Das Taxi rollte über das Kopfsteinpflaster der Pferdmengesstraße. Das Villenviertel von Marienthal wirkte zu jeder Tageszeit wie ausgestorben. Das Leben spielte sich hinter hohen Mauern und Designerzäunen ab; abgesehen von der strahlend weißen Villa am Ende einer offenen, zum Bürgersteig hin lediglich durch eine hüfthohe Zierhecke abgetrennten Parklandschaft. Offene Veranda, ein von Säulen getragener umlaufender Balkon. Im Mississippi-Delta wäre der Bau nicht aufgefallen. In Marienthal fiel er auf.

«Wenn die Herrschaften mir jetzt die Hausnummer sagen würden», setzte der Taxifahrer an. «Stopp», herrschte der Mann auf dem Beifahrersitz zurück. Nur ein Wort. Der Tonfall ließ keinen Zweifel daran aufkommen, dass der Mann es nicht gewohnt war, Widerspruch zu dulden. Sogar der Rosige auf dem Rücksitz zuckte zusammen, und der Taxifahrer stieg augenblicklich in die Eisen. «Klar, gar kein Problem. Soll ich Ihnen vielleicht mit dem Gepäck ...?»

Der Mann in dem schwarzen Anzug sah ihn ausdruckslos an. Der Taxifahrer hatte verstanden.

36 Das schwere Rolltor senkte sich augenblicklich hinter dem grauen Lieferwagen. Theo Maifeld wischte sich die ölverschmierten Hände an einem Lappen ab und grinste breit, während er auf die drei Männer zuging, die aus dem Führer-

haus kletterten. «Hallo Jo, schicke Uniform. Gab's die nicht in deiner Größe?» Er knuffte Morian freundschaftlich in die Seite, dann tippte er seine Faust gegen Hurls Faust: «Mensch, bist du schon wieder gewachsen, seit wir uns das letzte Mal gesehen haben?» Schließlich umarmte er seinen Bruder. «Die Kiste steht drüben auf der Grube, damit wir gleichzeitig arbeiten können. Die in den roten Overalls in der Grube, das sind meine Leute; die in den weißen Overalls über der Grube hat Jo geschickt. Echte LKA-Bullen aus Düsseldorf in meiner bescheidenen Hütte. Jo, sag bitte deinen Freunden und Helfern, sie müssen sich um die anderen Autos, die hier so rumstehen, gar nicht kümmern. Einfach ignorieren, die Kisten, einfach ignorieren. Will jemand 'nen Kaffee?»

«Net g'schlampert, die Hütt'n.» Wilhelmine bog auf den Kiesweg ein und steuerte auf die Villa zu. «Wie im Fuilm. Jetzt schau dir den an. Kann vor Muskeln kaum noch laufen.» Vor dem Portal hatte sich ein Schrank von Mann aufgebaut. Er trug einen um die massigen Schultern spannenden dunkelblauen Anzug. Aus dem Kragen wand sich ein Kabel hinauf zu seinem Ohr. «Da legst di nieder. Bodyguards. Wie im Fuilm.»

Der Schrank stoppte Wilhelmines Renault mit einer unmissverständlichen Handbewegung. Wilhelmine kurbelte die Seitenscheibe herunter. «Grüß Gott, scheener Mann. Wilhelmine Mischkas Partyservice. Wo dürfen wir parkieren?»

Der Schrank beugte sich ins Wageninnere und starrte an Wilhelmine vorbei auf Marias Oberschenkel. Maria bedeckte unwillkürlich ihren Schoß mit ihren Händen. Sie hätte schreien mögen vor Wut darüber, dass sie bei dieser bescheuerten Nummer mitmachte.

Wilhelmine tippte dem Schrank auf die Schulter. «Na, alles g'sehen?» Der Schrank richtete sich wieder auf und wurde amtlich: «Drei Fahrzeuge?» Wilhelmine schenkte ihm ihr unschuldigstes Lächeln. «Schön aufgepasst, Schatzerl. Und richtig bis drei gezählt. Jawoll: der schicke Wagen hier und die zwei praktischen Lieferwagen hinter uns. Macht z'samm drei. Da sag noch einer, Schönheit und Intelligenz passen net z'samm.»

Der Schrank ließ seinen Blick über das Dach des Renault wandern. Offenbar dachte er angestrengt über eine mögliche weitere Frage nach, die dazu beitragen könnte, seine Daseinsberechtigung unter Beweis zu stellen. Nach etwa zwei Minuten fiel ihm eine ein. «Und was befindet sich in den beiden Kleinbussen?»

Wilhelmine sah ihn an wie eine gütige, wenn auch leidgeprüfte Kindergarten-Leiterin. «Also: In dem da hinter uns, da sind ganz leckere Sachen drin, für die Gäste von deinem Boss. Die kann man essen. Und in dem anderen Auto, da sind die drin, die das Essen und den Schampus serviern. Die kann man dann oschaun, weil, die sehen nämlich alle z'samm ganz schnuckelig aus. Die Mannsbilder wie die Weibsbilder. Auf was stehst du denn so, privat meine ich?»

Sie winkte ihn näher zu sich heran.

«Mir koannst du's doch sagen, oder?»

Das genügte. Er hatte begriffen, dass der freie Fall seiner Autorität nicht mehr zu stoppen war. «Biegen Sie links auf den Nebenweg ab und parken Sie die Fahrzeuge hinter dem Haus. Da ist der Lieferanteneingang. Hier vorne haben Sie nichts zu suchen.»

Das Hupen klang aufgeregt und nervös. «Mercedes», sagte Theo Maifeld, richtete sich auf und schlenderte zum Rolltor. «Eins zu null, Max.» Max grinste. Als Kinder hatten sie sich immer einen Spaß daraus gemacht, Automarken am Klang der Motoren und der Hupen zu erkennen. Theo warf einen Blick auf den Monitor neben dem Rolltor, dann drückte er den grünen Knopf und schlenderte grinsend zurück. «Hey. Hat jemand ein Taxi bestellt?»

Max nickte dem Hünen zu, der sich aus dem Taxi schälte, die muskulösen Glieder streckte und seine rotblonde Mähne zurück in den Urzustand schüttelte, nachdem Liz sie Stunden zuvor nur mit Mühe und unter erheblichem Widerstand des Eigentümers in Fasson gebracht hatte. «Na, Hannes, alles glatt gelaufen?»

«Alles glatt?» Hannes Fußwinkel machte seiner Empörung Luft. «Alles glatt, sachst du? Keinen Pfennig Trinkgeld haben die Arschlöcher jejeben.»

Max nahm Jo beiseite. «Was sind das für Leute?» Morian fasste seinen Freund beruhigend um die Schultern. «Ermittlungstechniker. Spezialisten. Keine Sorge. Ihr Boss war mit mir auf der Polizeischule. Sobald sie fertig sind, faxen sie uns einen kleinen Bericht und vergessen die Sache einfach wieder.»

«Okay, ihr Süßen, dann kann der Tanz losgehen.» Wilhelmine Mischka war zufrieden. Mit der modernen, großzügig bemessenen Küche im Erdgeschoss, mit den Vorbereitungen, mit ihrer Mannschaft, und nach einem letzten prüfenden Blick in den Spiegel der Personaltoilette neben der Küche auch mit sich selbst. Sie sieht aus wie eine Grande Dame, fand Maria. Als wäre sie nicht zum Arbeiten, sondern zum Feiern gekommen.

«Du siehst toll aus, Wilhelmine.»

«Du aber auch, Schatzerl.»

«Hör auf. Schau dir den Fummel an. Da hätte ich auch gleich nackt gehen können. Grauenhaft.»

«Schatzerl, der Trick ist goanz einfach, aber er wirkt immer: Solange sie dir nämlich auf deine süßen Dudderln und auf dein knackiges Oscherl starren, werden s' sich dein G'sicht net merken.»

Alles lief glatt. Zu glatt für seinen Geschmack. Max schaufelte Zucker in den dampfenden Espresso, wärmte am Spülbecken ein Glas unter dem heißen Wasserstrahl und goss sich eine Daumenbreite von dem Brandy ein, den Morian vergessen hatte. Gran Duque d'Alba. Dann trug er beides zum Küchentisch, auf dem sich Berge von Dokumenten stapelten. Aus dem CD-Player wehte Charlie Hadens Interpretation von Leonard Bernsteins «Lonely Town» herüber. Shirley Horns Gesang lieferte sich ein aufregend-düsteres, morbid-erotisches Spiel mit Ernie Watts Tenorsaxophon.

Nachdem er die Werkstatt gemeinsam mit Morian verlassen hatte, waren sie zur Insel gefahren und das Material noch einmal systematisch durchgegangen. Fakten ohne Ende. Und mehr offene Fragen als je zuvor. Aber zum ersten Mal hielten sie das Ende eines roten Fadens in der Hand. Seit Morians Besuch bei Gertrud Weinert.

«Sie hat gewusst, was ihr Bruder all die Jahre mit Alexander angestellt hat», sagte Morian. «Sie hat es die ganze Zeit gewusst. Und sie hat Alexander dafür gehasst. Sie hat sich ein Bild in ihrem Kopf zurechtgebastelt, damit ihr frommes Weltbild weiter funktionierte: Alexander habe Weinert verführt, und Weinert habe es geschehen lassen, sei dem sündhaften Reiz der Jugend verfallen, weil er ein so schwacher Mensch war. Zum Kotzen.»

«Was ist an jenem Wochenende passiert? Als die Post vom Kreiswehrersatzamt im Briefkasten steckte?»

«Weinert hatte den ganzen Freitag nicht mehr mit ihr gesprochen. Er sei völlig hysterisch gewesen; ja, so hat sie es formuliert. Hysterisch. Er hatte sich in seinem Arbeitszimmer eingeschlossen, rumtelefoniert, teilweise geschrien am Telefon, auch wenn sie durch die Tür kein Wort verstehen konnte. Am Samstag ist er dann zum Frühstück erschienen. Unrasiert. Er hatte die Nacht im Arbeitszimmer verbracht. Und eröffnete seiner Schwester beim Frühstück, dass er nun abrechnen werde. So habe er sich ausgedrückt. Gnadenlos abrechnen. Ihm sei jetzt alles völlig egal, und er werde in seinen Memoiren auspacken, schonungslos, gleich, was es koste.»

«In seinen Memoiren?»

«Ja. Er hatte ohnehin vor, seine Lebenserinnerungen zu Papier zu bringen. Die Verlage standen schon Schlange. Die Ikone der Bonner Republik, der Mann, der Adenauer persönlich kannte, der als junger Mann dem Alten im Allerheiligsten der Macht während der Wirtschaftswunderzeit diente. Die Verlage waren ganz heiß drauf. Willst du auch noch einen?» Jo hob die Brandyflasche.

Max schüttelte den Kopf. «Und was wollte er nun plötzlich Spektakuläres in seinen Memoiren erzählen?»

«Meine Güte. Ist der gut. Keine Ahnung. Das wusste sie nicht. Ich glaube ihr. Sie befürchtete nur, dass er alles ruiniere, was er sich aufgebaut hatte, seinen guten Ruf und all dieses Zeug, auf das Leute in diesen Kreisen Wert legen, und das wollte sie unter allen Umständen verhindern. Gertrud Weinert zweifelte in diesem Moment ernsthaft an der geistigen Zurechnungsfähigkeit ihres Bruders. Sie bestätigte genau das, was Degener, der Hausarzt, schon angedeutet hatte. Ihr Bruder schrie, man habe ihm sein Eigentum weggenommen, das Einzige, was er je geliebt habe. Das sei gegen die Abmachung, aber nun lasse er sich nie mehr demütigen. Jetzt werde er Rache üben, alle mit in den Abgrund reißen, und es sei ihm völlig egal, wenn er dabei draufgehe. Dann sei er mit irrem Blick aufgesprungen und habe sich wieder im Arbeitszimmer eingeschlossen. Sie habe sich große Sorgen gemacht; und deshalb hat sie heimlich Herbach angerufen.»

«Was?»

«Ja. Am Samstag, im Laufe des Nachmittags, hat sie ihn auf seinem Handy erwischt. Sie bat Herbach inständig, er solle doch bitte ihren Bruder wieder zur Besinnung bringen. Und Herbach versprach ihr, sich um das Problem zu kümmern.»

Vier Stunden später stellten Max und Jo die Arbeit ein, tranken ein Bier auf der Terrasse und räsonierten über die verkorkste Europaliga-Saison ihres Basketball-Vereins. Das Übliche: Die jungen Spieler von heute haben keinen Kampfgeist mehr, keinen Mumm in den Knochen, wollen nur noch schnelles Geld verdienen. Sie stellten erschreckt fest, dass sie schon genauso redeten wie ihre Väter früher über den FC, beruhigten sich aber alsbald mit der Feststellung, dass sie natürlich im Recht waren und ihre Väter damals natürlich nicht.

Jo erzählte von seinen Kindern, von ihren Sorgen und Wehwehchen, von ihrer verrückten und verblüffenden Art, die Dinge instinktiv zu beurteilen, eine Fähigkeit, die den meisten Menschen auf dem Weg zum Erwachsenwerden verloren geht. Max erinnerte sich, wie sein Sohn Paul, kaum dass er laufen konnte, ihm beigebracht hatte, den Mond und die Sterne zu sehen und den aufregenden Mikrokosmos zwischen den Grashalmen auf einem Quadratmeter Wiese. Und ihn, nachdem er den kleinen Ausreißer bei einem Gewitter völlig durchnässt mit seinem Dreirad etwa zwei Kilometer von zu Hause aufgegriffen hatte, mit dem Bekenntnis verblüffte, er liebe den Regen, weil der Regen sein bester Freund sei.

«Was? Der Regen ist sein bester Freund? Das hat er gesagt? Ich glaub's einfach nicht.»

«Wenn ich's dir sage, Jo. Er guckte mich mit ernsten Augen an und sagte: Der Regen ist mein bester Freund.»

Nächstes Jahr will er für ein Jahr nach Amerika, so wie seine große Schwester zuvor. Um die High School zu besuchen. Vor allem aber, um Basketball zu spielen, um sich mit den schwarzen Jungs zu messen. «White boys can't jump», sagen die Schwarzen. Weiße Jungs können nicht springen. Und dribbeln, sich mit dem Ball bewegen schon gar nicht. Weiße Jungs bringen's nicht am Ball. Grundsätzlich teilte Hurl diese Meinung; nur bei Paul machte er eine Ausnahme. Vielleicht auch nur, weil er den Jungen so abgöttisch liebte. Dein Junge ist ein großes Talent, sagte Hurl immer wieder. Eines Tages spielt er in der NBA, so wie Dirk Nowitzki, und dann setzen wir uns in Miami zur Ruhe. Wieso eigentlich Miami?

Das war Hurls Traum: Träge in einem Liegestuhl am Strand, Bermuda-Shorts, Sonnenbrille, die bewundernden Blicke der weißen Ladys, die auf seinem riesigen schwarzen Körper ruhen, schlicht ignorierend, wenn auch gnädig duldend, in der einen Hand eine dicke Zigarre, in der anderen das Handy, um die neuen Verträge für Paul Maifeld auszuhandeln, the German Wunderkind, den genialen Shooting-Guard der Miami Heat. Schöner Traum.

Dabei wusste Hurl, dass dieser Traum niemals in Erfüllung gehen würde, weil er sein Heimatland niemals wieder betreten konnte. Aber er träumte den Traum unverdrossen.

Vera hatte vor drei Tagen ihr Abitur bestanden. Max war so stolz, wie nur ein Vater stolz sein kann. Sie und Helena hüpften ausgelassen herum, als läge ihnen die ganze Welt zu Füßen. Nur dass die Welt ausgesperrt blieb. Keinen Schritt konnten sie außerhalb der Insel ohne Anmeldung und Begleitschutz tun.

Alexander hingegen verspürte nicht das geringste Interesse, die Rheininsel zu verlassen. Inzwischen hatte er akzeptiert, dass Liz fernblieb, wenn die Therapeutin kam. Den Großteil des Tages verbrachte er vor Veras Computer. Vor zwei Tagen hatte ihn Hurl zu einem Anfängerkurs in Selbstverteidigung eingeladen. Zu ihrer aller Überraschung war er der Einladung gefolgt. Und am folgenden Tag wiedergekommen. Hurl hatte den Eindruck, dass es ihm Spaß machte, wenngleich Alexander offenbar früh gelernt hatte, dass es besser für ihn war, nicht den kleinsten Funken Freude zu zeigen.

«Hat Ossendorf was gebracht?» Morian hatte schon seine Jacke geschultert und den Lastenaufzug betreten, als ihm einfiel, dass Maria gestern Sylvia Adam im Gefängnis besuchen wollte.

«Keine Ahnung. Vielleicht weiß ich später mehr. Sie wollte noch vorbeikommen. Nach ihrem großen Auftritt.»

Morian schlenderte zurück zum Tisch, setzte sich erneut, kratzte sich nachdenklich am Hinterkopf. «Kann sein, dass es nicht funktioniert hat. Weil Maria damals in dem Prozess saß. Kann sein, dass das auf Sylvia Adam wie eine Bremse wirkt, psychologisch gesehen. Wenn ich Recht haben sollte, könnte Liz es vielleicht noch einmal versuchen, wenn etwas Zeit verstrichen ist. Sie ist keine Figur aus Sylvia Adams Vergangenheit, und sie kann so was gut.»

Max lächelte.

Was Morian irritierte.

«Glaubst du mir nicht?»

«Doch, doch. Das ist eine sehr gute Idee. Ich bewundere nur wieder mal deine Antennen. So wie ich dich kenne, wird Marias Besuch genau das Ergebnis haben, das du gerade prophezeit hast.»

«Das hat nichts mit Antennen zu tun. Wenn du mit einer Vollblutpsychologin verheiratet wärst ...»

«Falsch, Jo. Die Kausalkette funktioniert andersrum. Wenn du nicht solche Antennen hättest, würde die Ehe mit einer Frau wie Liz nicht lange funktionieren.»

«Ach, Max. Diese Scheißantennen sorgen nur dafür, dass mich dieser Beruf langsam kirre macht.»

Max betrachtete seinen Freund: die breiten Schultern, die Oberarme, mit deren Umfang sich nicht wenige Büromenschen bei ihren Oberschenkeln zufrieden gegeben hätten. Ein Bär von einem Mann. Ein Seelchen von einem Mann.

«Vielleicht ist es gar nicht der Beruf, Jo. Vielleicht ist es nur der Abgrund, in den wir gerade schauen. Weil wir nicht wissen, was uns am Fuß dieses Abgrunds erwartet. Ich schlafe nachts nicht mehr. Ich kann nicht fassen, was man Kindern ...»

Morian unterbrach ihn, indem er seine Hand auf Max' Hand legte. «Ich will nach Hause. Ich brauche eine Mütze Schlaf.» Er stand wieder auf, ging zum Aufzug, blieb unschlüssig stehen, als habe er etwas vergessen, dann betrat er den Aufzug.

«Max?»

«Ja?»

«Wir ziehen das jetzt durch. Komme, was wolle. Und mir ist scheißegal, was mein Präsident davon hält. Wir räuchern dieses Schlangennest aus, und wenn es mich den Job kostet. Ist übrigens schön, wieder mit dir zu arbeiten, Max.»

Dann rumpelte der Aufzug nach unten.

37 Vierhundertzweiunddreißig Gäste. Alles, was zwischen Düsseldorf und Frankfurt Rang und Namen hatte. Industrielle, Bankiers, Künstler, Schauspieler, Showmaster. Und mittendrin Event-Manager Harry Alfinger. Der schöne Harry.

Maria erkannte ihn sofort. Der auf ewig jung getrimmte Endfünfziger mit den runderneuerten Strahlezähnen und den gefärbten Haaren machte aus jeder langweiligen Party problemlos eine Jahreshauptversammlung deutscher TV-Prominenz.

Wenn nur der Preis stimmte.

Der Preis hatte wohl gestimmt. Herbach war auf Nummer sicher gegangen. Der Name des Gastgebers allein zog wohl nicht genug, und Harry Alfinger galt als der Beste seiner Branche. Wer über viel Geld, aber über einen unterdurchschnittlichen Bekanntheitsgrad oder gar über einen schlechten Ruf verfügte, wer in der besseren Gesellschaft Fuß fassen oder sich einfach mal in den Illustrierten bewundern wollte, engagierte den schönen Harry.

Und wenn die Stars und Starlets kamen, folgten der verarmte Herzeige-Adel und die Politiker aus Berlin, aus Düsseldorf oder aus Köln ohnehin wie die Lemminge. Männer, die ihre Bäuche vor sich hertrugen wie Bundesverdienstkreuze, an ihrer Seite knöchrige, hagere Gestalten mit Hälsen wie Warane, die gegerbten Lederhäute notdürftig in Brokat verpackt. Dazwischen die jugendliche Light-Ausgabe der feinen Gesellschaft, deren Rebellion gegen die ältere Generation sich in rosa Smokings, Sonnenbrillen und blonden Strähnchen erschöpfte, an ihrer Seite kleine, dralle Püppchen, die sich mit ihren modeschmuckbewehrten Händchen geziert durch ihre goldenen Mähnen fuhren und mit einem albernen Kichern der Aufforderung des Schwiegervaters in spe nachkamen, doch mal den umstehenden älteren Herren kurz das hübsche neue Piercing in der linken Brustwarze herzuzeigen, dass ihr der Verlobte im rosa Smoking zum Geburtstag geschenkt hatte, diamantenbesetzt selbstverständlich, sehr hübsch, wirklich sehr hübsch, junge Dame, lassen Sie noch mal sehen, ist ja auch nichts dabei, wir sind ja unter uns, quasi. Die Lederhäute schnitten derweil raubtierähnliche Grimassen, als spielten sie mit dem Gedanken, ihr das Piercing mit den Zähnen aus dem Fleisch zu reißen, besannen sich aber rechtzeitig ihrer zugewiesenen Rolle in diesem Spiel, schalteten um auf intensiven, messerscharfen Blickkontakt, der unmissverständlich signalisierte: Okay, du billiges Flittchen, wenn du deine Titten in drei Sekunden wieder eingepackt hast, lassen wir dich noch mal laufen. Und die Hochzeit, die kannst du dir jetzt ohnehin abschminken.

Eine Stunde nach dem offiziellen Beginn des Empfangs ließ sich erstmals der Hausherr blicken. Im weißen Smoking schritt er die Stufen der Freitreppe zur Empfangshalle hinab. Maria traute ihren Augen nicht. Bisher hätte sie jede Wette gehalten, dass es dermaßen dick aufgetragene Szenen wie diese nur im Kino gab. Auf halbem Wege blieb Herbach stehen, wartete geduldig lächelnd, bis der Beifall verebbt war, trat vor ein auf dem Treppenabsatz aufgebautes Mikrofon und hielt eine etwa zwanzigminütige Rede. Maria war zu beschäftigt, um sich den Inhalt zu merken. Sie registrierte nur, dass immer wieder vom freien Markt die Rede war, vom freien Spiel der Kräfte, vom Zukunftsmarkt Gentechnologie, ohne den Deutschland den Anschluss an das 21. Jahrhundert verpasse.

Nach neuerlichem Applaus mischte sich der Hausherr unters Volk. Und die Fotografen der Regenbogenblätter hatten ihre Schuldigkeit getan, wurden freundlich, aber bestimmt von den muskelbepackten Männern mit dem Knopf im Ohr aus der Halle geschoben. Die Gäste verteilten sich rasch auf die umliegenden Räumlichkeiten im Erdgeschoss zwischen der Bibliothek im Westen, dem leer geräumten Speisesaal im Osten und der beeindruckenden Terrasse vor dem malerisch erleuchteten Swimmingpool im Süden.

Maria bemühte sich, mit ihrem Tablett in die Nähe Herbachs zu gelangen, doch das war in der ersten Stunde schier aussichtslos. Zu groß war das Gedränge, und zu groß war Herbachs Interesse, sich an keinem Ort lange aufzuhalten, sondern in kürzester Zeit möglichst vielen Gästen die Hand zu schütteln. Viele, Männer wie Frauen, übten sich in geradezu devoter Gestik und Mimik angesichts des Mannes mit dem charmanten Lächeln und den eiskalten Augen.

Als sie es endlich schaffte, ihr Tablett mit Getränken in den Kreis von etwa sechs Personen zu halten, denen Herbach gerade seine Aufmerksamkeit schenkte, erstarrte sie augenblicklich. «Ja, was haben wir denn da für ein reizendes Geschöpf», flötete der Bonner Polizeipräsident und zwinkerte seinem Kölner Kollegen zu. Der wiederum hatte nur Augen für eine mindestens einsachtzig große, magersüchtige Blondine mit gespritzten Lippen, die in einem hautengen und nahezu durchsichtigen Abendkleid steckte und sich als Begleiterin eines Ford-Managers zu erkennen gab. Der Bonner Polizeipräsident lächelte abwechselnd Marias Brüste und Beine an, während er ein Glas Weißwein von ihrem Tablett nahm. Wilhelmine Mischka lag mit ihrer Prophezeiung goldrichtig: Der Mann, dem sie beruflich Dutzende Male auf Pressekonferenzen begegnet war, erkannte sie nicht. Aber Maria hätte sich im Spiegel selbst nicht erkannt, dank der Schminke und der mit reichlich Gel streng zurückgekämmten Haare.

Kein Zweifel: Sie hatten gerade über Alexander gesprochen. Aber Herbach wechselte in der Sekunde, als sie das Tablett reichte, das Thema. Keine Chance. Dieser Abend wird eine einzige Pleite.

Du Versagerin.

Sie wusste, dass Max das anders sehen würde. Sie hatte immerhin eine fotokopierte Gästeliste abstauben können, außerdem ein von Herbach benutztes Champagnerglas mit seinen Fingerabdrücken. Und sie hatte es geschafft, die beiden Wanzen, die Max in einem Medaillon an ihrer Halskette versteckt hatte, unter einer barocken Vitrine im Speisesaal und unter einem Ohrensessel in der Bibliothek anzubringen. Max hatte ihr gezeigt, wie man zufällig die Serviette aus gestärktem Leinen vom Arm rutschen lässt, um einen Grund zu haben, sich zu bücken. Sogar eine Generalprobe musste sie über sich ergehen lassen. In diesem unsäglichen Fummel.

Jetzt wusste sie, warum. Denn sie war keinen einzigen Moment unbeobachtet gewesen. Sie hatte die Wanzen angebracht, während Dutzende Menschen um sie herum standen. Niemand hatte sie auch nur eines Blickes gewürdigt. Wer schaut schon gerne hin, wenn dem Personal ein Missgeschick unterläuft? Sie hatte Todesängste ausgestanden. Aber sie hatte es geschafft. Wenigstens das.

Keine Chance, an Herbach heranzukommen. Max würde sie dennoch loben. Und sie würde ihm kein Wort glauben. So war sie nun mal gepolt, das wusste sie inzwischen: Sie beachtete die Menschen, die sie tadelten, und missachtete jene, die sie lobten.

So konnte man nie enttäuscht werden.

In einer Ecke der Empfangshalle spielte ein Trio entsetzlich einfältige Barmusik. Maria sah auf die Uhr. Kurz nach Mitternacht. Ein Pärchen bewegte sich eng umschlungen im Takt.

Wilhelmine Mischka ließ Suppe auftragen.

Kurz nach zwei hatte sich die Zahl der Gäste drastisch reduziert auf diejenigen, die nicht allein aus gesellschaftlicher Konvention gekommen waren oder weil sie von Alfinger auf Stundenbasis bezahlt worden waren, sondern um sich tatsächlich zu amüsieren. Oder um fürs Fernsehen entdeckt zu werden. Oder fürs Bett. Oder für beides. Der Bonner Polizeipräsident war verschwunden, ebenso sein Kölner Amtskollege. Den Hausherrn hatte sie zuletzt auf der Terrasse gesehen, als er die verbliebenen Gäste ermunterte, den beheizten, chlorfreien Swimmingpool nicht nur anzuschauen, sondern auch zu benutzen. Als hätten sie nur darauf gewartet, hatten sich einige Damen auf der Stelle ihrer Festgarderobe entledigt und waren juchzend ins Wasser gehüpft. Als einige Herren sich anschickten, aus ihren Smokings zu steigen, schlich sich Maria zurück ins Haus.

Das Pärchen in der Empfangshalle tanzte nicht mehr, war aber immer noch umschlungen. Eine Frau lehnte im Rahmen der offenen Flügeltür zur Bibliothek und beobachtete das Paar. Als sie Maria sah, schnippte sie mit den Fingern. Wie der Knall einer Peitsche.

«Was ist das auf dem Tablett?»

«Das sind Cocktails. Aber ich weiß leider nicht ...»

Die Frau nahm eines der Gläser und setzte es an die feuerrot geschminkten Lippen. Während sie trank, fixierte sie Maria über den Rand des Glases hinweg. Maria konnte sich dem Blick nicht entziehen. Augen wie Magneten. Die Frau war sehr groß und sehr schön. Sie trug ein schlichtes, schwarzes, bodenlanges Kleid, dessen Stehbündchen sogar ihren Hals verbarg. Schwarz glänzend glitten ihre Haare links und rechts des Mittelscheitels wie aus feinster Seide gesponnene Fäden die Schultern hinab.

Maria fragte sich, wie alt sie wohl sei. Unmöglich zu schätzen. Die Frau wirkte alt und jung zugleich.

Die Frau leerte das Glas und stellte es zurück auf das Tablett in Marias Händen. Sie berührte Marias linke Hand mit ihren Fingerspitzen, hielt einen Augenblick inne. Dann sagte sie: «Worauf warten Sie noch? Sie können gehen.»

Das Treiben in der Küche erinnerte an einen Hühnerstall, in den der Fuchs eingestiegen war. Nur Wilhelmine

Mischka war die Ruhe selbst. Wie ein Kapitän auf der Kommandobrücke. Doch als sie Maria sah, winkte sie aufgeregt. «Hier, Schatzerl. Jetzt wird's ernst. Schampus und drei Gläser. Treppe rauf, rechts den Gang runter, vierte Tür links. Der Gast wartet schon sehnsüchtig. Eigentlich darf nur das Personal vom Herbach außerhalb der Parterre bedienen, haben's mir eingeschärft. Aber i hoab's halt vergessen. Traust di?»

Maria drückte auf den Auslöser unter dem Blusenknopf in Höhe ihres Bauchnabels, dann klopfte sie an die Tür. Zitternd. Nichts. Sie klopfte erneut. Energischer.

«Ja, bitte?» Eine Männerstimme.

«Sie haben Champagner bestellt.» Sagte sie. Gerade laut genug, um durch die Tür verstanden zu werden. Und hoffentlich leise genug, um nicht entdeckt zu werden.

«Ah, wunderbar, hereinspaziert.»

Die Tür war unverschlossen. Maria schlüpfte in den Raum und schob die Tür hinter sich zu, ehe sie sich traute aufzublicken.

Auf dem breiten Bett des Gästezimmers lag ein rosafarbener Fleischberg in gestreiften Boxershorts.

«Wunderbar, wunderbar», wiederholte sich der rosa Fleischberg und duzte sie ungeniert: «Trinkst du ein Gläschen mit uns?» Bevor Maria eine Antwort darauf finden konnte, wen er wohl mit «uns» meinte, klatschte er in die Hände. «Mädels, der Schampus ist da.» Aus der Badezimmertür traten zwei Frauen, die offenbar die Wartezeit genutzt hatten, um sich für ihren Auftritt zurechtzumachen. Die eine war Mitte vierzig, trug ihr dunkles, mit grauen Strähnen versetztes Haar streng nach hinten geknotet, einen schwarzen, engen, bis über die Knie reichenden Rock, darunter graue Wollstrümpfe und klobige Gesundheitsschuhe mit Kreppsohlen. Unter der taillierten Stehkragen-Bluse spannten sich ihre gewaltigen Brüste. Maria fühlte sich unwillkürlich an ihre Lateinlehrerin erinnert.

Die zweite Frau war Anfang zwanzig. Zierlich. Sie hatte ihre langen, strohblonden Haare zu Zöpfen geflochten, die frech auf ihren Schultern tanzten. Sie trug ebenfalls eine weiße Bluse und einen schwarzen, wenn auch ungleich kürzeren Faltenrock, der ihre gebräunten, knabenhaften Schenkel freigab.

«Her mit dem Schampus», johlte der Fleischberg. «Und lass schon mal sehen, Frau Lehrerin.»

Maria schob das Tablett mit spitzen Fingern in die Bettmitte, während die beiden Frauen vor dem Fußende Aufstellung nahmen. Die Jüngere warf dem Fleischberg einen unmissverständlichen Blick zu, leckte sich mit der Zungenspitze die Lippen, dann drehte sie sich um und spreizte die Beine. Mit einer Reitgerte hob die Ältere den Rock der Jüngeren, während die wie in Zeitlupe den Oberkörper nach vorne neigte, bis sie in der Waagerechten innehielt und sich mit den Händen im Rahmen der Badezimmertür abstützte. «Du hast es schon wieder getan», schimpfte die Ältere und mühte sich, die kölsche Sprachfärbung in Grenzen zu halten. «Du hast ihm schon wieder unkeusche Blicke zugeworfen. Dafür werde ich dich bestrafen.» Sie hakte die Reitgerte in den altmodischen rosa Slip der Jüngeren und zog ihn mit einem Ruck nach unten. Dann ließ sie die lederne Spitze spielerisch über den kleinen Hintern gleiten.

Maria war wie hypnotisiert. Erst als der Fleischberg das Tablett beiseite schob, sich über das breite Bett auf sie zu wälzte und sie ansprach, löste sie sich aus ihrer Erstarrung.

«Du dienstbarer Geist, trink dir etwas Mut an und mach mit.»

«Tut mir Leid», sagte Maria mit einem gequälten Lächeln und trat den Rückzug an. «Keine Zeit. Die anderen Gäste warten.»

«Komm gefälligst her, du Schlampe. Stell dich nicht so an. Sonst muss ich ein Wörtchen mit deinem Boss reden. Das wollen wir doch nicht, oder? Sag mir, was du kostest. So viel Trinkgeld kriegst du in drei Monaten nicht.» Der Fleischberg richtete sich auf und rutschte auf Knien auf sie zu. Maria dachte einen Moment daran, den Mann in seine fette Wampe zu treten. «Tut mir Leid, nichts zu machen», sagte sie stattdessen und öffnete rasch die Tür.

Auf dem Gang atmete sie einen Moment lang tief durch und tupfte sich mit der Serviette den Schweiß von der Stirn. Als sie sich in Richtung Treppe umdrehte, blickte sie aus einer Entfernung von etwa dreißig Zentimetern in Herbachs stahlblaue Augen.

Eis.

Keine Regung in seinem Gesicht. Er hätte ebenso tot sein können, wenn er nicht aufrecht gestanden hätte. Maria versuchte ein Lächeln. «Oh, guten Abend. Ich wollte gerade ...»

«Sie haben hier oben nichts zu suchen!»

Scharf und schneidend wie Rasierklingen.

«Oh, pardon. Das tut mir Leid. Das wusste ich nicht. Der Gast hatte Champagner aufs Zimmer bestellt. Es war im Augenblick niemand anders da, und ich habe mir nichts dabei gedacht ...»

«Gehen Sie jetzt!» In Herbachs Gesicht war absolut nichts zu lesen.

«Bitte entschuldigen Sie. Ich habe den Job noch nicht lange. Wenn meine Chefin das hört, fliege ich hochkantig raus.»

«Gehen Sie jetzt, sagte ich!»

Das Herz schlug ihr bis zum Hals. Maria spürte Herbachs Blick zwischen ihren Schulterblättern, als sie die Treppe hinunterlief. Sie hatte ihr Tempo nicht mehr unter Kontrolle, durchquerte viel zu schnell die Halle, schaute nicht nach links und nicht nach rechts, wo die Frau in Schwarz immer noch in der Tür zur Bibliothek lehnte und sie mit ihrem Blick verfolgte. Bevor sie in den Gang zur Küche einbog, Wilhelmine Mischkas fröhlichem Geplapper entgegen, warf sie einen scheuen Blick zurück.

Herbach war verschwunden.

38 *Ich habe beschlossen, das Tagebuch fortzuführen. Es war verstaubt, aber unversehrt, als ich es heute aus dem Schuhkarton im Schrank hervorholte, in den ich es vor 19 Jahren gelegt hatte, mit dem festen Vorsatz, es nie wieder anzurühren. Aber ich habe einen Menschen kennen gelernt, der mein Leben verändern könnte.*

Wir schreiben das Jahr 1978. Ich bin 40 Jahre alt und habe eine gute Position als Referatsleiter im Bundesgesundheitsministerium. Ich bin zufrieden mit meiner Arbeit, und meine Vorgesetzten sind, so vermute ich, zufrieden mit mir. Ursprünglich war ich dem Willen meiner Eltern gefolgt und hatte an der Bonner Universität mit dem Examensziel Lehramt studiert. Biologie und Chemie. Meine Eltern konnten sich mit meinem Traum, Astronomie zu studieren, nicht anfreunden. Deshalb hatte ich mich für Biologie und Chemie entschieden. Das erste Staatsexamen legte ich bereits nach acht Semestern mit der Gesamtnote «sehr gut» ab. Doch die Referendarzeit wurde schon nach wenigen Wochen zu einem Martyrium. Ich war diesen jungen Menschen, die auf den Schulbänken Twist tanzten und Kaugummis kauten, einfach nicht gewachsen. Sie machten mir Angst, und sie widerten mich an; die unverschämten Drohgebärden dieser Halbstarken in ihren Lederjacken und Siegerposen, die nicht minder unverschämte und aufreizend zur Schau gestellte Weiblichkeit der jungen Frauen in ihren schwingenden Röcken und engen Hosen. Ich konnte mir einfach keinen Respekt verschaffen. Ich litt. Ich wurde immer häufiger krank.

Ich wollte nicht mehr leben.

Einer meiner alten Professoren machte mir das Angebot, in Biochemie zu promovieren. Dankbar nahm ich an und promovierte mit «summa cum laude». Anschließend bewarb ich mich erfolgreich bei der Bonner Ministerialbürokratie.

Seit 15 Jahren fahre ich morgens mit dem Fahrrad zur Arbeit. Das macht mir nichts aus, denn der Winter im Rheintal ist mild. Ich habe nie einen Führerschein gemacht. Als ich damals nach dem Abitur nach Bonn zurückkehrte, empfingen mich meine Eltern auf dem Bahnhof mit einem Geschenk: einem Heinkel-Roller. Ich bin ihn nie gefahren. Jede Form von Bewegung macht mir Angst.

Ich erfreue meine Vorgesetzten täglich aufs Neue mit meinen in neun grausamen Jugendjahren andressierten deutschen Tugenden, kehre abends zurück in mein Appartement, lese ein Buch und gehe zeitig zu Bett. Meine Eltern sind inzwischen verstorben. Ein Autounfall. Auf dem Weg in ihren ersten Urlaub. Sie hatten immer nur gearbeitet, ihr Leben lang. Sie wollten wenigstens einmal den Gardasee sehen. Davon hatten sie immer geträumt.

Das Restaurant habe ich gleich nach ihrem Tod verkauft, aber das Appartement im Dachgeschoss als Eigentumswohnung behalten. Ich habe Bonn nie wieder verlassen. Manchmal gehe ich in die Oper; der einzige Ort, an dem ich mir Gefühle gestatte.

Ganz alleine, nur für mich.

Seit einigen Wochen besuche ich einen Konversationskursus in Englisch an der Volkshochschule. Nicht dass mich der Gedanke sonderlich reizte, mich unter wildfremde Leute zu begeben. Doch die internationale Sprache der Biochemie ist Englisch, und meine Vorgesetzten fanden, es sei an der Zeit, mich fortzubilden.

Meine Banknachbarin heißt Sylvia Walterscheid. Eine Kölnerin, die soeben in Bonn ihr Jura-Studium begonnen hat. Sie ist erst 20 Jahre alt. Mir ist unerklärlich, weshalb sie sich ausgerechnet zu mir hingezogen fühlt. Mein Gott, ich bin zwanzig Jahre älter als sie. Sie hat doch noch ihr ganzes Leben vor sich.

Aber sie ist so anders als die meisten Frauen, denen ich im Ministerium oder auf der Straße begegne; intelligent und gebildet, stets freundlich und interessiert, aber nie aufdringlich. Zudem dezent und geschmackvoll gekleidet. Eine echte Dame. Etwas frech vielleicht. Aber nie vulgär. Sie interessiert sich nicht für Beat und Rock, sondern ausschließlich für klassische Musik.

Als wir gestern gemeinsam die Bonner Oper verließen, war der Himmel voller Sterne. Wir standen lange am Rheinufer und hielten uns an der Hand. Ist das Liebe? Ich weiß es nicht. Sie sagte, sie wolle irgendwann in ihrem Leben zwei Kinder haben und großziehen. Sie sah mir dabei lange in die Augen. Das machte mir Angst. Aber dann wurde sie ganz ernst und sagte, dass sie keinerlei Interesse an körperlicher Intimität habe, dass sie vielmehr den Geschlechtsakt lediglich als Mittel zum Zweck sehe. Und dass sie einen Mann suche, der daran ebenfalls kein Interesse habe, sondern vielmehr eine treue Kameradin für den gemeinsamen Weg durchs Leben suche.

Mein Herz hüpfte vor Freude. Ich hätte ihr auf der Stelle sagen mögen, dass ich genau dieser Mann bin, den sie sucht.

Aber ich habe nicht den Mut aufgebracht.

Max hatte nicht gezählt, wie oft er das Tagebuch schon gelesen hatte auf der Suche nach einem Hinweis, ob der Tod des Kurt Adam vor zwölf Jahren in Verbindung stand mit dem Tod des Julius Weinert.

Der Tod der beiden Väter Alexanders.

Er fand nichts. Das Geheimnis musste, wenn überhaupt, auf den fehlenden Seiten zu finden sein, jenen Seiten, die jemand mit großer Sorgfalt aus dem Buch getrennt hatte. Zu welchem Zweck? Um ein Geheimnis zu wahren? Dann hätte er gleich das ganze Buch vernichten können. Oder hatte im

Gegenteil jemand die Seiten herausgetrennt, um sie vor einer möglichen Vernichtung zu retten?

Die verschwundenen Seiten. In der Chronologie der Ereignisse fehlte Kurt Adams Schulzeit nach der Volksschule bis zum Abitur.

Neun Jahre fehlten. Jene neun Jahre, die ihn dazu getrieben hatten, das Buch überhaupt zu schreiben.

Miles Davis' Solo in «So What» wurde von einem doppelten Piepton unterbrochen. Max sah hinüber zu den Monitoren. Maria stand vor dem Tor, während sich Hannes Fußwinkels Taxi entfernte. So ein Leichtsinn. Warum wartete er nicht, bis sie im Gebäude war? Max drückte den Summer und verfolgte auf dem nächsten Monitor, wie Maria schnellen Schrittes das Basketball-Feld überquerte. Max drückte einen zweiten Knopf, und das Gatter des Lastenzugs im Erdgeschoss öffnete sich. Dann setzte er Teewasser auf.

«Du siehst ganz schön umwerfend aus.»

«Ich sehe zum Kotzen aus.»

«Dann werden wir das jetzt ändern. Komm mit.» Er führte sie in ein Zimmer, das mit Basketball-Postern tapeziert war.

«Das ist Pauls Zimmer. Du kannst es haben diese Nacht. Er schläft bei Hurl im ersten Stock. Das Badezimmer ist genau gegenüber. Ich hoffe, die Klamotten hier passen dir. Sie sind von Vera.»

Auf dem Bett lagen eine Jogginghose aus flauschiger Baumwolle, ein weißes T-Shirt und ein dicker Seemannspullover. Genau die Klamotten, die sie jetzt brauchte. War das Zufall, oder verfügte dieser Mann tatsächlich über so etwas wie Sensibilität?

«Okay, bringen wir's hinter uns. Zieh die Bluse und den Rock aus. Ich entfessle dich erst einmal.»

Max löste das winzige Objektiv, dass er am Nachmittag

mit zwei Haarspangen zwischen den Körbchen des schwarzen, spitzenbesetzten Büstenhalters angebracht hatte.

«Haben die sehr gepikt?»

Maria sagte nichts.

Max bemühte sich, so teilnahmslos zu wirken wie ein Gynäkologe bei der siebten Patientin des Tages, obwohl er keine blasse Ahnung hatte, wie teilnahmslos ein Gynäkologe gewöhnlich wirkte. Sein alter Schulfreund Rüdiger wollte immer Frauenarzt werden, weiß der Himmel, warum. Jedenfalls war er der Beste in Biologie und ließ ihn immer abschreiben.

Worauf man so alles kommt, nur um sich vom Anblick einer schönen Frau abzulenken.

Er stöpselte die dünnen Kabel aus dem grauen Kasten, der nicht größer und nicht viel schwerer war als eine Zigarettenschachtel, obwohl er die Akkus und den Speicher einer kompletten digitalen Audio-Video-Anlage enthielt. Dann löste er die Schnüre von ihren Hüften und ihren Oberschenkeln, die den kleinen Kasten an der richtigen Stelle gehalten hatten, an der einzigen Stelle, an der er unter ihrer knappen Kellnerinnen-Uniform nicht erkennbar war.

Er atmete ihr Parfüm.

Er machte weiter.

Das Kabel war mit Klebeband in Höhe des winzigen Auslöseknopfs in ihrem Bauchnabel fixiert. «Das kann jetzt etwas wehtun. Soll ich mit einem Ruck oder lieber langsam und sanft ziehen?»

Als ihre Augen unwillkürlich nach oben wanderten, riss er das Klebeband mit einem kurzen Ruck ab.

«Autsch. Sehr einfühlsam. Warum fragst du mich überhaupt, wenn du doch tust, was du willst?»

«Um dich von dem Schmerz abzulenken. Nachdenken ist die beste Form der Ablenkung.»

«Woher hast du gewusst, dass ich gerade nachdenke?»

«Weil deine Augen nach oben gewandert sind.»

Skeptisch versuchte Maria sich zu erinnern, auf welche Weise ihre Mutter früher bei ihr die Pflaster entfernt hatte. Ihre Augen wanderten unwillkürlich nach unten.

«Falsch. Meine Augen wandern beim Nachdenken ...»

«Nach unten», ergänzte Max. «Weil Nachdenken in den meisten Fällen mit Erinnern zu tun hat. Wir kramen auf der Festplatte in unserem Gehirn abgespeicherte Informationen hervor. Immer wenn unser Nachdenken mit Vergangenheit zu tun hat, wandern die Augen nach unten. Wenn wir aber vor einer Entweder-oder-Entscheidung stehen, wir uns also vorstellen, welche Konsequenzen unsere Entscheidung in der nahen Zukunft haben wird, wandern unsere Augen nach oben.» Max grinste. «Übrigens wandern sie auch beim Lügen nach oben. Wenn auch in einem etwas anderen Winkel. Aber das bewahren wir uns für die zweite Lehrstunde auf. Komm in die Küche, wenn du umgezogen bist.»

Der Tee tat gut. Maria hielt den Becher mit beiden Händen, hatte die Beine angezogen und die Füße auf den Nachbarstuhl gestellt. Veras dicke Wollsocken waren wunderbar warm. Er hörte ihr aufmerksam zu, als sie den Abend in Herbachs Villa schilderte. Und ihren Besuch in der Justizvollzugsanstalt für weibliche Strafgefangene in Köln-Ossendorf. Diese seltsame Frau, die so stark, aber auch so kalt und unnahbar wirkte. «Ich kenne Sie», hatte Sylvia Adam nach weniger als zwei Minuten gesagt. «Ich kenne Sie doch irgendwoher.» Als Maria sich zu erkennen gab und ihr den wahren Grund ihres Besuches offenbarte, war sie wutentbrannt aufgesprungen. Das Gespräch sei beendet, herrschte Sylvia Adam sie an. Maria hatte blitzschnell geschaltet, ihr zu verstehen gegeben, dass sich Alexander in sicherer Obhut befand. Daraufhin setzte sich Sylvia Adam wieder und hörte schweigend zu. Sie machte sich Sorgen, unverkennbar, obwohl sie alles tat, genau das zu verbergen.

«Sie will, dass ihre Kinder sie hassen.»

«Hat sie das gesagt?»

«Nein. Sie hat so gut wie nichts gesagt.»

«Irgendetwas, was uns weiterhelfen könnte?»

«Nichts. Ich habe es nicht geschafft, sie aus der Reserve zu locken.»

Sie misstraute Maria. Wie Jo es prophezeit hatte. Maria war ihr damals zu nahe gekommen.

«Wie hat sie auf den Namen Weinert reagiert? Auf Herbach?»

«Sie behauptet, sie kenne niemanden namens Herbach. Und als ich sie nach Weinert fragte, hat sie beharrlich geschwiegen.»

«Was hat sie über ihren Mann erzählt? Über den Mord?»

«Ebenfalls Fehlanzeige.» Sie hielt inne. Doch, da war noch etwas. Ein Satz, dessen Sinn sie überhaupt nicht verstanden hatte.

«Ich weiß nicht, ob das was zu bedeuten hat. Sie hat gesagt, die Polizei habe zwar sein Grab gefunden ... aber nicht die Wahrheit.»

Max deutete auf die Gästeliste und auf das Champagnerglas in der durchsichtigen Plastiktüte. «Gute Arbeit!»

Sie antwortete nicht. Max stand auf und schaltete den Computer ein. Auf dem Bildschirm erschien der rosa Fleischberg.

«Ein Gast», kommentierte sie. «Nichts weiter.»

Sie versuchte in seinem Gesicht zu lesen, während er die Videosequenz betrachtete. Doch da war nichts zu lesen. Erst als am Ende der Sequenz der rosa Fleischberg über das Bett auf sie zu robbte und sein Kopf den Bildschirm füllte, huschte plötzlich ein Lächeln über sein Gesicht. Er ließ das Band zurücklaufen, dann wieder vor, schaute sich alles noch einmal an.

«Was gibt's da zu grinsen? Stell sofort das Band ab.»

Max wehrte ab, griff nach der Gästeliste, blätterte eine Seite nach der anderen um, tippte schließlich auf einen Namen.

«Volltreffer. Den kenne ich. Der Indianer hat ihn vom Flughafen abgeholt. Kam mit der Maschine aus Berlin.»

Er wühlte in dem Berg von Papieren und Fotos, die er mit Morian studiert hatte. Dann schob er Maria eines der Fotos, die sie am Flughafen gemacht hatten, über den Tisch.

«Ja», sagte Maria. «Kein Zweifel. Das ist er.»

«Dr. Christoph Lämmle.» Max stöberte weiter in den Papieren. «So heißt er. Er ist mir schon einmal über den Weg gelaufen. Bei Weinerts Beerdigung. Da hat er eine ergreifende Rede gehalten. Was er dem Verblichenen alles zu verdanken habe. Er war als junger Mann Weinerts persönlicher Referent im Bundestag gewesen. Und er wurde nicht müde, in seiner Trauerrede zu erwähnen, dass Weinert ihm vor allem das Dienen beigebracht habe. Eine Tugend, die er zunehmend in unserer Gesellschaft vermisse. Zum Kotzen.»

«Und was macht er inzwischen beruflich?»

Max blinzelte, als er den Zettel betrachtete. «Ist schon eine Weile her, dass ich das aufgeschrieben habe. Ich habe aber auch eine schreckliche Klaue. Moment.»

Er öffnete eine Schublade, nahm ein Etui heraus und hatte plötzlich eine Brille auf der Nase. Wieso habe ich dich noch nie mit Brille gesehen?, dachte Maria. Dann fiel ihr auf, dass sämtliche Papiere auf dem Küchentisch in übergroßer 14-Punkt-Schrift ausgedruckt waren. Du hast keine schreckliche Klaue, Max Maifeld, du leidest an Altersweitsichtigkeit. Und du bist obendrein ein eitler Pfau.

Max sah auf. «Dr. Christoph Lämmle. Bundestagsabgeordneter. Jurist. Mitglied im Rechtsausschuss. Geboren und aufgewachsen im Schwäbischen. Da hat er auch seinen Wahlkreis. Verheiratet, vier Kinder. Katholisch. Seine Frau ist von Haus aus vermögend. Er hingegen kommt aus einfachen Verhältnissen. In seiner Fraktion zuständig für Familie, Moral und gute Sitten.»

«Ein feiner Mann.»

«Kann man wohl sagen. Der Biedermann aus dem Musterländle.» Max hob feierlich seinen Kaffeebecher. «Herzlichen Glückwunsch, Herr Dr. Lämmle. Sie sind unser Mann.»

«Was hast du vor?» Maria konnte ein Gähnen nicht unterdrücken. Sie schlang die Arme um ihren Oberkörper. Trotz des Pullovers war ihr kalt. Max betrachtete sie lange, bevor er antwortete. «Du siehst müde aus. Kein Wunder. Soeben hat mein Lieblingsbäcker seinen Laden aufgeschlossen. Lust auf frische Brötchen vor dem Schlafengehen?»

Er stand auf.

«Max, sag mir, was du vorhast!»

«Brötchen kaufen.»

«Max!»

«Ja, mein Schatz?»

Sie schüttelte unwillig den Kopf. Sie war nicht zu Späßen aufgelegt. Sie war müde. «Sag mir auf der Stelle, was du mit Lämmle vorhast.»

Max Maifeld lächelte. «Nichts weiter. Lämmle dient gerne. Das kann er nun tun. Hurl und ich werden mit ihm ins Kino gehen.»

39 *Aus und vorbei. Das Glück ist eine Kugel aus hauchdünnem Glas. Ich habe sie zerbrochen. Sie ist mir aus den Händen geglitten, zu Boden gefallen, zerschellt in tausend Scherben. Einige Zeit, einige wenige glückliche Jahre lang, konnte ich die bittere Wahrheit verdrängen. Bis sie sich erneut einen Weg bahnte.*

Sie haben noch genauso viel Macht über mich wie damals.

Ich habe meine Familie um ihr Glück betrogen. Ein unschuldiges Kind um sein Leben betrogen. Nur weil ich zu feige war, aufzustehen wie ein Mann und meine Familie zu beschützen. Ich bin nicht mal den Schmutz unter meinen Fingernägeln wert. Ich bin ein Versager.

Nichts hat sich geändert. Gar nichts.

Ich habe meine Arbeit aufgegeben, weil ich dachte, dann hätten sie keine Macht mehr über mich. Das war ein Irrtum. Sie haben mehr Macht denn je. Ich bin sogar zu feige, freiwillig aus dem Leben zu scheiden, aus dem Gesichtsfeld der Menschen, denen ich so sehr geschadet habe. Stattdessen trinke ich. Ich habe früher nie getrunken. Keinen Tropfen angerührt. Jetzt trinke ich. Nein, ich saufe, schon morgens, kaum dass Sylvia und die Kinder aus dem Haus sind.

Sylvia arbeitet hart.

Sie ist kein Versager. Sie nicht.

Wenn die Kinder aus der Schule kommen, liege ich betrunken auf der Couch, statt ihnen das Mittagessen zuzubereiten, ihnen bei den Schulaufgaben zu helfen und mir ihre Sorgen anzuhören.

Ich kann nicht weinen.

Ich konnte noch nie weinen.

Sie ist inzwischen dankbar, dass Weinert den Jungen so oft zu sich nimmt. Helena ist häufig in Köln, bei ihrer Großmutter, am Wochenende und in den Ferien. Alexander ist nun sogar während der Schulzeit immer öfter bei Weinert. Er bringt ihn zur Schule und holt ihn ab. «Wenn meine Mutter und Julius nicht wären, würden wir alle verhungern», sagte Sylvia gestern vorwurfsvoll. Denn dann könne sie ihrer Arbeit nicht mehr nachgehen und die Familie ernähren.

Ich bin wie gelähmt.

Warum merkt sie nicht, was vorgeht? Warum schaut sie nicht hin? Sylvia, bitte, schau hin, was mit deinem Jungen passiert. Ich kann es dir nicht sagen. Es ist doch zu sehen, so einfach zu durchschauen. Er wird immer stiller, immer trauriger, immer miserabler in der Schule. Sieh doch bitte endlich hin!

Sylvia will sich unter keinen Umständen scheiden lassen. Wegen der Kinder, sagt sie. Sie verachtet mich zutiefst.

Wenn sie allerdings die Wahrheit wüsste, die ganze Wahrheit, die ich ihr niemals erzählen werde, niemals erzählen kann, dann würde sie mich auf der Stelle erschießen.

Seine Stadt hatte sich verändert. Das kam ihm in jüngster Zeit häufiger in den Sinn, wenn er morgens sein Haus im Bonner Stadtteil Oberkassel verließ und den Rhein auf der sechsspurigen Südbrücke überquerte. Die verspielten, poppig-bunten T-Mobile-Bauten, die schon von ferne signalisierten: Hey, schaut her, hier arbeiten Yuppies für Yuppies, und das Leben ist aufregend und schön; die High-Tech-Denkfabriken auf dem Gelände der ehemaligen Zementfabrik am Ostufer, jenseits des Rheins der in den Himmel ragende, glitzernde Post-Tower am westlichen Ufer, und schließlich die gläserne Fassade der Telekom-Konzernzentrale. Dagegen wirkte selbst das gegenüber liegende luxuriöse Hotel Maritim auf den ersten Blick wie eine billige Absteige. Keine Spur mehr von der pomadigen Biederkeit des einstigen Regierungsviertels.

Nichts erinnerte mehr an die kleine Hauptstadt am Rhein.

Bis auf seinen Arbeitsplatz.

Morian umkurvte den trist-grauen Bau auf der Suche

nach einer Parkmöglichkeit. Das Polizeipräsidium, eine Mischung aus Kaserne und Festung, erinnerte an Rasterfahndung und Botschaftsbesetzung, an Stasi-Spione und an Prügelperser, an Romeos und an Bannmeile und an durchschnittlich 300 Demonstrationen pro Jahr.

Bundeshauptstadt Bonn.

Der Abgeordnete Dr. Julius Weinert hat das Wort.

Das Redemanuskript für die Debatte fein säuberlich in extra großer Schrift abgetippt, auf der supermodernen IBM-Kugelkopf-Schreibmaschine mit integriertem Tipp-Ex-Korrekturband.

Von der Sekretärin.

Von Erika Bräutigam.

Morian stoppte, wendete und lenkte den Volvo zurück auf die B9. In Richtung Norden. Was sollte er auch in seinem Büro? Er würde sich Weinerts Exsekretärin noch einmal vorknöpfen. Sie wohnte immer noch in dem schäbigen Hochhaus in Neu-Tannenbusch, in das sie damals eingezogen war, als sie den Job bei Weinert bekommen hatte. Nur arbeitete sie inzwischen halbtags, bei einem Steuerberater. Nachmittags von 14 bis 18 Uhr. Es war acht Uhr morgens. Notfalls würde er sie aus dem Bett klingeln.

Eine seltsame Frau. Äußerlich hatte sie sich kaum verändert seit jener Zeit, als das Foto gemacht wurde, das er in Weinerts Arbeitszimmer gefunden hatte. Immer noch diese schönen, langen, seidig glänzenden Haare. Immer noch diese altmodische, streng gescheitelte Frisur. Und diese 70er-Jahre-Klamotten. Als sei sie geradewegs aus dem Foto geklettert.

Anhand des Fotos hätte er allerdings nimmer geschlossen, wie groß sie war. Auf dem Foto saß sie schließlich hinter ihrem Schreibtisch, und Weinert stand. Der große Weinert und seine kleine Sekretärin. Sie war sogar außergewöhnlich groß, war ihm bei seinem ersten Besuch durch den Kopf gegangen, gleich als sie ihm die Tür geöffnet hatte. Schlank. Schöne Beine unter dem karierten, knielangen Faltenrock. Muskulöse Waden. Offenbar betrieb sie regelmäßig Sport, hatte er noch gedacht, als sie vorangegangen war, um ihn in das winzige Wohnzimmer zu führen. Winziger Balkon. Aber allemal groß genug, um beim Anblick der Betonwüste ringsum das heulende Elend zu kriegen und sich am besten gleich hinabzustürzen.

Morian bog auf die Stadtautobahn. Ein Fehler. Stau schon in der Auffahrt. Berufsverkehr. Hätte er sich denken können, um diese Zeit, verdammter Mist! Vielleicht sollte er sich besser einen Moment lang aufs Fahren konzentrieren. Statt an Erika Bräutigam zu denken.

Die ganze Wohnung hatte einen furchtbar spießigen Eindruck gemacht. Platzdeckchen auf dem Couchtisch aus Eiche. Couchgarnitur in braunem Cordstoff. Sie hatte ihm Likör angeboten. Als sei die Zeit stehen geblieben, seit das Foto gemacht wurde. Nur ihr Gesicht hatte sich verändert. Es passte nicht mehr so recht zu ihrem Körper. Es war immer noch schön. Ausgesprochen apart, dank der hochstehenden slawischen Wangenknochen. Aber zwischen ihrem Gesicht und ihrem Körper schienen Jahrzehnte zu liegen. Stress? Schlaflosigkeit? Alkoholprobleme? Depressionen? Er wusste es nicht.

Vielleicht hätte er sie fragen sollen.

Abfahrt Tannenbusch. Morian passierte die Mietskasernen, die nach dem Krieg die Alliierten für ihre Bediensteten in der Hohen Kommission in amerikanischer Rekordzeit hochgezogen hatten. Damals staunten die Bonner über den Fortschritt. Heute standen die Dinger unter Denkmalschutz und sahen nicht viel besser aus als die Plattenbauten der DDR. Aber das viele Grün und die großen, alten Bäume ließen Alt-Tannenbusch bedeutend sympathischer wirken als die benachbarte Trabantensiedlung Neu-Tannenbusch. Warum war sie eigentlich nie aus dieser Gegend weggezogen?

Sie war höflich und gesprächsbereit. Was sie freimütig über ihre Herkunft zu berichten hatte, war eine echte Überraschung für Morian: Weinert hatte sie schon gekannt, als sie noch ein Baby war.

Ihre Mutter war Magd bei Weinert senior gewesen, auf dessen Gut im Osten. Der nahm das junge Mädchen, das nie etwas anderes gelernt hatte als Kühe melken und Wäsche plätten, mit in den Westen, zusammen mit drei weiteren seiner Bediensteten. Die anderen brachte Weinert senior auf einem Bauernhof im Münsterland unter. Nur die junge Magd behielt er im Haus, damit sie seine beiden Kinder versorgte. Sie war schon bei der Flucht vor den Russen im dritten Monat schwanger gewesen. Das Kind nannte sie Erika.

Und wer war der Vater? Erika Bräutigam zuckte mit den Schultern. «Ich habe keine Ahnung», sagte sie beiläufig, als würde es sie nicht weiter interessieren.

Nach dem Tod des alten Weinert kümmerte sich die Magd um ihr Baby, außerdem um Gertrud, die aber schon Wochen später bei einem ebenfalls mit Hilfe des alten Weinert geflohenen älteren, kinderlosen Lehrer-Ehepaar untergebracht wurde, und um Julius, bis der mit zwölf ins Internat kam, ganz so, wie es sein Vater im Testament vorgesehen hatte. Und ums Finanzielle kümmerte sich ein Vertriebenenverband, dem der Senior sein Vermögen treuhänderisch übereignet hatte, unter gewissen Auflagen. Aber die Geschichte kannte Morian schon. Er hatte hochgerechnet: Erika Bräutigam musste schon Mitte fünfzig sein. Das war die nächste Überraschung.

Sie hatte nach der Realschule die Handelsschule besucht, aber nach einem Jahr abgebrochen. Was sie anschließend getan habe, wollte Morian bei seinem ersten Besuch wissen. Sie sah ihm lange in die Augen, als wolle sie dort ergründen, warum er diese Frage stellte. Sie fixierte ihn wie ein Dompteur seine Großkatzen. Was für ein Blick, dachte Morian. Wenn ich so gucken könnte, würde jedes Verhör nach fünf Minuten mit einem Geständnis enden. «Gastronomie und Tourismus», antwortete sie schließlich. «Dies und das.» Lebte da ihre Mutter noch? Wieder dieser Blick. Morian beschloss, weder Liebe noch Hass in diesen Augen kennen lernen zu wollen. «Nein.» Die Antwort auf deine Frage, Morian. Weinert junior stellte sie für sein Bonner Abgeordnetenbüro ein – und warf sie nach sieben Jahren von einem Tag auf den anderen raus. Hatte sie sich gegen die fristlose Kündigung zur Wehr gesetzt? «Nein.» Warum nicht? «Ich hatte ohnehin andere berufliche Pläne.» Welche? «Nichts Konkretes. Tapetenwechsel. Andere Länder sehen.»

So endete sein erster Besuch bei Erika Bräutigam.

Dieser Blick. Eigentlich endete der erste Kontakt mit Erika Bräutigam erst in der folgenden Nacht. In einem Albtraum. Morian war schweißgebadet aufgewacht. Ihre Augen. Sie hatten ihn erst verführen und dann ermorden wollen, diese Augen.

Gleich um die Ecke hatten die Grünen-Politiker Petra Kelly und Gert Bastian gelebt, bis der Exgeneral seinem und ihrem Leben ein Ende machte. Als man sie fand, waren sie schon drei Wochen tot. Niemand hatte sie vermisst in diesem Ghetto der Anonymität.

Morian parkte vor der schäbigen Mietskaserne am Memelweg. Sämtliche Straßen waren nach verlorenen Ostgebieten benannt. Was die türkischen Jugendlichen, die vor der Haustür rumlungerten, sicher nicht weiter interessierte. Mit Verachtung im Blick taxierten sie seine Rostlaube. Morian hatte nichts dagegen. Der Volvo hatte nicht mal ein Radio.

Das erhöhte die Chancen, dass die Seitenscheiben die nächste halbe Stunde heil blieben.

Warum deckte sie immer noch den Mann, der sie damals vor die Tür gesetzt hatte und inzwischen mausetot war?

Die Jungs mit den Schlabberhosen und den knielangen T-Shirts räumten nur widerwillig ihren Stammplatz vor der verbeulten Alu-Haustür, um Morian durchzulassen. Wann fing hier eigentlich morgens die Schule an? Er brauchte nicht zu klingeln. Die Haustür schloss ohnehin nicht mehr.

Oder deckte Erika Bräutigam gar nicht den toten Julius Weinert, sondern jemand anderes?

Der Gedanke war Morian vor einer halben Stunde bei der Parkplatzsuche hinter dem Polizeipräsidium gekommen.

Deshalb war er jetzt ein zweites Mal hier.

Der Gedanke kam ihm beim Bäcker. Max konnte sich später nicht mehr erinnern, welches Schlüsselwort im Gespräch des Bäckers mit seiner Kundschaft die Assoziationskette ausgelöst hatte. Irgendeine dieser inhaltsleeren rheinischen Binsenweisheiten.

Sie haben das Grab gefunden, aber nicht die Wahrheit, hatte Sylvia Adam zu Maria gesagt.

Max bezahlte die Brötchen und lief zurück. Er war so zerstreut, dass er die Tüte mit den Brötchen auf der Ladentheke hatte liegen lassen. Und er war so mit seinen Gedanken beschäftigt, dass er die Joggerin mit der rostroten Löwenmähne nicht bemerkte, die ihm von der Bäckerei aus folgte und erst abdrehte, als er plötzlich stehen blieb, weil ihm die Brötchen wieder eingefallen waren, und auf dem Absatz kehrtmachte, um zurück zur Bäckerei zu spurten.

Maria war eingeschlafen. Kopfüber auf dem Küchentisch. Er trug sie behutsam in Pauls Zimmer, legte sie aufs Bett, deckte sie zu.

Vera schlurfte um die Ecke. In seinem Bademantel und seinen Pantoffeln. Die Augen auf halbmast. Wie ferngesteuert nahm sie Kurs aufs Bad. «Morjn. Muss nur mal pinkeln.»

«Guten Morgen. Machst du uns anschließend einen Kaffee?»

«Bist du verrückt? Weißt du, wie spät es ist?»

«Ja, mein Engel. Es ist sieben Uhr. Machst du uns bitte einen starken Kaffee und weckst dann Helena? Ich muss mit ihr reden.»

Vera zeigte ihm einen Vogel. Dann blieb sie verloren mitten im Raum stehen, schwankte leicht hin und her, wie ein Seemann bei Windstärke acht. Unter normalen Umständen hätte Max ernste Sorge gehabt, dass sie im Stehen wieder eingeschlafen war und jeden Moment vornüber aufs Gesicht zu fallen drohte.

Doch Max hatte andere Sorgen.

Er wählte Morians Privatnummer.

Vera schwankte. Geistig und körperlich.

«Guten Morgen, Liz. Ich bin's. Ist Jo noch da?»

Vera hatte offenbar eine Entscheidung getroffen. Sie setzte sich ruckartig in Bewegung, schlurfte zur Küchenzeile, schüttete Wasser und frische Kaffeebohnen in den Espressoautomaten. Sie erwischte den Einschaltknopf, obwohl ihre Augen halb geschlossen waren.

«Jetzt schon? Ach so. Ja. War etwas spät bei mir. Okay, ich versuche, ihn über Handy zu kriegen. Danke. Ciao.»

Auf Morians Handy meldete sich die Mailbox. Max wusste, dass er das Ding grundsätzlich abschaltete, wenn er sich gerade mit Leuten unterhielt. Morian hasste es, wenn sich jedermann jederzeit auf elektronischem Wege in ein altmodisches persönliches Gespräch zwischen zwei Menschen drängen konnte.

Max hinterließ eine Nachricht, dann setzte er sich an den

Computer und loggte sich in das Netz der Computer-Freaks im Erdgeschoss ein. Die schliefen mit Sicherheit noch. Sie schienen grundsätzlich nur nachts zu arbeiten. Sie schienen allerdings nicht schlecht damit zu fahren. Zumindest zahlten sie immer pünktlich ihre Miete.

Vera schlurfte in Richtung Bad.

Das britische Diplomaten-Ehepaar war, wie er vermutet hatte, mit der britischen Botschaft nach Berlin gezogen. Also mussten sie das Haus in Rhöndorf verkauft haben. Max wählte eine Nummer, die er schon Jahre nicht mehr benutzt hatte. Und eigentlich nie wieder benutzen wollte. Denn sie waren schon lange quitt.

«Ja?»

«Ich bin's.»

«Was gibt's?»

«Ich brauche eine Auskunft aus einem Melderegister.»

«Ich dachte, wir seien quitt ...»

«Sind wir auch. Es ist wichtig. Sonst würde ich nicht anrufen. Ich schulde Ihnen anschließend was.» Max hasste es, Schulden zu haben.

«Sie wissen, das ist unmöglich ...»

Eine halbe Stunde später hatte er alles, was er brauchte. Laut Grundbuchamt des Amtsgerichts Königswinter hatte das britische Ehepaar an eine Frau Dr. Irene Fink-Stenzel verkauft. Aus dem Melderegister des Einwohnermeldeamtes der Stadt Bad Honnef ging hervor, dass die Käuferin dort zusammen mit ihrem Mann lebte, Herrn Dr. Hartwig Stenzel, und ihren beiden noch minderjährigen Söhnen, die das nahe gelegene Siebengebirgsgymnasium besuchten.

Die Klospülung rauschte. Der Espresso-Automat brummte. Die Sonne strahlte durch das Terrassenfenster. Die Tasten klackerten um die Wette. Und es gab eine Idee. Der Tag fing gut an.

Dr. Fink-Stenzel. So können eigentlich nur Ministerialbeamte heißen. Max kramte in seinen Schreibtischschubladen, bis er die CD-ROM fand, und schob sie in eines der Laufwerke.

Richtig.

Laut Eintrag im elektronischen Handbuch der Bundesregierung hatten sie ihre Positionen in der nach Berlin verzogenen Ministerialbürokratie gegen entsprechende Ämter in einer der Oberen Bundesbehörden eingetauscht, die im Gegenzug von der Spree an den Rhein gezogen waren.

«Keine Ahnung, was er will.»

Vera schlurfte erneut in den Raum, diesmal mit Helena im Schlepptau, die etwas wacher wirkte als seine Tochter.

«Guten Morgen, Helena. Setz dich.» Er schenkte ihr Kaffee ein und schob ihr Zucker und warme Milch über den Tisch.

«Ich weiß, es ist lange her, aber es wäre sehr wichtig, wenn du dich erinnern könntest. Gab es in eurem Haus ein Versteck?»

«Ein Versteck?» Sie sah ihn ungläubig an.

«Ja, ein Versteck. Gab es beispielsweise einen Platz, an dem deine Eltern Dinge von ideellem Wert aufbewahrten, die man nicht zur Bank trägt, aber trotzdem beispielsweise vor Einbrechern sicher wissen will. Erinnerungsstücke, Familienschmuck ...»

«Es gab einen kleinen Tresor im Wohnzimmer. Hinter einem Wandteppich, glaube ich.»

«Sonst nichts?»

Der Tresor war in den Polizeiakten vermerkt.

Helena schüttelte stumm den Kopf.

Max spürte, dass er die falschen Fragen stellte. Sie war damals ein kleines Kind. Außerdem hätten erwachsene Kriminalbeamte intuitiv jedes Versteck eines Erwachsenen gefunden.

«Helena, kannst du dich an ein Geheimnis erinnern? An etwas, was du als Kind versteckt hast, weil deine Mutter es unter keinen Umständen finden sollte?»

Sie dachte angestrengt nach, während sie an ihrem Kaffee nippte. Vera hatte derweil ihr Kinn in beide Handflächen und die Ellbogen auf den Tisch gestützt. Ihre Augen waren nach wie vor nicht mehr als zwei schmale Schlitze. Sie gähnte ungeniert.

Schweigen. Der Espresso-Automat gluckste.

«Nein.» Helena schüttelte den Kopf. «Mir fällt nichts ein ...»

Sie dachte weiter angestrengt nach.

Vera gähnte ein zweites Mal, hielt sich aber diesmal taktvoll die Hand vor den Mund.

«Nein. Nicht, dass ich wüsste ...»

Max übte sich in Geduld.

«Oder ...» Plötzlich huschte ein Lächeln über ihr Gesicht. Ihre Augen verrieten, dass sie mit Lichtgeschwindigkeit zurück in ihre Kindheit reiste. «Ja, natürlich. Komisch. Das hatte ich total vergessen.»

Der Aufzug ächzte und ruckte bedenklich, brachte ihn aber ohne Probleme hinauf in den siebten Stock. Das rechnete Morian dem Aufzug hoch an. Er drückte den Klingelknopf unter dem Schild mit dem Aufdruck «Bräutigam». Vornamen waren hier offenbar nicht üblich. Er drückte den Knopf ein zweites Mal. Wieder hallte das Schrillen überdeutlich von jenseits der Wohnungstür wider. Morian versuchte es mit Klopfen. Beim zweiten Versuch wurde die Tür der Nachbarwohnung geöffnet.

Helena lächelte versonnen. «Meine Güte. Das ist schon so lange her. Ich hatte als kleines Kind mal eine Allergie. Die Haut spielte manchmal ein bisschen verrückt. Der Arzt sagte, es sei nicht so dramatisch, das könne sich wieder verlieren, hat es dann ja auch irgendwann ... aber ich dürfe keine Süßigkeiten mehr essen. Auf gar keinen Fall. Aber Oma hat immer gesagt, das sei Blödsinn, und man dürfe nicht alles glauben, was die Ärzte sagen. Manchmal hat sie mir heimlich was zugesteckt in ihrem Laden, und dabei hat sie immer so verschwörerisch geguckt. Das war unser Geheimnis. Mama durfte es nicht mitkriegen. Zu Hause habe ich die Sachen dann immer versteckt. Ich hatte mir mit der Zeit ein richtiges kleines Depot angelegt.»

«Und deine Mutter hat das nie entdeckt?»

Helena lächelte wieder. Das Lächeln war sanft und friedlich und voller Erinnerungen an eine viel zu kurze Kindheit.

«Ich weiß nicht so recht. Manchmal hatte ich den Eindruck ... also das Depot schrumpfte unmerklich, obwohl ich die Sachen noch gar nicht aufgefuttert hatte. Und einmal ... das gibt's doch gar nicht, was man alles so vergisst mit der Zeit ... also einmal, das war in der Adventszeit, da stand plötzlich ein Schokoladen-Nikolaus in meinem Versteck. Den hatte ich nicht da reingestellt, so viel war sicher. Damals dachte ich, das kann nur der Nikolaus selbst gewesen sein, also der echte, wer denn auch sonst? Weil der ja alles sehen konnte, so wie das Christkind und der liebe Gott und der Schutzengel. Vielleicht hat meine Mutter das Versteck die ganze Zeit gekannt, vielleicht hat sie es irgendwann zufällig entdeckt. Aber sie hat nie etwas gesagt.»

«Wo war das Versteck, Helena?»

«Suchen Sie das Fräulein Bräutigam?» Zwei verfettete, getigerte Katzen strichen um den zitternden Stock und die in rosa Flausch-Pantoffeln steckenden Beine. Fünfzehn Zentimeter über den Pantoffeln begann ein hellblauer, gesteppter Morgenmantel. Darin steckte eine alte Frau mit rosa geschminkten Lippen und einem Haarnetz auf dem Kopf. Die Dauerwelle schimmerte türkis. Sie musste weit über die achtzig sein, schätzte Morian.

«Ja. Ist sie nicht da?»

«Sind Sie der Makler?»

Die Alte war misstrauisch. Kein Wunder in dieser Gegend. Morian zückte seinen Ausweis. «Nein. Polizei. Kriminalhauptkommissar Josef Morian. Hätten Sie eine Minute Zeit?»

Die Mundwinkel gingen nach oben. Von einer Sekunde zur nächsten war sie wie ausgewechselt.

«Aber natürlich. Kommen Sie doch rein. Wollen Sie einen Kaffee? Ich habe auch noch Plätzchen. Was hat sie denn angestellt?»

«Wie soll ich das erklären?» Helena strich sich die Haare aus dem Gesicht. «Das Haus muss vor hundert Jahren mal von sehr reichen Leuten gebaut worden sein. Denn es gab einen kleinen Dienstbotentrakt und zum Beispiel schmale Gänge hinter dem Wohnzimmer, damit die Dienstboten die Kohleöfen von außen befeuern konnten, ohne dass die Herrschaften, die sich im Salon aufhielten, durch den Anblick des Personals gestört wurden. Ja, und im Badezimmer gab es eine Klappe in der Wand. Wir haben das nie benutzt, aber durch die Öffnung wurde früher die schmutzige Wäsche geworfen, die fiel durch einen Schacht direkt in die Waschküche im Keller, damals, als es noch keine Waschmaschinen gab.»

«Und dein Versteck?» Max hatte Mühe, seine Ungeduld zu zügeln. Der Schlafmangel machte sich bemerkbar.

«Wenn man die Klappe hob und durch die Öffnung griff, war gegenüber im Schacht eine Ausbuchtung, vielleicht so groß wie ein Schuhkarton. Das war mein Versteck.»

«Diese Ausbuchtung ... die konnte man nicht sehen?»

«Nein.» Helena lachte. «Der Schacht war nämlich stockduster. Man musste also danach tasten. Ich hatte immer Angst, dass mir die Süßigkeiten durch den Schacht in die Waschküche fallen. Oder dass in dem dunklen Schacht irgendwelche Kobolde hausen, die nach meiner Hand greifen und mich in den Abgrund ziehen. Sag mal, warum fragst du mich das alles eigentlich?»

Sie war ein wunderbarer Mensch. Den er jetzt belog. «Ich weiß es selbst noch nicht, Helena. Es ist nur so eine Idee, nichts weiter.»

Das Telefon klingelte. Max machte keine Anstalten abzuheben, bis Vera begriff. «Komm Helena. Lass uns ins Bad gehen, bevor es mein Alter blockiert.»

Die Jungs vor der Haustür waren weg. Und die Scheibenwischer des Volvo. Abgebrochen. Morian startete den Motor, steckte das Handy in die Freisprechhalterung und hörte die Mailbox ab. Zwei Nachrichten.

«Herrgott, Morian, wo stecken Sie denn wieder? Ich erwarte umgehend Ihren Anruf!»

Der Präsident.

«Morgen, Jo. Rufst du mich mal an?»

Max.

Morian wählte Breitscheids Nummer im Präsidium.

«Morgen, Erwin. Hast du deinen Computer eingeschaltet? Schau mal nach, wo eine Person namens Erika Bräutigam abgeblieben ist. Was sagst du? Erwin, mir ist völlig schnuppe, was der Präsident dir gesagt hat. Also, was ist? Ja, ich warte. Ja, Bräutigam wie der Bräutigam. Ja, die Adresse Memelweg kenne ich, aber da ist sie ausgezogen, schon letzten Monat. Beim Einwohnermeldeamt der Stadt Bonn ordnungsgemäß abgemeldet? Soso. Und wo ist sie hin? Nichts? Was soll das heißen, Ausland? Nein, nein. Ja, ja, ich rufe ihn an. Tschüs. Moment noch! Erwin? Ich hatte dich doch gebeten, beim Finanzamt zu überprüfen, ob sie vor der Zeit bei Weinert schon mal auf Lohnsteuerkarte gearbeitet hat. Hast du? Erwin, du bist ein Engel. Wo? Sag das nochmal! Nein, nein, hat nichts weiter zu bedeuten. Danke dir. Ja, versprochen. Ich rufe ihn an. Jetzt gleich.»

Erika Bräutigam hatte vor der Anstellung bei Weinert vier Jahre lang als Sekretärin bei einem Kölner Unternehmen gearbeitet.

Bei der Hartmut Herbach Holding.

Die Alte hatte sogar einen Schlüssel von der leeren Wohnung. Vom Hausverwalter, für den Fall, dass der Makler vorbeischaue. Ob er vielleicht mal einen Blick ...? Aber sicher doch, Herr Kommissar. Die Besichtigung hätte er sich sparen können. Nicht ein Staubkörnchen erinnerte an Erika Bräutigam. Als hätte sie nie existiert.

Der Kaffee war ausgezeichnet. Ganz nett sei sie gewesen, das Fräulein Bräutigam, eine angenehme Nachbarin, immer höflich und vor allem sehr ruhig, was man nicht von jedem im Haus sagen könne; aber irgendwie auch unnahbar, man habe einfach keinen Kontakt bekommen. Darunter schien die alte Frau gelitten zu haben. Ja, und manchmal sei sie tagelang verschwunden, so etwa einmal im Monat. Wohin? Das wisse sie nicht, wie gesagt, man habe sich ja nicht mehr als guten Tag gesagt. Nein, Besuch habe sie nie gekriegt. Das wüsste sie. Nein, sonst könne sie nichts sagen, außer vielleicht die Sache mit dem Frisuren-Tick, alle naselang habe sie eine andere Frisur gehabt, mal blonder Wuschelkopf, mal glattes, schwarzes Haar, mal rote Mähne wie ein Filmstar, aber ihr könne man nichts vormachen, sie gehe jede Wette ein, das seien alles Perücken gewesen. Noch ein Plätzchen? Was hat sie denn angestellt, Herr Kommissar?

Er wählte die Nummer des Präsidenten.

«Morian, wo stecken Sie?»

«Bin auf dem Weg.»

«Kommen Sie sofort in mein Büro!»

«Um was geht's denn?»

«Um was es geht?» Der Präsident schnappte nach Luft. «Es geht um Ihren Job. Ich habe eine Dienstaufsichtsbeschwerde auf meinem Schreibtisch liegen, vom Anwalt eines gewissen Herrn Dr. Degener. Arzt in Bad Godesberg. Sagt Ihnen das was? Und außerdem hat mich gestern Abend Frau Weinert angerufen. Völlig aufgelöst. Privat. Wir hatten Gäste. Zum letzten Mal, Morian: Sie sind raus aus dem Fall! Haben Sie das verstanden? Ich hatte Sie lediglich gebeten, mit diesem verstockten Kerl zu reden, der sich selbst der Tat bezichtigt hatte. Und das nur, weil der mit niemand anderem zu reden bereit war. Das ändert aber nichts daran: Sie sind raus! Kapiert?»

Aufgelegt.

Morian tippte die Kurzwahlnummer für Max ein.

«Jo hier. Was gibt's?»

«Guten Morgen, mein Lieber. Es ist nur so eine Idee, aber ich glaube, du solltest dir das Adam-Haus mal vornehmen. Könnte sich lohnen.»

«Das ist damals von oben bis unten auf den Kopf gestellt worden. Man hat nichts Aufregendes gefunden.»

«Eben.»

«Max, du weißt, ich bin offiziell raus aus dem Fall.»

«Eben.»

40 Sie war nicht gerade das, was man sich gemeinhin unter einem angenehmen Gesprächspartner vorstellt. Frau Dr. Irene Fink-Stenzel hatte ihn am Telefon mit dem Hinweis, sie habe die Handwerker im Haus, abfertigen wollen. Er solle später noch mal vorsprechen, vielleicht so in zwei Wochen. Sie behandelte ihn wie einen ihrer Handwerker. Offenbar teilte sich in ihren Augen die Menschheit in zwei Kategorien: Zu den einen schaute man auf, auf die anderen schaute man herab.

Polizeibeamte gehörten wohl per se zur zweiten Kategorie. Und deshalb wurde Morian zur Amtsperson und überschritt zudem geringfügig seine Kompetenzen.

«Frau Dr. Fink-Stenzel, Sie können sich das jetzt aussuchen. Entweder empfangen Sie mich für ein Viertelstündchen in Ihrem Haus, oder ich lasse Sie augenblicklich als wichtige Zeugin in einem Mordfall von einem Streifenwagen mit Blaulicht und Martinshorn abholen und zu mir ins Präsidium bringen. Aber was werden dann bloß die Nachbarn über Sie denken?»

Sie war für einen Moment sprachlos, ein Zustand, den sie vermutlich in ihrem bisherigen Leben noch nicht kennen gelernt hatte. Den kurzen Moment nutzte Morian, um sein Erscheinen binnen dreißig Minuten anzukündigen und grußlos aufzulegen.

Sie öffnete erst nach dem vierten Läuten, unmittelbar bevor sich Morian mit dem lustvollen Gedanken anzufreunden begann, die hübsche Jugendstil-Tür einzutreten.

«Ja, was ist denn?»

Ende vierzig, groß, schlank und naturblond, eine Strähne keck in der Stirn, Sommersprossen auf der Nase, dieser ewig jugendliche Typ. Jeans, Sweatshirt, Gärtnerhandschuhe, Gummistiefel. Hamburger Tonfall, zickig und äußerst ungehalten. Offenbar aus allerbestem hanseatisch-protestantischem Hause. Jedenfalls stellte sich Morian die Töchter solcher Häuser so vor. Ihre griesgrämige Seele hatte im Lauf der Jahre Spuren in ihrem Gesicht hinterlassen. Das Leben kann manchmal so gerecht sein.

Hinter ihr quetschte ein Halbwüchsiger neugierig seinen Kopf durch den Spalt zwischen dem Türrahmen und ihrer linken Hüfte. Dem Altersunterschied nach zu urteilen, hatte sie die Kinder sehr spät bekommen. Augenblicklich herrschte sie ihren Filius an: «Markus, siehst du denn nicht, dass ich beschäftigt bin? Geh in die Küche, da liegt eine Möhre für dich bereit.»

Morian kam nicht mehr dazu, darüber nachzudenken, was ihm seine Kinder wohl auf den Hinweis mit der bereitgelegten Möhre geantwortet hätten. Denn die Hanseatin schenkte ihm erneut ihre kostbare Aufmerksamkeit. «Ja bitte?»

«Josef Morian. Wir haben telefoniert.» Frau Dr. jur. sah ihn mit einer Mischung aus Mitleid und Abscheu an und drehte sich auf dem Absatz um, was so viel bedeutete wie: Treten Sie doch ein.

Ein schönes Haus. «So, und was wollen Sie?» Sie sah ungeduldig auf die Uhr, kaum dass er den Flur betreten hatte.

«Das Badezimmer sehen.»

«Das Badezimmer?»

«Das Badezimmer.» Morian rang sich ein Lächeln ab. «Sie haben doch sicher ein Badezimmer, oder?»

Sie bemerkte nicht den Anflug von Ironie. Wie sollte sie auch.

«Ja, natürlich, aber da können Sie jetzt nicht ...»

«Wo finde ich das Badezimmer?»

Sie stieß einen Seufzer aus und verdrehte angewidert die Augen. «Folgen Sie dem Lärm. Die Handwerker sind nämlich im Badezimmer. Mich benötigen Sie ja wohl nicht. Ich habe alle Hände voll zu tun. Und rühren Sie bitte nichts an.»

«Selbstverständlich nicht, gnädige Frau.»

Morian folgte dem Lärm der Hämmer und der geschwungenen Treppe aus Naturholz hinauf in den ersten Stock.

Zwei Männer in Arbeitskleidung waren dabei, die etwas aus der Mode gekommenen beigefarbenen Fliesen abzuschlagen. In einer Ecke lagen die Kloschüssel, das Waschbecken, die Duschwanne und eine gusseiserne Platte mit einem kunstvoll geschmiedeten Griff, die Morian unschwer als die von Max beschriebene Wäscheklappe identifizierte. Morian wollte gerade das Wort an die beiden Männer richten, die augenblicklich die Arbeit einstellten, als sie seiner ansichtig wurden, als sei ihnen der Leibhaftige erschienen. Da stand die Eigentümerin wieder neben ihm. «Sie können von Glück sagen, dass mein Mann sich auf Dienstreise befindet. Und Sie können von Glück sagen, dass sich Ihr oberster Vorgesetzter in einer Besprechung befindet. Ich habe nämlich gerade versucht, den Polizeipräsidenten telefonisch zu erreichen. Wir sind im selben Tennisclub.»

Morian wurde frostig. «Machen Sie sich keine Sorgen, diese Besprechungen dauern nie besonders lange. Wenn Sie ihn erreichen, dann richten Sie ihm freundlicherweise von mir aus, er solle doch mal die Gewerbeaufsicht, das Ordnungsamt und die Ausländerpolizei vorbeischicken. Das wäre nett.»

Jetzt hatte er sie so weit. «Woher wissen Sie ...», stammelte sie, und ihr Gesicht bekam rote Flecken.

«Ich weiß alles, gnädige Frau. Ich weiß auch, dass Sie Fachfrau für Baurecht im Justizministerium waren und in Ihrem neuen Amt angetreten sind, um der Schwarzarbeit in Deutschland Einhalt zu gebieten. Würden Sie jetzt bitte die Tür von außen schließen und sich nach unten begeben und dort mucksmäuschenstill ausharren, bis ich meine Arbeit hier beendet habe?»

Sie klappte den Mund zu. Drehte sich auf dem Absatz um.

Weg war sie.

Der Kleinere, Stämmige der beiden Arbeiter grinste verlegen.

«Was gibt's da zu grinsen, Andreas?»

«Nix, nix, Herr Kommissar. Mach nur meine Arbeit.»

«Für dich immer noch Herr Kriminalhauptkommissar. Was machst du hier, ohne Gewerbeschein, ohne Arbeitserlaubnis, ohne Aufenthaltsgenehmigung?»

«Neues Badezimmer. Gutes Geld, auch wenn Frau manchmal nervt.» Er nickte verständnisheischend in Richtung Tür.

Morian hatte ihn vor Jahren kennen gelernt, als er noch im Dezernat Einbruch/Diebstahl war. Ein genialer Bauhandwerker wie so viele Osteuropäer, gelernter Stukkateur, ein wahrer Künstler in seinem Fach, zudem ein liebenswerter Mensch, der nur den Fehler hatte, selten den Verlockungen westdeutscher Baumärkte und polnischer Frauen widerstehen zu können. Eine gefährliche Kombination. Eine geklaute Hilti war so etwas wie die Jahreskarte für ein gutes, sauberes Warschauer Bordell. Oder die Fahrkarte in ein gutes, sauberes deutsches Gefängnis.

«Andreas, wo ist die Öffnung?»

«Öffnung?»

«Das Loch in der Wand, zu dem mal die Klappe gehörte, die dahinten in der Ecke liegt.»

«Aaah, das Loch.» Andreas verstand. «Zugemauert. Saubere Arbeit. Frau sagt, zieht nur Ungeziefer an. Hier.» Andreas tippte mit dem Spachtel auf den frischen Putz. «Nix gesehen, was, Herr Kommissar? Jaja, ist saubere Arbeit. Nix zu sehen.»

Morian zückte seine Geldbörse und zählte die Scheine. «Macht es wieder auf. Was kostet das?»

Andreas grinste, spukte in die Hände und griff nach dem Vorschlaghammer. «Sagen wir, nur Materialkosten, Herr Kommissar. Sonderpreis, nur für alte Freunde, inklusive Ärger mit Frau.»

41 «Schätzchen, ich geh mal schnell Pipi machen.»

Sie hüpfte von seinem Schoß, zupfte das knöchellange Abendkleid mit dem unverschämt tiefen Rückenausschnitt zurecht und gab ihm einen Klaps auf die rosigen Wangen. Er grunzte zufrieden, beachtete sie aber nicht weiter, sondern starrte durch das schalldichte Panoramafenster hinunter auf das grell erleuchtete Spielfeld. Die Geräuschkulisse aus der Halle wurde über Lautsprecher in den Raum geleitet und war über ein Schaltpult neben dem Sessel stufenlos regelbar, ebenso die Klimaanlage und die Beleuchtung.

Sie hatte für Sport noch nie viel übrig gehabt. Nur für Sportler nach dem Sport. Sie stand nun mal auf muskulöse, braun gebrannte, schweißgebadete Typen. Aber in der VIP-Lounge der KölnArena ließ sich Sport selbst für ihren Geschmack aushalten. Kühlschrank, Champagner, Lachshäppchen, alles da.

Sogar ein eigenes Klo, mit Dusche. Duschen brauchte sie nicht. War ja noch nichts passiert. Würde auch nichts passieren. Sie warf einen kritischen Blick in den Spiegel über dem Waschbecken, zog ein paar Grimassen, dann schälte sie sich aus dem Kleid, ließ es achtlos zu Boden gleiten, stieg mit ihren Stilettos darüber hinweg und betrachtete sich erneut in dem von winzigen Glühbirnen umrahmten Spiegel. Sie trug nichts unter dem Kleid. Er hatte es so gewollt. Allerdings kannte sie auch keine Unterwäsche, die man unter diesem Kleid hätte tragen können. Weder oben noch unten. Der Kunde ist König. Und sie war ein Profi. Deshalb hatte sie auch keine Sekunde gezögert, als sie das Angebot erhielt, doppelt zu kassieren.

Sie setzte sich auf die Klobrille und pinkelte und schloss die Augen. Ganz schön anstrengend, diese Rollenspiele. Nicht körperlich. Man durfte nur die ganze Zeit nichts durcheinander bringen. Gestern Abend noch musste sie für ihn das Schulmädchen spielen. Unschuldig und verdorben. Und für den heutigen Abend wünschte er sich, dass sie die unbefriedigte Ehefrau aus besseren Kreisen spielt, die sich zufällig in eine fremde VIP-Lounge verirrt. Und dort nichts Besseres zu tun hat, als sich vor der Einweg-Glasscheibe und 18 500 Leuten jenseits der Scheibe von dem fetten rosa Schwein ficken zu lassen. Was soll's. Besser als die Akkord-Grabscherei im Saunaclub. Und besser bezahlt. Vielleicht könnte man ja mal umsatteln. Auf Schauspielerin. Oder Show-Assistentin. Bei RTL. Oder so.

Sie drückte die Klospülung, wusch sich die Hände, zog die Lippen nach, schlängelte sich zurück in ihr Kleid und drückte die Türklinke, vorsichtig, prüfend, nach unten.

Die Toilettentür ließ sich nicht mehr öffnen.

Sie waren also da. Sie holte tief Luft, bereitete sich auf die neue Rolle vor, dann hämmerte sie gegen die Tür. «Mach auf, was soll das? Du Dreckskerl. Verdammte Scheiße.»

Nach einer Weile hörte sie auf mit der hysterischen Brüllerei, setzte sich in aller Seelenruhe auf den Klodeckel und zündete sich eine Zigarette an. Doppelt kassiert für null Arbeit.

Kein schlechter Tag.

An der Decke hing ein gigantischer Videowürfel von den Ausmaßen eines kleinen Einfamilienhauses. Auf dem erschien formatfüllend ein Mann mit einem Mikrophon, der in die Kamera zwinkerte. Der Mann da unten auf dem Spielfeld war nur als winziger Punkt auszumachen, aber auf dem Display des Würfels schien es, als zwinkerte er dem Gast in der VIP-Lounge zu. «Meine Damen und Herren, ich möchte Ihnen einen jungen Mann vorstellen, der zu den großen Hoffnungen des deutschen Basketballs zählt. Und zu den ganz großen Hoffnungen unseres Vereins. Kenner prophezeien ihm eine ähnlich steile Karriere wie einst Dirk Nowitzki. Obwohl als 14-Jähriger gerade mal regulärer U-16-Jugendlicher, ist er inzwischen mit durchschnittlich 19 Einsatzminuten einer der Leistungsträger der U-18-Jugend der Telekom Baskets Bonn in der NRW-Liga. Damit nicht genug: Jetzt wurde er in die deutsche U-16-Nationalmannschaft berufen. Die ist soeben von ihrer Europatournee zurückgekehrt, und unser Youngster erzielte in Zagreb gegen die kroatische Jugendauswahl 19 Punkte, sechs Steals und acht Assists. Herzlich willkommen in der KölnArena: PAAAUUUL ... MAIFELD!»

Neben dem Mann mit dem Mikrophon tauchte ein junger Kerl in sandfarbenen Schlabber-Jeans und einem mindestens drei Nummern zu großen Hawaii-Hemd auf, winkte fröhlich in die Kamera, und man hätte meinen können, er winke dem Mann in der VIP-Lounge zu. Höflicher Applaus der 18 500 Zuschauer, die dem Spielbeginn entgegenfieberten und nicht den Nachwuchs, sondern endlich die Stars in Augenschein nehmen wollten.

«Schau ihn dir an. Unser Franz. Der hätte doch glatt beim Fernsehen Karriere machen können.»

Jetzt erst registrierte der Mann in der Lounge, dass er nicht mehr allein war. Links und rechts von ihm hatten sich zwei Gestalten in den tiefen Ledersesseln niedergelassen. Der Mann links von ihm griff an das Schaltpult und dimmte das Licht.

«Ja», antwortete der Riese rechts von ihm. «Stattdessen

geht er zur Kripo und fängt Ganoven. So eine Verschwendung von Talent.»

Der Rosige hatte sich von seiner Sprachlosigkeit erholt. Er blähte die Nasenflügel, pumpte die Lungen voll Luft, lief puterrot an vor Zorn und brüllte los: «Das ist ja unglaublich. Verschwinden Sie augenblicklich aus meiner ...»

Weiter kam der Rosige nicht. Hurl schlug ihm mit der flachen Außenhand ins Gesicht. Blut tropfte aus der Nase.

Max reichte ihm ein Taschentuch. «Sie kennen den Hallensprecher der Telekom Baskets nicht? Franz Pontschek, auch The Voice genannt? Schämen Sie sich. Der beste Hallensprecher der Liga. Da kann selbst Ihr Berliner Starclub nicht mithalten. Das stimmt übrigens, was mein Freund gerade sagen wollte, als Sie ihn so unhöflich unterbrachen: Der Franz betreibt das nur als Hobby. Er ist tatsächlich bei der Kriminalpolizei. Spezialgebiet Korruption.»

«Wollen Sie Geld ...», nuschelte der Mann und tupfte behutsam an seiner Nase herum. Das weiße Leinentaschentuch zeigte kreisrunde rote Flecken, so groß wie 2-Euro-Stücke.

«Wir wollen ein gutes Spiel sehen, so wie Sie», sagte Max und klopfte ihm auf die Schulter. «Und wir wollen das gute Gefühl mit nach Hause nehmen, fair miteinander gespielt zu haben. Dieses Gefühl können wir aber nur haben, wenn Sie uns ein wenig helfen. Mein Freund neigt leider dazu, unfair zu spielen, wenn er das Gefühl kriegt, belogen zu werden. Da gehen ihm die Nerven durch.»

Der Mann zuckte zusammen, als plötzlich wildes Hämmern von jenseits der Tür zum Bad zu hören war.

«Huch», sagte Hurl. «Ist da etwa noch jemand?»

Der Mann sagte nichts.

«Da werden Sie nachher aber mächtig Ärger kriegen mit der Dame», sagte Max. «Hui, die scheint ja ganz schön sauer zu sein. Was war das gerade? Was hat sie gerufen?»

Der Mann sagte wieder nichts. «Ich glaube, sie hat gerade gerufen: Du fette Sau», soufflierte Hurl bereitwillig.

«Oje, oje, die ist aber ganz schön sauer», meinte Max und zog die Stirn in Sorgenfalten. «Wer ist denn die unerzogene junge Dame?»

«Das ist nur ...», stammelte der Mann.

«Ihre Nichte vermutlich», unterbrach ihn Max. «Ein verzogenes Gör aber auch. Gut, dass Sie dem Kind mit strenger Hand zurück auf den Pfad der Tugend helfen. Seien Sie nicht so bescheiden. Die Welt soll erfahren, wie sich ein tugendhafter Familienpolitiker wie Sie allabendlich für die moralische Ertüchtigung der Jugend stark macht.» Max brachte aus der Innentasche seiner Jacke ein Gerät zum Vorschein, das aussah wie die zu klein geratene Fernbedienung eines Fernsehers. «Schauen Sie mal da!»

Ein kurzes Zittern, und Franz Pontschek verschwand vom Würfel. Stattdessen war der weiße Hintern einer als Schulmädchen verkleideten jungen Frau zu sehen. Sie streckte ihn einem fetten, rosigen Mann in geblümten Boxershorts entgegen, der auf einem Bett lag und den Inhalt eines Champagnerglases leerte.

Das Ganze dauerte keine zwei Sekunden, dann war wieder Franz Pontschek zu sehen, diesmal im Interview mit der hoffnungsvollen Bonner Neuerwerbung auf der Brettcenter-Position, Steven Duvall. Nur vereinzelt war schallendes Gelächter zu hören, einige amüsierten sich schenkelklopfend über die peinliche technische Panne und den nackten Hintern im Großformat, schubsten vergnügt ihren Sitznachbarn an und zeigten auf den Videowürfel, von dem jetzt Steven Duvall herunterwinkte. Aber der Großteil des Publikums in der ausverkauften Halle hatte gar nicht mitbekommen, was da gerade passiert war. Und niemand hatte in der kurzen Zeit registriert, wem eigentlich die geblümten Boxershorts gehörten.

Niemand außer dem Rosigen in der Senator-Lounge.

«Keine Sorge, jetzt wollen wir das Spiel sehen», sprach Max beruhigend auf den Mann ein, der inzwischen kreidebleich geworden war. «Aber in der ersten Auszeit können wir ja nochmal umschalten; wenn Sie möchten, sogar mit Originalton. Sonst guckt ja womöglich keiner hin. Ich beneide Sie. Was für eine Chance, Ihren flammenden Appell an Sitte und Anstand hier und heute ins Volk zu tragen, in der größten und modernsten Sporthalle Europas.»

Max ließ die Fernbedienung in seiner Jacke verschwinden. «Dr. Christoph Lämmle, Bundestagsabgeordneter aus dem Schwabenland. Erste Legislaturperiode, daher leider noch nicht pensionsberechtigt. Sehr bedauerlich. Zuvor Geschäftsführer verschiedener karitativer Organisationen, die den Ärmsten der Armen selbstlos unter die Arme greifen. Es heißt, wenn Sie Ihre Wiederwahl in den Bundestag schaffen, haben Sie gute Chancen, nächstes Jahr Familienminister in Stuttgart zu werden. Sie sind gegen Abtreibung, gegen Verhütung, gegen Sex vor der Ehe, gegen gemischtgeschlechtliche Schulen.» Max entfaltete eine zerknitterte Seite der «FAZ» und legte sie ihm in den Schoß. «Hier steht außerdem, Sie sind für die Exkommunizierung von Geschiedenen. Find ich gut, dass Sie auch mal für irgendwas sind. Verheiratet, nicht wahr? Vier Kinder, alle Achtung. Ihre Frau besitzt Ländereien und außerdem Anteile an einer kleinen Brauerei. Nicht schlecht. Und hat seinerzeit auf Gütertrennung im Ehevertrag bestanden. Oje. Sie Ärmster.»

Hurl beugte sich interessiert über die Zeitungsseite im Schoß des Rosigen. «Steht da auch drin, was seine Frau davon hält, dass er Schulmädchen in der KölnArena fickt?»

«Aber sie ist doch gar kein ...» Er wollte sich empört aus dem Sessel stemmen, aber Hurl stieß ihn zurück. Diesmal, ohne ihm wehzutun. «Nein, keine Sorge», beschwichtigte

Max. «Sie ist tatsächlich schon neunzehn. Juristisch sind Sie auf der sicheren Seite. Beruflich und politisch allerdings sind Sie mausetot, wenn wir das Video wieder anwerfen. Da unten in der Halle hocken einige Dutzend Journalisten, Fotografen und Kameraleute. Ich denke, wir haben uns verstanden.»

«Das ist Erpressung», hauchte er schwach.

«Ja», pflichtete ihm Max bei. «Die Welt ist schlecht.»

42 Die Sache ließ ihm keine Ruhe. Gottlob störte sich niemand im Präsidium daran, dass er jeden Tag Stunden im Archiv verbrachte. Er war raus aus dem Fall Weinert; er sollte sich um alte, ungelöste Fälle kümmern. Das war seine Eintrittskarte. Der einzige Fall, um den er sich tatsächlich kümmerte, war alt, aber keineswegs ungelöst. Es gab ein Geständnis, eine Tatwaffe, ordnungsgemäß angemeldet auf die Täterin, ein glasklares Motiv, eine rechtskräftige Verurteilung.

Aber irgendetwas stimmte nicht am Fall Adam.

In den langen Jahren bei der Kripo hatte er gelernt, auf sein Gefühl zu vertrauen, selbst wenn sein Verstand in eine völlig andere Richtung wies. Er klappte die Akte zu, schob sie in die unterste Schublade seines Schreibtisches, stand auf und verließ sein Büro.

Irgendetwas stimmte ganz und gar nicht.

Er ging über den Parkplatz zu seinem Wagen, stieg ein und startete.

Alles war viel zu glatt gelaufen damals.

Viel zu glatt.

Über die Südbrücke brauchte er knapp eine viertel Stunde bis Hangelar. Hübsches Häuschen. Gepflegter Vorgarten, wie ihn sich nur Pensionäre mit viel, viel Zeit leisten können.

«Hans Schmitz» stand auf dem kupfernen Namensschild über dem Klingelknopf. «Kriminalhauptkommissar a. D.»

Der alte Mann, der die Tür öffnete, war schlank, geradezu asketisch, und wirkte topfit. Er trug langschaftige Gummistiefel, Anglerweste, Anglerhut und eine Angel unterm Arm. Als er ihn erkannte, nach dem Bruchteil einer Sekunde, strahlte er übers ganze Gesicht. «Morian! Das ist aber eine Überraschung, Herr Kollege. Hereinspaziert.»

«Störe ich? Gehst du zum Angeln?»

Hans Schmitz lachte herzhaft. «Wie hast du denn das erkannt? Ach stimmt, du bist ja Kriminalist. Uns kann man nichts vormachen, was? Gummistiefel, Anglerhut, Anglerweste, und dazu noch eine Angel; und schon schließen wir messerscharf, aber leider falsch. Ich gehe nicht zum Angeln, ich komme gerade vom Angeln. War gerade zur Tür herein, als du geklingelt hast. So falsch kann man scheinbar eindeutige Spuren deuten. Jetzt komm schon rein, oder willst du da draußen Wurzeln schlagen?»

Der Kaffee war großartig. Das Bier auch. Eiskaltes Früh Kölsch. Sie saßen auf der Terrasse. Eine Meerjungfrau aus grauem, poliertem Marmor hielt einen Fisch aus grauem, poliertem Marmor in der Hand. Der Fisch spie unentwegt Wasser aus seinem Maul.

«Hübscher Brunnen», sagte Morian.

Hans Schmitz lächelte versonnen. Aber er sagte nichts.

«Wie kommst du zurecht?»

«Willst du das wirklich wissen?» Der pensionierte Kripomann wurde ernst. «Vor zwei Jahren starb meine Frau, vor sechs Wochen mein Hund. Der Hund starb vor Kummer. Konnte den Tod seines Frauchens nie verschmerzen. Und die Kinder sind in alle Himmelsrichtungen verstreut. Sie kommen manchmal zu Weihnachten und schicken eine Postkarte aus dem Urlaub. Die Postkarten sehen immer gleich aus.

Blaues Meer und weißer Strand und grüne Palmen. Sonst nichts. Die wollen auch sonst nichts. Wir sind früher in den Schwarzwald gefahren, war auch schön. Die Nachbarn sind ganz nett. Aber alles junge Familien. Die, mit denen wir damals hier angefangen haben, durch dick und dünn gegangen sind in der Siedlung, die sind doch alle längst weg. Nach Berlin. Jetzt lebt hier jeder für sich. Ist doch klar. Die jungen Familien haben ihre eigenen Sorgen.»

«Kriegst du Besuch?»

«Ja, ab und zu. Aber du weißt ja: Bullen haben nicht viele Freunde, außer Bullen. Und da hatte ich nie ein gesteigertes Interesse dran, auch noch nach Feierabend über die Arbeit zu reden.»

«Kann ich gut verstehen.»

Hans Schmitz betrachtete die Schäfchenwolken am Himmel. «Das war bisher ein wunderbarer Sommer.»

«Ja, kann man wohl sagen», sagte Morian.

«Da braucht man doch nicht auf die Malediven, oder?»

Morian nickte.

Der Alte starrte weiter in den Himmel. «Ich hätte mir gewünscht, hier noch ein paar schöne Jahre mit meiner Frau zu verbringen und mit ihr die Pension zu verjubeln. Mal 'ne schöne Reise, auf einem Kreuzfahrtschiff oder so. Sie wollte immer mal mit der *Maxim Gorki* fahren. Das war ihr Traum. Ich sagte immer, klar Schatz, das machen wir irgendwann, versprochen, sobald ich den Garten auf Vordermann gebracht habe. Jetzt ist es zu spät.»

«Du warst schon immer ein richtiger Privatmensch.»

«Soll ich das als Kompliment oder als Kritik verstehen? Ja, ich war nie einer von denen, die nachts von ihren ungelösten Fällen geträumt haben. Damit macht man sich nur kaputt. Wir lösen einen Fall und dann vielleicht den nächsten, wenn wir Glück haben. Aber wir lösen nicht das Problem.

Das verbocken ganz alleine unsere unfähigen Politiker. Und wenn das Kind in den Brunnen gefallen ist, dann ist das Geschrei groß, dann schreit alle Welt nach schärferen Gesetzen und nach der Polizei, obwohl die Jahr für Jahr systematisch demontiert wird. Soll ich mir deshalb die Gesundheit ruinieren? Nä, nit für Kooche, wie der Rheinländer sagt. Wir machen uns krumm, schnappen die Schweine, und die Justiz lässt sie wieder laufen, weil die Gesetze von Politikern gemacht werden, die nicht die blasseste Ahnung haben von dem, was vorgeht. Wozu die ganze Plackerei? Wir hatten mal eine Jugo-Bande hochgehen lassen, organisierter Bruch, 234 Fälle. Nur Schmuck und Bargeld. Gleich ab in wattierte Umschläge, schon fertig frankiert und adressiert. Nach dem Bruch gleich in den nächsten Postkasten.»

«So konntet ihr sie nie mit der Beute erwischen.»

«Genau. Die Deutsche Post AG als Hehlerlager. Die sprachen kein Wort Deutsch, die wurden eingeflogen, hatten aber eine deutsche Adresse. Ein Haus, extra für sie angemietet. Wir observieren nächtelang, monatelang, lassen sie hochgehen, haben alle Beweise. Und was macht der Staatsanwalt?»

«Einigt sich mit dem Haftrichter. Ganz genau. Keine Verdunkelungsgefahr, weil ja schon alles aufgeklärt ist, und keine Fluchtgefahr ...»

«... wegen des festen Wohnsitzes. Ganz genau. Keine Fluchtgefahr bis zum Prozess. So denken diese Irren. Am nächsten Tag sind sie natürlich schon über alle Berge, zurück nach Jugoland. Die Nächsten bitte. So ist das. Rechtsstaat. Dass ich nicht lache.»

Morian hatte ein gespaltenes Verhältnis zu der Eigenart mancher Polizeibeamter, ständig über ihr schreckliches berufliches Schicksal zu lamentieren. War Dachdecker ein angenehmerer Beruf? Oder Krankenschwester? Er hätte Hans Schmitz sogar in vielen, wenn auch nicht in allen Punkten

Recht geben können, etwa, dass die Praktiker nicht genügend in gesetzgeberische Verfahren, in die Konzeption neuer Organisationsstrukturen und in die Entscheidung über die Anschaffung neuer Technik einbezogen wurden.

Aber deshalb war er nicht gekommen

«Was war damals mit dem Fall Adam?»

«Was soll da gewesen sein? Lief doch alles glatt.»

Morian öffnete seine Aktentasche, zog einen verstaubten Schnellhefter heraus und warf ihn auf den Tisch. Hans Schmitz machte keinerlei Anstalten, den Hefter in die Hand zu nehmen.

«Was ist das?»

«Hab ich im Haus der Adams in Rhöndorf gefunden. In einem Versteck im Badezimmer. Im Wäscheschacht.»

«Dieser verfluchte Wäscheschacht. Als ich da reingriff, hab ich mir die Armbanduhr vom Handgelenk gerissen, die fiel runter bis in den Keller, zersprang in tausend Einzelteile. Die hatte mir meine Frau gerade erst zum Geburtstag geschenkt. So ist das mit unserem Job. Noch Kaffee? Oder lieber noch ein Bierchen?»

«Kaffee bitte. Muss ja noch fahren.» Morian beobachtete, wie Schmitz beim Einschenken versuchte, den Text der ersten Seite zu entziffern. Seine Neugierde siegte schließlich.

«Was steht denn da drin?»

«Das ist Kurt Adams Tagebuch.»

«Pah.» Schmitz machte eine wegwerfende Handbewegung. «Das haben wir doch damals im Wandsafe gefunden. Stand nicht viel drin, was zur Erhellung des Falles beigetragen hätte. Deshalb ist es auch ziemlich bald dem Weinert ausgehändigt worden, dem Vormund des Sohnes. Der war ganz versessen darauf.»

Morian kratzte sich am Kopf. «Wahrscheinlich war er ganz versessen auf die Seiten, die jemand zuvor aus dem Tagebuch herausgetrennt hat. Nämlich die hier, die aus dem Wäscheschacht.»

«Na und? Willst du damit sagen, wir hätten geschlampt?» Die Stimme des alten Mannes zitterte leicht.

«Nein, Hans. Ihr habt nur was übersehen. Kann passieren.»

«Jetzt pass mal auf, du Grünschnabel. Ich hab damals den Schenk hopsgenommen, den durchgeknallten Frauenmörder, hab mir die kalten Januarnächte im Auto ohne Standheizung um die Ohren geschlagen, hab mir die Nieren ruiniert, um das Arschloch zu kriegen, bevor er die Vierte umlegt, dreie hatte er ja schon in seiner Kühltruhe, wo wir sie später fanden. Da hast du noch in aller Gemütsruhe in der warmen, kuscheligen Polizeischule gehockt. Damals war meine Zeit. Heute ist deine Zeit. Als die Leiche von dem Adam ausgebuddelt wurde, da hatte ich noch zwei Wochen bis zur Pension, und meine Frau ist zum ersten Mal ins Krankenhaus gekommen, da war schon der Krebs da, und mein Jüngster war durchs Examen gefallen und wollte alles hinschmeißen ...»

«Hey, Hans, ich wollte doch nur sagen ...»

«... und da sollte ich mir noch Gedanken machen um diese Irre, die Kohle hatte ohne Ende und vermutlich nur, um sich die teure Scheidung zu sparen, ihren Mann abknallt und anschließend im Garten verbuddelt? Bin ich denn bescheuert?»

Hans Schmitz griff sich ans Herz, schloss die Augen, atmete tief durch, rang augenscheinlich um Fassung. Morian wusste, dass er nur noch eine vage Chance hatte: Schmitz musste selbst das Bedürfnis verspüren, darüber zu reden.

Sie schwiegen. Die Schäfchenwolken hatten sich verzogen. Der Himmel war strahlend blau, wie so oft in diesem Jahr, ungewöhnlich oft für einen Sommer im Rheinland. Morian wagte nicht, auf die Uhr zu sehen. Sie saßen da und schwiegen.

Schmitz räusperte sich. Morian starrte der Meerjungfrau angestrengt auf den Bauchnabel.

«Also ...»

Schmitz räusperte sich erneut. Morian sagte nichts.

«Also, das lief damals ... das ist mir schon öfter durch den Kopf gegangen, weiß auch nicht ... also, das lief damals alles viel zu glatt. Man spürt das irgendwie, als Polizist, das kennst du ja. Wolke hatte damals gleich die richtige Nase, als die Adam ihren Mann als vermisst meldete. Er nahm Witterung auf. Er spürte körperlich, dass sie nicht die Wahrheit sagte. Die lügt, sagte er immer wieder, weiß ich noch, als sei's gestern gewesen. Die Sache ließ ihm keine Ruhe, zwei Jahre lang nicht. Bis ihm dann die Kleine, wie hieß sie noch, die kleine Helena, alles erzählt hat, im Garten, auf der Schaukel. Der Wolke. Erinnerst du dich an ihn? Heinz Wolke.»

«Klar doch. Wolke, die Spürnase.»

«Ja, der Wolke. Machte dann blitzschnell Karriere, wurde zum BKA abberufen, Auslandseinsätze. Noch mitten in unseren Ermittlungen. Konnte er ja schlecht nein sagen. Das war seine Chance, nochmal einen großen Sprung zu machen auf der Karriereleiter, und die hat er natürlich genutzt, wer will es ihm verdenken? Aber das war schon blöd, wir hatten zwar die Leiche im Garten, aber den Täter noch nicht überführt, zwei Kollegen auf Lehrgang, zwei krank, und Wolke, der alle Fäden in der Hand hielt, wurde über Nacht abgezogen, ab zum BKA. Aber dann hat sie ja alles gestanden, Gott sei Dank.»

«Was lief denn viel zu glatt, Hans?»

Schmitz rieb sich die Nasenwurzel. «Ich weiß nicht. Ist nur so ein Gefühl. Damals dachte ich manchmal, dass man den Wolke abgezogen hatte, sei eine echte Schikane uns gegenüber. Heute ist er übrigens BKA-Verbindungsmann beim FBI in Washington. So ein richtiger Polizei-Botschafter oder so. Wollte schon immer in die große weite Welt hinaus. Aber damals haben sie gesagt, jetzt oder nie, Herr Wolke. Trotz unserer Proteste. Wolke hätte auch lieber den Fall anständig zu Ende gebracht, nachdem sie ihn zwei Jahre lang an der Nase herumgeführt hatte. Hast du sie mal kennen gelernt?»

Morian schüttelte den Kopf. Schmitz fuhr fort. «Seltsame Frau, weiß gar nicht, wie ich das beschreiben soll. Die strahlte eine Stärke aus, und eine Kühle, das war schon unheimlich. Ja, Kühle, nicht Kälte, verstehst du? Ein unglaubliches Weib. Ihr Anwalt wäre im Gerichtssaal auf die Knie gegangen und hätte ihr die Füße geleckt, wenn sie nur mit den Fingern geschnippt hätte. Kannst du dir das vorstellen, da fängt der Köter von diesen Engländern an, in ihrem Garten zu buddeln, und als Wolke sie hochnimmt, ist sie schon dabei, die Leiche auszugraben und im Wohnzimmerkamin zu verfeuern. Ich kriege immer noch eine Gänsehaut. Was ist das für ein Scheißjob?» Er nahm einen Schluck aus der Flasche, bevor er weitersprach. «Wo war ich stehen geblieben? Ach ja. Wolke. Da standen wir nun. Ohne Wolke. Von einem Tag auf den anderen. Hatten außerdem noch einen verrückten Selbstmörder, der das Gas aufgedreht hatte und nicht nur sich, sondern beinahe die ganze Nachbarschaft in die Luft gejagt hätte, eine unbekannte Wasserleiche im Rhein, die überall stromaufwärts ins Wasser geplumpst sein konnte, aber dummerweise bei uns an Land ging, und noch eine Kneipenschlägerei mit Todesfolge. Und kein Personal mehr. Und alle drängten auf die schnelle Lösung. Inklusive der Adam mit ihrem Geständnis. Stell dir vor, die hatte ihrem Anwalt verboten, noch irgendwelche Schlenker zu veranstalten. Marschiert lieber lebenslänglich in den Bau. Vollkommen verrückt, die Frau.»

«Und was lief zu glatt?»

«Tausend Sachen passten nicht zusammen. Aber das hat ja dann keinen mehr interessiert. Zum Beispiel, dass sie ihren Mann kniend erschossen haben muss.»

«Er kniete?»

«Nein, nicht er. Sie! Kein Zweifel, sagten die Ballistiker. Passte überhaupt nicht zu ihrer Psyche. Eine stolze Frau. Selbstbewusst. Sie soll niedergekniet haben vor dem Mann, den sie so sehr verachtete? Außerdem hat nach ihr noch jemand die Waffe in der Hand gehabt, bevor sie fein säuberlich in eine Plastiktüte gesteckt und zusammen mit der Leiche verbuddelt worden war. Wir haben Fingerabdrücke gefunden, die ihre eigenen Abdrücke überlappten. Aber wir haben nie die dazugehörigen Finger gefunden. Zugegeben, wir haben auch nicht danach gesucht. Wozu auch? Das hat ja alles niemanden mehr interessiert. Manchmal ...» Er hielt inne, als sei das, was er jetzt sagen wolle, zu anmaßend für einen kleinen Kriminalbeamten, um es über die Lippen zu bringen. «Manchmal schien es mir so, als hätten eine Menge Leute größtes Interesse daran gehabt, die Sache so schnell wie möglich und ohne viel Aufhebens über die Bühne zu bringen. Wichtige Leute. Hohe Tiere. Aber da bilde ich mir vielleicht was ein. Man kann schon paranoid werden in dem Job. Aber wem sage ich das. Wie geht's übrigens deiner Frau? Habt ihr eigentlich Kinder?»

«Ja, zwei.»

«Zwei schon? Ist das denn zu fassen. Wie die Zeit vergeht ...»

Morian trank seinen inzwischen lauwarmen Kaffee aus. Die Schäfchenwolken waren wieder da. Strahlend weiß. Der alte Kripo-Mann hatte nichts mehr zu sagen. Und Morian wusste nun, was er wissen wollte. Nämlich, dass alles viel zu glatt gelaufen war. Und ihn sein Gefühl nicht getrogen hatte.

«Hans?»

«Ja, was?»

«Tut mir Leid wegen eben. Nimmst du mich mal mit zum Angeln?»

43 Der Mann sah aus wie der Tod. «Ich bin so gut wie tot», sagte der Mann.

«Ich wusste nicht, dass es dir so schlecht geht», sagte Max. Und fügte nach einer Weile hinzu: «Wollte dich eigentlich zum Bungee-Springen mitnehmen.»

Der Mann bekam einen Hustenanfall. Im Hintergrund löste sich die Frau mit den braunen Rehaugen von ihrem Stuhl, trat zu dem Bett, tupfte dem Mann den perlenden Schweiß von der Stirn. Sie trug eine verwaschene Jeans und darüber ein kariertes Flanellhemd, das ihr fast bis zu den Knien reichte. Keine Schuhe, keine Strümpfe. Ihre Füße machten den Eindruck, als sei sie das Laufen ohne Schuhe gewöhnt. Sie sah nicht gerade wie der Prototyp einer Krankenschwester aus.

«Sollte eigentlich ein Lachen werden», sagte der Mann. «Geht mir neuerdings immer so. Ich will lachen und kriege stattdessen einen Hustenanfall. Und dann kotze ich mir jedes Mal die Seele aus dem Leib. Maifeld, du alter Sack. Hast du denn überhaupt keine Ehrfurcht vor dem Tod? Ne, hast du nicht. Keine Spur. Genauso wenig wie ich. Deshalb liebe ich dich, Maifeld. Du warst immer ehrlich. Hast nie irgendein dämliches Getue veranstaltet, so wie deine ganzen Betroffenheits-Kollegen. Wie hieß die Sozial-Tussi noch gleich, die damals die aufwühlende Geschichte meines Lebens schreiben wollte? Für ‹Focus›, du lieber Gott. Ich will die Menschen in Ihre Seele blicken lassen, säuselte sie. So ein ausgemachter

Stuss. Sie sah verdammt gut aus, wie aus einem Modeheft. Aber Frauen waren ja damals schon kein Thema mehr für mich. Sie wusste nie, ob sie mir die Hand geben sollte oder besser nicht. Egal. Scheiß drauf. Aber bring mich gefälligst nicht wieder zum Lachen, hörst du?»

Die Frau fuhr ihm liebevoll durch die zersausten, schweißnassen Haare. «Tut Ihnen der Besuch überhaupt gut, Herr Roth», fragte sie besorgt. «Oder strengt es Sie zu sehr an?»

«Das Einzige, was mir noch gut tut, das bist du», erwiderte Roth und versuchte ein charmantes Lächeln, das zu einer Grimasse missriet. Wie jede Mimik in diesem Totenschädel. «Feine Adresse, dieses Sterbehospiz», sagte er, zu Max gewandt. «Also wenn's mal mit dir zu Ende geht, Maifeld, kann ich dir nur empfehlen. Tu mir nur den Gefallen und stirb nicht ausgerechnet an Aids. Das ist die Hölle, sag ich dir. Das ist die Hölle. Die reinste ...»

Er zog sich an dem Dreieck, das an dem Galgen über dem Bett baumelte, empor, um Max besser sehen zu können. Max stellte das Kopfteil des Bettes höher und ließ den kraftlosen Körper zurück in die Kissen gleiten. Der Rücken, die Schultern, die Arme bestanden nur noch aus Haut und Knochen.

«Nette Leute hier, die meisten arbeiten umsonst hier. Stell dir das mal vor, Maifeld. Ohne einen Pfennig Geld. In ihrer Freizeit. Unglaublich. Vor allem sie hier ist echt die Wucht.»

Die Frau mit den sanften Rehaugen lächelte verlegen, lief rot an und versteckte rasch den Kopf hinter der Illustrierten.

«Also: Warum bist du hier, Maifeld?»

«Können wir einen Moment alleine sprechen?»

«Wir sind unter uns. Ich habe keine Geheimnisse vor ihr. Weißt du, dieses Haus liegt mal gerade zwanzig Autominuten von Köln und von Bonn entfernt. Meinst du, in den letzten zwei Wochen hätte mich mal irgendwer besucht hier? Die können es alle nicht ertragen, dem Tod ins Auge zu sehen. Ich bin alleine, Maifeld, mutterseelenalleine auf der Welt. Aber jetzt ist sie da, meine Freundin, meine platonische Geliebte. Sie wäscht mich, sie legt mich trocken, sie passt auf mich auf. Ich habe keine Geheimnisse vor ihr. Wie sollte ich? Maifeld, wenn du Bluter bist, dann bist du dein Leben lang abhängig von Ärzten. Und du bleibst abhängig, auch wenn sie sich als geldgeile Schweine erwiesen haben. Das ist die wahre Tragik. Aber wenigstens sterben will ich als freier Mensch, ohne in irgendeinem Krankenhaus von stummen, autistischen Weißkitteln umringt zu sein, die mich im Namen des Fortschritts mit tausend Maschinen verkabeln, als sei ich auch nur so eine Maschine, die leider nicht mehr richtig funktioniert. Nein, Maifeld. Wenn ich sterbe, dann mit meinem wachen Kopf an ihren großen, warmen Brüsten.»

Sein Lachen ging wieder in einen Hustenanfall über. Als die Frau zu ihm eilen wollte, winkte er ab.

«Nicht so schlimm. Schwester Christine, weißt du überhaupt, wer das hier ist? Das ist Max Maifeld. War mal ein verdammt guter Reporter, bevor er dummerweise alles an den Nagel gehängt hat. Er war der Einzige, der uns geholfen hat, damals. Wenn ich's dir sage. Durch ihn konnten wir das ganze Elend in die Welt hinausschreien, und obendrein die Namen all der Schweine, die dahinter steckten. Hat zwar am Ende auch nix genützt, aber immerhin. Immerhin!»

Die Frau hob die Augen über den Rand der Illustrierten hinweg und sah Max interessiert an. Alles an dieser Frau strahlte Wärme aus. Und in ihren braunen Augen mochte man versinken.

«Also was willst du wissen, Maifeld? Zum Beispiel, wer meine Plattensammlung und mein Sparbuch erbt?»

«Da dürfte nicht mehr viel drauf sein, Roth. Nachdem du alles diesen Privatdetektiven in den Rachen gestopft hast.»

«Stimmt. Woher weißt du denn das schon wieder? Achtzigtausend Mark hab ich damals bekommen, Anfang der neunziger Jahre. Schwester Christine, weißt du, was die zu mir gesagt haben? Ich hätte ja nicht mehr lange zu leben, sagte der Gutachter damals im Zivilprozess, ich sei ja schon seit sieben Jahren HIV-positiv. Da war ich gerade mal 28. Vom Staat kam das Geld schließlich, nicht etwa von diesen geldgeilen Ärzten, die mir das Virus gespritzt haben. Kannst du mir sagen, wie ich von den achtzigtausend Mark die letzten zehn Jahre hätte existieren können?»

«Was hatten deine Privatdetektive denn rausbekommen?»

«Gib mir was zu trinken.»

Max führte das Glas an seine Lippen, stellte es zurück auf das Tischchen, setzte sich wieder.

«Nichts haben die herausbekommen. Nichts, was wir nicht schon von dir wussten. Tut mir echt Leid, dass wir uns damals so gestritten haben. Die anderen waren einfach mit den Nerven runter. Aber ich hätte es besser wissen müssen. Wissen müssen, dass du alles versucht hast. Tut mir echt Leid, Maifeld. Aber wenn man so lange nur erduldet und gelitten und geschwiegen hat, dann will man auf einmal nicht mehr Opfer sein. Dieses Selbstbewusstsein hast du uns damals gegeben. Und den Mut, über Schuld zu reden. Aber als dann im Untersuchungsausschuss alles den Bach runterging, da konnten wir uns nicht mehr einfach damit abfinden, einfach so.»

«Ich konnte nichts mehr tun ...»

«Ich weiß, Max. Aber damals hätte uns dieses Eingeständnis zerrissen. Ein Massenmord, der größte in der Geschichte der Bundesrepublik. 1835 Opfer. Und die Juristen sagten, es fehle der Kausalzusammenhang, um Mord nachzuweisen, und alles andere sei leider verjährt. Leider, leider, leider. Du hattest es uns erklärt, du hattest uns vorgewarnt. Wir haben ihm nicht geglaubt, Schwester Christine. Nicht glauben wollen. Deshalb haben wir abgestimmt und ihm das Vertrauen entzogen. Und stattdessen diese Leute engagiert. War halt so. Ich kann's nicht mehr ändern.»

«Manche von euch haben damals davon gesprochen, das Recht selbst in die Hand zu nehmen ...»

Roth sah ihm lange in die Augen. Eine junge Katze wetzte ihre Krallen an dem Baum auf der Wiese draußen vor dem Fenster, versetzte die Amseln in der Krone in höchste Alarmbereitschaft.

«Aha, jetzt kommen wir endlich zum Punkt. Du denkst, einer von uns hat Weinert umgelegt ...»

«Erinnerst du dich an die Brüder Bär?»

«Natürlich. Klasse Jungs. Frank ist vor kurzem gestorben. Ich konnte nicht zur Beerdigung. Ich habe seinen Vater angerufen. Telefonieren kann ich noch. Und den Rainer haben die Bullen schon nach ein paar Stunden wieder laufen lassen. So ein verrückter Kerl. Er dachte, er könnte unser Anliegen noch mal publik machen. Dabei interessiert das doch kein Schwein mehr. Verrückter Kerl.»

«Woher weißt du das mit Rainer Bär?»

«Natürlich von seinem Vater, Maifeld. Er hatte mich in seiner Verzweiflung sofort angerufen.»

«Rainer Bär war es nicht. War es denn jemand von euch?»

Roth dachte nach. Die Katze robbte den Stamm hinauf. Die Amseln machten sich davon. Auf halber Strecke hielt sie inne, machte vermutlich eine Kosten-Nutzen-Rechnung auf.

«Was soll ich denn dazu sagen, Maifeld?»

«Die Wahrheit. Bitte.»

«Schau mich an, Maifeld. Die meisten von uns sind tot. Wer noch lebt, ist zu schwach. Natürlich hätten wir jemanden beauftragen können, ihn umzulegen. Aber das kostet viel

Geld. Und wir leben alle von der Stütze. Im Geiste habe ich ihn schon tausendfach ermordet. Mit bloßen Händen erwürgt, ersäuft, erschlagen. Wir hätten es vielleicht damals tun sollen. Aber jetzt ist es zu spät. Jetzt ist es für alles zu spät. Sogar für die Rache.»

Roth schloss die Augen. Max sah aus dem Fenster. Die Katze war verschwunden. Roth begann zu schnarchen. Max erhob sich, berührte den spindeldürren Arm, der kraftlos auf der Bettdecke lag, streichelte die Stelle in dem ausgemergelten Gesicht, wo andere Menschen die Wange haben. Er griff nach seiner Jacke und wollte sich gerade von der Frau verabschieden, als sie Roths Stimme hörten, erst ein Krächzen, dann: «Schwester Christine, gib dem Maifeld bitte den Aktenordner. In meinem Schrank. Oberstes Fach, unter den Handtüchern.» Er sprach weiter, ohne ein einziges Mal die Augen zu öffnen. «Maifeld, da war noch was. Diese Privatschnüffler, die waren keine schlechten Kerle. Die konnten gar nicht viel mehr rauskriegen, als du schon rausgekriegt hattest. Du warst einfach zu gut, Maifeld.» Ein kurzes Lächeln huschte über den Totenschädel.

«Jetzt pass auf: Irgendwann kamen sie aufgeregt angerannt und sagten, sie müssten ihre Arbeit einstellen. Der Aktenordner war sozusagen ihr Abschlussbericht. Sie wirkten ziemlich verstört. Sagten, Weinert habe noch ganz woanders Dreck am Stecken, und da sei er aber nur ein ganz kleines Licht, und das würde ihnen jetzt alles zu heiß. Verzichteten sogar auf einen Teil des vereinbarten Honorars. Gott sei Dank, ich war nämlich völlig pleite. Die hatten Angst, Maifeld. Die wollten so schnell wie möglich raus aus der Sache. Wir waren stinksauer, kannst du dir vorstellen. Haben versucht, sie bei ihrer Ehre zu packen, sie als Feiglinge beschimpft. War denen alles egal. Hauptsache raus, so schnell wie möglich.»

Die Frau öffnete den Wäscheschrank, stellte sich auf die Zehenspitzen, zog den Ordner unter den Handtüchern hervor.

«Maifeld? Bis du noch da?»

Max ging zum Bett und beugte sich vor.

«Ja, Roth. Ich bin hier.»

«Sind wir jetzt quitt, Maifeld?»

Die Stimme war nicht mehr als ein dünnes Flüstern.

«Wir waren immer quitt.»

Max küsste ihn auf die Stirn.

Roth schlief wieder. Sein Atem ging jetzt ganz ruhig.

Max war schon auf dem Parkplatz, als er es sich anders überlegte. Er fragte sich nach der Cafeteria durch, stellte einen Milchkaffee aufs Tablett und ein Stück Erdbeerkuchen, an dem er nicht vorbeigehen konnte. Er suchte sich einen Tisch im hintersten Winkel des fensterlosen Raumes. Dann verließ ihn die Lust auf Erdbeerkuchen. Er schob den Teller beiseite, zündete sich eine Zigarette an, nahm einen tiefen Zug, blies den Rauch in Richtung Decke.

Die Recherchen im Bluter-Aids-Skandal hatten zwei Jahre seines Lebens beansprucht. Er hatte mit Dutzenden von dem Tod geweihten Opfern gesprochen. Und mit Dutzenden von Tätern. Die Täter waren völlig unterschiedliche Menschen: Klinikchefs, Pharmamanager, Politiker, Ministerialbeamte. Sie hatten eines gemein: Ihnen fehlte jegliches Unrechtsbewusstsein.

Auch die Opfer waren völlig unterschiedliche Menschen: nette Kerle, weniger nette, Selbstdarsteller und Verschlossene, Choleriker und Phlegmatiker, Akademiker, Arbeiter, Singles, Familienväter. Aber sie alle hatten gemein, dass sie sich an den Reporter Max Maifeld klammerten, als sei er der Messias. Er war ihr neuer Gott, nachdem die Götter in Weiß ausgedient hatten. Er hatte gefälligst an ihrem Privatleben teilzuhaben, an ihren gescheiterten Ehen, an ihrem gesellschaftlichen Absturz vor dem gesundheitlichen Aus.

Roth zum Beispiel. Geachteter Bürger, erfolgreicher Kaufmann, Fachhandel für Rasenmäher und Gartenbedarf, Kassenwart in seinem Sportverein. Von einem Tag auf den anderen geächtet in dem Dorf im Oberbergischen, in dem er aufgewachsen war. Den Laden konnte er zumachen. Niemand kaufte mehr bei ihm. Aids. Schwul? Drogensüchtig? Hatte er in Bangkok rumgemacht? Man hatte es ja schon immer geahnt.

Als sie feststellten, dass ihr neuer Messias nur ein Mensch war, der sie nicht ins Paradies führen konnte, hatten sie sich enttäuscht abgewandt. Und Max versuchte, sie über die Jahre zu vergessen. Auch Roth. Es hatte wehgetan. Und lange gedauert.

Der Briefkopf wies die Namen der drei Teilhaber der Detektei sowie den Sitz in Köln-Ehrenfeld aus. Er blätterte das Papier oberflächlich durch, fand aber auf Anhieb nichts, was er nicht schon wusste.

Die letzten Seiten bildeten ein Glossar, inklusive einer Liste der observierten Personen, mit Verweis auf die entsprechende Seitenzahl im Dossier. Die Namen waren alphabetisch geordnet. Der letzte Name im Personenregister war «Weinert, Dr. Julius». Auch die anderen 36 Namen kannte er. Auch den Namen, den er gar nicht aus seinen damaligen Recherchen kannte.

«Adam, Dr. Kurt: ... S. 256 f.»

Nur von einem Namen in dem Personenregister vermochte Max nicht zu sagen, ob er ihn kannte oder nicht. Der Name war nachträglich geschwärzt worden, mit einem dicken Filzschreiber. Max betastete die Stelle. Eine Kopie. Der Name war schon auf dem Original geschwärzt worden, bevor die Kopiesätze für die Kunden erstellt wurden. Schade. Sonst hätten Morians Freunde beim LKA vielleicht eine Chance gehabt.

Und noch ein Umstand weckte sein Interesse, als er zurückblätterte und einen zweiten Blick auf die erste Seite warf.

Die drei Namen im Briefkopf.

Die Namen der Detektive.

Die drei Privatdetektive, die Roth damals beauftragt hatte, waren tot.

Der silbergraue Mercedes wäre ihm vermutlich nicht so schnell aufgefallen, hätte er nicht gedankenverloren die schon auf Gelb umgesprungene Ampel auf der Schnellstraße von Lohmar nach Siegburg ignoriert. Max warf automatisch einen Blick in den Rückspiegel, auf der Suche nach einem versteckten Zivilwagen der Verkehrspolizei oder des Ordnungsamtes, und sah, wie der Mercedes bei Rot über die Kreuzung schoss. Max ging vom Gas, verlangsamte sein Tempo. Der Mercedes fuhr ebenfalls langsamer, blieb mit geringem Abstand hinter ihm, überholte nicht, obwohl er es eben noch so eilig hatte und die breite, schnurgerade Straße durch den Siegburger Staatsforst völlig frei war. Menschenleer. Ein ideales Terrain für einen tödlichen Verkehrsunfall ohne Zeugen. Max schaltete zurück und ging aufs Gas. Der Maserati flog über den Asphalt. Der Mercedes beschleunigte ebenfalls. Seinen Verfolgern ging es also nicht um eine unauffällige Beschattung. Es war ihnen völlig egal, ob er sie bemerkte oder nicht.

Max ignorierte die Autobahnauffahrt nach Köln und lenkte den Maserati stattdessen in die Siegburger Innenstadt. Der Mercedes blieb dran, vergrößerte aber die Distanz. Gegenüber dem alten Zeughaus bog Max in die Tiefgarage unter dem Marktplatz ein.

Unzählige Male hatte er schon über die engen Kurven in dieser stets hoffnungslos überfüllten Tiefgarage geflucht.

Jetzt war ihm beides gerade recht.

Die Schranke hob sich, der Maserati senkte die Schnauze, rollte die steile Abfahrt hinab, schob sich in die freie Parklücke genau gegenüber der Einfahrt. Die Parklücke war frei, weil sie eigentlich keine Parklücke war, wie die weißen Linien anzeigten. Links berührte der Außenspiegel einen Betonpfeiler, rechts versperrte der Maserati nun die Tür zum Betriebsraum. Die Lücke war so eng, dass man drei Wagentüren nicht mehr öffnen konnte, nur noch die Tür hinten links. Sein Fluchtplan konnte auch zur tödlichen Falle werden. Das Risiko musste er eingehen. Es war seine einzige Chance.

Max kletterte rüber auf den Beifahrersitz, rutschte hinab in den Fußraum und stellte den rechten Außenspiegel so ein, dass er die Einfahrt im Auge behalten konnte.

Sie hatten drei Möglichkeiten.

Eine der Möglichkeiten war, oben an der Straße zu warten. Dann liefen sie Gefahr, das Objekt ihrer Observierung zu verlieren, wenn es beschloss, seine Flucht ohne Auto fortzusetzen. Denn der Treppenausgang der Tiefgarage endete mitten in der Fußgängerzone.

Max hoffte auf eine der beiden anderen Möglichkeiten.

Er musste nicht lange warten.

Die breite Kühlerfront mit dem Stern füllte kurz den Außenspiegel, glitt dann rechts aus dem Bild. Sie hatten sich also mit einem oberflächlichen Blick aus dem Wagen davon überzeugt, dass der Maserati verlassen war, und versuchten nun, schnellstmöglich die Ausfahrt zu erreichen. Max hob den Kopf, Zentimeter um Zentimeter. Der Mercedes war keine zwanzig Meter entfernt und gerade dabei, die Haarnadelkurve um den Betonpfeiler zu nehmen, schaffte es aber nicht beim ersten Anlauf, setzte zurück, versuchte es erneut.

Dann stoppte der Wagen.

Er wusste, was das bedeutete. Sie hatten begriffen, dass er sie gelinkt hatte, dass er den Wagen so schnell gar nicht verlassen haben konnte. Keine Chance, den sperrigen Mercedes auf demselben und damit kürzesten Weg zurück zur Einfahrt zu rangieren.

Aus dem Fond sprangen zwei breitschultrige Männer in zu engen anthrazitfarbenen Anzügen und näherten sich dem Maserati im Laufschritt. Sie machten sich erst gar nicht die Mühe, ihre kurzläufigen automatischen Schnellfeuergewehre mit den ausklappbaren Schulterstützen zu verbergen. Max kletterte zurück auf den Fahrersitz, stieß sich das Knie am Lenkrad, fluchte, startete, legte den Rückwärtsgang ein, der Motor heulte auf, der Wagen schoss rückwärts aus der Lücke, preschte rückwärts die Einfahrt hoch. Die winzige Schranke aus billigem Plastik hatte keine Chance. Er jagte den Maserati zurück zur Autobahn. Sein Herz schlug wild.

Er wählte seine eigene Nummer.

«Alten- und Pflegeheim der Barmherzigen Mutter, Schwester Ingrid, was kann ich für Sie tun?»

«Schwester Ingrid, Sie könnten mich mal durchstellen. Könnten Sie das für mich tun?»

«Sie sind's. Für Sie würde ich alles tun, das wissen Sie doch.»

«Schwester Ingrid, zügeln Sie sich. Denken Sie an Ihr Gelübde.»

«Papperlapapp. Können Sie mir nicht mal ein Foto schicken? Wenn Sie visuell halten, was Ihre Stimme verspricht: Gott steh mir bei.»

«Das werde ich auf gar keinen Fall tun, Schwester Ingrid. Im Interesse Ihrer Gesundheit.»

«Sie alter Schwerenöter. Die Schwester Oberin lässt Sie übrigens grüßen und bedankt sich im Namen der Bedürftigen für die wieder einmal außerordentlich großzügige Spende. Wir werden Sie in unsere Gebete einschließen. Und ich werde diese Nacht wieder ganz unruhig schlafen, Sie Charmeur. Sie Herzensbrecher. War jedenfalls mal wieder nett, mit Ihnen zu plaudern. Tschüüüs.»

Schwester Ingrid war die Spätschicht-Telefonistin. Den Job hatte sie, seit ihre Beine nicht mehr mitmachten und sie auf den Rollstuhl angewiesen war. Manchmal spielte Max Schach mit ihr. Am Telefon. Sie brauchte kein Brett. Sie hatte die Figuren im Kopf.

Letzten Monat hatte Max ihr einen Blumenstrauß geschickt. Zu ihrem 86. Geburtstag.

Es klickte in der Leitung. Hurl ging ran.

«Tut mir Leid, ich bin aufgehalten worden. Ist Jo schon da?»

«Alle sind schon da.»

«Schön. In einer halben Stunde bin ich auch da. Du weißt ja, wo der Kaffee steht. Außerdem bringe ich bekanntlich immer eine gute Ausrede mit, wenn ich zu spät komme. Jo soll bitte schon mal eine Halteranfrage starten. Silbergrauer Mercedes, S-Klasse. Ich gebe dir die Kfz-Nummer durch. Hast du was zum Schreiben?»

44

In der Halle im Erdgeschoss mühte sich Paul geduldig und hingebungsvoll, Helena, Vera, Alexander und die Morian-Kinder in die Geheimnisse des Basketball-Sports einzuweihen. Der außerordentlich hohe Grad seiner Geduld und seiner Hingabe stand ganz offensichtlich in engem Zusammenhang mit der Anwesenheit Helenas. Max sah ihnen ein paar Minuten vom Treppenabsatz aus zu. Vergebene Liebesmüh. Armer Kerl. Das würde ihn jede Menge schlaflose Nächte kosten. Vielleicht sollte er ihm erklären, dass Mädchen in dem Alter selten auf jüngere Jungs stehen. Vielleicht sollte er es auch bleiben lassen und ihn seine Erfahrungen selbst sammeln lassen. Er lief die Treppe nach oben.

Sie hockten um den großen Esstisch. Max setzte sich dazu und ließ Roths Aktenordner vor sich auf den Tisch fallen. «Hurl, kannst du zwei deiner gelehrigen Schüler für eine Weile entbehren?»

«Um was geht's?»

«Sie sollen ein bisschen aufpassen. Einfach nur rumstehen und ihre Muskeln zeigen. Ist wahrscheinlich überflüssig, aber es würde mich beruhigen. Ich möchte nicht, dass ihn jemand in die Mangel nimmt.» Max schob ihm einen Zettel mit einer Zimmernummer und der Adresse des Sterbehospizes zu. Hurl verließ den Raum.

«Was hast du rausgekriegt?», fragte Morian.

Max tippte auf den Aktenordner. «Dr. Kurt Adam, dieser kleine, unscheinbare Ministerialbeamte, war eine Schlüsselfigur im Bluter-Skandal. Ilse Walterscheid hatte schon so was angedeutet, aber jetzt haben wir es schwarz auf weiß. Auf Kurt Adams Schreibtisch im Gesundheitsministerium landeten die Warnungen der US-amerikanischen Gesundheitsbehörden – und verschwanden in seinem Papierkorb. Er schrieb die beruhigenden Vorlagen für die ständig wechselnden Minister, die das alles in Wahrheit ohnehin einen Scheißdreck interessierte, abgesehen von Seehofer; aber als der an der Reihe war, da war ohnehin schon alles zu spät. Vor Seehofer war das doch der Abschiebeposten für verdiente, aber nicht mehr angesagte Mitglieder des Parteiadels. Könnt ihr euch noch an Rita Süßmuths Aids-Buch erinnern? An den Titel? ‹Wege aus der Angst›! Sie hätte mal besser eins geschrieben, das man guten Gewissens ‹Wege aus der Gefahr› hätte nennen können!» Zorn lag in seiner Stimme. Deshalb stoppte Morian ihn.

«Max! Das bringt uns jetzt nicht weiter. Bleib beim Thema!»

«Das ist das Thema, Jo. Das ist leider das Thema.» Seine Stimme zitterte. Er atmete tief durch, bis er sie wieder unter Kontrolle hatte. «Tut mir Leid. Du hast Recht. Ich versuche, mich kurz zu fassen. Adam hat dafür gesorgt, dass der Skandal so lange Zeit unter der Decke bleiben konnte. Ferner sorgten seine Vorlagen im Ministerium dafür, dass die tödlichen Präparate mit den hohen Gewinnspannen nicht per Gesetzesbeschluss kurzerhand vom Markt entfernt wurden, nur noch das inzwischen von einem kleineren deutschen Hersteller entwickelte sichere Präparat eingesetzt werden durfte. Und schließlich hat er durch einen Meineid vor Gericht dafür gesorgt, dass Julius Weinert mit weißer Weste aus dem Saal marschierte. Er hat Weinert den Arsch gerettet. Anschließend ließ Adam sich vorzeitig pensionieren und soff sich zum Alkoholiker.»

Max unterbrach sich, um sich eine Zigarette anzuzünden.

«Die entscheidende Frage jedoch ist: Welchen Nutzen zog er daraus? Auf den ersten Blick keinen, zumindest keinen materiellen Vorteil. Morian, deine Kollegen haben damals die Konten der Familie Adam überprüft und nichts festgestellt. Es stand auch nicht plötzlich ein dickes Auto vor der Tür. Alle haben daran verdient. Alle außer Kurt Adam. Die Detektei, die den Fall im Auftrag des Bluter-Patienten Roth untersuchte, vermutete, dass Adam völlig abhängig von Weinert war. Weinert hatte ihn in der Hand. Sie haben nur nicht rausgekriegt, womit. Und wir wissen es auch nicht.»

«Doch», sagte Morian. «Zumindest können wir es nun erahnen.»

«Hast du das Versteck gefunden?»

«Ja», sagte Morian. «Wir haben die fehlenden Seiten aus dem Tagebuch! Bist du durch?»

«Noch nicht ganz. Die drei Detektive, die Roth beauftragte, hatten plötzlich kalte Füße bekommen. Sie verfassten einen Abschlussbericht für ihren Klienten und stiegen mit dem Hinweis aus, sie seien auf Dinge gestoßen, von denen man besser die Finger lässt. Es kann nicht um den Bluter-Skandal gegangen sein. Denn der war zu diesem Zeitpunkt bereits öffentlich. Ein paar Details mehr oder weniger hätten niemanden mehr geschockt. Und dann gibt es da noch etwas, wenn mich meine Erinnerung nicht trügt. Maria, kannst du von meinem Computer aus in euer Archiv einsteigen?»

«Kein Problem, mit meinem Passwort.»

Max schob ihr den Aktenordner zu. «Hier hast du die Namen.»

Zwei Minuten später gab Maria mit belegter Stimme wieder, was sie auf dem Monitor sah. «Hier steht, dass die drei Männer am 31. Dezember 1994 auf der A3 von Köln in Richtung Frankfurt unterwegs waren, als sie kurz vor Mitternacht mit geschätzten 200 Stundenkilometern gegen den Betonpfeiler einer Brücke rasten. Sie waren auf der Stelle tot. Zwei hatten vorne gesessen. Sie wurden zerquetscht. Der dritte Insasse auf der Rückbank war nicht angeschnallt. Er wurde durch die Windschutzscheibe geschleudert und brach sich an der Leitplanke das Genick. Die Fahrbahn war trocken; es war zwar kalt, aber es hatte nicht gefroren. Die Polizei konnte nicht ermitteln, welches Ziel sie hatten, zu einer Uhrzeit, wo alle Welt im warmen Wohnzimmer oder Partykeller sitzt und die Sektflaschen im Anschlag hält. Es gab keine passenden Akten im Büro, die auf das Ziel der seltsamen Reise am Silvesterabend hindeuteten; auch die Sekretärin wusste nichts von einem Termin. Die hatte allerdings an dem Tag schon mittags Feierabend. Wegen Silvester. Bis dahin war kein Anruf eingegangen. Der Termin musste also kurzfristig am Nachmittag zustande gekommen sein oder aber, was kaum vorstellbar ist, von den drei Chefs vor ihrer Sekretärin, die schon sieben Jahre in der Detektei arbeitete, geheim gehalten worden sein. Der Termin muss sehr wichtig für die drei Inhaber gewesen sein; sonst hätten sie sich wohl kaum unverzüglich und zu dritt auf den Weg gemacht. Bewaffnet übrigens, wie die Polizei feststellte.»

«Sie schienen also mit Gefahr zu rechnen, könnte man meinen. Vermutlich gab es keine Zeugen des Unfalls.»

«Doch, Max. Das ist verrückt: Es gab einen Zeugen. Wie der Zufall so spielt. Ein Student aus Kamerun auf dem Weg zum Frankfurter Flughafen. Er behauptete, sich auf der ansonsten menschenleeren Autobahn etwa dreihundert Meter hinter dem Unfallfahrzeug befunden zu haben. Der Audi der drei Männer habe ihn zuvor überholt, mit hoher Geschwindigkeit, erzählte er der Polizei. Als der Wagen sich wenig später anschickte, einen Sattelzug zu überholen, sei der plötzlich nach links ausgeschert und habe den Audi abgedrängt. Regelrecht von der Fahrbahn geschoben. Der Zeuge hatte sofort auf der Standspur gestoppt und über Handy die Polizei verständigt. Währenddessen beobachtete er, wie der Fahrer des Sattelschleppers zweihundert Meter vor ihm aus dem Führerhaus sprang und zu dem Audi lief. Der Zeuge traute sich erst, sich dem Unfallort zu nähern, als der Sattelschlepper zwei Minuten später davonfuhr. Vielleicht hat ihm dieses Zögern das Leben gerettet. Denn wenn es Mord war, dann hat der Mörder den Zeugen womöglich überhaupt nicht bemerkt und, wenn er ihn bemerkt hat, keine Chance, ihn zu beseitigen.»

«Genau», nickte Theo. «Denn dann hätte er auf der Autobahn entweder zweihundert Meter rückwärts fahren müssen, was ziemlich unmöglich ist, weil sich der Auflieger rückwärts schwer in der Spur halten und nur mit geringem

Tempo bewegen lässt. Oder aber er hätte mit dem Sattelschlepper auf der Fahrbahn wenden müssen. Zu zeitaufwendig und außerdem zu riskant, als Geisterfahrer am Ende noch geschnappt zu werden.»

Maria hatte inzwischen mit der Maus weitergeblättert. «Der mysteriöse Sattelschlepper wurde übrigens nie gefunden, und da man der Zeugenaussage aufgrund der Verständigungsprobleme und der fehlenden Lackspuren an dem Audi auch nicht sonderlich viel Gewicht beimaß, wurde der Fall zu den Akten gelegt.»

Eine Weile hing jeder seinen Gedanken nach.

Max griff nach dem Aktenordner.

31. Dezember 1994.

Zehn Tage zuvor hatten sie das Dossier ihrem Kunden übergeben, mit der für Roth und dessen Leidensgenossen niederschmetternden Nachricht, auf der Stelle aus dem Fall aussteigen zu wollen. Warum mussten sie sterben? Vielleicht, weil die Nachricht vom Ausstieg ihre Mörder noch nicht erreicht hatte.

«Über was denkst du nach?», fragte ihn Maria.

«Da ist noch was. Hier. Seht ihr das? Und hier. Und hier wieder. In dem Abschlussbericht ist immer wieder ein Name geschwärzt. Es muss zwar nicht unbedingt ein und derselbe Name sein, aber ...»

«... aber es könnte so sein», sagte Theo und ließ das Maßband wieder in seiner Tasche verschwinden. «Die Schwärzungen sind immer gleich lang. Bis auf zwei Ausnahmen: die ersten beiden.»

Maria, die immer noch am Computer saß, zog den Aktenordner zu sich heran. «Ist doch eine gängige Schrifttype. Times New Roman, zwölf Punkt mager. Probieren wir es doch mal aus.»

Sie tippte drei Zeilen, ließ den Drucker arbeiten, zerschnitt die ausgedruckte Seite mit der Schere, verteilte die Puzzleteile auf den geschwärzten Stellen des aufgeschlagenen Dossiers:

... doch die marktbeherrschende Stellung in den USA, was den Vertrieb der Produkte nach Deutschland betraf, hatte das US-Handelsunternehmen Lightning Inc., das ausschließlich zu diesem Zweck gegründet wurde und keinen weiteren Geschäftszweck verfolgte. Lightning war eine hundertprozentige Tochter der HARTMUT HERBACH HOLDING. Deren geschäftsführender Gesellschafter HARTMUT HERBACH veranlasste unmittelbar nach Zusammenbrechen des Marktes die Liquidation der US-Tochter. HERBACH verfügte dank Dr. Julius Weinert über ausgezeichnete Kontakte in politische und politisch-administrative Führungsebenen. Nur so lässt sich erklären, dass der Skandal ...

«Na bitte. Passt wie angegossen. Im Folgenden wird nur noch der Name Herbach ohne Vorname und Firmenbezeichnung verwendet. So lässt sich die abweichende Buchstabenzahl bei den ersten beiden Schwärzungen erklären.»

«Was, wie du weißt, Maria, kein Gericht der Welt als Beweis gelten lassen würde», sagte Morian. «Denn es wären theoretisch auch andere Namen denkbar, die in die Lücken passten.»

«Aber vielleicht haben wir den Beweis dennoch schon auf dem Tisch», meinte Theo. «Hier. Schaut euch mal die Spesenabrechnungen im Anhang an. Die Abrechnung der Telekom. Die Nummer mit der Kölner Vorwahl, die immer wieder auftaucht.»

Max überprüfte die Nummer am Computer.

«Kein Zweifel. Die Detektei hat dreimal mit Herbach telefoniert.»

Morians Handy läutete. Das Gespräch dauerte nur wenige Minuten. «Max, der Mercedes wurde gestern in Frankfurt gestohlen. Der Einfachheit halber hat man den Eigentümern, einem Frankfurter Patentanwalt und seiner Frau, vor der Garage aufgelauert, als sie von einem Opernbesuch zurückkehrten, und ihnen unter Zuhilfenahme eines Schlagrings und eines Springmessers klargemacht, dass sie gut beraten seien, auf der Stelle die Zündschlüssel abzugeben. So ein Auto ist so heiß, das kann man nur ein, zwei Tage benutzen. Die wussten, dass sie es nicht länger brauchen würden. Das ist eigens geklaut worden, um dich zu killen, Max. Du hast verdammtes Glück gehabt. Die haben sich nicht einmal die Mühe gemacht, die Nummernschilder auszutauschen, so sicher waren sie sich ihrer Sache. Ich wette, die Kiste wird innerhalb der nächsten vierundzwanzig Stunden auf irgendeinem Autobahnparkplatz gefunden.»

«Was haben wir noch, Jo?»

«Herbachs Fingerabdrücke auf dem Glas, das Maria mitgenommen hat. Negativ. In unserer Kartei ist er ein unbeschriebenes Blatt.»

«Und in Weinerts Wohnung?»

«Max, das heißt gar nichts. Natürlich sind seine Fingerabdrücke überall. Sie waren schließlich befreundet; Herbach ging in Weinerts Haus ein und aus. Aber kein einziger Abdruck lässt sich mit der Tat in Zusammenhang bringen. Auch die Gästeliste, die Maria besorgen konnte, gibt nichts her. Niemand auf der Liste ist polizeibekannt – es sei denn, als zu schützende Person des öffentlichen Lebens.»

«Und der große Unbekannte ...»

«... ist jetzt kein Unbekannter mehr», sagte Morian so ruhig und gelassen, als teile er die Uhrzeit mit.

«Was? Sind deine Freunde schon fündig geworden?»

«Und wie. Der BMW war eine wahre Fundgrube, was die

Spuren betrifft. Er hätte den Wagen mal öfter sauber machen sollen. Aber auch Profis machen Fehler. Oder er ist noch nicht ganz auf dem Laufenden, was moderne Ermittlungsmethoden in diesem ihm fremden Land betrifft. Der schöne Indianer mit der Narbe heißt Ricardo Figueroa Espinosa. Aufgewachsen in Guatemala, auf den Straßen der Hauptstadt. Eltern unbekannt. Erstmals registriert in einem Waisenhaus, das aber 1976 bei dem großen Erdbeben abgebrannt ist. Galt seitdem als tot, so wie alle anderen, die in der Nacht des Brandes in dem Gebäude eingeschlossen waren und keine Chance hatten, dem Feuer zu entkommen. Schreckliche Geschichte. In dem Heim hatte man dem Kind den Nachnamen und ein fiktives Geburtsdatum gegeben. Er taucht erstmals wieder bei der spanischen Fremdenlegion auf, Jahre später. Verbrachte dort vier Jahre, lernte das Töten bei einer Spezialeinheit, ging zurück nach Lateinamerika. Wann und wie er nach Deutschland gekommen ist, ist nicht bekannt. Keine einzige Behörde hier wusste etwas von seiner Existenz.»

«Ihr habt also seine Fingerabdrücke ...»

«Nein. Der Mann hat keine Fingerabdrücke. Die hat er sich schon vor langer Zeit wegätzen lassen. Aber der BMW war voller Haut- und Haarpartikel. Genetische Fingerabdrücke, gegen die sich kein Verbrecher schützen kann. Und da die Legion damals Blutproben genommen hatte und der Mann wegen zahlloser schwerer Gewaltverbrechen in Lateinamerika über Interpol gesucht wird, war's am Ende ein Kinderspiel.»

Ein Kinderspiel. Wann hatte Max das schon mal gehört?

«Was können wir im Zusammenhang mit der Ermordung Weinerts inzwischen beweisen?»

«Wir können nach wie vor nicht beweisen, dass der BMW nicht doch vom Firmengelände geklaut wurde, wie die Herbach Holding versichert. Wir können aber jetzt beweisen, dass der Indianer in Weinerts Wohnung und in dessen Arbeitszimmer war. Und dass er das Arbeitszimmer zusammen mit einer zweiten, noch unbekannten Person fluchtartig über die Terrasse und die Gartenmauer verlassen hat. Die Fußabdrücke in den Blumenbeeten deuten auf ein hohes Lauftempo hin. Wir haben Spuren von Weinerts Blumenerde in dem BMW gefunden, außerdem passen die Abriebspuren an der Gartenmauer zu den Spuren im Wagen. Ferner haben wir Espinosas Hautpartikel auf dem Brieföffner, auf dem Schreibtisch und auf Rücken und Nacken der Leiche identifiziert.»

«Also hat er Weinert umgebracht und ist zusammen mit einer anderen Person geflohen, die nicht Alexander sein kann, weil der laut Gertrud Weinert durch die Haustür geflohen ist.»

«Sieht so aus. Aber wir haben leider keinen Zeugen.»

«Natürlich haben wir einen Zeugen», entgegnete Max.

«Du meinst Alexander», sagte Morian.

«Ja, natürlich. Er war dabei, und nur weil die beiden Täter von Gertrud Weinerts überraschender Rückkehr aus der Kirche aufgescheucht wurden, hat Alexander überlebt, konnte in der allgemeinen Hektik fliehen und dabei das Tagebuch an sich reißen. Könnte das so gewesen sein, Liz?»

Liz hatte die ganze Zeit geschwiegen. Die absonderlichsten Dinge waren ihr in der letzten halben Stunde durch den Kopf gegangen. Alle Augen waren jetzt auf sie gerichtet. Sie hatte das Gefühl, etwas sagen zu müssen. «Ja, es könnte so gewesen sein, Max. Oder ganz anders. Ich weiß es nicht. Alexander ist schwer traumatisiert. Es gibt nicht wenige Traumakranke, die Zeugen einer Gewalttat wurden und anschließend glaubten, die Schuld daran zu tragen. Als ob ohne ihre Zeugenschaft das Opfer vom Täter verschont worden wäre. Ja, so etwas gibt es. Aber ...» Sie zögerte.

«Was aber?»

«Ich weiß es nicht, Max. Lass mir bitte Zeit.»

«Kein Problem, Liz», sagte Max. Kein Problem. Natürlich war es ein Problem. Ein Riesenproblem. Alexander war der Schlüssel.

Noch in der Sekunde schämte er sich für den Gedanken. Alexander war kein Schlüssel, sondern ein Mensch. Liz hatte ihm heute offenbart, dass er HIV-positiv war. Er nahm es mit einem erschreckenden Gleichmut auf.

«Der Indianer hat den Wagen aus der Werkstatt abgeholt», sagte Theo. «Den haben wir unter Kontrolle. Der fährt keinen Meter mehr, ohne dass wir es erfahren. Er hat ihn in eine Mietgarage in Nippes gefahren und seitdem nicht mehr angerührt. Die Satellitenschaltung ist übrigens auch mit dem Computer hier und mit dem GPS in deinem und in Hurls Wagen vernetzt. *Big Brother is watching you.*»

«Gute Arbeit», sagte Max.

«Und was hat euer Gespräch mit dem schwäbischen Abgeordneten gebracht?», fragte Morian.

«Er hat für den Lobbyisten Weinert Spanndienste im Bundestag und in seiner Fraktion geleistet», berichtete Max. «Und Weinert hat ihm dafür zu seiner Karriere verholfen. Und da zeigt man sich natürlich dankbar. Seit Weinert tot ist, kassiert er seine Tantiemen unmittelbar von Herbach. Und erweist sich dankbar für die kleinen, süßen Ausflüge aus dem tristen Eheleben, die Herbach für ihn organisiert und finanziert. Künftig wird er sich allerdings auch uns dankbar erweisen, vor allem Hurl, schätze ich.» Hurl, der gerade den Raum betrat, nickte. Das Nicken hatte zwei Bedeutungen.

Maria war mit der Auskunft noch nicht zufrieden. «Welche Gegenleistung erwartet denn Herbach von ihm?»

«Frühe Informationen über Gesetzesinitiativen. Einflussnahme auf Parteifreunde; im Gegenzug gibt's satte Wahlkampfspenden, anonym, ohne Quittung fürs Finanzamt, so haben es Politiker am liebsten. Hauptsächlich hat sich Lämmle bei zwei Themen zu engagieren: Freiheit des Marktes beim Internet und bei der Gentechnologie. Wir können uns allerdings noch keinen Reim darauf machen, welchen konkreten Nutzen Herbach daraus zieht.»

Liz konnte sich plötzlich einen Reim darauf machen. Für den Bruchteil einer Sekunde. Doch der Gedanke kam ihr erneut so ungeheuerlich vor, dass sie ihn sofort wieder verdrängte.

«Ich sehe immer noch nicht die Brücke», sagte Jo. «Adam, Weinert und Herbach hatten mit dem Bluter-Skandal zu tun. Sylvia Adam erschießt ihren Mann. Zwölf Jahre später wird Weinert getötet. Vermutlich hat Herbach was damit zu tun. Alexander ist Zeuge und soll deshalb sterben. Aber warum musste Weinert sterben? Und auf was sind die Privatdetektive gestoßen, das noch ungeheuerlicher war als der Bluter-Skandal, so ungeheuerlich, dass sie augenblicklich die Finger von der Sache ließen und sogar getötet wurden, weil sie zu viel erfahren hatten? Das ergibt alles noch kein Bild.»

Bevor Liz etwas sagen konnte, antwortete Maria: «Ich glaube, wir denken immer noch zu einfach. Und zu logisch. Wir gehen ständig davon aus, dass allen Motiven rationale Erwägungen zugrunde liegen. Ich weiß, dass euch Männern das besonders schwer fällt, anders zu denken, weil ihr Logik mit Intelligenz verwechselt ...»

Bevor Theo seine Vorstellungen von spezifisch männlicher und weiblicher Logik in Sätze umsetzen konnte, machte Maria weiter: «Vielleicht gibt es gar nicht den alle Personen überspannenden thematischen Zusammenhang, sondern vielmehr ein kompliziertes Geflecht von Beziehungen. Kann ich mal ein Glas Wasser haben?»

Sie trank das Glas, das Max ihr gab, in einem Zug aus, bevor sie weitersprach:

«Erste Handlungsebene: Sylvia Adam tötet im Affekt ihren Mann, nachdem sie das Tagebuch entdeckt hat und so dahinter gekommen ist, dass er Alexander an Weinert ausgeliefert hat. Als sie spürt, dass die Polizei sie als Verdächtige ins Visier nimmt, dass es immer enger wird für sie, trennt sie die entscheidenden Seiten aus dem Buch und versteckt sie im Wäscheschacht. Warum? Weil sie wusste, dass es Weinert mit seinen Beziehungen nicht schwer fiele, in den Besitz des Tagebuchs zu gelangen, wenn sie erst mal im Knast säße. Warum hat sie es nicht komplett versteckt? Weil sie wusste, dass für Weinert und für Herbach zu viel auf dem Spiel stand; nicht auszudenken für die beiden, wenn das Tagebuch an die Öffentlichkeit gelangte. Sie hätten immer weiter gesucht, hätten niemals Ruhe gegeben und, während Sylvia Adam im Knast sitzt, ihre Kinder und ihre Mutter unter Druck gesetzt, geängstigt, gequält, Sylvia Adam erpresst, vielleicht sogar ihr Leben im Knast bedroht, was kein Problem ist, so lange, bis sie das Versteck preisgegeben hätte. Warum hat sie das Tagebuch nicht vernichtet? Weil Weinert und Herbach ihr das nicht geglaubt hätten. Sylvia Adam ist eine kluge Frau. Bin ich zu schnell?»

Sie sah in die stummen Gesichter rundum am Tisch, die sie aus großen Augen anstarrten, dann sprach sie weiter:

«Zweite Handlungsebene: Der Bluter-Skandal hat gezeigt, dass Herbach über Leichen geht, wenn er einen Weg sieht, wie er seine Macht und seinen Reichtum mehren kann. Roths Privatdetektive sind per Zufall auf etwas Neues gestoßen, das gar nichts mit dem Bluter-Skandal, aber sehr wohl mit Herbach zu tun hat. Ungeheuerlich und gefährlich zugleich. Sie bekommen es mit der Angst zu tun und stellen die Recherchen ein. Aber sie haben sich schon zu weit vorgewagt, wissen mehr, als sie wissen sollten, und müssen deshalb sterben. Und nun die dritte Handlungsebene: Weinert war zwar stets Herbachs braver Erfüllungsgehilfe. Aber er hat eine Schwachstelle: Alexander. Er liebt den Jungen auf seine perverse, zerstörerische Art. Der Brief vom Kreiswehrersatzamt jedoch lässt Weinert völlig aus dem Ruder laufen. Er droht Herbach mit seinen langjährigen intimen Kenntnissen diverser krimineller Geschäftspraktiken, er droht damit, sein Wissen in seinen Memoiren zu verarbeiten. Da geht Herbach auf Nummer sicher und lässt das Problem lösen. Von Ricardo Figueroa Espinosa. Alexander wird womöglich nur zufällig Zeuge des Mordes, kann aber flüchten und sich des Tagebuchs bemächtigen. Deshalb muss er ebenfalls aus dem Weg geräumt werden. Vielleicht hatte man vor, ihn lebend zu schnappen, um ihn erst später zu töten und die Leiche dann spurlos verschwinden lassen zu können. Ein reizvoller Gedanke. Denn die Behörden würden irgendwann die Ermittlungen einstellen, weil Alexander, der mutmaßliche Mörder, sich leider durch Flucht seiner Verurteilung entzogen hat. Noch Fragen?»

«Alle Achtung», sagte Max und nickte anerkennend.

«Ja, das war brillant», sagte Morian. «Bleibt aber noch eine offene Frage. Wieso hat der Brief vom Kreiswehrersatzamt Weinert so wütend auf Herbach gemacht?»

Liz hob an, etwas zu sagen, ließ es aber bleiben. Nein, sie wollte noch einmal in Ruhe und allein nachdenken.

«Was ist los, Liz?» fragte Max.

«Vielleicht sollten wir hier Schluss machen, das alles sich setzen lassen und jeder für sich nochmal nachdenken.»

Ihr Mann schob Max den Schnellhefter über den Tisch, den er im Badezimmer der Villa in Rhöndorf gefunden hatte, und stand auf. Auch die anderen erhoben sich.

Maria sah verwirrt von einem zum anderen. «Ihr wollt schon gehen? Stopp! Wie geht's denn jetzt weiter?»

Alle grinsten viel wissend. Schließlich sprach Max es aus.

«Maria Engels Fernandez: Deine Stunde ist gekommen. Das wird eine lange Nacht und ein anstrengender Tag. Keine Sorge, ich leiste dir bis morgen früh Gesellschaft.» Er tippte auf den Schnellhefter mit den verschollenen Tagebuchseiten aus dem Wäscheschacht. «Jo hat mir ja was zum Lesen mitgebracht.»

45 *Wenn ich nachts aufwache, stehe ich auf und gehe ans Fenster. Ich sehe das Lichtspieltheater am Marktplatz, die bunten Kinoplakate in den hell erleuchteten Vitrinen. Alles ist so, als hätte der Krieg nie stattgefunden. Keine Trümmerfelder mehr, stattdessen moderne, zweckmäßige Bauten, ohne überflüssiges Geschnörkel.*

Ich sehe hinauf. Und bin froh, wenn der Himmel klar und wolkenlos ist. Die Sterne hatten mich getröstet, all die Jahre. Ich warte darauf, dass die Sonne aufgeht, die Nacht vorüber ist und ich wieder zur Universität gehen kann. Dort fühle ich mich wohl. Meine Professoren sind nett zu mir. Sie mögen mich, weil ich ein guter Student bin.

Ich wache jede Nacht auf.

Nach etwa jeder dritten Nacht muss ich das Bett neu überziehen. Ich schäme mich. Ich bin ein erwachsener Mann. Und ein Bettnässer. Meine Mutter schimpft nie. In unserem kleinen Hotel-Restaurant fällt ohnehin sehr viel Bügelwäsche an. «Das kommt sowieso alles zur Heißmangel», sagt sie dann. «Muss der Papa ja nicht wissen.» Sie ist ein guter Mensch. Auch mein Vater ist kein schlechter Mensch. Sie konnten es ja nicht wissen. Ich werde es ihnen nie erzählen.

Was sie mit mir gemacht haben all die Jahre.

In Mayen muss ich umsteigen. Von Mayen-Ost mit der Taxe nach Mayen-West, mein Vater hat es mir genau erklärt. In der kleinen Stadt sind die wenigen Häuser, die der Krieg übrig gelassen hat, kohlrabenschwarz. In dem Zug in Richtung Trier erklärt mir eine Bauersfrau, dass das nicht vom Krieg ist, sondern ganz normal mit den schwarzen Häusern in dieser Gegend. «Das ist Mayener Stein, Basalt, das schwarze Gold», sagt sie und lacht herzhaft.

Sie gibt mir zu essen, eine Schnitte Brot und eine Scheibe Speck. Sie erzählt, sie sei in Mayen auf dem Markt gewesen, jetzt fahre sie nach Hause, nach Daun. Da hole sie ihr Sohn mit dem Pferdefuhrwerk ab, denn sie wohne nicht in Daun, sondern in der Nähe eines Dorfes, das noch viel kleiner sei als Daun, und von dort seien es noch ein paar Kilometer bis zur Saxlermühle. «Sie wohnen in einer echten Mühle? Wie im Märchen?» Sie nickt. «Eine echte Mühle. Nicht so schön wie im Märchen. Oder vielleicht doch?»

Später schlafe ich ein. Bis mich der Schaffner schüttelt. «Junger Mann! Aussteigen! Beeilung!» Die Bauersfrau fragt, wo ich denn hinmüsse. «Zu den Blutsbrüdern», sage ich. Da bekreuzigt sie sich, drückt mich an ihren großen Busen, küsst mich flüchtig auf die Stirn, wuchtet meinen Koffer auf den Bahnsteig und winkt mir aus dem Abteilfenster zu, während sich der Zug in Bewegung setzt.

«Kurt Adam?»

Ich drehe mich um. Vor mir steht ein Mönch. In einer grauen Kutte. Ich habe schon Mönche in schwarzen Kutten gesehen, auch welche in braunen Kutten, aber noch nie solche mausgrauen Kutten.

«Ja?»

«Mitkommen!»

Ein Auto. Ich bin noch nie in einem Auto gefahren. Das Auto hat einen Holzvergaser. Der Mönch spricht kein Wort. Wir fahren an Kuhweiden vorbei, an einsamen, traurigen Gehöften, an einem Bachlauf, an einer Pferdekoppel. Dann biegen wir in den Wald ab, folgen den Serpentinen, den Berg hoch, immer höher. Das Auto hat große Mühe, den Berg hinaufzukommen.

Schließlich haben wir die Kuppe erreicht, der Wald lichtet sich, und vor uns liegt die Burg. Mit einem Wassergraben, einer Zugbrücke, mit Zinnen und Türmen und Wehrgängen und Schießscharten.

Eine Burg wie aus einem Märchen.

«Das ist gut. Das ist sogar sehr gut.» Max legte das Manuskript zurück auf den Tisch. «Alle Achtung.»

«Findest du?» Maria rieb sich die geröteten Augen. Es war vier Uhr morgens. Sie hatten gemeinsam etwa drei Stunden lang noch einmal das komplette Material gesichtet und auf seine journalistische Verwertbarkeit hin überprüft, alle Behauptungen im Text auf ihre Belegbarkeit und Widerlegbarkeit hin gecheckt.

Anschließend brauchte sie zwei Stunden zum Schreiben.

Währenddessen hatte Max den verschollenen Teil des Tagebuchs gelesen, einen Fachanwalt für Presserecht aus dem Bett geklingelt, ebenso einen alten Kollegen, der inzwischen im Vorstand des Deutschen Presserates saß. Er hatte sich den ersten Teil ihres Textes ausgedruckt, sie nach der Lektüre zu einer Pause auf der Terrasse überredet, sie auf den wunderschönen Sternenhimmel aufmerksam gemacht – und sie dann höflich, aber unerbittlich genötigt, einen neuen Einstieg zu schreiben. «Dein Text ist aufregend», hatte er gesagt. «Du schreibst wirklich begnadet. Besser, als ich es jemals konnte. Aber dein Einstieg ist langweilig. Trau dich.» Sie fühlte, dass er Recht hatte, aber weil sie das Gesicht wahren wollte, stritt sie eine Weile mit ihm herum, bis sie sich auf einen Kompromiss einigten. Während sie schrieb, schmierte er Brote und servierte ihr jede halbe Stunde einen frischen Espresso. «Ich will ein Bier», sagte sie irgendwann trotzig.

«Du kriegst ein Bier, wenn du fertig bist», sagte er bestimmt. «Seit wann trinkst du überhaupt Bier?»

«Ich trinke sonst nie Bier», hatte sie wahrheitsgemäß geantwortet.

Fertig. Sie war müde. Schrecklich müde. Ihre Glieder waren schwer wie Blei. Außerdem fand sie ihren Text hundsmiserabel.

«Du findest ihn miserabel, nicht wahr?»

Maria sah ihn misstrauisch an. «Wie kommst du denn darauf?»

«Dein Gesicht spricht Bände. Glaube mir: Der Text ist phantastisch. Du bist eine gute Journalistin. Kriegst du das hin, dass euer Online-Dienst und euer Lokalradio anspringen?»

«Schon möglich. Aber warum? Dann hat die Geschichte doch jeder.»

«Eben. Auch wenn das mit deiner Reporterehre schwer vereinbar ist: Es geht ausnahmsweise nicht um Exklusivität. Wir brauchen einen Medienrummel. Wir sind darauf angewiesen, dass die Kölner Medien und die überregionalen Medien die Geschichte nachziehen. Sonst kriegt ihr eine einstweilige Verfügung und eine Klage und du 'ne Menge Ärger, und das war's dann. Die sitzen das bequem aus, wenn das nur eine einzige Regionalzeitung veröffentlicht. Wir brauchen Öffentlichkeit. Damit sie aus ihren Rattenlöchern kommen.»

Sie nickte. Sie wollte nur noch ins Bett.

«Möchtest du hier schlafen? Paul ist zwar da, aber du kannst mein Schlafzimmer haben. Ich schlafe hier auf der Couch. Außerdem musst du dich daran ohnehin ab morgen Abend gewöhnen.»

Maria verstand kein Wort. Zudem ließ sie sich nur ungern etwas vorschreiben, von diesem Mann schon gar nicht. «Habe ich richtig gehört? Wieso denn das?»

«Weil du nach der Veröffentlichung nicht mehr sicher

bist in deiner Wohnung. Sie werden die Verbindung sehen zwischen dir und mir.»

Die Verbindung zwischen dir und mir. Was für eine wundersame Umschreibung. Und was war das für eine Verbindung? Sie konnte sich noch genau an ihre erste Begegnung erinnern. Und jetzt?

Alles war nur noch ein riesiges Durcheinander.

Wir müssen die Mönche mit «Bruder» ansprechen. «Bruder Ewald», «Bruder Georg», «Bruder Sebastian» und so weiter. Sie duzen uns, sprechen uns aber nicht mit unseren Vornamen, sondern mit unseren Nachnamen an. «Friedberg», «Brockmann», «Herbach», «Adam», «Weinert» und so weiter. Ich höre neun Jahre lang meinen Vornamen nicht mehr. Weil wir Schüler uns untereinander auch nur mit Nachnamen ansprechen dürfen. Warum haben wir eigentlich immer alles getan, was man uns vorschrieb?

Ich habe damals sehr schnell gelernt, warum.

Schon am ersten Abend.

Bruder Ewald führt mich in den leeren Schlafsaal. Er zeigt wortlos auf eines der schmalen Eisenbetten, die entlang der Fensterwand in Reih und Glied stehen; das einzige Bett, das nicht gemacht ist. Dann zeigt er auf ein leeres Spind ohne Türen, an der gegenüberliegenden Wand. Keines der Spinde hat Türen. Dann spricht er mich zum ersten Mal seit unserer Begegnung auf dem Bahnsteig an.

Und sagte ein einziges Wort:

«Ausziehen!»

Er öffnet meinen Koffer, kippt den Inhalt neben das auf der fleckigen Matratze gestapelte Bettzeug. Ich weiß nicht, ob ich ihn richtig verstanden habe. Ich ziehe die Schuhe aus. Meine Mutter hat sie mir für die Reise besorgt. Auf dem Schwarzmarkt.

Bruder Ewald hält inne, dreht sich um, betrachtet mich von oben bis unten. Dann holt er aus und ohrfeigt mich. Es tut sehr weh.

«Ausziehen, habe ich gesagt! Wirst du wohl gottesfürchtig sein?»

Dann kümmert er sich wieder um den Inhalt meines Koffers.

Ich entkleide mich.

Ich wische mir die Tränen mit dem Handrücken ab.

Ich warte zitternd.

Er bildet zwei Haufen. Den rechten stopft er in einen Kartoffelsack, bindet ihn zu und heftet ein Schild aus grauer Pappe mit meinem Namen daran. In dem verschlossenen Sack befinden sich nun mein Briefpapier, meine Murmeln, meine Zinnsoldaten, ein Foto meiner Eltern vor einem Ausflugsdampfer am Bonner Rheinufer, ein noch ungeöffneter Brief meiner Mutter, den ich erst nach meiner Ankunft lesen sollte, darauf hatte sie bestanden, und meine zwei Paar Schlafanzüge. Bruder Ewald deutet auf den linken Haufen.

«Einräumen!»

Ich räume die Sachen in das leere Spind. Unterwäsche, Strümpfe, Taschentücher, Hemden, zwei Paar lange Hosen, eine Kniebundhose, eine kurze Hose, ein Pullover, den meine Mutter für mich gestrickt hat. Bruder Ewald sitzt auf meinem Bett und sieht mir zu.

Ich schämte mich meiner Nacktheit.

Der Steinboden ist kalt.

Bruder Ewald klopft auf das Bett. «Siehst du, wie die anderen Betten gemacht sind? So hat dein Bett jeden Morgen vor dem Frühstück auszusehen. Hier! Anziehen!» Er wirft mir ein weißes Leinenzeug zu. Ein knielanges Nachthemd. Wie im Krankenhaus, hinten offen.

«Mitkommen!»

Gänge, Treppen, Türen, Korridore. Er nimmt den Schlüsselbund, der an einem Karabinerhaken an seinem Gürtel hängt, und öffnet einen Verschlag. Er stellt den Kartoffelsack zu den vielen anderen Säcken. Wieder endlos lange Gänge und Treppen. Schließlich stößt er eine große Flügeltür auf. Wir treten auf eine Galerie. Tief unten liegt der Speisesaal. Bruder Ewald läutet die Glocke, die über der Balustrade hängt. Augenblicklich verstummt das Murmeln und Kichern und Scharren. «Das ist Adam. Er gehört von heute an zu unserer Gemeinschaft. Weiterhin guten Appetit.»

Wir verlassen die Galerie, noch bevor der Saal im Chor mit einem «Gelobt sei Jesus Christus» antwortet. Draußen warten zwei Mönche. «Das sind Bruder Georg und Bruder Sebastian. Folge ihnen.»

Bruder Georg ist groß und hager. Er hat eine Adlernase und tief in ihren Höhlen Augen, die mir Angst machen. Bruder Sebastian hingegen ist klein, dick, kugelrund. Er zwinkert mir zu. Bruder Georg geht voran, Bruder Sebastian hat Mühe, ihm zu folgen, vor allem über die Treppen. Er schnauft, und sein Körper wackelt beim Gehen. Als Bruder Georg stehen bleibt, um eine Tür zu öffnen, zwinkerte mir Bruder Sebastian ein zweites Mal aufmunternd zu.

Ein Duschraum. Wände und Boden sind weiß gefliest. Die Deckenlampen zucken, als Bruder Georg den Schalter betätigt; das grelle Licht blendet einen Moment. «Ausziehen», befiehlt Bruder Georg. «Warte, ich helfe dir», sagt Bruder Sebastian und löst die Schleife, die das Nachthemd in meinem Nacken zusammenhält. Er legt seinen Arm um meine Schultern und führt mich in die gegenüber liegende Ecke des Raumes. «Sei tapfer, mein Sohn», flüstert er mir ins Ohr. «Es geht vorüber, glaube mir. Sei gottesfürchtig. Dann wird alles gut.» Dann bekreuzigt er sich und eilt, so schnell ihn seine kurzen Beine tragen, zurück zu Bruder Georg, der inzwischen Gummistiefel trägt. «Ich werde dir jetzt zeigen, was Reinheit bedeutet», bellt Bruder Georg durch den Raum.

Ein Feuerwehrschlauch. Die Wucht des Strahls trifft mich wie ein Hammerschlag. Ich rutsche aus, verliere das Gleichgewicht, schlage der Länge nach auf den harten, spiegelglatten Boden. «Aufstehen», brüllt Bruder Georg. «Halt dich an den Griffen in der Wand fest.»

Er zielt zwischen meine Beine. Es tut höllisch weh. Ich lasse augenblicklich die Griffe wieder los und schütze meine Genitalien mit meinen Händen. Da trifft mich der Strahl mitten ins Gesicht. Ich schlage erneut der Länge nach hin. Ich rutsche über den Boden, der Strahl verfolgt mich, spült mich über die scharfkantigen Fliesen, trifft mich wieder ins Gesicht, ich kriege keine Luft mehr, meine Ohren schmerzen von dem eiskalten Wasser, ich robbe in die entgegengesetzte Richtung, der Strahl trifft mich mit solcher Kraft im Nacken, dass mein Kopf gegen die Wand schlägt.

«Steh auf!» Bruder Georgs scharfes Gebell schlägt tausendfach von den nackten Wänden wider, bohrt sich durch meine Stirn, hämmert in meinem Gehirn. Ich schreie. Ich weiß nicht mehr, was ich schreie. Dann schlucke ich Wasser, viel Wasser, ich huste, kotze, glaube zu ersticken. Ich zittere am ganzen Leib. Ich lege meine Arme schützend über meinen Kopf, blinzele unter der Armbeuge hindurch, suche Bruder Sebastians Augen, sie schauen traurig, seine Lippen bewegen sich, er sagt immer wieder denselben Satz, immer wieder, bis ich ihn durch das scharfe Gebell hindurch von seinen Lippen ablesen kann: «Wehre dich nicht. Wehre dich nicht. Wehre dich nicht.»

Ich richte mich auf, wanke mit letzter Kraft zurück in meine Ecke, umklammere die Haltegriffe über meinem Kopf. Und weine.

Vorbei. Bruder Georg dreht den Hahn zu und rollt den schweren Schlauch auf. Bruder Sebastian steht vor mir, barfuß. Aus einem kleineren Schlauch, den er mir über den Kopf hält, rinnt wundervoll warmes Wasser, gleitet meinen Körper hinab wie Öl, wärmt meine eiskalten Füße. Aus der Ferne sehe ich Bruder Georgs hasserfüllten Blick. Ich schließe die Augen.

Bruder Sebastian flüstert mir ins Ohr. «Was habe ich gesagt? Alles vorbei. Wehre dich niemals! Dann kann dir nichts passieren.» Ich spüre den Schaum der Seife auf meiner Haut. Bruder Sebastian wäscht mich. Die Tür schlägt zu. Ich öffne die Augen, ganz vorsichtig. Bruder Georg ist weg. Ich schließe die Augen wie-

der, will nichts mehr sehen. Seine Hände sind sanft, wie die meiner Mutter.

«Uiii, was haben wir denn da? Du bist ja schon ein richtig großer Junge.» Mit dem warmen, weichen Wasserstrahl spült er den Seifenschaum zwischen meinen Beinen weg. Ich schäme mich sehr. Aber ich kann nichts dagegen tun. «So, jetzt wird es aber Zeit, ins Bett zu gehen. Und pass nur ja auf, dass Bruder Ewald dich nicht so sieht.» Er zwickt mich in die Wange, zwinkert verschwörerisch, dann hüllt er mich in ein großes, weiches, warmes Handtuch.

Der Schreibtisch aus mausgrauem Kunststoff, der blaugraue Teppichboden, der dazu völlig unpassende kastanienbraune Bürostuhl. Die Bilder, die Fotografien, die Urkunden mit den Journalistenpreisen an den Wänden. Auf zweien dieser Urkunden stand ihr Name. Die Menschen jenseits der gläsernen Trennwand des Büros, wie die Darsteller in einem Stummfilm. Der Blick aus dem Fenster, auf die blauen Fahnen vor der Schranke zum Hof.

All das war seit Jahren ihr Alltag, ihr Familienersatz, ihr Zuhause.

Jetzt kam ihr diese Umgebung so fremd vor wie ein vor Tagen geträumter, halb vergessener Traum. Sie nahm die Diskette aus ihrer Handtasche und schob sie in den Computer. Jemand klopfte an die Scheibe. Dietrich K. Vogel. Sie verstand sein pantomimisches Gehampel da draußen erst bei seinem dritten Versuch: Er gab ihr zu verstehen, dass der Kaffeewagen draußen im Flur wartete. Der Kaffeewagen. Andere Sorgen hatte der Mensch nicht. Und außerdem: Seit wann bedachte er sie mit so viel Aufmerksamkeit? Gefährlich, Maria Engels Fernandez, gefährlich. Sei auf der Hut! Immer wenn er besonders zuvorkommend war, folgte irgendeine Intrige auf dem Fuße. Wieso war er um diese Uhrzeit schon im Dienst?

Das K. stand für Kurt, hatte ihr eine Kollegin aus der

Buchhaltung verraten. Dieser Wichtigtuer. Er war ihr Vorgänger. Irgendwann stellten sie fest, dass er sein Spesenkonto dazu benutzte, sich die Berichte von mehr oder weniger talentierten Polizeibeamten fix und fertig schreiben zu lassen. Die uniformierten Dichter verdienten sich so was zu ihrem nicht gerade üppigen Gehalt dazu, und Dietrich K. Vogel blieb viel Zeit für den Tennisplatz. Nur die Zeitung hatte das Nachsehen. Finanziell wie journalistisch. Eines Tages nahmen sie ihm den Job als Polizeireporter weg und betrauten dieses junge Ding damit, gerade erst das Volontariat beendet, noch grün hinter den Ohren. Und das Schlimmste war: Sie machte es auch noch gut. Das nahm er ihr übel. Seit Jahren. Tag für Tag.

Dabei war die Verlagsleitung ausgesprochen gnädig mit ihm verfahren. Er schrieb jetzt fürs Lokale über Konzerte, Lesungen und Ausstellungen mehr oder weniger talentierter Künstler der Region. Das passte gut zu den Halstüchern, die er stets statt einer Krawatte trug. Außerdem war er auf jede Kollegin sauer, die nicht augenblicklich seinem Charme erlag. Also auf alle.

Ihr Bedarf an Kaffee war vermutlich für die nächsten zehn Jahre gedeckt. Sie spielte mit dem Gedanken, sich bei den netten Damen, die ihre mobile Kantine durch die sechs Etagen des Verlagsgebäudes schoben, einen Tee zu holen, verwarf ihn aber, als sie Dietrich K. Vogel zusammen mit ihrem Lokalchef in Richtung Kaffeewagen davoneilen sah. Nein, das war die Gelegenheit, unbemerkt und unter Umgehung der Kleiderordnung das Allerheiligste aufzusuchen.

Die Gralshüterin sah von den Postbergen auf und fixierte sie spöttisch über den Rand ihrer Lesebrille hinweg. «Schau an. Lange nicht gesehen, Engelin. Wir haben aber keinen Termin, stimmt's?»

«Mensch Biggi, neue Brille? Steht dir gut. Richtig schick.»

«Seit vier Monaten etwa. Kannst dir deinen Schaum sparen. Keine Chance. Er leitert. Die Rentenfrage.»

«Du hast Recht, ich habe keinen Termin, Biggi. Ich muss aber trotzdem rein. Jetzt! Sofort!»

Die Chefsekretärin wollte ihr gerade antworten, und Maria war sicher, dass ihr die Antwort nicht gefallen hätte, als die Tür aufflog. «Fräulein Biggi, bitte verbinden Sie mich bitte mal mit ... Ja, Frau Engel, schön, Sie zu sehen. Wie geht's Ihnen denn?»

Ein Charmeur. Viele gute Chefredakteure sind Charmeure. Umgekehrt trifft das nicht unbedingt zu. Oliver Strecker war Mitte fünfzig, wirkte aber jünger, trotz der grauen Schläfen und der Lachfältchen um die Schlupflider. «Die machen ihn erst interessant», flöteten die Sekretärinnen unisono. Er achtete auf seine Figur, war immer wie aus dem Ei gepellt gekleidet, immer noch nicht verheiratet und hütete sein Privatleben so erfolgreich wie die Schweizer Banken ihre Kundenkarteien. Er war gebildet, scharfsinnig und hatte ein präzises Gespür für gute Geschichten.

Er hatte nur einen Fehler. Er war kein Manager und Menschenführer. Aber die Redakteurin Maria Engels Fernandez wollte auch im Augenblick weder gemanagt noch geführt werden.

Sondern rein in sein Büro.

«Guten Tag, Herr Strecker. Ich weiß, dass Sie im Augenblick sehr beschäftigt sind, aber ...»

«Kann man wohl sagen. Ich sitze gerade am Leitartikel für die Fernausgabe. Sie wissen, Journalisten schreiben ungern am frühen Morgen, aber in einer knappen Stunde erwarte ich den Besuch des ...»

«Vielleicht kann ich Ihnen helfen. Indem ich Ihnen den Leitartikel schon mal abnehme. Ich denke nämlich, die Rentenfrage dürfte für die morgige Ausgabe unter Umständen nicht mehr das spannendste Kommentar-Thema sein.»

Oliver Strecker wirkte selten verwirrt. Es stand ihm auch nicht besonders gut. Biggi bekam den Mund nicht mehr zu.

Maria atmete einmal tief durch, bevor sie zum entscheidenden Schlag ausholte. Und der musste sitzen, bevor er sich von seiner Sprachlosigkeit erholte. «Ich denke, wenn Sie das hier gelesen haben, werden Sie mit mir übereinstimmen, dass wir die komplette Seite drei freiräumen sollten, ebenso die obere Hälfte der Seite eins. Ferner natürlich den Leitartikel auf Seite zwei. Ich schlage vor, dass Sie die Marketingabteilung hinzuziehen – selbstverständlich erst, nachdem Sie sich ein Bild gemacht haben. Wir sollten die Geschichte meines Erachtens offensiv über Plakate bewerben, außerdem über unseren Online-Dienst und über eine Kurzfassung fürs Lokalradio. Das hätte einen höheren Abverkauf an den Kiosken, Tankstellen und Supermärkten zur Folge. Vorsorglich sollte der Vertrieb die Druckauflage erhöhen. Fast hätte ich es vergessen: Ein Spot zu jeder vollen Stunde im Lokalradio wäre nicht schlecht.»

Oliver Strecker sagte nichts mehr, sondern winkte sie stumm in sein Büro durch. Dann endlich, nach einem umständlichen Räuspern, fand er seine Stimme wieder: «Frau Engel, Sie haben doch sicherlich schon mit Ihrem Lokalchef darüber ...»

«Ehrlich gesagt, Herr Strecker: Nein. Ich war der Meinung, das ist Chefsache. Ich brauche die Hilfe eines erfahrenen Journalisten, der mit allen Wassern gewaschen ist, der weiß, wie man eine solche Geschichte anpackt. Deshalb bin ich hier, Herr Strecker.»

Das gab ihm den Rest. Bevor er die Tür zu seinem Büro schloss, streckte er noch einmal den Kopf hinaus ins Vorzimmer. «Äh, keine Anrufe bitte, ja? Und rufen Sie unseren Justiziar an. Er soll sich vorsorglich bereithalten. Ich habe keine Lust, ihn später auf irgendeinem Golfplatz aufstöbern zu müssen.»

Maria ließ sich in einen der dicken, weinroten Ledersessel plumpsen. Sie hatte das Gefühl, dass sie gerade alle Kraft verließ. Sie spielte ein gefährliches Spiel, und sie hatte verdammt hoch gepokert. Ein Fehler, und sie konnte sich übermorgen nach einem neuen Job umsehen.

46 *Ich weiß nicht, wie lange ich geschlafen habe. Ich weiß nur noch, dass ich große Mühe hatte mit dem Einschlafen. Es war stockfinster. Um mich herum die Geräusche von 30 Jungen in ihren Betten, die tuschelten, schnarchten, im Traum wirres Zeug redeten. Der Schlafsaal, in dem mein Bett steht, ist nur einer von vier großen Schlafsälen. Aber das wusste ich in dieser ersten Nacht noch nicht. Von draußen drangen die unheimlichen Geräusche des Waldes durch die halb geöffneten, allesamt vergitterten Fenster in den Saal. Ich glaubte, einen Uhu zu erkennen. Jedenfalls stellte ich mir so die Stimme eines Uhus vor, den ich nur aus Bilderbüchern kannte.*

Irgendwann schlief ich ein.

Als sie mir die Decke wegreißen, bin ich schlagartig wach. Sie halten mich zu viert fest, zerren an meinen Armen und Beinen. Sie flüstern. Ich liege auf dem Bauch, zappele wie eine Fliege im Spinnennetz. Sie stülpen mir einen Kopfkissenbezug über den Kopf. «Los, Herbach, zeig's ihm.» Der Junge, den sie Herbach nennen, setzt sich rittlings auf meinen Rücken. Er ist groß und kräftig. Ich habe das Gefühl, jeden Moment müsse mein Rückgrat brechen. «Lass ihn doch zufrieden, Herbach», zischt jemand. «Halt's Maul, Weinert, du fette Sau. Nur weil du sein Pate bist, musst du uns nicht den

Spaß verderben. Er braucht 'ne anständige Tracht Prügel zum Einstieg, damit er gleich weiß, wer hier das Sagen hat.»

«Ich bin nicht nur sein Pate, ich bin auch dein Pate, Herbach. Hast du das vergessen? Wenn du nicht sofort aufhörst, dann ...»

«Was dann, Dickerchen? Willst du mich bei den Patres verpfeifen? Oder dich nur ein bisschen ausweinen in den Schwabbelarmen von Bruder Sebastian?»

«Ich warne dich, Herbach.»

«Halt's Maul, Weinert. Du gehst mir auf die Nerven. Gebt mir den Gürtel. Jetzt legt seinen Arsch frei. Wie süß! Noch so weiß und unschuldig. Haltet ihn endlich richtig fest, verdammt. Das Zappeln wird ihm gleich vergehen. Und eins ...»

Sie johlen vor Freude, bei jedem Hieb. Herbach macht immer weiter, aber irgendwann hören sie auf, die Schläge mitzuzählen. Plötzlich springen sie davon, in ihre Betten, Stille, Sekunden später flammt das grelle Deckenlicht auf. «Ihr Barbaren!» Bruder Sebastians Stimme. Gott sei Dank. «Weinert, hilf mir. Warum hast du ihn denn nicht beschützt? Du bist sein Pate. Und du bist Herbachs Pate. Warum hast du diesen Rohling nicht besser im Griff?»

Sie ziehen mir den Bezug vom Kopf, helfen mir auf. Sie nehmen mich in die Mitte und stützen mich.

Sie führen mich in Bruder Sebastians Zelle. Er bedeutet mir, mich bäuchlings auf sein Bett zu legen, und tätschelt mir den Kopf. «Alles ist wieder gut. Weinert, gib mir mal das Fläschchen mit dem Öl.» Der Junge, den sie Weinert nennen, ist ein paar Jahre älter als ich und sehr dick, wenn auch nicht ganz so dick wie Bruder Sebastian. Er sieht interessiert zu, wie Bruder Sebastian das Öl auf die Striemen träufelt und behutsam verreibt. «So, mein Junge. Besser, du bleibst diese Nacht bei uns.» Er deckt mich zu, bis zum Hals. Dann schlüpft er links neben mir unter die Decke, Weinert rechts von mir. Sie kuscheln sich an mich.

Ich fühle mich für einen Moment wohl und geborgen, spüre ihre Wärme – bis ihre Hände unter der Decke forschend über meinen

Körper tasten. Sie drücken nasse Küsse auf mein Ohr. Ich bin gelähmt. Ich weiß nicht, was ich denken, was ich fühlen soll. Bruder Sebastian lächelt mich an. Ich drehe meinen Kopf weg und starre an die Decke. Seine Nasenspitze kitzelt in meinem Ohr. Ich sehe nicht hin. Ich rieche seinen schlechten Atem. Ich würge. «Siehst du, mein Junge? Wir drei halten zusammen. Ich habe dafür gesorgt, dass Weinert dein Pate wird, und nicht etwa dieser Rabauke Herbach. Du kannst dir nicht vorstellen, was Herbach mit seinen Schutzbefohlenen anstellt. Und erst Pater Georg. Aber wenn wir drei zusammenhalten, mein Junge, dann kann dir nichts passieren, verstehst du?»

Von diesem Moment an verstehe ich.

Hurl saß einfach da und blätterte geduldig in einer Zeitschrift, während sie ihren Koffer packte. Es gab kein Zurück mehr. Sie hatte die Lawine ins Rollen gebracht.

Streckers Kopf hatte geglüht vor Aufregung. Seit die Vorabmeldung an die großen Nachrichtenagenturen gegangen war, standen die Telefone nicht mehr still. Die großen nationalen Blätter, die Nachrichtenmagazine, die Illustrierten und Fernsehsender, sie alle wollten Maria Engels Fernandez sprechen. Sie hatte darauf bestanden, für eine Weile unterzutauchen, und Strecker hatte nach Rücksprache mit dem Verlag eingewilligt. «Kein Kommentar», entgegnete er forsch jedem Anrufer. «Kaufen Sie sich morgen unsere Zeitung. Da steht alles drin. Sie dürfen uns gerne zitieren.»

Das Denkmal Dr. Julius Weinert war mit einem kurzen, aber kräftigen Ruck vom Sockel gestoßen worden, die Lichtgestalt des Wirtschaftswunders und der Bonner Republik als widerlicher Pädophiler und als gewöhnlicher Wirtschaftskrimineller demaskiert, der dem Land großen Schaden zugefügt und Menschen zerstört hatte. Der Justiziar des «Rheinischen Anzeigers» hinterlegte vorsorglich eine Schutzschrift beim

Bonner Landgericht, für den Fall, dass Gertrud Weinert beabsichtigte, noch vor der Auslieferung der Auflage eine einstweilige Verfügung zu erwirken.

Außerdem legte Marias Text glaubhaft nahe, dass nicht Weinerts Pflegesohn Alexander, sondern vermutlich ein gewisser Ricardo Figueroa Espinosa für den Mord verantwortlich war. Die Beweise hierfür schlummerten, so behauptete die Zeitung, in den Akten und in der Asservatenkammer des Polizeipräsidiums. Dass sie dort tatsächlich schlummerten, dafür hatten Morian, einige loyale Kollegen des Bonner Präsidiums sowie der Gerichtsmediziner Dr. Ernst Friedrich gesorgt. Der Leitartikel auf Seite zwei, der Kommentarseite der Zeitung, prangerte an, dass der Polizeipräsident diesen Beweisen bisher nicht die geringste Beachtung geschenkt habe, stattdessen einen erfahrenen Ermittler, Kriminalhauptkommissar Josef Morian, schon im Frühstadium von dem Fall abziehen und wichtige Spuren unnötig kalt werden ließ. Der Leitartikel stellte schließlich die Frage, wessen Interessen der Präsident eigentlich verfolge.

Das saß. Das gesamte Präsidium glich einem Hühnerhaufen, der Innenminister bestellte den Präsidenten zum Rapport.

Die Zeitung ließ zudem nicht unerwähnt, dass das zur Ausführung der Mordtat benutzte Fahrzeug auf die Kölner Hartmut Herbach Holding zugelassen, wenn auch nach Auskunft des Konzerns zuvor gestohlen worden sei. Mehr hatte Maria nicht über Herbach geschrieben. Aber allein die Erwähnung des Namens genügte, um sämtliche Kölner Medien auf Trab zu bringen.

«Fertig», sagte Maria.

«Prima», sagte Hurl, legte die Zeitschrift zurück auf den Stapel neben dem Sofa, stand auf und griff sich den Koffer. Marias Auto hatte Theo schon untergestellt. Niemand würde es finden. Hurl öffnete Maria die Beifahrertür des altmodischen türkisfarbenen, metallisch schimmernden Gefährts vor ihrer Haustür.

«Was ist denn das?»

«Ein Ford Mustang», antwortete Hurl. «Aus der Zeit, als Autos noch wie Autos aussahen. Und so was wie Hubraum hatten. 5,7 Liter. Achtzylinder. Laut, schnell und beruhigend. Das Motorengeräusch ist wie eine Symphonie. Ich steh nun mal auf so was.»

«Ein schönes Spielzeug für große Jungs», bemerkte sie spöttisch.

«Ja, kann man wohl sagen. Die Weißwandreifen hat mir ein Freund aus Amerika besorgt. Die gibt's hier gar nicht.»

Die Antwort irritierte sie einigermaßen. Sie beobachtete ihn verstohlen aus den Augenwinkeln. Kein Zweifel: Er meinte das mit vollem Ernst. Deshalb wechselte sie lieber das Thema.

«Wo ist Max?»

«Bringt gerade seinen Sohn zum Flughafen. Paul wird ein Schuljahr bei meinem Cousin in den Staaten verbringen. Damit er mal lernt, was richtiger Basketball ist.»

«Aha. Und wo liegt dieses Basketball-Wunderland? Ostküste? Westküste? Mittelwesten?»

Hurl sagte nichts. Als hätte er die Frage gar nicht gehört. Und starrte immer wieder in den Rückspiegel. Maria studierte seine Gesichtszüge. Da gab es nichts zu studieren. «Ihr schafft ihn weg, stimmt's? Ihr schafft ihn raus aus der Schusslinie.»

«Ja, auch.» Hurls Gesicht ließ keine Regung erkennen. Maria bohrte weiter. «Und was ist mit Vera? Helena, Alexander? Und den Kindern von Jo und Liz? Sollen wir die etwa auch alle verstecken?»

Hurl nickte kurz. «Ja. Sie kommen alle weg. Wir haben

ein sicheres Haus in Spanien. Übermorgen reisen sie ab. Es ist alles vorbereitet. Die Kinder mitsamt Alexanders Therapeutin.»

«Ich glaub's nicht.»

«Doch, Maria. Es wird ernst.»

«Ihr seid komplett verrückt.»

Der Mustang rollte durch die Alleen der Bonner Südstadt. Maria versuchte vergeblich, in dem abwechselnden Blubbern und Röhren des Motors die symphonischen Anteile zu erkennen.

«Ihr seid schon ein seltsames Gespann, du und Max.»

«Ja, kann mal wohl sagen», meinte Hurl, setzte den Blinker, bog auf die Autobahn ab, schaltete das Radio ein, lauschte derart aufmerksam den Nachrichten über die Fusionsabsichten zweier europäischer Lebensmittelkonzerne und die Rationalisierungspläne eines japanischen Automobilherstellers, als besitze er bei all diesen Unternehmen größere Aktienpakete. Außerdem schwieg er den Rest der Fahrt nach Köln.

Die Insel sah so friedlich aus im Abendlicht. Max saß auf der breiten, verwitterten Kaimauer im Rücken des Gebäudes und sah den Frachtschiffen zu, die sich stromaufwärts quälten. Er trug ein weißes T-Shirt, verwaschene Blue Jeans und war barfuß. Neben ihm auf der Mauer standen eine Flasche Rotwein und zwei Gläser. Als sie sich zu ihm setzte, füllte er die beiden Gläser. Die Abendsonne wärmte ihre Rücken und ließ die Wasseroberfläche des Flusses ebenso wie den tiefroten Wein in den Gläsern glitzern und glühen.

«Auf unsere frisch gebackene Starreporterin.»

«Sei still.»

Er war still.

So still wollte sie ihn auch wieder nicht.

«Ein schöner Platz», sagte sie.

«Ja. Der schönste Platz auf der Welt ... wenn hier nur so ein Wein wachsen würde wie dieser hier.»

«Woher stammt denn dieser hier?»

«Aus Spanien. Die besten Rotweine der Welt werden mittlerweile in Spanien gemacht.»

«Aha, der Herr versteht was von Superlativen.»

«Ja. Ich bemühe mich zum Beispiel seit wenigen Minuten verzweifelt und zugleich vergebens, nicht dauernd auf die schönsten Beine des Rheinlandes zu starren.»

Maria war sprachlos. Sie zog unwillkürlich am Saum ihres Rocks unter der Kostümjacke. Sie hatte noch keine Gelegenheit gefunden, sich nach dem anstrengenden Tag in der Redaktion umzuziehen, weil sie Hurl nicht unnötig lange warten lassen wollte.

«Hat der Herr auch noch ein anderes Thema als Sex?»

Max runzelte die Stirn. «Sex? Ich sprach von schönen Beinen, nicht von Sex. Mir steht der Sinn im Augenblick überhaupt nicht nach Sex. Seit wir an diesem Fall arbeiten. Dabei mag ich Sex. Noch mehr als diesen Wein hier. Du hast es gut, Maria: Du hast ein gestörtes Verhältnis zum Sex. Das macht vieles einfacher.»

Sie hätte sich gerne empört über diese Unverfrorenheit. Aber sie war nicht empört. Am liebsten hätte sie geheult. Oder auf ihn eingeprügelt. Oder beides. Wie schaffte er es immer wieder, sie aus der Reserve zu locken, ihre Seele aufzuweichen, bis sie beinahe zerfloss?

«Können wir vielleicht von etwas anderem reden?»

«Nein.» Die Antwort kam schnell und bestimmt. Er legte den Arm um ihre Schultern, wie selbstverständlich. Vom Vordeck eines Frachters aus Rotterdam winkte ein Kind herüber. Max winkte mit der freien Hand zurück. Die blonden Haare des Kindes wehten im Wind. Das Kind zog vorüber wie eine

Theaterkulisse. «Maria, es geht leider um Sex. Und um Macht. Um Macht durch Sex. Um den Missbrauch von Kindern, um ihre Zerstörung durch Sex, damit irgendwelche kaputten Typen ihre Machtgelüste ausleben können. Wir können nicht mehr von etwas anderem reden, bis das hier vorbei ist.»

«Vielleicht zerstört Sex die Menschen.»

«Unsinn. Menschen zerstören Menschen. Hast du in deiner Wohnung ein Küchenmesser?»

«Ja. Natürlich! Aber was hat ...»

«Eine sehr nützliche Erfindung, nicht wahr? Weißt du, wie viele Menschen schon mit Küchenmessern getötet wurden? Wie oft in der Kriminalgeschichte Küchenmesser zu Mordwerkzeugen umfunktioniert wurden? Trotzdem bleibt es ein Küchenmesser.»

Das Kind aus Rotterdam war im Gegenlicht nur noch als zarter Schattenriss erkennbar. Die Heckschraube warf silbrig glänzende Perlen in den grauen Fluss.

Sie ließ ihren Kopf an seine Schulter sinken. «Wie können Menschen nur so schlimme Dinge tun?»

«Menschen können alles tun. Frag Liz. Die meisten Täter waren selbst einmal Opfer. Aber nicht alle Opfer werden zu Tätern. Wir wissen nicht, wie der Mechanismus funktioniert. Gibt es vielleicht neben der genetischen und erzieherischen Prägung noch so etwas wie die freie Entscheidung des Geistes? Wir wissen aus dem verschwundenen Teil des Tagebuchs, dass Kurt Adam in den ersten vier der neun Jahre, die er in dem Internat verbrachte, ständig sexuell missbraucht, genötigt, vergewaltigt wurde; manchmal wochenlang gar nicht, manchmal mehrmals in einer Nacht. Mit Zuckerbrot oder Peitsche, je nachdem, ob es sich um diesen pädophilen Bruder Sebastian oder um einen der Psychopathen wie Bruder Georg handelte. Erst als der Stimmbruch kam und die ersten Schamhaare wuchsen, ließ das Interesse seiner Peiniger nach. Er hat später, als junger Erwachsener, alles niedergeschrieben, das Niedergeschriebene in den Schrank gestopft und vermutlich geglaubt, damit auch seine Erinnerungen beerdigt zu haben. Er wurde später nicht zum Täter. Aber er hat seinen Sohn nicht beschützt, als der zum Opfer wurde. Hätte er es gekonnt? Weißt du es? Ich weiß es nicht.»

«Wie konnten denn die Behörden damals nur dulden, was in dem Internat vor sich ging?»

«Haben sie es gewusst? Wollten sie es wissen? Stell dir die Zeit nach Kriegsende vor. Jede Form von öffentlicher Verwaltung liegt am Boden. Und damit jegliche Form von aktenkundiger Vergangenheit. Die Alliierten und das Internationale Rote Kreuz wissen nicht mehr, wohin mit den ganzen Findelkindern und Kriegswaisen. Da bieten sich diese Blutsbrüder an. Zwar kannte niemand diesen Orden, aber die Amerikaner kennen sich ohnehin nicht aus mit dem deutschen Katholizismus. Hauptsache, der Orden verfügt über ein intaktes Gebäude und die Bereitschaft, den Militärs jede Menge Arbeit und Ärger vom Hals zu schaffen.»

«Kann ich nachvollziehen. Aber was haben sich die Eltern von Kurt Adam dabei gedacht?»

«Vermutlich gar nichts. Irgendjemand ihrer Hotelgäste wird ihnen mal das Faltblatt in die Hand gedrückt haben. Der Orden vergab Stipendien. Die Summe, die Adams Eltern zu zahlen hatten, war lächerlich. Dafür hätten sie ihren Sohn in Bonn nicht durchfüttern können. Entscheidend war allerdings der Preis für das Stipendium: Kurt Adam durfte ebenso wie die anderen Stipendiaten für die Dauer des gesamten Aufenthaltes kein einziges Mal nach Hause. Auch die Ferien verbrachte er im Internat. Weihnachten. Seine Geburtstage. Bis zum Abitur. Nur so konnte das System funktionieren.»

«Aber warum ist nie rausgekommen, was da passierte?»

«Liz hat es mir erklärt. Wenn man ein Kind jahrelang unter Kontrolle hat, es nach Belieben demütigt, peinigt, verletzt, dann ist die Scham eines Tages so groß, dass es mit niemandem mehr darüber reden will. Und solange es keine Kläger gibt, gibt es auch keine Richter. Und damit auch keine Täter.»

Max goss ihnen nach. Maria registrierte, dass er wesentlich mehr trank als gewöhnlich.

«Dann kommt die Adenauer-Ära. Der Orden passt perfekt in diese verlogene Zeit: Er steht für ein Wertesystem, das sich ganz offen und ungeschminkt aus klerikal-bigotter Moral und alter NS-Ideologie zusammensetzt, gemischt mit etwas Pfadfinder-Seligkeit. Pünktlichkeit, Fleiß, Gehorsam, körperliche Abhärtung, sexuelle Askese werden tagsüber gepredigt und gedrillt. Frauen sind Satanswerk, nur unter Männern kann der Knabe zum Mann reifen. Die sexuelle Askese gilt allerdings nur bis zum Einbruch der Dunkelheit. Dann nehmen sie sich die Freiheit, Knaben, die ihnen gefallen, zu greifen; für ihr Schlafzimmer oder für die rituellen Veranstaltungen in den Kellergewölben. Wer sich fügt, wird belohnt. Wer sich sperrig zeigt, wird drangsaliert und hart bestraft. Irgendwann aber scheint doch was rausgekommen zu sein. Anfang der sechziger Jahre. Denn von einem Tag auf den anderen gab es keinen Orden mehr, kein Internat. Selbst die Burg scheint sich in Luft aufgelöst zu haben. Ich habe jedenfalls bisher keinen blassen Schimmer, wo sich diese Burg befinden könnte. Irgendwo in der Eifel.»

Maria zog die Beine an, schlang die Arme um ihre Knöchel und bettete ihr Kinn auf ihre Knie. «Was wird aus Kindern, die unter solchen Bedingungen aufwachsen?»

«Zum Beispiel das, was aus Adam, Weinert oder Herbach geworden ist: Drei völlig verschiedene Menschen, die sich in manchen Punkten ähneln und in vielen Punkten unterscheiden. Sie alle waren Opfer, viele Jahre lang. Sie haben in dieser

Zeit ähnliche, aber keineswegs dieselben Erfahrungen gemacht. Weil sie natürlich schon zuvor geprägt waren, von der Zeit und von den sie umgebenden Menschen vor ihrem Eintreffen im Internat.»

«Und welche Spuren hat das Internat bei Kurt Adam hinterlassen?»

«Schwierige Frage. Du erinnerst dich an unser Gespräch in Woudsend? Als Liz und Jo die verschiedenen Klassifizierungen von Pädophilen beschrieben? Im Vergleich etwa zu Weinert oder Herbach war Kurt Adam wohl am meisten Opfer und am wenigsten Täter. Er hat sowohl als Kind wie auch später als Erwachsener in der Regel reagiert statt agiert, stets ängstlich auf das Unheil gewartet, statt sein Schicksal in die Hand zu nehmen. Er hat versucht, sich unsichtbar zu machen, sich zu verstecken und, wenn das Böse ihn doch aufstöberte, alles still zu erdulden. Das war sein Weg zu überleben. Adam wurde zum Beispiel im Internat nie Pate, als er älter wurde. Offenbar hat man ihm nie restlos getraut. Jedem neuen Zögling wurde ein im Durchschnitt zwei bis vier Jahre älterer Schüler als Pate zugeordnet. Ein Pate betreute zwischen drei und fünf jüngere Schüler. In den offiziellen Schriften des Internats, das wissen wir aus dem Tagebuch, wurde dies als Errungenschaft verantwortungsvoller Pädagogik verkauft. So habe jeder Neue gleich einen älteren, erfahrenen Kameraden, der sich um ihn kümmert, mit den Spielregeln vertraut macht, sein Heimweh lindert. In Wahrheit waren die Paten ausgewählte Zöglinge, die sich als besonders willig erwiesen hatten, also mit einem ausgeprägten Überlebensinstinkt versehen waren. Offenbar entwickelte Adam diesen Instinkt nicht. Die Paten übten zum einen soziale Kontrolle über die Neuen aus und dienten zugleich der Bruderschaft als Spitzel. Die Paten waren verpflichtet, über jeden Neuen genauestens Buch zu führen. Dafür erhielten sie diverse Vergünstigungen. Adam kam nie in den Genuss dieser Vergünstigungen. Ich bin davon überzeugt, dass Kurt Adam in dieser Zeit keine homosexuellen Neigungen entwickelt hat, die über das latent homophile Interesse hinausgingen, das jeder Junge in der Vorpubertät mehr oder weniger ausgeprägt erlebt. Und ich bin ebenso überzeugt, dass Adam später als Erwachsener keine pädophilen Neigungen verspürte. Seine Konsequenz war die totale Asexualität.»

«Aber wie konnte er dann ...»

«Seinen Sohn in Weinerts Hände geben? Das hatte nichts mit Sex zu tun. Sondern mit Macht und Ohnmacht. Kurt Adam war seelisch völlig abhängig von Julius Weinert. Dessen Macht war die Scham, die er bei Kurt Adam auslösen konnte. Und Sylvia Adam, die zwar nichts mit Sex anfangen konnte, aber umso mehr mit Macht, hat wohl lange Zeit, vielleicht sogar bis zum bitteren Ende, nicht begriffen, was da vor sich ging. Kurt Adam war ein schwacher Mann. Er blieb ein Leben lang abhängig von seinem einstigen Paten Weinert, von seinem einstigen Peiniger Herbach und von der erfolgreichen Dressur im Internat. Als Weinert Jahre später plötzlich wieder in sein Leben trat, in sein berufliches wie auch in sein privates, gehorchte Adam wie ein dressiertes Schoßhündchen. Weinert wurde Alexanders Taufpate, der Junge hatte die Ferien bei ihm zu verbringen, ob er nun wollte oder nicht. Und als schließlich Sylvia Adam ihren Mann erschoss und zwei Jahre später ins Gefängnis ging, da wurde Weinerts Traum wahr, den Jungen ganz für sich zu haben.»

Max zog an seiner Zigarette. Er bemerkte, dass Maria zitterte.

«Ist dir kalt?»

«Ja, ganz plötzlich. Können wir drinnen weiterreden?»

Max sprang von der Kaimauer hinunter auf einen Treppenabsatz. Die schmale, steile Treppe führte hinunter zum Fluss.

«Komm schon. Das ist der kürzeste Weg.»

Er streckte ihr seine Arme entgegen, bereit, sie aufzufangen. Es war inzwischen dunkel. Sie suchte einen Moment lang nach einer Möglichkeit, hinunterzuspringen, ohne in seinen Armen zu landen. Sie fand keine. Da nahm sie die Gläser in die eine und die leere Flasche in die andere Hand und ließ sich einfach fallen.

Ein dichter Vorhang aus Efeu verdeckte die Kaimauer – und das Rolltor aus Aluminium am Fuß der schmalen Außentreppe. Das Tor war höher und breiter als das einer Autogarage; die untersten Rippen des Rolltors endeten eine Handbreit über der Wasserlinie. Vom Fluss aus war es nicht zu sehen; es war ihr auch nicht aufgefallen, als sie auf der Kaimauer gesessen hatten. Das Wasser plätscherte in kurzen Wellen über die unterste Stufe der Treppe, schwache Ausläufer der Bugwelle eines Containerschiffs, das die Insel passierte. Max öffnete eine Klappe und steckte einen Schlüssel hinein. Das Tor hob sich, innen sprang eine Neonröhre an, zuckte eine Weile, bevor sie ihr kaltes Licht verströmte. Max duckte sich unter dem nach oben rumpelnden Tor hindurch. Sie folgte ihm. Max betätigte einen Schalter, das Tor ruckte kurz und senkte sich wieder.

Sie standen auf einem schmalen Steg, der am Ende des Raums in eine Treppe mündete. Neben dem Steg schaukelte ein Boot im Wasser; ein halb offenes Motorboot von etwa sechs Meter Länge, mit zwei gewaltigen Außenbordmotoren an der Heckwand.

Max registrierte ihren irritierten Gesichtsausdruck. Er grinste, sein Gesicht hatte plötzlich wieder diese unbekümmert jungenhaften Züge. «Jaja, das macht immer mächtig Eindruck auf die Frauen. Das Ding geht ab wie die Post.»

Dann sprang er die steile steinerne Treppe empor. Maria war etwas außer Atem, als sie die oberste Stufe erreichte. Ein Kellergewölbe, dessen Ausmaße in der Dunkelheit nicht erkennbar waren. Sie war froh, wenigstens einen vertrauten Gegenstand zu entdecken. Den alten Lastenaufzug. Max schob das Gatter hoch. «Bitte sehr. Welcher Stock bitte?»

Der Aufzug rumpelte aufwärts.

«Hast du das Boot schon mal benutzen müssen?»

«Wieso müssen? Das Boot ist ein Riesenspaß.»

«Du weißt genau, was ich meine.»

«Nein, bisher nicht. Aber es ist ein beruhigendes Gefühl, zu wissen, dass es da unten liegt und niemand davon weiß.»

«Ist das nicht alles ein bisschen paranoid, Max? Das Boot, die Chinesen, die elektronischen Kameras, die ganze Geheimniskrämerei, meine Flucht heute, aus meiner eigenen Wohnung ...»

«Das wird alles noch schlimmer. Wir sind erst am Anfang. Meinst du, es macht mir Spaß, meine Kinder wegzuschicken?»

Der Lastenaufzug stoppte unsanft. Max schob das Gatter auf und ließ ihr den Vortritt. Doch sie blieb stehen.

«Bitte sehr.»

Sie reagierte nicht auf seine höfliche Geste.

«Du liebst deine Kinder sehr, stimmt's?»

«Ja», sagte er. Mehr nicht.

«Ich denke, du bist ein guter Vater.»

Er sagte nichts. Er sah sie nicht einmal an.

Sie ging voran und ließ sich auf einen der Stühle am Küchentisch fallen. Max warf einen Blick auf die Monitore über seinem Schreibtisch, bevor er den Kühlschrank öffnete.

«Max, was wird passieren?»

«Ganz einfach: Wir werden uns eine tiefgekühlte Pizza auftauen, du wirst endlich das versprochene Bier kriegen, und dann schauen wir nach, ob es was Nettes im Fernsehen gibt.»

Max drehte sich wieder um. Dann hielt er plötzlich inne.

«Sie werden zurückschießen, Maria. Ganz sicher. Die werden sich das jetzt nicht länger bieten lassen.»

47 In dieser Nacht hatte Alexander einen Traum. Es war keiner dieser wirren Angstträume, die ihn morgens schweißgebadet erwachen ließen. Es war eher wie im Kino, und er hatte den bequemen, ungefährlichen Part des Zuschauers übernommen. Sperrsitz.

Den Hauptfilm hatte er schon mal gesehen.

Aber auch an den Vorfilm konnte er sich erinnern.

Im Hauptfilm sah er sich auf das Haus im Siebengebirge zugehen, in dem er so viele Jahre gelebt hatte, das aber nie sein Zuhause geworden war. Ein schöner Tag. Die Sonne schien. Und er war pleite. Vor der Haustür bog er nach rechts ab, stellte sich in den Schatten der offenen Garageneinfahrt, lehnte sich an die kühle Mauer, rauchte eine Zigarette und wartete.

Gertrud Weinert verließ eiligen Schrittes das Haus. Hochamt.

Alexander schnippte die Kippe achtlos weg, dann schlenderte er zur Haustür. Der Schlüssel passte. Obwohl Gertrud Weinert ihm so oft angedroht hatte, die Schlösser auszuwechseln.

Die Luft roch stickig. Wie immer in diesem Haus. Und die Hitze machte es nicht besser. Die Standuhr im Arbeitszimmer am Ende der Diele schlug. Er zählte nicht mit. Uhrzeiten interessierten ihn nicht. Außer der Uhr hörte er noch etwas durch die geschlossene Tür. Weinerts Stimme. Wahrscheinlich telefonierte er. Egal. Alexander hatte ohnehin noch was anderes zu erledigen. Er hängte seine Jacke in die Garderobe und schlich die Treppe nach oben.

Er kurbelte das Regal zur Seite. Die Tür war nicht verschlossen. Sonst hätte er sie eben eingetreten. Das Schloss war ein Witz.

Das Bett. Die Wanne. Die Spiegel. Er sah nicht hin. Er durchquerte den Raum, nahm das Tagebuch aus der Kommode. Er hielt es eine Weile unschlüssig in den Händen, starrte auf den unbeschrifteten Einband, sog den Geruch des alten Papiers in die Nase. Dann verpasste er der Schublade einen Tritt und verließ den Raum.

Weinert redete immer noch. Kein Problem. Er würde das Telefonat eben beenden müssen. Wäre nicht das erste Mal. Alexander legte das Buch auf die unterste Treppenstufe gleich neben der Haustür. Es würde nicht lange dauern. Es dauerte nie lange. Geld gegen Schweigen. So funktionierte Marktwirtschaft. Und der Fettwanst verstand was von Marktwirtschaft.

Er öffnete die Tür.

Julius Weinert saß hinter seinem Schreibtisch.

Aber er telefonierte nicht.

Er sprach mit einem Besucher, der in dem Ohrensessel vor dem Schreibtisch saß und Alexander den Rücken zuwandte.

Komisch, er hatte gar kein Auto vor dem Haus gesehen.

Julius Weinert unterbrach augenblicklich seinen Redefluss in diesem grauenhaft weinerlichen Ton, den Alexander so hasste, und starrte ihn mit vor Angst geweiteten Augen an. Daraufhin erschien der Kopf des Besuchers unter dem rechten Ohr des Sessels.

«Sieh an, wen haben wir denn da? Das erleichtert vieles.»

Alexander kannte den Mann. Es war eine Ewigkeit her. Da hatte der Mann ihn abgeholt. Als er noch klein war. Und Weinert im Krankenhaus lag mit seiner Gallenkolik. Du undankbarer Junge. Die Wochen mit Gertrud Weinert allein im Haus waren schlimm.

Das Wochenende in der Burg, in die der Mann in dem Sessel ihn damals gebracht hatte, war die Hölle.

Er hatte es vergessen.

Bis zu diesem Moment.

Er hatte keine Zeit, darüber nachzudenken. Hau ab, hau ab. Doch der Fluchtweg war versperrt. Den Mann, der plötzlich hinter ihm in der Tür stand, hatte er noch nie gesehen. Er sah aus wie ein Indianer. Er hatte einen Pferdeschwanz und eine Narbe quer durchs Gesicht. Er lächelte und schlug zu. Alexander stürzte zu Boden. Der Indianer riss ihn an den Haaren empor, schleuderte ihn in den Ohrensessel, den der Ältere soeben verlassen hatte, und verpasste ihm eine schallende Ohrfeige. Es fühlte sich an, als flöge ihm der Kopf davon.

«Wo ist das Tagebuch?»

Alexander presste die Lippen zusammen.

«Dein Vater will es uns nicht sagen. Aber du wirst es uns sagen.»

«Er ist nicht mein Vater», schrie Alexander. Der Indianer schlug zu, kaum dass er den Satz beendet hatte. Seine Nase blutete. Aber er spürte keinen Schmerz mehr. Nur noch Wut. Weinert zitterte. Der Feigling. Ein Feigling wie sein Vater.

Der Ältere beobachtete ihn. Alexander sah nicht hin, aber er konnte es spüren. Er ballte seine Hände auf den Lehnen zu Fäusten, bis das Blut aus den Fingern wich. Der Indianer stand hinter Weinert. Der Ältere gab ihm ein Zeichen. Der Indianer zog etwas aus seiner Tasche und legte es Weinert blitzschnell um den Hals. Ein erstickter Schrei, dann lief Weinerts Kopf blau an. Der Ältere nahm ein bauchiges Cognacglas aus der Vitrine und stellte es auf den Schreibtisch. Alexander sah direkt in Weinerts hervorquellende Augen. Todesangst. Alexanders Atem ging schneller und schneller. Er hatte das Gefühl, als könne er gar nicht so schnell die Luft einatmen, wie seine Lungen den Sauerstoff verbrauchten. Er kannte das Gefühl nur zu gut. Hyperventilation hatte es Dr. Degener immer genannt.

«Hören Sie auf», schrie er. «Lassen Sie ihn in Ruhe. Ich sage Ihnen, wo das Tagebuch ist.»

«Später, mein Junge, später. Ricardo, mach ein Ende. Der Kleine fällt uns sonst noch in Ohnmacht.»

Dann ging alles ganz schnell, als habe der Filmvorführer den Projektor auf Zeitraffer gestellt. Der Indianer drückte Weinerts Kopf auf die Schreibtischunterlage und stieß ihm den Brieföffner in den Rücken. Dann riss er den schweren, unförmigen Körper wieder zurück. Alexander starrte in Weinerts Gesicht. Weinert hatte die Zunge herausgestreckt, diese fleischige Zunge, vor der Alexander sich immer so geekelt hatte. Dann zuckte die Hand des Indianers über Weinerts Kehle. Blut schoss aus seinem Hals. Der Ältere fing es in dem Glas auf, achtete sorgsam darauf, dass nichts verschütt ging.

«Aufstehen», herrschte der Ältere.

Alexander stand auf. Der Mann goss ihm das Blut über den Kopf. Alexander schloss die Augen, spürte, wie die warme Flüssigkeit über seinen Nacken kroch. Er hörte den Aufprall und öffnete die Augen. Der tote Körper lag neben dem Schreibtisch auf dem Teppich.

«Also: Wo ist das Tagebuch?»

Alexander presste die Lippen zusammen. Der Ältere merkte augenblicklich, dass er einen Fehler gemacht hatte. «Gut, wie du willst. Dann machen wir jetzt eine kleine Spazierfahrt. Es macht dir doch nichts aus, im Kofferraum Platz zu ...»

Weiter kam er nicht. Alexander kannte das Geräusch. Die Haustür!

«Ist da jemand? Julius?» Gertrud Weinerts Stimme.

Alexander holte aus und schlug dem Älteren die Faust ins Gesicht. Das Glas flog im hohen Bogen durch die Luft. Bevor es zerschellte, war Alexander schon aus dem Raum. Er rannte durch die Diele, vorbei an der kreischenden Alten, die in der offenen Küchentür stand und ihm, als er vorbeirannte, die Handtasche an den Kopf schlug. Er riss die Haustür auf, schnappte sich das Buch von der Treppenstufe und rannte und rannte und rannte.

Wie in Zeitlupe. Er schien zu schweben, dem Ende des Hauptfilms entgegen. Dann wurde er wach.

Das Bettlaken war trocken. Alexander stand auf, wusch sich im Badezimmer die Hände und das Gesicht gründlich mit Seife und ging in die Küche. Seine Schwester und Vera saßen beim Frühstück und tuschelten. «Aber wir können ihn doch einfach fragen», flüsterte Vera. «Vielleicht hat er ja Lust mitzukommen.» Sie sprachen über ihn, so viel war klar. Er ließ sich nichts anmerken. Das war besser so.

«Wo ist Max?», fragte er beiläufig, während er den Espressoautomaten in Gang setzte.

«Guten Morgen. Er ist mit Maria weggefahren», antwortete Vera. Ihr ging es auf die Nerven, dass er grundsätzlich nie guten Tag sagte.

«Und Hurl?»

«Auch schon unterwegs. Die waren alle schon weg, als wir aufgestanden sind. Die haben's gut. Die können raus; und wir hocken hier wie im Gefängnis.» Vera war wütend.

Alexander setzte sich ans andere Ende des Tisches und rührte in seiner Tasse. Nach dem Frühstück würde er Liz anrufen und ihr alles erzählen. Vielleicht könnte sie vorbeikommen.

Vielleicht sollte er es aber auch lassen.

Fast hätte er den Vorfilm seines Traums vergessen. Manchmal ist es besser, Träume zu vergessen. Manchmal ist es besser, alles zu wissen.

Jetzt wusste er wenigstens, dass er ein Mörder war.

48 Sie verließen das Gebäude der Staatsanwaltschaft im Bonner Stadtteil Beuel knapp eine halbe Stunde nachdem sie es betreten hatten. Das Ergebnis des Besuchs konnte man nicht gerade als erfolgreich bezeichnen.

Aus heiterem Himmel begann es wie aus Kübeln zu regnen. Bis zum Aldi-Parkplatz war es ein gutes Stück. Sie zögerten einen Augenblick, drückten sich einen Moment an die Wand aus rotem Klinker, dann rannten sie los. Nach zehn Metern waren sie nass bis auf die Haut. Max zog sie in eines der Eiscafés an der Friedrich-Breuer-Straße. In der Tür schüttelte Maria ihre dicken, schwarzen Haare wie ein Neufundländer sein nasses Fell.

Ihre weiße Bluse klebte an ihrem Körper. «Ich verschwinde mal kurz. Bestellst du mir einen Tee?»

Oberstaatsanwalt Dr. Peter Arentz, Leiter der Abteilung Kapitalverbrechen, war ein gut aussehender, tadellos gekleideter Mann mit erstklassigen Manieren und sauberen Fingernägeln, vermutlich ein ausgezeichneter Jurist, ganz sicher ein loyaler Diener seines Staates. Und ein aufgeblasenes Arschloch. Das jedenfalls hatte Maria ihrem Exliebhaber soeben ungefragt attestiert, während Max die postmodern abgehängte Decke mit der geschmackvoll integrierten indirekten Beleuchtung betrachtete. «Du aufgeblasenes Arschloch.» Danach näherte sich das Gespräch ziemlich rasch seinem Ende. Eigentlich sogar auf der Stelle. Er komplimentierte sie höflich und mit bewundernswerter Gelassenheit durch die Sicherheitsschleusen hinaus. «Ach, und richte deinen Eltern doch bitte herzliche Grüße von mir aus. Wir haben uns immer so gut verstanden. Nett, Sie kennen gelernt zu haben, Herr Maifeld.»

Nachdem sie eine knappe halbe Stunde zuvor die Sicherheitsschleuse in umgekehrter Richtung bezwungen hatten, hatte Maria den Meinungsaustausch mit ihrem Exliebhaber mit einem Satz eröffnet, der Max veranlasste, die vermutliche Dauer der weiteren Unterhaltung nicht auf eine halbe Stunde, sondern auf weniger als fünf Minuten zu kalkulieren. Sie hatte den Raum betreten, war auf die alles in allem staatstragende Erscheinung hinter dem Schreibtisch aus poliertem Kirschholz zugestampft, hatte das druckfrische Exemplar des «Rheinischen Anzeigers» auf die Tischplatte geknallt, als gelte es, eine komplette Population von Zimmerfliegen mit einem einzigen gezielten Präventivschlag zu vernichten, hatte sich mit den Fäusten auf den Schreibtisch gestützt, einige tödliche Blicke auf ihn herabgeschleudert und ihn dann angeraunzt: «Liest du keine Zeitung, oder wieso sitzt du noch so seelenruhig hier?»

Oberstaatsanwalt Dr. Peter Arentz benötigte nicht viel mehr als eine Zehntelsekunde, um die Fassade in seinem Gesicht vollständig zu restaurieren. Er setzte ein grundgütiges Lächeln auf und sagte: «Selbstverständlich habe ich deine wilden Spekulationen gelesen, Maria. Ich bin doch Abonnent eures Lokalblatts. Schon vergessen? Weißt du nicht mehr, wie du mir das hübsche Werbegeschenk besorgt hast, diesen praktischen Tischstaubsauger? Damit ich euer Blatt abonniere? Ist übrigens kaputt, inzwischen.»

Damit war im Grunde alles gesagt über die einstige Liaison zwischen dem Einser-Juristen und der Polizeireporterin.

Fand jedenfalls Max.

Der Rest war verschwendete Zeit.

In zweifacher Hinsicht.

Der Tee und Maria trafen gleichzeitig ein. Max beobachtete sie aus den Augenwinkeln. Sie musste sich unter den elektrischen Handtrockner auf dem Damenklo gekniet haben. Anders konnte er sich nicht erklären, wie sie ihre Bluse trocken gekriegt hatte.

Ihre Art, Tee zu trinken, voller Inbrunst, erinnerte ihn an die Tempelrituale buddhistischer Mönche in Kambodscha. Sie spürte, dass er sie beobachtete. Ruckartig stellte sie das Glas ab.

«Wie fandest du ihn?»

«Nun ja. Guter Anzug.»

«Nimm mich gefälligst ernst.»

«Dich oder ihn?»

Sie beschäftigte sich wieder mit ihrem Tee.

«Maria, er ist nicht besser oder schlechter als die meisten Staatsanwälte, die ich kennen gelernt habe. Er macht seinen Job, sieht zu, dass er sich nicht überarbeitet und dass er dabei gut aussieht.»

«Er ist ein arrogantes, aufgeblasenes Arschloch.»

«Na und?»

«Was, na und?»

«Vorsicht. Du hast ihn mal geliebt.»

«Ich weiß nicht, ob ich tatsächlich ihn geliebt habe oder vielmehr seine Unangreifbarkeit; seine Großartigkeit; seine Tischmanieren. Was auch immer. Er gehört zu den Menschen, die ein Lokal betreten und nicht dauernd flehende Blicke nach dem Kellner werfen müssen, um bedient zu werden. Peter Arentz wird niemals übersehen.»

«Wer übersieht dich denn?»

«Ach, Max. Jeder. Ich bin ein Nichts, verstehst du? Ich bin nichts weiter als Luft.» Sie legte ihre Finger auf seine Lippen.

«Widersprich mir nicht. Bitte widersprich mir nicht. Ich hätte noch nicht mal diese Geschichte vernünftig ins Blatt gekriegt ohne deine Hilfe.»

«So ein ausgemachter Unsinn!»

«Widersprich mir bitte nicht!» Sie fing ihre Hand wieder ein, als wäre sie ein entflogener Wellensittich. «Gibst du mir eine Zigarette? Siehst du, noch nicht einmal das schaffe ich.»

«Was?»

«Na, mit dem Rauchen aufzuhören.»

Er hielt ihr die Schachtel hin und gab ihr Feuer.

«Wer hat dir den Unsinn eingeredet, Maria?»

«Was?»

«Dass du ein Nichts bist.»

Sie zog den Rauch tief ein, bevor sie weitersprach.

«Niemand!»

«Dein Artikel ist heute eingeschlagen wie eine Bombe. Du bist eine gute Journalistin. Ich war nichts weiter als dein Testleser.»

«Hör bitte auf damit. Was wird er unternehmen, Max?»

Basta. Themenwechsel.

«Was glaubst du denn? Du kennst ihn besser als ich.»

«Also, ich denke, er wird Herbach aufsuchen, allerdings nicht ohne zuvor höflich um einen Termin zu ersuchen und der Sekretärin am Telefon ausführlich und in allen Einzelheiten den Grund seines Besuches mitzuteilen. Er wird beim Betreten der bombastischen Eingangshalle einen kurzen Moment vor Ehrfurcht erstarren und mit dem Gedanken spielen, wie es wohl wäre, umzusatteln und als Justiziar für einen solchen Konzern zu arbeiten, dann aber abwägen, dass er nicht so im Rampenlicht stünde wie etwa als Ankläger in einem Aufsehen erregenden Mordprozess, wohl auch mehr arbeiten müsste und zudem den Anspruch auf seine schöne Beamtenpension verlöre. Dann werden er und Herbach charmant miteinander plaudern, über guten Geschmack etwa und über die Zeitläufte, und während Peter zunehmend den Eindruck gewinnt, dass ein gepflegtes Gespräch zwischen zivilisierten Menschen durch nichts auf der Welt zu ersetzen ist, wird Herbach die noch gar nicht gestellte Frage beantworten, warum ein gewisser Ricardo Figueroa Espinosa ausgerechnet ein Fahrzeug der Herbach-Holding klaut, um es dann für irgendwelche dunklen Machenschaften zu benutzen, nämlich dass er es nicht wisse und er sich nach intensivem Grübeln nur den Reim darauf machen könne, dass es sich um einen unglücklichen Zufall handeln müsse. Und er versichert, dass selbstverständlich die Sicherheitsmaßnahmen auf den Firmengrundstücken drastisch verschärft werden, inklusive der Sanktionen bei Nichtbeachtung seitens der Beschäftigten, ohne Rücksicht auf Verluste, damit so etwas nie wieder passiert. Und er den Behörden nicht noch einmal unnötig Ärger und Arbeit bereitet. Dann wird Herbach ihm die Hand schütteln und ihn zur Tür begleiten. Das war's. Dr. Peter Arentz wird auf der ganzen Linie versagen. Und das Angenehme für ihn: Er wird es gar nicht merken.»

«Ja, so könnte es laufen», sagte Max. «Glücklicherweise werden wir keine Sekunde verpassen, dank der Wanzen.»

«Max, ich hatte eine Heidenangst, als ich die Dinger unterbringen musste. Ich bin an diesem Abend tausend Tode gestorben.»

«Ich weiß, mein Liebe. Du warst einsame Klasse.»

Das Handy summte.

Hurl.

«Wird Zeit, dass du dein GPS anwirfst.»

Max spürte, wie das Adrenalin durch seine Blutbahn schoss.

«Was ist los?»

«Er bewegt sich. Und er hat es verdammt eilig.»

49 In den Nachrichtenbeiträgen aller Radiosender gab es nur ein Thema: Marias Enthüllungsgeschichte im «Rheinischen Anzeiger». Und was die Politiker, das Kanzleramt, das Düsseldorfer Innenministerium dazu zu sagen hatten. Jede Menge natürlich. Bei näherer Betrachtung gar nichts. Der Regen hörte auf, noch bevor sie die Bonner Stadtgrenze passierten. Max schaltete das Radio wieder aus, ignorierte die Autobahnschilder, jagte den Maserati über die B9 nach Süden, vorbei am Oberwinterer Yachthafen, in Richtung Remagen. Über dem Rhein stand der schönste Regenbogen, den Maria je gesehen hatte.

Das Handy in der Freisprechhalterung summte. Maria erkannte an dem Räuspern, dass Hurl in der Leitung war. «Max, da hat eine Schwester Christine für dich angerufen.»

Max sagte nichts.

«Sie lässt dir ausrichten ... Roth ... er ist gestorben. Und sie lässt dir ausrichten, er habe keine Schmerzen mehr gehabt, er hat Morphium verlangt, und sie haben es ihm gegeben, so viel er wollte.»

Maria beobachtete Max. Sein Gesicht war wie versteinert.

«Und sie sagt, er sei so froh über deinen Besuch gewesen, und deshalb habe sie es für richtig gehalten, zunächst dich anzurufen, und ich soll dir ... Bist du noch dran, Max?»

«Ja. Wo bist du?»

«Ich bin jetzt hinter ihm. Höhe Abfahrt Wesseling. Ich bin der grüne Punkt auf deinem Monitor.»

«Pass auf dich auf.»

«Mach ich. Du bist auf der ...»

«Ja.»

«Du denkst, er will ...»

«Ja. Bis später.»

Max drückte die Aus-Taste. Maria beobachtete ihn verstohlen. Das Gesicht war immer noch wie aus Stein gemeißelt. Aber aus seinen Augen quollen dicke Tränen. Sie hatte noch nie einen Mann weinen sehen. Und sie hatte keinen blassen Schimmer, wie sie darauf reagieren sollte. Schließlich legte sie ihre Hand auf seinen Arm. Der Wagen schoss über die enge Fahrbahn zwischen der Ufermauer und der Felswand. Sie konnte das Schweigen nicht länger ertragen.

«Er ist also hinter uns?»

«Ja. Allerdings auf der Autobahn. Er kommt von Köln. Er wird am Meckenheimer Kreuz die A61 in Richtung Koblenz nehmen. Die verläuft annähernd parallel zur B9.»

«Aber ...»

«Man kann jemanden beschatten, indem man hinter ihm herfährt, oder indem man auf dem Weg zu seinem Ziel vorausfährt. Wir machen gerade beides.»

«Woher wisst ihr, wohin er ...»

«Wir wissen es nicht. Wir vermuten es.»

«Max, es tut mir Leid, das mit ...»

«Nicht. Bitte nicht.»

Damit war das Gespräch für längere Zeit beendet.

Sie folgten der Bundesstraße nach Süden, vorbei an Sinzig, durch Bad Breisig, vorbei am alten Industrierevier am Rheinhafen von Brohl. Sie verließen das Rheintal, der Maserati jagte die Serpentinen hoch, überholte mit heulendem Motor die Lastwagen auf dem Weg zum Bad Tönissteiner Mineralbrunnen. Sie passierten die Tuffsteinhöhlen, querten ein halbes Dutzend Mal die Gleise der Schmalspurbahn, die in früheren Jahrzehnten die in der Vulkaneifel gebrochenen Steine zu den Rheinschiffen gebracht hatte.

Nach einer halben Stunde hatte sie jegliche Orientierung verloren. Der Wald, der an ihnen vorbeiflog, war dunkel und dicht und sattgrün, die winzigen, wie ausgestorben wirkenden Dörfer hatten Namen, von denen sie noch nie gehört hatte. Die wenigen Menschen, denen sie begegneten, blickten ihnen misstrauisch nach. Dann der erste Name, der ihr etwas sagte. Nürburgring. Sie hatte das Gefühl, im Kreis zu fahren. Sie schaute auf den Monitor. Sie fuhren im Kreis. Der rote Punkt hatte die Autobahn längst verlassen. Der grüne Punkt war dichtauf. Sie fuhren kreuz und quer durch diese fremde, einsame, düstere Landschaft, immer auf der Flucht vor dem roten Punkt.

Dann kam der rote Punkt direkt auf sie zu.

Der BMW musste eine Abkürzung genommen haben. Der Fahrer kannte sich besser aus, als Max angenommen hatte.

Der rote Punkt wurde schneller.

In weniger als dreißig Sekunden würden sie sich begegnen.

Max sah kurz in den Rückspiegel, dann riss er das Lenkrad nach links und zog gleichzeitig die Handbremse. Der Wagen schleuderte um die Vorderachse, drehte sich auf der noch nassen Fahrbahn exakt um 180 Grad. Die 335 PS trieben den Wagen augenblicklich in die Richtung zurück, aus der er soeben gekommen war.

Fünf Minuten später verlangsamte Max das Tempo.

Der rote Punkt war im rechten Winkel nach links abgebogen.

Nach Ansicht der eingespeicherten GPS-Karte gab es da aber nichts zum Abbiegen. Absolut nichts.

Max hielt am Straßenrand, ließ aber den Motor laufen.

Der rote Punkt bewegte sich im Schneckentempo nach links. Der grüne Punkt stoppte exakt an der Abzweigung, bewegte sich langsam rückwärts, kam zum Stillstand.

Dann stoppte auch der rote Punkt.

Max drückte eine Taste. Die Karte verschwand, stattdessen erschien eine Entfernungsgrafik. Sie waren zwei Kilometer von der rätselhaften Abzweigung entfernt. Hurl einen halben Kilometer. Der schwarze BMW exakt 1,75 Kilometer.

Allerdings in drei verschiedenen Richtungen.

Seit zehn Minuten hatte sich keiner der Punkte mehr bewegt.

Max zündete zwei Zigaretten an, hielt ihr eine hin. Sie nahm dankbar an. Beim zweiten Zug setzte sich der rote Punkt wieder in Bewegung, zurück in Richtung Landstraße. Auffällig langsam. Vermutlich ein unbefestigter und von dem Regen am Morgen aufgeweichter Waldweg. Die Sonne hatte keine Chance, das dichte, grüne Dach der Baumkronen zu durchdringen. Nicht gerade der ideale Belag für einen Heckantrieb mit wenig Spielraum unter der Bodenplatte.

Max legte den ersten Gang ein und löste die Handbremse. Der rote Punkt bog wieder auf die Straße ein. Aber in Hurls Richtung. Max drückte hastig die Kippe aus und wendete. Der grüne Punkt rührte sich keinen Millimeter, auch nicht, als der rote Punkt ihn passierte und Minuten später zum Stillstand kam.

Max stoppte am Straßenrand. Sie warteten. Die beiden Punkte rührten sich nicht mehr. Er ließ den Wagen mit niedriger Drehzahl den Berg hinabrollen, bis er das kurze Aufflammen von Hurls Lichthupe bemerkte. Der Mustang stand rückwärts in einer Waldschneise, völlig mit Zweigen bedeckt.

Hurl nahm sein Gewehr mit dem Zielfernrohr aus dem Kofferraum. «Sie sind ausgeflogen. Haben den BMW entsorgt, 150 Meter von hier, in einem alten Steinbruch. Sie waren zu dritt. Zwei saßen in so einem aufgemotzten Van, schwarz mit getönten Scheiben. Mit dem sind sie anschließend an mir vorbei, Richtung Autobahn. Dort, wo der BMW links abgebogen ist, irgendwo da oben im Wald, da muss der Van auf ihn gewartet haben. Dann sind sie zum Steinbruch, haben den BMW runtergestoßen und sind zu dritt im Van weiter.»

«Wir sehen nach. Hoffentlich werden wir nicht erwartet.»

Hurl tätschelte den Schaft des Scharfschützengewehrs. «Was meinst du, warum ich meine alte Lady mitnehme?»

Max kletterte den Hang hinab. Der BMW lag kopfüber am Sockel des Steinbruchs. Er wusste, dass Hurl jeden seiner Schritte durch das Zielfernrohr beobachtete. Den Finger am Abzug.

Sie hatten die Nummernschilder abmontiert. Von Theo wusste er, dass sowohl die Fahrgestellnummer als auch die im Motorblock eingestanzte Registriernummer schon längst nicht mehr existierten. Eigentlich war die Chance gleich null, in dem Wrack irgendetwas von Interesse zu finden, so gründlich, wie sie den Wagen schon in Theos Werkstatt gefilzt hatten. Nach einer Weile gelang es ihm, mit seinem Brecheisen die Beifahrertür aufzustemmen. Das Handschuhfach war so leer, als wäre es noch nie benutzt worden. Die Kofferraumhaube ließ sich nach dem Sturz beim besten Willen nicht mehr öffnen. Max kletterte wieder in das Wrack und versuchte es von innen, stieß das Brecheisen so lange durch die Heckablage, bis er die billige, mit Filz bezogene Pappe herausreißen konnte.

Nichts.

Er zwängte sich durch den engen Spalt, griff nach oben und öffnete über sich die Abdeckung für das Reserverad. Der Wagenheber polterte haarscharf an seinem Schädel vorbei. Der nächste Gegenstand traf ihn an der Schläfe. Max zuckte mehr vor Schreck zusammen. Der Gegenstand war zwar unangenehm scharfkantig, aber zum Glück aus Plastik und auch nicht besonders schwer.

Eine Videokassette.

Sie saßen zu dritt auf der Kühlerhaube des Mustang und rauchten. Das heißt, Maria und Max rauchten. Hurl kaute auf einem Zahnstocher herum. Maria saß zwischen den beiden und blickte von einem zum anderen. «Ich weiß zwar, dass Männer auch ohne viele Worte auskommen und dass deutsche Ehepaare laut Statistik nach dem fünften Hochzeitstag mit täglich zehn Minuten Dialog zurande kommen. Aber erstens bin ich mit keinem von euch verheiratet, und zweitens kann ich nicht Gedanken lesen. Also?»

«Sorry. Also, Hurl denkt gerade darüber nach, warum sich die beiden Autos nicht gleich am Steinbruch getroffen haben.»

«Und warum nicht?»

«Weil der BMW offenbar nicht ausschließlich zur Entsorgung hierher gekommen ist. Dort drüben im Wald muss etwas sein. Eine Art Lager vielleicht. Ein Treffpunkt. Oder ein Versteck. Ein Unterschlupf. Was auch immer. Vermutlich wurde in dem BMW etwas transportiert, das dort ausgeladen wurde, bevor die letzte Fahrt zum Steinbruch führte.»

«Und warum fahren wir nicht zu der verdammten Abzweigung, folgen dem Waldweg und sehen nach, was da ist?»

«Weil wir nicht lebensmüde sind, Maria. Bevor wir nicht wissen, was uns am Ende des Waldweges erwartet, und Gefahr laufen, unfreiwillig die Rollen zu tauschen, vom Jäger zum Gejagten zu werden, lassen wir das schön bleiben. Wenn dort die Besatzung des Lieferwagens auf den BMW wartete, dann können da auch noch mehr Leute sein. Was immer da oben ist: Es läuft uns nicht weg. Weil sie nicht wissen, dass wir davon wissen.»

«Aha. Und, Hurl, waren das deine Gedanken?»

«So in etwa, Maria. Ich hätte sie nur alles in allem etwas eleganter formuliert. Mehr auf den Punkt gebracht, verstehst du? Man merkt, dass Max schon eine Weile aus der Übung ist.»

Sie schwiegen wieder. Eine Weile. Bis Max tief durchatmete und seinen Gedanken Luft machte.

«Ich bin ziemlich erleichtert, ihm nicht begegnet zu sein.»

Hurl zog fragend die Augenbrauen hoch. «Wem?»

«Dem Indianer. Er macht mir immer noch Angst. Ich kriege schon Schweißausbrüche, wenn ich nur an ihn denke.»

Hurl schüttelte den riesigen, kahl rasierten Schädel. «Geht mir auch so. Aber da haben wir uns ganz umsonst gesorgt, Max. Wir sind zwar dem richtigen Auto gefolgt, aber dem falschen Mann. Ich hatte sie alle im Fadenkreuz, drüben am Steinbruch. Ich hätte ihre Hemdknöpfe zählen können. Wer auch immer den BMW von Köln hierher gefahren hat: Der Indianer war's jedenfalls nicht.»

50 Hurl winkte ihnen noch einmal zu, dann war der Mustang hinter der nächsten Kurve verschwunden. Maria war plötzlich ungemütlich zumute. Die Einsamkeit des düsteren Waldes bedrückte sie.

«Und was machen wir jetzt?»

«Was wir jetzt machen? Wir gehen schwimmen!»

Sie hatte das Fenster geöffnet, genoss den Fahrtwind und die Luft, die so ganz anders war als im Rheintal. Sie roch nach Erde und nach Tannennadeln, nach Moos und nach Wacholder, feucht und schwer und dampfend, obwohl der Regen längst aufgehört hatte und die Sonne vom Himmel stach.

Er war wie ausgewechselt, redete wie ein Wasserfall. Er erzählte von seiner Kindheit, von seiner Großmutter, die er über alles geliebt hatte, nachdem es keine Mutter mehr zum Lieben gab. Er zeigte ihr den einsamen Hof, wo seine Großmutter als Kind gelebt hatte, bis sie eines Tages zu dem großen Jahrmarkt in die nächste Stadt gefahren war, als junges Mädchen. Und wie sie auf dem Jahrmarkt in der für sie so unglaublich großen Stadt, die mal gerade 20 000 Einwohner zählte, diesen großen, bärenstarken Mann kennen gelernt hatte. Er hob sie lachend und mühelos auf die Schiffschaukel, als sei sie eine Feder, und zugleich so behutsam, als sei sie aus Glas. Als sie am nächsten Tag zurückfuhr, war sie schwanger. Sie bemerkte es erst, als sie im siebten Monat war. Und niemand auf dem Hof bemerkte etwas, bis das Baby vier Tage alt war. Sie hatte es allein gekriegt, ohne Hilfe, in der Scheune, so wie sie bisher immer alles allein geregelt hatte. Dann fasste sie sich ein Herz, zeigte es ihrer Familie, trotzig und stolz, und verabschiedete sich. Sie fuhr wieder in die große Stadt, suchte den großen, starken Mann, fand ihn nach drei Tagen und zeigte ihm das Kind. Sie hatte es Josef genannt, nach ihm. Aber alle nannten es Jupp, so wie ihn. Sie blieb in der Stadt und heiratete den Mann. Anfangs fiel es ihr schwer, in einem weichen Bett und in einem geschlossenen Raum zu schlafen. Sie hatte zeitlebens die Nächte auf einem Strohsack in der Scheune verbracht. Aber sie war glücklich.

Bis er starb.

Drei Monate nach ihrer Hochzeit. Jemand hatte ihn erschlagen, eines Nachts, auf dem Nachhauseweg. Diesen großen, bärenstarken Mann.

Sie zog den Jungen allein groß, arbeitete als Putzfrau, Näherin, Hausmeisterin. Als der Junge fünfzehn war, heiratete sie wieder. Einen frommen Küster. Und zog zu ihm, in ein winziges Dorf mitten im Nürburgring. Der Junge ging am Ring bei einem Automechaniker in die Lehre, schraubte bald die Rennwagen der großen Asphalt-Helden zusammen. Aber er hatte keine Lust auf den frömmelnden Stiefvater, der ihm die Position des Mannes im Haus streitig machte, und keine Lust auf die triste Eifel außerhalb der Rennsaison, und so ging er fort, um der Autokönig von Köln zu werden.

Max zeigte ihr auch Großmutters große Stadt namens Mayen, die immer noch nicht viel mehr als 20 000 Einwohner hat, zeigte ihr, wo der Schauspieler Mario Adorf aufgewachsen war, genauso wie Jupp Maifeld ohne Vater; er zeigte ihr, wo Rosemarie Nitribitt, das später in Frankfurt ermordete erste Callgirl der Wirtschaftswunderzeit, aufgewachsen war, ohne Eltern; er zeigte ihr, wo Winnie Schäfer seine Fußballer-Karriere begonnen hatte, ohne Schuhe.

Und er zeigte ihr die Basaltgruben, von denen die Menschen gelebt hatten, entweder als Steinhauer wie Jupp Maifelds leiblicher Vater, oder als Grubenbesitzer. In einer einzigen durchzockten Nacht konnten sich die Verhältnisse verkehren. Mit den schweren, pechschwarzen Steinen wurde der Kölner Dom gebaut, wurden Mühlsteine hergestellt, Wellenbrecher und Deiche für die niederländischen Küsten.

Der Maserati kletterte die engen Serpentinen hinab. Dann konnte sie ihn sehen. Den Laacher See. Eine riesige, glitzernde Wasserfläche, umschlossen von einer dicht bewaldeten, dunkelgrünen Hügelkette. Der Anblick war atemberaubend. Max erzählte ihr, dass er durch eine gewaltige Naturkatastrophe entstanden war, einen Vulkanausbruch vor etwa elftausend Jahren. Die dabei freigesetzte Energie entsprach der von fünfzig Hiroshima-Bomben, der Aschenregen ging über der

Insel Rügen ebenso nieder wie über den französischen Alpen. Das einhundert Meter hoch aufgetürmte flüssige Magma erstarrte zu Basalt, zu Tuff, zu Bimsstein.

Der See war einfach zauberhaft. Kein Vergleich zu den Baggerseen, die sie aus dem Rheinland gewohnt war und die ihr nun wie kleine, stinkende Tümpel vorkamen. Max fädelte den Wagen über Feld- und Waldwege, als sei er erst vorgestern zum letzten Mal hier gewesen. Sie mussten noch ein paar Schritte laufen, dann öffnete sich der schmale Weg zu einer Blumenwiese und am Ende zu einer kleinen, sandigen Bucht. Die schweren Äste der Bäume neigten sich bis auf die glitzernde Wasseroberfläche.

Sie waren allein. Nicht nur allein am See. Es schien ihr, als seien sie allein auf der Welt, abgesehen von ein paar ziemlich empörten Enten.

Sie hatte schon während der Fahrt vorsorglich darauf hingewiesen: Wie solle man schließlich darauf kommen, zu einem Termin bei der Bonner Staatsanwaltschaft Badezeug mitzunehmen, scherzte sie bemüht heiter. Er hatte geantwortet, das mache nichts, er habe auch nichts dabei, und außerdem trockne man auch ohne Handtuch sehr schnell in der warmen Spätnachmittagssonne.

Dabei hatte sie gar kein Handtuch gemeint, als sie von Badezeug sprach. Das fehlende Handtuch war ihre geringste Sorge.

Sie rauchten eine Zigarette und hingen ihren Gedanken nach, während sie nebeneinander auf einem Baumstamm hockten.

Und noch eine.

«Und du? Leben deine Eltern noch?»

Sie hustete, als habe sie sich beim Anzünden der Zigarette verschluckt. «Ja. Meine Mutter und ich telefonieren regelmäßig miteinander. Sie ist ein wunderbarer Mensch.»

«Dein Vater ist tot?»

«Nein.» Sie sah ihn erstaunt an. «Nein, nein, er ist nicht tot.»

«Und warum verabscheust du deren Welt?»

«Wie kommst du darauf? So ein Unsinn.» Aber er spürte, dass ihre Empörung gespielt war.

Er drückte seine Zigarette auf dem Waldboden aus, steckte die Kippe in die Hosentasche und begann, sich auszuziehen.

Vermutlich war er noch nie in seinem Leben in Badehose hier gewesen, ging es ihr durch den Kopf. Vermutlich war er auch noch nie allein hier gewesen. Wer bist du eigentlich, Maria Engels Fernandez? Ein billiges Flittchen?

Er war schon im Wasser. Darüber ärgerte sie sich jetzt. Sie hatte den Blick gesenkt, um ihn nicht nackt zu sehen, und jetzt ärgerte sie sich, ihn nicht nackt gesehen zu haben. Er planschte und prustete und tauchte und spie das klare Wasser im hohen Bogen aus.

«Das Wasser ist wunderbar.»

Ja, ja, ja. Das Wasser ist wunderbar, und Maria Engels Fernandez ist ein Feigling. Sie zermalmte den Zigarettenstummel mit ihrem Fuß. Dann blieb ihr nichts mehr zu tun. Sie zog sich aus. Hastig. Ungelenk. «Uiii.» Sie stand bis zu den Knien im Wasser. «Ganz schön frisch.»

Er sagte nichts. Er lag rücklings auf dem Wasser, winkte ihr mit seinen Zehen zu, starrte sie frech an und grinste.

«Was glotzt du so dämlich?»

Sein Grinsen änderte sich nicht eine Spur. Einfach loslaufen, das dürfte das Beste sein. Nein, dann würden sich ihre Brüste unkontrolliert bewegen. Über was man sich so alles Gedanken macht, in einer solchen Situation. Schließlich ging sie in die Hocke und kroch im Wasser vorwärts wie ein Krebs.

«Ausgesprochen elegant, junge Frau. Auf welcher Benimmschule haben Sie das gelernt?»

Für diesen Satz hätte sie ihn am liebsten erwürgt. Bevor sie sich eine passende Antwort zurechtlegen konnte, war er untergetaucht. Sie robbte weiter, bis sie aufrecht stehen konnte, ohne dass man von ihr mehr sehen konnte als Kopf und Hals. Er war verschwunden. An der Stelle, wo er abgetaucht war, malten die Wellen kleine, konzentrische Kreise auf die spiegelglatte Oberfläche.

Das Wasser war tatsächlich wunderbar. Samtig weich.

Plötzlich tauchte er aus dem Nichts auf, vor ihrer Nasenspitze, übermütig wie ein junger Seehund.

Sie musste lachen.

Sie sahen sich in die Augen.

Sie lachten beide.

Sie umarmten sich, scheu zunächst, hielten sich aneinander fest wie Ertrinkende. Als die Vorstellung von den beiden aneinander gepressten nackten Leibern unter der Wasseroberfläche sie zu erregen begann, machte sie sich los. «Ich möchte schwimmen.»

Sie schwammen hinaus auf den See. Als sie spürte, dass die Kräfte sie verließen, machte sie allein kehrt. Sie wäre gerne bis ans Ende der Welt geschwommen. Nach einer Weile kehrte er ebenfalls um, überholte sie kurz vor dem Ufer, glitt an ihr vorbei, mit langen, kräftigen Stößen, stieg aus dem Wasser, hielt ihr seine Hand entgegen, um ihr behilflich zu sein. Sie ließen sich in das warme Gras fallen. Er lag auf dem Rücken, die Hände hinter dem Nacken verschränkt, die Augen geschlossen. Die Wasserperlen zwischen den blonden Haaren auf seiner Brust glitzerten wie Diamanten. Sie legte sich neben ihn, auf den Bauch, ließ eine Handbreit Abstand zwischen ihren Körpern.

«Das ist der letzte richtige Sommertag in diesem Jahr.»

«Aber es ist doch wunderschön», entgegnete sie.

«Ja», sagte er. Sonst nichts.

«Also warum soll morgen der Sommer vorbei sein?»

«Man kann es spüren.»

So ein Quatsch. Sie spürte gar nichts. Außer ...

Sie dachte nach.

Dabei war es so einfach.

Eine Entscheidung zwischen zwei Möglichkeiten.

Sie wählte die dritte: «Wer hat wohl den BMW gefahren?»

Max scheuchte eine Fliege von seiner Brust, ohne die Augen zu öffnen. «Blond und mehr Muskeln, als der Bewegungsapparat verkraftet. Hurls Beschreibung passt zu einem Mann, dem ich schon einmal begegnet bin. Bei Weinerts Beerdigung. Herbachs Chauffeur.»

«Das heißt, sie wollten lediglich den BMW aus dem Weg räumen?»

«Und vorher etwas ausladen. Sieht so aus.»

Max dachte an die Videokassette, die jetzt in seinem Wagen lag.

Die Zeit verrann. Gleich würde die Sonne zwischen den Bäumen verschwinden. Sie schloss die Augen, vergrub ihre Nase in der Beuge ihres Ellbogens. Zum ersten Mal, zumindest seit sie sich erinnerte, konnte sie sich gut riechen. Das Wasser hinter ihr gluckste vor Vergnügen. Die Grashalme kitzelten an ihren Füßen.

Sie fühlte sich wohl in ihrer Haut.

Neben ihm.

Das war das Problem.

Das Problem löste sich in Luft auf, als das Handy klingelte. Er sprang auf, war mit drei Sätzen bei seiner Jacke.

«Ja?»

Er meldete sich nie mit Namen. Sie fand das furchtbar.

Er schwieg, hörte aufmerksam zu. Dann war das Gespräch beendet.

Sie stand auf. «Wer war das?»

«Hurl. Bitte lass uns fahren. Es ist etwas passiert.»

51

Er konnte ihren Herzschlag sehen. Auf dem grünen Monitor. Seit vier Stunden starrte er abwechselnd auf den Monitor und auf ihr entstelltes Gesicht. Schläuche verbanden die Maschine neben dem Bett mit ihrem Gesicht, verschwanden in ihrem Körper. Ihr Kopf war bandagiert, die Nase bis zur Unkenntlichkeit geschwollen, die Gesichtshaut schimmerte violett, die Oberlippe war genäht, das Kinn eine einzige, mit Jod getränkte Fleischwunde, ihr ...

«Sie sind der Vater?»

Er hatte den schlaksigen jungen Mann in dem weißen Kittel nicht kommen hören. Der Mann gab ihm die Hand. «Ich bin Dr. Stegger. Der Stationsarzt.» Der Mann war noch jung. Sehr jung, dachte Max. Viel zu jung, um mein Mädchen gesund zu machen. Er spürte die Panik in sich hochsteigen, wie eine Schlange.

«Wann wird sie wieder aufwachen?»

«Hat der Oberarzt nicht mit Ihnen gesprochen?»

«Doch, doch», sagte Max.

«Herr Maifeld, Sie müssen das Koma wie eine Flucht begreifen. Sie ist vor dem Schock geflüchtet, vor dem Schmerz, vor dem schrecklichen Ereignis, das sie erleben musste. Wenn sie sich wieder sicher fühlt, wird sie zurückkommen.»

«Wann wird das sein?»

«Das weiß nur sie. Und sie allein wird das entscheiden. Gehen Sie nach Hause. Schlafen Sie sich aus. Ihre Tochter braucht einen starken Vater, wenn sie zurückkommt.»

«Wird Sie ...?»

«Wir wissen es noch nicht. Aber sie hat ein starkes Herz. Zunächst haben uns die inneren Blutungen die größten Sorgen bereitet. Der Riss in der Milz. Und die Quetschungen an ihrem Schädel. Aber sie ist jetzt stabil. Sie können nichts mehr tun, Herr Maifeld. Es ist schon nach Mitternacht. Draußen wartet übrigens ein Herr auf Sie.»

Max erhob sich, beugte sich über sie, küsste ihre trockenen, rissigen Lippen. «Ich liebe dich», flüsterte er.

Draußen wartete Hurl. Sie umarmten sich. Dann sagte Hurl: «Komm, Max. Wir fahren jetzt nach Hause.»

Es begann genau so, wie Maria es vorhergesagt hatte.

Oberstaatsanwalt Dr. Peter Arentz ersuchte höflich um einen Termin und teilte der Sekretärin am Telefon den Grund seines Besuches mit. Beim Betreten der Eingangshalle erstarrte er einen Moment vor Ehrfurcht und spielte kurz mit dem Gedanken, wie es wohl wäre, als Justiziar für ein Wirtschaftsunternehmen zu arbeiten, doch sein Anflug von Abenteuerlust wurde jäh gebremst von dem Gedanken, dann nicht mehr im Rampenlicht zu stehen, und ferner von dem Gedanken, wohl auch mehr arbeiten zu müssen und zudem den Anspruch auf seine schöne Beamtenpension zu verlieren. Ihm hatte es schon gar nicht gepasst, einen Termin um diese Tageszeit zu bekommen. Er legte Wert auf einen geregelten Feierabend. Arentz sah mit verdrießlichem Blick auf seine Armbanduhr. Halb acht.

«Guten Abend, Herr Arentz. Nett, Sie kennen zu lernen. Ich schlage vor, wir machen es uns in der Bibliothek bequem.»

Herbach war ein äußerst charmanter Plauderer. Sie sprachen über Politik, über die systemimmanenten Unzulänglichkeiten der Strafprozessordnung, über die stetig steigende

Eigentumskriminalität in Köln und die möglichen Ursachen sowie über das diesmal so gelungene Beethoven-Festival im leider so provinziellen Bonn. Und während Arentz gerade der Gedanke kam, dass ein gepflegtes Gespräch unter zivilisierten Menschen durch nichts auf der Welt zu ersetzen sei, beantwortete Herbach die noch nicht gestellte Frage, warum ein gewisser Ricardo Figueroa Espinosa ausgerechnet ein Fahrzeug der Herbach-Holding stiehlt, um es anschließend für irgendwelche dunklen Machenschaften zu benutzen, nämlich dass er es nicht wisse und er sich nur den Reim darauf machen könne, dass es sich um einen unglücklichen Zufall handeln müsse. Wie Maria vorhergesagt hatte, war Arentz tief beeindruckt von der Intelligenz und Feinfühligkeit Herbachs, der es tunlichst vermied, ihm, dem Herrn Oberstaatsanwalt, die kostbare Zeit zu stehlen.

Und so stand Herbach auf. Aber nicht etwa, wie Maria prophezeit hatte, um Arentz die Hand zu schütteln und ihn zur Tür zu begleiten. Er stand auf und schaltete den Fernseher ein.

«Entschuldigen Sie bitte. Eine schlechte Angewohnheit. Ich verpasse nie die Fernsehnachrichten. Als ob es da jemals etwas wirklich Neues und Interessantes gegeben hätte.» Herbach lachte über seine Bemerkung. «Aber so ein paar kleine, harmlose Marotten wird ein Mann meines Alters doch haben dürfen, was meinen Sie?»

Arentz wühlte in seinem Gedächtnis verzweifelt nach einem passenden Bonmot, als hinge seine weitere Karriere davon ab, da ließ ihn die gehetzte Stimme des Reporters innehalten:

«... handelt es sich bei einem der Toten zweifellos um den von der Polizei fieberhaft gesuchten Sohn des kürzlich unter rätselhaften Umständen ermordeten Politikers Dr. Julius Weinert. Alexander Weinert wurde des Mordes an seinem Vater verdächtigt. Insgesamt forderte die Explosion in Kölns bekanntestem Szene-Treff am Ostufer des Rheins nach ersten Erkenntnissen neun Todesopfer. Mindestens vierzig jugendliche Besucher der Diskothek *Werft 3* wurden, zum Teil lebensgefährlich verletzt, in die umliegenden Krankenhäuser gebracht. Unter den Gästen war Panik ausgebrochen, als infolge der Explosion das Interieur des dreistöckigen gastronomischen Komplexes Feuer fing. Die Mehrzahl der Gäste hatte sich bei dem strahlenden Wetter am späten Nachmittag nicht in der Diskothek, sondern auf der Café-Terrasse auf dem Dach aufgehalten. Menschen wurden niedergetrampelt, andere stürzten die Treppen hinab oder aber in Panik über die Balustrade vom Dach. Noch immer ist die Feuerwehr bemüht, die lodernden Flammen von den umliegenden Messehallen fernzuhalten. Das benachbarte *Hyatt Regency Hotel* wurde evakuiert. Wie es zu der Explosion kam, ist noch unklar. Die Polizei schließt einen terroristischen Hintergrund des Anschlags im Zusammenhang mit den jüngsten Drohungen islamistischer Kreise nicht aus. Es wird aber auch über einen möglichen Racheakt der Kölner Unterwelt im Zusammenhang mit verweigerten Schutzgeldern spekuliert. Aus Köln zurück nach Hamburg.»

Herbach schüttelte den Kopf. «Man ist heutzutage nirgendwo mehr sicher. Ist das nicht schrecklich, Herr Arentz? Was für eine Welt.»

Arentz sagte nichts. Er war wie gelähmt.

Herbach ließ sich in einen der Sessel fallen. «Ein Gutes hat die Sache allerdings, Herr Oberstaatsanwalt. Wenn ich das mal so salopp formulieren darf: Sie können den Fall Weinert abschließen. Die Vorsehung hat den feigen Mörder gerichtet. Haben Sie eigentlich schon einmal darüber nachgedacht, als Justiziar in einem großen Unternehmen zu arbeiten?»

Der alte Chinese musste Stunden auf ihn gewartet haben. Er stand verloren mitten in der großen Halle, lächelte und verbeugte sich. Max blieb stehen. Unfähig, einen klaren Gedanken zu fassen.

«Lass ihn zufrieden», flüsterte Hurl. «Er hatte nicht den Hauch einer Chance. Man kann nur jemanden beschützen, der sich auch beschützen lassen will.»

Max wusste, das Hurl Recht hatte. Und er wusste, dass das Lächeln des alten Chinesen Ausdruck seiner grenzenlosen Trauer darüber war, versagt zu haben. Max quälte sich ebenfalls ein Lächeln ab und verbeugte sich. Er war lange genug in Fernost gewesen, um zu wissen, dass man einen Asiaten niemals zwingen durfte, sein Gesicht zu verlieren. Der alte Krieger hätte dies als Gottesurteil interpretiert und augenblicklich den Freitod gewählt.

Nein, den beiden Kriegern aus Hurls Dojo war nicht der Hauch einer Chance geblieben. Sie hatten die Insel gewissenhaft nach außen geschützt. Sie konnten nicht ahnen, was sich in den Köpfen junger Leute abspielte, die in dieser verrückten westlichen Welt aufgewachsen waren.

Er und Hurl hätten es ahnen können, verdammt.

Vermutlich hatte seine Tochter die Geschwister überredet, das Motorboot zu nehmen und wenigstens für ein paar Stunden aus dem Kerker zu flüchten, zu dem er die Insel gemacht hatte.

Das verfluchte Boot.

Vera wusste damit umzugehen. Er hatte es ihr beigebracht. Sich unbemerkt in den Keller zu stehlen, das Rolltor zu öffnen, die Leinen zu lösen, den Motor zu starten, den Hebel auf Vollgas zu schieben, all das war eine Sache von Sekunden. Die Chinesen hätten ihnen unmöglich auf dem Landweg folgen können. Sie hatten es natürlich versucht. Aber die anderen hatten sie gefunden, bevor Hurls Krieger sie finden konnten. Sie wussten sehr viel besser als die Chinesen, wo man in dieser Stadt suchen musste. Sie hatten also die Insel entdeckt und hielten sie unter Bewachung. Wie konnte ihm das entgehen?

«Möchtest du, dass ich mit raufkomme?»

«Nein, Hurl. Es geht schon.»

Er fuhr nach oben.

Aber er war nicht allein. Als Max das Gitter des Aufzugs zur Seite schob, stand Helena da. Die genähte Platzwunde an der Stirn war von einem Pflaster verdeckt, das Handgelenk bandagiert. Sie fiel ihm augenblicklich um den Hals und weinte bittere Tränen. Über ihre Schulter sah er, dass noch jemand auf ihn wartete.

Rauchend, auf der Terrasse.

Maria.

Sie wollten also den Krieg, dachte Max. Sie hatten offenbar viel zu verlieren. Viel mehr, als er sich bisher hatte vorstellen können, weitaus mehr, als seine Phantasie imstande war nachzuvollziehen. Und sie versuchten ihn dort zu treffen, wo er viel zu verlieren hatte.

Sie hatten ihn schwer getroffen.

Und damit das Gegenteil erreicht.

Einverstanden.

Sie sollten den Krieg haben.

Um seiner Kinder willen.

Um aller Kinder willen.

52

Alexander Adam hatte vor zwei Jahren, gleich nach seinem achtzehnten Geburtstag, beim Einwohnermeldeamt der Stadt Königswinter seinen Austritt aus der katholischen Kirche verfügt. Ilse Walterscheid bat deshalb Max Maifeld, eine

Rede zu halten. Max hatte das Nein schon auf den Lippen, als er ihre flehenden Augen sah. Also machte er es. Er hatte ein Bild von einem Menschen zu zeichnen, den er nicht kannte. Niemand hatte ihn je richtig kennen gelernt. Max machte es, so gut er konnte.

Die Schulleitung hatte nach Beratung im Kollegium und auf Empfehlung der Schulpflegschaft entschieden, für die Beerdigung kein Unterrichtsfrei zu geben. Man wollte den Namen des selbstlosen Förderers der Schule nicht beschmutzen, indem man seinem mutmaßlichen Mörder die letzte Ehre erwies. Obwohl der Mäzen tot war, lief der großzügig bemessene monatliche Dauerauftrag auf das Bankkonto der Schule immer noch. Daran wollte man nicht rühren; schon gar nicht, indem man dem Bericht im «Rheinischen Anzeiger» unnötig große Beachtung schenkte.

Dennoch waren eine Hand voll Mitschüler an jenem herbstlich trostlosen Morgen erschienen, bereit, die Konsequenzen für ihr unentschuldigtes Fehlen in der Schule zu tragen. Die Jungen trugen schwarze Hosen und schwarze Pullover, die Mädchen schwarze Kleider und Schleier, wie die alte Dame in Dürrenmatts Drama. Sie hatten ihre Gesichter weiß geschminkt. Dicke Tränen kullerten über die Schminke, bis Streifen ihrer Haut sichtbar wurden.

Sie hatten einen Ghettoblaster mitgebracht, einen jener tragbaren, batteriebetriebenen CD-Spieler, die problemlos ein Stadtviertel einstürzen lassen konnten, wenn man die Bässe nur weit genug aufdrehte. Sie bestanden darauf, am Ende der Trauerfeier in der traurigen Friedhofskapelle Alexanders Lieblingsstück zu spielen. Nirvanas «Smells Like Teen Spirit». Ein besorgter Anwohner alarmierte die Polizei. Morian nahm die beiden Beamten beiseite. Der Einsatz war ihnen peinlich. Sie taten ihre Pflicht, indem sie ein paar Minuten blieben. Dann bekreuzigten sie sich und gingen.

Als Hurl, Max, Theo und Hannes den Sarg zu Grabe trugen, regnete es in Strömen. Helena fehlte. Theo hatte sie vergangene Nacht zum Flugplatz Hangelar gefahren und von einer gecharterten Cessna in das sichere Haus nach Spanien bringen lassen. Dafür war das Mädchen aus der Autoschieber-Wohngemeinschaft gekommen. Hurl hatte sie angerufen und aus Köln mitgebracht. Ihr Finger war wieder in Ordnung. Sie zitterte vor Kälte, lehnte jedoch Hurls Jacke stumm ab. Der Regen rann ihr über die nackten Schultern. Sie trug die alte, viel zu weite Latzhose, wie an jenem schwülen Sommerabend, als sie Alexander mit in ihr Bett genommen hatte; sie trug sie als Zeichen der dankbaren Erinnerung an eine zärtliche Nacht, in der nichts passierte, wie sie am offenen Grab laut und vernehmlich versicherte. Dann warf sie eine schwarze Rose auf den Sarg und lief davon.

Das letzte Geleit war ein kurzes Geleit. Es gab nicht viele Menschen, die Alexander Weinert-Adam eine Träne nachweinten.

53 «Dann wollen wir mal sehen», sagte Ludwig Schemmerl, schob die Kaffeetassen beiseite und breitete die Wanderkarte auf dem Küchentisch aus. «Maßstab eins zu hunderttausend. Wie geht es deiner Tochter, Max?»

«Ihr Zustand ist nach wie vor stabil, sagen die Ärzte.»

«Wir haben es im Fernsehen gesehen; da wussten wir noch nicht ...» Agnes Schemmerl unterbrach sich mitten im Satz und schob ihm ein weiteres Stück Apfelkuchen auf den Teller. «Selbst gemacht. Ganz frisch. Damit du bei Kräften bleibst, mein Junge.»

Mein Junge. Er war tatsächlich so etwas wie ihr Junge gewesen; zwei Jahre lang, als Volontär bei der kleinen Zeitung in der Eifel, für deren Lokalteil Ludwig Schemmerl bis zu seiner Pensionierung verantwortlich zeichnete.

Solche altmodischen, ausgebeulten Breitcordhosen hatte er damals schon. Auch die farblich garantiert unpassenden Hosenträger über den karierten Flanellhemden. Und die Pfeife, die er sich gerade stopfte.

«Das ist jetzt drei Wochen her, nicht wahr?»

«Ja», sagte Max.

Ludwig Schemmerl fragte nicht weiter. Er wusste, wann Fragen keinen Sinn mehr machen. Und nur Schmerz erzeugen. «Dann wollen wir mal sehen. Wo, sagtest du, war die Stelle?»

Max zeigte ihm die Stelle. Schemmerl schob die Brille vor, bis auf die Nasenspitze, um ihre Wirkung als Vergrößerungsglas zu optimieren. «Wäre doch gelacht. Es gibt keinen Waldweg, den ich nicht kenne. Wenn nur die Augen ...»

Damals hatte Max geglaubt, ein guter Journalist könne die Welt verändern. Oder wenigstens ein Dorf. Und deshalb schrieb er über den korrupten Amtsleiter in der Gemeindeverwaltung, der bei Bauauftragsvergaben die Hand aufhielt. Marschierte am Morgen stolz wie ein Pfau über den Marktplatz. Und beobachtete, wie eine Marktfrau mit seiner Enthüllungsgeschichte den Salatkopf für die nächste Kundin einwickelte.

Das blieb der einzig sichtbare Nutzen der wochenlangen Recherche. Ansonsten geschah nichts. Schemmerl hatte ihn gewarnt. Gib nicht alle Informationen auf einmal preis, hatte er geraten. Erwecke mit deinem ersten Artikel den Anschein, als sei die Geschichte nicht ausrecherchiert, als sei sie angreifbar, als fehlten die entscheidenden Belege. Behalte immer ein Ass im Ärmel. Dann dementieren sie kalt lächelnd, statt zu schweigen und die Sache auszusitzen, und du kannst sie mit dem zweiten Artikel der Lüge überführen und weiter in die Enge treiben. So hältst du die Suppe am Kochen, mein Junge. Aber Schemmerl war viel zu schlau, um ihn gleich bei seiner ersten großen Geschichte zu bremsen. Macht nichts, mein Junge, dann ist er eben beim nächsten Mal dran. Schwamm drüber. Solche Typen können es nie lassen, da kannst du was drauf verwetten.

Warum hast du mich nicht gestoppt, Ludwig?

Man lernt nur aus jenen schlechten Erfahrungen, die man selbst gemacht hat, mein Junge. So ist der Mensch nun mal gestrickt.

Max Maifeld hatte in den zwei Jahren viel von ihm gelernt. Beim nächsten Mal, nur sechs Monate später, war der Amtsleiter tatsächlich dran. Doch diesmal hatte Schemmerl das Drehbuch und die Inszenierung in die Hand genommen. Schließlich hatte er den guten Ruf seiner Zeitung zu verteidigen.

«Hm. Kein Wunder.» Ludwig Schemmerl kratzte sich mit dem Pfeifenstiel am Kopf. «Kein Wunder, dass der Weg nicht eingezeichnet ist. Das ist nämlich kein öffentlicher Weg. Das komplette Waldstück ist Privatgelände.»

«Und wem gehört es?»

«Ich habe keine Ahnung, wem es heute gehört. Ich kann dir nur sagen, wem es mal gehört hat. Wenn es dich interessiert.»

«Wem denn?» Max wusste, dass Schemmerl es gerne spannend machte, und es machte ihm nichts aus, das Spiel mitzuspielen.

«Tja. Der SS.»

«Der ...?»

«Ja, ja, du hast richtig gehört. Der SS. Mitten in dem Wald befindet sich ein Berg. Na ja, Berg ist vielleicht übertrieben. Eine Anhöhe. Und darauf steht eine Burg. Da hat die SS ihren Nachwuchs geschult. Die künftige Elite Europas. Bis im März

1945 die Amis kamen. Da war Schluss mit dem arischen Zauber. Aber vorher hat die SS den größten Teil der Ausbildungseinheit noch in die Ardennenoffensive geworfen, da sollten sie mal zeigen, was sie gelernt hatten. Die blonde Hoffnung des Führers. Blutjunge Kerle, aber versehen mit einer gehörigen Portion antrainierter Brutalität. Ein Gemetzel. Die Ardennenoffensive im Herbst 1944 war, abgesehen von Stalingrad, die grausamste Schlacht des ganzen verdammten Krieges. Die SS machte keine Gefangenen. Sie veranstaltete eine Massenschlachtung. Zum ersten Mal zeigte sich den Jungs aus Idaho oder Kentucky die hässliche Fratze des Krieges, lange vor Vietnam. Der lustige Pfadfinderausflug endete in der Hölle der Ardennen.»

«Ich weiß, Ludwig. Wie ging es weiter?»

Schemmerl zog an seiner Pfeife. «Als die Amis die Sache in den Ardennen schließlich dank ihrer überlegenen Technik und dem nie versiegenden Materialnachschub doch für sich entschieden, rückten sie weiter vor, quer durch die Eifel, in Richtung Rhein. Auf der Burg zündeten die SS-Offiziere Brandsätze, bevor sie untertauchten. Auch so ein Irrsinn. Was hätten die Amis denn mit dem alten Gemäuer mitten im Wald anfangen sollen? Strategisch wie logistisch völlig uninteressant. Und kunsthistorisch sowieso. Der Abkömmling irgendeiner Stahldynastie aus dem Ruhrgebiet hatte sie mal um die Jahrhundertwende bauen lassen, als wildromantischen Jagdsitz. Völlig verkitscht, das Teil, sehr germanisch, wie die Kulisse aus einer Wagner-Oper. Dann merkte der Stahlerbe wohl, wie unwirtlich die Eifel den größten Teil des Jahres sein kann. Die Burg stand viele Jahre leer, bis die SS sie in den dreißiger Jahren kaufte.»

«Bist du mal dort gewesen?»

«Ein einziges Mal. Das muss in den Sechzigern gewesen sein. Ja, genau: Da hatte ich gerade das Blockhaus gekauft und war dabei, es als Wochenendrefugium herzurichten und mich schon mal mit der näheren Umgebung vertraut zu machen. Aus purer Neugierde bin ich mal da hochgekraxelt und habe in dem alten Gemäuer rumgestöbert. Kurz nachdem der Orden die Burg verlassen hatte.»

«Was für ein Orden?»

Max hätte sich die Frage sparen können. Plötzlich war alles klar. Er hätte Schemmerls Antwort lippensynchron mitsprechen können.

«Sie sind doch wohl in Wahrheit nicht gekommen, um mir Ihr Beileid auszusprechen, oder?»

Nichts im Gesicht der Frau ließ Rückschlüsse auf ihre emotionale Verfassung zu. Die inzwischen grauen Haare waren streng nach hinten gekämmt. Nicht mehr lange, und sie hatte exakt die Haarfarbe ihrer Mutter. Sie ähnelte ihr ohnehin so sehr, dass man meinen könnte, sie sei Ilse Walterscheids jüngere Schwester.

Auch die Haut war grau, so grau wie ihr Arbeitsanzug. Sie muss eine Schönheit gewesen sein, wie ihre Mutter, dachte Liz. Aber ihr Gesicht war schneller gealtert als das ihrer Mutter.

Das macht der Knast.

Sie trug keinen Schmuck.

Natürlich nicht. Im Knast.

Und keinen BH.

Liz wusste selbst nicht, weshalb sie auch dies sorgsam registrierte. Die Frau hatte die Hände auf der Tischplatte gefaltet. Rissige Haut, Schwielen von körperlicher Arbeit. Kurze Fingernägel.

«Frau Adam ...»

«Nennen Sie mich Sylvia.»

«Gut, Sylvia. Ich bin Liz.»

«Hallo Liz. Haben Sie eine Zigarette?»

«Nein, leider nicht.»

«Wie geht es Helena?»

«Es geht ihr ... Wie soll es einer 18-Jährigen gehen, die gerade ihren Bruder verloren hat und deren Mutter nichts von ihr wissen will? Mein Mann glaubt, Sie hätten gute Chancen, bald aus dem Knast zu kommen; wenn Sie nur wollten.»

«Ich weiß. Aber ich will eben nicht. Mir geht es gut hier. Ich werde respektiert, so wie ich bin. Ich habe eine Freundin hier. Eine Geliebte, um es ganz deutlich zu sagen. Schockiert? Zum ersten Mal in meinem Leben gestatte ich mir Gefühle, die nicht anderen, sondern nur mir selbst zugute kommen. Mir ganz allein. Das würde sogar meine Mutter verstehen, wenn es nicht um Sex ginge. Geht es aber. Und da ich hier im Knast gelernt habe, alles beim Namen zu nennen: Ich bin scharf auf sie. Und sie auf mich. Es macht uns unglaublich zufrieden, unsere Geilheit auszuleben, sooft wir nur eine Gelegenheit finden. Was nicht ganz einfach ist im Knast. Aber wir sind erfinderisch. Die erste sinnliche Erfahrung meines Lebens. Sie hat ‹lebenslänglich›, wie ich, aber sie hat keine Chance, früher rauszukommen, bei dem, was sie angestellt hat. Warum also sollte ich den Knast verlassen? So ist das. Wollen Sie wissen, was sie angestellt hat?»

«Nein, Sylvia. Es interessiert mich nicht.»

«Wäre auch nichts für Ihr zartes Gemüt. Also: Ich will nicht raus hier. Das können Sie nicht akzeptieren, nicht wahr?»

«Es steht mir nicht zu, ein Urteil zu fällen. Ich sehe nur, dass Helena Sie jetzt dringend braucht.»

«Mich? Eine Mörderin? Sie soll Geborgenheit und Schutz suchen bei einem Menschen, der ihren Vater umgebracht hat? Können Sie mir verraten, was aus Helena werden soll, wenn sie gezwungen wäre, diesen seelischen Spagat hinzukriegen?»

«Aber Alexander ist tot, Sylvia!»

Sylvia Adams Augen lauerten plötzlich wie die eines Raubtieres.

«Ich weiß. Was hat das damit zu tun?»

«Das wissen Sie ganz genau, und das weiß ich ganz genau, Sylvia. Und sonst weiß es niemand. Das kann auch so bleiben, wenn Sie möchten. Aber vielleicht sollte es Helena noch wissen.»

Sylvia Adams Hände auf dem Tisch umklammerten einander wie in einem tödlichen Kampf. «Ich verstehe nicht, was ...»

«Sylvia ...»

«Ich verstehe beim besten Willen nicht, was Sie ...»

«Sylvia, natürlich wissen Sie, dass Sie keine Mörderin sind. Wer wüsste das besser als Sie?»

«Die Blutsbrüder. Ja, so nannten sie sich. Eines Tages waren sie da, und eines Tages waren sie wieder weg. Nachdem diese Gerüchte die Runde gemacht hatten, über das Internat.»

Ludwig Schemmerl stopfte sich eine neue Pfeife. «Wir hatten keine Leser in dieser Ecke. War ja quasi schon Feindesland. Deshalb weiß ich das, was ich weiß, nur vom Hörensagen. Eines Tages floh einer der Internatszöglinge von der Burg. Mitten im Winter. Und du weißt, was Winter hier bedeutet. Der Förster fand ihn im Wald, völlig abgemagert, erfrorene Zehen. Der Junge redete wirres Zeug, wie im Fieberwahn. Der Förster nahm ihn mit nach Hause, dann rief er den Dorfarzt. Der meinte, der Junge müsse sofort ins Krankenhaus. Sie brachten ihn nach Adenau, weißt du noch, das kleine Krankenhaus, wo sie immer die Rennfahrer hinbringen, die sich auf dem Nürburgring die Gräten brechen.»

«Weiter, Ludwig!»

«Also, dieser Förster besuchte ihn jeden Tag, eine Woche

lang. Aber am siebten Tag war das Bett leer. Die Stationsschwester sagte dem Förster, die Blutsbrüder seien mit dem Chefarzt übereingekommen, dass es für den immer noch verwirrten Jungen besser sei, ihn zur Beobachtung in eine psychiatrische Anstalt zu geben; die Zeit der Einsamkeit und der Entbehrungen im Wald hätten wohl seelische Schäden hinterlassen. Der Förster versuchte herauszubekommen, wo sie den Jungen hingebracht hatten. Vergeblich. Er war wie vom Erdboden verschluckt. So wie zwei Wochen später die Blutsbrüder. Als ich da oben war, stand in der Burg kein Tisch und kein Stuhl mehr. Als hätte es das Internat nie gegeben.»

Agnes Schemmerl hatte sie aus der Küche vertrieben. Sie saßen in den beiden altmodischen Ohrensesseln vor dem Kamin. Ludwig Schemmerl starrte in die prasselnden Flammen, als könne er dort die Vergangenheit deutlicher sehen. Max hatte diesen Platz immer geliebt. Hier hatten sie Pläne geschmiedet, Ideen für Reportagen entworfen, neue Serien entwickelt. Jetzt fand er die Behaglichkeit unerträglich. Als hätte er Angst, sie könnte ihn einschläfern.

«Was ist aus dem Förster geworden?»

Schemmerl ließ sich Zeit mit der Antwort. «Seltsame Geschichte. Der Mann geriet außer sich, weil der Junge verschwunden war. Er ging zur Polizei, erstattete Anzeige gegen den Orden. Der Junge habe ihm schreckliche Dinge erzählt über das, was auf der Burg passiert sei. Nur: Als der Förster zur Polizei ging, war er volltrunken, und weil er als Alkoholiker bekannt war, hat ihm niemand geglaubt. Außer ihm interessierte sich ohnehin niemand für den verschwundenen Jungen. Jakob hieß er, wenn ich mich recht erinnere. Ein Flüchtlingskind aus dem Osten. Vollwaise. Außerdem war der alte Förster schon etwas schrullig, wie viele, die zu lange allein im Wald leben. Und der Alte hauste schon verdammt lange da draußen. Die Schwermut überkommt einen in den Eifeler

Wäldern, und dann fängt man an, mit sich selbst zu sprechen, Geschichten zu erfinden. Fabelwesen beginnen, den Wald zu bevölkern. Feen, Elfen, Gnome, Kobolde. Der alte Förster war bekannt für seine Geschichten, die er sonntags nach dem Kirchgang in der Dorfkneipe nach dem dritten Schnaps zum Besten gab. Sofern ihm noch jemand zuhörte.»

Max ahnte die Antwort, bevor er die Frage stellte:

«Was ist mit ihm passiert, Ludwig?»

«Also, ein paar Wochen später haben sie ihn gefunden. Er war sonntags nicht in der Kirche aufgetaucht, und in der Kneipe auch nicht. Sein Fuß steckte in einem Wilderer-Eisen. Den Rest seines Körpers hatten sich die Wildschweine vorgenommen. Wahrscheinlich wurde er bei lebendigem Leib aufgefressen. Wenn er nicht vorher an Unterkühlung gestorben ist. Seltsam.»

«Was ist denn so seltsam?»

«Seltsam, dass die Falle überhaupt nicht getarnt war. Kein Tier wäre auf sie hereingefallen. Und der Förster auch nicht. Man konnte ihm ja viel nachsagen. Aber mit dem Wald kannte er sich aus.»

«Du meinst ...»

«Ist nur so ein Gedanke. Jemand hat die Falle für ihn aufgestellt, den Volltrunkenen aus seiner Hütte geholt und in das Eisen treten lassen.»

Sie sprachen lange kein Wort. Die Hände auf dem Tisch hatten sich wieder entspannt, das Blut war in die Fingerspitzen zurückgekehrt.

«Was ist damals passiert, Sylvia?»

«Das wissen Sie doch schon, verdammt.»

«Alexander rief mich an, wenige Stunden vor seinem Tod, und erzählte mir von einem Traum. Er wirkte wie befreit. Wäre ich doch sofort zu ihm gefahren. Vielleicht hätten wir in der Küche einen Kaffee getrunken, und ich hätte ihm und den Mädchen die Langeweile vertrieben. Aber ich hatte so viele Termine an dem Tag. Und musste zwischendurch meine Kinder abholen. Ich hatte ihm am Telefon versprochen, am Abend vorbeizukommen. Ich ...»

«Hey! Was wollen Sie? Wollen Sie, dass ich Ihnen die Absolution erteile? Ausgerechnet ich?»

Das Pochen ließ Liz zusammenzucken. Die Wärterin klopfte an die Scheibe. Die Besuchszeit war zu Ende.

«Sylvia, wir haben nicht mehr viel Zeit. Ich muss es ganz genau wissen. Sie haben doch die Zeitung gelesen?»

«Ja. Was nützt das noch? Weinert ist tot. Mein Junge ist tot.»

«Wollen Sie, dass dies weiter passiert? Wieder und immer wieder? Wollen Sie tatsächlich, dass anderen Kindern passiert, was Ihrem Sohn passiert ist?»

«Und das wollen Sie verhindern?» Sylvia lachte spöttisch.

«Nicht ich allein. Aber ich habe gute Freunde. Starke Freunde.»

Das Pochen wurde stärker. Liz stand auf und ging zu der Glastür. Die Wärterin betätigte den elektrischen Summer. Liz blieb in der offenen Tür stehen und hielt ihr eine Visitenkarte hin. «Rufen Sie Kriminalhauptkommissar Morian von der Bonner Mordkommission an. Hier ist seine Nummer. Ich bin in seinem Auftrag hier. Das ist eine offizielle Ermittlung. Ich arbeite als Gutachterin für die Polizei.»

«Aber Sie sind als Privatperson gemeldet.»

«Ich rate Ihnen: Rufen Sie ihn an. Sie ersparen sich viel Ärger, wenn Sie meinen Rat befolgen. Und nun lassen Sie mich endlich in Ruhe meine Arbeit tun. Ich brauche noch ein paar Minuten.»

«Aber ...»

Liz ließ sie stehen und ging zurück zu dem Tisch in der Mitte des Raumes. Sie wusste, dass ihr Mann im Augenblick telefonisch nicht erreichbar war. Und die Wärterin daraufhin ihren Vorgesetzten einschalten würde. Und die Besuchszeit dann endgültig vorbei war. Und Jo tierisch sauer sein würde. Und dies heute wohl das Ende ihrer Karriere als vereidigte Gutachterin bedeutete.

Darüber würde sie sich Gedanken machen, wenn es so weit war.

«Sie wird bald zurück sein. Uns bleibt nicht mehr viel Zeit. Bitte, Sylvia: Was ist damals passiert?»

«An dem Tag wurde ich in die Schule bestellt. Alexanders Klassenlehrerin druckste eine Weile rum, dann äußerte sie ihren Verdacht. Alexander habe alle Anzeichen eines sexuell missbrauchten Kindes, meinte sie, soweit sie das als Laie beurteilen könne. Ich war wie gelähmt. Ich wusste andeutungsweise, was Kurt in seiner Kindheit passiert war. Er wollte mir davon erzählen, kurz nach Alexanders Geburt. Wir waren uns damals noch sehr nah. Er war so aufgelöst durch die Geburt. Und so stolz auf seinen kleinen Sohn. Deshalb hatte er sich wohl getraut, von seiner Kindheit zu erzählen. Ich wollte das gar nicht hören, damals. Aber ich hätte doch nie gedacht ...»

«Und dann haben Sie ihn zur Rede gestellt.»

«Ja. Soweit das möglich war. Als ich nach Hause kam, lag er schon wieder sturzbetrunken auf der Couch. Ich hasse Alkohol. Und ich verabscheue Menschen, die sich so gehen lassen.»

«Und was geschah dann?» Liz behielt die Glasscheibe im Auge. Die Wärterin blieb verschwunden.

«Ich brachte die Kinder zu Bett und holte die alte Pistole aus der Wäschetruhe. Das Hochzeitsgeschenk meiner Mutter. Können Sie sich vorstellen, wie das ist, von der eigenen Mutter eine Pistole zur Hochzeit geschenkt zu bekommen? Damit ich mich meines Ehemannes erwehren könne, sagte sie feierlich. Ich musste mich seiner nie erwehren.»

Liz ging nicht ein auf die Frage. Die Zeit lief ihr davon. «Dann haben Sie ihn mit der Waffe bedroht?»

«Ich habe ihn angebrüllt. Dass aus Opfern wohl stets wieder Täter werden, und er sei der lebende Beweis, und dass ich ihn verachte wie noch nie einen Menschen zuvor. Ich habe ihm das Ding unter die Nase gehalten und gesagt, wenn er nicht auf der Stelle mit der Wahrheit rausrücke, würde ich ihn erschießen wie einen tollwütigen Hund. Da fing er an zu flennen. Er zerfloss vor Selbstmitleid. Er schwor, er habe den Jungen niemals angerührt. Sondern Weinert. Aber er nehme alle Schuld auf sich, weil er zu schwach gewesen sei, Weinert Widerstand zu leisten. Zu schwach, um sein eigenes Kind zu beschützen, damit dem nicht widerfährt, was ihm selbst als Kind widerfahren ist. Und wenn ich ihm nicht glaube, solle ich doch sein Tagebuch lesen, und er sagte mir, wo er es versteckt habe; in seinem Arbeitszimmer, in dem Schuhkarton im Schrank. Da stünde alles drin.»

«Daraufhin sahen Sie nach.»

«Ich ließ die Pistole auf den Couchtisch fallen und ging nach oben. Alexander muss die ganze Zeit gelauscht haben. Während ich den Schrank in Kurts Arbeitszimmer durchwühlte, schlich er nach unten, in seinem Schlafanzug und seinen Pantoffeln, hob die bereits entsicherte Pistole auf und drückte ab. Später habe ich ausgesagt, ich hätte mich hingekniet, um ihn zu erschießen. Ich musste doch irgendetwas erfinden, wegen der Schussbahn. Damit gab sich der Ballistik-Gutachter im Prozess zufrieden. Ja, so war es: Mein Sohn hat ihn erschossen. Er hat seinen Vater erschossen.»

«Weil der ihn nicht beschützt, sondern immer wieder an seinen Peiniger ausgeliefert hatte.»

«Dieser Schwächling. Dieser gottverdammte Schwächling.» Sie presste die Augen fest zusammen, um die Tränen zurückzuhalten.

«Sie haben den Schuss gehört ...»

«Ja, und bin die Treppe runtergerannt. Alexander stand da, mit der Pistole in der Hand. In seinem Schlafanzug und seinen Pantoffeln, und hatte immer noch die Pistole in der zitternden Hand. Ich nahm ihm die Waffe weg, nahm ihn in den Arm, trug ihn hinauf in sein Zimmer, legte ihn in sein Bett und deckte ihn zu. Mama kommt gleich wieder. Dann bin ich wieder runter. Kurt lag auf dem Teppich. Ich habe den Teppich an zwei Enden gepackt und über die Terrasse in die Garage geschleift. Dann bin ich wieder hoch. Auf dem Treppenabsatz stand Helena. Verdammt, ich werde die Bilder nie los. Was ist denn?, fragte sie. Daumen im Mund, ihren Teddybär fest unter den Arm geklemmt. Obwohl sie schon acht Jahre alt war. So, als ob sie wieder ein kleines Kind sein wollte. Nichts, sagte ich. Aber ich habe doch was gehört, sagte sie. Was hat denn so laut geknallt? Wo ist Papa? Sie liebte ihren Vater abgöttisch, diesen versoffenen Versager. Ich sagte, die Haustür habe geknallt, als sie ins Schloss fiel. Papa habe noch mal weggemusst. Ich will zu meinem Papa, hat sie gesagt und fing an zu heulen. Da sind mir die Nerven durchgegangen. Ich habe sie angeschnauzt, sie solle sofort in ihr Zimmer verschwinden. Ab ins Bett mit dir, auf der Stelle, habe ich gebrüllt.»

«Aber sie ist nicht ins Bett.»

«Nein. Wie sich dann erst im Prozess herausstellte, wartete sie hinter der Tür ihres Zimmers, bis ich wieder bei Alexander war. Ich schärfte ihm ein, dass er niemals darüber sprechen darf, was passiert ist, niemals. Ich habe ihn gerüttelt und geschüttelt. Niemals. Bis er zu weinen anfing. Währenddessen muss sich Helena die Treppe hinuntergeschlichen haben, den Blutspuren gefolgt sein und ihren toten Vater in der Garage entdeckt haben. Dann legte sie sich wieder ins Bett. Können Sie sich das vorstellen? Sie hat es für sich behalten, die ganze Zeit, ein ganzes Jahr lang hat sie das für sich behalten, bis dieser Polizist auftauchte. Dem hat sie es erzählt. Nur weil der ein bisschen nett zu ihr war. Wie ihr verdammter Vater. Weil sie ihren Vater geliebt hatte. Und mich hasste. Wie viel Angst muss sie ausgestanden haben! Vor ihrer mordenden Mutter.»

«Warum haben Sie nie etwas gegen Weinert unternommen?»

«Ich bin zu ihm, gleich nachdem ich die Vermisstenanzeige aufgegeben hatte. Ich habe ihn mit dem Tagebuch konfrontiert und ihm gedroht, ihn fertig zu machen. Für einen Augenblick wurde er kalkweiß im Gesicht. Aber dann ließ er mich kalt lächelnd abblitzen, und behauptete ganz frech, er kenne Kurt viel zu gut, der sei viel zu feige, um einfach zu verschwinden. Er sagte mir ins Gesicht, dass ich Kurt ermordet hätte. Er drohte, Strafanzeige zu erstatten, wenn ich nicht den Mund halte. Wenn ich im Knast säße und die Kinder dann de facto Vollwaisen seien, hätte er als Patenonkel und mit seinem untadeligen Leumund kein Problem, Alexanders Vormund zu werden. Und so ist es ja dann auch gekommen. Als ich aus dem Knast heraus über einen Anwalt Weinert anzeigte, hat mir natürlich niemand mehr geglaubt. Die perversen Phantasien einer Männerhasserin.»

«Aber das Tagebuch ...»

«Nachdem dieses verfluchte englische Diplomaten-Ehepaar aufgekreuzt war mit seinem verfluchten Köter, der anfing, im Garten zu buddeln, habe ich die entscheidenden Seiten aus dem Tagebuch herausgetrennt und im Wäscheschacht versteckt. Als hätte ich es geahnt. Die Polizei hat sich nämlich einen Scheißdreck für das Tagebuch interessiert. Sie haben es sogar bereitwillig an Weinert ausgehändigt. Der musste nur was daherstammeln von der einzigen Erinnerung an seinen toten Freund, und schon schenkten sie ihm das Tagebuch. Und im Prozess hat es keine Rolle mehr ...»

Die Glastür flog scheppernd auf. Die Anstaltsleiterin, flankiert von zwei kräftigen Wärterinnen. «Frau Morian, ich fordere Sie hiermit auf, unverzüglich den Raum zu verlassen. Das wird ein Nachspiel haben, darauf können Sie Gift nehmen.»

Während sich Liz erhob, legte sie ihre Hand auf die beiden immer noch verschränkten schwieligen Hände auf der Tischplatte. «Denken Sie bitte noch mal darüber nach. Bitte. Helena zuliebe.»

Das Gesicht der Frau in dem grauen Arbeitsanzug war wieder vollkommen ausdruckslos. «Helena zuliebe? Soll ich ihr etwa sagen, dass ihr geliebter Bruder ihren geliebten Vater umgebracht hat? Oder soll ich ihr sagen, dass sie die Schuld daran trägt, dass ihre Mutter seit zehn Jahren unschuldig im Gefängnis sitzt?»

Die beiden Wärterinnen machten Anstalten, rabiat zu werden. Liz hob die Arme zu einer beschwichtigenden Geste.

«Liz, sind Ihre Freunde wirklich in der Lage, Herbach hinter Schloss und Riegel zu bringen?»

Liz stand schon in der Tür. Sie sah über die Schulter zurück, stemmte sich gegen das Tempo ihrer Begleiterinnen.

«Herbach? Sie kennen Herbach?»

«Solange er nicht gefasst ist, kann ich hier nicht raus. Ich weiß zu viel über ihn. Über seine Kindheit. Über seine Geschäfte. Herbach ist gefährlich, sehr gefährlich. Er hat mir gedroht. Solange ich hier drin bin und die Klappe halte, bleibe ich am Leben. Und Helena.»

«Wir kriegen ihn, Sylvia.»

«Und, bitte ... könnten Sie Helena ausrichten ...»

Die Frau in dem grauen Arbeitsanzug starrte auf ihre rissigen Hände. Die Wärterinnen schoben Liz durch die Tür.

«Ach nichts», sagte Sylvia Adam leise. Und dann laut: «Nichts! Vergessen Sie's einfach!»

Er hatte von Ludwig Schemmerls Arbeitszimmer aus drei kurze Telefonate geführt.

Theo meinte, einen Hubschrauber zu chartern und mit hoch auflösenden Digitalkameras innerhalb der nächsten drei Stunden in Richtung Eifel zu schicken sei keine Frage der Zeit, sondern ausschließlich eine Frage des Preises.

Hurl bestätigte, dass Helena und die Morian-Kinder in Sicherheit seien. Und die Insel bis auf das Büro der Computer-Freaks und die Werkstatt des Umzugs-Kollektivs geräumt und auf zwei Lastwagen verladen. Die 7,5-Tonner des Fachunternehmens mit dem Vertrauen erweckenden Namen «Abriss» verfügten über geschlossene Kofferaufbauten und Hebebühnen. Jeder, der sie unterwegs sehen würde, dächte nichts weiter, als dass da jemand umzieht.

Was ja auch stimmte.

Der dritte Gesprächspartner war der Präsident des Deutschen Basketball-Bundes. Der freute sich aufrichtig über das großzügige Angebot, für die Vorbereitung zur EM-Qualifikation der U-18-Nationalmannschaft in der KölnArena für zwei Wochen ein Quartier und eine Trainingshalle unentgeltlich zur Verfügung gestellt zu bekommen. Unter der Bedingung, dass der großzügige Sponsor ungenannt bleibt. Selbstverständlich, Herr Maifeld, gar kein Thema. Selbst für die Presse war gesorgt: ein Raum mit ISDN-Anschlüssen und Laptops, auf Kosten des großzügigen Mäzens zur Verfügung gestellt und betreut vom dort ansässigen Fachunternehmen mit dem Vertrauen erweckenden Namen «Absturz».

Man macht ein Haus sicher, indem man es geheim hält. Oder indem man es in den Blickpunkt der Öffentlichkeit rückt.

Ludwig Schemmerl hatte ebenfalls telefoniert. Sollten noch irgendwelche alten Pläne und Grundrisszeichnungen in irgendwelchen Katasterämtern vorhanden sein: Er würde sie bekommen.

«Ludwig, hast du noch deine Datscha?»

«Selbstverständlich. Sie frisst mir zwar die Haare vom Kopf, aber alleine das alljährliche Treffen meines Studienjahrgangs in der Hütte ist die Sache wert. Außerdem sind die Skatabende dort viel lustiger.» Er deutete verschwörerisch in Richtung Küche.

«Wie weit ist sie von der Burg entfernt?»

Schemmerl kratzte sich mit dem Pfeifenstiel am Kopf. «Ich schätze mal, das sind Luftlinie keine drei Kilometer. Mit dem Auto allerdings mindestens zwölf Kilometer, wegen des Tals dazwischen. Da führt keine Straße durch. Das ist ein Riesenumweg.»

«Wie viele Schlafstellen hast du noch mal in der Hütte?»

«Das tröstet mich ungemein, dass auch dein Gedächtnis nachlässt. Zwölf Betten, verteilt auf drei Schlafzimmer. Was hast du vor? Lässt du eine Kompanie anrücken?»

«Könnte man so sagen, Ludwig.»

54 So hatte er sich als Kind das Blockhaus aus dem ersten Band der «Lederstrumpf»-Geschichten vorgestellt. «Der Wildtöter». Nur stand das Blockhaus nicht wie in dem Lieblingsbuch seiner Kindheit auf Pfählen mitten in einem einsamen See Nordamerikas, sondern auf einem soliden Be-

tonfundament mitten auf einer einsamen Waldlichtung in der Vulkaneifel.

Es war aus ungeschälten Baumstämmen gezimmert und hatte einen kleinen, das Gebäude um zwei Meter überragenden Turm. Der Grundriss des Gebäudes war kreuzförmig. Der doppelwandige, innen aus Backsteinen, außen aus Basaltblöcken gemauerte zylinderförmige Turm hatte einen Durchmesser von vielleicht etwas mehr als zwei Metern, bildete den Vierungspunkt des Grundrisses und beherbergte am Fuß die offene Feuerstelle im Mittelpunkt des Wohnraumes. Der Kaminzug war zugleich die Achse der schmalen, gusseisernen Wendeltreppe, die zwischen der Backstein- und der Basaltwand auf die Plattform des Turmes führte. Vier aus schwarzem Basalt gemauerte Säulen auf der steinernen Brüstung der Plattform trugen das spitze Kupferdach des Turms, in dessen Mitte der Kamin durchstieß. Schemmerl hatte den Turm selbst gebaut. Besonders stolz war er auf seine Idee mit der durch die Abwärme des Kamins stets eisfreien Plattform. Dort stand Schemmerl gerne frühmorgens oder in der Dämmerung und beobachtete das Wild.

Max stand da oben und hatte die Auffahrt zur Lichtung im Visier. Er lehnte mit dem Rücken am Kaminzug, genoss die Wärme der Backsteine und die erste Zigarette, seit er vor drei Stunden die Tür zur Hütte aufgeschlossen hatte. Es war empfindlich kalt geworden. Für die Jahreszeit viel zu kalt. Der frische Duft der Tannennadeln mischte sich mit dem Modergeruch sich regenerierender Erde. Die Sonne war längst hinter den Wipfeln verschwunden. Sie war am Nachmittag noch einmal kurz aufgetaucht, vielleicht für eine Stunde, nachdem der Regen aufgehört hatte, um einen wunderschönen Regenbogen an den graublauen Himmel zu malen.

Jetzt dampfte der Wald, und Nebel stieg aus dem Tal auf.

Jenseits des tief eingeschnittenen Tals, hinter dem grünen, dichten, dampfenden Vorhang, lag die Burg.

Drei Stunden hatte er gebraucht, um das Haus herzurichten. Zunächst hatte er Lebensmittel eingekauft; nicht im nächsten Dorf, sondern zwanzig Kilometer entfernt in einem der größeren Supermärkte der nächsten Kleinstadt, um unnötiges Aufsehen zu vermeiden. Dann hatte er die Lebensmittel in den beiden Kühlschränken und in dem kleinen Vorratsraum hinter der Küche verstaut und schließlich Feuer gemacht. Der Unterstand am Ende der Lichtung war gottlob bis unter die Dachpfannen mit trockenem Brennholz gefüllt.

Seit seinem letzten Besuch in der Hütte vor zehn, zwölf Jahren hatte sich einiges verändert. Ludwig Schemmerl war ein leidenschaftlicher Tüftler. Das Blockhaus verfügte inzwischen dank einer Zisterne und einer elektrischen Pumpe über fließendes Wasser und dank einer kombinierten Solar-Wind-Anlage sogar über Strom in bescheidenem Umfang. Hurl würde dennoch Akkus in genügender Zahl und für den Notfall einen Dieselgenerator mitbringen. Max wollte sich, was die Energieversorgung der Computer betraf, nicht ausschließlich auf Schemmerls Erfindergeist verlassen.

Er hatte das Haus gelüftet, die klammen Matratzen in die Spätnachmittagssonne gestellt, Mausefallen gespannt, Spinnweben entfernt, das Klo geputzt, Staub gewischt, die Scharniere der Tür, der Fenster und Fensterläden entrostet und geölt, die Wasserleitungen durchgespült, die Gasflasche für Herd und Badezimmer angeschlossen. Schemmerl hatte zuvor entschuldigend erwähnt, dass er schon seit sechs Wochen nicht mehr dort gewesen sei, um nach dem Rechten zu sehen. Und augenzwinkernd ergänzt, dass man ja als Rentner zu gar nichts mehr Zeit fände.

Max löste sich von der warmen Kaminwand und stieg

vom Turm hinab. Er wählte die Nummer des Krankenhauses. Die Ärzte konnten nichts Neues berichten. Wir rufen Sie umgehend an, wenn sich ihr Zustand verändern sollte. Keine Sorge, Herr Maifeld.

Keine Sorge.

Er schaute in seinem Notizbuch nach und wählte Stevens Nummer. Hurls Cousin in den Staaten.

«Hello?»

Es war Paul. Max spürte, wie sein Herz vor Freude hüpfte.

«Hi. Hier ist dein Dad. Geht's dir gut?»

«Mir geht's super, Papa. Wie geht's Vera?»

«Die Ärzte sagen, das dauert halt.»

Er schluckte. Seine Stimme drohte zu versagen.

«Ich vermisse sie so sehr.»

«Ich auch, Paul.»

Er gab ihm die Nummer des Blockhauses.

«Pass auf dich auf, Paul.»

«Pass du auf dich auf, Papa. Mach dir keine Sorgen um mich. Mir geht's gut. Heute Abend ist mein erstes Training. Stevie und seine Familie sind sehr nett. Und die Schule ist prima.»

Es gab noch viel zu tun.

Innerhalb kürzester Zeit hatte sich sein Leben völlig verändert. Vor wenigen Wochen glaubte er noch, sein Leben im Griff zu haben. Mit sich und der Welt im Reinen zu sein.

Die nächsten fünf Minuten sollten seine Sicht der Welt noch einmal radikal verändern.

Dabei suchte er nur einen Schraubenzieher.

Er fand die Kassette, als er die hintere rechte Tür des Maserati öffnete, um die Werkzeugkiste, die Schemmerl ihm geborgt hatte, von der Rückbank zu nehmen. Die Videokassette lag im Fußraum hinter dem rechten Vordersitz. Er hob sie auf. Er brauchte einige Sekunden, um sich zu erinnern. Der verlassene Steinbruch. Der auf dem Dach liegende schwarze BMW. Die Abdeckung des Reserverads. Die Kassette war ihm auf den Kopf gefallen. Er hatte sie eingesteckt und auf die Rückbank seines Wagens geworfen, als sie zum See fuhren. Sie musste in den hinteren Fußraum gerutscht sein, und er hatte sie völlig vergessen, nach allem, was anschließend passiert war.

Er fand die Fernbedienungen für Fernseher und Videorekorder in der Schublade des Esstischs. Er füllte auf dem Weg zurück zum Fernseher einen Becher aus der Kaffeekanne. Steckte sich eine Zigarette an. Schaltete den Fernseher und den Videorekorder ein. Suchte den Videokanal im Fernseher. Nahm einen tiefen Zug und blies den Rauch aus. Als es nichts mehr gab, womit er die Sache noch hinauszögern konnte, drückte er die Lauftaste.

Schatten zucken über Wände und Decke des Gewölbekellers. Die Fackeln in den eisernen Halterungen überfordern die Belichtungsautomatik der Amateurkamera. Das Objektiv zoomt hektisch von der Totalen auf das verängstigte Gesicht, dann über den dürren Körper des gefesselten Jungen.

Er ist vielleicht sieben, acht Jahre alt, den Gesichtszügen nach zu urteilen aus Ost- oder Südosteuropa. Sie haben ihm den Kopf kahl geschoren. Die Stricke an den Hand- und Fußgelenken spreizen seine Gliedmaßen. Er zittert vor Angst. Aber er sagt keinen Mucks. Seine Lippen bewegen sich nicht. Nur seine Augen wandern unstet hin und her. Der Junge kann nicht sprechen. Sie haben ihm einen Lappen in den Mund gestopft. Ein Zipfel des Lappens hängt zwischen seinen Lippen heraus wie eine hässliche grüne Zunge.

Max stoppte das Video. Bis vor wenigen Minuten hatte er es genossen, ein paar Stunden allein zu sein. Allein mit dem

Wald, der ihm so vertraut schien, der ihn an seine Kindheit erinnerte, an die Streifzüge mit den Kindern aus dem Dorf seiner Großmutter, an das uneinnehmbare Baumhaus mit der Strickleiter, an die Bandenkriege gegen die Jungs aus dem Nachbardorf.

Jetzt hatte der Wald binnen Sekunden seine Unschuld verloren.

Sie hatten Videos aus dem BMW geladen und dies hier vergessen. Er ahnte, zu welchem Gebäude der Gewölbekeller gehörte.

Plötzlich achtete er auf die Geräusche draußen.

Draußen in der Dunkelheit.

Er wusste, dass es solche Filme gab. Morian hatte ihm davon erzählt. Snuff-Filme wurden sie genannt. Sie wurden gedreht, weil mit ihnen viel Geld zu verdienen war, sehr viel Geld, mehr Geld als mit Kokain. Sie waren preiswert herzustellen. Die Opfer waren Penner, die mit einer Flasche Weinbrand gelockt wurden, Prostituierte vom Straßenstrich, die nachts per Lieferwagen eingesammelt wurden, Kinder aus den Waisenhäusern jenseits des ehemaligen Eisernen Vorhangs, die man für billiges Geld im Dutzend kaufen konnte.

Menschen, die niemand vermisste.

Es zu wissen und es zu sehen war ein großer Unterschied.

Er drückte erneut die Start-Taste.

Zwei Männer und eine Frau betreten den Raum. Die Männer tragen Kostüme und Augenmasken wie aus einem Fantasy-Film. Die Frau trägt einen einteiligen Anzug. Das schwarze, glänzende Material umhüllt ihren muskulösen Körper und ihren Kopf wie eine zweite Haut. Ihre Hände und Füße stecken in Handschuhen und Stiefeln mit hohen Absätzen. Sie geht vor dem Jungen in die Hocke und betrachtet seinen Unterleib wie ein Wissenschaftler ein seltenes Insekt. Der Junge bäumt sich in stummer Verzweiflung auf, doch er hat keine Chance gegen die Fesseln, die in sein Fleisch schneiden.

Er schloss unwillkürlich die Augen. Aber die Schreie blieben. Der Junge schrie vor Schmerz. Max tastete nach dem Lautstärkeregler. Er fand ihn nicht. Die Fernbedienung entglitt seinen tauben Händen. Sein Inneres wurde zu Eis, tropfte kalt durch seine Haut, sein Kopf gehorchte nicht mehr, seine Seele suchte nach einem Fluchtweg. Es gab keinen Fluchtweg.

Der Lappen ist zu Boden gefallen. Der Junge hat ihn ausgespuckt. Deshalb sind die Schreie zu hören. Einer der Männer tritt vor und schlägt dem Jungen mit der Faust ins Gesicht. Er stopft ihm den Lappen wieder in den Mund, während sich die Frau aus der Hocke erhebt. Der Junge würgt mit weit aufgerissenen Augen.

Warum rief er nicht Hurl an? Nur so, um eine vertraute Stimme zu hören? Warum warf er das Band nicht ins Feuer, sah zu, wie es schmolz, sich in nichts auflöste? Als könne sein Zuschauen das Kind retten. War der Tod eine Erlösung, wie es in den Kirchen gepredigt wurde? Er hatte den Pfarrern nie geglaubt. Nimm ihn endlich in den Himmel, beschütze ihn, rette ihn, wenn es dich gibt ...

GOTT!

Die Frau verharrt andächtig vor dem gefesselten Körper. Schließlich zieht sie ein Messer aus ihrem Stiefelschaft. Ein letztes Mal kehrt Leben in den kleinen Körper zurück; er windet sich, als könne er so den erbarmungslos gleichförmigen Takt des ausströmenden Blutes aufhalten, den Takt, den sein kleines Herz vorgibt. Ein letztes, vergebliches Zucken, dann fällt der kleine, kahle Kopf auf die Brust.

Die Frau betrachtet den toten Körper eine Weile. Dann schwindet ihr Interesse. Sie schnippt mit den Fingern, und die Männer mit den Fackeln eskortieren sie aus dem Raum.

Jemand schrie. Das Bild wurde schwarz, das Blinken des Rekorders zeigte das Ende des Videobandes an. Jemand schrie, bis er feststellte, dass er selbst es war, der schrie. Angstschweiß stand ihm auf der Stirn. Er versuchte, sich zu beruhigen, saß einfach still da, vielleicht eine halbe Stunde, vielleicht auch länger. Später erhob er sich von der Couch, griff nach der Kaminzange, ließ damit das Video und die Hülle aus Pappe in eine der Plastiktüten gleiten, die er im Supermarkt bekommen hatte, und versteckte sie auf dem obersten Brett des Bücherregals. Er öffnete ein Fenster, öffnete ein zweites Fenster, pumpte die frische Abendluft in seine Lungen, ging in die Küche, ließ das eiskalte Wasser aus dem Hahn des Spülbeckens über sein Gesicht laufen, über seinen Nacken, wusch sich die Hände mit Seife, ging zum Kamin, legte Holz nach, Scheit um Scheit, bis das Feuer aufloderte. Dann stürzte er ins Bad und erbrach sich in das frisch geputzte Klo.

55 Das Telefon klingelte entschieden zu laut. Es klingelte immer zu laut oder zu leise, je nachdem, in welche Richtung die Putzfrau am Abend Staub gewischt hatte. Die Putzfrau war verschwunden, das Präsidium bis auf die Wache im Erdgeschoss verlassen und Morian im Aufbruch begriffen, als das Telefon klingelte. Wenn es der Präsident war, würde Morian noch mehr Zeit verlieren; er war ohnehin spät dran.

Das Telefon klingelte ein drittes Mal.

«Morian.»

«Guten Abend, Herr Kollege. Ihre Frau war so freundlich, mir zu sagen, dass ich Sie noch im Büro antreffen würde.»

«Wer sind Sie?»

«Sie werden später verstehen, warum es ratsamer für alle Beteiligten ist, wenn mein Name vorerst aus dem Spiel bleibt.»

Liz. Wie oft hatte er sie gebeten, zuerst nach dem Namen zu fragen, bevor sie irgendwelchen Spinnern Auskünfte am Telefon gab.

«Hat mich gefreut, Sie kennen zu lernen. Gute Nacht.»

Morian legte auf.

Bevor er den Garderobenständer erreicht hatte, klingelte es erneut.

Morian hob nach dem zweiten Klingeln ab.

Die Stimme hielt sich nicht mit langen Vorreden auf. «Ich habe Sie für neugieriger gehalten, Morian. Also gut. Ich gehöre zu einer Sondereinheit des Landeskriminalamtes Rheinland-Pfalz. Wir arbeiten in dieser Angelegenheit eng mit dem Auswärtigen Amt, dem Bundesnachrichtendienst und einer kleinen, aber effektiven Gruppe des Bundeskriminalamtes zusammen. Man kann nicht jedem trauen.»

«Wem sagen Sie das!»

«Herr Morian, auch wenn Sie in jüngster Zeit den gegenteiligen Eindruck gewinnen mussten: Es gibt politische Interessen nicht nur in die eine Richtung. Wir laufen nämlich Gefahr, außenpolitisch in eine Schieflage zu geraten, wenn wir nicht bald zuschlagen. Die Polen machen uns schon lange die Hölle heiß, und die Rumänen, die Bulgaren, die Russen werden nicht mehr lange auf sich warten lassen. Wir stehen auf derselben Seite, Morian. Und wenn Sie unbedingt einen Namen benötigen, dann nennen Sie mich Gabriel.»

«Gabriel. Wie der Erzengel, hört sich gut an. Was habe ich mit Rheinland-Pfalz zu schaffen?»

«Oh. Habe ich mich geirrt? Ich hatte den Eindruck, Sie stünden im Begriff, in Kürze unser schönes Bundesland aufzusuchen.»

Morian setzte sich wieder.

«Vor allem die tiefen Wälder der Eifel lohnen zu jeder Jahreszeit einen Besuch, Herr Morian.»

«Okay. Was wollen Sie, Gabriel?»

«Ich spreche von einer sicheren Leitung, Sie aber nicht. Also muss unser Gespräch etwas kryptisch bleiben. Wir haben das Objekt schon lange im Visier. Aber keine Handhabe. Nur einen Verdacht. Das reicht nicht. Das Gesetz bindet uns die Hände. Wir können nicht eingreifen, es sei denn ...»

«Es sei denn?»

«Es sei denn, wir werden gerufen. Wegen nächtlicher Ruhestörung, Hausfriedensbruch, was auch immer. Ist mir scheißegal. Hauptsache, irgendein besorgter, aufrechter Staatsbürger ruft an. Und beschwert sich. Über den Lärm beispielsweise. Wenn wir kommen, steht zufällig die Haustür offen, sodass wir erst gar nicht höflich anklopfen müssen. Jemand ruft an, und schon ist dein Freund und Helfer zur Stelle. Wir werden nach dem Rechten sehen, darauf können Sie sich verlassen. Aber ohne uns ist das, was Sie vorhaben, juristisch nicht verwertbar, weil die Beweise illegal beschafft wurden.»

«Und umgekehrt ist ohne meine Freunde nichts strafrechtlich verwertbar, weil Sie und ich von Amts wegen außerstande sind, Beweise illegal zu beschaffen.»

«So ist es, Morian. Sie sehen, wir können voneinander profitieren. Wir werden auch großzügig darüber hinwegsehen, dass Sie Ihre Kompetenzen mehrfach überschritten haben.»

Morian gingen tausend Dinge durch den Kopf. Wenn der Erzengel am anderen Ende der Leitung im Begriff war, ihn reinzulegen, hatte er spätestens jetzt alle Trümpfe in der Hand.

«Einverstanden. Aber das Spiel läuft bis zum Anruf nach unseren Regeln. Geben Sie mir Ihre Nummer.» Er griff nach seinem Kugelschreiber.

«Oh, Sie müssen nichts aufschreiben. Wählen Sie einfach die Nummer, die jeder Bürger wählen würde: die 110. Sie nennen natürlich nicht Ihren Namen, weil das Gespräch aufgezeichnet wird.»

«Und dann ...»

«Und dann sind wir zur Stelle.»

«Und Sie garantieren, dass wir offiziell raus sind aus der Sache.»

«Selbstverständlich, Morian. Ihr Name und die Namen Ihrer Freunde werden nirgendwo auftauchen. Lediglich Sie finden Erwähnung, nämlich dass Sie die entscheidende Vorarbeit zum erfolgreichen Abschließen des Falls geleistet haben, sogar trotz erheblicher Widerstände seitens Ihrer Vorgesetzten.»

«Das ist mir nicht wichtig.»

«Was ist Ihnen denn wichtig, Morian?»

«Meine nun folgenden drei Bedingungen.»

«Es gibt keine Bedingungen mehr zu stellen. Es gibt jetzt nur noch ein Ja oder ein Nein.»

«Okay. Dann beenden wir das Gespräch an dieser Stelle.»

«Warten Sie!»

Morian sagte nichts.

«Also gut. Was wollen Sie?»

«Erstens: Wann auch immer Sylvia Adam es wünscht, wird sie augenblicklich aus der Haftanstalt entlassen und erhält außerdem eine neue Identität, ebenso wie ihre Tochter Helena.»

«Meine Güte, Morian. Halten Sie uns für allmächtig?»

«Muss ich wohl. Warum soll ich Sie sonst anrufen?»

«Einverstanden. Und zweitens?»

«Zweitens gibt es da einen guten Freund eines guten Freundes. Auf den wartet in seinem Heimatland ein Haftbefehl. Besorgen Sie ihm einen deutschen Pass und eine saubere Vita.»

«Die Rohlinge für Personalausweis und Reisepass liegen vor mir. Das war ohnehin unser Sonderangebot. Der Freund Ihres Freundes muss sich allerdings noch einen Nachnamen ausdenken, wenngleich er darauf wenig Wert zu legen scheint. Einen schönen deutschen Familiennamen, wo doch schon seine Hautfarbe so germanisch ist. Und die dritte Bedingung?»

«Die muss ich mir erst noch ausdenken. Mir fällt schon was ein. Bis bald, Gabriel. Schlafen Sie gut.»

56

Was war das? Er versuchte sich zu erinnern. Seine Großmutter hatte ihm die Spuren und die Stimmen des Waldes gezeigt, ihm beigebracht, welche Pilze und Beeren essbar waren, wie er aus einem Wald herausfand, selbst wenn sie ihn zuvor mit verbundenen Augen hinein geführt hatte, wie man selbst an der Rinde der Bäume die Himmelsrichtungen ablesen konnte.

Und sie hatte ihm beigebracht, nachts mit den Ohren zu sehen.

Draußen war es stockdunkel.

Eine Eule. Nein, ein Uhu. Oder ein Kauz? Es war zu lange her. Er war längst zum Stadtmenschen mutiert.

Das Tier, was es auch immer war, hatte ein wesentlich besseres Gehör als er. Dennoch ahnte auch er das fremde Geräusch, das den Nachtvogel plötzlich verstummen ließ; er spürte es, Minuten bevor er es tatsächlich hörte. Das Brummen eines Dieselmotors. Nein, das Brummen war zweistimmig. Zwei Dieselmotoren.

Max steckte sich zwei der Leuchtpatronen in den Hosenbund, entsicherte die Pistole und sprang die Stufen des Turms hinauf.

Zwei Scheinwerferpaare.

Er zog den Schlitten der Pistole durch.

Unten im Wohnzimmer klingelte sein Handy.

Die Scheinwerfer zitterten die enge, steile Auffahrt zur Lichtung empor. Die Luftdruckbremsen zischten, dann war Stille.

Aus dem Führerhaus des linken Lastwagens sprang ein Mann. Max hatte ihn im Visier. Der Mann stellte sich demonstrativ in den Lichtkegel der Scheinwerfer und streckte lustvoll seine Glieder.

«Mach's nicht so spannend. Ich habe Hunger. Was gibt's denn zum Abendessen? Und warum gehst du nicht an dein Handy?»

Es war Hurl.

Max legte den Sicherungsbügel um und steckte die Pistole in den Hosenbund.

Es war schön, nicht mehr allein zu sein.

Sie brauchten knapp eine Stunde, um die beiden Lastwagen auszuladen. Der eine enthielt zwei geländegängige Enduro-Motorräder und einen Jeep mit kurzer Ladefläche. Der zweite Lastwagen enthielt zwei Generatoren, vier Computer, Monitore, Scanner, Modems, eine automatische Abschussvorrichtung für Leuchtstoff-Raketen, Richtmikrofone, Überwachungskameras, Nachtsichthelme mit Restlichtverstärkern, schwarze Schminke, schwarze Overalls, schwarze Rucksäcke, Bergsteigerausrüstungen, Enterhaken, faltbare Aluleitern, kurzläufige Maschinenpistolen, Pistolen, zwei Präzisionsgewehre, außerdem kistenweise Munition.

Und Menschen.

Als Max die Flügel der Hecktür entriegelt hatte, war ihm Theo entgegengesprungen und hatte ihn freundschaftlich in die Seite geboxt. Wie immer. Und wie immer eine Spur zu feste. «Hallo Bruderherz. Bist du aber froh, uns zu sehen. Wir haben auch alles mitgebracht, was man für einen zünftigen Ausflug in die Wildnis braucht. War nicht ganz billig, das Ganze. Auf deinem Konto ist jetzt jedenfalls Ebbe.» Dann reichte er Maria und anschließend Liz galant seine schwielige Hand. Morian kletterte behäbig von der Ladefläche, während die beiden Chinesen zu Boden zu schweben schienen. Hannes Fußwinkel strahlte übers ganze Gesicht, als schien er ganz stolz darauf zu sein, seinem Herzen einen Stoß gegeben und Köln zum ersten Mal in seinem Leben verlassen zu haben, während neben ihm ein Mittzwanziger in quittengelben Pluderhosen an der Ladekante abrupt stehen blieb, als sei die Waldlichtung vermint. «Natur. Ich hasse Natur. Max, das war nicht abgemacht.»

«Keine Sorge, CP. Wir werden dir in der Hütte eine schöne, heile, keimfreie Computerwelt aufbauen.»

Der Mann, der sich CP nannte, in der Softwarefirma im Erdgeschoss der Fabrik auf der Rheininsel arbeitete und diese nur verließ, um in den frühen Morgenstunden die nächste Techno-Party aufzusuchen, hüpfte schließlich von der Ladekante wie eine Primadonna nach dem dritten Vorhang von der Bühne.

Max schüttelte den beiden Fahrern die Hand und erklärte ihnen, wo sie in der Küche den Kaffee fanden. Das alternative Umzugskollektiv war seit Jahren Mieter auf der Insel. Sie erwarteten keine langen Dankesreden. Und sie stellten keine

Fragen. Hauptsache, es ging gegen die herrschende Klasse. Sie würden sich nach dem Ausladen auf den Weg zurück nach Köln machen. Die Umzugswagen mussten schleunigst verschwinden. Hier wirkten sie so deplaziert wie ein Hirsch auf der Kölner Domplatte.

Das waren alle. Max drehte sich irritiert zu Hurl und Theo um.

«Und wo ist die Infanterie?»

Hurl sagte nichts.

Theo grinste: «Wir sind die Infanterie, Bruderherz.»

«Lass den Quatsch. Wo sind deine Leute, Theo?»

Hurl antwortete für Theo: «Sie wollten Geld. Ich arbeite nicht mit Leuten, die Geld wollen. Söldner haben kein Herz.»

Max sah in Hurls Augen. Und er sah die Enttäuschung in Hurls Augen, auch wenn in seinem restlichen Gesicht nichts zu lesen war. Max kannte die Leute, die Theo an der Hand hatte. Halbweltfiguren, Aufschneider mit chrombesetzten Springmessern. Weicheier, wenn's drauf ankam. Aber dass außer den beiden Chinesen niemand aus Hurls Dojo mitmachte, musste für Hurl eine bittere Erfahrung sein. Da gab es eine Menge Leute, die Hurl einiges zu verdanken hatten. Offenbar hatten sie ihre Lektion noch nicht gelernt.

«Natürlich schaffen wir's auch so», sagte Max schließlich. Er glaubte kein Wort von dem, was er da gerade sagte.

Im Grunde hatten sie nicht den Hauch einer Chance.

Sie genoss das warme Wasser auf ihrem Körper. Die Glut war noch in ihr. Sie hatten es unter der Dusche getan, zuvor sämtliche Hähne aufgedreht, damit der Raum von heißen Wasserdampf eingehüllt war wie eine türkische Sauna und sie niemand sehen konnte. Aber auch das wäre ihr gleichgültig gewesen. Sie wollte noch einen Moment allein sein, hatte ihr einen Klaps auf den Po gegeben und eine Kusshand zugeworfen, bevor sie im Wasserdampf verschwand.

Sie schloss die Augen, ließ das warme Wasser über ihr Haar laufen, über ihr Gesicht, über ihre Schultern. Es gelang ihr, für einen Augenblick alles zu vergessen.

Die fremde Hand glitt sanft über ihren Bauch, wanderte hinauf, über ihre Brüste, verharrte. Dieses süße, kleine, freche Biest. Sie war wieder zurückgekommen. Sie konnte einfach nie genug kriegen, dieses kleine, egoistische Luder.

Die Finger spielten einen Moment mit ihren Brustwarzen, dann wanderte die Hand weiter, umfasste spielerisch ihren schlanken Hals, wanderte weiter, hinauf, und verschloss ihren Mund.

Fest.

Die Hand.

Sylvia riss die Augen auf.

Zu groß.

Das war nicht ihre Hand.

Die zweite Hand griff in ihre Haare, zerrte sie mit einem kurzen, harten Ruck hinüber zu dem Bottich mit Eiswasser. Sie verlor das Gleichgewicht, ihre nackten Füße fanden auf den glitschigen Fliesen keinen Halt. Für Sekunden konnte sie die Angreiferin sehen. Zuerst die schwarzen Lederstiefel, dann den weißen Kittel, wie ihn hier nur die Ärztinnen trugen. Sie krallte sich in dem Stoff fest. Sie stolperte, fiel, riss die Knöpfe aus den billigen Nähten. Unter dem Kittel war die Frau nackt. Nichts als Muskeln unter gespannter Haut. Die Frau riss sie hoch. An ihrem Handgelenk baumelte ein Gummiknüppel, wie ihn die Wärterinnen an ihren Gürteln trugen.

Nur das Gesicht konnte sie nicht sehen.

Das Gesicht steckte in einer ledernen Maske, die nur die Augen und den Mund freigab. Die Lippen waren feuerrot geschminkt. Der Anblick raubte ihr für eine Sekunde alle Kraft.

Sie hatte den Kopf unter Wasser, bevor sie richtig begriff, was geschah. Sie rutschte erneut aus auf dem glitschigen Boden, ihr Oberkörper schlug auf den scharfkantigen Rand des Bottichs, ihre linke Brust schmerzte höllisch. Sie versuchte, die Arme aus dem Bottich zu bekommen, schaffte es wieder, ein Stück Stoff zu fassen zu kriegen, zerrte, zerrte mit aller Kraft, bis ein Schlag mit dem Gummiknüppel die Knochen ihres rechten Unterarms zersplittern ließ.

Seltsamerweise spürte sie keinen Schmerz mehr.

Sie spürte gar nichts mehr.

Sie war noch nie eine ausdauernde Taucherin gewesen.

Noch nie ...

in ... ihrem ...

Leben.

57 Der Langzeit-Häftling Sylvia Adam war am frühen Abend des Dienstag im Eiswasser-Bottich des Duschraumes im Flügel B der Justizvollzugsanstalt Köln-Ossendorf für weibliche Straftäter ertrunken. Ihr Kopf war gewaltsam unter Wasser gedrückt worden, wie der Bonner Gerichtsmediziner und Spezialist für Tötungsdelikte Dr. Ernst Friedrich, der seinen wegen Urlaubs abwesenden Kölner Kollegen bei der Obduktion vertrat, anhand der Druckspuren im Nacken sowie an den Quetschungen der linken Brust und zweier gebrochener Rippen feststellte. Sylvia Adam musste sich heftig gewehrt haben. Darauf deutete die Fraktur des rechten Unterarms hin, die vermutlich durch einen Schlagstock aus Gummi mit Metallkern bewirkt worden war. Unter den Fingernägeln der rechten Hand wurden Faserspuren sichergestellt.

Die Auswertung würde später ergeben, dass sie von einem Arztkittel aus Baumwolle stammten, der vor Tagen aus der anstaltseigenen Wäscherei entwendet worden war.

Die Gefängnisleitung vermutete ein Eifersuchtsdrama. Sylvia Adams Geliebte war eine junge Frau, die zuvor schon anderen Häftlingen den Kopf verdreht habe, wie man zu betonen nicht müde wurde. Sie stand unter Schock. Man hatte ihr eine Spritze gegeben. Sie hatte geschrien und um sich geschlagen, als sie von Sylvia Adams Tod erfuhr.

Für Geld war im Knast alles zu bekommen. Alkohol, Anabolika, Amphetamine, Handys, Huren, Haushaltsscheren. Angebot und Nachfrage regelten den Preis. Killer von draußen standen allerdings selten auf der Einkaufsliste. Da gab es drinnen genügend preisgünstige Angebote. Jemand musste sehr viel Geld dafür bezahlt haben, in den Knast rein- und unbehelligt wieder rauszukommen.

Mit den Spekulationen über Täter und Motiv hatte Dr. Ernst Friedrich nichts zu schaffen. Er konnte nur feststellen, dass unmittelbar vor, während oder nach dem Exitus keine Vergewaltigung stattgefunden hatte. Seiner Einschätzung nach kam nur ein Mann als Täter infrage, bei der Kraft, die aufgewendet worden sein musste. Pflichtgemäß unterrichtete er die Kölner Staatsanwaltschaft über das vorläufige Ergebnis der Obduktion. Dann wählte er die Handy-Nummer auf dem Notizzettel, der vor ihm auf seinem Schreibtisch lag, und unterrichtete Josef Morian.

Morian legte auf. Maria begann hemmungslos zu weinen. Max ging auf und ab wie ein Tiger im Käfig. Hurl stützte seinen großen, schwarzen Schädel in seine Hände. Die wenigen, wortkargen Nachfragen Morians am Telefon hatten genügt: Sie alle wussten, was geschehen war. Fast alle. Die Chinesen sahen mit verwirrtem und zugleich mitfühlendem Blick von den kunstvoll geschnitzten Figuren ihres Brettspiels auf. Sie waren zu höflich, um die Trauer der anderen mit Fragen zu stören. Selbst CP, der nichts wusste von Sylvia Adam und der Tragödie ihrer Familie, wandte erschrocken den Blick von seinem Monitor ab, auf dem er gerade mit einem Airbus den Flughafen von Buenos Aires ansteuerte. Nur Hannes pfiff fröhlich vor sich hin. Oben auf dem Turm. Er hatte die erste Nachtwache und vertrieb sich die Zeit mit seiner Interpretation von Burt Bacharachs «Raindrops Keep Falling on My Head». Er hatte da oben nichts mitbekommen von der Nachricht, die alle lähmte.

Max schlug sein Notizbuch auf und griff zum Telefon.

«Guten Abend, Frau Lämmle. Hier Dr. Wiese, Bundeskanzleramt. Ist Ihr Mann zu sprechen? Es ist dringend!»

Max hörte, wie sie nach ihm rief: «Chriiistoooph! Bundeskanzleramt! Es ist dringend!»

Max steckte sich eine Zigarette zwischen die Lippen und beugte den Kopf über die Flamme des Feuerzeugs, das Theo ihm entgegenhielt.

«Lämmle?»

«Ich bin's. Zahltag. Kennen Sie die Burg in der Eifel?»

Schweigen. Dann: «Moment. Ich lege Sie in mein Arbeitszimmer.»

Klicken.

Stille.

Nach etwa 20 Sekunden ein erneutes Klicken. Die Stimme war noch hörbar außer Atem.

«Was fällt Ihnen ein, mich privat anzurufen?»

«Mir könnte noch viel mehr einfallen. Ich könnte zum Beispiel morgen früh vor Ihrer Haustür stehen und mit Ihrer Frau bei einem Tässchen Kaffee dies und das besprechen.»

Schweigen.

Max zog an der Zigarette. Er hatte Zeit.

«Also, was wollen Sie?»

«Ich will, dass Sie meine Frage beantworten.»

«Ich weiß nicht, welche Burg Sie mei...»

«Okay, Lämmle. Wenn ich jetzt losfahre, schaffe ich es bis zum Frühstück. Damit es mir auf der langen Fahrt durch die Nacht nicht zu langweilig wird, bringe ich meinen großen schwarzen Freund mit und vielleicht auch, wenn mir der Sinn danach steht, die süße Kleine mit den blonden Zöpfen. Schlafen Sie gut.»

«Warten Sie!»

«Ich kann nicht mehr warten, Lämmle. Machen Sie schnell!»

«Ja, ich kenne die Burg. Aber ich war nur ein einziges Mal dort. Herbach hatte mich eingeladen. Es gibt dort, wie soll ich sagen ...»

«Ich weiß nicht, wie Sie es sagen sollen, Lämmle.»

«Es gibt gelegentlich Partys dort, auf der Burg. Das geht in der Regel von Freitag am späten Nachmittag bis Sonntag nach dem Frühstück.»

«So lange werde ich nicht bleiben, keine Sorge.»

«Sie meinen doch nicht etwa ...»

«Doch, Lämmle. Du bringst mich da rein.»

«Das geht nicht!»

«Dann eben nicht. Bis morgen früh, Lämmle.»

«Moment!» Seine Stimme überschlug sich.

«Ganz ruhig, Lämmle. Du weckst noch deine Frau.»

«Wie ich schon sagte, ich war nur ein einziges Mal dort, aus reiner Höflichkeit, weil Herbach mich eingeladen hatte. Aber dann hat er wohl festgestellt, dass ...»

«Was, dass?»

«Dass ... dass dies nicht so ganz meiner Vorstellung von ...»

«Vorstellung von?»

«... meiner Vorstellung von ... Sexualität entspricht.»

«Sexualität? Du redest von Sexualität? Rede nie wieder in diesem Zusammenhang von Sexualität in meiner Gegenwart, verstanden?»

«Ich meine ...»

«Verstanden, Lämmle?»

«Ja, verstanden.»

«Du rufst Herbach an. Gleich morgen. Du machst ihm klar, dass dies neuerdings sehr wohl deinen Vorstellungen entspricht. Du lässt dir den nächsten Termin nennen. Dann schickst du eine E-Mail an die Homepage der Telekom Baskets Bonn; das ist die viel versprechende Mannschaft, die wir uns gemeinsam in der KölnArena angeschaut haben. Du teilst einfach Datum und Uhrzeit der nächsten Jahreshauptversammlung des Fanclubs mit. Das ist alles.»

«Er hat mich in der Hand, wissen Sie ...»

«Klar weiß ich das, Lämmle. So wie wir dich jetzt in der Hand haben. Wenn das hier nicht funktioniert, lassen wir dich fallen wie eine heiße Kartoffel. Job, Karriere, Familie, alles futsch.»

Max legte auf.

Sie sprachen den restlichen Abend kein Wort mehr.

58 *Was macht den Menschen zum Menschen? Seine allen Kreaturen überlegene Intelligenz? Sein Wille, sich die Welt unterzuordnen? Was bestimmt, ob wir mutig oder feige, stark oder schwach, ehrlich oder verlogen, gut oder böse sind? Unsere individuelle Sozialisation? Oder unsere Gene, unser Erbgut, unser Blut?*

Was macht Menschen zu Bestien, zu blutrünstigen, eiskalten Monstern? Und andere zu Opferlämmern? Die erdulden und schweigen, wieder erdulden und wieder schweigen?

Gibt es eine Vorsehung? Einen göttlichen Plan? Können wir unser Leben selbst gestalten, eine andere Rolle einnehmen als die im göttlichen Plan vorgesehene?

Was für ein Mensch wäre ich geworden, wenn mich meine Eltern nicht auf diese Burg geschickt hätten?

Ich werde diese Nacht nie vergessen. Bruder Sebastian hatte mich in dieser Nacht vor der Krypta bewahrt. Ich hatte schon auf der Liste für die Mitternachtsmesse in dem Kellergewölbe gestanden. Bruder Sebastian stritt mit Bruder Georg. Sie standen vor dem schwarzen Brett im Flur. Ich saß in der Küche und schälte Kartoffeln. Die Tür stand einen Spalt offen. Ich konnte sie hören, und ich konnte sie sehen. Jeder muss mal auf die Liste, schimpfte Bruder Georg. Am Ende flüsterte Bruder Sebastian Bruder Georg etwas ins Ohr. Da strich Bruder Georg wutentbrannt meinen Namen durch und schrieb einen anderen Namen hin. Ich wusste nicht, welchen Namen.

Ich wollte es auch gar nicht wissen.

Wer statt meiner in jener Nacht leiden musste.

Ich war noch nie in der Krypta gewesen.

Einmal in der Woche wählten sie drei Jungen aus. Sie mussten am nächsten Tag nicht am Unterricht teilnehmen. Sie blieben im Bett, schliefen oder stierten an die Decke. Den ganzen Tag. Manche weinten, bis sie vor Erschöpfung einschliefen. Niemand sprach darüber. Jeder würde es irgendwann selbst erfahren.

Nach dem Abendessen fing mich Weinert ab. Ich solle mit zu Bruder Sebastian kommen, aber nicht wieder so undankbar sein, schließlich habe er mich von der Liste genommen.

Wir lagen zu dritt in seinem Bett. Die Messe hatte bereits begonnen, als die Tür aufsprang. Herbach und vier weitere der älteren Jungen. Die Tür hatte Bruder Sebastian vorher sorgsam zugesperrt, das hatte ich gesehen. Bruder Sebastian war wütend. «Was habt ihr hier zu suchen? Wie seid ihr an den Zweitschlüssel gekommen?»

«Halt's Maul», entgegnete Herbach. «Euer Clübchen geht uns auf die Nerven. Deshalb werden wir ein Exempel statuieren.»

Einer der großen, kräftigen Jungen, die Herbach auf Schritt und Tritt begleiteten, verpasste mir eine schallende Ohrfeige, ein anderer trat Bruder Sebastian in den Bauch. Sie rissen Weinert an den Haaren aus dem Bett. Sie drückten ihn auf einen Stuhl, rissen sein Nachthemd in Fetzen, nahmen die Stricke, die sie mitgebracht hatten, banden seine Hände hinter der Rückenlehne zusammen und seine Füße an den Stuhlbeinen fest. Herbachs Gefolgsleute hielten Bruder Sebastian und mich fest. Sie drehten mir den Arm auf den Rücken.

«Seht genau her! Wer sich wie ein kleines Ferkel benimmt, wird behandelt wie ein kleines Ferkel.» Herbach stopfte Weinert ein Stück seines zerrissenen Nachthemdes in den Mund, damit er nicht schreien konnte, zückte ein winziges Messer mit gebogener Klinge, wie eine Sichel, und griff ihm zwischen die Beine.

Bruder Sebastian beschützte mich nie wieder. Ich habe die Krypta eine Woche später kennen gelernt. Die Fackeln an den Wänden, die Schatten, die über die Gewölbedecke zuckten. Den Altar aus schwarzem, kaltem Marmor.

Ich habe den ganzen Tag im Bett gelegen. Aber ich habe nicht geweint. Ich habe mich von diesem Tag an für immer in mich selbst zurückgezogen und den Schlüssel weggeworfen.

Der Umgang mit den Nachtsichtgeräten war wesentlich schwieriger, als sie sich das vorgestellt hatten. Die erste Woche schliefen sie tagsüber und trainierten jede Nacht bis zum Morgengrauen. Zunächst auf der Lichtung, dann in der Hütte. Sie bauten Parcours-Strecken auf, kreuz und quer durch die Hütte. Als Hannes gegen die Kaminwand lief, brachen sie in schallendes Gelächter aus.

Das erste und das letzte Mal.

CP entwickelte eine 3-D-Animation der Burg, mit Hilfe der Tageslicht- und Nachtaufnahmen aus dem gecharterten

Hubschrauber, den Thermo-Bildern einer Wärmesensor-Kamera und den Messungen der elektromagnetischen Abstrahlungen. Im Wald installierten sie Video-Überwachungskameras, die sich von der Hütte aus steuern ließen. Keine Bewegung außerhalb der Burg würde ihnen entgehen. Ferner arbeitete CP die alten Pläne aus dem Kataster des Landratsamtes ein, die Ludwig besorgt hatte. Sie stammten noch aus der Zeit des Baus. In welchem Maße sie nach mehr als einhundert Jahren noch mit der Wirklichkeit übereinstimmten, Türen, Treppen, Zwischenwände noch existierten, wusste niemand zu sagen.

Sie würden es bald feststellen.

Der Umgang mit den Nachtsichtgeräten war deshalb so schwierig, weil CP das reale, aber unwirklich verwaschen wirkende Infrarotbild mit seiner überscharfen, GPS-gesteuerten Computeranimation unterlegt hatte. Über der in Rot getauchten Realität lagen Mauern, Fenster, Gänge als grüne Linien, die sich bei jeder Kopfbewegung mit einer Verzögerung von etwa einer halben Sekunde neu ordneten. Die Geräte waren mit einem Scharnier an Helmen befestigt, die zudem über Akku-betriebene Grubenlampen sowie über winzige, eingebaute Lautsprecher und Mikrophone verfügten. Sie würden also in ständigem Kontakt bleiben können.

«Und ich bin euer Regisseur», sagte CP und grinste.

Das wirkte nicht auf alle gleichermaßen beruhigend.

Sie übten, bis sie glaubten, die Burg notfalls mit geschlossenen Augen durchwandern zu können.

Ludwig kam zu Besuch. «Mir ist noch was eingefallen. Ist nur so eine Idee. Kann ich mal die Luftaufnahmen sehen?»

CP holte sie auf den Schirm.

«Hier.» Schemmerl tippte auf den Monitor. «Seht ihr das?»

Sie sahen nichts. Außer dem vom Laub bunt verfärbten Waldboden.

«Könnt ihr mal die Wärmebilder auf den Schirm holen? Und zwar das Tal. Zwischen der Talsohle und der Burg.»

CP brauchte eine Weile, um die entsprechenden Dateien zu öffnen und den richtigen Ausschnitt zu finden.

Dann konnten sie es sehen. Ganz deutlich. Eine dünne Zickzacklinie, von der ihnen zugewandten Seite der äußeren Burgmauer bis zum Bachlauf im Tal.

«Und jetzt noch mal die Luftaufnahme, bitte.»

Der Waldboden hatte tatsächlich entlang der Linie eine andere Färbung, kaum wahrnehmbar.

«Was ist das, Ludwig?»

«Das ist ein Tunnel, Max. Er führt von der Talsohle hinauf zur Burg. Weil in dem Tunnel natürlich eine andere Temperatur herrscht als im Erdreich ringsum, fault das Laub unterschiedlich schnell. Das ergibt die Linie, die wir sehen. Ich habe den Tunneleingang vor Jahren bei meinen Spaziergängen entdeckt. Da ist ein Gitter davor, um Tiere fernzuhalten; aber das lässt sich problemlos entfernen. Ich bin damals sogar ein Stück hineingegangen, bis ich mir fürchterlich den Kopf gestoßen habe. Ohne Taschenlampe war das keine gute Idee.»

«Und wo endet der Tunnel?»

«Keine Ahnung, Max. In den Bauplänen existiert er gar nicht.»

Am nächsten Morgen lag dichter Nebel über dem Tal. Max und Maria verließen die Hütte kurz nach der Dämmerung. Der Wald roch feucht und gut. Sie gingen schweigend. Er gab ihr seine Hand auf dem letzten, steilen Stück bis zum Talgrund. An einer Stelle des Bachs lagen zwei Findlinge im Wasser, sodass man ihn trockenen Fußes überqueren konnte. Dann trennten sie sich. Maria ging nach links, Max folgte dem gewundenen Bachlauf nach rechts. Eine Viertelstunde später vibrierte sein Handy. Die SMS kam von Maria.

«ICH HABE IHN»

Das Gitter, von dem Schemmerl erzählt hatte, war völlig verrostet und offenbar schon viele Jahre nicht mehr angefasst worden. Aber es war problemlos aus den Scharnieren zu heben.

Sie hatten genug gesehen. Max schickte eine SMS an CP, damit er sie orten und so den Eingang des Tunnels in seine Animation einbauen konnte. Schweigend gingen sie zurück zur Hütte.

Sie nahmen ihr Training wieder auf. Hurl und die Chinesen hatten sich drei kräftige Buchen ausgewählt. Sie waren frei von Ästen und bis zur Krone etwa so hoch wie der Hauptturm der Burg, hatte CP errechnet. Sie stoppten die Zeit, die sie brauchten, die Alu-Leitern auszuklappen, emporzusteigen, die Enterhaken auszuwerfen und sich bis in die Kronen emporzuziehen.

Jeder wusste, was er zu tun hatte. Jedenfalls die ersten zwanzig Minuten. Ein längerer Zeitraum war nicht planbar. Vielleicht hatten sie Glück und waren dann noch am Leben.

Warten. Trainieren. Schlafen. Essen.

Hurl unterrichtete die anderen in Waffenkunde. Bis auf die Chinesen. Die weigerten sich, eine Feuerwaffe in die Hand zu nehmen. Standhaft, mit einem Lächeln.

Max fischte ein Sortiment von Steinen aus dem Bach. Er legte sie einen nach dem anderen auf die Küchenwaage. Acht Steine blieben übrig. Er band einen alten Fensterrahmen an einen Strick und zog ihn hinauf in einen Baum. Sein Ziel. Er zählte die Schritte ab, die CP ihm nannte, und warf. Nach drei Stunden traf er jedes zweite Mal.

«Besser als deine Freiwurfquote beim Basketball», frotzelte Hurl, der am Haus lehnte und einen Becher Joghurt löffelte. «Versuch es mal mit der Baseball-Technik.» Max ließ den Arm wieder sinken, den er schon zum Wurf gehoben hatte. «Verschone mich in Gottes Namen mit dieser seltsamen Sportart, die kein normaler Mensch versteht. Ich bleibe bei der altbewährten Bundesjugendspiele-Technik. Hast du nichts mehr zu tun, oder was?»

Warten. Trainieren. Schlafen. Essen.

Eines Morgens begann Maria, das Wohnzimmer aufzuräumen, während die anderen noch beim Frühstück saßen. Theo sah ihr interessiert zu. «Lagerkoller?»

«Nein. Aber wir müssen hier nicht unbedingt hausen wie die wilden Tiere. Übrigens stinkt es hier allmählich wie in einem Käfig voller Pumas.» Sie rümpfte die Nase.

Theo kratzte sich am Kopf. Er hatte noch nicht geduscht. «Mach's doch nicht so ungemütlich. Setz dich zu uns.»

«Nein. Hier. Räum das bitte weg. Ich finde das verdammt gefährlich, so was hier rumliegen zu lassen.»

«Was?» Theo stand vom Tisch auf.

«Na, das hier!» Sie hielt ihm den kleinen, lederbezogenen Holzkasten hin. «Munition, oder eine Pistole, oder was weiß ich. Ich reagiere darauf allergisch, das müsstest du inzwischen wissen. Wir hatten vereinbart, dass das ganze Dreckszeug im Schuppen aufbewahrt wird. Und ich will, dass die Vereinbarung respektiert wird.»

Theo grinste breit. «Das? Aber das ist doch mein Skat-Set.»

«Dein ... was?»

«Na mein Skatspiel; Karten, Block und Stift und so. Hab ich noch extra gekauft. Bei Karstadt. Mein altes Blatt war schon ziemlich abgegriffen, und da dachte ich, holst du mal ein Neues.»

«Wozu denn das?» Maria sah ihn völlig entgeistert an.

«Wozu was?»

«Wozu brauchen wir ein Skatspiel?»

«Na, um Skat zu spielen natürlich. Dumme Frage.»

Maria tippte mit dem Zeigefinger an ihre Stirn und ließ ihn stehen. Und Theo zischte etwas, das man bei genauerem Hinhören als «blöde Kuh» hätte identifizieren können.

Die Nervosität drückte inzwischen so schwer wie Blei auf ihre Gemüter.

Das Skatspiel wurde kein einziges Mal benutzt.

Warten, trainieren, schlafen, essen.

Lagerkoller.

«Komm, wir machen mal einen Spaziergang», sagte Liz.

Sie gingen eine Viertelstunde, ohne ein Wort zu sprechen. Maria sog die feuchte Waldluft in die Lungen. Aber die Anspannung blieb. Sie setzten sich auf einen umgestürzten Baum und hingen eine Weile ihren Gedanken nach. Vor ihnen sauste ein Eichhörnchen den Stamm einer Tanne empor. «Guck mal», flüsterte Liz ihr ins Ohr. «Süß. Das Eichhörnchen ist noch schneller als Hurl.»

«Mir ist nicht nach Biologie zumute.»

«Wonach ist dir denn zumute?»

«Nach einer heißen Badewanne und meinem ganz normalen, stinklangweiligen Leben.»

«Kein Problem, Maria. Ich fahre dich rasch zum nächsten Reisebüro, und dann fliegst du nach Mallorca, bis das alles hier vorbei ist.»

«Sei nicht so zynisch.»

«Ich bin nicht zynisch. Ich meine das so, wie ich es sage. Wir können es uns nicht leisten, dass wir unseren Launen freien Lauf lassen. Dafür steht zu viel auf dem Spiel. Zum Beispiel unser Leben.»

Das Eichhörnchen ließ Tannenzapfen aus der Krone zu Boden fallen. Dann rannte es den Stamm wieder hinab. Kopfüber.

«Das kann Hurl aber nicht», sagte Maria.

Liz lachte und legte ihren Arm um Marias Schultern. «Ich befürchte, wenn er das Eichhörnchen sieht, wird er es versuchen. Aus demselben Grund übrigens, aus dem Theo ein Skatspiel mitbringt, als seien wir auf Klassenfahrt. Um sich zu beruhigen. Um sich einzureden, dass wir immer noch dieselben Menschen sind wie zuvor. Unsere Nerven sind bis zum Zerreißen angespannt.»

«Hattest du als Gutachterin schon mit Kindesmissbrauch zu tun?»

«Hin und wieder. Mit Opfern. Sowohl von seelischem und körperlichem als auch von sexuellem Missbrauch. Der seelische Missbrauch dürfte in der Dunkelziffer-Statistik an einsamer Spitze stehen. Allerdings wird er so gut wie nie angezeigt, abgesehen davon, dass die Beweisführung schwierig ist. Ich kenne auch nicht viele Richter oder Staatsanwälte, die genügend psychologisches Rüstzeug mitbrächten, um einen solchen Prozess durchzuziehen.»

«Was ist das überhaupt?»

«Seelischer Missbrauch? Da gibt es unzählige Formen. Zum Beispiel allein erziehende Mütter, die ihren vaterlosen Söhnen beibringen, dass alle Männer Schweine sind. Kannst du dir den Rollenkonflikt ausmalen? Manche machen ihre fünfjährigen Söhne zu ihren platonischen Liebhabern. Kannst du dir vorstellen, wie ein Fünfjähriger unter der Last der Verantwortung auf seinen Schultern langsam in die Knie geht, kein fünfjähriges Kind, sondern der Mann im Haus sein zu müssen? Aber da lässt sich wenigstens was tun. Falls die Frauen dazu bereit sind. Denn jede Therapie und damit auch ihre Aussicht auf Erfolg beruht auf dem Prinzip der Freiwilligkeit, auf der Bereitschaft zur Veränderung. Deshalb ist das so ein Irrsinn, wenn Gerichte Pädophile zu einer Therapie verdonnern. Wo bleibt das Prinzip der Freiwilligkeit? Erstens stimmt jeder Angeklagte, ob Kleptomane oder notorischer Betrüger, im Prozess einer Therapie sofort zu, wenn sich das für ihn strafmildernd auswirkt, und zweitens sind Pädophile Meister in der Anpassung. Sie zeigen Reue, wenn es ihnen nützt; sie schwören ab, um Unheil von sich abzuwenden; sie beschreiben ihre eigene Kindheit in den düstersten Farben und legen in der Regel zwei von drei Therapeuten mühelos aufs Kreuz.»

«Könnte man sie denn heilen?»

Liz sah dem Eichhörnchen nach, das sich gerade über den nächsten Baum hermachte, bevor sie antwortete.

«Du willst meine Meinung hören? Bei den Soziopathen unter den Pädophilen ist jeder Cent für die Therapie rausgeschmissenes Geld. Das sollte man besser in die Opfer investieren. Damit aus Opfern nicht wieder Täter werden. Man sollte die Soziopathen wegschließen. Lebenslange Sicherungsverwahrung. Am besten einen eigenen Knast für sie bauen, damit sie nicht gleich in der ersten Woche von den ehrbaren Bankräubern und Einbrechern die Zähne ausgeschlagen bekommen. Aber die Legionen von Anstaltspsychologen und Sozialarbeitern, die kann man sich getrost sparen.»

«Das hört sich verdammt hart an.»

«Das hört sich verdammt realistisch an. Ich habe auch mal an Rousseau und die Ideale des europäischen Humanismus und an das Gute in jedem Menschen geglaubt. Aber die Deformierungen eines Soziopathen sind irreparabel. Niemand wird es schaffen, aus Marc Dutroux einen anständigen Menschen zu machen. Oder aus den anderen des Dutroux-Netzwerks, den Strippenziehern im Hintergrund, die niemals auf der Anklagebank erscheinen werden, weil niemand sie kennt. Weißt du, was einen Soziopathen kennzeichnet? Nur ihr eigenes Ich ist von Bedeutung. Sie erleben die Tat wie eine Droge, und die Dosis muss von Mal zu Mal erhöht werden. Lebende Zeitbomben. Nur die Politiker haben das noch nicht begriffen. Und die Juristen. Und der Polizeipräsident, dieser ...»

«Machst du dir Sorgen um deinen Mann?»

«Ja. Es ist zu viel für ihn im Augenblick. Und wer zu viel auf dem Rücken trägt, macht Fehler. Und die könnten in der Lage, in der wir uns befinden, fatal sein. Man hat ihn im Präsidium kaltgestellt, er hat sich als Polizeibeamter strafbar gemacht, und nun kommen auch noch die Erinnerungen an seine Zeit bei der Sitte. Damals ist er daran fast kaputtgegangen. Im Augenblick hält nur noch sein Panzer aus Muskeln und Speck seine Seele zusammen. Kennst du die Zahlen? Die Dunkelziffer-Analyse des BKA geht in Deutschland von 300 000 kindlichen Opfern seelischen, körperlichen oder sexuellen Missbrauchs aus. Pro Jahr. Schätzungsweise zwischen 600 und 1000 Kindern sterben jährlich an den Folgen. Man geht davon aus, dass jedes fünfte Mädchen und jeder zwölfte Junge in Deutschland mindestens einmal Opfer eines sexuellen Missbrauchs wird. Seit 1993, seit das BKA überhaupt ein solches Register führt, sind alleine in Deutschland 300 Kinder unter mysteriösen Umständen spurlos verschwunden und bis heute nicht wieder aufgetaucht. Weder tot noch lebendig. Oder sieh dir Belgien an. Ein zivilisiertes, in jeder Hinsicht mittelmäßiges Land mitten in Europa. Acht berühmte Belgier aufzuzählen wäre eine echte Herausforderung für jeden Quizshow-Kandidaten. Aber man kann gar nicht umhin anzunehmen, dass einflussreiche Kräfte der belgischen Gesellschaft, in der Politik, in der Justiz, bei der Polizei, diesen Dutroux über Jahre gedeckt haben. Und selbst nachdem sie ihn geschnappt hatten, die Weltöffentlichkeit sich empörte, wurde der Prozess verschleppt, verschwanden wichtige Zeugen und wurden später tot aufgefunden, im Plastiksack auf der Müllhalde wie der Dutroux-Kumpan und Autoschieber Bernard Weinstein. Oder vom Bus überfahren wie dieser Dutroux-Komplize Peteghem. Jean Van Peteghem. Ja, so hieß er. Die psychologische Gutachterin Gina Bernaer fühlte sich plötzlich verfolgt und gab das der Polizei zu Protokoll. Sie erhielt dennoch keinen Personenschutz. Wenig später fand man sie tot in ihrem Auto. Der Wagen war auf gerader Strecke gegen einen Brückenpfeiler gerast. Oder denk an den mit dem Fall befassten Lütticher Staatsanwalt Hubert Massa; das war im Sommer 1999, da haben sie ihn tot an seinem Schreibtisch gefunden. Kopfschuss. Angeblich war es Selbstmord.»

«Ich erinnere mich dunkel. Ich beneide dich um dein Gedächtnis. Wieso fallen dir all diese Namen noch ein?»

«Weil uns das mal sehr beschäftigt hat.»

«Wen?»

«Jo. Und damit zwangsläufig auch mich.»

«Aber was hat Dutroux mit deinem Mann zu tun?»

«Ich vergesse jetzt, dass du Journalistin bist. Ich erzähle dir das, weil du meine Freundin bist. Wenn du das je beruflich verwendest, sind wir geschiedene Leute. Marc Dutroux hat sich jahrelang immer wieder im Rheinland bewegt. Zwischen Duisburg und Koblenz. Auch in Bonn. Auch hier in der Eifel.»

«Bewegt? Was heißt bewegt?»

«Nicht mehr und nicht weniger als die Bedeutung des Wortes. In Polizeicomputern werden Daten gesammelt. Daten, die während der alltäglichen Polizeiarbeit auf der Straße aufgelesen werden. Dutroux war offiziell als Autohändler unterwegs, und er hatte es wohl oft eilig. Verstöße gegen die Straßenverkehrsordnung. Polizeikontrollen. Zufallstreffer.

Immer wieder der Name Marc Dutroux. Jo fiel das auf, damals, als er noch bei der Sitte war. Denn der Name war ihm mal genannt worden. Von einem belgischen Journalisten. Jo versuchte, die Daten zu einem Bewegungsmuster zu verknüpfen. Es ergab kein Muster, weil die Daten ja zufällig entstanden. Aber wenn man davon ausgeht, dass Dutroux natürlich nicht bei jedem Deutschland-Besuch in eine Polizeikontrolle geriet, dann muss er auffällig oft hier gewesen sein. Aber niemand hat das interessiert. Oder vielleicht doch? Jedenfalls wurden Josefs Anträge, Personal für eine Beschattung zu bekommen oder das Auto zu verwanzen, wenn Dutroux zwischendurch mal auf einer Raststätte aufs Klo geht, rigoros abgelehnt. Und dann kamen diese Drohungen ...»

«Was für Drohungen?»

«Mal ein seltsamer Anruf nachts um drei daheim, mal eine E-Mail, die sich nicht zurückverfolgen ließ, mal ein Zettel, der den Kindern heimlich auf dem Weg von der Schule nach Hause in den Ranzen gesteckt wurde. Eines Tages verschwand unsere Katze. Drei Tage später lag sie vor unserer Haustür. Vergiftet. Die Botschaft war unmissverständlich: Jo sollte die Finger davon lassen. Die Ohnmacht, nichts ausrichten zu können, und die Angst um seine Familie machten Jo schier wahnsinnig. Er wurde krank, sehr krank. Ich habe ihn gedrängt, sich versetzen zu lassen. Das war's. Verstehst du jetzt, was in ihm vorgeht? Eigentlich müsste ich ihn auf der Stelle ins Auto packen und mit ihm nach Hause fahren. Aber das würde er mir nie verzeihen. Das wäre das Ende unserer Liebe.»

Das Eichhörnchen war verschwunden. Sie waren allein. Mit dem Wald. Maria sah sich um. Es begann zu dämmern.

Der Wald war ihr unheimlich.

Liz erhob sich und streckte ihre Glieder. «Wollen wir gehen?»

Maria folgte ihr nur zu gern. Als sie schon die Lichter der Hütte sehen konnten, stellte sie Liz eine letzte Frage.

«Was treibt eigentlich Max an?»

«Ach, Max.» Liz schien belustigt, wenn auch die Sorgenfalten auf ihrer Stirn nicht verschwanden. «Max ist ein Träumer. Er träumt immer noch von einer besseren Welt. Und er ist ein genialer Verdrängungskünstler. Nachdem er lange Zeit jeden möglichen Zusammenhang mit dem Bluter-Skandal geleugnet hat, ist er jetzt erleichtert, dass seine einstigen Schützlinge nichts damit zu tun haben. Er wird jetzt zur Hochform auflaufen, übermenschliche Energien freisetzen, alle mit seinem Enthusiasmus anstecken; er wird den Kopf zwischen die Schultern ziehen und wie ein Footballspieler losrennen, allen voran, in Richtung Wand. Sollte die Wand seinem Kopf standhalten, wird er sich schütteln und sich den Scherbenhaufen besehen und anschließend in tiefste Depressionen verfallen. Wochenlang, monatelang. Dann wird er aufstehen, sein umwerfendes Robert-Redford-Lächeln aufsetzen und nie wieder darüber reden.»

Eines Abends warf CP die ausgedruckte E-Mail auf den Esstisch, bevor er sich zu den anderen setzte und Spaghetti auf seinen Teller häufte. Da lag sie nun neben dem Topf mit der Tomatensoße.

Niemand hatte es eilig, sie zu lesen.

Schließlich zog Theo das Papier zu sich heran, las die wenigen Zeilen, hob den Kopf, sah von einem zum anderen. «Der Tanz geht los. Wir haben noch drei Tage. Guten Appetit allerseits.»

An diesem Abend blieben eine Menge Spaghetti übrig.

Max wählte ein letztes Mal die Nummer in den USA.

«Mir geht's gut, Alter», sagte Paul.

Dann rief er die Nummer des Krankenhauses an.

«Keine Veränderung. Sie müssen Geduld haben, Herr Maifeld.»

Geduld.

Warten, trainieren, schlafen, essen.

Und duschen.

Er hatte vergessen anzuklopfen. Er war erst gar nicht auf die Idee gekommen, dass um diese Uhrzeit schon jemand im Bad sein könnte. Sein Wecker hatte ihn kurz vor sechs geweckt. Er stand schlaftrunken in der Tür und starrte sie an. Das Bad war ein schmaler, tiefer Raum mit einem Fenster am Ende. Das Fenster war geschlossen und die Gasheizung volle Pulle aufgedreht. Sie stand gut drei Meter von ihm entfernt, nackt und tropfend und kerzengerade vor dem Spiegel. Der Wasserdampf stand wie Nebel zwischen ihnen. Sie rubbelte ihre nassen Haare mit einem Handtuch. Er betrachtete ihr Profil.

Sie war wunderschön.

Sie hatte kräftige Oberschenkel und einen kugelrunden Po. Max mochte keine anämischen Frauen ohne Po. Er war felsenfest davon überzeugt, dass Frauen ohne Po auch kein Herz hatten. Eine These, die ihm allerdings so wenig beweisbar erschien, dass er sie gewöhnlich für sich behielt.

Sie rubbelte weiter ihre Haare, ohne ihn zu beachten.

Er betrachtete sie gedankenverloren. Bis ihm allmählich die Absurdität der Situation bewusst wurde.

«Entschuldige.» Er wandte sich um, bereit zu gehen.

«Kein Problem. Nun komm endlich rein und mach die Tür von innen zu. Mir wird kalt.»

Er sah an sich herab. Sein Aufzug war wie geschaffen, um eine schöne Frau zu betören: ein verwaschenes, ehemals schwarzes T-Shirt mit einem lächerlichen Bart-Simpson-Aufdruck, darunter Boxershorts in den leuchtenden Farben der US-Flagge. Die hatte Liz ihm mal aus Jux zum Geburtstag geschenkt.

Er schloss verlegen die Tür, machte sich an seinem Rasierzeug zu schaffen. Sie betrachtete ihn ausgiebig von oben bis unten, lächelte dann, ließ das Handtuch fallen, kam auf ihn zu, schlang ihre nassen Arme um seinen Nacken, schmiegte ihren Körper an ihn.

«Was machen wir, wenn das alles hier vorbei ist?»

«Ich weiß es nicht», antwortete er wahrheitsgemäß. «Ich bin außerdem nicht sicher, ob es jemals vorbei sein wird.»

«Doch, das wird es. Pass auf dich auf, bitte pass auf dich auf, versprichst du mir das?»

Er vergrub seine Nase in ihrem duftenden, feuchten Haar, genoss die warme, weiche Haut ihres Rückens unter seinen Fingerspitzen. Aber er sagte nichts.

Was hätte er auch sagen sollen?

Vielleicht wäre ihm noch etwas Gescheites eingefallen, wenn nicht in diesem Moment Hannes laut pfeifend und ohne anzuklopfen das Bad betreten, ein heiteres «Morjen» gemurmelt, sich vor dem Spiegel aufgebaut und in aller Seelenruhe sein Rasierzeug ausgepackt hätte. Hannes hatte kein Problem mit so was. Das Wort Schamgefühl existierte nicht in seinem Wortschatz. Zudem hatte er weder an dem Bart-Simpson-Shirt noch an Marias Aufzug etwas auszusetzen.

59

Unmittelbar hinter Kilometerstein 36 hatte die Landkreisverwaltung vor fünf Jahren einen Rastplatz eingerichtet. Der Landrat durchschnitt zur Eröffnung ein Band, und das Foto in der örtlichen Zeitung dokumentierte, dass der Landrat in der Lage war, gleichzeitig in die Kamera zu lächeln, eine Schere zu bedienen und über Kreuz eine Hand zu schütteln. Als von dichtem Wald umgebene, von der Landstraße abgeschirmte Asphaltschleife hatte der Platz schon immer existiert – in den Sommermonaten ein beliebter Treffpunkt für Liebespaare, die in der Öffentlichkeit keines sein durften und außer einem Autodach kein geeignetes Dach über dem Kopf fanden.

In Erwartung bald einsetzender Touristenströme und geleitet von der Erkenntnis, dass die Landesregierung in Mainz die noch nicht verbauten Mittel zum Jahresende gestrichen hätte, ließ man eine offene Schutzhütte aufstellen, rustikal gezimmerte Tische und Bänke, holzverkleidete Mülltonnen und ein holzverkleidetes Chemieklo, mauerte einen Grill aus heimischem Gestein und wies einen Rundwanderweg mit allerlei den Leib ertüchtigenden Trimm-dich-Übungen aus. Alles war gerüstet für die Zukunft.

Doch zur allgemeinen Überraschung blieben die Touristenströme trotz des Chemieklos aus, und die Liebespaare, deren man sich auf diesem Wege in einem Aufwaschen entledigen wollte, kehrten im zweiten Jahr zurück. Von Mai bis September.

Bis die Freiluftsaison vorüber war.

Die war nun vorüber. An jenem Freitag um 21.28 Uhr zeigte das Thermometer acht Grad Celsius. Der Himmel war sternenklar, der Mond jedoch nur eine schmale Sichel. Um 21.29 Uhr leiteten die Scheinwerfer eines Mercedes der S-Klasse den Fahrer von der Straße auf den menschenleeren Parkplatz. Der Wagen fuhr Schritttempo und stoppte vor der Schutzhütte. Der Fahrer zwängte sich aus dem Wagen, schlug den Mantelkragen hoch und sah sich unsicher um. Seine Augen hatten sich noch nicht an die Dunkelheit gewöhnt.

«Guten Abend, Lämmle. Eine Minute zu früh. Gute Reise gehabt?»

Er registrierte die pechschwarzen Gestalten erst, als sie vor ihm standen. Sie waren aus dem Nichts der Nacht aufgetaucht. Lämmle gab sich alle Mühe, gelassen zu erscheinen.

«Alles so, wie Sie es wollten: großer Kofferraum, Farbe Anthrazit.»

«Wo haben Sie ihn gemietet?»

«Gleich auf dem Flughafen Köln-Bonn. Ich hatte noch in Bonn zu tun, im Haus der Geschichte. Dr. Weinert hatte in seinem Testament verfügt, dass sein politischer Nachlass der Nachwelt ...»

«Und? Wollten die den Plunder haben?»

«Man hat sich noch nicht entschieden. Wegen der ...»

«Ich weiß, ich weiß, Lämmle. Wegen dieser unappetitlichen Geschichte in den Medien. Historiker können ja so unbarmherzig sein. Wie hat Herbach reagiert, als Sie ihm sagten, Sie könnten leider erst am späten Abend eintreffen?»

«Das war gar kein Problem, gar kein Problem. Er weiß, dass ich viel arbeite und ständig unterwegs bin.»

Lämmle versuchte, das Gesicht seines Gegenübers auszumachen. Keine Chance. Das Gesicht war geschwärzt, so wie die Gesichter der anderen Gestalten, die sich an dem Mietwagen zu schaffen machten. Jemand erhob sich aus der Hocke und säuberte sich die Hände an den Hosenbeinen. «Alles klar. Die Bremsleuchten sind abgeklemmt, die Scheinwerfer kannst du vom Kofferraum aus bedienen. Und der lässt sich jetzt mit einem Handgriff von innen öffnen. Ich zeig's dir.»

«Okay. Wir sind so weit, Lämmle.»

Lämmle zwängte sich wieder hinter das Lenkrad, als eine dritte Gestalt vortrat. Lämmle erkannte ihn sofort. An der Größe und an der Breite. Und daran, dass sein schwarzes Gesicht leicht schimmerte, nicht so stumpf wirkte wie die geschwärzten Gesichter der anderen. Er zuckte zusammen, als der Riese ihm die Schlaufe eines Nylonseils um den speckigen Hals legte.

«Was soll ...»

«Maul halten», befahl der Riese. Dann zog er etwas aus seiner Tasche, knetete es, befeuchtete es mit seiner großen, rosa Zunge und drückte es Lämmle in den Nacken, zwischen Schlaufe und Haut. Es fühlte sich weich und klebrig an.

«Was machen Sie ...»

«Maul halten», wiederholte der Riese. «Das ist Plastiksprengstoff. Der beste, der zurzeit zu kriegen ist. In der Schlaufe steckt ein kleiner, empfindlicher Zünder. Wenn du also irgendeine Dummheit machst, einen klitzekleinen Fehler, dann zieht mein Freund im Kofferraum an der Leine, und dein Kopf fliegt weg.»

Lämmle schwitzte. Der Mann, der die Bremsleuchten manipuliert hatte, trat zu ihm. «Passen Sie jetzt genau auf. Sobald wir verschwunden sind, machen Sie kehrt, nehmen den Weg, den Sie gekommen sind. An der nächsten Kreuzung folgen Sie den orangefarbenen Schildern, die auf das Junggesellenfest im Dorf hinweisen. Wir haben sie etwas umsortiert. Folgen Sie den Schildern. So erreichen Sie die Abzweigung zur Burg aus der entgegengesetzten Richtung. Sie werden das Burgtor in genau 45 Minuten passieren. Keine Sekunde früher, keine Sekunde später. Verstanden?»

«Ja, ja, alles verstanden.»

«Sonst ...» Der Mann kicherte in sich hinein. «Kopf fliegt weg. Interessante Vorstellung.»

«Ich sagte doch, ich habe verstanden.»

«Gut. Das könnte Ihr Leben retten. Wenn Sie das Falltor erreichen, wird eine Wache aus der Vorburg treten und Sie kontrollieren. Haben Sie die Einladung und Ihren Personalausweis griffbereit?»

«Ja, alles hier in der Brieftasche.»

«Zeigen!»

Lämmle zeigte ihm, was er sehen wollte.

«Sehr gut. Sie rollen im ersten Gang quer über den Hof,

auf das beleuchtete Hauptportal zu. So langsam, wie Sie noch nie in Ihrem Leben Auto gefahren sind. Ihre Fahrweise wird niemand wundern, bei dem alten Kopfsteinpflaster. Etwa in der Mitte des Hofes gibt es einen Schatten, nicht viel größer als Ihr Auto. Ein schwarzer, ovaler Fleck, gar nicht zu übersehen. Sie stoppen mitten in dem Schatten, warten exakt fünf Sekunden. Dann rollen Sie langsam weiter.» Der Mann ging ohne ein weiteres Wort. Sekunden später jagten ein Jeep und zwei Motorräder über den Platz und verschwanden in der Nacht.

Stille. Grausame Stille.

Lämmle starrte unentwegt auf seine Armbanduhr. Er tupfte sich ein letztes Mal die Stirn ab, atmete tief durch und startete den Motor.

60 Hurl nahm Liz und Maria mit auf den Turm. Er wollte sichergehen, dass sie die Funktion des auf eine Stafette geschraubten schweren Maschinengewehrs verstanden hatten. «Immer nur kurze Feuerstöße. Sonst fängt das Ding an zu tanzen.» Sie nickten schweigend. «Wenn CP etwas auf dem Monitor entdeckt, was da nicht hingehört, dann lauft ihr auf den Turm. Das Maschinengewehr kann so schnell niemand überwinden. Es deckt die Auffahrt und die Lichtung ab. Schließt die Tür und sämtliche Fensterläden, sobald wir raus sind. Und denkt daran: Ihr könnt erst sicher sein, keine Überraschung zu erleben, wenn ihr die vereinbarte SMS erhaltet.»

Sie verließen den Turm. Die anderen warteten unten, hatten ihre Rucksäcke bereits geschultert.

Hurl fuhr CP durch das wirre Stoppelhaar. «Hey, du Regisseur, sieh zu, dass du dir heute einen Oscar verdienst.» CP grinste breit. «Alles klar, Hurl. Du hast übrigens was Wichtiges vergessen.»

Hurl sah ihn verständnislos an.

«Du hast als Einziger vergessen, dein Gesicht zu schwärzen.»

Am Bachlauf trennten sich ihre Wege. Theo und Hannes räumten das Gitter beiseite und verschwanden in der Röhre. Jo lehnte das Gitter von außen gegen die Tunnelöffnung, dann marschierten sie weiter durch die Talsohle, dem Lauf des Baches folgend. Jo blickte nach oben, den Berg hinauf. Die Burgmauern zeichneten sich nur schwach gegen den Sternenhimmel ab. Vor dem Aufstieg ließen sie die Sicherheitsleine durch die Karabinerhaken an ihren Gürteln laufen. «Auf geht's», flüsterte Hurl und kletterte voran.

Erst als Hannes mit dem Fuß gegen ein steinernes Hindernis stieß, ließ er die schwere Akku-Lampe für eine Sekunde aufblitzen. Das Hindernis war die erste Stufe einer Treppe, die in der engen, steilen Röhre den Berg hinaufführte.

CP beugte sich über das Mikro. «Hey Jungs, hört ihr mich? Kleiner Test. Alles im Zeitplan. Hey, Theo, du hättest deinen Tieflader mitbringen sollen. Noble Gäste da oben. Ein Auto schöner als das andere. Mercedes, BMW, Ferrari, Aston Martin, sogar drei Rolls und zwei Bentley sind den Berg hochgeschnauft. Vertraut mir, meine Jünger. Ich führe euch stets auf den rechten Weg.»

«Der soll bloß mit seinem dämlichen Gequatsche aufhören. Das geht mir jetzt schon auf die Nerven.» Jo flüsterte, aber es war gerade so laut, dass Hurl vor ihm ihn verstehen konnte. «Ich mache mir Sorgen um Max. Was ist, wenn der Plastiksprengstoff aus Versehen losgeht? Oder zu stark ist und das komplette Auto zerlegt?»

Der Riese kicherte wie ein Gnom. «Plastiksprengstoff? Das waren allerfeinste, matschige, klebrige Marshmellows aus original amerikanischer Herstellung. Ich hatte eine Tüte voll damals am Flughafen gekauft. Und eben hatte ich zufällig den einsamen Rest in meiner Tasche gefunden. Willst du einen?»

Lämmle sah immer wieder auf die Uhr, während er den Wagen durch die Nacht steuerte. Der Schweiß floss in Bächen vom spärlichen Haarkranz in seinen Hemdkragen. Max kauerte in dem Kofferraum wie ein Embryo im Mutterleib, hatte die Augen geschlossen und versuchte, sich zu entspannen.

Sie schalteten die Grubenlampen an ihren Helmen aus und die Nachtsichtgeräte ein. Nach einer weiteren Viertelstunde hatten sie den Fuß der Burgmauer erreicht. Sie lösten die Sicherheitsleine von ihren Gürteln. Auch ihre Wege trennten sich nun. Hurl und die beiden Chinesen wandten sich nach links, Jo ging auf die Knie und robbte in die entgegengesetzte Richtung, immer dicht an der Mauer entlang.

«Theo, hier CP. Ihr erreicht gleich die Burg. Wenn ihr die Augen ein wenig hebt ... nein, nicht den ganzen Kopf, nur die Augen ... dann seht ihr schon die grünen Linien aus meinem Rechner. Das ist das Fundament der Burg. Ich habe keine Ahnung, was euch da erwartet, ihr werdet vermutlich im Keller rauskommen oder so. Viel Glück.»

Sie hatten mit Hilfe der Teleskop-Aluleitern mehr als zwei Drittel des Turms geschafft. Das vor ihnen liegende restliche Drittel würde anstrengender sein. Und gefährlicher. Die Enterhaken saßen straff zwischen den Zinnen. Hurl hatte als Erster geworfen. Ein kurzes Klirren, Metall auf Stein. Stille.

Durch das Zielfernrohr des Präzisionsgewehrs hätte er jede einzelne Fuge der Zinnen vermessen können. Die Chinesen warteten die vereinbarten zehn Sekunden ab. Nichts rührte sich im Fadenkreuz. Hurl hörte das zweite metallische Klirren, unmittelbar gefolgt vom dritten. Nichts. Offenbar war niemand auf dem Turm. Was nicht so bleiben musste.

Sie hatten untereinander keinen Blickkontakt. Sie hatten sich entschieden, den Turm aus drei Richtungen zu nehmen. So war die Chance größer, das wenigstens einer es schaffte, falls sie oben erwartet wurden. Hurl schulterte das Gewehr und straffte das Nylonseil mit einem kräftigen Ruck. «Okay, let's go», zischte er in das Mikro in seinem Helm. Sie hatten nicht mehr viel Zeit.

Eine stabile Stahltür. Aber das Schloss war ein Witz. Sie brauchten keine zwei Minuten, um es zu öffnen. Dahinter lag ein Gewölbekeller. Trockenbauweise, stellte Hannes anerkennend fest. Ganz ohne Mörtel. Der Keller hatte eine Grundfläche von vielleicht sechs mal acht Metern. An der gegenüber liegenden Seite waren schwach die Umrisse einer weiteren Tür zu erkennen. Das deckte sich nicht mit der Computeranimation. Die Mauer musste nachträglich eingezogen worden sein. Ein idealer Weinkeller, dachte Theo. Seine Augen schmerzten. Die Abweichung der überscharfen Animation von der diffusen infraroten Realität war nur schwer zu ertragen. Dazu kam das plötzliche Knirschen unter ihren Füßen. Als liefen sie über Kieselsteine.

Ein Kohlekeller?

Aber es roch nicht wie in einem Kohlekeller.

Es roch ... anders. Es ... stank.

Hannes hatte es offenbar genauso satt wie er. Sie sahen sich an und nickten beide. Dann klappten sie die Nachtsichtgeräte hoch und schalteten die Grubenlampen ein.

Sie brauchten ein paar Sekunden. Dann hatten sie begriffen, was unter ihren Füßen geknirscht hatte.

Knochen.

Drei, vielleicht auch vier Skelette. Genauer war das nicht festzustellen in dem schwachen Licht der Grubenlampen.

Erschrocken nahm Hannes seinen linken Fuß von einem der Schädel. Ein kleiner, ein winziger Schädel.

Das Erste, was Hurl sah, als er einen Blick durch den Spalt zwischen den Zinnen riskierte, war der breite Rücken eines Mannes in einem stahlblauen Drillich-Anzug und einem Barett auf dem Kopf, der eine Maschinenpistole geschultert hatte. Das Zweite, was er sah, waren die Zinnen gegenüber und dazwischen das entsetzte Gesicht des jungen Chinesen, als der Mann die Maschinenpistole von der Schulter nahm und auf ihn zuging. Das dritte, was er sah, war der alte Chinese links von ihm, bereit, sich über die Zinnen zu schwingen und sich mit bloßen Händen auf den Mann zu stürzen. Hurl nahm die Harpune von seinem Rücken, senkte die Waffe, zielte und drückte ab. Der Stahlpfeil durchschlug den Hals des Mannes. Sein Oberkörper schlug hart auf den Zinnen auf.

Die nächste Tür. Ihre Finger zitterten, als sie an dem Schloss hantierten. Das gleiche Schloss wie an der ersten Tür. Doch diesmal benötigten sie vier Minuten. «Jungs, was ist los mit euch? Ihr seid zu langsam», krähte CP in ihren Helmen. «Ihr bringt mir den Zeitplan durcheinander. Tut mir Leid, die Tür war nicht vorgesehen, aber jetzt müsst ihr mal etwas auf die Tube drücken.» Sie antworteten nicht. Sie sahen sich an. Dann schalteten sie im stummen Einverständnis die Lautsprecher ab. Jenseits der Tür ein schmaler Gang. Am Ende eine Treppe. Links und rechts Gewölbe wie die Seitenschiffe einer Kirche. Zwischen den Säulen der Seitenschiffe primitive Verschläge aus Holz. Dahinter leises Wimmern und Weinen.

Sein Kopf schlug unsanft gegen den Boden des Kofferraums. Der Mercedes hatte die Abzweigung hinter sich gelassen, Lämmle jagte die Limousine den unbefestigten Waldweg hinauf. Er war zu spät dran, musste Zeit gutmachen. Max zwängte seinen Kopf in den Helm und tastete zum wiederholten Mal den Filzboden ab. Da lag immer noch alles genau so, wie er es brauchte. An seinem Platz.

Jo war hinter einer Buchsbaumhecke in Stellung gegangen, keine vier Meter vom Falltor entfernt. Er konnte den Mercedes schon hören. Ein Mann in der stahlblauen, frisch gebügelten Drillichuniform einer Phantasie-Armee trat aus der Tür der Vorburg. Auch er hatte den Mercedes gehört und hielt angestrengt nach ihm Ausschau. Dann konnten sie beide das aufgeblendete Scheinwerferpaar sehen, das sich mit hoher Geschwindigkeit die Serpentinen hinaufschraubte. Der Wachmann ließ seinen Blick über das Gelände schweifen. Morian presste sich auf den feuchten Waldboden. «Jo, mein Guter, kannst du mich hören? Hier CP. Die Zielperson ist im Anmarsch. Mann, das Gelände wimmelt ja nur so von schwer bewaffneten ...» Jo schaltete den Empfänger ab. Warum in Gottes Namen hatten sie den Typ nicht beauftragt, sich still und brav vor seinen Flugsimulator zu setzen und eine Boeing 747 von Wladiwostok nach Sydney zu fliegen?

Der Junge war fünf, allenfalls sechs Jahre alt. Unter dem gestärkten, strahlend weißen Frottee-Bademantel zitterte er am ganzen Leib. Seine pechschwarzen Haare waren frisch gewaschen und gekämmt. Der Mann in dem teuren Kaschmiranzug lächelte und nippte an seinem Champagnerglas. Der Junge misstraute dem Lächeln zutiefst. Der Mann stellte das Glas ab. «Komm her. Wenn du schön brav bist, geschieht dir nichts.» Der Junge verstand kein Wort.

Er sprach kein Deutsch.

Aber er verstand die international gebräuchliche Geste des Zwergs, der sich lautlos wie eine Katze näherte und den Zeigefinger auf seine Lippen legte. Doch die Augen des Jungen verrieten ihn. Der Mann im Kaschmiranzug wirbelte herum und sah in das Gesicht eines kleinen, alten, unterwürfig lächelnden Chinesen. Der Mann öffnete die Lippen, um seiner Verärgerung über die Störung Ausdruck zu verleihen. Aber er kam nicht mehr dazu, irgendetwas zu sagen.

Hurl schob die Harpune durch die beiden Ösen der Falltür und stellte den linken Fuß darauf. Er konnte keinen überraschenden Besuch auf dem Turm gebrauchen; er musste sich jetzt konzentrieren. Er nahm das Gewehr vom Rücken, schob das Magazin in die Öffnung unter der Waffe, spannte den Lederriemen um seinen Ellbogen, suchte sich eine möglichst bequeme, entspannte Position und entsicherte.

Morian wurde eins mit der Hecke. «Willkommen ... Herr Dr. Lämmle», sagte der Wachtposten und reichte die Einladung und den Personalausweis zurück. «Bitte fahren Sie bis zum Ende des Hofes. Dort wird man Sie in Empfang nehmen. Wir wünschen einen angenehmen Aufenthalt.» Der Mann salutierte, das eisenbeschlagene Fallgitter schwebte nach oben, der Mercedes setzte sich in Bewegung. Morian entsicherte die Maschinenpistole. Er konnte den schwarzen Schatten in der Mitte des Hofes sehen. Die Scheinwerfer auf den verwinkelten Dächern rund um den Burghof hatten dort ein totes Feld.

Der Schatten auf dem Pflaster war groß genug für den Mercedes. Aber er schien ihm plötzlich gar nicht mehr so undurchdringlich schwarz. Es gab kein Zurück. Jetzt nicht mehr. Sein Daumen schwebte über dem Sendeknopf seines Handys. Er hatte die Nummer zuvor programmiert, so wie auch die SMS, die er an Liz senden sollte, wenn alles vorbei war. Mit dem vereinbarten Codewort. Und einem nicht vereinbarten Satz: Ich liebe dich heute mehr denn je.

Ja.

Noch drei Sekunden.

Noch zwei.

Eins.

Der Wagen stoppte, ohne dass die Bremslichter aufleuchteten. Er drückte den Knopf.

Marias Handy klingelte.

«Ja bitte?» Paranoia ist ansteckend. Jetzt hatte sie sich auch schon angewöhnt, sich nicht mit Namen zu melden.

«Maria? Bist du's, Maria? Verdammte Scheiße, was ist hier los? Willst du uns verschaukeln? Du faselst was von einer Wahnsinns-Exklusiv-Story, bestellst mich zu dieser dämlichen Autobahnraststätte, ich organisiere ein Kamerateam, du bist nicht da, aber dafür die verschissenen Teams sämtlicher Konkurrenzsender.»

«Beruhige dich, Bastian. Den anderen geht's nicht besser. Leider ist die Geschichte nicht mehr exklusiv. Aber du würdest dich in den Arsch beißen, wenn du nicht dabei wärst, glaube mir. Und weil ich dich so gut leiden kann, gebe ich dir jetzt die Wegbeschreibung. Ihr braucht ungefähr eine halbe Stunde; vielleicht auch nur zwanzig Minuten, so wie ich dich kenne. Du verlässt die Raststätte Brohltal Richtung Süden, folgst der A 61 bis zur nächsten Abfahrt. Du nimmst die Bundesstraße Richtung Kempenich, und nach ...»

Das Handy vibrierte in seiner Brusttasche. Morians Zeichen. Zeit zum Aussteigen. Max drückte den Knopf am Radkasten, der Fernlicht und Nebelleuchten des Wagens einschaltete. Lämmle würde es nicht ausschalten können. Er drehte den Griff über sich um 90 Grad, der Deckel des Kofferraums schwang nach oben. Er packte den Öldruck-Wagenheber und ließ sich über die Ladekante fallen.

Der Mercedes setzte sich augenblicklich wieder in Bewegung. Er konnte die Männer am Portal sehen, die sich die Hände schützend vor die von den Autoscheinwerfern geblendeten Augen hielten. Er sprang auf, entsicherte die Handgranate, nahm Maß und schleuderte sie in Richtung Hauptgebäude. Sie verfehlte das Gaubenfenster um Zentimeter, kullerte über den Dachschiefer hinab und blieb in der Regenrinne liegen. Teil eins war also schief gegangen.

Der Rest durfte nicht schief gehen. Nichts durfte mehr schief gehen, wenn sie überleben wollten.

Er rannte los, in entgegengesetzter Richtung, auf das sich wieder senkende Falltor zu. Die Explosion im Hintergrund nahm er gar nicht mehr wahr, ebenso wenig das Inferno, das die automatische Abschussvorrichtung für die Leuchtraketen im offenen Kofferraum des Mercedes anrichtete. Den ersten Wachtposten, der sich ihm entgegenstellte, überrannte er einfach und schlug ihm den kleinen, massiven Wagenheber ins Gesicht. Der zweite Wachtposten hatte bereits die Maschinenpistole im Anschlag. Noch fünf Meter. Hurl, verdammt, Hurl, mach schon!

Der Mann fiel um, wie vom Schlag getroffen. Er hatte ein kleines, kreisrundes Loch in der linken Schläfe. Unwillkürlich sah Max, während er weiter auf das Tor zurannte, hinauf zum Turm zu seiner Rechten. Hurl war also auf seinem Posten. Noch drei Meter bis zum Tor; noch zwei. Das Fallgitter hatte fast schon den Erdboden erreicht. Er hechtete nach vorne, warf sich zu Boden, schob in letzter Sekunde den nur zwanzig Zentimeter hohen Wagenheber unter.

Das Fallgitter kam kreischend und ächzend zum Stillstand.

Sie zählten 13 Kinder. Das jüngste vielleicht vier, das älteste elf, zwölf Jahre alt. Fünf Jungen, acht Mädchen. Dreistöckige Etagenbetten, ein Waschbecken, ein Klo ohne Brille; und ohne Sichtschutz. Kein Tisch, kein Stuhl.

Theo fiel wieder ein, woran ihn das erinnerte.

Er war mal als Halbwüchsiger mit der Schulklasse in Dachau gewesen. In den Baracken der KZ-Gedenkstätte.

«Keine Angst», sagte Hannes in dem besten Hochdeutsch, zu dem er fähig war. «Wir helfen euch. Ihr müsst keine Angst mehr haben.» Sie verstanden ihn trotzdem nicht. Weil sie kein Wort Deutsch sprachen. Sie weinten. Hannes weinte mit ihnen. Sie zitterten vor Angst. Theo schob eines der Etagenbetten auf den Gang. Dann hängte er die Stahltür hinter sich aus, lehnte sie davor, nahm dahinter Aufstellung und behielt die Treppe am Ende des Ganges im Auge. Er lud die Waffe durch. Niemand würde den Kindern noch einmal auch nur ein Haar krümmen. Und niemand würde den Versuch, den Tunnel als Fluchtweg zu benutzen, überleben. Niemand.

Jo zog das ein Meter lange Stahlrohr aus der Halterung auf seinem Rücken, sprang auf und sprintete zum Tor. Er steckte das Rohr auf den Stutzen des Wagenhebers, öffnete die Druckschraube und pumpte. Das Fallgitter hob sich Zentimeter um Zentimeter. Das müsste reichen. Er warf sich zu Boden und zwängte seine Schultern durch den Spalt. Und hing fest. Er hatte sich gründlich verschätzt. Verdammter Mist; warum bin ich nur so fett geworden?

Zurück. Auf dem Rücken liegend ging es besser. Er riss sich an den messerscharfen Spitzen des Fallgitters die rechte Brusttasche auf, irgendetwas fiel zu Boden, er tastete danach, fand es nicht mehr, er spürte, wie der Wagenheber seinen Geist aufgab, schob sich mit letzter Kraft durch den Spalt. Jemand packte ihn unter den Achseln, zog ihn mit einem Ruck hoch, bevor das herabstürzende Fallgitter seine Füße zerquetschen konnte.

Max.

«Komm schon», zischte Max und rannte auf die innere Tür der Vorburg zu. Die Salve einer Maschinenpistole peitschte über das Pflaster. Der Wachtposten auf dem Wehrgang über ihnen hatte sie im Visier. Sie pressten sich gegen die Mauer, warteten. Fünf Sekunden später klatschte der Mann wie ein nasser Mehlsack vor ihnen auf den Boden. Hurl hatte alles im Blick. Max sah auf die Uhr. Das war Rettung in letzter Minute. Denn jetzt würde Hurl sich auf den Weg nach unten machen, weil er sonst auf dem Turm in der Falle saß. Max zog den Splint aus dem grauen Stab und schleuderte ihn durch die offene Tür der Vorburg. Dann griffen er und Morian in ihre Rucksäcke und stülpten sich die Gasmasken über.

Die vier Männer husteten und würgten und krümmten sich am Boden des Wachraums, sie versuchten vergeblich, sich mit bloßen Händen vor den gelben Schwaden zu schützen. Als ihre geröteten Augen in die Mündungen zweier Pistolen blickten, hoben sie bereitwillig die Arme. Wie Hurl schon sagte: bezahlte Söldner. Und der Tod wird nicht bezahlt. Während Morian ihnen Handschellen anlegte, öffnete Max das Schaltpult und ließ das Fallgitter nach oben schweben.

«Okay, ruf dein Spezialkommando an.»

Jo tastete nach seiner Brusttasche. Das Handy war weg. Jetzt wusste er, was er unter dem Fallgitter verloren hatte.

In diesem Augenblick heulte im Burghof ein Motor auf.

Während Morian die vier Söldner in Schach hielt, rannte Max nach draußen. Ein weißer Mercedes 600 raste an ihm vorbei. Er kannte den Wagen; von Weinerts Beerdigung. Herbachs Wagen. Max sah unwillkürlich zum Turm hinauf. Aber Hurl war nicht mehr da. Max ging in die Knie und feuerte drei Schüsse ab. Dann gab er es auf. Keine Chance. Der Wagen war gepanzert.

Plötzlich stoppte der Pullmann. Genau unter dem Fallgitter. Die Beifahrertür wurde einen Spalt geöffnet, Max sprang hinter der Türfüllung in Deckung. Doch die hatten es nicht auf ihn abgesehen. Eine Hand erschien; die Hand mit dem goldenen Siegelring. Sie hob etwas vom Boden auf, dann jagte der Pullmann davon.

Morian hatte den Söldnern Handschellen angelegt.

«Hast du das SEK angerufen, Jo?»

«Mein Handy ist weg. Ich muss es verloren haben.»

Von draußen fiel kein Licht mehr in den Wachraum. Max wirbelte herum. Sie hatten die Hofbeleuchtung ausgeschaltet. Vom Hauptportal näherte sich ein Trupp Söldner. In der plötzlichen Dunkelheit waren sie kaum zu erkennen. Sie nutzten jede sich bietende Deckung, arbeiteten sich vor. In dem hell erleuchteten Wachraum standen Max und Jo wie auf dem Präsentierteller. Max stieß den Schaft der Maschinenpistole gegen die Lampe, die Glühbirne platzte und verlosch. Er warf den Holztisch um, schob ihn mit dem Fuß in die Türfüllung, kniete dahinter nieder und schickte einen Feuerstoß über den Hof. Dann griff er in seine Brusttasche.

«Hier hast du meins. Wenn deine Freunde sich nicht mächtig beeilen, sind wir geliefert. Wir haben uns verkalkuliert. In der Burg sind mindestens doppelt so viele Söldner, wie angenommen. Und da draußen auf dem Hof sind gerade zwanzig von ihnen auf dem Weg zu uns. Wir halten uns keine zehn Minuten mehr.»

Morian wählte die 110. Und beschwerte sich über den ruhestörenden Lärm. Keine fünf Minuten später schwebte wie ein großes, gefährliches Insekt der erste SEK-Hubschrauber über die Mauer.

61 Ein seltsam unwirkliches Bild: Eingetaucht in das grelle Licht der transportablen Suchscheinwerfer, umringt von einer Kette schwer bewaffneter SEK-Kämpfer, saßen auf dem Kopfsteinpflaster des Burghofs dicht gedrängt etwa 60 Menschen mit auf dem Rücken verschränkten Armen: Söldner aus Herbachs Privatarmee in ihren stahlblauen Uniformen, dazwischen zwei Dutzend vorwiegend ältere Männer, die sich ihre Anzüge auf dem Pflaster ruinierten, außerdem vier Frauen in teuren Abendkleidern. Die Beamten hatten den Frauen Decken um die Schultern gehängt. Niemand der festgenommenen Partygäste schaute hin, als SEK-Polizisten die sich ängstlich an den Händen haltenden Kinder zu den Hubschraubern führten. Die anderen Beamten waren damit beschäftigt, Leichname in Kunststoffsäcke zu packen und Verletzte zu versorgen.

Zu den Verletzten gehörte Morian. Als er von einem der auf den Hof getriebenen Gäste die Herausgabe der Einladungsliste forderte, hatte der stattdessen eine zweischüssige Damenpistole aus der Innentasche seines Jacketts gezückt und Morian in die Schulter getroffen. Morian hatte ihm die Faust seines gesunden Arms mitten ins Gesicht geschlagen und sich dann selbst bedient.

Jetzt ruhte sein Arm in einer provisorischen Schlinge, die ihm die Sanitäter des SEK-Trupps angelegt hatten.

Elf Menschen hatten den Abend nicht überlebt: acht von Herbachs Söldnern, außerdem der Geschäftsführer eines mittelständischen Unternehmens zur Herstellung von Kardanwellen für Agrarmaschinen aus dem Norddeutschen mit einem Schmiss auf der Wange, der sich mit einem türkischen Krummsäbel, den er sich von der Wand gepflückt hatte, Hurl in den Weg gestellt und etwas von überlegener Herrenrasse gebrüllt hatte. Danach hatte Hurl zwar ebenfalls einen Schmiss auf der Wange, aber der Vertreter der überlegenen Herrenrasse war tot. Keine äußerlich sichtbaren Verletzungen.

Sein Genick war gebrochen.

Auch Lämmle war tot. Jemand hatte ihm in der Eingangshalle aus nächster Nähe in den Kopf geschossen.

Und ein namenloses Kind war tot. Es war in dem Keller, den Max von dem Video kannte, getötet worden, unmittelbar bevor sie die Burg gestürmt hatten. Der kleine Körper war noch warm.

Die Hinrichtung war auf Video aufgezeichnet worden. Die Kamera lief noch, als Theo den Raum betrat und den Leichnam losband. Alle Kameras in sämtlichen Vergnügungszimmern liefen noch. Getötet wurde nur im Keller. Den meisten Partygästen genügte es, in den Plüsch-Zimmern die Seelen der Kinder zu zerstören. Später sagten sie, sie hätten nichts gewusst von dem, was unten im Keller geschah, in der Krypta, die Kurt Adam schon in seinem Tagebuch beschrieben hatte. Sie hätten überhaupt nicht gewusst, was sie auf der Burg erwarte, sie seien vielmehr aus Höflichkeit der Einladung Herbachs gefolgt, den man entfernt als Geschäftspartner kenne.

Offenbar war es üblich, den Gästen ein Band als Erinnerung mit nach Hause zu geben. Analog oder digital. Ganz nach Wunsch. Eine Kopie. Nicht die Originale. Die standen säuberlich archiviert in Regalen neben den Vervielfältigungsmaschinen im zweiten Stock. Tausende Bänder. Und CD-ROM-Scheiben. Alle mit den Namen der Partygäste versehen. Theo wählte etwa zwanzig Bänder mit prominenten Namen aus, die er aus der Zeitung und aus dem Fernsehen kannte, stopfte sie in seinen Rucksack, nahm die Kundenlisten aus den Aktenordnern, ging zum Fotokopierer, steckte die Ablichtungen zu den Bändern und schleuderte den Rucksack durchs Fenster hinaus in den Wald, unmittelbar bevor zwei SEK-Beamte in der offenen Tür auftauchten und ihn barsch aufforderten, augenblicklich das Gebäude zu verlassen.

Die Polizeibeamten hatten gerade ihre Gefangenen auf den Hof getrieben, da rollten die Kleintransporter mit den Kamerateams sämtlicher großer Fernsehanstalten auf den Hof. Den Teams blieben nur Minuten, bis sich die Beamten von der Überraschung erholt und den Tross vom Gelände verwiesen hatten. Aber das genügte.

Morian überprüfte zum x-ten Mal die Gästeliste. Sie hatten fast alle erwischt. Fast alle. Nur den Gastgeber nicht.

Auch sein Kettenhund war verschwunden.

Ein groß gewachsener SEK-Mann mit der obligatorischen Nahkämpfer-Frisur trat zu Morian, der sich an die Burgmauer lehnte, um seine Schulter zu entlasten. «Kriminalhauptkommissar Morian? Schön, Sie kennen zu lernen. Ich bin Gabriel.»

Morian ließ die Liste in seiner Jackentasche verschwinden.

«So habe ich mir einen Erzengel immer vorgestellt.»

Gabriel lächelte und hielt ihm einen Umschlag entgegen.

«Gute Arbeit, Morian. In dem Umschlag sind die neuen Papiere für den Freund Ihres Freundes. Die erste Bedingung hat sich ja leider mit dem Tod von Frau Adam erledigt.»

Morian nahm den Umschlag mit der Hand des gesunden Arms.

«Nicht ganz. Da wäre noch die Tochter.»

«Natürlich. Die Tochter. Helena, nicht wahr? Das geht in Ordnung. Wir regeln das.» Gabriel deutete auf Morians Schulter. «Tut weh, was? Das geht vorüber. Seien Sie froh, Morian: Sie sind endlich raus aus dem Fall. Wir übernehmen hier. Spannen Sie mal aus. Verreisen Sie mit Ihrer Frau. Das haben Sie sich verdient.»

Dann verschwand sein Lächeln, als ließe es sich nach Belieben ein- und ausschalten. «Nur ... das mit den Fernsehleuten, das war keine besonders gute Idee.»

«Wieso? Weil Ihre Vorgesetzten sich in aller Ruhe die Kundenkartei zu Gemüte führen wollten? Um dann zu entscheiden, wer öffentlich zum Abschuss freigegeben wird und wer nicht?»

«Ist das so schwer zu begreifen? Die Ermittlungen werden sich über Monate hinziehen. Wir werden die besten und teuersten Anwälte Deutschlands im Nacken sitzen haben. Die werden uns bei jedem Fehler auf die Finger treten. Wir leben in einem Rechtsstaat. Muss ich das ausgerechnet einem Polizeibeamten erklären? Alles muss lückenlos beweisbar sein. Sonst war alles vergebens. Und deshalb war das mit den Fernsehleuten eine ziemlich dumme Idee.»

«Ja, wie Sie schon sagten, Gabriel, das ist jetzt Ihr Problem. Ihr verdammter Fall. Sie erinnern sich noch an unser Telefonat? An meine dritte, noch nicht formulierte Bedingung?» Morian rang sich trotz der Schmerzen ein Grinsen ab. Seine Schulter brannte wie Feuer. «Sagen wir einfach: Das Fernsehen war meine dritte Bedingung. Das war's mir wert, Gabriel. Jetzt sind wir quitt. Leben Sie wohl.»

Hurl und Max lehnten am Tor. Jo reichte Hurl den Umschlag. Hurl nickte und steckte ihn ein, ohne hineinzuschauen. Er wusste, was drin war. Seine Eintrittskarte in ein neues Leben.

«Danke, Jo. Ich habe gerade mit Max gesprochen. Wir machen uns Sorgen. CP. Wir haben keinen Funkkontakt mehr.»

62 Sie rannten, so schnell ihre Beine sie noch trugen, hinunter ins Tal. Es war stockdunkel. Sie waren zu dritt. Ihre Helme mit den Nachtsichtgeräten lagen irgendwo in der Burg. Morian geriet ins Stolpern, schlug der Länge nach hin, schrie auf vor Schmerz. Max kletterte zu ihm zurück. «Stütz dich auf mich.»

Morian wehrte ab. «Lauf weiter. Schnell. Bitte!»

Max setzte über den Bach, hetzte den gegenüber liegenden Hang hinauf, schloss zu Hurl auf. Die letzten fünf Meter legten sie auf allen vieren zurück. Dann konnten sie die Lichtung überblicken.

Das Haus war hell erleuchtet, und der Außenscheinwerfer, den sie installiert hatten, eingeschaltet.

Vor dem Haus lag Liz im Gras, die Beine seltsam verdreht.

An eine der Buchen war CP gefesselt. Sein Kopf hing schwer auf seinem Brustkorb.

«Es gibt zwei Möglichkeiten», flüsterte Max. «Entweder sind sie noch da drin und warten darauf, dass wir ihnen ins offene Messer laufen. Oder aber sie sind schon weg und haben das hier nur inszeniert, um Zeit zu gewinnen.» Hurl nickte und dachte nach. Lange brauchte er nicht nachzudenken. Denn in diesem Moment stürzte Morian an ihnen vorbei auf die Lichtung und rannte brüllend und mit gezogener Pistole auf das Haus zu.

Max und Hurl sahen sich kurz an. Dann zogen sie ihre Waffen und rannten hinter Morian her.

Das Haus war leer. CP hatte lediglich einen Schwächeanfall. Aber Liz hatten sie beide Beine gebrochen.

Maria war verschwunden.

«Ihr gottverdammten Idioten», schrie CP hysterisch, als er zu sich kam. «Wir hatten vereinbart, ihr schickt uns eine SMS, wenn die Luft rein ist und ihr zurückkommt. Damit wir nicht aus Versehen auf euch schießen. Und dann kam die SMS. Auf Liz' Handy. Von Morian. Von Morians Handy. Wir haben Durst, stand da. Steht der Champagner kalt? Wir sind in fünf Minuten da. Und wir erwarten ein fröhliches Empfangskomitee, stand da. Ich liebe dich heute mehr denn je. Und Liz hat gesagt, kein Zweifel, das ist Jo.»

Morian fühlte die Blicke der anderen auf sich ruhen. «Ja», sagte er. «Ich hatte die SMS schon vorher in mein Handy einprogrammiert. Als Glücksbringer. Ich bin ein gottverdammter Idiot.»

Sie hatten in der Hütte alles kurz und klein geschlagen, auch die Computer. Mitten auf dem Esstisch lag Liz' Handy. Unversehrt. Max nahm es und wählte die 110.

«Polizei Mayen, guten Abend.»

Max ließ sich mit Gabriel verbinden. Erklärte ihm, was er brauchte: die SEK-Sanitäter, einen Krankenwagen und eine Klinik, in der keine Fragen gestellt und keine Formblätter für die Krankenkasse ausgestellt wurden. Er hatte kaum aufgelegt, als Liz' Handy klingelte.

«Ja?»

«Ich habe mir Ihre Stimme ganz anders vorgestellt. Männlicher. Energischer. Nicht so müde.»

Max gab Hurl ein unmissverständliches Handzeichen: Sorge dafür, dass CP augenblicklich mit dem Jammern aufhört.

«Was wollen Sie?»

«Meine Ruhe. Sagen wir: drei Tage lang. Wenn Sie sich

drei Tage lang still hinsetzen und ein gutes Buch lesen, werden Sie Ihre kleine Journalistin unversehrt zurückbekommen.»

«Ich kriege Sie, Herbach. In weniger als 24 Stunden.»

«Danke für das Handy. Damit servierte Ihr tölpelhafter Freund uns den Schlüssel zur Hütte auf dem silbernen Tablett. Das Glück ist mit den Tüchtigen. Lämmle, dieser Verräter, hat übrigens noch geredet, bevor wir ihn liquidierten. Da musste ich nur noch eins und eins zusammenzählen, um auf die Blockhütte zu kommen.»

«Sie haben trotzdem verspielt, Herbach.»

«Machen Sie jetzt keinen Fehler, Maifeld. Ich müsste Ihre kleine Journalistin sonst töten. Und ihr vorher sehr, sehr weh tun. Ich würde mir sogar die Mühe machen, Ihnen ein Videoband anzufertigen.»

Warum klang die Stimme so hohl? War das ein Echo, das Herbachs Stimme mit schwach wahrnehmbarer Verzögerung spiegelte? Eine Fabrikhalle? Ein Keller? Das müsste ein riesiger Keller sein.

«Woher weiß ich, dass sie noch am Leben ist?»

«Ach du meine Güte. Sie sehen zu viel fern. Sie sollen Ihren Beweis kriegen. Sie werden jetzt hören, wie eine Journalistin schreit, der man eine brennende Zigarette auf dem Oberschenkel ausdrückt.»

Nein. Bitte nicht. Er war versucht aufzulegen. Er konnte nicht. Er war wie gelähmt. Er musste zuhören, so wie er am ersten Abend in der Hütte das Video bis zum Ende ansehen musste.

Schweigen am anderen Ende.

Dann ihr Schrei. Der Schrei fuhr ihm durch Mark und Bein. Die Schlange, die Panik hieß, kroch ihm wieder die Eingeweide hinauf.

Die Leitung war tot.

Die Karte lag ausgebreitet auf dem Tisch. Sie hatten Schemmerl aus dem Bett geholt, während Sanitäter Liz, Jo und CP abtransportierten.

«Max, wie weit können sie gekommen sein?»

«Allenfalls zwanzig Minuten bis zu Herbachs Anruf. Der Abstecher zur Hütte hat sie viel Zeit gekostet. Viel weiter können sie ohnehin nicht gekommen sein, weil die Polizei einen Fahndungsring im Umkreis von zwanzig Kilometern um die Hütte gelegt hat.»

«Sie sind also ganz in der Nähe. Haben sich ein Versteck gesucht, in dem man in Ruhe abwarten kann, bis die Polizei wieder abgezogen ist. Wie, sagtest du, hat sich der Hintergrund angehört?»

«Ganz so, als befänden sie sich in einem riesigen Keller.»

«Der schon lange nicht mehr benutzt worden ist, von dessen Existenz kaum jemand weiß, und schon gar nicht irgendwelche eingeflogenen Spezialpolizisten. Perfekt. Absolut schalldicht. Es muss ja gar kein Keller im klassischen Sinne sein.»

Max dämmerte allmählich, worauf Ludwig Schemmerl hinauswollte. «Du meinst ...» Er tippte auf einen Punkt der Karte.

«Ja. Warum nicht? Fällt dir was Besseres ein?»

Max fiel nichts Besseres ein. Es war einen Versuch wert. Alles war einen Versuch wert. Er sprang auf, zog sich im Vorbeigehen das Schulterholster und die Jacke über und war durch die Tür. Draußen hörten sie das Aufheulen des Motorrads.

«Verdammter Idiot», fauchte Hurl.

«Kommt, wir fahren ihm nach», sagte Theo, schubste Hannes am Arm und sprang auf.

«Ich fahre ihm nach», befahl Hurl. «Allein. Sonst niemand. Auf den einen Verrückten aus eurer Familie aufzupassen reicht mir völlig. Ludwig, wo muss ich hin?»

Ludwig Schemmerl holte einen Markierstift und zeigte ihm, wo er hinmusste.

Der Regen prasselte unentwegt gegen die Windschutzscheibe. Die Wischblätter hatten keine Chance. Der Jeep schlingerte über den sich im Scheinwerferlicht spiegelnden Asphalt die Serpentinen hinab. Nur ein einziges Mal konnte er das Rücklicht des Motorrads ausmachen, für einen winzigen Augenblick. Ich wünschte, du würdest dich auf die Fresse legen, fluchte Hurl. Aber er wusste, dass Max ihm den Gefallen nicht tun würde. Mit allem, was einen Motor hatte, war ihm Max weit überlegen. Das war in dieser gottverdammten Familie offenbar genetisch bedingt.

Als er aus der Kurve schoss, sah er wieder den leuchtend roten Punkt, am Ende der Geraden. Zwei Sekunden später war das Rücklicht des Motorrads verschwunden.

Wie vom Erdboden verschluckt.

Hurl stieg in die Bremsen. Hier. Max musste in den Waldweg abgebogen sein. Hurl warf einen Blick auf die Karte auf dem Beifahrersitz. Schemmerl hatte ihm zwei Wege aufgemalt. Einen längeren über den Asphalt und einen kürzeren durch den Wald. Er riss das Steuer herum, schlitterte über die aufgeweichte, laubbedeckte Erde. Der Ast einer Tanne tauchte aus dem Nichts auf und peitschte gegen die Scheibe. Der Jeep vollführte wilde Bocksprünge, Hurl stieß sich den Kopf an dem Gestänge des Faltverdecks und an dem Überrollbügel. Von dem Motorrad war nichts zu sehen. Er stoppte, stieß die Tür auf, streckte den Kopf in den Regen, schloss die Augen. Das Heulen der hochtourigen Enduro-Maschine war unverkennbar. Weiter. Der allradgetriebene Jeep machte einen Satz nach vorne.

Das schwarze Gold. Die Römer hatten den Einheimischen beigebracht, wie man einzelne Basaltsäulen mit Hämmern und Keilen abspaltete, sich aber mit dem Abbau über Tage begnügt, solange es das vulkanische Gestein im Überfluss gab. So waren im Lauf der Jahrhunderte rund um die Eifelstadt Mayen riesige Krater entstanden. Grubenfelder. Auf der Suche nach neuen Basaltadern stießen die Steinhauer vor 300 Jahren unter der benachbarten Kleinstadt Mendig auf gewaltige Vorkommen, die aber den Nachteil hatten, gut 30 Meter unter einer dünnen Schicht Mutterboden und einer dicken Schicht vulkanischen Bimsmehls zu liegen.

Früher war es der Job der Frauen und Kinder, kreisrunde Schächte von drei Meter Durchmesser und 30 Meter Tiefe auszuheben. Dazu wurden im Frühjahr enge, spiralförmige Röhren bis hinunter auf die Basaltdecke gegraben. Die Spirale trocknete im Sommer aus und wurde spröde, lief im Herbst voll Wasser, das im Winter fror und die Erde sprengte. Im nächsten Frühjahr wurde der Schacht dann komplett ausgehoben und ausgemauert. Anschließend brachen die Männer das Siegel, wie sie es nannten, kämpften sich durch den Basalt, zehn Meter tief, drangen dann seitwärts vor, schufen Gänge und Höhlen und gewaltige unterirdische Hallen.

Irgendwann waren auch diese Vorkommen ausgebeutet. Doch die Hallen erfuhren bald einen neuen Verwendungszweck. Wegen der sommers wie winters konstanten Temperatur von acht Grad Celsius. Gut zwei Dutzend Brauereien aus ganz Deutschland ließen sich in Mendig nieder. Erstmals war das Brauen kein Saisongeschäft mehr. Jetzt blieb das Bier lange Zeit haltbar, konnte exakt zu dem Zeitpunkt verkauft und ausgeliefert werden, wenn es gebraucht wurde. Ein schönes Geschäft – bis Ende des 19. Jahrhunderts die elektrische Kühlmaschine erfunden wurde.

Seitdem standen die Basaltkeller leer. Nur wenige kannten die noch verbliebenen, gut versteckten Eingänge.

Schemmerl zum Beispiel.

Und Max.

Vielleicht auch Herbach.

Der Jeep hüpfte über die Kuppe. Die Lichtbündel der Scheinwerfer zeigten sekundenlang in die Luft. Als sie wieder das tiefe Schwarz des Waldwegs erfassten, war es zu spät. Da, wo das Wurzelwerk einer alten, beim letzten Sturm umgestürzten Tanne einst Halt gefunden hatte, gähnte nun ein breiter, tiefer Krater.

Hurl besah sich den Schaden. Das rechte Vorderrad steckte bis zur Nabe in dem Krater. Die Achse war gebrochen. Er löschte die Autoscheinwerfer, schob die Karte in den Hosenbund, zog den Reißverschluss seiner Jacke bis zum Kinn hoch, hängte sich den Kompass um den Hals und stapfte los, gegen den Regen, in die Dunkelheit, dem schwachen Motorengeräusch der Enduro folgend, das nach und nach erstarb.

Sein Herz schlug ihm bis zum Hals. Das Vorhängeschloss der winzigen, ovalen Stahltür war aufgebrochen.

Max blickte sich um. Nichts hatte sich verändert. Nur das Grün war noch dichter geworden. Links lagen die Scherben einer Bierflasche. Neben der Brombeerhecke rostete ein Damenfahrrad ohne Räder vor sich hin. In der Baumkrone neben dem Eingang hatte jemand einen Metallstab befestigt. Dann starrte er hinab in das schwarze Loch. Was ihn am Ende der Röhre, die fast senkrecht in die Erde führte, erwartete, wusste er nicht. Er zog sich die Schuhe aus, band die Schnürsenkel zusammen und hängte sie sich über die Schulter.

157 Stufen.

Die Zahl würde er nie vergessen. Mit ein paar Kästen Bier

hatte er damals die Jungs von der freiwilligen Feuerwehr überredet, ihm für die Fotos die Hallen auszuleuchten. Sie hatten es bestimmt nicht wegen des jungen Schnösels aus der Großstadt getan. Vielleicht Schemmerl zuliebe. Vielleicht auch, weil sie selbst neugierig waren.

142 Stufen.

Er war mächtig stolz gewesen auf seine erste große Reportage. Den Menschen ihre längst vergessene Vergangenheit zu zeigen hatte ihm erstmals jenes angenehm prickelnde Gefühl vermittelt, das die Seele des Journalisten ein Leben lang nährt.

118 Stufen.

Kannte Maria dieses Gefühl? Er würde sie fragen. Wenn das alles vorbei war. Und sie noch am Leben war.

92 Stufen.

Vielleicht sollte er an nichts mehr denken. Schon gar nicht an sie.

83 Stufen.

Wieso funktionierte ein Handy in dieser Tiefe?

75 Stufen.

Seins gab schon in jeder Tiefgarage den Geist auf.

51 Stufen.

Natürlich! Der Metallstab in der Baumkrone. Sie hatten eine Außenantenne installiert. Die so funktionierte wie die Außenantenne eines Autos. Das hieß ... Ludwig hatte richtig getippt.

Sie waren da!

36 Stufen.

Er kontrollierte die Pistole und schob sie zurück in das Holster.

24 Stufen.

Das bedeutete: Noch 13 Stufen, dann würde sich die Halle unter ihm durch ein Loch in der Decke öffnen. Und ihn zum Abschuss freigeben. Wie ein Kaninchen.

18 Stufen.

Sein erstes Kaninchen hatte er als Zwölfjähriger geschossen. Danach hatte er geschworen, nie wieder eine Waffe anzurühren. So verhält sich das mit den Schwüren der Kindheit.

15 Stufen.

Er konnte schon die gusseiserne Trittleiter mit dem Handlauf erkennen, die von der Hallendecke zum Boden führte. Er tastete die linke Wand ab, bis er die Öffnung fand. Ein enger Stollen, waagerecht in den Stein getrieben. Er zog sich die Schuhe wieder an. Dann stemmte er sich hoch und kroch in den Stollen.

Seine Erinnerung hatte ihn nicht getrogen. Nach wenigen Metern ertastete er das kreisrunde Loch. Vorsichtig schob er sich vorwärts, Zentimeter für Zentimeter, bis er in die Tiefe sehen konnte.

Sie hatten Feuer gemacht. Eine Feuerstelle aus Findlingen gebaut. Dicke Holzscheite herangeschleppt. Licht und Schatten zuckten über die grob behauenen Wände. Außer dem unnatürlich lauten Knistern des Feuers war nichts zu hören. Der Rauch stieg hinauf, durch das Loch in der Decke, und biss ihm in die Augen.

Er konnte niemanden sehen.

Er rieb sich die gereizten Augen. Die Röhre wirkte wie ein Kamin. Er veränderte seine Lage, um dem Rauch auszuweichen.

Da sah er Maria.

Drei, vielleicht vier Meter vom Feuer entfernt.

Sie hatten sie aufgehängt wie den Jungen im Video. Das schwere Haar verbarg ihr Gesicht wie ein Vorhang. Ihre Kleider waren nur noch Fetzen an ihrem Leib. Sie war bewusstlos.

Oder tot. Ruhig Blut, Max, ruhig Blut.

Er nahm das Nylonseil von der Schulter und klickte den Karabinerhaken in die rostige Öse an der Stollendecke über dem Loch. Er hatte das alles schon einmal gemacht. Bevor die verrottete, lebensgefährliche Holzleiter durch die Stahlkonstruktion ersetzt worden war. Nachdem seine Reportage erschienen war, kamen immer mehr Journalisten, Fernsehteams, Wissenschaftler, Studenten. Da ließ die Gemeinde die Stahltreppe bauen. Irgendwann war es vorbei mit dem Interesse, und die letzten Einstiege wurden verschlossen.

Er streifte die Segelhandschuhe über, zog das Ende des Seils durch die Bremsvorrichtung an seinem Gürtel, stieß sich an einer Felskante ab und glitt über den Rand hinweg in die Tiefe.

63 Der Eingang, den Ludwig Schemmerl ihm aufgezeichnet hatte, war zugemauert. Der Mörtel frisch. Die Stahltür weit offen, nutzlos. Hurl trat einen Schritt zurück, konzentrierte sich. Der Regen prasselte auf ihn nieder, während er einatmete, den Sauerstoff durch Brustkorb, Zwerchfell und Unterbauch zirkulieren ließ, den rechten Fuß hob, sich auf dem linken seitwärts drehte, das Bein anwinkelte, den Oberkörper in die Waagerechte brachte und, während er ausatmete, den Fuß vorschnellen ließ, als sei er von einem Katapult abgeschossen.

Ein schwacher, dumpfer Hall.

Sonst nichts.

Der Mörtel war zwar frisch, aber genügend ausgetrocknet. Er hob die Taschenlampe auf und schaute sich um. Weit und breit kein Werkzeug in Sicht, das die Kraft seiner Beine würde übertreffen können. Er hatte keine Zeit zu verlieren. Er brauchte Schemmerl. Er suchte Schutz unter einem der Bäume und schirmte das Handy ab.

Er versuchte es ein zweites Mal.

Nein, die Akkus waren aufgeladen.

Trotzdem kein Empfang.

Dafür gab es eine einfache Erklärung.

Er saß in einem gottverdammten Funkloch.

Max schwebte einen knappen Meter unter der Hallendecke. Kopfüber. Er hatte einen Fuß als Führung um das Seil geschlungen und mit der linken Hand die Pistole gezogen. Das Blut stieg ihm zu Kopf. Mit der rechten Hand steuerte er die Seilbremse an seinem Gürtel. Die Mündung der Pistole am Ende seines ausgestreckten linken Arms zielte senkrecht nach unten.

Auf Herbachs Schädel neun Meter unter ihm.

Selbst wenn Herbach jetzt emporschauen würde, könnte er ihn nicht sehen. Der Feuerschein reichte nicht bis zur pechschwarzen Decke der Halle. Sie waren plötzlich aus dem Nichts aufgetaucht, Herbach und der Indianer. Sie redeten miteinander, sichtlich nervös. Er hörte, wie sein Name fiel. Offenbar hatten sie am Fuß der Stahltreppe vergeblich auf ihn gewartet. «Aber er war doch klar und deutlich auf dem Monitor zu sehen», hörte er Herbach sagen. Eine weiter oben in der Röhre oder am Eingang versteckte Überwachungskamera musste ihnen sein Kommen angekündigt haben. Er hatte sie übersehen.

Er durfte sich keinen zweiten Fehler erlauben.

Während Herbach sich auf einem Klappstuhl genau unter ihm niederließ, ging der Indianer hinüber zur Längswand und öffnete eine jener olivgrünen Blechkisten, wie sie Militärs zum Transport von Waffen und Munition verwenden.

Einen günstigeren Moment würde es nicht geben.

Max öffnete die Bremse und glitt lautlos in die Tiefe.

Marco Reuter trat aufs Gaspedal. Der Regen machte die Straßen nicht gerade sicherer, aber schließlich konnte er im Gegensatz zu den ganzen Vorwärtseinparkern, die sich heutzutage auf den Straßen tummelten, richtig Auto fahren, und zweitens saß er in der geilsten Kiste, die er jemals unterm Arsch gehabt hatte. Golf GTI, tiefer gelegt, 205er Niederquerschnittreifen, Frontspoiler, Hosenträgergurte; gebraucht zwar, aber phantastisch in Schuss.

Seine Freundin würde wieder mal tierisch sauer sein. Sie wartete immer auf ihn. Konnte nie einschlafen, bevor er zu ihr ins warme Bett kroch. Sie musste morgen früh raus, um acht hinter der Theke der Metzgerei stehen. Scheiß-Samstagsarbeit. Er hatte ihr schon tausendmal gesagt, sie solle sich nach einem anderen Job umgucken. Aber sie hatte nichts anderes gelernt. Verkäuferin. Immer scheißfreundlich. Sie hatten im Vorstand noch einiges zu besprechen gehabt wegen des Junggesellenfestes, und außerdem hatte irgendein Arsch sämtliche Hinweisschilder umgehängt, und als hätte das noch nicht gereicht, war er eben auch noch in eine Polizeikontrolle gerauscht. Mitten in der Nacht. Da hatte er schon mächtiges Muffensausen gehabt. Nicht nur wegen der drei Pils. Das Sportlenkrad war nicht eingetragen, der Abarth-Auspuff auch nicht. Aber das hatte die alles überhaupt nicht interessiert. Die wollten seinen Führerschein und seinen Personalausweis sehen, nichts weiter.

Die Tage, an denen man in dieser Gegend mal Polizei sah, konnte man sich rot anstreichen im Kalender. Und dann auch noch mitten in der Nacht. «Schönen Abend noch, Herr ... Reuter.»

Ihr mich auch.

Deshalb nahm Marco Reuter auch nicht den Fuß vom Gas, als das Fernlicht des GTI am Ende der Geraden die Gestalt auf der Straße erfasste. Er nahm grundsätzlich keine

Tramper mit. Sollten arbeiten gehen, dann könnten sie sich auch ein Auto leisten. Penner.

Als er noch knapp einen Meter über Herbach schwebte, richtete der Indianer sich auf und drehte sich um. An den Augen konnte Max unschwer ablesen, dass er ihn entdeckt hatte. Er löste die Schlaufe mit einem Schlenker seines Fußes, zog Arme und Beine an, drehte sich 180 Grad um die eigene Achse, löste die Bremse und landete just in dem Moment hinter Herbachs Rücken in der Hocke, als der Indianer die Maschinenpistole in Anschlag brachte.

Gemeinsam schoben sie den GTI aus dem Straßengraben. Hurl nahm auf dem Beifahrersitz Platz. Der Pflasterstein hatte ein fußballgroßes Loch in die Verbundglasscheibe gerissen. Hurl stemmte seine grobstolligen Bergschuhe gegen den Rest der in tausend Einzelteile zerborstenen Frontscheibe und trat sie aus dem Rahmen.

«Mach das nie wieder, hörst du, Junge?»

Marco nickte eifrig. Er zitterte am ganzen Körper.

«Ist gefährlich, bei dem Wetter, verstehst du?»

Marco nickte wieder.

«Hast du ein Handy?»

Erneutes stummes Nicken.

«Gut, sehr gut. Bist du von hier? Dann verrate mir, wie wir aus dem verdammten Funkloch rauskommen.»

«Da oben, hinter der Kuppe, ist der Empfang prima.»

«Wunderbar. Dann fährst du mich jetzt da hin, und anschließend fährst du mich wieder zurück.»

«Aber ich ...»

«Kein Aber. Und guck gefälligst auf die Straße.»

Der GTI schoss über den Asphalt. Der Regen peitschte ihnen ins Gesicht und nahm ihnen fast den Atem.

«Hatten Sie ... einen Unfall?»

«Du fragst zu viel, Junge.»

«'tschuldigung. Kein Wort kommt über meine Lippen. Ich kann schweigen wie ein Grab. Aber die Polizeisperre ... wissen Sie, hier in der Gegend ... die sind wohl hinter Ihnen her?»

Hurl war sprachlos. Früher hatte allein seine Statur genügt, um seine Umgebung in respektvolles Schweigen verfallen zu lassen. Die Zeiten änderten sich. Vielleicht musste er mal seine Methoden ändern.

«Junge, hast du eine Freundin?»

«... ja ...»

«Ist sie hübsch? Und nett? Ist sie nett? Antworte mir gefälligst.»

«Ja, ist sie. Aber was hat das ...»

«Was lungerst du denn nachts auf der Straße rum? Weißt du, die Polizei sucht mich, weil ich nachts auf einsamen Straßen fremden Autofahrern auflauere. Ich erwürge sie mit ihren eigenen Hosenträgergurten. Aber mach dir keine Sorgen. Ich bin auf Manta-Fahrer mit Fuchsschwanz spezialisiert.»

Herbach schnappte nach Luft. Die Schlinge um seinen Hals saß fest. Und an seiner Schläfe spürte er das kalte Metall.

«Tu gefälligst, was er sagt, Ricardo!»

Ricardo ließ die Hand mit der Maschinenpistole sinken.

«Lass Sie fallen», schnauzte Max.

Leises Stöhnen. Maria. Max unterdrückte den Reflex, nach ihr zu sehen. Er spürte, wie der Indianer darauf lauerte. Er zog die Schlinge so fest, dass Herbachs Gesicht rot anlief.

«Schmeiß das verdammte Ding weg», schrie Max.

Der Indianer öffnete die Hand, die MP schlug mit einem scheppernden Geräusch auf dem steinernen Boden auf.

Max nahm das lange Ende des Seils, das an der Decke durch die Öse lief. Nun konnte er sich von Herbach wegbewegen und hatte ihn dennoch unter Kontrolle, so wie der Küster die Glocke im Turm. Als er sicher war, dass Ricardo Figueroa Espinosa begriffen hatte, dass er seinen Chef mit einem einzigen Ruck ins Jenseits befördern konnte, deutete er ihm, sich umzudrehen. Er fegte die MP mit dem Fuß zur Seite und fesselte ihm die Hände auf den Rücken. Er trat dem Indianer in die Kniekehlen, warf ihn zu Boden und fesselte ihm die Beine. Er war gerade fertig damit und richtete sich wieder auf, als er das Rascheln vernahm. Das Rascheln kam nicht von Maria. Auch nicht von Herbach weit hinter ihm.

Er wirbelte herum und sah in eine Ledermaske. Dann nahm er das schwere Eisenrohr wahr, dessen Spitze sich auf seine Magengrube zubewegte. Das Letzte, was er registrierte, bevor er durch einen Schlag auf den Kopf das Bewusstsein verlor, waren die hochhackigen Lederstiefel.

«Er hat wohl den anderen Eingang genommen», sagte Schemmerl und betastete irritiert das frische Mauerwerk.

«Ja, sieht so aus, Ludwig», pflichtete Hurl ihm ungeduldig bei. Der Regen hatte kein Erbarmen. «Falls er nicht zu Kelle und Fugeneisen gegriffen und sich selbst eingemauert hat, wird er wohl einen anderen Eingang genommen haben.»

«Den Südeingang», sagte Schemmerl mehr zu sich selbst. «Wer in Gottes Namen mag den hier wohl zugemauert haben? Der Mörtel ist doch noch ganz frisch, oder was meinst du?» Hurl sparte sich die Antwort und sah auf die Uhr. Max, du verdammter Idiot. Wie konnte man nur in diese billige Falle laufen?

«Hier. In den Rucksack hat Theo alles reingepackt, was du wolltest.»

Hurl nahm den Rucksack, den Schemmerl ihm entgegenhielt, leuchtete mit der Taschenlampe hinein und nickte. In dem Rucksack war alles, was er brauchte. Außer Zeit.

Die brauchte er eigentlich am nötigsten.

«Jetzt willst du sicher wissen, wo sich der Südeingang befindet.»

«Ja, Ludwig», sagte Hurl. «So ist es. Und außerdem will ich es ziemlich schnell wissen.»

64 Der Eimer mit dem eiskalten Wasser ließ ihn schlagartig aus seiner Ohnmacht erwachen. Sie hatten ihn neben Maria festgebunden, Arme und Beine gespreizt. Vor ihnen saß Herbach auf dem Klappstuhl, die Beine bequem übereinander geschlagen, die Hände über dem oberen Knie verschränkt, lächelnd, geduldig wartend.

Rasende Kopfschmerzen. Aus den Augenwinkeln warf er einen Blick zu Maria hinüber. Sie rührte sich nicht.

Hinter Herbach hatten sich der Indianer und die Frau aufgebaut. Er kannte die Frau. Aus dem Video. Sie hatte den Jungen getötet. Der Indianer trug eine schwarze Jeans und ein schwarzes, eng anliegendes T-Shirt, darüber eine olivgrüne, ärmellose Weste, die seine sehnigen Arme freiließ. Die MP hing über seiner Schulter.

Sie trug immer noch die Ledermaske. Und die Lederstiefel. Und einen weiten, vorne offen stehenden weißen Arztkittel. Sonst nichts.

Ihre Nacktheit war wie eine Waffe.

Maria stöhnte leise auf.

Herbach lächelte.

Neben dem Stuhl stand ein olivgrüner Klapptisch, darauf zwei Monitore; einer Max, einer dem Indianer zugewandt. Die Monitore waren abgeschaltet. Zumindest konnte Max nichts erkennen, und der Indianer würdigte den ihm zugewandten Bildschirm keines Blickes.

Der Indianer starrte ihn an.

Max versuchte zu sprechen. Es funktionierte erst beim zweiten Versuch. «Haben Sie es doch noch geschafft», krächzte er.

Herbach schien amüsiert. «Waren Sie tatsächlich der Idee verfallen, Sie könnten mich aufhalten?»

«Wie wollen Sie von hier wegkommen? Überall ist Polizei. Die Straßen sind abgesperrt.»

«Machen Sie sich keine Sorgen um mich. In wenigen Minuten wird ein Hubschrauber auf der Waldlichtung vor dem verschlossenen Nordeingang landen. Die Besatzung des Helikopters wird die Mauer wegsprengen, und wir werden Ihnen Lebwohl sagen und diese unwirtliche Stätte verlassen.»

«Keine Chance, Herbach. Draußen warten bereits meine Freunde auf Sie. Das war's dann wohl.»

Herbach griff ungerührt nach der Fernbedienung, die auf der Armlehne seines Stuhles lag. Die Monitore flackerten kurz, dann tauchte das unwirkliche Infrarotbild der Lichtung auf.

«Was sehen Sie, Maifeld? Eine Wiese. Und Bäume. Das ist der Blick aus dem Südeingang. Die Kamera ist an einen Bewegungsmelder gekoppelt. Sie schaltet sich ein, sobald sich etwas vor ihrer Linse bewegt. Na, wo sind denn Ihre Freunde?»

Herbach legte die Fernbedienung zurück an ihren Platz und schnippte kurz mit den Fingern. Die Frau schritt auf Max zu, mit grazilen Bewegungen, langsam, das Becken vorgeschoben, exakt einen Fuß vor den anderen setzend, wie ein Mannequin auf dem Laufsteg. Die Absätze ihrer Stiefel klackten bei jedem Schritt. Sie fixierte ihn mit ihrem Blick, der keine Flucht erlaubte, schob den weißen Stoff zur Seite, setzte sich rittlings auf seinen linken Oberschenkel, rieb ihren Schoß an ihm, er spürte ihren Atem, ihre feuchte Zunge in seinem Ohr. Sie schlug ihre Zähne in sein Ohrläppchen, biss zu und riss ein Stück ab.

Max brüllte auf vor Schmerz. Das Ohr pochte, und mit jedem Pochen spürte er das warme Blut auf seine Schulter tropfen. Die Frau spukte aus, ein dunkles, kehliges Lachen begleitete sie, klack, klack, klack, in den hinteren Teil der Höhle. Maria stöhnte, hob kurz den Kopf, ließ ihn entkräftet vornüber fallen.

«Ich mag Ihre überhebliche Art nicht, Maifeld. Ganz und gar nicht. Ich bin es gewohnt, dass mir die Menschen gehorchen. Und mir aufmerksam zuhören, bevor sie das Wort an mich richten. Sehen Sie, der Bewegungsmelder der Videokamera hat eine weitere Funktion. Sobald das nächste Mal jemand das Schott öffnet, sendet der Bewegungsmelder ein elektronisches Signal an den Sprengsatz, der drei Stufen tiefer angebracht ist. Beim geringsten Druck auf diese Stufe geht der Sprengsatz hoch. Ricardo hat den Sprengsatz scharf gemacht, nachdem Sie wie geplant in unsere Falle getappt sind. Seien Sie also dankbar, dass Ihnen niemand gefolgt ist. Das garantiert Ihren Freunden das Überleben.»

Herbach schnippte erneut mit den Fingern, der Indianer verschwand und kehrte kurze Zeit später mit einem bauchigen, langstieligen Glas und einer Flasche Rotwein auf einem Tablett zurück. Er stellte das Tablett neben den Monitoren ab, entkorkte die Flasche, goss das Glas zu einem Drittel voll und reichte es Herbach. Der kostete, angestrengt, konzentriert, dann hellte sich seine Miene auf. «Ausgezeichnet. In Chile versteht man was von Wein. Ein wunderbares Land. Waren Sie schon mal in Chile, Maifeld?»

Ja, er war schon mal in Chile. Doch er sagte nichts. Er hatte das Gefühl, dass Herbach das ohnehin wusste. Vermutlich wusste Herbach inzwischen eine Menge über ihn.

Die Frau kehrte zurück und baute sich neben Ricardo

hinter dem Klappstuhl auf. Sie hatte sich umgezogen. Sie trug immer noch die Maske und die Stiefel, aber statt des Arztkittels einen hautengen Overall aus schwarzem Leder.

Herbach lehnte sich zurück und ließ zufrieden die tiefrote Flüssigkeit im Glas kreisen. «Wir haben noch ein paar Minuten Zeit. Ich werde die Zeit nutzen und Ihnen etwas über das wahre Leben erzählen. Wissen Sie, Sex interessiert mich nicht. Das ist etwas für die Schwachen. Die Willenlosen. Die Triebhaften.» Verachtung lag in seiner Stimme. «Aber ich profitiere von diesen schwachen Figuren. Diesem Abschaum. Ihr Geld verhilft mir zu Macht. Sie werden es nicht glauben, Maifeld, aber mit meiner Ware lässt sich mehr Geld machen als mit Kokain oder Waffen. Sie glauben gar nicht, wie viele Typen auf den Grünkram abfahren. Männer in der Mehrzahl. Aber zunehmend auch Frauen. Da lässt sich noch eine Marktlücke schließen. Ich liefere, was gewünscht wird; Geschlecht, Alter, Hautfarbe, Lockenköpfchen, Zwillingspärchen; auf Video, auf DVD oder live. Frei Haus, per Nachnahme oder in netter Gesellschaft Gleichgesinnter wie auf der Burg. Ich liefere den Grünkram, und diese Idioten zahlen. Jede Summe, wenn die Leistung stimmt. Und die stimmt bei mir immer. Ich habe einen guten Ruf in der Branche. Maifeld, Sie haben mir mein schönes Geschäft beinahe kaputtgemacht. Dafür werde ich Sie bestrafen müssen.»

Er nippte an seinem Glas, dann stellte er es auf dem Klapptisch ab. Der Indianer schenkte ihm nach. Herbach verschränkte wieder die Hände vor dem übergeschlagenen Knie.

«Maifeld, Sie haben gestört, aber Sie können mir nicht ernsthaft schaden. Ich werde mich ohnehin bald neu orientieren müssen. Frischware aus dem Osten zu beschaffen wird immer schwieriger. Zehn Jahre lang konnten Sie in aller Seelenruhe durch die Waisenhäuser in Rumänien spazieren, mit dem Finger auf die Glühwürmchen zeigen, und man war dankbar, dass man die Bälger los war. So wie früher in Lateinamerika. Ricardo hier, dieser prächtige Bursche, stammt aus Guatemala. Das war in den siebziger Jahren ein wahres Paradies für meine Geschäfte. Man brauchte den Grünkram nur von der Straße aufzulesen. So wie Ricardo. Den habe ich auch auf der Straße gefunden und in mein Waisenhaus gesteckt. Leider musste ich das Haus 1976 schließen, als mir einer dieser linken Befreiungs-Priester auf die Pelle rückte und anfing, dumme Fragen zu stellen. Ich wollte ihn von den Behörden entsorgen lassen, für ein kleines Trinkgeld, die wissen, wie man so was macht, aber da hatte er mir schon eine Bande amerikanischer Journalisten auf den Hals gehetzt. Ricardo habe ich damals mit nach Deutschland genommen. Aber der Kleine war viel zu schade für diesen pädophilen Abschaum hier. Ich habe ihn nach meinen Vorstellungen geformt. Er gehorcht mir aufs Wort. Und er ist die perfekte Tötungsmaschine.»

Herbach lächelte und legte seine Hand fast liebevoll auf den Unterarm des Mannes neben ihm.

«Aber jetzt entwickeln auch die Länder in Osteuropa etwas, das sie nationale Identität nennen. Wollen ihren Grünkram nicht mehr hergeben an die Fremden aus dem Westen. So ein Schwachsinn. Wovon wollen sie denn künftig satt werden? Beschweren sich schon beim Auswärtigen Amt in Berlin. Und unsere Politiker tun auch noch so, als handele es sich bei diesen Hunnenhorden um gleichberechtigte Partner. Weinert war übrigens phantastisch als Einkäufer. Er hatte ein gutes Auge für die Ware. Und er wusste, wie man die Behörden im Osten bei Laune hält. Ein begnadeter Diplomat. Wenn er nur nicht so ein Schwächling gewesen wäre. Musste sich dauernd verlieben, konnte nicht einfach nur seinen Spaß haben. Der liebte diesen Alexander tatsächlich, können Sie sich das vorstellen? Hatte sogar ein schlechtes Gewissen wegen des Balgs. Abartig. Seine Schwester hatte mich immer wieder gewarnt. Natürlich hatte sie nicht gewollt, dass er stirbt. Aber sie spürte, wie nahe er ohnehin am Abgrund stand. Er war kurz davor, sein eigenes Reiterstandbild zu sprengen. Vielleicht hätte ich ihn damals im Internat gleich töten statt nur kastrieren sollen.»

«Das haben Sie ja nun nachgeholt.»

«Ich? Wo denken Sie hin. Ricardo hat das freundlicherweise erledigt. Ich habe nur zugeschaut. Ich kann allerdings nicht verleugnen, dass ich daraus durchaus ein gewisses Vergnügen zog.»

Herbach nahm das gefüllte Weinglas und hielt es gegen das Licht des Feuers. «So sah sein Blut aus. Ich habe es dem kleinen Adam ins Gesicht geschüttet. Hat nichts genützt. Dieser Bengel hat mir sogar das Glas aus der Hand geschlagen. Wir wollten das verdammte Tagebuch. Mit seinen Memoiren hatte Julius zum Glück noch nicht begonnen. Können Sie sich das vorstellen? Wollte mich fertig machen, dieses fette Schwein. Vielleicht hätte ich ihm früher beibringen sollen, dass wir uns seinen Liebling mal für ein Wochenende ausgeborgt hatten. Du meine Güte, das war doch schon Jahre her. Wir hatten einen unvorhergesehenen Engpass, solvente Gäste auf der Burg. Also haben wir uns den Jungen ausgeborgt, als Weinert im Krankenhaus lag. Dass er sich dabei angesteckt hat, war nicht vorgesehen. Sonst hätte er es sich eben später beim Fixen geholt.»

Max wollte reden, doch seine Stimme versagte. Seine Mundhöhle war ausgetrocknet, und sein Rachen fühlte sich wund an. Herbach nahm noch einen Schluck Wein.

«Als Julius die Nachricht vom Kreiswehrersatzamt erhielt, drehte er vollkommen durch. Glücklicherweise hat mich Gertrud gleich angerufen. Der Spinner. Das ist mein Eigentum, hat er gebrüllt. Das ist gegen die Abmachung. Da musste ich handeln. Dieses verdammte Tagebuch. Aber das verzogene Balg war verstockt. Wenn Gertrud nicht gekommen wäre, hätte Ricardo es aus ihm rausgeprügelt. Ganz schön mutig, der Bengel. Mutiger als sein Vater, dieser Schlappschwanz. Der Plan war perfekt. Wir hätten den Bengel verschwinden lassen, und die Polizei hätte ihre Akte schließen können. Und Ihre kleine Freundin hätte schreiben können: Undankbarer Pflegesohn tötet die Lichtgestalt der Bonner Republik und setzt sich anschließend ins Ausland ab.»

«Die Polizei hat inzwischen den genetischen Fingerabdruck Ihres Kettenhundes. Er ist als Weinerts Mörder überführt.»

«Weil Sie sich eingemischt haben. Trotzdem wird die Polizei ihn nicht zu fassen kriegen. Ricardo liebt es zu töten, und er liebt es, zu quälen und zu foltern. Er übt seine Aufgabe mit Hingabe und Profession aus. Sie werden das bald feststellen. Ricardo wird Sie dafür bestrafen, was Sie mir angetan haben.»

«Und wie wollen Sie künftig Ihr Geld verdienen?»

Max hatte Mühe, Herbachs Worte von sich abperlen zu lassen. Aber solange Herbach redete, würden sie noch nicht sterben.

«Ich habe es nicht eilig. Ich verfüge über Reserven in Ländern, in denen freies Unternehmertum noch geachtet wird. Trinkwasser ist ein Zukunftsmarkt, heißt es. Wenn man die Instrumente der künstlichen Verknappung beherrscht. Blutplasma war ein phantastisches Geschäft, aber das ist ja leider vorbei.»

«Also ist Ihnen noch nichts Neues eingefallen?»

«Keine Sorge. Ich habe eine Vision, in die ich bereits investiert habe. Das wird zwar noch Zeit und Geld kosten, aber da würde ich die Früchte noch gerne ernten. Gentechnologie.»

Herbach beobachtete genüsslich die Wirkung des Wortes auf Max Maifeld.

«Verstehen Sie? Warum züchte ich meine Glühwürmchen nicht? Eine regenerierbare Ware. Jemand wünscht sich einen strammen, blonden Vierjährigen mit blauen Augen? Kein Problem; dann klonen wir doch unser Lockenköpfchen. Wir produzieren Kinder, die niemand vermisst. Sie existieren nicht. Außerdem entfällt der risikoreiche Transport der Ware. Alles, was wir benötigen, ist neben dem wissenschaftlichen Know-how und der technischen Ausstattung das genetische Material von, na, sagen wir, acht Prototypen. Können Sie mir folgen, Maifeld? Reicht Ihre Phantasie dazu aus?»

Max kam nicht mehr dazu, etwas zu sagen, weil in diesem Moment die Monitore aufflackerten.

Vor dem Südeingang stand Hurl.

65 Hurls von der Weitwinkeloptik verzerrter, riesiger Kopf füllte für Sekunden den Bildschirm; dann verschwand er. Nach einer Weile schaltete sich der Monitor automatisch ab.

Geh da nicht rein, bitte geh da nicht rein!

Herbach tastete hektisch nach der Fernbedienung und fegte sie dabei versehentlich von der Armlehne. Mit einem hässlichen Geräusch schlug sie auf den steinharten Boden auf. Das Kunststoffgehäuse zersplitterte, die beiden Batterien kullerten unter den Stuhl.

Bitte geh da nicht rein, bitte!

Herbach sprang auf, trat den Stuhl um, bückte sich nach den Batterien, stopfte sie zurück in ihr Fach. Sein Blick traf den Indianer. «Was stehst du noch rum? Beweg dich gefälligst.»

Der Indianer lief augenblicklich in Richtung Treppe. Er hatte die Stahlleiter, die hoch zur Decke und zum Treppenschacht führte, noch nicht erreicht, als eine gewaltige Detonation die Stahlkonstruktion erzittern ließ. Der Explosionsknall rollte wie eine unsichtbare Lawine aus der Röhre und durch die Basalthöhle. Sekunden später wälzte sich grauer Staub aus dem Loch in der Decke, verteilte sich im Raum und sank zu Boden wie das Trockeneis einer Nebelmaschine.

Hurl.

Max schloss die Augen.

Sein Körper war ein einziger Schmerz.

Die Monitore gaben nicht mehr preis als ein aufgeregtes Flackern, sooft Herbach auch den Knopf drückte. Sein Blick war ein einziger Vorwurf: «Wie konnte das passieren, Ricardo? Der Sprengsatz hat die Kamera zerstört. Dilettantisch. Darüber sprechen wir noch.» Der Indianer sagte nichts. Doch die Gelassenheit war aus seinem Gesicht verschwunden, hatte der Wachsamkeit eines Raubtiers Platz gemacht. Marias Stöhnen wurde lauter. Sie hob den Kopf, mühsam, kraftlos, öffnete die Augen, starrte Max an wie einen Fremden.

«Maria», flüsterte er. «Erkennst du mich?»

Keine Reaktion. Ihr Gesicht war eine einzige verquollene Masse. Die Frau mit der Ledermaske holte aus, um ihr mit dem Handrücken ins Gesicht zu schlagen, da detonierte im Rücken von Max ein zweiter Sprengsatz. Weit weg; der Knall war wesentlich schwächer.

Herbachs Miene hellte sich auf. «Wunderbar. Der Nordeingang. Der Hubschrauber ist da. Sogar etwas früher, als ich erwartet hatte. Ricardo, pack zusammen, bevor du dich unseren beiden Freunden hier widmest. Ich hätte nichts dagegen, wenn Herr Maifeld vor seinem Ableben noch erzählen würde, wo das Tagebuch abgeblieben ist. Er wird hoffentlich so klug sein und dies tun. Denn das würde seiner kleinen Freundin eine Menge Schmerzen ersparen.» Er schüttelte den Kopf und lächelte versonnen. «Unser Kurt. Ich fasse es immer noch nicht. War ein kleiner Schriftsteller, unser Kurt.»

Ricardo kam Max so nahe, bis Max nur noch die Augen des Mannes sah. Schmale Schlitze. Voller Hass. Er spürte den warmen Atem auf seiner Wange. «Ricardo, später», hörte er Herbach rufen. Der warme Atem ließ ihn frösteln. Der Mann vor ihm zeigte keine Regung. Er blinzelte nicht einmal. Dann flüsterte er, mit kaum wahrnehmbarem Akzent, einen einzigen Satz: «Den Nigger – den können deine Freunde morgen von der Wand kratzen.»

Nach einer Ewigkeit, so schien es ihm, entspannte sich der Gesichtsausdruck des Mannes vor ihm, machte einer Spur von Langeweile Platz. «Ricardo! Höchste Zeit.» Der Indianer eilte zu den Blechkisten an der Längswand, legte seine Maschinenpistole auf eine der Kisten, dann verschwanden er und die Frau mit der Ledermaske in südlicher Richtung. Die Stiletto-Absätze der Frau knallten über den Boden wie Hammerschläge.

Herbach stand eine Weile unschlüssig neben dem Tisch und dem umgestürzten Stuhl, warf einen nervösen Blick auf die Uhr an seinem Handgelenk, dann nahm er das Weinglas und leerte es in einem Zug. Max überlegte verzweifelt, wie er das Gespräch in Gang halten, Herbach noch einen Augenblick fesseln konnte.

«Was würde Ihr Vater dazu sagen, Hartmut? Er hat Ihnen doch sicher den Namen Hartmut gegeben? Und den goldenen Ring. Das ist doch der Ring der SS, oder? Was würde Ihr Vater dazu sagen, dass Sie nach Geld lechzen, statt für seine Ideale zu kämpfen?»

Herbach ließ das Glas fallen. Einen Augenblick lang hatte er tatsächlich die Fassung verloren. Doch dann setzte er wieder sein kaltes Lächeln auf.

«Sie wollen mich provozieren, Maifeld? Mich aus der Reserve locken? Sie sind mir nicht gewachsen, Maifeld. In weniger als zehn Minuten werden Sie den Tag verfluchen, an dem

Sie mir zum ersten Mal nachgestellt haben. Sie werden Höllenqualen erleiden, die Sie sich in Ihren kühnsten Träumen nicht auszumalen wagen. Und Sie werden zuvor Gelegenheit haben, mitzuerleben, was meine Assistentin mit Ihrer kleinen Freundin anstellen wird.»

«War das die Antwort auf meine Frage?»

Herbach betrachtete ihn verwundert. Dann rückte er den Stuhl zurecht und setzte sich erneut. Er verschränkte die Hände im Nacken und betrachtete ihn wie ein exotisches Wesen im Zoo.

«Sie sind ein seltsamer Mensch, Maibach. Intelligent. Mutig und talentiert. Aber Sie haben Ihr Talent zeitlebens vergeudet. Was hätte denn Ihr Vater zu Ihrem Leben gesagt? Hätte er mir Recht gegeben? Aber gut. Sprechen wir nicht von Ihrem, sondern von meinem Vater. Er war ein Idiot. Ein aufgeblasener Wichtigtuer. Ideale? In Wahrheit hat ihn nichts auf der Welt so sehr interessiert wie seine schöne, schwarze Uniform und seine blank gewichsten Reitstiefel. Und natürlich die Leute, die ihm dazu verholfen haben und sich auf diese billige Tour seiner grenzenlosen Dankbarkeit sicher sein durften. Im Grunde ist mein Lebenswerk die konsequente Fortsetzung seiner hirnrissigen Ideologie. Ich werde allerdings die Früchte meiner Arbeit anderenorts ernten müssen, und die Kölner Honoratioren werden ein großes Wehklagen anstimmen, weil ich mein Gen-Labor nun doch im Ausland bauen werde. Aber sie haben es nicht anders verdient. Die so genannte Kölner Gesellschaft hat mich immer ignoriert, mit Missachtung gestraft, selbst wenn sie mein Schmiergeld nahmen oder zu meinen Partys kamen, diese Schmarotzer. Weil ich ein elender Bastard bin. Ja, er war ein hoher SS-Offizier, mein Herr Vater. Er hat mich im ‹Lebensborn› gezeugt, mit einer Zuchtstute, einer drallen, blonden, namenlosen Germanin. Ich hatte nie das Vergnügen, dieses

Prachtstück von Muttertier kennen zu lernen. Stellen Sie sich vor, die SS würde dieses Land noch beherrschen, mit den heutigen Möglichkeiten. Computer. Gentechnologie. Aber ich interessiere mich nicht für Ideologien. Das ist was für Lämmer, die sich bereitwillig zur Schlachtbank führen lassen. Und mein Vater ...»

Er unterbrach sich mitten im Satz, lauschte. Sein Blick flackerte nervös. Er sprang auf und lief in nördlicher Richtung davon. Eine Weile noch hörte Max seine Schritte, die sich eilig entfernten.

Dann war nichts mehr zu hören.

Nichts außer dem Prasseln des Feuers.

«Maria, ich bin's.»

Keine Antwort.

«Kannst du mich hören?»

Wieder nichts. Sie bewegte sich nicht einmal.

«Maria, kannst ...»

«Alle Welt kann dich hören, Dummkopf, wenn du nicht auf der Stelle leiser sprichst», zischte es in sein Ohr.

Der Atem roch nach Marshmellows. Hurl.

«Du verrückter Hund. Du lebst, du alter Mistkerl. Mein Gott, wie hast du das hingekriegt?»

«Wie schon? Ich habe den Sprengsatz im Südeingang hochgehen lassen und anschließend die Mauer am Nordeingang gesprengt.»

«Wie konntest du nur wissen, dass ...»

«Ach, Max. Das sieht man doch. Man muss nur die Augen aufmachen. Sei still jetzt.»

«Also ist der Hubschrauber noch gar nicht gelandet. Also können wir Herbach noch schnappen, wenn wir uns ...»

«Max, halt endlich mal still, bitte. Was für ein Hubschrauber?»

Vier schnelle Schnitte, und er war die Fesseln los. Max

rieb sich die tauben Hand- und Fußgelenke. Hurl befreite Maria von ihren Fesseln. Sie fiel in sich zusammen wie ein nasser Sack. Sie beugten sich über sie. Hurl nahm ein winziges Fläschchen aus seinem Rucksack, schraubte den Verschluss ab und hielt es ihr unter die Nasenflügel.

«Hurl, wo ist Herbach?»

«Er ist an mir vorbeigerannt. Hatte es verdammt eilig. Er hat mich aber nicht gesehen.»

«Du hast ihn laufen lassen? Warum?»

«Ich hatte keine Zeit für ihn. Ihr wart mir wichtiger. Wer ist noch hier unten?» Hurl beugte sich wieder über Maria.

«Der Indianer. Und eine Frau. Sie packen gerade.»

«Sind sie bewaffnet?»

«Ich weiß nicht», flüsterte Max und richtete sich auf, um nach der Maschinenpistole zu sehen.

Deshalb spürte er den feinen Luftzug in seinem Nacken.

Er zog den Kopf ein, knickte im Becken ab, sodass der Schlag über ihn hinweg ging, wirbelte herum und ließ seinen Fuß emporschnellen.

Er traf den Indianer unter der Kinnspitze. Der wankte zurück, schüttelte den Kopf wie ein nasser Hund – und lächelte.

Hurl war mit einem Satz auf den Beinen. Er legte Max seine Pranke auf die Brust, schob ihn beiseite, ohne den Indianer auch nur eine Sekunde aus den Augen zu lassen.

«Hurl, er gehört mir.»

Der Indianer grinste verächtlich und lockerte seine Nackenmuskeln. Hurl legte Max erneut die Hand auf die Brust. «Du hast nicht den Hauch einer Chance gegen ihn. Schnapp dir Herbach. Falls er schon in dem Hubschrauber sitzt, von dem du sprachst: Zwei Meter links vom Einstieg liegt mein Gewehr im Gras. Das mit dem Infrarot-Fernrohr. Du musst auf den Getriebekopf der Rotorblätter zielen. Lauf schon. Hol ihn runter. Viel Glück.»

Max zögerte einen Augenblick, dann rannte er los, hetzte am Ende der Halle in den Gang, der enger und enger wurde. Die Treppe. Er nahm immer zwei Stufen auf einmal, sein Herz schlug wie wild, pumpte Sauerstoff in seine Adern. Fahles, graues Licht drang von oben in die Röhre. Die Nacht war vorbei. Max hetzte weiter, die Stufen hinauf. Dann hörte er den Hubschrauber, das Sirren der Rotoren, immer lauter, immer höher. Der Hubschrauber war startklar, wartete auf das Erreichen der Mindestdrehzahl.

Die letzten Stufen. Seine Beine zitterten. Er rutschte auf dem nassen Gras der Länge nach hin. Der Helikopter hob ab, schraubte sich empor, drehte sich behäbig in Flugrichtung. Die Scheinwerfer streiften die Stämme der Bäume rund um die Lichtung. Noch wenige Meter, dann würde er die Wipfel erreicht haben und über sie davonschweben. Max robbte durchs Gras nach links, tastete nach dem Gewehr, fand es, legte sich flach auf den Bauch, klappte das Stativ auf, stemmte die Ellbogen in die nasse Erde, schmiegte die Wange an den Schaft, atmete ruhig, um das Zittern in seinem Körper unter Kontrolle zu kriegen. Solange er zitterte, hatte er keine Chance. Der Hubschrauber drehte ab, wurde im Zielfernrohr kleiner und kleiner. Jetzt hatte er den Rotorkopf im Fadenkreuz. Die Kuppe seines Zeigefingers ruhte auf dem Abzug. Er wusste, dass ein kaum merklicher Druck genügte. Wenn der erste Schuss nicht saß, würde der Hubschrauber augenblicklich Haken schlagen wie ein Feldhase. Max atmete gleichmäßig aus und versiegelte Mund und Nase.

Jetzt!

Mit einem Ruck drückte der schwere Schnürstiefel den Gewehrlauf ins Gras, rammte die Mündung in die aufgeweichte Erde. Gleichzeitig spürte er die kalte Mündung der Pistole an seiner Schläfe.

«Lassen Sie das Ding los. Wir übernehmen hier.»

Er kannte die Stimme.

Gabriel.

Max hob den Kopf. Überall lösten sich schwarze Gestalten hinter den Bäumen, zuckten Lichtpunkte auf den Einstieg zu.

«Sie verdammter Bastard. Sie lassen ihn laufen. Ich hätte ihn da runtergeholt, dieses verdammte Schwein.»

«Ich weiß», sagte Gabriel ungerührt. «Aber wir leben in einem Rechtsstaat. Was ist mit dem Piloten? Hat der auch den Tod verdient? Und sind Sie sicher, dass er tatsächlich in dem Hubschrauber sitzt?» Er zog sich die Sturmhaube vom Kopf. «Sie kennen sich doch aus hier. Kommen Sie. Zeigen Sie uns mal die Höhle.»

Vier SEK-Beamte bildeten die Vorhut, sicherten die stockdunklen Abzweigungen. Ihnen folgten Max und Gabriel; die Nachhut bildeten sechs weitere Einzelkämpfer. Als sich am Ende des Ganges die große, feuerbeschienene Halle öffnete, stockte Max der Atem.

Mitten in der Halle lag Maria auf dem Boden, zusammengekrümmt wie ein Embryo im Mutterleib.

Etwa vier Meter von ihr entfernt lag der Indianer, ausgestreckt auf dem Rücken, leblos, die Glieder verkrümmt wie die einer unachtsam weggeworfenen Puppe.

Über Maria stand breitbeinig Hurl, als wolle er sie mit seinem Körper schützen.

Hinter ihm stand die Frau mit der Ledermaske. In der einen Hand hielt sie die Griffe der Drahtschlinge um Hurls Hals, in der anderen einen Elektroschocker. Um ihren Hals baumelte die Maschinenpistole. Bei jeder Berührung des Stabes auf seiner Haut zitterte sein mächtiger Körper, verzog sich Hurls Gesicht zu einer schmerzverzerrten Fratze. Lautlos. Nichts war zu hören außer dem Prasseln des Feuers und dem kehligen Lachen der Frau.

Die SEK-Kämpfer gingen in die Knie. Gabriel winkte seine beiden Scharfschützen heran. Er warf ihnen einen fragenden Blick zu, doch sie schüttelten die Köpfe. Er warf ihnen einen weiteren Blick zu, sie nickten und brachten ihre Waffen in Anschlag. Gabriel beugte sich zu Max: «Wir werden Ihrem Freund ins Bein schießen müssen, damit er fällt und wir freies Schussfeld haben.»

Max reagierte nicht. Er sah ihn nicht einmal an. Gabriel folgte seinem Blick und wusste, warum. Marias Körper rührte sich. Ihre Hand griff unter Hurls Hosenbein. Dann kam ihre Hand wieder zum Vorschein. Gabriel bedeutete den Scharfschützen zu warten. Maria wälzte sich auf die Knie, richtete sich im Schutz seiner langen, gespreizten Beine auf, fasste das Messer mit beiden Händen und wuchtete es in den Bauch der Frau.

Halogenscheinwerfer tauchten jeden Winkel in grelles, unwirkliches Licht. Männer und Frauen in weißen Overalls untersuchten jeden Quadratzentimeter des Höhlenbaus, wickelten, was sie fanden, in Plastikfolie und verstauten es sorgsam in Wäschekörben.

Sie war nicht ansprechbar. Sie stöhnte unter der Sauerstoffmaske. In ihrem Unterarm steckte eine Infusionsnadel. Die Sanitäter schnallten sie auf eine Trage und brachten sie nach oben.

«Sie wird schon wieder», sagte Gabriel. Breitbeinig und mit zufriedenem Gesichtsausdruck überwachte er den Einsatz. Dann, als sei ihm plötzlich etwas Wichtiges, Unerledigtes eingefallen, setzte er sich in Bewegung, durchschritt die Halle, blieb neben einem der Spurensicherer stehen, der ein neues Objektiv auf seine Kamera setzte, bückte sich, öffnete den Reißverschluss der Ledermaske und entblößte mit einem Ruck das Gesicht der Toten.

Sie war kahlköpfig. Sie hatte ein schönes Gesicht. Aber ihr kahler Schädel war voller grässlicher Narben. Der Mann in dem weißen Overall machte Fotos. Schließlich legten zwei weitere Männer die Leiche wie zuvor schon die des Indianers in einen schwarzen Kunststoffsack und schlossen den Reißverschluss.

Gabriel kannte die Tote nicht. Hätte er Max das Gesicht der Toten gezeigt, so hätte Max möglicherweise die rothaarige Joggerin mit der Löwenmähne aus der Kölner Südstadt wiedererkannt. Und Maria die elegante Frau mit dem wunderschönen seidigschwarzen Haar auf Herbachs Party. Und Hurl die burschikose Seglerin mit dem blonden Wuschelkopf auf dem Kanal in Woudsend. Und Morian hätte sie nicht nur wiedererkannt, sondern auch ihren Namen nennen können.

Erika Bräutigam.

Die Säcke verschwanden in den Zinksärgen mit den Tragegriffen. Sie wurden ebenso abtransportiert wie die Monitore, die Blechkisten und Herbachs Klappstuhl. Eine halbe Stunde später erinnerte nichts mehr daran, was in der Höhle geschehen war.

«Das war's», sagte Gabriel. «Können wir Ihnen helfen? Benötigen Sie wirklich keinen Arzt? Können wir Sie mitnehmen?» Als er auf keine seiner Fragen eine Antwort erhielt, deutete er einen militärischen Gruß an und verschwand im Nordtunnel.

Hurl lag rücklings auf dem Boden. Er hatte einen dicken Verband um den Hals. Sein Kopf ruhte in Max' Schoß. Er hielt die Augen geschlossen, atmete flach, wegen der Schmerzen in der Kehle.

«Es ist vorbei, Hurl. Alles wird wieder gut.»

«Nein», flüsterte Hurl tonlos. «Nichts wird wieder so sein, wie es war. Für keinen von uns.»

Max legte die Hand auf die heiße Stirn seines Freundes. Er

sah hinauf zur Decke, als könne er so das, was mit Macht in ihm aufstieg, zurückhalten. Aber es funktionierte nicht. Er konnte die Tränen nicht mehr zurückhalten. Er weinte leise und hemmungslos.

66 «Wir haben uns heute hier versammelt, um Abschied zu nehmen von unserer lieben Verstorbenen Sylvia Adam ...»

Die ersten Schneeflocken des Jahres. Viel zu früh. Sie fielen dick und schwer aus dem bleigrauen Himmel und verwandelten sich in feine Wassertropfen, kaum dass sie den Boden berührten.

«Sylvia Adam war ein Mensch, der ...»

Max hörte nicht zu. Sie war katholisch gewesen. Er besah sich die dicken Schneeflocken. Eine landete auf seiner Nasenspitze. Er wischte sie mit dem Handrücken weg. Andere fielen hinab in das offene Grab.

Katholisch.

Römisch-katholisch. Rheinisch-katholisch. Deshalb sprach ein katholischer Priester über Sylvia Adam. Der Priester hatte sie nicht gekannt. Das war ihm nicht vorzuwerfen. Er hätte sich natürlich informieren können. Das hatte er nicht getan. Und das konnte man ihm vorwerfen. Der Mann hatte eine ziemlich unprofessionelle Einstellung zu seinem Job, fand Max. Er sprach von göttlicher Fügung und von der Sünde, von verirrten Lämmern und von der Erlösung im Jenseits. Max hörte nicht zu, sondern beobachtete die aufgeplusterten Schneeflocken, die voller Übermut zu Boden tänzelten, um dort zu sterben. Und während Max den Tanz der Schneeflocken aufmerksam verfolgte, drückte er die warme Hand.

Helenas Hand. Zum letzten Mal. Draußen vor dem Friedhofstor warteten zwei Beamte des BKA, um sie nach der Zeremonie mitzunehmen. In ein neues Leben.

Er fing Ilse Walterscheids Blick auf. Die flehenden Augen der alten Dame sagten: Nein. Ich kann das nicht mehr ertragen.

Max ließ Helenas Hand los, schenkte ihr ein aufmunterndes Lächeln, dann trat er nach vorne, nahm dem verdutzten Pfarrer das Mikrophon weg und sagte: «Ich weiß nicht, was für ein Mensch Sylvia Adam in Wahrheit war. Aber ich weiß, dass sie sich ihr Leben lang angestrengt hat, ein guter Mensch zu sein. Das ist viel. Irgendwo da draußen läuft der Mann frei rum, der ihren Tod befohlen hat. Wir wollen nicht hoffen, Herr Pfarrer, dass der liebe Gott mit ihm unter einer Decke steckt. Sylvia Adam, wir hätten dich gerne kennen gelernt. Dich und deine Geliebte, die letzte reine Freude deines Lebens. Wissen Sie, Herr Pfarrer, Sie wollte nämlich gar nicht in den Himmel. Sie wollte ihre Tochter in die Arme nehmen.»

Er steckte das Mikrophon ein, nahm die Schaufel, warf Erde hinunter auf den Sarg und ging. Am Ausgang nickte er den BKA-Beamten zu, vergrub die Hände in den Manteltaschen und wartete.

Nacheinander erschienen Theo, Hannes, Hurl, Liz und Morian, der Liz' Rollstuhl schob. Ihre Beine unter der Wolldecke waren in Gips. Sie warteten und sprachen kein Wort.

Der Pfarrer erschien mit den Messdienern. Max gab ihm das Mikrophon zurück. «Vielen Dank. Ihr Taxi wartet. Es ist bezahlt.» Das Schneetreiben wurde stärker. Max schlug den Mantelkragen hoch und bot Zigaretten an. Nur Hannes nahm dankend an.

Helena hatte Ilse Walterscheid untergehakt. Am Ausgang löste sie sich von ihrer Großmutter und nahm jeden Einzelnen der Wartenden in die Arme. Dicke Tränen liefen ihr über die Wangen. Zuletzt schlang sie ihre Arme um Max, drückte zu, so fest sie konnte.

«Danke für alles. Ich lass von mir hören.»

Max nickte stumm. Er wusste, dass das nicht wahr werden würde.

«Wo ist eigentlich Maria?»

«Ich ... weiß es nicht, Helena.»

«Ich dachte, sie ist raus aus dem Krankenhaus?»

«Ja, ist sie.» Max sah sich hilfesuchend nach Liz um.

Helena fing seinen Blick auf und sah Liz fragend an. Liz nickte. «Sie wünscht dir alles Gute. Sie hat Urlaub genommen. Abschalten, Abstand gewinnen. Sie hat viel durchgemacht.»

«Ja», sagte Helena verständnisvoll. «Das hat sie. Bitte, Max, gib ihr einen dicken Kuss von mir. Einen ganz dicken Kuss. Ihr würdet übrigens ein wundervolles Paar abgeben.»

Max nickte stumm. Er winkte ihr nach, bis die gepanzerte Limousine außer Sichtweite war.

«Herr Kramer, könnten Sie mich vielleicht ein Stück mitnehmen?» Hurl nickte und hakte Ilse Walterscheid unter. Er hieß jetzt Kramer. Paul Kramer. Paul wegen Paul; weil er den Jungen über alles liebte. Und Kramer, weil ihm nichts Besseres eingefallen war.

Sie schwiegen eine Weile. Bis Theo es nicht mehr aushielt. «Tja, ich könnte jetzt einen Kaffee vertragen. In der Werkstatt steht seit gestern eine nagelneue, vollautomatische Espressomaschine, so ein richtiges Edelteil aus Chrom, wie beim Italiener. Wer kommt mit?»

Dietrich K. Vogel, Marias glückloser Vorgänger als Polizeireporter, nutzte ihren Krankenhausaufenthalt sowie die alten Unterlagen auf ihrem Schreibtisch und schrieb einen mittelmäßigen, miserabel recherchierten Bericht im «Rheinischen Anzeiger».

Drei, vier Tage lang stürzten sich die Medien auf das Material, das Theo in der Burg hatte mitgehen lassen und das CP ins Internet stellte. Es gab ein paar staatsanwaltschaftliche Ermittlungen, die wieder fallen gelassen wurden. Es gab Ehrenerklärungen zuhauf. Es gab Politiker und Journalisten, die von einer üblen Hetzkampagne sprachen. Von Vorverurteilung und von Rufmord.

Der Innenminister erschien nicht zur Verabschiedung des Polizeipräsidenten in den vorzeitigen Ruhestand. Dringende Termine. Morian nahm seine Arbeit wieder auf und knabberte an den alten, unaufgeklärten Fällen herum. Manche Kollegen freuten sich, dass er wieder da war; andere nicht.

Theo und CP legten einige Wochen später nach. Machten per E-Mail Printmedien und Rundfunksender auf neues Material im Internet aufmerksam, bevor staatliche Stellen, von denen Max noch nie etwas gehört hatte, die Homepage keine drei Tage später schließen ließen. Wegen illegaler Verbreitung von Pornographie. Immerhin sah sich die Staatsanwaltschaft gezwungen, noch einmal Arbeit zu investieren, als der öffentliche Druck kurzzeitig wuchs. Ein Unternehmensberater aus dem Westfälischen schoss sich eine Kugel durch den Kopf, als die Beweislage erdrückend wurde. Er hatte den Fehler gemacht und für eine Feier mit den Alten Herren seiner Burschenschaft vier Mädchen aus Rumänien bei Herbach bestellt. Schriftlich. Mit seinem Briefkopf. Ein alternder Schauspieler stürzte sich auf der Autobahn 61 bei Koblenz von der Moselbrücke, nachdem ihn seine Frau unter Tränen auf einem der Videos identifiziert hatte: Da streichelte er liebevoll einen gefesselten, am ganzen Leib zitternden Sechsjährigen.

Wieder lamentierten einige Politiker und Journalisten über die Verhältnismäßigkeit der Mittel und über den Rechtsstaat, der aus den Fugen gerate, und über den geheimnisvollen Mister X, der über das Medium Internet gefährliche Selbstjustiz übe. Max notierte sich die Namen dieser Politiker und Journalisten.

Wasser auf deren Mühlen war die kurzzeitige öffentliche Hysterie, wie sie stets eintritt, bevor ein Thema endgültig in den Schubladen der Redaktionen und Behörden verschwindet – und der Freitod eines Mathematiklehrers, den eine 15-jährige Schülerin des sexuellen Missbrauchs bezichtigte. Im Nachhinein stellte sich heraus, dass das Mädchen die Geschichte auf Druck ihrer Mitschüler erfunden hatte. Man wollte nichts weiter als dem wegen seiner Unbarmherzigkeit verhassten Lehrer einen Denkzettel verpassen. Der Mann hinterließ eine Frau und drei kleine Kinder.

Max beauftragte zwei bissige junge Anwälte, die 100 000 Euro zu erstreiten, die Herbach im Sommer als Belohnung für sachdienliche Hinweise den Ermittlungsbehörden zur Verfügung gestellt hatte. Die Anwälte konnten belegen, dass nur ein gewisser Ricardo Figueroa Espinosa für die Ermordung des Lobbyisten Dr. Julius Weinert infrage kam. Und ein gewisser Hannes Fußwinkel den ersten entscheidenden Tipp an Kriminalhauptkommissar Josef Morian gegeben hatte. Max überwies das Geld an Ilse Walterscheid, die es für Helenas Ausbildung anlegte.

Max war pleite.

«Was machen wir jetzt?», fragte Hurl.

«Auf neue Aufträge warten», antwortete Max. «Wird schon was kommen.»

Es kam aber nichts. Wer in der Branche zu lange Aufträge ablehnte, weil er anderes zu tun hatte, war schnell raus aus dem Geschäft. Das Einzige, was Max im Augenblick im Überfluss besaß, war Zeit.

Zeit, um mit Paul zu telefonieren; Zeit, um Veras Wange zu streicheln, ihre Stirn zu trocknen und ihr dabei zuzuschauen, wie sie sich weigerte, in diese Welt zurückzukehren.

Endlich gelang es Max, seine Exfrau in den USA ausfindig zu machen. Ilona Koch wusste noch nichts vom Unfall ihrer Tochter. Sie hielt Vorlesungen vor Studentinnen an amerikanischen Colleges. Einer ihrer Frauen-Ratgeber war in englischer Übersetzung erschienen. Die Tingel-Tour kreuz und quer durch die Staaten auf Anraten ihres Verlages wollte sie unter anderem auch nutzen, um ihren Sohn Paul zu besuchen. Max erwischte sie telefonisch in einem Motel in Tucson/Arizona. Sie weinte hemmungslos, dann schrie sie ihn an und überschüttete ihn mit Vorwürfen. Max brach das Gespräch nach einigen Minuten mit dem Hinweis ab, er werde sich wieder bei ihr melden, wenn es Neuigkeiten aus dem Krankenhaus gäbe.

Sosehr Max sich mühte, alte Informanten unter Druck setzte, staatliche Datenbanken anzapfen ließ, erfuhr er nie, was aus den Kindern in der Burg geworden war. «Wir hätten sie mitnehmen sollen», sagten Hannes und Theo, mit Vorwurf in der Stimme.

«Ja, hätten wir», sagte Max dann.

«Warum haben wir es denn nicht getan?»

«Wir hatten den Überblick verloren», sagte Max.

Morian suchte einen alten Bekannten im Mainzer Innenministerium auf, der mit ihm die Polizeischule besucht hatte. Doch weder im Ministerium noch beim Landeskriminalamt konnte sich jemand an den Decknamen Gabriel oder an einen Beamten erinnern, auf den die Personenbeschreibung zutraf.

Der Erzengel hatte aufgehört zu existieren.

So wie Erika Bräutigam niemals existiert hatte. Es gab keine Geburtsurkunde, keine Schulzeugnisse, nichts. Was in ihrem Leben hatte sie zu einem Monster werden lassen?

Nach der Freigabe durch die Gerichtsmedizin richteten die deutschen Behörden ein Amtshilfeersuchen nach Guatemala. Doch Ricardo Espinosa Figueroas Leichnam wollte niemand haben. Und so wurde er auf Staatskosten auf dem Kölner Friedhof Melaten beigesetzt.

67 Ein letztes Mal genoss er den Blick von der Dachterrasse. Auf den Fluss. Und auf seine Stadt. «Jingle Bells» drang an sein Ohr, von da unten, aus einer der Einkaufsstraßen. Viel zu früh. Wie die Schneeflocken bei Sylvia Adams Beerdigung.

Viel zu früh.

Wie der Tod.

Er schloss die Terrassentür ein letztes Mal und setzte sich an den Küchentisch. Er legte seine Hände auf die Tischplatte und spürte das warme, alte, rissige Holz. Sah im Geiste seine Tochter, wie sie sich Morgen für Morgen schlaftrunken dem Tisch genähert hatte.

«So, das wär's», sagte die Frau in dem blauen Kostüm und raschelte mit den Nylons, als sie die Beine übereinander schlug. Sie hatte sehr schöne Beine. Fröhliche Augen. Und ein nettes Lachen.

«Jetzt fehlt nur noch Ihre Unterschrift.» Sie schob den Vertrag über den Tisch und reichte ihm ihren Füllfederhalter.

Max zögerte. Er sah sich um. Außer dem Tisch und zwei einsamen Stühlen und dem Gasherd war die Wohnung ausgeräumt. Die Frau räusperte sich. «Wollen Sie sich den Vertrag noch einmal in Ruhe durchlesen? Ich kann auch morgen ...»

«Nein.» Er setzte seine Unterschrift unter das Papier. «Mir fiel nur gerade ein, wie ich vor nicht all zu langer Zeit auf dieser Terrasse stand und schwor, niemals von hier wegzugehen.»

Die Frau beobachtete ihn und lächelte schließlich milde. «Ich denke, Sie sind ein ganz schön sentimentaler Knochen, Herr Maifeld.»

«Ja. So ist der Rheinländer halt. Oder nicht?»

«Ich weiß es nicht. Ich bin Berlinerin. Bin gerade erst umgezogen. Mein Chef will, dass ich in Köln eine Dependance seines Berliner Maklerbüros aufziehe. Eine Menge Arbeit, puh. Ich hatte also bisher noch keine Gelegenheit, die Rheinländer privat kennen zu lernen.»

«Herrje. Hat Ihnen denn noch niemand die Stadt gezeigt? Das Siebengebirge? Das Ahrtal? Den Laacher See?»

«Nein. Aber ich könnte mir vorstellen, dass Sie sich ausgezeichnet als Fremdenführer eignen.»

«Ich bin der Beste. Vielleicht habe ich mal einen Termin frei.»

Sie reichte ihm ihre Karte mit einem Lächeln, das Eisberge schmelzen lassen könnte. «Da fällt mir ein: Ich habe Ihre neue Adresse nicht. Und auch keine Telefonnummer ...»

«Es gibt noch keine neue Adresse. Ich habe eine Kontonummer auf die Rückseite des Vertrags geschrieben. Wenn Sie verkauft haben, überweisen Sie einfach das Geld. Wundern Sie sich nicht, dass das Konto einer karitativen Einrichtung gehört; dem Alten- und Pflegeheim der Barmherzigen Mutter. Tja, das wär's dann wohl. Darf ich Sie noch nach unten begleiten?»

Er verabschiedete sie an der untersten Treppenstufe. So konnte er sie in Ruhe beobachten, wie sie die Halle durchschritt. Diese Beine. Er rätselte noch, ob ihr Hüftschwung anatomisch bedingt oder aber eine kleine Privatvorstellung eigens für ihn war, als sie ihm, wenige Schritte bevor sie das offene Tor erreichte, deutlich machte, dass seine voyeuristische Ader keineswegs unbemerkt geblieben war: Sie winkte ihm zu, ohne sich dabei umzuschauen.

Sein Fuß stieß gegen einen Basketball, den jemand vergessen hatte. Er hob ihn auf, ging hinüber zum Spielfeld, warf lustlos von der Freiwurflinie. Der Ball ging daneben, berührte nicht einmal den Ring, stahl sich davon, quer durch die Halle, klong, klong, klong, bis ihn die Ziegelwand stoppte.

Dann schien die Zeit still zu stehen.

Er wagte kaum zu atmen.

Er schloss die Augen.

Sein Herz begann zu rasen.

Er ging hinüber zu dem altmodischen schwarzen Wandtelefon unter der Treppe und wählte Hurls Handy-Nummer.

«Ich bin's. Was Neues?»

«Nichts. Tut mir Leid, Max.»

«Ich hab noch was zu erledigen. Dann löse ich dich ab. So in einer Stunde, ist das okay?»

«Kein Problem. Was ist los, Max?»

«Ach, nichts weiter ... ich stehe hier in der Halle und ... wir hatten eine gute Zeit hier, Hurl.»

«Ja, hatten wir. Wir werden was Neues finden.»

«Eine neue Festung? Wieder mit all den Überwachungskameras und noch mehr Monitoren und geheimen Telefonnummern? Und dieser trügerischen Illusion von Sicherheit? Und die Angst? Werden wir wieder solche Angst haben, was meinst du, Hurl? Wozu war das alles gut? Wir haben die Menschen nicht beschützen können, die sich uns anvertraut haben. Die wir glauben gemacht haben, wir könnten sie beschützen. Vor dem Bösen. Nein, Hurl, das Böse war stärker als wir. Alexander ist tot, seine Mutter ist tot, und Vera ...»

«Hey, Max. Max! Wie hieß die Alternative?»

Die Alternative.

«Bis gleich, Hurl. Und ... ich liebe dich. Habe ich dir schon mal gesagt, wie sehr ich dich liebe?» Max legte auf, ging hinüber zum Büro des alternativen Umzugs- und Entrümpelungs-Kollektivs und zahlte in bar. Für einmal Eifel und zurück. Sie blickten sorgenvoll drein. Schon seltsam, wenn vier vor Muskelkraft strotzende junge Kerle aus der Wäsche schauen wie begossene Pudel.

«Hey, was ist los, Jungs?»

«Was los ist? Was passiert jetzt mit uns, wenn du weg bist?»

«Ich hab euch doch versprochen, dass ihr hier bleiben könnt. Steht so im Vertrag. Da ist nichts dran zu rütteln. Die nächsten zehn Jahre nicht. Kauf bricht Miete nicht.»

Sie boten ihm eine Flasche Bier an. Aber er hatte noch einiges zu erledigen. Und er brauchte einen klaren Kopf.

CP bot ihm kein Bier, sondern wie immer ein Glas Sekt an. Auch das lehnte er ab. CP trank immerzu Sekt, wenn er etwas trank. «Schade, dass du gehst, Max. War 'ne schöne Zeit.» CP grinste. «Auch wenn du da oben immer heimlich unsere Kisten angezapft hast.»

Max stutzte. «Das habt ihr die ganze Zeit gewusst?»

CP wirkte ärgerlich. «Hältst du uns für so bescheuert? Wir hatten doch auch unsere Vorteile durch diese interessante Netzverbindung.» CP sah in ein völlig verständnisloses Gesicht. «Ist viel zu kompliziert, Max, das begreifst du nie auf die Schnelle. Aber du kannst ja mal vorbeischauen. Dann kriegst du eine kostenlose Nachhilfestunde. Versprochen. Toller Schlitten da draußen, übrigens. Wird eine Menge Eindruck auf die Mädels machen.»

Max stieß das Hallentor auf. Das grelle Licht der tief stehenden Wintersonne flutete den Hallenboden, erfasste einen Albtraum aus Rost und stumpfem Chrom: einen Ford Granada, beige, mit schokoladenbraunem Kunstlederdach. Vor 20 Jahren der Traum jedes türkischen Gastarbeiters; heute allenfalls der Albtraum jedes deutschen TÜV-Ingenieurs. Theo hatte ihn zusammengeschweißt. Den Maserati hatte Max verkauft und mit dem Erlös Schemmerls Hütte renoviert. Der Rest steckte im Geheimfach seines Gürtels.

Er brauche ein Auto, nach dem sich nicht einmal der marokkanische Gemüsehändler am Ende der Straße umdrehen würde, hatte er Theo gesagt. Und Theo hatte das wörtlich genommen. Wenn der Maserati ein Wolf im eleganten Schafspelz war, dann konnte man die Rostlaube im schmeichelnden Sonnenlicht nur als Monster im Schlafrock bezeichnen. Theo hatte einen alten Cosworth-Rennmotor aufgetrieben und den Motorraum des Granada so gedämmt, dass man bei mäßiger Fahrweise allenfalls den Eindruck gewann, der Auspuff sei genauso durchgerostet wie die Karosserie. Dabei fand sich unter dem Blechkleid außer dem generalüberholten Motor kaum ein Teil, das älter als zwei Jahre war. «Gib schön Acht mit dem Gaspedal», hatte Theo gesagt und gestrahlt wie ein Gymnasiast nach dem ersten Rendezvous. «Das Ding geht ab wie eine Rakete.»

Es gab nichts mehr zu tun. Er hatte dem skelettierten alten Haus bereits Lebwohl gesagt. Er sah auf die kanaldeckelgroße, weiß emaillierte Uhr hoch über dem Hallentor. Sie hatten sich auf neutralem Boden verabredet. Am Rheinufer. Zehn Minuten Fahrtzeit, höchstens. Er hatte nichts dagegen einzuwenden, ein paar Minuten vor ihr einzutreffen, um noch einmal durchzuatmen. Er hatte keinen blassen Schimmer, was er ihr eigentlich sagen wollte. Drei Tage lang hatte er sich betrunken, drei Abende mit Liz geredet, weitere drei Tage vor sich hin gegrübelt und den Anrufbeantworter überquellen lassen. Dann hatte er das Nachdenken zwei Wochen lang eingestellt.

Bis zu diesem Moment.

Vor einer halben Stunde hatte er den langen Beinen der Maklerin nachgestarrt. Er hätte ihnen noch stundenlang nachstarren können. Ohne gleich an Marias Beine zu denken.

Er hatte den kleinen Flirt genossen; ihr Lächeln und ihre Signale. Lockruf der Wildnis. Wie lange musste man eigentlich trauern, um vor der obersten Moralprüfungskommission zu bestehen? Dem in der Kindheit einverleibten Wertekodex, der sich Gewissen nannte, an dem in Wahrheit Generationen von Ahnen fleißig gestrickt hatten?

Keine Zeit für Examensstress.

Er verstaute seine Reisetasche im Kofferraum des Granada, als ein Pfiff durch die Halle gellte. CP winkte aufgeregt.

«Was gibt's?»

CP antwortete nicht, sondern deutete mit spitzem Finger auf den Monitor seines Computers. Max beugte sich über seine Schulter.

«Sieh dir das an! Sie ist eben eingetroffen.»

Max musste nicht lange rätseln, wer der Absender der E-Mail sein könnte. Sein Magen sagte es ihm.

Schon bevor er die erste Zeile las.

MEIN LIEBER HERR MAIFELD, ES WIRD SIE SICHER FREUEN ZU ERFAHREN, DASS DIE GESCHÄFTE INZWISCHEN WIEDER BESTENS LAUFEN.
SEHEN SIE SICH DEN GRÜNKRAM MAL AN.
AUSGEZEICHNETE WARE. UND GANZ FRISCH.
WIE GEHT ES IHRER REIZENDEN TOCHTER?
MIT DEN BESTEN WÜNSCHEN AN IHRE FAMILIE.
ICH FREUE MICH SCHON AUF EIN WIEDERSEHEN. EGAL, WO SIE SICH VERSTECKEN!

«Kannst du das zurückverfolgen?»

«Ich werde mein Bestes tun, Max. Ich ruf dich über Handy an.»

CP scrollte die Seite. Kein Text mehr. Nur Fotos. Hunderte. Angstvolle Augen. Erstarrte Gesichter. Hilflos. Schutzlos.

Max nahm den erstbesten Parkplatz in Ufernähe. Er hatte Lust, noch ein paar Schritte zu gehen. Ein schöner Tag. Kalt zwar, aber trocken. Der Himmel war strahlend blau, die Sonne ließ die Oberfläche des Flusses zauberhaft glitzern. Sie wärmte sogar. Rentner gingen mit ihren Hunden spazieren, Mütter mit Kinderwagen, im Hintergrund lärmten ein paar Berber auf einer Parkbank und stritten über die Qualitäten des neuen Mittelfeld-Regisseurs des FC.

Max ließ sich auf der benachbarten Bank nieder. In der Nähe der Sportexperten blieb er garantiert ungestört. Er hatte das Handy am Ohr, bevor es ein zweites Mal klingeln konnte.

«Wollte nur fragen, was du dir zum Abendessen wünschst.»

Liz. Ihre Stimme wärmte noch mehr als die Wintersonne. Essen. Keine schlechte Idee. Er hatte gut und gerne fünf Kilo verloren in den letzten Wochen. Seit Maria ...

«Bitte mach dir keine Umstände. Mach einfach das, was die Kinder mögen. Kannst du Gedanken lesen?»

«Nein. Aber Maria hat mir erzählt, dass ihr euch gleich trefft. Ich denke an dich. Und Jo freut sich wie ein Schneekönig, dich zu sehen. Er vermisst dich sehr.»

«Ich freue mich auch auf euch. Wie kriegst du das mit dem Kochen überhaupt hin ... mit dem Rollstuhl?»

«Lass das meine Sorge sein. Der Rollstuhl steht übrigens seit heute in der Rumpelkammer. Jetzt tun es auch zwei Krücken. Kannst mir ja ein bisschen Laufunterricht geben. Du kennst dich ja aus mit den Dingern. Könntest du gegen sieben hier sein?»

«Kein Problem. Und ... danke.»

«Bedank dich besser erst, nachdem du das Essen probiert hast.»

«Ich meine nicht das Essen.»

«Ich weiß. Bis später. Ich denke an dich.»

Das Handy klingelte erneut, noch bevor er es in der Manteltasche verschwinden lassen konnte.

«Ich bin's. Negativ. Die Mail wurde aus der Filiale einer amerikanischen Kaufhauskette in Santiago abgeschickt. Vor zwei Tagen schon. Die haben mit einem Zeitverzögerer gearbeitet. Vorbereitete Diskette eingeschoben, Datei auf die Festplatte geladen. Ortszeit Chile kurz nach 18 Uhr, also Hauptgeschäftszeit in der Hauptstadt. Der benutzte Computer ist ein jedermann zugängliches Vorführgerät in der Elektronikabteilung. Tut mir Leid.»

Er dachte, CP hätte eine Information vergessen, als das Handy Sekunden später ein drittes Mal läutete.

Aber es war nicht CP.

«Wie geht's Ihnen, Maifeld?»

Gabriel.

Der Erzengel war auferstanden.

«Tja, Maifeld, er ist also wieder im Geschäft, unser gemeinsamer Freund. Sie werden doch wohl nicht weitermachen?»

«Was ist mit den Kindern aus dem Keller geschehen?»

«Den Kindern geht es gut. Keine Sorge. Also ... Sie lassen hoffentlich endgültig die Finger von der Sache?»

«Ich weiß es nicht.» Und wenn er es eines Tages wissen sollte, würde es Gabriel wohl ohnehin erfahren.

«Halten Sie sich da raus, Maifeld. Die sind gefährlich. Und Sie sind ein gottverdammter Amateur. Sie haben so ziemlich alles vermasselt, was zu vermasseln war.»

«Ja. Ich bin ein gottverdammter Amateur. Und Sie sind ein gottverdammtes Arschloch. Herbach ist außer Landes, und Sie haben Ihren Job erledigt, zur großen Zufriedenheit des Auswärtigen Amtes. Ist ja schließlich wieder Ruhe auf dem diplomatischen Parkett. Deutsche Firmen kriegen wieder Staatsaufträge aus Osteuropa, alles in bester Ordnung. Hat man Ihnen einen Orden umgehängt? Eine Beförderung in Aussicht gestellt? Oder wenigstens eine kleine Gehaltsaufbesserung? Sie haben doch keine Sekunde daran gedacht, Herbach zu schnappen und vor Gericht zu stellen. Wäre peinlich geworden, wenn er sein Adressbuch aufgeklappt hätte. Das hätte die Staatsräson gehörig ins Wanken gebracht. Nein, ein paar Schweine mehr oder weniger auf dieser Welt, das ist doch nicht wichtig. Das Ansehen des Staates ist wichtig. Nicht wahr?»

«Sie romantischer Spinner. Maifeld, wenn ich Ihnen einen freundschaftlichen Rat geben darf ...»

Durfte er nicht. Er sah sie schon von weitem, wie sie zum vereinbarten Treffpunkt eilte. Das Letzte, was er von Gabriel wollte, war ein Rat. Er beendete die Verbindung grußlos und steckte das Handy in die Manteltasche. Was wollte Gabriel erreichen? Dass er aufsteckte? Oder das Gegenteil? Sie lief, wie viele Frauen laufen: drei Schritte schnelles Gehen, dann wieder drei Schritte leichter Trab. Als ob sie sich genierten, in Bewegung zu sein. Er drückte seine Zigarette aus und schlenderte ihr entgegen.

«'tschuldigung. Hab mich etwas verspätet.» Sie rang nach Luft.

«Macht doch nichts. Bin auch gerade erst gekommen. Schöner Tag heute, nicht wahr?»

«Ja. Lass uns ein Stück gehen, Max.»

Sie gingen schweigend ein Stück, bevor sie weitersprach.

«Wie geht es Hurl?»

«Er ist wieder ganz der Alte.»

«Falls das jemand von uns jemals wieder sein kann. Und ... wie geht es deiner Tochter?»

«Schwer zu sagen. Unverändert. Das ... dauert seine Zeit.»

Er kämpfte gegen die Schlange in seinen Eingeweiden,

die Panik hieß und aufwärts züngelte. Und er war fast dankbar, dass sie den eigentlichen Grund ihres Treffens ansprach.

«Du weißt es ja schon von Liz.»

«Ja.»

Sie berührte ihn kurz am Arm; zaghaft, ängstlich. «Sei mir nicht mehr böse, dass ich dir verboten hatte, mich im Krankenhaus zu besuchen. Ich konnte dich nicht sehen. Ich brauchte Distanz. Ich musste mir unbedingt über ganz viele Dinge klar werden.»

«Kein Problem.»

«Also, wie Liz dir sicher auch schon erzählt hat, bin ich gleich nach dem Krankenhaus mit meiner Mutter nach Spanien. Nur wir beide. Unser erster gemeinsamer Urlaub. Es war wunderschön. Guck mal, ich habe einen richtigen Sonnenbrand. Wir waren in Carmona, das Dorf in Andalusien, in dem sie geboren wurde. Sie hat mir all die Plätze gezeigt, die für sie einmal von Bedeutung waren und die sie seit Jahrzehnten nicht mehr gesehen hat. Es war ... wir sind uns so nahe gekommen. Ich habe viel gelernt. Über mich.»

«Verstehe.» Max zündete sich eine neue Zigarette an.

«Gibst du mir bitte auch eine?»

Max hielt ihr das geöffnete Päckchen entgegen. Dann gab er ihr Feuer, spürte ihre kalten Fingerspitzen auf seinem Handrücken.

Wie Stromschläge.

«Meinem Vater passte das überhaupt nicht, und beinahe hätte er es sogar geschafft, ihr das auszureden. Das hat mich so wütend gemacht, ich hätte heulen können. Aber dann stand sie eines Tages vor meiner Tür, mit ihrem kleinen, abgewetzten Koffer in der Hand, strahlte übers ganze Gesicht und streckte mir die Flugtickets entgegen. Köln/Bonn–Sevilla und zurück. Weißt du, Max, ich habe viel nachgedacht über uns auf dieser Reise, und ...»

«Du hättest es mir ruhig selbst sagen können!»

«Dass ich dich nicht mehr sehen wollte? Ich dachte, wenn Liz es dir erklärt ... ihr habt euch mal sehr nahe gestanden, und sie hat das richtige Fingerspitzengefühl, um ...»

«Oh ja, das hat sie. Keine Sorge.»

«Bitte werde jetzt nicht sarkastisch. Das kann ich überhaupt nicht brauchen. So einfach ist das Ganze nämlich nicht.»

«Nein, so einfach ist es wohl nicht.»

Maria sah ihn lange an, bevor sie antwortete: «Du bist immer noch sauer, stimmt's? Weil ich nicht den Mut aufbrachte, es dir selbst zu sagen. Ja. Ich hatte nicht mal mehr den Mut zum Leben. Ich wache immer noch jede Nacht auf, schreiend, schweißgebadet. Nächste Woche beginne ich eine Therapie. Außerdem: Ich habe gerade eine langjährige, kläglich gescheiterte Beziehung hinter mir. Soll ich mich gleich in die nächste stürzen? Wäre das klug? Hinzu kommt ...»

«Hinzu kommt?»

«Max, wir passen einfach nicht zusammen. Es war eine schöne Phantasie, ja. Aber es geht nicht. Wir sind zu verschieden. In jeder Hinsicht. Es geht jetzt ohnehin nicht, und es geht leider nicht mit dir. Ich hatte mich tatsächlich in dich verliebt. Aber das reicht nicht. Max, du bist ein außerordentlich liebenswerter Bursche. Aber du bist leider nicht der richtige Mann für mich. Unsere Nähe ... das war wie im Film. Wie die Atempausen in einem grauenhaften Horrorfilm. Jetzt ist der Film zu Ende. Im Kino geht das Licht an. Das hatte in Wahrheit alles nichts mit meinem Leben zu tun. Ich brauche Ruhe, Ordnung, einen geregelten Alltag, ein sicheres Nest. Kurzum: ein durch und durch langweiliges Leben.»

Plötzlich schossen ihr Tränen in die Augen, kullerten als dicke Perlen über ihre Wangen.

«Es tut mir so Leid, Max.»

«Nein, mir tut es Leid, Maria. Du musst dich nicht entschuldigen. Es gibt nichts zu entschuldigen.» Er reichte ihr seinen Schal, weil er nichts Besseres zur Hand hatte. Ein Lächeln huschte über ihr tränenüberströmtes Gesicht. Dann griff sie in ihre Handtasche und zog ein Taschentuch hervor. Er wollte ihr helfen, doch sie zuckte zusammen, als seine Hand ihre Wange berührte. Sie steckte das Taschentuch wieder ein und nahm einen hastigen Zug an der Zigarette. «Ich will doch nur, dass du es verstehst. Bitte ...»

«Nein, Maria. Ich muss das überhaupt nicht verstehen. Das ist nicht wichtig. Du musst es verstehen. Das reicht völlig.»

Das Handy klingelte.

«Entschuldige bitte.» Er griff in seine Manteltasche.

«Ja?»

«Hurl hier. Wäre gut, wenn du kommen könntest.»

Max steckte das Handy wieder ein. Dann umarmte er sie, drückte sie fest an sich, atmete ihr Haar, ein letztes Mal.

«Maria, ich muss jetzt gehen. Ich drücke dir die Daumen. Es war schön, dich kennen gelernt zu haben. Du bist eine wunderbare Frau. Für mich wärst du sie gewesen.»

«Vielleicht können wir ja mal zusammen essen gehen, irgendwann.» Sie lächelte aufmunternd.

Er nickte und ging.

Sie rief ihm nach, als er schon in den Schatten der Bäume eingetaucht war. «Was wäre ich gewesen?»

Er hielt inne. Dann drehte er sich um, formte die Hände zu einem Trichter und rief zurück: «Meine Maharani. Die Frau fürs Leben.»

«Was? Ich habe dich nicht verstanden.»

Irgendwo kläffte ein Hund. Das holländische Containerschiff auf Talfahrt gab Signal. Max winkte noch einmal, drehte sich um und ging. Es war schwer genug gewesen, den Satz einmal rauszukriegen. Ein zweites Mal, brüllend, das wäre zu viel.

Er hatte sie verloren. Punkt.

Aber kann man etwas verlieren, was man nie besessen hat?

Er warf die Kippe weg, vergrub seine Hände in den Manteltaschen und begann sogleich, ihr die Daumen zu drücken.

Inzwischen hatten die Berber auf der Parkbank bei der Bewertung des neuen FC-Spielers offenbar einen tragfähigen Konsens erzielt. Sie lagen sich in den Armen und prosteten sich zu. So einfach kann das Leben manchmal sein.

Er überfuhr zwei rote Ampeln und drei Stopp-Schilder. Fünfzehn Minuten später sprang er aus dem Wagen und eilte durch die Drehtür. «Hier können Sie nicht parken», rief ihm jemand aufgebracht nach. Der Mann in der Pförtnerloge. Max beachtete ihn nicht weiter.

Der Aufzug kam und kam nicht.

Er stieß die Tür zum Treppenhaus auf, lief hinauf in den dritten Stock. Im Flur wartete Hurl auf ihn. Er hatte Ringe unter den Augen. Sie hatten sich wochenlang Tag und Nacht abgewechselt.

Max öffnete sachte die Tür, steckte erst vorsichtig den Kopf hindurch, bevor er eintrat. Als er sich auf der Bettkante niederließ, drehte sie den Kopf und lächelte.

«Hallo, Liebes», sagte er mit einem dicken Kloß im Hals.

«Hallo, Papa», sagte sie leise.

Foto: Hergen Schimpf

Petra Hammesfahr

«Spannung bis zum bitteren Ende» Stern
«Es gehört zu den raffinierten Konstruktionen von Petra Hammesfahr, dass dann doch alles ganz anders sein könnte» Marie Claire

Das Geheimnis der Puppe
Roman 3-499-22884-X

Der gläserne Himmel
Roman 3-499-22878-5

Der Puppengräber
Roman 3-499-22528-X

Der stille Herr Genardy
Roman 3-499-23030-X

Die Chefin
Roman 3-499-23132-8

Die Mutter
Roman 3-499-22992-7

Die Sünderin
Roman 3-499-22755-X

Lukkas Erbe
Roman 3-499-22742-8

Meineid
Roman 3-499-22941-2

Roberts Schwester
Roman 3-499-23156-5

Merkels Tochter
Roman
Merkel war Kriminalbeamter, als er den Liebhaber seiner Frau erschoss. Als er nach 15 Jahren Haft zu seiner Tochter Irene zieht, hat er seine eigenen Vorstellungen von Gerechtigkeit...

3-499-23225-1

Philip Kerr

«Ein glänzender, erfindungsreicher Thriller-Autor.»
Salman Rushdie

Alte Freunde – neue Feinde
Ein Fall für Bernhard Gunther
Roman. 3-499-22829-7

Im Sog der dunklen Mächte
Ein Fall für Bernhard Gunther
Roman. 3-499-22828-9

Feuer in Berlin
Ein Fall für Bernhard Gunther
Roman. 3-499-22827-0

Gesetze der Gier
Roman. 3-499-22145-X

Esau
Roman 3-499-22480-1

Das Wittgensteinprogramm
Roman. 3-499-22812-2

Game over
Roman. 3-499-22400-3

Der Plan
Roman. 3-499-22833-5

Der zweite Engel
Roman
3-499-23000-3

Der Tag X
USA 1960: John F. Kennedy ist Präsident, und der Kalte Krieg droht heißzulaufen. Schlechte Zeiten für die Mafia, deren Geschäfte auf Kuba nicht mehr gut gehen. Castro muss weg – schließlich kann man in Amerika alles kaufen, auch einen Killer …

3-499-23252-9